U0917061

淮安诗征

第三册

《淮安诗征》编委会 编
荀德麟 主编

中州古籍出版社
·郑州·

第三册目录

卷四　涟水县卷

卷五　市直卷

卷六　开发区卷

卷四　涟水县卷

鲍　照

鲍照(414～466),字明远,北东海郡(治所涟口,位于今涟水县城)人,南朝宋杰出的文学家、诗人。宋元嘉中,临川王刘义庆"招聚文学之士,近远必至",鲍照以辞章之美而被看重,遂引为"佐史国臣"。元嘉十六年因献诗而被宋文帝用为中书令、秣陵令。大明五年出任临海王刘子顼参军,故世称"鲍参军"。泰始二年刘子顼起兵反明帝失败,鲍照死于乱军中。鲍照与颜延之、谢灵运同为元嘉时代的著名诗人,合称"元嘉三大家"。其诗歌注意描写山水,讲究对仗和辞藻;长于乐府诗。其七言诗对唐代诗歌颇有影响。现有《鲍参军集》传世。

采　桑

季春梅始落,女工事蚕作。采桑淇洧间,还戏上宫阁。早蒲时结阴,晚篁初解箨。蔼蔼雾满闺,融融景盈幕。乳燕逐草虫,巢蜂拾花萼。是节最暄妍,佳服又新烁。绵叹对迥途,扬歌弄场藿。抽琴试抒思,荐佩果成托。承君郢中美,服义久心诺。卫风古愉艳,郑俗旧浮薄。灵愿悲渡湘,宓赋笑瀍洛。盛明难重来,渊意为谁涸。君其且调弦,桂酒妾行酌。

代挽歌

独处重冥下,忆昔登高台。傲岸平生中,不为物所裁。埏门只复闭,白蚁相将来。生时芳兰体,小虫今为灾。玄鬓无复根,枯髅依青苔。忆昔好饮酒,素盘进青梅。彭韩及廉蔺,畴昔已成灰。壮士皆死尽,余人安在哉。

代东门行

伤禽恶弦惊,倦客恶离声。离声断客情,宾御皆涕零。涕零心断绝,将去复还诀。一息不相知,何况异乡别。遥遥征驾远,杳杳白日晚。居人掩闺卧,行子夜中饭。野风吹秋木,行子心肠断。食梅常苦酸,衣葛常苦寒。丝竹徒满座,忧人不解颜。长歌欲自慰,弥起长恨端。

代放歌行

蓼虫避葵堇，习苦不言排。小人自龌龊，安知旷士怀。鸡鸣洛城里，禁门平旦开。冠盖纵横至，车骑四方来。素带曳长飙，华缨结远埃。日中安能止，钟鸣犹未归。夷世不可逢，贤君信爱才。明虑自天断，不受外嫌猜。一言分珪爵，片善辞草莱。岂伊白璧赐，将起黄金台。今君有何疾，临路独迟回。

代陈思王京洛篇

凤楼十二重，四户八绮窗。绣桷金莲花，桂柱玉盘龙。珠帘无隔露，罗幌不胜风。宝帐三千所，为尔一朝容。扬芬紫烟上，垂彩绿云中。春吹回白日，霜歌落塞鸿。但惧秋尘起，盛爱逐衰蓬。坐视青苔满，卧对锦筵空。琴瑟纵横散，舞衣不复缝。古来共歇薄，君意岂独浓。唯见双黄鹄，千里一相从。

代门有车马客行

门有车马客，问客何乡士。捷步往相讯，果得旧邻里。凄凄声中情，慊慊增下俚。语昔有故悲，论今无新喜。清晨相访慰，日暮不能已。欢戚竞寻绪，谈调何终止。辞端竟未究，忽唱分途始。前悲尚未弭，后感方复起。嘶声盈我口，谈言在君耳。手迹可传心，愿尔笃行李。

代棹歌行

羁客离婴时，飘飖无定所。昔失寓江介，兹春客河浒。往戢于役身，愿言永怀楚。泠泠鲦疏潭，邕邕雁循渚。飂戾长风振，摇曳高帆举。惊波无留连，舟人不踌伫。

代白头吟

直如朱丝绳，清如玉壶冰。何惭宿昔意，猜恨坐相仍。人情贱恩旧，世议逐衰兴。毫发一为瑕，丘山不可胜。食苗实硕鼠，点白信苍蝇。凫鹄远成美，薪刍前见陵。申黜褒女进，班去赵姬升。周王日沦惑，汉帝益嗟称。心赏犹难恃，貌恭岂易凭。古来共如此，非君独抚膺。

代东武吟

主人且勿喧，贱子歌一言。仆本寒乡士，出身蒙汉恩。始随张校尉，占募到河源。后逐李轻车，追虏穷塞垣。密涂亘万里，宁岁犹七奔。肌力尽鞍甲，心思历凉温。将军既下世，部曲亦罕存。时事一朝异，孤绩谁复论。少壮辞家去，穷老还入门。腰镰刈葵藿，倚杖牧鸡豚。昔如鞲上鹰，今似槛中猿。徒结千载恨，空负百年怨。弃席思君幄，疲马恋君轩。愿垂晋主惠,不愧田子魂。

代别鹤操

双鹤俱起时,徘徊沧海间。长弄若天汉,轻躯似云悬。幽客时结侣,提携游三山。青缴凌瑶台,丹罗笼紫烟。海上悲风急,三山多云雾。散乱一相失,惊孤不得住。缅然日月驰,远矣绝音仪。有愿而不遂,无怨以生离。鹿鸣在深草,蝉鸣隐高枝。心自有所存,旁人那得知。

代出自蓟北门行

羽檄起边亭,烽火入咸阳。征师屯广武,分兵救朔方。严秋筋竿劲,虏阵精且强。天子按剑怒,使者遥相望。雁行缘石径,鱼贯度飞梁。箫鼓流汉思,旌甲被胡霜。疾风冲塞起,沙砾自飘扬。马毛缩如猬,角弓不可张。时危见臣节,世乱识忠良。投躯报明主,身死为国殇。

代陆平原君子有所思行

西上登雀台,东下望云阙。层阁肃天居,驰道直如发。绣甍结飞霞,璇题纳行月。筑山拟蓬壶,穿池类溟渤。选色遍齐代,征声匝卭越。陈钟陪夕讌,笙歌待明发。年貌不可还,身意会盈歇。蚁壤漏山阿,丝泪毁金骨。器恶含满欹,物忌厚生没。智哉众多士,服理辨昭昧。

代悲哉行

羁人感淑节,缘感欲回辙。我行讵几时,华实骤舒结。睹实情有悲,瞻华意无悦。览物怀同志,如何复乖别。翩翩翔禽罗,关关鸣鸟列。翔鸣尚俦偶,所叹独乖绝。

代陈思王白马篇

白马骍角弓,鸣鞭乘北风。要途问边急,杂虏入云中。闭壁自往夏,清野径还冬。侨装多阙绝,旅服少裁缝。埋身守汉境,沈命对胡封。薄暮塞云起,飞沙被远松。含悲望两都,楚歌登四墉。丈夫设计误,怀恨逐边戎。弃别中国爱,要冀胡马功。去来今何道,卑贱生所钟。但令塞上儿,知我独为雄。

代升天行

家世宅关辅,胜带宦王城。备闻十帝事,委曲两都情。倦见物兴衰,骤睹俗屯平。翩翩若回掌,恍惚似朝荣。穷途悔短计,晚志重长生。从师入远岳,结友事仙灵。五图发金记,九钥隐丹经。风餐委松宿,云卧恣天行。冠霞登彩阁,解玉饮椒庭。暂游越万里,少别数千龄。凤台无还驾,箫管有遗声。何时与汝曹,啄腐共吞腥。

代苦热行

赤坂横西阻,火山赫南威。身热头且痛,鸟坠魂来归。汤泉发云潭,焦烟起石圻。日月有恒昏,雨露未尝晞。丹蛇逾百尺,玄蜂盈十围。含沙射流影,吹蛊病行晖。瘴气昼熏体,菵露夜沾衣。饥猿莫下食,晨禽不敢飞。毒淫尚多死,度泸宁具腓。生躯蹈死地,昌志登祸机。戈船荣既薄,伏波赏亦微。爵轻君尚惜,士重安可希。

代朗月行

朗月出东山,照我绮窗前。窗中多佳人,被服妖且妍。靓妆坐帐里,当户弄清弦。鬓夺卫女迅,体绝飞燕先。为君歌一曲,当作朗月篇。酒至颜自解,声和心亦宣。千金何足重,所存意气间。

代堂上歌行

四坐且莫喧,听我堂上歌。昔仕京洛时,高门临长河。出入重宫里,结友曹与何。车马相驰逐,宾朋好容华。阳春孟春月,朝光散流霞。轻步逐芳风,言笑弄丹葩。晖晖朱颜酡,纷纷织女梭。满堂皆美人,目成对湘娥。虽谢侍君闲,明妆带绮罗。筝笛更弹吹,高唱好相和。万曲不关心,一曲动情多。欲知情厚薄,更听此声过。

代结客少年场行

骢马金络头,锦带佩吴钩。失意杯酒间,白刃起相仇。追兵一旦至,负剑远行游。去乡三十载,复得还旧丘。升高临四关,表里望皇州。九涂平若水,双阙似云浮。扶宫罗将相,夹道列王侯。日中市朝满,车马若川流。击钟陈鼎食,方驾自相求。今我独何为,坎壈怀百忧。

扶风歌

昨辞金华殿,今次雁门县。寝卧握秦戈,栖息抱越箭。忍悲别亲知,行泣随征传。寒烟空徘徊,朝日乍舒卷。

代少年时至衰老行

忆昔少年时,驰逐好名晨。结友多贵门,出入富儿邻。绮罗艳华风,车马自扬尘。歌唱青齐女,弹筝燕赵人。好酒多芳气,肴味厌时新。今日每想念,此事邈无因。寄语后生子,作乐当及春。

代阳春登荆山行

旦登荆山头,崎岖道难游。早行犯霜露,苔滑不可留。极眺入云表,穷目尽帝州。方都列万室,层城带高楼。奕奕朱轩驰,纷纷缟衣流。日氛映山浦,暄雾逐风收。花木乱平原,桑柘盈平畴。攀条弄紫茎,借露折芳柔。遇物虽成趣,念者不解忧。且共倾春酒,长歌登山丘。

代贫贱苦愁行

湮没虽死悲,贫苦即生剧。长叹至天晓,愁苦穷日夕。盛颜当少歇,鬓发先老白。亲友四面绝,朋知断三益。空庭惭树萱,药饵愧过客。贫年忘日时,黯颜就人惜。俄顷不相酬,恧怩面已赤。或以一金恨,便成百年隙。心为千条计,事未见一获。运圮津涂塞,遂转死沟洫。以此穷百年,不如还窀穸。

代边居行

少年远京阳,遥遥万里行。陋巷绝人径,茅屋摧山冈。不睹车马迹,但见麋鹿场。长松何落落,丘陇无复行。边地无高木,萧萧多白杨。盛年日月尽,一去万恨长。悠悠世中人,争此锥刀忙。不忆贫贱时,富贵辄相忘。纷纷徒满目,何关慨予伤。不如一亩中,高会挹清浆。遇乐便作乐,莫使候朝光。

代邽街行

伫立出门衢,遥望转蓬飞。蓬去旧根在,连翩逝不归。念我舍乡俗,亲好久乖违。慷慨怀长想,惆怅恋音徽。人生随事变,迁化焉可祈。百年难必果,千虑易盈亏。

箫史曲

箫史爱长年,嬴女吝童颜。火粒愿排弃,霞雾好登攀。龙飞逸天路,凤起出秦关。身去长不返,箫声时往还。

王昭君

既事转蓬远,心随雁路绝。霜鞞旦夕惊,边笳中夜咽。

采菱歌七首

其　一

鹜舲驰桂浦,息棹偃椒潭。箫弄澄湘北,菱歌清汉南。

其　二

弭榜搴蕙荑，停唱纫熏若。含伤拾泉花，萦念采云萼。

其　三

暌阔逢暄新，凄怨值妍华。愁心不可荡，春思乱如麻。

其　四

要艳双屿里，望美两洲间。袅袅风出浦，容容日向山。

其　五

烟噎越嶂深，箭迅楚江急。空抱琴中悲，徒望近关泣。

其　六

缄叹凌珠渊，收慨上金堤。春芳行歇落，是人方未齐。

其　七

思今怀近忆，望古怀远识。望古复怀今，长怀无终极。

幽兰五首

其　一

倾辉引暮色，孤景留思颜。梅歇春欲罢，期渡往不还。

其　二

帘委兰蕙露，帐含桃李风。揽带昔何道，坐令芳节终。

其　三

结佩徒分明，抱梁辄乖忤。华落知不终，空愁坐相误。

其　四

眇眇蛸挂网，漠漠蚕弄丝。空惭不自信，怯与君画期。

其　五

陈国郑东门，古今共所知。长袖暂徘徊，驷马停路歧。

中兴歌十首

其　一

千冬迟一春，万夜视朝日。生平值中兴，欢起百忧毕。

其　二

中兴太平运，化清四海乐。祥景照玉台，紫烟游风阁。

其　三

碧楼含夜月，紫殿争朝光。彩墀散兰麝，风起自生芳。

其　四

白日照前窗，玲珑绮罗中。美人掩轻扇，含思歌春风。

其 五

三五容色满，四五妙华歇。已输春日欢，分随秋光没。

其 六

北出湖边戏，前还苑中游。飞縠绕长松，驰管逐波流。

其 七

九月秋水清，三月春花滋。千金逐良日，皆竞中兴时。

其 八

穷泰已有分，寿夭复属天。既见中兴乐，莫持忧自煎。

其 九

襄阳是小地，寿阳非帝城。今日中兴乐，遥冶在上京。

其 十

梅花一时艳，竹叶千年色。愿君松柏心，采照无穷极。

代白纻舞歌词四首

侍郎臣鲍照启：被教作《白纻舞歌词》，谨竭庸陋，裁为四曲，附启上呈。识方漶悴，思涂猥局。言既无雅，声未能文，不足以宣赞圣旨，抽拔妙实。谨遣简余，惭随悚盈。谨启。词曰：

其 一

吴刀楚制为佩袆，纤罗雾縠垂羽衣。含商咀徵歌露晞，珠履飒沓纨袖飞。凄风夏起素云回，车怠马烦客忘归。兰膏明烛承夜晖。

其 二

桂宫柏寝拟天居，朱爵文窗韬绮疏。象床瑶席镇犀渠，雕屏匼匝组帷舒。秦筝赵瑟挟笙竽，垂珰散佩盈玉除。停觞不御欲谁须。

其 三

三星参差露沾湿，弦悲管清月将入。寒光萧条候虫急，荆王流叹楚妃泣。红颜难长时易戢，凝华结藻久延立。非君之故岂安集。

其 四

池中赤鲤庖所捐，琴高乘去腾上天。命逢福世丁溢恩，簪金藉绮升曲筵。恩厚德深委如山，洁诚洗志期暮年。乌白马角宁足言。

代白纻曲二首

其 一

朱唇动，素腕举，洛阳少童邯郸女。古称渌水今白纻，催弦急管为君舞。穷秋九月荷叶黄，北风驱雁天雨霜。夜长酒多乐未央。

其　二

春风澹荡侠思多,天色净绿气妍和。桃含红萼兰紫芽,朝日灼烁发园华。卷幌结帷罗玉筵,齐讴秦吹卢女弦。千金雇笑买芳年。

代鸣雁行

邕邕鸣雁鸣始旦,齐行命侣入云汉。中夜相失群离乱,留连徘徊不忍散。憔悴容仪君不知,辛苦风霜亦何为。

拟行路难十八首

其　一

奉君金卮之美酒,玳瑁玉匣之雕琴。七彩芙蓉之羽帐,九华蒲萄之锦衾。红颜零落岁将暮,寒光宛转时欲沉。愿君裁悲且减思,听我抵节行路吟。不见柏梁铜雀上,宁闻古时清吹音。

其　二

洛阳名工铸为金博山,千斫复万镂,上刻秦女携手仙。承君清夜之欢娱,列置帏里明烛前。外发龙鳞之丹彩,内含麝芬之紫烟。如今君心一朝异,对此长叹终百年。

其　三

璇闺玉墀上椒阁,文窗绣户垂罗幕。中有一人字金兰,被服纤罗蕴芳藿。春燕差池风散梅,开帏对景弄春雀。含歌揽涕恒抱愁,人生几时得为乐。宁作野中之双凫,不愿云间之别鹤。

其　四

泻水置平地,各自东西南北流。人生亦有命,安能行叹复坐愁。酌酒以自宽,举杯断绝歌路难。心非木石岂无感,吞声踯躅不敢言。

其　五

君不见河边草,冬时枯死春满道。君不见城上日,今暝没尽去,明朝复更出。今我何时当得然,一去永灭入黄泉。人生苦多欢乐少,意气敷腴在盛年。且愿得志数相就,床头恒有沽酒钱。功名竹帛非我事,存亡贵贱付皇天。

其　六

对案不能食,拔剑击柱长叹息。丈夫生世能几时?安能蝶躞垂羽翼?弃置罢官去,还家自休息。朝出与亲辞,暮还在亲侧。弄儿床前戏,看妇机中织。自古圣贤尽贫贱,何况我辈孤且直!

其　七

愁思忽而至,跨马出北门。举头四顾望,但见松柏园。荆棘郁樽樽,中有一鸟名杜鹃。言是古时蜀帝魂。声音哀苦鸣不息,羽毛憔悴似人髡。飞走树间啄虫蚁,岂忆往日天子尊。念此死生变化非常理，中心恻怆不能言。

其　八

中庭五株桃，一株先作花。阳春妖冶二三月，从风簸荡落西家。西家思妇见悲惋，零泪沾衣抚心叹。初送我君出户时，何言淹留节回换。床席生尘明镜垢，纤腰瘦削发蓬乱。人生不得恒称意，惆怅徙倚至夜半。

其　九

锉蘖染黄丝，黄丝历乱不可治。昔我与君始相值，尔时自谓可君意。结带与我言，死生好恶不相置。今日见我颜色衰，意中索寞与先异。还君金钗玳瑁簪，不忍见之益愁思。

其　十

君不见舜华不终朝，须臾淹冉零落销。盛年妖艳浮华辈，不久亦当诣冢头。一去无还期，千秋万岁无音词。孤魂茕茕空陇间，独魄徘徊绕坟基。但闻风声野鸟吟，岂忆平生盛年时。为此令人多悲悒，君当纵意自熙怡。

其十一

君不见枯箨走阶庭，何时复青着故茎。君不见亡灵蒙享祀，何时倾杯竭壶罂。君当见此起忧思，宁及得与时人争。人生倏忽如绝电，华年盛德几时见。但令纵意存高尚，旨酒嘉肴相胥讌。持此从朝竟夕暮，差得亡忧消愁怖。胡为惆怅不能已，难尽此曲令君忤。

其十二

今年阳初花满林，明年冬末雪盈岑。推移代谢纷交转，我君边戍独稽沉。执袂分别已三载，迩来寂淹无分音。朝悲惨惨遂成滴，暮思绕绕最伤心。膏沐芳余久不御，蓬首乱鬓不设簪。徒飞轻埃舞空帷，粉筐黛器靡复遗。自生留世苦不幸，心中惕惕恒怀悲。

其十三

春禽喈喈旦暮鸣，最伤君子忧思情。我初辞家从军侨，荣志溢气干云霄。流浪渐冉经三龄，忽有白发素髭生。今暮临水拔已尽，明日对镜复已盈。但恐羁死为鬼客，客思寄灭生空精。每怀旧乡野，念我旧人多悲声。忽见过客问何我，宁知我家在南城。答云我曾居君乡，知君游宦在此城。我行离邑已万里，今方羁役去远征。来时闻君妇，闺中孀居独宿有贞名。亦云悲朝泣闲房，又闻暮思泪沾裳。形容憔悴非昔悦，蓬鬓衰颜不复妆。见此令人有余悲，当愿君怀不暂忘。

其十四

君不见少壮从军去，白首流离不得还。故乡窅窅日夜隔，音尘断绝阻河关。朔风萧条白云飞，胡笳哀急边气寒。听此愁人兮奈何，登山远望得留颜。将死胡马迹，宁见妻子难。男儿生世轗轲欲何道，绵忧摧抑起长叹。

其十五

君不见柏梁台，今日丘墟生草莱。君不见阿房宫，寒云泽雉栖其中。歌妓舞女今谁在，高坟垒垒满山隅。长袖纷纷徒竞世，非我昔时千金躯。随酒逐乐任意去，莫令含叹下黄垆。

其十六

君不见冰上霜,表里阴且寒。虽蒙朝日照,信得几时安。民生故如此,谁令摧折强相看。年去年来自如削,白发零落不胜冠。

其十七

君不见春鸟初至时,百草含青俱作花。寒风萧索一旦至,竟得几时保光华。日月流迈不相饶,令我愁思怨恨多。

其十八

诸君莫叹贫,富贵不由人。丈夫四十强而仕,余当二十弱冠辰。莫言草木委冬雪,会应苏息遇阳春。对酒叙长篇,穷途运命委皇天。但愿樽中九酝满,莫惜床头百个钱。直得优游卒一岁,何劳辛苦事百年。

梅花落

中庭杂树多,偏为梅咨嗟。问君何独然,念其霜中能作花。露中能作实,摇荡春风媚春日。念尔零落逐寒风,徒有霜华无霜质。

代淮南二首

其　一

淮南王,好长生,服食炼气读仙经。琉璃药碗牙作盘,金鼎玉匕合神丹。合神丹,戏紫房。紫房彩女弄明珰。鸾歌凤舞断君肠。

其　二

朱城九门门九开,愿逐明月入君怀。入君怀,结君佩,怨君恨君恃君爱。筑城思坚剑思利,同盛同衰莫相弃。

代雉朝飞

雉朝飞,振羽翼,专场挟雌恃强力。媒已惊,翳又逼,蒿间潜彀卢矢直。刎绣颈,碎锦臆,绝命君前无怨色。握君手,执杯酒,意气相倾死何有。

代北风凉行

北风凉,雨雪雱,京洛女儿多严妆。遥艳帷中自悲伤,沉吟不语若有忘。问君何行何当归,苦使妾坐自伤悲。虑年至,虑颜衰。情易复,恨难追。

代空城雀

雀乳四鷇,空城之阿。朝食野粟,夕饮冰河。高飞畏鸱鸢,下飞畏网罗。辛伤伊何言，怵迫良已多。诚不及青鸟，远食玉山禾。犹胜吴宫燕，无罪得焚窠。赋命有厚薄，长叹欲如何。

代夜坐吟

冬夜沉沉夜坐吟，含声未发已知心。霜入幕，风度林，朱灯灭，朱颜寻。体君歌，逐君音。不贵声，贵意深。

代春日行

献岁发，吾将行。春山茂，春日明。园中鸟，多嘉声。梅始发，柳始青。泛舟舻，齐棹惊。奏采菱，歌鹿鸣。风微起，波微生。弦亦发，酒亦倾。入莲池，折桂枝。芳袖动，芬叶披。两相思，两不知。

侍宴覆舟山诗二首

其 一

息雨清上郊，开云照中县。游轩越丹居，晖烛集凉殿。凌高跻飞楹，追焱起流宴。柭苑含灵群，岩庭藏物变。明辉烁神都，丽气冠华甸。目远幽情周，醴洽深恩遍。

其 二

繁霜飞玉闼，爱景丽皇州。清跸戒驰路，羽盖伫宣游。神居既崇盛，岩崄信环周。礼俗陶德声，昌会溢民讴。惭无胜化质，谬从云雨浮。

从拜陵登京岘诗

孟冬十月交，杀盛阴欲终。风烈无劲草，寒甚有凋松。军井冰昼结，士马毡夜重。晨登岘山首，霜雪凝未通。息鞍循陇上，支剑望云峰。表里观地险，升降究天容。东岳覆如砺，瀛海安足穷。伤哉良永矣，驰光不再中。衰贱谢远愿，疲老还旧邦。深德竟何报，徒令田陌空。

蒜山被始兴王命作诗

暮冬霜朔严，地闭泉不流。玄武藏木阴，丹乌还养羞。劳农泽既周，役车时亦休。高薄符好蒨，藻驾及时游。鹿苑岂淹睇，兔园不足留。升峤眺日轨，临迥望沧洲。云生玉堂里，风靡银台陬。陂石类星悬，屿木似烟浮。形胜信天府，珍宝丽皇州。白日回清景，芳醴洽欢柔。参差出寒吹，飕戾江上讴。王德爱文雅，飞瀚洒鸣球。美哉物会昌，衣道服光猷。

登庐山诗二首

其　一

悬装乱水区，薄旅次山楹。千岩盛阻积，万壑势回萦。巃嵸高昔貌，纷乱袭前名。洞涧窥地脉，耸树隐天经。松磴上迷密，云窦下纵横。阴冰实夏结，炎树信冬荣。嘈囋晨鹍思，叫啸夜猿清。深崖伏化迹，穹岫阏长灵。乘此乐山性，重以远游情。方跻羽人途，永与烟雾并。

其　二

访世失隐沦，从山异灵士。明发振云冠，升峤远栖趾。高岑隔半天，长崖断千里。氛雾承星辰，潭壑洞江汜。崭绝类虎牙，巑岏象熊耳。埋冰或百年，韬树必千祀。鸡鸣清涧中，猿啸白云里。瑶波逐穴开，霞石触峰起。回亘非一形，参差悉相似。倾听凤管宾，缅望钓龙子。松桂盈膝前，如何秽城市。

从登香炉峰诗

辞宗盛荆梦，登歌美凫绎。徒收杞梓饶，曾非羽人宅。罗景蔼云扃，沾光扈龙策。御风亲列涂，乘山穷禹迹。含啸对雾岑，延萝倚峰壁。青冥摇烟树，穹跨负天石。霜崖灭土膏，金涧测泉脉。旋渊抱星汉，乳窦通海碧。谷馆驾鸿人，岩栖咀丹客。殊物藏珍怪，奇心隐仙籍。高世伏音华，绵古遁精魄。萧瑟生哀听，参差远惊觌。惭无献赋才，洗污奉毫帛。

从庾中郎游园山石室诗

荒涂趣山楹，云崖隐灵室。冈涧纷萦抱，林障沓重密。昏昏磴路深，活活梁水疾。幽隅秉昼烛，地牖窥朝日。怪石似龙章，瑕璧丽锦质。洞庭安可穷，漏井终不溢。沈空绝景声，崩危坐惊栗。神化岂有方，妙象竟无述。至哉炼玉人，处此长自毕。

登翻车岘诗

高山绝云霓，深谷断无光。昼夜沦雾雨，冬夏结寒霜。淖坂既马领，碛路又羊肠。畏涂疑旅人，忌辙覆行箱。升岑望原陆，四眺极川梁。游子思故居，离客迟新乡。新知有客慰，追故游子伤。

登黄鹤矶诗

木落江渡寒，雁还风送秋。临流断商弦，瞰川悲棹讴。适郢无东辕，还夏有西浮。三崖隐丹磴，九派引沧流。泪竹感湘别，弄珠怀汉游。岂伊药饵泰，得夺旅人忧。

登云阳九里埭诗

宿心不复归，流年抱衰疾。既成云雨人，悲绪终不一。徒忆江南声，空录齐后瑟。方绝萦弦思，岂见绕梁日。

砺山东望震泽诗

澜漫潭洞波，合沓崿嶂云。涨岛远不测，冈涧近难分。幽篁愁暮见，思鸟伤夕闻。以此藉沉痾，栖迹别人群。结言非尽书，有念岂敷文。

三日游南苑诗

采蘋及华月，追节逐芳云。腾蒨溢林疏，丽日晔山文。清潭圆翠会，花薄缘绮纹。合樽遽景斜，折荣吝组芬。

赠故人马子乔诗六首

其一

踯躅城上羊，攀隅食玄草。俱共日月辉，昏明独何早。夕风飘野箨，飞尘被长道。亲爱难重陈，怀忧坐空老。

其二

寒灰灭更燃，夕华晨更鲜。春冰虽暂解，冬水复还坚。佳人舍我去，赏爱长绝缘。欢至不留日，感物辄伤年。

其三

松生陇坂上，百尺下无枝。东南望河尾，西北隐昆崖。野风振山籁，朋鸟夜惊离。悲凉贯年节，葱翠恒若斯。安得草木心，不怨寒暑移。

其四

种橘南池上，种杏北池中。池北既少露，池南又多风。早寒逼晚岁，衰恨满秋容。湘滨有灵鸟，其字曰鸣鸿。一摀缯缴痛，长别远无双。

其五

皎如川上鹄，赫似握中丹。宿心谁不欺，明白古所难。凭楹观皓露，洒酒荡忧颜。永念平生意，穷光不忍还。淹留徒攀桂，延伫空结兰。

其六

双剑将别离，先在匣中鸣。烟雨交将夕，从此遂分形。雌沈吴江里，雄飞入楚城。吴江深无底，楚阙有崇扃。一为天地别，岂直限幽明。神物终不隔，千祀傥还并。

答客诗

幽居属有念,含意未连词。会客从外来,问君何所思。澄神自惆怅,嘿虑久回疑。谓宾少安席,方为子陈之。我以筚门士,负学谢前基。爰赏好遍越,放纵少矜持。专求遂性乐,不计缉名期。欢至独斟酒,忧来辄赋诗。声交稍希歇,此意更坚滋。浮生急驰电,物道险弦丝。深忧寡情谬,进伏两睽时。愿赐卜身要,得免后贤嗤。

和王丞诗

限生归有穷,长意无已年。秋心日迴绝,春思坐连绵。衔协旷古愿,斟酌高代贤。遁迹俱浮海,采药共还山。夜听横石波,朝望宿岩烟。明涧子沿越,飞萝予萦牵。性好必齐遂,迹幽非妄传。灭志身世表,藏名琴酒间。

日落望江赠荀丞诗

旅人乏愉乐,薄暮增思深。日落岭云归,延颈望江阴。乱流灇大壑,长雾匝高林。林际无穷极,云边不可寻。唯见独飞鸟,千里一扬音。推其感物情,则知游子心。君居帝京内,高会日挥金。岂念慕群客,咨嗟恋景沉。

秋日示休上人诗

枯桑叶易零,疲客心易惊。今兹亦何早,已闻络纬鸣。回风灭且起,卷蓬息复征。怆怆簟上寒,凄凄帐里清。物色延暮思,霜露逼朝荣。临堂观秋草,东西望楚城。白杨方萧瑟,坐叹从此生。

答休上人菊诗

酒出野田稻,菊生高冈草。味貌复何奇,能令君倾倒。玉碗徒自羞,为君慨此秋。金盖覆牙柈,何为心独愁。

吴兴黄浦亭庾中郎别诗

风起洲渚寒,云上日无辉。连山眇烟雾,长波迥难依。旅雁方南过,浮客未西归。已经江海别,复与亲眷违。奔景易有穷,离袖安可挥。欢觞为悲酌,歌服成泣衣。温念终不渝,藻志远存追。役人多牵滞,顾路惭奋飞。昧心附远翰,炯言藏佩韦。

与伍侍郎别诗

民生如野鹿,知爱不知命。饮龁且攒聚,翘陆歘惊迸。伤我慕类心,感尔食蘋性。漫漫鄢郢途,渺渺淮海径。子无金石质,吾有犬马病。忧乐安可言,离会孰能定。钦哉慎所宜,砥德乃为盛。贫游不可忘,久交念敦敬。

送别王宣城诗

发郢流楚思,涉淇兴卫情。既逢青春献,复值白蘋生。广望周千里,江郊蔼微明。举爵自惆怅,歌管为谁清。颍阴腾前藻,淮阳流昔声。树道慕高华,属路伫深馨。

送从弟道秀别诗

参差生密念,踯躅行思悲。悲思恋光景,密念盈岁时。岁时多阻折,光景乏安怡。以此苦风情,日夜惊悬旗。登山临朝日,扬袂别所思。浸淫旦潮广,澜漫宿云滋。天阴惧先发,路远常早辞。篇诗后相忆,杯酒今无持。游子苦行役,冀会非远期。

赠傅都曹别诗

轻鸿戏江潭,孤雁集洲沚。邂逅两相亲,缘念共无已。风雨好东西,一隔顿万里。追忆栖宿时,声容满心耳。落日川渚寒,愁云绕天起。短翮不能翔,徘徊烟雾里。

和傅大农与僚故别诗

绝节无缓响,伤雁有哀音。非同年岁意,谁共别离心。伊昔谬通涂,冠屣预人林。浮江望南岳,登潮窥海阴。孰谓游居浅,慕美久相深。萋萋春草秀,嘤嘤喜候禽。长物尽明茂,尊盛独幽沉。之子安所适,我方栖旧岑。坠欢岂更接,明爱邈难寻。

送盛侍郎饯候亭诗

沾霜袭冠带,驱驾越城闉。北临出塞道,南望入乡津。高墉宿寒雾,平野起秋尘。君为坐堂子,我乃负羁人。欣悲岂等志,甘苦诚异身。结涕园中草,憔悴悲此春。

与荀中书别诗

劳舟厌长浪,疲旆倦行风。连翩感孤志,契阔伤贱躬。亲交笃离爱,眷恋置酒终。敷文勉征念,发藻慰愁容。思君吟涉洧,抚己谣渡江。惭无黄鹤翅,安得久相从。愿遂宿知意,不使旧山空。

从过旧宫诗

肃装属云旅,奉軔承末涂。严恭履桑梓,加敬览枌榆。灵命蕴川渎,帝宝伏篇图。虎变由石纽,龙翔自鼎湖。功冠生民始,道妙神器初。宫陛留前制,歌思溢今衢。余祥见云物,遗像存陶渔。泉流信清泌,原野实甘荼。岂伊爱酆鄗,天险兼上腴。东秦邦北门,非亲谁克居。仁声日月懋,惠泽云雨敷。卢令美何歇,唐风久不渝。微臣逢世庆,征赋备人徒。空费行苇德，采束谢生刍。

从临海王上荆初发新渚诗

客行有苦乐，但问客何行。扳龙不待翼，附骥绝尘冥。梁珪分楚牧，羽鷁指全荆。云舻掩江汜，千里被连旌。戾戾旦风遒，嘈嘈晨鼓鸣。收缆辞帝郊，扬棹发皇京。狐兔怀窟志，犬马恋主情。抚襟同太息，相顾俱涕零。奉役涂未启，思归思已盈。

还都道中诗三首

其　一

悦怿遂还心，踊跃贪至勤。鸣鸡戒征路，暮息落日分。急流腾飞沫，回风起江渍。孤兽啼夜侣，离鸿噪霜群。物哀心交横，声切思纷纭。叹慨诉同旅，美人无相闻。

其　二

风急讯湾浦，装高偃樯舳。夕听江上波，远极千里目。寒律惊穷蹊，爽气起乔木。隐隐日没岫，瑟瑟风发谷。鸟还暮林喧，潮上水结洑。夜分霜下凄，悲端出遥陆。愁来攒人怀，羁心苦独宿。

其　三

久宦迷远川，川广每多惧。薄止闾边亭，关历险程路。霾霿冥寓岫，蒙昧江上雾。时凉籁争吹，流洊浪奔趣。恻焉增愁起，搔首东南顾。茫然荒野中，举目皆凛素。回风扬江泌，寒响栖动树。太息终晨漏，企我归飙遇。

上浔阳还都道中作诗

昨夜宿南陵，今旦入芦洲。客行惜日月，崩波不可留。侵星赴早路，毕景逐前俦。鳞鳞夕云起，猎猎晚风遒。腾沙郁黄雾，翻浪扬白鸥。登舻眺淮甸，掩泣望荆流。绝目尽平原，时见远烟浮。倏忽坐还合，俄思甚兼秋。未尝违户庭，安能千里游。谁令乏古节，贻此越乡忧。

还都至三山望石头城诗

泉源安首流，川末澄远波。晨光被水族，晓气歇林阿。两江皎平迥，三山郁骈罗。南帆望越峤，北榜指齐河。关扃绕天邑，襟带抱尊华。长城非壑崄，峻岨似荆芽。攒楼贯白日，摛堞隐丹霞。征夫喜观国，游子迟见家。流连入京引，踯躅望乡歌。弥前叹景促，逾近倦路多。偕萃犹如兹，弘易将谓何。

还都口号诗

分壤蕃帝华，列正蔼皇宫。礼谦及年暇，朝奏因岁通。维舟歇金景，结棹俟昌风。钲歌首寒物,归吹践开冬。阴沉烟塞合,萧瑟凉海空。驰霜急归节,幽云惨天穸。旌鼓贯玄涂,羽鹢被长江。君王迟京国,游子思乡邦。恩世共渝洽,身愿两扳逢。勉哉河济客,勤尔尺波功。

行京口至竹里诗

高柯危且竦,锋石横复仄。复涧隐松声,重崖伏云色。冰开寒方壮,风动鸟倾翼。斯志逢凋严,孤游值曛逼。兼涂无憩鞍,半菽不遑食。君子树令名,细人效命力。不见长河水,清浊俱不息。

发后渚诗

江上气早寒,仲秋始霜雪。从军乏衣粮,方冬与家别。萧条背乡心,凄怆清渚发。凉埃晦平皋,飞潮隐修樾。孤光独徘徊,空烟视升灭。涂随前峰远,意逐后云结。华志分驰年,韶颜惨惊节。推琴三起叹,声为君断绝。

阳岐守风诗

差池玉绳高,掩蔼瑶井没。广岸屯宿阴,悬崖栖归月。役人喜先驰,军令申早发。洲迥风正悲,江寒雾未歇。飞云日东西,别鹤方楚越。尘衣孰挥浣,蓬思乱光发。

发长松遇雪诗

土牛既送寒,蓂陵方浃驰。 振风摇地局,封雪满空枝。江渠合为陆,天野浩无涯。饮泉冻马骨,斫冰伤役疲。昆明岂不惨,黍谷宁可吹。

咏史诗

五都矜财雄,三川养声利。百金不市死,明经有高位。京城十二衢,飞甍各鳞次。仕子影华缨,游客竦轻辔。明星晨未稀,轩盖已云至。宾御纷飒沓,鞍马光照地。寒暑在一时,繁华及春媚。君平独寂寞,身世两相弃。

蜀四贤咏

渤渚水浴凫,舂山玉抵鹊。皇汉方盛明,群龙满阶阁。君平因世闲,得还守寂寞。闭帘注道德,开封述天爵。相如达生旨,能屯复能跃。陵令无人事,毫墨时洒落。褒气有逸伦,雅缋信炳博。如令圣纳贤,金琑易羁络。良遮神明游,岂伊覃思作。玄经不期赏,虫篆散忧乐。首路或参差,投驾均远托。身表既非我,生内任丰薄。

拟古诗八首

其　一

鲁客事楚王，怀金袭丹素。既荷主人恩，又蒙令尹顾。日晏罢朝归，舆马塞衢路。宗党生光辉，宾仆远倾慕。富贵人所欲，道得亦何惧。南国有儒生，迷方独沦误。伐木清江湄，设置守毚兔。

其　二

十五讽诗书，篇翰靡不通。弱冠参多士，飞步游秦宫。侧睹君子论，预见古人风。两说穷舌端，五车摧笔锋。羞当白璧贶，耻受聊城功。晚节从世务，乘障远和戎。解佩袭犀渠，卷袠奉卢弓。始愿力不及，安知今所终。

其　三

幽并重骑射，少年好驰逐。毡带佩双鞬，象弧插雕服。兽肥春草短，飞鞚越平陆。朝游雁门上，暮还楼烦宿。石梁有余劲，惊雀无全目。汉虏方未和，边城屡翻覆。留我一白羽，将以分虎竹。

其　四

凿井北陵隈，百丈不及泉。生事本澜漫，何用独精坚。幼壮重寸阴，衰暮反轻年。放驾息朝歌，提爵止中山。日夕登城隅，周回视洛川。街衢积冻草，城郭宿寒烟。繁华悉何在，宫阙久崩填。空谤齐景非，徒称夷叔贤。

其　五

伊昔不治业，倦游观五都。海岱饶壮士，蒙泗多宿儒。结发起跃马，垂白对讲书。呼我升上席，陈觯发瓢壶。管仲死已久，墓在西北隅。后面崔嵬者，桓公旧冢庐。君来诚既晚，不睹崇明初。玉琬徒见传，交友义渐疏。

其　六

束薪幽篁里，刈黍寒涧阴。朔风伤我肌，号鸟惊思心。岁暮井赋讫，程课相追寻。田租送函谷，兽稿输上林。河渭冰未开，关陇雪正深。笞击官有罚，呵辱吏见侵。不谓乘轩意，伏枥还至今。

其　七

河畔草未黄，胡雁已矫翼。秋蛩挟户吟，寒妇成夜织。去岁征人还，流传旧相识。闻君上陇时，东望久叹息。宿昔改衣带，旦暮异容色。念此忧如何，夜长忧向多。明镜尘匣中，宝瑟生网罗。

其　八

蜀汉多奇山，仰望与云平。阴崖积夏雪，阳谷散秋荣。朝朝见云归，夜夜闻猿鸣。忧人本自悲，孤客易伤情。临堂设樽酒，留酌思平生。石以坚为性，君勿惭素诚。

绍古辞七首

其 一

橘生湘水侧，菲陋人莫传。逢君金华宴，得在玉几前。三川穷名利，京洛富妖妍。恩荣难久恃，隆宠易衰偏。观席妾凄怆，睹翰君泫然。徒抱忠孝志，犹为葑菲迁。

其 二

昔与君别时，蚕妾初献丝。何言年月驶，寒衣已捣治。络绣多废乱，篇帛久尘缁。离心壮为剧，飞念如悬旗。石席我不爽，德音君勿欺。

其 三

瑟瑟凉海风，竦竦寒山木。纷纷羁思盈，慊慊夜弦促。访言山海路，千里歌别鹤。弦绝空咨嗟，形音谁赏录。辛苦异人状，美貌改如玉。徒畜巧言鸟，不解心款曲。

其 四

孤鸿散江屿，连翩遵渚飞。含嘶衡桂浦，驰顾河朔畿。攒攒劲秋木，昭昭净冬晖。窗前涤欢爵，帐里缝舞衣。芳岁犹自可，日夜望君归。

其 五

凭楹玩夜月，迥眺出谷云。还山路已远，往海不及群。徘徊清淮汭，顾慕广江渍。物情乖喜歇，守操古难闻。三越丰少姿，容态倾动君。

其 六

开黛睹容颜，临镜访遥涂。君子事河源，弥祀阙还书。春风扫地起，飞尘生绮疏。文袿为谁设，罗帐空卷舒。不怨身孤寂，但念星隐隅。

其 七

暖岁节物早，万萌迎春达。春风夜婕娟，春雾朝晻霭。软兰叶可采，柔桑条易捋。怨咽对风景，闷瞀守闺闼。天传愁民命，含生但契阔。忧来无行伍，历乱如覃葛。

学古诗

北风十二月，雪下如乱巾。实是愁苦节，惆怅忆情亲。会得两少妾，同是洛阳人。嬛绵好眉目，闲丽美腰身。凝肤皎若雪，明净色如神。骄爱生盼瞩，声媚起朱唇。衿服杂缇缋，首饰乱琼珍。调弦俱起舞，为我唱梁尘。人生贵得意，怀愿待君申。幸值严冬暮，幽夜方未晨。齐衾久两设，角枕已双陈。愿君早休息，留歌待三春。

古 辞

容华不待年，何为客游梁。九月寒阴合，悲风断君肠。叹息空房妇，幽思坐自伤。劳心结远路，惆怅独未央。

拟青青陵上柏诗

涓涓乱江泉，绵绵横海烟。浮生旅昭世，空事叹华年。书翰幸闲暇，我酌子萦弦。飞镳出荆路，骛服指秦川。渭滨富皇居，鳞馆匝河山。舆童唱秉椒，棹女歌采莲。孚愉鸾阁上，窈窕凤楹前。娱生信非谬，安用求多贤。

学刘公干体诗五首

其　一

欲宦乏王事，结主远恩私。为身不为名，散书徒满帷。连冰上冬月，披雪拾园葵。圣灵烛区外，小臣良见遗。

其　二

曀曀寒野雾，苍苍阴山柏。树迥雾萦集，山寒野风急。岁物尽沦伤，孤贞为谁立。赖树自能贞，不计迹幽涩。

其　三

胡风吹朔雪，千里度龙山。集君瑶台上，飞舞两楹前。兹晨自为美，当避艳阳天。艳阳桃李节，皎洁不成妍。

其　四

荷生渌泉中，碧叶齐如规。回风荡流雾，珠水逐条垂。彪炳此金塘，藻耀君王池。不愁世赏绝，但畏盛明移。

其　五

白日正中时，天下共明光。北园有细草，当昼正含霜。乖荣顿如此，何用独芬芳。抽琴为尔歌，弦断不成章。

拟阮公夜中不能寐诗

漏分不能卧，酌酒乱繁忧。惠气凭夜清，素景缘隙流。鸣鹤时一闻，千里绝无俦。伫立为谁久，寂寞空自愁。

学陶彭泽体诗

长忧非生意，短愿不须多。但使尊酒满，朋旧数相过。秋风七八月，清露润绮罗。提瑟当户坐，叹息望天河。保此无倾动，宁复滞风波。

数名诗

一身仕关西，家族满山东。二年从车驾，斋祭甘泉宫。三朝国庆华，休沐还旧邦。四牡曜长路，轻盖若飞鸿。五侯相饯送，高会集新丰。六乐陈广坐，组帐扬春风。七盘起长袖，庭下列歌钟。八珍盈雕俎，绮肴纷错重。九族共瞻迟，宾友仰徽容。十载学无就，善宦一朝通。

建除诗

建旗出敦煌，西讨属国羌。除去徒与骑，战车罗万箱。满山又填谷，投鞍合营墙。平原亘千里，旗鼓转相望。定舍后未休，候骑敕前装。执戈无暂顿，弯弧不解张。破灭西零国，生虏郅支王。危乱悉平荡，万里置关梁。成军入玉门，士女献壶浆。收功在一时，历世荷余光。开壤袭朱绂，左右佩金章。闭帷草太玄，兹事殆愚狂。

白云诗

探灵喜解骨，测化善腾天。情高不恋俗，厌世乐寻仙。炼金宿明馆，屑玉止瑶渊。凤歌出林阙，龙驾戾蓬山。凌崖采三露，攀鸿戏五烟。昭昭景临霞，汤汤风媚泉。命娥双月际，要媛两星间。飞虹眺卷河，泛雾弄轻弦。笛声谢广宾，神道不复传。一逐白云去，千龄犹未旋。

临川王服竟还田里诗

送旧礼有终，事君惭懦薄。税驾罢朝衣，归志愿巢壑。寻思邈无报，退命愧天爵。舍耨将十龄，还得守场藿。道经盈竹笥，农书满尘阁。怆怆秋风生，戚戚寒纬作。丰雾粲草华，高月丽云崿。屏迹勤躬稼，衰疾倚芝药。顾此谢人群，岂直止商洛。

行药至城东桥诗

鸡鸣关吏起，伐鼓早通晨。严车临迥陌，延瞰历城闉。蔓草缘高隅，修杨夹广津。迅风首旦发，平路塞飞尘。扰扰游宦子，营营市井人。怀金近从利，抚剑远辞亲。争先万里涂，各事百年身。开芳及稚节，含彩吝惊春。尊贤永照灼，孤贱长隐沦。容华坐销歇，端为谁苦辛。

园中秋散诗

负疾固无豫，晨衿怅已单。气交蓬门疏，风数园草残。荒墟半晚色，幽庭怜夕寒。既悲月户清，复切夜虫酸。流枕商声苦，骚杀年志阑。临歌不知调，发兴谁与欢。傥结弦上情，岂孤林下弹。

观圃人艺植诗

善贾笑蚕渔，巧宦贱农牧。远养遍关市，深利穷海陆。乘轺实金羁，当垆信珠服。居无逸身伎，安得坐粱肉。徒承属生幸，政缓吏平睦。春畦及耘艺，秋场早芟筑。泽阅既繁高,山营又登熟。抱锸垄上餐,结茅野中宿。空识己尚淳,宁知俗翻覆。

过铜山掘黄精诗

土昉闷中经,水芝韬内策。宝饵缓童年,命药驻衰历。矧蓄终古情,重拾烟雾迹。羊角栖断云,榼口流隘石。铜溪昼森沉,乳窦夜涓滴。既类风门磴,复像天井壁。蹀蹀寒叶离,瀌瀌秋水积。松色随野深,月露依草白。空守江海思,岂愧梁郑谷。得仁古无怨,顺道今何惜。

卖玉器者诗

见卖玉器者,或人欲买,疑其是珉,不肯成市,聊作此诗,以戏买者。

泾渭不可杂,珉玉当早分。子实旧楚客,蒙俗谬前闻。安知理孚采,岂识质明温。我方历上国,从洛入函辕。扬光十贵室,驰誉四豪门。奇声振朝邑,高价服乡村。宁能与尔曹,瑜瑕稍辨论。

怀远人

哀乐生有端,离会起无因。去事难重念,恍惚似如神。属期眇已远,后遇邈无辰。驰风扫遥路,轻萝含夕尘。思君成首疾,欲息眉不伸。

梦归乡诗

衔泪出郭门,抚剑无人逵。沙风暗塞起,离心眷乡畿。夜分就孤枕,梦想暂言归。孀妇当户叹,缫丝复鸣机。慊款论久别,相将还绮闱。历历檐下凉,胧胧帐里辉。刈兰争芬芳,采菊竞葳蕤。开奁夺香苏,探袖解缨徽。寐中长路近,觉后大江违。惊起空叹息,恍惚神魂飞。白水漫浩浩,高山壮巍巍。波澜异往复,风霜改荣衰。此土非吾土,慷慨当告谁。

春羁诗

征人叹道遐,去乡愒路迩。佳期每无从,淮阳非尺咫。春日起游心,劳情出徙倚。岫远云烟绵,谷屈泉靡迤。风起花四散,露浓条旖旎。暄妍正在兹,摧抑多嗟思。嘶声名边坚,岂我箱中纸。染翰饷君琴,新声忆解子。

岁暮悲诗

霜露迭濡润,草木互荣落。日夜改运周,今悲复如昨。昼色苦沉阴,白雪夜回薄。皦洁冒霜雁,飘扬出风鹤。天寒多颜苦,妍容逐丹壑。丝罥千里心,独宿乏然诺。岁暮美人还,寒壶与谁酌。

在江陵叹年伤老诗

五难未易夷，三命戒渊抱。方瞳起松髓，赪发疑桂脑。役生良自休，大患安足保。开帘窥景夕，备属云物好。翾翾燕弄风，袅袅柳垂道。池渎乱苹萍，园楥美花草。节如惊灰异，零落就衰老。

夜听妓诗二首

其　一

夜来坐几时，银汉倾露落。澄沧入闺景，葳蕤被园藿。丝管感暮情，哀音绕梁作。芳盛不可恒，及岁共为乐。天明坐当散，琴酒驶弦酌。

其　二

兰膏消耗夜转多，乱筵杂坐更弦歌。倾情逐节宁不苦，特为盛年惜容华。

玩月城西门廨中诗

始见西南楼，纤纤如玉钩。末映东北墀，娟娟似蛾眉。蛾眉蔽珠栊，玉钩隔琐窗。三五二八时，千里与君同。夜移衡汉落，徘徊帷幌中。归华先委露，别叶早辞风。客游厌苦辛，仕子倦飘尘。休浣自公日，宴慰及私辰。蜀琴抽白雪，郢曲发阳春。肴干酒未阕，金壶启夕沦。回轩驻轻盖，留酌待情人。

喜雨诗

营社达群阴，屯云掩积阳。河井起龙蒸，日魄敛游光。族云飞泉室，震风沉羽乡。升氛浃地维，倾润泻天潢。平洒周海岳，曲潦溢川庄。惊雷鸣桂渚，回涓流玉堂。珍木抽翠条，炎卉濯朱芳。关市欣九赋，京廪开万箱。无谢尧为君，何用知柏皇。

苦雨诗

连阴积浇灌，滂沱下霖乱。沉云日夕昏，骤雨望朝旦。蹊泞走兽稀，林寒鸟飞晏。密雾冥下溪，聚云屯高岸。野雀无所依，群鸡聚空馆。川梁日已广，怀人邈渺漫。徒酌相思酒，空急促明弹。

咏白雪诗

白珪诚自白，不如雪光妍。工随物动气，能逐势方圆。无妨玉颜媚，不夺素缯鲜。投心障苦节，隐迹避荣年。兰焚石既断，何用恃芳坚。

三日诗

气暄动思心,柳青起春怀。时艳怜花药,服净悦登台。提觞野中饮,爱心烟未开。露色染春草,泉源洁冰苔。泥泥濡露条,袅袅承风栽。凫雏掇苦荠,黄鸟衔樱梅。解衿欣景预,临流竞覆杯。美人竟何在,浮心空自摧。

咏秋诗

秋兰徒晚绿,流风渐不亲。飙我垂思幕,惊此梁上尘。沈阴安可久,丰景将遂沦。何由忽灵化,暂见别离人。

秋夕诗

虑涕拥心用,夜默发思机。幽闺溢凉吹,闲庭满清晖。紫兰花已歇,青梧叶方稀。江上凄海戾,汉曲惊朔霏。发斑悟壮晚,物谢知岁微。临宵嗟独对,抚赏怨情违。踌躇空明月,惆怅徒深帷。

秋夜诗二首

其　一

夜久膏既竭,启明旦未央。环情倦始复,空闺起晨装。幸承天光转,曲影入幽堂。徘徊集通隙,宛转烛回梁。帷风自卷舒,帘露视成行。岁役急穷晏,生虑备温凉。丝纨夙染濯,绵绵夜裁张。冬雪旦夕至,公子乏衣裳。华心爱零落,非直惜容光。愿君翦众念,且共覆前觞。

其　二

遁迹避纷喧,货农栖寂寞。荒径驰野鼠,空庭聚山雀。既远人世欢,还赖泉卉乐。折柳樊场圃,负绠汲潭壑。霁旦见云峰,风夜闻海鹤。江介早寒来,白露先秋落。麻垄方结叶,瓜田已扫箨。倾晖忽西下,回景思华幕。攀萝席中轩,临觞不能酌。终古自多恨,幽悲共沦铄。

和王护军秋夕诗

散漫秋云远,萧萧霜月寒。惊飙西北起,孤雁夜往还。开轩当户牖,取琴试一弹。停歌不能和,终曲久辛酸。金气方劲杀,隆阳微且单。泉涸甘井竭,节徙芳岁残。生事各多少,谁共知易难。投章心蕴结,千里途轻纨。愿托孤老暇,觞思暂开餐。

冬至诗

舟迁庄甚笑,水流孔急叹。景移风度改,日至晷回换。眇眇负霜鹤,皎皎带云雁。长河结瓓玕,层冰如玉岸。哀哀古老容,惨颜愁岁晏。催促时节过,逼迫聚离散。美人还未央,鸣筝谁与弹。

冬日诗

严云乱山起,白日欲还次。曛雾蔽穷天,夕阴晦寒地。烟霾有氛氲,精光无明异。风急野田空,饥禽稍相弃。含生共通闭,怀贤孰为利。天规苟平圆,宁得已偏媚。瀚海有归潮,衰容不还稚。君今且安歌,无念老方至。

望水诗

刷鬓垂秋日,登高观水长。千涧无别源,万壑共一广。流驶巨石转,湍回急沫上。苕苕岭岸高,照照寒洲爽。东归难忖恻,日逝谁与赏。临川忆古事,目孱千载想。河伯自矜大,海若沉渺莽。

望孤石诗

江南多暖谷,杂树茂寒峰。朱华抱白雪,阳条熙朔风。蚌节流绮藻,辉石乱烟虹。泄云去无极,驰波往不穷。啸歌清漏毕,徘徊朝景终。浮生会当几,欢酌每盈衷。

山行见孤桐诗

桐生丛石里,根孤地寒阴。上倚崩岸势,下带洞阿深。奔泉冬激射,雾雨夏霖淫。未霜叶已肃,不风条自吟。昏明积苦思,昼夜叫哀禽。弃妾望掩泪,逐臣对抚心。虽以慰单危,悲凉不可任。幸愿见雕斫,为君堂上琴。

咏双燕诗二首

其 一

双燕戏云崖,羽翰始差池。出入南闺里,经过北堂陲。意欲巢君幕,层楹不可窥。沉吟芳岁晚,徘徊韶景移。悲歌辞旧爱,衔泪觅新知。

其 二

可怜云中燕,旦去暮来归。自知羽翅弱,不与鹄争飞。寄声谢飞鹄,往事子毛衣。琐心诚贫薄,叵吝节荣衰。阴山饶苦雾,危节多劲威。岂但避霜雪,当儆野人机。

月下登楼连句

佛仿萝月光,缤纷篁雾阴。乐来乱忧念,酒至歇忧心。露入觉牖高,萤蜚测苑深。清气澄永夜,流吹不可临。密峰集浮碧,疏澜道瀛寻。嗽玉延幽性,攀桂藉知音。辰意事沦晦,良欢戒勿祲。昭景有遗驷,疏贾无留金。

与谢尚书庄三联句

霞辉兮涧朗，日静兮川澄。风轻桃欲开，露重兰未胜。水光溢兮松雾动，山烟叠兮石露凝。掩映晨物彩，连绵夕羽兴。

赠顾墨曹诗

昏明易远，离会难揆。云辙泉分，西舻东轨。

拟古诗

中坐溢朱组，步栏篚琼弁。礼登伫眷情，乐阕延皇眄。

酒后诗

晨节无两淹，年意不俱处。自非羽酌欢，何用慰愁旅。

讲易诗

云泽翔羽姬，横盖招益人。贲园无金尚，履道易书绅。

可爱诗

风帷闪珠带，月幌垂雾罗。魏粲缝秋裳，赵艳习春秋。

夜听声诗

辞乡不觉远，欢寡忧自繁。何用慰秋望，清烛视夜翻。

在荆州与张使君李居士联句

桥磴支吾辙，篁路拂轻鞍。三尹无喜色，一适或垂竿。

鲍令晖

鲍令晖，北东海郡(治所位于今涟水境)人，鲍照之妹。南朝宋、齐女文学家。曾有《香茗赋集》传世，已散佚。另有《拟青青河畔草》《客从远方来》《古意赠今人》《代葛沙门妻郭小玉作诗二首》等传世。

拟青青河畔草

袅袅临窗竹，蔼蔼垂门桐。灼灼青轩女，泠泠高台中。明志逸秋霜，玉颜艳春红。人生谁不别，恨君早从戎。鸣弦惭夜月，绀黛羞春风。

拟客从远方来

客从远方来，赠我漆鸣琴。木有相思文，弦有别离音。终身执此调，岁寒不改心。愿作阳春曲，宫商常相寻。

代葛沙门妻郭小玉作诗二首

其　一

明月何皎皎，垂幌照罗茵。若共相思夜，知同忧怨晨。芳华岂矜貌，霜露不怜人。君非青云逝，飘迹事咸秦。妾持一生泪，经秋复度春。

其　二

君子将遥役，遗我双题锦。临当欲去时，复留相思枕。题用常着心，枕以忆同寝。行行日已远，转觉心弥甚。

题书后寄行人诗

自君之出矣，临轩不解颜。砧杵夜不发，高门昼常关。帐中流熠耀，庭前华紫兰。物枯识节异，鸿来知客寒。游用暮冬尽，除春待君还。

古意赠今人

寒乡无异服，毡褐代文练。日日望君归，年年不解缏。荆扬春早和，幽冀犹霜霰。北寒妾已知，南心君不见。谁为道辛苦？寄情双飞燕。形迫杼煎丝，颜落风催电。容华一朝尽，唯馀心不变。

寄行人

桂吐两三枝，兰开四五叶。是时君不归，春风徒笑妾。

王义方

王义方（615～669），唐泗州江苏涟水人，举明经，为侍御史，以弹劾权奸贬崖州。一生仁义之举甚多，入乡贤祠。有《笔海》10卷、文集10卷。

被　谪

孤臣长抱杞人忧，沥血陈言叹未投。一点丹心终不冷，梦魂常在帝京游。

抚桐有感

碧玉亭亭清庙材,如何弃掷伴苍苔?世间多少闲花草,簇簇移居上苑栽!

盛如梓

盛如梓,元从仕郎、崇明州判官。

唐显节侯庙乐歌

谔谔厥志,凛凛英风。此首可碎,彼奸勿容。母言在耳,我心所同。甘自底兮,篮肯国邛。迹屈志伸,位卑望崇。涟不扬波,神之靖共。遗休克相,咸底岁丰。礼严祀事,孔惠侯封。猗欤守臣,有光乃荣。载询载谋,一善悦从。俟其来止,子孙吉逢。高山景行,永安于东。

按:盛如梓应邀于元仁宗延祐六年(1319)为王义方祠撰写碑记并写下这首赞歌。

贾　进

贾进,明淮安府安东(今涟水)人,永乐二十年(1422)举人,湖广按察司签事。入祀乡贤。

咏唐侍御王公

持身刚正振纲常,凛凛威风远近扬。执法太微那敢犯?逆鳞孤节孰能方。
大廷三叱柔奸退,汗简千年道义彰。愧我不才居后进,万无一二踵余芳。

金城晚照

载酒濼湖放棹归,宪台事已与今非。金城才过初霁雨,一镇人家照夕晖。

赤岸寒潮

显节祠前赤岸滩,怒湍声似叱权奸。祠前倘有斯人过,魂逐潮流心胆寒。

龙潭夜雨

满天疏雨暗涟湄,正是钟声夜半时。何处锵锵响琼玉,飞泉只在白龙池。

王礼志

王礼志，明淮安府安东县人，廪生。

村　居

性僻寄林幽，孤怀深野筑。柳丝暗溪烟，条条覆山麓。草木恣所生，好鸟聚成族。凯风自南来，细雨泽长蓼。老农负锄还，短蓑载归牧。欣然讴耜歌，浊醪问种稑。主人散衣冠，倚徙坐岩谷。开卷感古人，对此晚风沐。

朱德重

朱德重，明淮安府安东县人。

洪水篇

黄河一派来天关，海门东去折复还。银河直下千万丈，灵根倒挂斗牛间。浩浩昆仑涌不绝，绵绵襟带原相环。上由青徐下淮泗，频年作眚民凋残。毒龙乘之怒且吼，鲸鲵鼓鬣千层翻。荡我田兮析我舍，木巢土窟那能安？野磷渔火不忍见，九衢三市皆扬帆。闾阎翻作蛟蜃穴，冯夷晚瞰幽居闲。陆地茫茫尽沉溺，会见襄陵与怀山。水兮水兮，胡不望尾闾以驶赴，日依城郭兴狂澜。讵若汉世瓠子决，歌谣至今垂班班。涟民困穷亦已甚，天胡不惠俾罹艰。吁嗟乎！河伯不可诉，天公不可扳。白马苍璧今已尽，神禹千载何当还？安得一展济川手，大拯黎庶俾欢颜。

盖　华

盖华，明淮安府安东县人，景泰四年(1453)举人，授福建按察司知事。

次韵金铣《涟水夜宿丹房赠羽士舒玄靖》

不踏维摩一苇航，乘闲散步过云房。雪晴风暖尘应少，冬至阳生日渐长。
羽客有情吹玉笛，尘缘无梦到仙乡。天宫独羡天孙巧，织就云霞胜锦裳。

贾　颜

贾颜，明淮安府安东县人，成化初年贡生。

赤岸寒潮

显节褒封贬后荣,祠临赤岸傍亲茔。试听吞吐潮声处,似向祠前诉不平。

王益谦

王益谦(1464～?),字体乾,明淮安府安东县人。成化十六年(1480)举人。二十年(1484)进士,授刑部云南司主事,福建司员外郎,升工部营缮司郎中,后任刑部广西司复职方司。卒于官。

题显节侯祠堂

其　一

眼刺奸雄炽虐秋,熏天气焰一封收。栽培李室三宗业,昭雪唐家百宰羞。

凛凛英风掀宇宙,堂堂正气负山丘。崇墉庙貌依淮浒,尤障狂澜砥巨流。

其　二

人猫病国众咸知,势重如山孰敢移。不矢丹心勘国乱,令甘蜜口济阿私。

躯捐首碎当斯际,阴剥阳围在此时。子母忠贤天地老,每瞻遗像振人思。

按:显节侯祠在安东古淮河边赤岸,祀唐侍御史王义方。元盛如梓、明杨谷各有碑记。历代屡加修葺。延祐己未(1319)七月,立碑于祠。崇祯十五年(1642),河涨没于水。

廖景湄

廖景湄,明巴陵人,正德间(1506～1521)任安东县学训导。

贤母荒坟

阿母显知教子方,委身事国重纲常。夜台纵使荒芜合,却有芳名汗简香。

丹井甘泉

神君炼就得三丹,石甃中泠置一丸。酿出涓涓泉脉旨,只今犹沁薜萝寒。

万　镒

万镒,字廷宝,号鸥溪,明淮安府安东县人。邑庠生,工诗赋。正德十一年(1516),纂修县志。

赤岸寒潮

远障狂澜赤岸高，长淮风吼浪声豪。鲛人夜泣翻银岸，河伯冥灵鼓雪涛。
流出山源桐柏水，波摇地脉海门潮。年年东注朝宗去，谁复临川叹逝滔。

按：海门因淮河水时经涟水境云梯关入海，故名。

金城晚照

无边落照映荒城，云是金人建此名。千古夕阳空雉堞，一川烟雨杂鸦声。
云飞极浦渔舟晚，暝入平原牧笛横。几度登临翘望处，离离禾黍倍含情。

贤母荒坟

李室忠臣母氏贤，一抔荒陇瘗淮堧。只应教子全名节，遂使芳名入简编。
鹤返千年华表柱，人归长夜茂陵阡。我今吊古寻幽处，默对西风思惘然。

嵇　钢

嵇钢，字克坚，明淮安府安东县人。万历三十四年(1606)举人，曾任於潜、海盐、河州知县，官至临洮知府。所至有惠政，入祀名宦祠。曾修订《安东县志》。

涟水八景

金城晚照

百雉名城瓦砾中，一场金粉绘虚空。历阳庙社沉秋水，海市旌旗散午风。
远浦鸥群邻梵宇，青天鱼网晒离宫。平沙落日霞如绮，还似琼楼舞袖红。

赤岸寒潮

河吞淮泗奔沧海，海若相迎亦到涟。新涨每侵渔浦上，旧痕常摭雁沙边。
乾坤阖辟盈消息，朝暮盈虚自往还。闲到龙祠观赤岸，风声雨意听潺湲。

能仁宝塔

孚堵波城插紫烟，梵王宫殿接诸天。江河海水杯中泻，日月灯光斗际悬。
法雨廉纤石磴外，慈云缥缈画栏前。罡风九级檐铃语，替戾冈来唤老禅。

按：能仁宝塔即宋妙通塔。

硕项清波

梦落鱼蓑泛渺茫，玻璃万顷试鸣榔。回纹鲛室开新杼，展镜湘灵拂素妆。
两岸芙蓉江月近，一声鸿雁楚云惊。倘教我作鸱夷子，定载夷光老是乡。

按：硕项湖，旧志云，去治西北一百二十里。

龙潭夜雨

小架垂虹跨练晖，相传尺木破空飞。俄成鳞鬣缘丹药，顿鼓雷霆上紫微。
行雨未能忘故处，深宵时复亦来归。苍生四海同忧旱，莫抱珠眠便息机。

按：龙潭，去县署东一百步。

豹隐春风

萍蓬书剑暂栖迟，豹隐堂传赵少师。雪尽难传鸿爪迹，桐枯犹忆凤巢枝。
青云枫背君王梦，黄绢蓉城主者词。庭院荒凉人去远，春风吹绿草离离。

按：豹隐堂，宋赵概书馆，在安东文庙前。

丹井甘泉

虎坎龙离大药成，昔人服食已身轻。还从金鼎分灵觋，付与银床待后生。
盘井盈盈甘露水，瓶笙谡谡煮茶声。看予行满三千日，鹤背天风觐玉清。

墨池飞雾

波摇寒影上须眉，云是襄阳洗墨池。当日已传颠是韵，后人漫笑洁为痴。
每逢雾起涟漪上，辄想云生海岳时。欲出先生云雾里，秋江写意更题诗。

按：洗墨池，在五岛公园内，旧在安东县治墙后。

吕 律

吕律，明沧州人，万历三十八年至三十九年(1559~1560)任安东知县。

丹 井

银床澄澈重仙人，苔藓斜侵玉液新。丽日晴含丹井见，微风软入绿纹匀。
九还开镜平欺玉，一粒摇波不染尘。天为圣明呈瑞兆，醴泉长涌世如春。

嵇 瀚

嵇瀚，明淮安府安东县人，嵇钢侄。正德初(1506~1521)选贡，官终开化县知县。

涟水八景步叔父刺史公韵

金城晚照

澹云疏雨夕阳中，极目当年壮丽空。椒殿金铺虚返照，人家蘋末起秋风。
远山似黛开生面，碧土如花没故宫。消尽豪华歌舞散，一川流水乱纹红。

赤岸寒潮

闲关河伯宾大泽，汇激余波及古涟。十尺雪飞皎月下，千层花凑赤堤边。

只凭至信终今古，讵为奇观浪转旋。欲泛仙槎从此去，海天深处听潺湲。

能仁宝塔

亭亭笔立写缥烟，呼吸可通忉利天。云卷有时依楯宿，日闲随意傍檐悬。
星槎几点青霞外，海鹤双飞玉麈前。绝顶更须一进步，英雄不老学婆禅。

硕项清波

澄湖如鉴照苍茫，柳岸阴阴响桂榔。难雨难云小米尽，且浓且淡阿西妆。
蒹葭淅沥秋风爽，渔火萧疏午月凉。拟买扁舟谢尘事，移家附籍水烟乡。

龙潭夜雨

钩舟声外送斜晖，潭上如烟暮雨飞。恍惚神龙初破壁，直疑哀玉振元微。
镜中夜冷潜鲛泣，海外山枯石燕归。为爱潇湘云气满，疏钟何处发清机。

豹隐春风

杖藜揽古意迟迟，俯仰先生一代师。此日春风空豹隐，当年夜月寄乌枝。
细寻流韵唯芳草，再拜招魂诵楚辞。搔首荒阶重延伫，孤烟暝树正迷离。

丹井甘泉

黄芽白雪九还成，道济心殷至宝轻。半黍蟠飞聊尔尔，一丸源醴自生生。
良时犹见元珠娘，午夜尝闻铁笛声。满地绿云梧影乱，银床玉井共秋清。

墨池飞雾

曾观寺额挹芝眉，又见衙斋墨雾池。拜石端章从所好，洁身违俗也非痴。
佳人去后留余韵，胜迹于今异昔时。黯黯小塘凝老碧，惘然怀古漫题诗。

王启运

王启运（1598～1656），字驭六，号古彝，明末清初淮安府安东县人。年十七补邑庠弟子员，崇祯元年（1628）贡生，六年（1633）应顺天乡试中副榜，九年（1636）举孝廉。清顺治十二年（1655）举人，赴礼部会试途中卒。

涟水八景

金城晚照

何年青社故王宫，仿佛金城百雉崇。朱邸旧尝开辇道，典忏何处抱遗弓。
云仍禁苑槐衙绿，枫学歌筵烛影红。钟鼎功名销不尽，海人指点夕阳中。

能仁宝塔

中拄涟城半壁天，晓昏青锁万家烟。西归卧佛何时醒，百丈浮图斗气连。
缥瓦光沉云濩落，朱甍秋迥月婵娟。定钟觉后慈幢冷，销尽人间草木年。

龙潭夜雨

龙去潭空带瓦桥，潭云犹自起回潮。三更风雨喧城堞，百道精灵混斗杓。
鳞甲擐金丹气饱，爪牙喷玉海光摇。作霖已得天门种，不患桑麻沃土焦。

墨池飞雾

黑色淋漓映水青，方塘迤演截沧溟。蘋花夜吐江郎笔，邻火宵悬处士星。
日昃城陴鸠逐妇，雾飞高槛鹤梳翎。风流岁久荀香在，碑石犹存旧馆铭。

硕项清波

西枕桑墟东接河，烟波深处起渔歌。芦花梦熟霜前雁，荇带青翻雨后鹅。
罾浴湖滩收白小，稻肥秋井阁蒲螺。口钱塞赋千家急，民业如今仰钓蓑。

豹隐春风

五色文成照九寰，豹堂曾是旧柴关。人师理学开濂洛，金马词名小谢颜。
设乐谈经重泮水，环桥听讲炙高山。如今揽辔蓉城远，帘外闲花满地斑。

丹井甘泉

灵源岁汲井花香，仙子投丹化蜜房。百尺泉飞邻海穴，千年人道长砂床。
辘轳昼转云生向，瓶碗朝提玉有光。县尉年来梅福少，衙斋莫使盗泉伤。

赤岸寒潮

淮澨孤城似直沽，信潮来去只须臾。楼船花鼓天吴曲，蜃市云旗海若图。
万弩鸣秋漂赤岸，千家举火接蓬壶。惊涛喷薄寻常有，米令投诗事有无。

墨池亭上望能仁寺古塔

墨池西望日初颓，一笏青山插水隈。百雉烟生城角暮，残杨风动塔铃哀。
罘罳仿佛包禅火，楼观峥嵘护讲台。归雁不知何处怨，呀呀啼过古祠来。

张　纬

张纬，字象坤，明淮安府安东县人，祥符县丞张金子。崇祯十五年(1642)贡生，擢贡元，授推官，改铜陵训导，死于国难。入名宦。

赤　岸

诗息洪涛怒，临风忆米颠。乃知清白吏，何境不恬然。

按：赤岸，古淮河岸边，位于今涟城西南。作者自注“米南宫投诗处”。

卜 祐

卜祐，明淮安府安东县人。

咏节孝苏氏回文

悠悠懿德毓芳年，苦节清贞耀日妍。愁对黯灯孤唳雁，梦回残夜隔行鸳。
秋天皓月澄心鉴，冻竹寒松凛节全。丘墓树碑坊载里，流传永岁纪英贤。

孙文显

孙文显，字维章，明淮安府安东县人，末贡监生。幼年聪敏，九十天读完十三经。候选教谕。

硕项清波

平湖遥望霭空蒙，万顷玻璃夕照中。烟涌似潮凫雁集，月明如练水天同。
依微村落随波赤，寂历渔灯傍岸红。满目苍葭秋气爽，溯回愿作狎鸥翁。

嵇仞献

嵇仞献，字天眉，明末清初淮安府安东县人，崇祯十二年(1639)恩贡。

桃源行并引

涟之西，村去城四十里，居人多桃为圃。庚戌清明前二日，桃花盛开，灿若蒸霞，繁衍十余里，俨似武陵溪。径偕二三友人，携酒具筵，途酣，偿佐以狂歌，感美景之难逢，良会之易失也。诗以纪之。

十里夭红春色奢，行人步步入桃花。武陵曾引渔郎径，茅屋依然隐士家。
芳草留连歌白雪，玉壶倚徙醉青霞。年来自失当前景，悔向天涯泛客槎。

村 居

径绕蓬蒿罢剪锄，就荒吾亦爱吾庐。蒸梨饷妇携新酒，分火邻家读旧书。
社散人归疏树外，晚晴鸠唤落霞余。江潭凭吊年年泪，又见榴花照眼初。

濮 璠

濮璠，字愚山，明末清初淮安府安东县人，崇祯年(1628～1644)贡生。

青陵台诗

邑北有双墩，名夜合，相传为韩凭夫妇墓。

道旁有双墩，相传是古墓。墓中复何人？韩凭夫与妇。死后穴则同，益触君王怒。两两相峙间，相去逾百步。生既使之离，死复不相附。一朝梓木生，枝叶相交互。两墩若为一，因名夜合故。魂魄不相间，绸缪亦已固。倏忽化凤凰，悲鸣集其树。节义并死生，中夜哀如诉。奇树岂长留，凤凰久戢羽。唯有古墓存，千载泣行路。

范公堤

偶向一帆问旧溪，居人犹说范公堤。千年草木川原迴，旷代风流斗岳齐。
海市楼台初旭外，津桥车马夕阳西。风檐回首观人代，多少兴亡客思迷。

吴一元

吴一元，字见始，明范县人，崇祯六年(1632)进士，崇祯六年至八年(1633～1635)任安东知县。在任廉惠严正，严惩胥吏，除积弊，士民怀之。

能仁寺谒卧佛

其 一

蹈宝归元去，莲花赤岸留。浣肠万劫净，正果一炎收。
观世掌中眼，驾风石作舟。我来涟水上，访古拜仙娄。

其 二

觉先爰觉世，何事只长眠。似厌嚣中苦，特寻梦里缘。
灵光半塔迴，慧性一龛悬。料应荼毘后，昙香散诸天。

清初无名氏

高沟中桥口

南北东西作走廊，行人拥挤即寻常。中桥自古繁华处，夜市灯火茶馆忙。

按:该诗创作年代应在清朝前期。选自《高沟镇志稿》。

嵇宗孟

嵇宗孟(1613～?),号子震,字淑子,明末清初淮安府安东县(今涟水)人,家居山阳。嵇钢六世孙,与顾炎武等为好友。崇祯九年(1636)举人。清初任温州司李,时人将他比作包公。康熙二年(1663)进士,任武昌府丞,升杭州知府。举博学鸿词,以疾未就。有《立命堂集》《楚江篇》《瓯乐行田录》《座右铭》等。

舟次富江和澹庵

雨后青山生晓雾,玉露湿衣不忍去。洞口花深虎豹闲,应有仙人啸孤树。我来醉卧沙棠舟,拥被看山青两眸。当船双鹤亦解意,叫破白云山上头。

乐清喜雨

云去春山青,云掩春山黑。鸣鸠响田畴,风吹雨丝直。
荒城寒戍火,废馆留虎迹。所幸麦叶齐,雁人欢地德。

山中宿

山屋一孤航,萧疏客梦凉。归风喧竹瓦,去月恋匡床。
旧业同鸡肋,新贫到酒肠。明朝山路险,愁杀野云黄。

丙午秋杪舟次双桥酬宫雪湄韵

层云阻岸浮,初月吐山头。孤客鲈鱼梦,荒灯蚱蜢舟。
忧民常卧病,感遇不言愁。最喜东皋熟,鸿人报有秋。

宿寂光寺

到此爱清旷,僧楼卧一山。种花供佛笑,移石放云还。
阶壁苍苔古,旛幢白昼闲。远公如可问,余意老禅关。

武林踏荒诗

朝出武林北,野塘树幽幽。愁深凫雁语,涕尽稻粱谋。
裹饭伤行路,肩豚误祝篝。三吴都会地,萧飒转宜秋。

七夕集一草亭

秋色润柴荆，天高起鹤声。入门人岸岸，留客坐清清。
纤月迟云轸，幽篁响夜笙。居平憎谬巧，未肯乞时名。

九日尊经阁登高

凉风澹四野，怅望龙山阴。采采晚秋色，悠悠初雁心。
丹梯真宰近，白酒故人临。莫怨茱萸少，投簪已到今。

中秋官雪老招饮西湖即席赠此

高天飞雨细如丝，画桨轻摇白浪迟。满座春风千石酒，一湖秋水半楼诗。
花枝照眼人如醉，鸥鸟忘机我自知。歌罢莫愁归路晚，羡君明月在襟期。

永康道中

方岩云鹤渺千年，宝鼎丹甍忆万仙。天借桃花秋作树，鸟耕荞麦雪为田。
人家半露寒烟外，车马初归夕照边。惭愧向平婚嫁俗，东篱那用买山钱。

黄鹤楼

其　一

巍楼鹄立白云边，飞柱层柯日月悬。灯火万家江汉市，烟波千里洞庭船。
群峰矗矗山如笠，芳草油油春可怜。南燕北鸿频极目，掀杯一笑俨登仙。

其　二

筚路天开古鄂州，振衣千仞独登楼。车书王会轮蹄盛，风雨山城旌旆愁。
水导中原分大别，鹤飞绝顶即丹丘。孙吴事业东流尽，垂柳年年空白头。

晚步墨池

百亩池含古墨香，画桥横水绿萍光。清秋倒影鱼吞月，落日沉金鹭语塘。
碑冷苍苔埋赑屃，风高醴酒赛祠堂。不知书画船何在，吾欲搴芳著夜航。

涟水八景

金城晚照

羲和退食自巾车，别有螭龙饯故墟。戈汗鲁阳三舍地，花盘灰野一枝余。
河干帝女春缫雪，云里天孙夜曝书。直为山家无暮气，翻教冷落玉蟾蜍。

赤岸寒潮

广漠风团雁口沙，波臣推毂水之涯。黄中一气通霄汉，春雨半帆坐雪花。
蛤母编珠尝入贡，鲛人张鼓自排衙。天心会有盈虚理，我欲昆仑访石楂。

能仁宝塔

黄河万里走乾门，东去为朝百谷尊。遗有玉龙尝见尾，顷教佛母笑无言。
岱宗云物来天马，海市烟楼挂月痕。但问淮南鸡犬信，人间瓦釜不须论。

硕项清波

西望平湖接锦淙，凫鹭从此拜堤封。大河如带将支子，表海为郛号附庸。
春浦无人留去雁，白坡有意护眠龙。我思小艇同天坐，细割云根代两峰。

龙潭夜雨

神物先天总百灵，大丹趣驾起沧溟。人从风雨听车马，帝册江河役典型。
月黑鱼梁思旦旦，夜深佛火尚星星。近知汗漫多鞅掌，我愿权呼作蝘蜓。

豹隐春风

坏馆风吹子午花，当年皋比揖颛家。九苞是凤原称鸟，五化为龙不谓蛇。
江汉重来新贾传，铜刀犹是旧侯芭。至书世上饥驱者，莫向屠儿寄岁华。

丹井甘泉

方壶海外毓珠胎，移向神州佐玉垒。大菊歆然推上圣，中泠不敢署仙才。
天留溉釜山中梦，人慕含饴日下来。此地相如多渴病，青泥莫教便如灰。

墨池飞雾

五马神仙爱学书，幞头亲涤玉蟾蜍。寒烟烛石飞新雨，春雁窥人下太虚。
梅市至今思画舫，官斋自昔号颠庐。挥毫曾念眉山否，顿悟当年髯即予。

过涟水东山寺

东望三山不可求，大河元气此中收。一槎磅礴人千里，万树缡缍月半钩。
地接青齐连海岱，家多嵇阮富林邱。阖黎缔造非无意，待我先登最上楼。

酬万年少

危坐荒岩鸟语稠，酒人争为菊花留。无端风雨催车马，忽看龙蛇起泽邱。
曼倩解纷多谑浪，长卿慢世善遨游。山中兄弟劳鸡黍，燕子刚回麦未秋。

卜永昇

卜永昇，清淮安府安东县人。顺治三年(1646)举人、六年进士。历官陕县、修武知县。致仕后修县志，凡三易其稿，使后来修志者有征。

康熙乙巳仲秋三日夜怪水沼田没民

涟古无安地,今尤不得天。怪风田变海,异水尸盈川。
三面烟火绝,深更鬼气阗。萍城危若寄,何策望生全?

和董良韵并谢参议河防

澎湃长淮一奔驶,河伯乱流嗟辔委。声若轰雷挟怒来,洪涛倒翻惊欲起。
唅呀匈礚放狂瀍,夷坟铲麓截山岿。万灶逐波去不还,汤汤四滥滋民痏。
沉浮萍邑海中尘,贤愚共没无安里。五云头降拯溺才,笔砥洪流开治始。
琳琅敲击好生心,愧难裁和徒沾泚。应知金马废瑶池,平地成天在于咫。

王　焕

王焕,清初安东县同知。

夏日游觉慧寺

绿槐高柳映楼台,王气消沉佛殿开。胜迹迄今留白社,荒丘几处长青苔。
蝉声断续随风转,梵呗高低隔槛来。频向山僧论宿昔,留连终日不知回。

孙　意

孙意,清淮安府安东县人,孙文显子。十三岁入县学,读书过目不忘,清初弃科举,隐居盘龙村,赋诗饮酒自娱。曾被选为州司马,未赴任。晚年,总河靳辅选其分管茆良口闸、中河堤河务,欲授予官职,孙意不受。卒年八十四。

建文峰阁

黄流奋迅周涟城,千回百折此盘萦。南北冈陵相对峙,是须高阁东隅撑。但虞所费亦非易,倾囊独任未敢迟。一朝翚飞经营成,用资吾邑文峰瑞。嵯峨直上高巍巍,恍疑椽笔五彩辉。文运风骚代无歇,翔鸾翥凤争嘘唏。谁谓地瘠当斥卤,那知人力足堪补?玲珑卣卣映云霞,创建此阁横今古。

张兰勋

张兰勋,清初淮安府安东县人,庠生。

古漊湖

古漊湖涟东秦书，硕项湖广八十里疆界殊，郯国厚丘分道途。水声澎拜震天都，直下大海狂澜无。夏长荷蕖秋茨菇，飞鸣宿食看鹈鹕。鸂鶒高低雁在芦，夕阳歌唱有渔夫。来去樯帆越与吴，采取渔利倍田租。千百余年人欢娱，黄河涨决水不洿。鱼道今为牛羊驱，东南其亩草芋芋。桑麻禾稻何膏腴，度支筹持不用需。

张霞标

张霞标，清初淮安府安东县人。

登挹涟阁

问访元龙上画楼，城隅极目正深秋。蓼花风起来孤艇，泽国天清下白鸥。
仙去九阳丹井在，龙驱一杖断桥留。凭栏不禁沧桑感，日暮题诗任唱酬。

晚步望周羽士碑及米公祠旧址

暮色凄迷古岸东，行来遥睇塔灯红。凉云不掩桥头月，暑气全消水面风。
苔蚀残碑仙迹杳，祠荒蔓草墨池空。废兴欲问前朝事，历数还听白发翁。

渡中河

平原不道作中河，商贾纷纷买棹过。陵谷一经桑海变，逢人莫怅废田多。

过平河后村

舍北人家近水滨，渔樵比屋总芳邻。盘餐为我仍真率，麦饭新炊煮细鳞。

顾　缨

顾缨，清初淮安府安东县人，廪生。

游米公亭

俯仰前人兴欲狂，墨池亭畔水痕香。文章事业乾坤永，凭眺情怀三客忘。
隔寺烟深归鸟乱，傍城风急野云忙。何由凭仗华胥梦，邀得颠仙入醉乡。

朱师旦

朱师旦，清初淮安府安东县人，庠生。

凤凰墩

始元东海凤凰鸣，凤去空留墩峥嵘。墩距涟城十余里，文明兆瑞传芳名。凤凰本为圣人出，岐山翙羽成嘉贞。合璧连珠天地泰，海不扬波洪涛清。彩翮来仪锦烂漫，雍喈云际叶箫笙。镵却墩旁芊芊草，梧竹培来岁岁荣。

张为法

张为法，字可传，清初淮安府安东县人，张纬子。十六岁补廪生，以父死于国难，未再应举。清康熙元年(1662)贡生，为高淳县学训导，居官六年，士风大变。晚年归乡，与老儒结“真率会”，被举为乡饮宾。卒年八十九。

硕项湖

湖名古濩在涟东，万顷苍茫一望空。贾客往来青草外，渔歌远近夕阳中。
他年坐艇看鱼跃，今日乘牛问路通。自是河臣经理到，垂垂两岸柳摇风。

张世贞

张世贞，字兴符，清初淮安府安东县人，康熙九年(1670)贡生。

东山寺看菊

东山精室傍河隈，慧远重来莲社开。鸥鸟悦禅闻磬集，薜萝补衲倩霜裁。
香空有色留人醉，花淡无言净客哀。晤后却忘秋夜晚，逍遥同伴月明回。

金人望

金人望，字道骀，一作道周，号留村，金星贲侄，清初淮安府安东县人，居山阳。康熙十一年(1672)副榜，历任马平、长武、平山县知县，升同州知州，充己卯乡试同考官，晋庄浪同知。卒于官。著有《淘沙集诗钞》。

凉州明月篇为袁东华总镇赋

弯弯月出挂城头，城头月出照凉州。万古凉州此明月，却于今日属君侯。君侯鳌禁神仙侣，早建五凉都护府。岁岁春风敞庆筵，良宵美景逢三五。火树银花落照间，踏灯结队半羌鬟。争看一品麒麟服，尚带莱衣五色斑。堂上椿萱悬墨敕，黑头使相婴儿色。两廊伶乐奏云璈，寿母寿身仍寿国。

独酌简方遐沚

自入新城去，空令赋索居。但看无鬼论，不著养生书。
腊气还升降，春风自疾徐。竹炉围小坐，那问夜何如。

初秋杂感

济北凉何剧，淮南业久无。伶俜怜弱女，早晚仗诸姑。
湖芡堪充饭，池鱼亦望租。茆良连报决，海邑实堪虞。

抵都门喜晤同里程坡士参藩即用来韵奉酬

吟坛久冷不堪思，垂老犹令逐贰师。消受冰霜鸿雁记，勾留岁月羝羊知。
身随计吏疑前梦，鸟避深林已后时。乍见惊怜予止酒，何须更问别来时。

送方伯朝公回京师

薇堂东阙子云亭，吐纳风流许问经。老我不才头早白，荷公殊遇眼常青。
樽前聚散争俄顷，梦里输赢付醉醒。但愿乘时匡济了，莫教猿鹤恼山灵。

读　史

天骄势压岳家兵，叩马谁留十日行？败却乃公天下事，古来大半是书生。

嵇宗禹

嵇宗禹，字玉书，清初淮安府安东县人，清康熙十一年(1672)贡生，丰县教谕，官终宜君县知县。入祀丰县名宦祠。

黄　河

浓青两岸夹洪流，广润功神络九州。沙涌涛翻山岳撼，云黄天远日星浮。
消融湖海沧桑易，荡涤乾坤渣滓收。万里有源溯霄汉，乘槎真个觅牵牛。

鲁元寿

鲁元寿，字恒轩，号琴坡，山阳籍，世居安东，乃鲁一同之高祖。郡增生，善草书，著有《琴坡杂咏》。

虎邱览古

其　一

晓起入山寺，薰风拂袖凉。茶烟环碧树，佛幌影朱堂。
石冷禅心古，楼空鹤梦荒。独凭亭子坐，清磬落苍茫。

其　二

落叶逐风飘，天寒夜寂寥。梦回千里近，觉卧一身遥。
月白群飞雁，江清独听潮。不知人意懒，邻舍漫吹箫。

冬日游大悲阁

策杖迂回过板桥，大悲高阁势凌霄。风寒殿北冰先合，日淡城阴雪未消。
厂院鹤鸣三鼓月，阁门僧定五更潮。茫茫不辨来时路，但见白云空际飘。

化龙桥

化龙桥下有深潭，龙自升沉水自澜。夜雨骤来浑莫识，烟云变灭画中看。

张　豹

张豹，清初淮安府安东县人，康熙十四年(1675)举人、康熙二十一年(1682)进士，授夏邑县令。

卧　佛

我佛何曾卧，机参入定禅。还将闭目意，普结大千缘。

朱　昭

朱昭，字宣及，清初淮安府安东县人，康熙二十五年(1686)拔贡，考授镶蓝旗教习，后考任知县不就。总河张鹏翮欲授予官，以老病辞不受。

淮海长堤

堤障长淮水汇黄，弹丸斥卤苦沧茫。崇隆两岸参天柳，澎湃中流到海航。
扈跸屡经劳训饬，懋猷终岁慎修防。只今泽国为安堵，咸颂平成日月光。

高士望

高士望，字人龙，清初淮安府安东县人，康熙二十九年（1690）贡生。学问渊博，尤善诗赋。

同张齐仲过继善庵

寻幽直欲到岩栖，两屐春风曳杖藜。花径暗侵苍藓湿，僧楼高接北云齐。
钟随晚照窗前落，鸟避游人竹外啼。已是宝林开胜地，更从何处觅曹溪。

陈世昶

陈世昶，字所轩，安东县教谕。

墨池云烟歌

天地氤氲涵万有，钟毓名贤良不偶。名贤遗迹简编存，后代仰之若山斗。米公湖海轶群才，磊落清狂坦易怀。文章险峻惊天下，遇石嵚崎辄拜来。宋时捧檄知涟水，政简刑轻黜淫祀。宝晋斋头一事无，左图右史盈书几。兴道挥毫姿致奇，龙蟠蛇结任倾攲。终朝涤砚署傍水，至今人号米家池。池水涤砚研水黑，黝然元冥同一色。浪蹴云霾上九霄，波蒸烟雾横千尺。公去池边几百年，云霾烟雾尚依然。鬼神呵护灵光迥，不与沧桑共变迁。颠翁手泽留于此，颠翁文心即在是。文心手泽化云烟，万有千秋终不止。吁嗟乎！一汪池水能几何，欲比三江四渎多。只缘旧有名贤迹，倾动词人发浩歌。

佘光祖

佘光祖，字念峰，四川犍为人，康熙五十二年（1713）进士，雍正二年（1724）任安东县令。

自西北乡回县途中喜雪

勤民敢暇逸，驱马雪中回。鸿雁声俱寂，梅花树遍开。

人家堆玉屑,大地尽瑶台。自是熙朝瑞,丰年不用猜。

洗墨池立碑

安东邑治为宋涟水军旧地,署右一池,米南宫知军时,每涤墨于此。明初,贰尹李君祝侃曾监碣,年久湮没无存。余即其遗址复为勒石,大书米南宫洗墨池六字。

重镌一石到荒池,芳迹从教后代知。好事漫嘲涟水令,多情应识岘山碑。
龙蛇舞忆双钩日,风雨愁生坐眺时。拟卜亭成招胜侣,觅将黄绢共题辞。

访求米南宫拓本摹刻亭上

计日看成十笏亭,池烟幕幕罥疏棂。那能绢素寻真迹,留与人间作典型。

张鸿儒

张鸿儒,字劭思,清淮安府安东县人,康熙五十二年(1713)举人。丹徒训导,官至内阁中书。

过平河园亭

偶尔到虚亭,天空四望新。云台山色好,不改旧时青。

雨后过祇圆庵

苔藓门前径,黄梅雨后天。相过清话久,半字不关禅。

赤岸寒潮

陡岸洪涛险,惊魂落短蓬。投诗感河伯,千古一南宫。

硕项清波

万顷琉璃境,千畦杨柳村。沧桑都瞬息,陵谷那堪论。

豹隐春风

教读作公卿,堂因贤者名。惟贤能不朽,富贵匪为荣。

墨池飞雾

南宫墨有灵,余沈尚飞雾。愿吸池中波,散作儒林雨。

涟水八景

金城晚照

传说金轮王始建,依稀百雉浊河西。到来古迹全消后,空账云天夕照低。

赤岸寒潮

怒涛千里接潮寒,壁立沙明两岸丹。想自尾闾能逆上,定寻星宿看奇澜。

能仁宝塔

古塔巍峨峙海陬,深藏舍利宝千秋。试登塔顶凭高望,一线黄河傍寺流。

贤母荒坟

贤能教子子忠君,阿母功高尚有坟。多少苍松古柏里,荒山寂寂播芳芬。

龙潭夜雨

星暗定知飞石燕,月明何处舞商羊。自从龙化桥头去,霖雨苍生在故乡。

豹隐春风

雾深元豹隐三涟,桃李敷荣泗水边。寂寞庭除人去后,春风吹绿草芊芊。

丹井甘泉

九成丹药落深潭,万斛珠玑涌夜寒。利济心殷人未遇,年年常见水甘泉。

墨池飞雾

一泓止水耀清光,犹是南宫德泽长。沈墨浮香传胜迹,人人争说米襄阳。

硕项清波

硕项湖头湖水清,湖波渺渺水纹轻。他时谁记沧桑变,泼地青青芳草荣。

程　鉴

程鉴,字夔州,一字南陂,号二峰。本歙县人,清淮安府安东(今涟水)籍,世居山阳县。康熙五十二年(1713)进士,充武英殿纂修官,授兵部职方司主事,升本部武选司员外郎,升郎中。著有《编年诗集》。

邸舍书怀

行藏端自逊前贤,闭户清闲即是仙。客里风光人似梦,宦途滋味日如年。
可知挟瑟难投好,其奈模棱未易圆。剩有诗魔成痼癖,绕廊终日耸吟肩。

程　銮

程銮,字坡士,清淮安府安东籍。廪贡生,工部虞衡司主事。历官浙江粮储道、布政司参议，分守金衢严道。世居山阳。著有《只拙斋诗钞》。

乾紫弟馈糟蟹戏答

平生嗜酒复嗜蟹，二者淮阴夸独美。西风八月菊华时，日日街头自沽买。右手执酒左持蟹，篱边花下真潇洒。有客妙想忽天开，馋口偏能有别裁。鼎烹郭索红玫瑰，请之入瓮埋新醅。腹脂润洁玉一堆，肌理腻滑如婴孩。每出异味饷同侪，入口得蟹兼得酒，并吞陇蜀无嫌猜。念我远贻意复佳，老饕未食涎萦回。齿牙虽缺心不灰，还邀白堕佐诙谐，会须一饮三百杯！

清江浦

幕府双旌迥，人家二水中。结庐多苇箔，入市半渔翁。
柽柳栽新枘，帆樯度晚风。禹功劳至虑，畚筑未休工。

饮鹤笑亭复泛舟郭家墩观水中灯影

瓠樽籍草坐空亭，向晚拏舟出柳汀。双桨乱摇翻碎月，一篙轻点散残星。
槛前影夺千珠帐，水面光开百宝屏。恍似坡仙惊异梦，遥天孤鹤影竛竮。

出古北口见长城

不惮经营势逼天，高城界断万峰巅。算来磐固无遗策，恃此泥封即稳眠。
百雉倚云犹屹立，三军跃马自盘旋。圣朝盛德无须险，中外喁喁总晏然。

将之广陵留别淮阴诸同学

淮流浩浩结层阴，随意闲云出碧岑。双桨琴书游子梦，一灯风雨故人心。
小山丛桂由来恋，废苑垂杨此去寻。最爱横岗环远翠，倚天阑槛快登临。

郯城道中

记得敲诗秃柳间，吟鞭今又渡溪湾。几年白发侵人面，一路青帘洗客颜。
水际停云疑宿鹭，杏林新叶似秋山。计程明日江南道，应笑孤飞鸟倦还。

程　埜

程埜，字艺农，号秋水。清淮安府安东籍，世居山阳，官刑部郎中。著有《秋水诗钞》。

月在天

月在天，光在地。夫与妇，毋相弃。

孤儿吟

入门望颜色，忍饥不敢言。地下有父母，儿愿从九原。

废　园

屋倚荒烟北，亭欹剩水涯。枯藤干挂壁，崩树倒栖鸦。
一径铺残草，双桥夹晚霞。更须防坐处，危石压秋花。

秋日夜行黄河北地

匹马荒村路，萧条起暮愁。黄昏狐拜月，碧血鬼吟秋。
露重蛩声湿，风斜萤火流。我生多慷慨，念此不能休。

闻　捷

百万扬军旅，旌旗蔽日光。马寒秋蹋雪，弓冷夜开霜。
阵压阴霾黑，星连杀气黄。即今闻奏凯，圣律贺无疆。

塞上曲

其　一

碣石峰高势欲摧，秋光先上李陵台。牙旗飘飐星河动，铁甲凄凉草木哀。
极目寒云驱马渡，一天烽火战场开。只愁羌笛关山苦，遥月依然照客来。

其　二

陇水声干咽不流，十年征战未封侯。燕山杀气星连阵，瀚海愁云雁唳秋。
弓月鸣弦惊塞马，剑花浥露泣吴钩。戍楼夜半闻清啸，应是刘琨在上头。

秋雨渡黄河

黄河一道下空冥，十丈阴霾拥百灵。海气入云霜露白，天风吹浪老龙腥。
惊雷似鼓鸣偏切，怪雨如拳打不停。九折滩头须记忆，孤舟落叶此番经。

采莲曲

双桨轻摇水面香，同舟姊妹语商量。绿荷如盖休频采，留与鸳鸯避晚凉。

雪　后

古鼎香浓手自焚，疏帘透暖日微曛。小窗今日才消雪，已觉梅花瘦二分。

程嗣立

程嗣立(1688～1744)，字风衣，号水南，一号篁村，清淮安府安东县人。出生盐商之家，世居山阳。乾隆中廪贡生，举博学鸿词不就。工诗文，善书画。著有《水南集》。常与家乡文士唱和，与边维祺、周振采、刘培元、刘培风、王家贲、邱谨、邱重慕、吴宁谧、戴大纯并称为“曲江十子”。

方南堂索山水漫题

病起无一事，淡墨涂秋林。树石何荒远，是余摇落心。结想在空寂，毫素得幽沉。古调少人作，希声谁与吟？独有南堂老，深知弦外音。

珠湖泛月

酒罢卷疏帘，春庭月将晓。树摇波影留，星落蒲根小。一曲展湖光，菱歌望中杳。哑哑宿鸟翻，何事萦怀抱？

长歌答凤山王观察

王渔洋，田山姜，江梅红豆同芬芳。元音不断天风长，东海复见琅琊王。贤哲同心不同貌，李白杜甫伤怀抱。万古英雄炼一真，丹头活在虚明窍。读公诗，识公心，元结自有春陵行。金鸦腾翥六合清，花边啾啾春鸟鸣。我与李公子，狼藉淮阴市。篷藟不自贱，动为妻儿耻。垂老得遇九方湮，鬃毛凋尽不堪缨。春寒日日尝苦瞑，闻公招我我不停，屐齿还踏春谷深。阁里官梅吐清艳，几上香兰亦破箭。李郎踞坐恣高吟，有时落笔如飞电。举杯酌酒酒半酣，沉沉清夜灯花残，漏鼓催人语未阑。

高邮湖中作

一叶泛湖水，官河断客舟。未知沧海远，转忆洞庭秋。
天际沙痕接，中流日影浮。双帆杳无极，高兴与闲鸥。

冬日醉后与杜十四椿论画作此

约略汉阳路，依稀见洞庭。晚烟浮远树，落日淡孤汀。
飞鸟归何疾，征帆去未停。遥看两峰静，天际一痕青。

珠湖泛月

岸转雨回复，草深香馥郁。悠然入混茫，宛在冰壶沐。
烟景昨来非，晴光此时独。同声发浩歌，余响霏松竹。

南湾庄居

其　一

墟里暖晴晖，连天草色肥。隔篱呼酒伴，尽日看花飞。
溪水喧鹅鸭，儿童饷蕨薇。渐谙村里习，一月不长衣。

其　二

山郭入云封，孤烟细雨重。柴门独潇洒，暮色且从容。
疏竹听棋静，深花劝酒浓。家家荷锄出，蓑笠事春农。

蒿[illegible]南归过淮赠别

其　一

相逢依旧惜闲身，不信虞翻骨相屯。故纸谋生真是拙，名山有业乐全贫。
峥嵘笔底成龙象，潦倒山河亦凤鳞。莫怨明时独沦弃，为留天地一骚人。

其　二

去岁楚城才作客，今年仍客楚州城。乾坤着意穷吾党，途路难言仗友生。
白发于人最相昵，黄金过眼太无情。送君南浦销魂处，愁见春风绿草平。

送王隆川北上

侧身天地空搔首，三世飘零未有家。汉殿金吾悲茂草，江关庾信老词华。
遗书不倦经年读，稚子恒饥过日斜。湖海至今菰米绝，野鸥秋水淡无涯。

己未小除草堂成画梅粘壁偶占一律

构得堂成已岁除，冲寒分遣乞花书。种桐腊后阴须待，移柳春前绿未舒。
无力能催风信早，乘闲为补小庭虚。晴檐染罢横枝影，入座清芬顿有余。

施君竹田猥辱见访惠赠诗四章情深语重感我寸心敬依来韵奉答雅意兼以赋别

西泠群彦总推先，人得湖山气自妍。笑我老为逃债客，恨君迟放过江船。
荒堤落日风如翦，施舍长眠夜似年。拟共言愁还买醉，两番空过酒垆边。

答　友(并序)

邗江韩仙李、白门周子坪、天门唐石士,风雅才也。乾隆癸亥(1743)冬月,游菰蒲曲,归各赋诗以贻。惟时河冰方解,寒曦渐和,盆内老梅跃跃然若有吐花状。山人掀髯笑曰:吾得句矣。遂作此以答。

荻港萧萧屋数楹,荒颓无力再经营。只余烟水无尘浣,又见冰霜照眼明。
老去浑忘薪米计,贫来犹重友朋情。巡檐欲与春风约,一树梅花一笛声。

都是春风楼饯别唐赤子之维扬

一榻南州客滞留,恰逢良日错觥筹。云开半岭见新月,梅放几枝催白头。
晓梦难追空伏枕,晚风堪爱且凭楼。春禽底事频呼雨,此去天涯绿已稠。

漂母祠

清淮波漾楚西门,沙岸迢迢庙貌存。市上人皆轻国士,溪边母独饭王孙。
裙钗未必悬真鉴,豪杰从来重报恩。却怪汉高曾贳酒,两家折券竟无言。

题画寄友人

如此秋江上,何时放棹来。可怜好山色,红叶又成堆。

谁　庄

前日梅花开似雪,昨来桃放又成霞。一春忙煞看花眼,阑内牡丹新迸芽。

过烟雨楼

其　一

芙蓉为国水为城,几处菱歌杂橹声。槛外闲云秋正好,谁言此地不宜晴!

其　二

吟坛文社忆当年,南国风流十郡贤。红豆乱抛梅又落,满湖烟景属渔船。

少年行

其　一

夜半严城鼓角催,西园公子射雕回。金吾不敢当关问,驰入平康社里来。

其　二

绣臂雕弓金仆姑,纷纷大雪猎城隅。马蹄蹀躞盘回处,射杀高原双白狐。

其　三

袖里芒寒秋水刀，年才二十冠诸豪。狼山昨夜传烽火，新赐团花锦战袍。

程　鳌

程鳌，字师洛。清淮安府安东县人，居山阳，康熙四十四年(1705)举人，候补中书。

漂母祠

胯下桥边最怆魂，当时谁解念王孙。可知一饭真难报，谁道千金未负恩。
风送灵旗依碧落，乌啼古庙伴黄昏。试看市上诸年少，高义何如巾帼存。

程建用

程建用，字极五，清淮安府安东县人，居山阳，康熙五十年(1711)举人。

赠毕大颠

天涯偶聚快论心，风雨联床好共吟。作客衣袍唯白夹，赠人诗卷抵黄金。
羡君落拓清狂久，笑我飘零旅梦深。能赋长卿才似海，乾坤何处觉知音。

程襄龙

程襄龙，字夔侣，号雪岩，晚号古雪，清淮安府安东县人，居山阳，康熙六十一年(1722)拔贡，候选教谕。著有《澄潭山房诗集》。

谒张睢阳公庙

岩镇里中有庙，每岁七月廿五日祭赛，夜游，燃荷花灯，香满一市。

其　一

厉鬼惊千古，须髯尚欲张。孤军无鼠雀，半壁有金汤。
声与江淮远，光垂俎豆长。年年逢令节，拜手一登堂。

其　二

登郫传好句，想像阵云黄。神武悬边月，风骚在战场。
男儿真烈烈，死事亦阳阳。十里荷花夜，如公姓字香。

浙江春望

村烟连极浦，帆影曳回汀。芳草雨中绿，远峰江上青。
扁舟从泛泛，双鸟去冥冥。胜友桃花岸，相期醉绿醽。

度　岁

穷到无诗处，愁当逼岁时。雪花衔冻雀，炉火爇蹲鸱。
未肯因人热，何须卖汝痴。中庭聊取供，梅蕊一枝枝。

答实夫叔

长干来雁带微霜，寂寞东归煮海场。万里涛声惊板屋，一秋人病卧山房。
青莲白社酬新句，纸帐金炉忆故乡。料得他时同把臂，小心凉月照苍茫。

澄潭山亭眺望

突兀亭空独倚栏，迤延野绿远烟鬟。溪声流过滩前去，三十六峰相对闲。

柬马湘灵

青衫落拓客扬州，旧雨重逢三十秋。谁识冷吟江海士？一窗明月两僧楼。

注：马湘灵，名樵城，桐城人。

嵇　襄

嵇襄，字季雯，号玉山，嵇宗孟子。清淮安府安东县人，居山阳，康熙间人。工诗善书画，友人劝之仕，笑曰："吾岂以五斗米易其乐哉！"

寿谢云倬先生

捉鼻高风震海滨，珊珊玉骨气嶙峋。十年已作钓台客，半世不逢骑马人。
煮酒醉耕南亩秫，抽毫验出北山民。霜清十月称眉寿，笑把黄花上角巾。

孙超宗

孙超宗，字自超，清淮安府安东县人，清康熙五十五年(1716)贡生，候选训导。《安东县志》编修。

涟水八景久经湮没独洗墨池喜逢邑侯余公构亭重新

海国钟灵秀，河渎环三涟。髦俊遗迹久，仙佛多奇传。百雉黍离咏，两岸平芜连。能仁留巨塔，硕项失潺湲。豹忆春风日，龙归夜雨年。神丸腾空去，湮迷何处泉？雾霏襄阳笔，胜迹亦堪怜。星当斗牛会，水发黄淮渊。慨兹八佳景，而已一无全。羊公登眺叹，杜子陵谷迁。即今何幸矣，际我神君贤。不独苏灾疲，亦且振废捐。南宫旧墨池，一朝何新鲜。碣石厂轩里，构亭清溪边。绮窗映霞彩，画栋栖云烟。淋漓飞藻翰，诗赋选青钱。荒敝增气色，风景顿超然。桃李戴明德，河阳未能先。弦诵皆雅化，碑铭六字坚。高山仰咫尺，如将觌米颠。

游米公亭

洗墨池荒喜复新，亭轩幽僻趁闲人。一潺清浅还飞雾，两岸萧疏足避尘。
傍柳开怀迟海月，临风烂醉岸儒巾。莫云老我狂游减，佳兴何妨宴集频。

刘之愉

刘之愉，清淮安府安东县人，清康熙间廪生。

上真观

故里沧桑事已非，千年古观尚巍巍。真人姓字传碑记，遗洞源流问羽衣。
烟覆丹泉犹未散，云开白鹤几时归。欲除荆棘粲梨枣，须入华阳待紫微。

章化寺

前朝事业几兴亡，宝刹依然镇一方。殿近城楼连古塔，门临河浪锁高冈。
听经有石莓苔冷，说法无人草木荒。独幸碣镌遗笔在，只今犹忆米襄阳。

嵇宗贡

嵇宗贡，清淮安府安东县人，清康熙间廪生。

过安东上真观

乱水潆洄锁碧苔，上真观抱古城隈。庭留驯鹤供仙跨，砌满闲花向客开。
老道裁云补布衲，邻儿罗雀上香台。逾清凉处逾清净，半日蹁跹热念灰。

嵇　建

嵇建,清淮安府安东县人。康熙六十一年(1722)贡生,候选训导。

游米公亭

孤亭新筑墨池边,北枕荒城隔市廛。澄水一泓平似掌,浮云几片淡于烟。
春将去尽还逢闰,日渐长来可当年。拜石心情谁接武,裁诗把酒意流连。

嵇　亮

嵇亮,字南轩,清淮安府安东县人。康熙六十一年(1722)贡生,历官合肥县教谕、国子监学正、翰林院待诏,后为起居注兼两馆纂修。每诗文出,都人士争相传诵。以母丧归。

丙寅夏五召集瀛台宣询河议恭纪二首

其　一

江淮半壁枕洪流,底定常深宵旰忧。欲遣鲛人恬海若,先传蠡测荷天诹。
禹功千载歌无敌,贾策三陈计最优。试听元臣宣睿语,司空指日下扬州。

其　二

香漂太乙藕花红,召向瀛台御苑东。玉语重宣沉白马,金钱不惜奠衣鸿。
黄河久著安澜绩,紫海行看砥柱功。帝德如天民愠解,康衢歌舞逐薰风。

张兰秘

张兰秘,字虞书,清淮安府安东县人。康熙时廪生。

次韵余光祖《洗墨池立碑》

一泓寒碧米公池,大雅风流草木知。人有文章能寿世,官非贤哲不垂碑。
蚓蛇生动挥毫日,袍笏颠狂拜石时。景仰前徽遗迹在,千秋心印表微辞。

过雁堂寺

其　一

佛火耿微焰,红墙绣古苔。听经闲鸟集,窥户野云来。

其　二

为乞僧寮茗，行行过雁堂。雁堂在何许，万树绕沧浪。

金城晚照

晚照还来照，金城失故城。兴亡无限恨，羲驭只恒情。

能仁寺塔

七级神工建，嘉名圣主题。妙通通妙理，我佛不归西。

龙潭夜雨

偶與神丹遇，凡鱼竟化龙。未知行雨苦，可复羡泥中。

丹井甘泉

斥卤井多咸，投丹便为旨。难觏有缘人，聊度有缘水。

涟水八景

金城晚照

当年返照照繁华，金碧争辉绚彩霞。今日斜阳仍似旧，冷烟衰草满平沙。

赤岸寒潮

东西赤岸古河边，山涌潮翻客胆悬。此日成平飞桨过，万株官柳匝寒烟。

能仁寺塔

黄河万里泻昆仑，七级浮屠奠海门。放大光明时普照，不扬波永载慈恩。

硕项清波

历阳历劫百千余，万顷烟波混太虚。蓑笠乘牛越阡陌，绝胜天上坐观鱼。

龙潭夜雨

尺木飞腾直上天，上天有待且潜渊。廉纤向夜空飞洒，何不为霖润甫田。

豹隐春风

豹变只须三日雾，蔚然华彩世间稀。君王前席尊文献，竟是当年老布衣。

丹井甘泉

泉有贪廉判泾渭，甘泉清冽仗仙灵。愿将丹化浑河水，万里流沙永不停。

墨池飞雾

翰墨流香水半淄，一池残剩偶留遗。风流千载传高躅，纵使荒凉也擅奇。

江　园

江园，清安徽桐城人，雍正三年(1725)任安东县教谕。品行端方，才华懋著，课士明经，一时人文蔚起。县城立有去思碑。

余念峰明府招饮米公亭纳凉限韵二首

其　一

米颠芳躅至今存，遗沼新开墨有痕。溽暑喜承仙令召，披襟爽袭故人言。
窗临大野风无障，云过长空日乍昏。好辟方塘还种柳，浓阴深处见朝暾。

其　二

司马雄谈礼数宽，解衣挥麈共盘桓。南宫石上诗堪记，北海樽前宾尽欢。
千树花栽潘岳韵，一官匏系郑虔难。不须更作松风想，朗对冰壶六月寒。

刘可法

刘可法，清淮安府安东县人，雍正六年(1728)贡生。

游米公亭

闰春三月可人天，亭树新成景正妍。喜有醇醪邀旧雨，愧无佳句吊前贤。
钟声断续传西寺，树影高低霭暮烟。千载颠仙呼欲出，徘徊池畔共忘旋。

程志铭

程志铭，字述先。清淮安府安东籍，世居山阳。

将抵銮江舟中偶成

野径荒湾两岸连，晓风残月故堪怜。地偏旧苑杨枝弱，舟近澄江水色鲜。
好鸟每啼深院里，春阴多在酒旗边。榜人为说桃蹊好，未及花时一惘然。

程　茂

程茂，字莼江，清淮安府安东县人，世居山阳，附贡生。

乙卯仲夏寓芦萍小阁九月却除屏障始见西山一角同沈归愚蔡方三用柳韵

凌风启天牖，明灭互昏晓。薄寒方中人，清商转林杪。琢秀见山骨，一痕青未了。浩浩仰长空，毫大末为小。森爽画昼开，幽通极象表。浮踪荡云程，飘越随凉篆。视细苦不明，障彻自无扰。夷情戢远睫，万汇呈夭娇。时异物亦新，淡尔越要眇。澄观相与亲，洁志安所悄。徙倚淡忘言，檐端送飞鸟。返照入空楼，涵虚伫延绕。

程　沆

程沆，字瀣亭，一字爽林，号晴岚，又号琴南。清淮安府安东籍，世居山阳。乾隆二十四年(1759)举人，内阁中书，充方略纂修官。癸未(1763)科进士，翰林院庶吉士。丁晏称："爽林太史轻财好客，有名士风。"

塞上曲

出守飞狐口，旋移瀚海滨。关山惟有月，沙碛本无春。
苜蓿能肥马，葡萄不醉人。闻笳动心绪，归思转车轮。

和寓园五律

其　一

自携冰雪卷，酌酒更论文。爱客推何逊，联吟忆范云。
暗虫终夜语，高鸟彻天闻。卧病沧洲晚，诗来解俗纷。

其　二

小桥垂柳畔，帘卷绿芜鲜。自择清凉界，还居洞壑天。
谈深连暮雨，吟苦接幽蝉。主客园中景，闲林屋数椽。

题《勺湖草堂图》

储相声华重石渠，遂初赋罢赋闲居。峥嵘史笔留芸局，旖旎诗情入荷锄。
杨少尹归应祭社，杜君卿老尚耽书。披图想象人如在，湖水苍茫烟树疏。

程　洵

程洵，字少泉，清淮安府安东县人，世居山阳。乾隆中附贡生。乙酉(1765)招试诗赋二等。

即席赋赠乐斋主人

此间小住为佳耳，屐齿才临便得名。不速客来醇酒醉，偶传花发妙歌成。
绨衣高咏清池句，团扇新翻子夜声。暂憩东山应捉笔，知公心切慰苍生。

和寓园韵

小住池塘山畔楼，好将暂憩作清游。半窗雨过疏帘润，三径阴多曲槛幽。
到处篇章凌鲍谢，偶然觞咏挹羊求。一从蓬岛神仙过，都把云林妙迹留。

程　易

程易（1728～1809），字圣则，清淮安府安东县人，居山阳。乾隆间岁贡生。两浙候补盐运副使，署嘉松分司，石门知县。

自题荻庄《五老宴集图》

其　一

枝头香雪艳阳催，会上耆英快举杯。笑我形骸常约束，爱君富贵有栽培。
安闲欲占林泉福，奔走惭同樗栎才。携杖且寻觞咏地，胜游何幸得追陪。

其　二

平生出处浑难定，禹筴曾抛杂掾曹。久向军门抽手版，却从天上听云璈。
笼沙过眼新诗换，序齿随肩行雁高。吾爱吾庐春正好，狂歌一任醉酕醄。

注：五老指含山王醒斋、临汾王文山、德清徐东麓、桃源薛竹居与作者本人。

程　昶

程昶，字旦华，号尧峰，清淮安府安东县人，世居山阳。乾隆五年（1740）诸生。

和张乐斋主人《寓园》原韵

岂为求安此卜居，赏心随处悟鸢鱼。巧烦黄鸟叮咛语，嫩借红蕉取次书。
水墨作图秋嶂绕，销金为幕晚霞舒。太玄奇字何须问，愿代相如赋子虚。

送　燕

乌衣巷口趁斜阳，双翦吴淞别恨长。王谢无人嗟旧垒，海天有梦怨新霜。
桂花香饯黄金屋，落月光寻玳瑁梁。一缕情丝牵不住，西风万里入苍茫。

程 晟

程晟，字磐村，清淮安府安东县人，世居山阳。嘉庆间附贡生。

香雪山房早梅始花同史悟冈师

琼姿何必在瑶台，沿水沿山几处栽。诗抱旧禅参未敢，酒医新病瘦仍开。
临风品在羲皇上，带雪身从净土来。高士不眠孤鹤睡，美人知否漫疑猜。

程 昭

程昭，字令和，淮安府安东县人。晟弟。

香雪山房早梅始花同史悟冈师

竹影松声慰寂寥，有情无恨雪初消。游仙互访题联句，俗客偷看阻断桥。
春吐二分看可嚼，夜倾八斗冻频浇。平山蜡屐珠湖舫，两处新词按紫箫。

程 樊

程樊，字是若，清淮安府安东县人，寓居山阳。乾隆间增生。

咏 怀

其 一

兰为王者香，芬馥清风里。从来岩穴姿，不竞繁华美。龟以告犹存，翟以炫采死。不善保厥初，受患每如此。莘野彼何人，三聘乃一起。如何志士躯，轻用狥知己。

其 二

尘嚣多稠浊，云物俱不灵。所以山水间，往往有余清。渚风发爽籁，幽谷舒芳英。草木觉生色，泉石俱空明。余怀本贞素，对之神益澄。宁静自致远，何为营浮名！

程成文

程成文，字有章，号山村，清淮安府安东县人，居山阳。乾隆间廪贡生，著有《一层楼集》。

和禹旭亭《新居落成》韵

泌水萦回漾绿痕，闲鸥日日到柴门。绝无宾客夸冠盖，但有图书示子孙。
花径春风吹好梦，竹窗明月照芳樽。烟霞清福频消受，人事陲沉总莫论。

即席赠王太守少林

汉南冀北几宣猷，卅载荣名雁塔留。为报春晖归五马，遂浮秋水到三洲。
葭莩应荷君青眼，风雨重逢我白头。此夕挑灯重话旧，径须买醉典貂裘。

原注：以母病告归。

程　益

程益，字与偕，一字阆圃，清淮安府安东县人，居山阳。乾隆间诸生。著有《鸿雪忆存草》。

鹁鸽岭观雪

峨峨鹁鸽岭，峭壁色黮黕。我来陟其巅，肩舆行意懒。长松拔地骨，险石破天胆。彤云挟刚风，寒铁阴崖惨。欣然鼓勇登，顿豁风尘眼。天地入混茫，千里骇眩览。纷纷卷碎琼，万汇似吞啖。崎岖抵平坡，怅然生百感。历遍世途难，翻觉登山坦。

蜀道感怀

咫尺云随马足开，鹃啼猿啸不胜哀。如天栈道盘空下，似马瞿塘夺峡来。
人过危途成快境，诗从险绝畅奇怀。此身自笑缘何事，万里离家去复回。

鲁长泰

鲁长泰(1767～1844)，字瞻岩，号特山，别号小鱼头道人，清淮安府安东县人。乾隆辛亥(1791)淮郡庠生。工书善画，以道自贞。尤以画鸡闻名于世，人称“鲁鸡”。

题《牡丹蜂鸡图》

百宝栏边见一枝，锦屏春暖日迟迟。天香未许游蜂采，吩咐家禽为主持。

题《雄鸡巨幅》

黄花新冒五更霜，膈膊声中下矮墙。记取来朝佳节近，疏风冷雨小重阳。

注：此二首皆特山画鸡自题诗，题目为鲁家用所加。

程　绛

程绛，字资厚，清淮安府安东县人，世居山阳。嘉庆中岁贡生，宁国府训导。

赠李都阃十六韵

当代鹰扬佐，公真第一流。将门传沁潞，兵略嗣箕裘。
牙旆来淮水，声华溢楚州。军民资政摄，墉壑仰绸缪。
风静羊公阁，天澄庾亮楼。幕莲罗俊彦，营柳肃貔貅。
望已超凡俗，才还压辈俦。暇时勤涉猎，余事倍悠游。
翰墨钟兼卫，丹青赵与周。连篇观霍绎，寸纸值琳璆。
严武车常驻，祢衡刺未投。谬叨琼玖锡，愧乏夜光酬。
却喜雕虫献，偏逢爨尾收。瞻韩情曷极，借寇意弥悠。
管籥行将改，旌旄愿少留。祝公专节钺，霖雨遍南州。

程世栋

程世栋，字云松，洵子。清淮安府安东县人，寓居山阳。乾隆四十二年(1777)拔贡，金坛县训导。

题《投械归农图》

其　一

卖剑趋农亩，曾闻汉治隆。今看威作速，真与古人同。
裘带名儒气，歌壶上将风。从兹奸宄息，远镇海之东。

其　二

自古鱼盐地，恒多宵小藏。相怜乌合众，来献绿沉枪。
诚感先心服，威惩敢臂当。孟公惊坐久，重听颂声扬。

程元吉

程元吉，字文中，号蔼人。清淮安府安东县人，世居山阳。嘉庆十年(1805)进士，翰林院编修。

题宗人《芳墅瘦鹤图》

其　一

南园梅剩一株妍，摇荡春风数百年。赖有吾宗飞动笔，摹将铁骨舞胎仙。

其　二

横斜疏影曲盘姿，雪羽缡缍欲化时。太息高阳池馆尽，返魂谁许令威知！

程克仁

程克仁，清淮安府安东县人，居山阳。

拟赵倚楼《忆楚州旧居》

故宅萧条在楚州，长安追忆屡含愁。门前杨柳风斜拂，窗外芰荷月暗浮。
此日独栖新候馆，何时更上旧高楼？怀乡心似西江水，流到淮阴古渡头。

程世椿

程世椿，字庄树，清淮安府安东县人，世居山阳。嘉庆间廪贡生，候选员外郎。著有《春草轩诗稿》。

萧家湖竞渡曲

午月萧家湖，明瑟多佳致。鸭绿萍水生，猩红榴花炽。竞舟楚俗雄，往来疾流驶。震雷鸣鼓角，入云树旗帜。棹尾妙蜿蜒，骧首惊赑屃。喷浪鬐欲扬，斗渊角初砺。盘旋水马驰，剽迅江凫戏。游艘泛蒲觞，累累若鳞次。细葛含风轻，薄纨袭香异。艾叶竞簪头，彩丝纷系臂。争看射鸭奇，更诧刽蛟利。须臾归鸟喧，落日游散骑。林杪月华新，袅袅闻歌吹。同心四三人，浅酌陶然醉。回首夺标处，烟霞淡空翠。

程得龄

程得龄，字与九，号湘舟，清淮安府安东县人，世居山阳。增贡生。著有《枣花楼诗略》《人寿金鉴》。《安东县志》有传。

菰蒲曲叔高祖风衣老人读书处也墓即在墅旁瞻拜追思感而赋之

路转山子湖，始至菰蒲曲。菰蒲景幽邃，一庭锁荒绿。寒侵野畦蔬，荫庇丘垄木。纵炼金丹成，真仙那用服？拜墓思前修，兼寻不死福。名山业千秋，浮生海一粟。委蜕于浊世，长笑骑白鹿。至今龙洞间，人犹仰高躅。嗟我生劳劳，书史难饱读。惯食枣楼枣，时栽竹巷竹。青鸾尾自摇，扫不尽尘俗。何年鸥渚边，重结烟水屋。

原注：龙洞，即伏龙洞。

秋夜一庵兄招仝人宴集南藤花屋即送保绪之扬州

碧空如水净无尘，月照虚堂座上宾。举酒恰欣能尽醉，看花还恨不逢春。

口都日食一升饭，腹可宽容数百人。有客扬帆风自顺，先思泊岸亦劳神。

原注：屋中有英煦斋尚书手书楹帖云："譬彼舟行未扬帆，先思泊岸。"

盛子履学博大士画《枣花楼图》赋谢二首

其　一

蜗舍图成老画师，郑虔三绝喜兼施。幽栖纵近枚生宅，还羡松巢稳一枝。

原注：先生题画诗云："美君幽栖筑此楼，枚生宅畔澄寒湫。"先生所居学舍名一枝巢。

其　二

湘缣一幅壁间横，抚景教人逸兴生。仙子楼居谁敢拟，似闻云外步虚声。

春日过文津书院晤家禹山山长即事赋

其　一

今春才得访诗家，翻恐鳝堂路走差。一笑门开湖岸曲，有渔舟处有桃花。

其　二

花港渔矶界绿蒲，爱莲亭接水云区。先生若把头衔署，山子湖边老钓徒。

程昌宁

程昌宁，字一莽，清淮安府安东县人，嘉庆间寓居山阳。两浙候补运判。

题《投械归农图》

将军立马朐山限，顿令北海秋云开。雪夜忽闻鼓角震，诚哉将军天上来。马喷沾衣都欲湿，洒面尘惊失颜色。山岳崩颓叱咤间，豺狼何处潜踪迹！将军之威雷霆同，将军之仁如春风。能使恶薙化小草，一沾雨露生芃芃。群匪从今革心腹，刁斗无声夜气肃。晓市家家卖鹂鹈，东郊处处驱黄犊。欢声远近拥行营，风掣垂杨漾翠旌。一夔已足备边纪，五年何必纷纷指。雅歌声里继铙歌，宁数从容羊叔子。丈夫有志要登先，锦绣前程快着鞭。我亦披图钦雅范，祝君他日上凌烟。

程元俊

程元俊，字秀民，元吉堂弟。清淮安府安东县人，寓居山阳。

题《投械归农图》

利乃弊之窟，蹈火谁畏焦？勇鼓万蛾翼，莫如东海枭。朝囤不税盐，暮泛无碍潮。市井皆彼岸，随其泽肥浇。手挺绿沉枪，口吹红蓼箫。公然横鼠目，视若无敌猫。岂知两召虎，接武扬鸾镖。前击魄既丧，此击功更超。巢得径即捣，艘焚炬即烧。当时寒风高，盐雪正比娇。呼声挥乱撒，满海梅华漂。将军语兵从，此胜何足骄。须娴尔戈矛，载练尔弓弨。国家设海舶，所防非猃嗥。海为淮之藩，目力必注遥。若此等荒草，不及火一燎。谈笑牵枭来，示以法网昭。崩角亦可悯，呈械况乞饶。天心许牵善，尔悔当久要。东山有良田，归农岂无聊！

程沛文

程沛文，字用霖，清淮安府安东县人，世居山阳。嘉庆间为候选布政司理问。

题《投械归农图》

铸剑戟兮为农器，在我昔闻称胜事。参戎继美著芳名，镇抚朐阳盐策地。其间稂莠乱良苗，泮林鹗音且群萃。将军奋勇靖海疆，励相升平称瑰异。背风奇阵灭枭鸱，任尔枭鸱罔得避。更或冒雪即乘风，山海诸艰胥历试。因之群丑心胆惊，不畏雷霆畏能吏。爰有私贩走偕来，铃辕献顺非虚伪。匍匐竞言革昨非，绿沉愿自今朝弃。羡他耕凿乃良民，幸许归农沾乐利。将军宽猛持其平，智尽更兼仁之至。多分清俸助归囊，诲语叮咛还再四。吁嗟雅化古今同，卖刀买犊洵何啻！人云武德迈武功，我信武功符文治。从兹薄海庆同风，戢戈櫜弓征国瑞。将军指日赍纶音，不朽勋名青史志。

程以文

程以文，清淮安府安东县人，廪贡生，江宁训导，嘉庆间居山阳。

文津书院落成敬和李怡蓂榷使韵

登瀛深远望，多士萃群仙。桂蕊香铺地，枫林赤染天。
遗编思往圣，修业继群贤。壮志驰千里，鹓鸿翥最先。

程　锁

程锁，字北门，一字春池，清淮安府安东县人，寓居山阳，嘉庆间监生。久客海上，遂卜居，晚年归老钵池山。工画，精书数，喜为诗，拈韵立就。著有《莞然山房诗草》。

渔湾山庄

撼树风声点径苔，绕村修竹傍篱栽。云中茅屋缘山筑，画里柴门背水开。
诗酒能消闲岁月，烟霞欲洗旧尘埃。小桥雨过泥犹滑，笑指邻翁策杖来。

次吴松石感怀韵

其　一

好景都从梦里过，华胥觉后悟云罗。杯当满处防敧侧，句到工时耐琢磨。
绊我尘缘犹未了，知他天意又如何？痴心欲向君平问，造化乘除恐易讹。

其　二

韶光去后几曾来，花趁春时要早开。灯火有缘非凿壁，科名得意似吹灰。
好从世路窥心境，自建吟坛傲债台。尺宅寸田涵万妙，只增激励莫增哀。

偕竹溪晓峰游孔望山

才见浓阴覆石庐，回头又见白云铺。观山本不殊观画，一叠峰峦万变图。

徐　朐

徐朐，清淮安府安东县(今涟水)人。主要活动于道光年间。

云梯关晚步

空有关名在，苍凉此独过。远天交雁鹜，浊浪走鼋鼍。
日落行人少，村荒败柳多。危哉堤一线，瓠子奠同歌。

登平成台

半壁东南哭水灾，客中无奈强登台。树笼红日烟初散，春阻黄河冻未开。
瘠土稻粱贵似玉，流民儿女贱蒿莱。堤工听说劳舆马，明日关前大吏来。

鲁兰仙

鲁兰仙(1802～1839),字灵香,清淮安府安东县人。著名书画家鲁长泰三女,鲁一同三姐。自幼聪颖灵秀,好读古书,善骑射,著有《瘦春仙馆诗剩》。

庐中老人

绿萝盖茅屋,青翠更盘纡。乔木自成林,苍茫夹清渠。借问居者谁,言是老人庐。老人竟何事,耕凿以为娱。著书三五卷,种苗百亩余。书成不授人,苗深时荷锄。不羡荣与贵,长愿为农夫。扶杖出门去,遂至南山隅。春草随时绿,田禽自相呼。羡此沧洲趣,嗟彼名利徒。名利亦何为,豪华总须臾。累累千载坟,此中无人无?

村　居

村居日已久,不识繁华娱。唯有海上云,朝暮依吾庐。更有空庭月,相对如清渠。萧萧窗外风,寂寂架上书。深夜坐不寐,长歌向太虚。

雨后闻蝉

细雨飘然去,空闻断续蝉。疏音来迥野,清韵入寥天。
草绿行无迹,林荒暮有烟。红窗深锁处,寂寂共谁怜。

春日怀华阳大姊兼呈黄竹仙姊小娥妹

其　一

门外即湖滨,湖心多绿蘋。分飞三载意,独坐一年春。
黄鸟悲时节,东风入笑嚬。靡芜眇天末,空念倚楼人。

其　二

闻道青天鹤,依然恋故枝。庭花春寂寂,岸柳雨凄凄。
恒鸟嗟分翼,田荆惨别离。况为同序者,而有不相思。

寄张娜嬛女史淮上

其　一

春去归何处,子规犹唤春。平芜一千里,思绝玉楼人。
近海潮痕阔,遥天日气新。西窗向夕坐,牧笛渡芳津。

其　二

剧怜为客者,临眺动归心。笛柳因风远,铃花入雨沉。

故乡杳天末，乔木隔云深。纵有殊方景，能忘故国音。

其 三

渺渺长淮水，残红共水流。可怜江北路，不到海西头。
花雾掩溪树，江云绕画楼。一樽聊自酌，相对远山愁。

其 四

日长帘不卷，倦蝶绕帘飞。小院竹声满，空庭花气微。
碧云迷绣阁，芳草闭兰闱。欲浣蔷薇露，清心拜翠帷。

秋 夜

宵深明月上，露冷落花残。宛转牵丝鬓，彷徨倚玉栏。
雁回远浦寂，人坐小楼寒。欲咏秋风曲，愁思起万端。

夜读《秋声赋》

秋声何淅沥，小院倍凄凉。回首千秋际，高吟已断肠。
碧天星欲坠，寒夜月生光。四顾人语寂，飘萧叶满廊。

暮春同伯兄游小园

晓色随杨柳，春风换舞衣。桃源何处是，满眼菜花飞。
远树晴烟重，荒园绿草肥。歌残听牧笛，相赏共忘机。

寄兰岑淮上

凉飔吹野草，游子怅悠悠。烟树迷乡国，关河起暮愁。
闲云接天去，野水近人流。却忆荒城上，临风吊故侯。

夏晚寄怀大姊

荒村少行迹，独坐惜芳菲。桥破何人过，松孤有竹依。
三年成远别，昨夜梦清辉。牵袂问离思，无言泪暗垂。

野 望

天末风初起，苍茫落日时。海云翻大壑，山木堕寒枝。
穷野归鸦急，高原去马嘶。那堪当暮景，黄叶更离离。

晚眺怀姊

海上春山多白云，夕阳无限气氤氲。梅开东阁应怜我，草绿南湖又忆君。

独树小桥断人迹,空潭落日动波纹。同看沙际凫雏宿,恋母依依亦有群。

秋暮王慈雨过访兰岑不遇

桂棹殷勤一水遥,海村秋色暮迢迢。清溪野鹤悠然去,曲径飞花空自飘。
竹院无人添寂寞,纸窗有月倍萧条。唯余瘦菊亭亭影,坐对寒灯到永宵。

晚　烟

一派苍凉野马奔,夕阳断处乱鸦翻。云连绿树浑无迹,山映晴霞淡有痕。
海天漠漠樵歌散,秋水迢迢渔笛喧。借问此时谁最惜,居人惆怅客消魂。

初秋新月

凉月出林浅,峨嵋上一钩。竹风声淅沥,寥落满庭秋。

春　辞

料峭风来拂袖轻,呢喃燕子自含情。我家门外无桃李,夜夜梨花细雨声。

新秋次兰岑韵

空阶雨过暮云浓,四壁凄凄诉晚蛩。秋到白门烟月老,满溪新水落芙蓉。

送　姊

梧叶萧萧征雁鸣,秋声一夜动离情。倚栏频看中天月,偏是今宵分外明。

月夜有怀诸姊

其　一

纸窗风定月无痕,瘦菊亭亭对酒樽。梧叶萧条人意老,秋情一夜不堪论。

其　二

霜落长空似水波,小庭夜静竹声多。倚栏对月空惆怅,北斗横天将奈何。

张　涣

张涣(?~1860),字苣洲,清淮安府安东县人,世居山阳。道光二十二年(1842)诸生。徐嘉《遁庵丛笔》载:张苣洲丈涣,居竹巷,与余邻,过从綦密。博览善持论,嗜为诗。庚申(1860)死于捻军之手。

无锡舟中望惠山

江中望焦山,戍鼓惊雷硠。放舟丹阳郭,惠泉留风樯。树森见塔影,帆转飞岚光。昔闻九龙岩,疑似宣佛场。吹笙遇双成,鼓瑟教兰香。月宫奏仙乐,水殿斟琼浆。玉真左右侍,金阙东西厢。中多采芝仙,游戏白云乡。惜无知音客,天风和霓裳。

吴山观潮和宾华韵

饮罢茅柴酒一樽,午潮声势撼乾坤。六鳌鼓浪朝天阙,万里嘶风入海门。
元气斗从秦望转,涨痕高欲越山吞。吴乡幸有枚乘笔,万古昌黎可共论。

鲁一同

鲁一同(1805～1863),字通甫,号兰岑,一号季连,清淮安府安东县人。中年迁居清河大兴庄(今属淮阴区)。著名古文家、诗人、画家、方志编纂家。道光十五年(1835)举人。后六应进士试,均不第。以塾馆课徒为业,亦曾至徐州云龙书院任教席。咸丰三年(1853),协助吴棠擘画守卫清河,抵御太平军。刊有《通甫诗存》4卷、《诗存之余》2卷,存有抄本《通甫诗存外集》3卷。《清史稿》文苑有传。

彭城南山道中作

朝曦冠东峰,厓转气候变。野云非一族,涧水有千旋。墟烟偶翕散,杧姿递隐见。遇物意恐留,趋途急所愿。群峦趁突兀,一往割深恋。山鸟苦歌吟,村童倏吁抃。遥岑如候人,余情有深眷。

斗姥宫

灵宫俯丹壑,初景熹微阳。所居界人天,接引多芬芳。幡幢静不飞,几案浮幽光。延客敞云轩,涧窦锵明珰。始知东帝雄,百态皆包藏。弟子十余龄,纤步罗琼浆。生天良已难,作使可怜伤。山石日巍巍,山松自苍苍。安得青鸾翼,送汝白云翔。

按:斗姥宫在清江浦东门,明建,乾隆三年(1738)修,乾隆四十五年敕建。

拉粮船

拉粮船,声何哀,三月渡扬子,四月渡长淮。行人共说拉船苦,谁传此声中都女。中都女儿年十五,能以么弦作人语。呕呀咿嗳声不停,一声高空入青冥。千声万声转相续,十万樯乌尾扑速。中都女,汝传此声来何方?不南不北音悠扬。红白绣鞋尺半长,三年辞家别爷娘。独柳树边秋雨暗，倭瓜淀里湖风凉。嗟尔拉船人，酸嘶何时已。君不见，今年粮艘行复止，腊月黄河冻连底，船夫无裤丁无米。官敲吏扑寂无声，十里清江夜如水。

按：作者长期寓居清江浦，从末句"十里清江夜如水"可知，这是作者在清江浦所作。

长歌赠吴稼轩孝廉

渔沟晓起践霜月，角城鼓角悲寒云。恶怀正赖丝竹写，发兴那愁儿辈闻。夜深置酒河桥驿，美人如花卷帘出。琵琶声疾酒杯宽，醉拓寒梅上高壁。南云北雁交参差，灯火如山又一时。我方走马韩山陲，君亦载酒行从师。潘侯潘侯绝世姿，爱我不啻琼与瑰。南行见汝銮江湄，试将客舍王郎曲，谱入屯田柳七词。

黄河踏冰行

北风吹水水成垒，河津老狐首衔尾。奇寒一夜胜尧年，十丈黄河冻连底。舟牵著岸行人稀，老翁公然来杖藜。非鬼非神定何物，踏冰直去行如飞。肩担首戴渐随续，俄开大道通川陆。险地牛车百辆来，空洞雷声走碌碌。砂坚石滑起嶙峋，车辙磨穿一尺深。安行徐步有底急，冰山如此真堪凭。一条迸裂千寻大，巨斧椎天呀然破。铁索银桥嫋若龙，昨日南兵三万过。造物狡狯陈奇观，不须筑土忧狂澜。安得东海一朝冻如石，怒马直踏三山脊。

黄河谣

黄河卷天浪如雪，一十八厅缘何设？鸣珂佩玉照中流，南河自古称金穴。年年保固岁岁修，败絮焉能补敝裘？议迁议改总多事，不如安生鸣八驺。少府白金三百万，输与河吏买珍馔。河兵生小识事宜，耕塌旧堤换新堤。

荒年行

明河飞焰灾星过，淮民十家九家破。赤地无毛生气枯，高门大屋空厨饿。去年入秋一丈雨，旧谷全淹新难播。典衣卖口易斗粮，和糟作糜糠不簸。小家挑菜菜根死，榆皮细剥干可磨。入春半月大雨雪，千户万户枵腹卧。鸠颜鹄貌气如丝，净皮光面无一个。官粮放书不到民，豪家猾吏拱手贺。口得百钱竟何补，虚縻内帑十万大。强者聚党昼行劫，积案如山官无那。腰间佩刀日月光，官且畏贼贼可作。近闻淮东劝赈粥，此事可倡难为和。救荒在官不在民，贫民死是富民祸。垂裳天子那得知，大官省事小官懦。言之无罪君莫嗤，会当叩头陈黼座。

履霜行

鸭鸣鸭鸭鸡朱朱，母鸡为鸭哺其雏。生儿不看长成，留与他人为奴。阿父出门，后母持家。儿来前湖中,草实多累累。朝出提筐,暮黑方来,归不敢告饥。汲水前溪涤溺器,为娇儿浣中衣。亡母位在堂,儿来焚香房中。呼不磨,夺手中香。拉杂蹴踏之,小子心不良。九月苍苍,晨起履霜,往哭亡母墓旁。阿叔骑大马,出门勒马为儿下。不敢告阿叔,纷纷泪雨交堕。往告汝父,汝父当自可。父兮归来问阿母,一字未吐。阿母怒目,铮铮弩作,父大难,儿不苦,黑风打头天欲雨。

荒年谣

卖耕牛

卖耕牛,耕牛鸣何哀。原头草尽不得食,牵牛蹢躅屠门来。牛不能言但呜咽,屠人磨刀向牛说。有田可耕汝当活,农夫死尽汝命绝。旁观老子方幅巾,戒人食牛人怒嗔,不见前村人食人。

拾遗骸

拾遗骸,遗骸满路旁。犬饕乌啄皮肉碎,血染草赤天雨霜。北风吹走僵尸僵,欲行不行丑且尪。今日残魂身上布,明日谁家衣上絮。行人见惯去不顾,骷髅生齿横当路。

缚孤儿

缚孤儿,孤儿缚急啼声悲。主人出门呵阿母,阿母垂涕洟。已经三日不得食,安用以子殉母为。不如弃儿去,或有人怜取。主人闻言泪如雨,家中亦有三龄女,前日弃去无处所。

撤屋作薪

撤屋作薪,雪霰纷纷,三间老屋昏无灯。朝撤暮撤屋尽破,灶下湿烟寒不温。大儿袒,小儿裸,余草布地与包裹。明日思量无一可,尚有门扉堪举火。

小车辚辚

小车辚辚,女吟男呻。竹头木屑载零星,呕呀啁哳行不停,破釜堕地灰痕青。路逢相识人,劝言不可行。南走五日道路断,县官驱人如驱蝇。同去十人九人死,黄河东流卷哭声。车辚辚,难为听。

别 家

岁暮方告归,经春又言别。忍以绕膝身,散为辞林叶。鸡鸣起戒程,仰视见圆月。匆匆治行李,迟迟不忍发。归期知无定,却复轮指说。一夕恋庭闱,千里况冰雪?去去沧波远,征尘忽已灭。

晓 征

晓征天气凉,揽辔登古邱。细雨冠轻日,晨光黯然收。墟烟逐鸟没,原黍随风柔。遥景明且灭,近汇疏兼稠。微阳起别壑,忽焉盈前畴。驻马相塍隰,周览穷沧洲。倦此风尘烦，高怀黄绮俦。

迢迢天边树

迢迢天边树，渺渺属长路。长路伤人心，一宵三梦君。梦君在何许？红豆生南浦。折花置罗袖，低头不能语。见君复何方，东厢白玉床。芙蓉作裙钗，对面理红妆。见君更何为？左把琼树枝。头上九鸾钗，右手牵青丝。何以系君肠？五色虎鞶囊。曷由通君意？明珠双凤佩。我向前致辞，君是天上人。已结凤鸾侣，肯顾尘埃身？君言莫嗟呼，相思竟何如。少小枉欢爱，执手思同车。风吹断根草，飘摇上天衢。一落北海北，一落南海隅。君恩良不殊，我分与君疏。

病后家园作

其　一

小病如故人，时来复时去。遂谢綦履烦，冥怀超众虑。晦景回新阳，瑶轸澹可御。好鸟下幽窗，流云度高树。一与静者缘，深悔劳生误。

其　二

朱阳改令节，芳华忽已非。出门绿阴合，殊非林卧时。既感微疴释，因念故人违。云向广陵下，鸟度清淮飞。予美不可见，怅然吟落晖。

客中作

本无尘世缘，偶过城市里。物态倦接目，喧声乱人耳。愁来掩闺卧，入梦境稍美。梦我湖上村，远似柴桑里。微尘散和风，晴光淡春水。何时坐垂钓？终身此休矣。

昔　别

昔别我送君，今别君送我。不忍上马行，且对青山坐。我归今已迟，君归应后期。花开不可见，花落长相思。白云起天隅，随风故乡去。流水引春城，晴烟断高树。垂鞭我已远，巾车君未回。夕阴点古道，但见生尘埃。尘埃日以深，古道日以远。后夜月明时，相期眉共展。

忆昔青春时

忆昔青春时，娇小两凤雏。君年十二三，侬年十岁余。纤发被当额，胭支唇间涂。芳心太珍重，问侬读何书？有时君别去，未去神先殊。岁时到君家，弯弯双眉舒。襳衣为侬理，柔发为侬梳。春风飞杨花，吹动琼瑶车。云中两青鸟，娇鸣下庭除。连声呼小鬟，置酒何纷如！日落百花中，君归不须臾。秋江芙蓉开，见君双垂珠。见后十年间，事与浮云俱。大江流春梦，飘然堕空虚。日闻蓬莱浅，眼见东海枯。海水亦不枯，思君当如何？

重过大悲阁

三日入城市，周旋苦不已。晓梦剧纷纭，怅然思云水。莲界城西隅，杰阁穹霄里。烟鸟水塘飞，风蝉柳阴起。昔游云雨散，今来猿鸟喜。尘怀期永割，庶此参静理。

赠孔宥函

十年思一见，毕竟聚成别。匆匆千古事，执手何由说。余性苦迂滞，子才剧宏达。与君非骨肉，赠言一何切。君行亟苍黄，扬旌犯炎热。风帆开似云，离灯澹如雪。后会安足言，努力慎前辙。

赠王生紫仙

静花无烈香，静士无隆仪。缘饰汩真性，一静自了之。炯炯白璧光，宛宛潜虬姿。披户疑无人，见客疑无辞。平生喜唐突，见子翻不怡。三年辱侯芭，道贬非汝师。勖哉欺尚友，非古人其谁？

我家有古槐

我家有古槐，春来何青青。鸟雀巢其颠，交枝如比鳞。一夕大风破，邻人取为薪。朝飞向我屋，交交多哀音。欲以责邻人，伤哉邻人贫。同里不时恤，使尔两酸辛。

射陵晚望

春色忽如此，吾归安可期？遥望海上山，近见河阳堤。飞鸟互翻覆，原树相因依。芳草晚更绿，夕阳红已微。远墟见灯火，仿佛开荆扉。行人解鞍马，欢笑闻依稀。江湖春水阔，鸿雁来何迟？天涯有稻粱，焉敢辞涂泥？不见梧桐死，凤凰鸣且饥。愿共牛马食，甘辞野鸟栖。返顾天际云，思与淮流驰。死生尚梦觉，岂必悲东西？黄蒿满平原，充哉周余黎。

悼徐潢

其　一

生别终有期，死别长已矣。侧想平生欢，盛悼同心子。面目存仿佛，遗音如接耳。白璧一沉埋，重泉千万里。他乡滞孤客，夜雨枕风起。伤心芙蓉花，一夕萎江水。滔滔东逝波，此恨曷云已？

其　二

畴昔别子时，杨花如雪飞。送我出西郊，挥手泪如丝。丁宁感赠言，殷勤问归期。岂意河桥水，千古从此辞？君病卧在床，我在天一涯。呼我我不往，思我我不知。患难弗相恤，安用友朋为？

其　三

苍犬西北吠，乌鹊东南逝。壁暗灯荧荧，叩门故人至。容色何惨烈，相对但拭泪。问之无一言，含凄屡惊避。起坐汗浃背，达旦心每悸。家人共解说，恍惚何足急？岂知撤瑟晨，已是浃旬事。君体素孱弱，此来良不易。一身既蝉蜕，六合等游戏。但能来往频，蓬门岂幽闭？

其　四

前有洛阳生，后有长爪郎。赋成鹏鸟篇，文修白天梁。彩霞易飘散，朝英萎秋霜。幽梦化蝴蝶，急风吹鸾皇。茕茕白发人，娥娥红粉妆。晚窗犹书声，遗架空缥缃。极知天上乐，安念生者伤。

夏日归田

我里散四方，十家而八九。今我独归来，空山复何有？上堂问白发，中厨呼新妇。且言瓮无粮，且言樽有酒。解囊三五金，稍稍罗升斗。晚食颇精良，满案堆蔬韭。天中古今节，剪艾插门首。群贤哑然来，彩绳系左肘。感我久行役，全家笑满口。偃仰读《离骚》，支离观庄叟。持讯东西加，此乐同乎否？

送王慈雨入朝四十二韵

恻恻复恻恻，临纸三叹息。王子将北征，遥念心悖抑。北征翳何为？赴命趋京国。在昔求贤良，初通承明籍。视事方逾月，遽抱鲜民戚。哀号辞北阙，苍黄返乡邑。三年东海滨，读礼营墓侧。野看白兔驯，枝见连理出。余哀方感怆，皇命遽严亟。行役在何时？王正月初吉。四海论交游，与子称莫逆。七载离合悲，从初更详说。一年在朐阳，始快荆州识。二年在金陵，共浪名山迹。是岁登贤书，继有燕台役。明年君下第，相见孙氏宅。煮酒谈英雄，狂歌发金石。秋尽我南旋，二年君遂北。一试捷礼闱，再授考功职。时我客东海，起舞中宵白。千里一书来，京华当七夕。感叹牛女事，远念同心隔。君归我复东，对面不相觌。今年我辈扁舟访，隐逸崇山控西北，回环绕大泽。高树出云中，茅垣隐深碧。入门惊僮仆，坐定各恍惚。是时九月初，细雨连宵滴。野秔晚更香，霜螯味无敌。置酒洗心胸，万古无空阔。初冬复一遇，草草未分晰。离合知多少，屈指今六七。男儿盛意气，九州犹一室。代马与秦云，各为长途急。君已绝意驰，我犹弱羽戢。共抱济世怀，独乏抟霄翼。当代论雄才，王郎谁与匹？早登元礼门，无轻绕影策。煌煌临轩心，何以酬万一？

闻慈雨青口帆海登泰山观始皇石刻十三字

王郎好奇今无敌，要上青天观日出。南朝烟雨塞北云，万里江山都看得。归家高卧百不适，一葫芦酒空四壁。兴来便作汗漫游，扬鞭驱下东山石。东山高与东溟连，云涛转空天一尺。飘然挂席驾银潢，太乙莲花映空碧。星翻斗转云日沈，远望一气都昏黑。不知何土为中外，何方为南北。但见转山隐隐之雷霆，点波一一之岛国。帆轻风利不可勒，秦山劈面作人立。想其焱忽未达时，有似巨鳌露其脊。扪幽凿险登槃陁，刮苔剥藓观石刻。大篆连蜷十三字，知是上蔡丞相笔。可怜祖龙虽暴死，战伐文章两第一。雨零风扫二千年，光气炯炯不可逼。我生好古尠见闻，怪君此游太奇特。苏老终为海外人，谢公肯作山中贼？歌成洗眼望蓬莱，斜阳忽放青铜色。

春 梦

春梦无拘束，忽与浮云俱。抛我手中书，过我河上庐。斜通杨柳门，前对芙蓉湖。稚子哑然笑，有类心识余。野风吹鬓发，怅然为之虚。

寄慈雨都中

孟春花未发，送君赴燕川。河梁一樽酒，流涕不能言。君行过彭城，我税淮东田。寄君双鲤鱼，道远无由传。孟夏君始行，巾车何翩翩。五月卢沟桥，行人殊洒然。七月犹漫水，杨柳秋风起。我归不见君，思君暮云里。思君复何如？十月君寄书。书来自何处，书中竟何语？上言相见易，次言相忆苦。忆君何可支，见君当有时。君如云在空，我如花恋枝。颠风一摇荡，万里常差池。梦中或相遇，君心知未知？

送从兄子秋

岁晏百事歇，君独西南行。念兹冰雪远，怆然劳我心。同居岂不欢，各各怀所营。兄弟既长大，亦复成酸辛。孤仆起寒色，羸马愁风声。已见别颜惨，况乃行縢贫。在远讵违阔，庶几心神亲。

南湖诗

余舍南有湖，夏秋弥漫数十里，往往飘溺。春或涸或不涸，民少佃作其中，邑志所谓石佃湖也。观察沈公为浚渠泄水，农赖以苏，述其事以美之。

驱马南湖去，湖水清已竭。高原见鸟耕，下头犹龟裂。忆昔扬帆来，烟波杳何阔！菱芡相因依，葭荻乱如发。渔网澄夕阳，鸣榔响秋月。春来弄轻舟，湖中嘉可游。蒲芽映渚出，荇带随风柔。家临芳草渡，门对桃花流。严冬浦冻合，层冰何阳修。饥乌望烟火，落叶弥汀洲。念尔湖中人，鱼鰕事生理。撤屋持作薪，煮鱼湖中水。单衣晓露寒，破壁秋风起。雨中砍芦根，霜前收菰米。寒塘柳向门，晚火渔开市。前年大吏至，初修郑白集。弥岁功告蒇，日役万余夫。冬时议播种，春到把犁锄。迟迟陇上犊，漠漠田中乌。鸡埘收晚日，舟楫尝新遒。四月微雨晴，门前生新碧。稚子问禾苗，沙鸟窥行客。柘树垂鲜条，新泥涂旧壁。家家有归人，处处迷行迹。当时扬舲者，重来不相识。

怀友人

君家湖水南，我家湖水北。晓露濯芙蓉，一片秋江色。芙蓉忽已老，绮岁风光早。芳树笼夕阳，行人坐春草。春草萋以深，落日见君心。君心不可见，太息抚瑶琴。

过殷氏山庄

秋柳未全黄，鲜枯已各半。马首故人村，遥景纷可玩。历历树下屋，缕缕林间爨。到门无路溪，流水中分断。新雨满芳塘，鹅鸭声相乱。主人久未出，柴径荆须唤。苦辞奴仆蠢，琴书堆满案。村酒连罂瓶，山肴杂韭蒜。爱此幽栖适，抚膺起三叹。

秋　怀

其　一

凿石欲到水，磨杵期成针。兹事岂不难，吾以明吾心。心浅力自浅，心深境亦深。一食腥膻味，黄金不可成。

其　二

落落落地叶，飞飞飞天云。所在无羁绊，一生常羡君。家鸡狎野鹜，毋乃非其群？古有御风者，斯人不可寻。

杂　感

读书二十年，久与世情疏。出言未及半，嗤嗤笑为愚。岂徒笑为愚，怵之以刑诛。越次实忧国，岂曰非胥儒？持以献吾君，或者今所需。

龙　溪

过冈迤行，峭石逾怒。有泉溶漾其间，中峙小屿。芳竹罗生，不可得而名焉。因系名于山，而志以诗。

恶石震裂缺，清漪回渟渊。安知半亩底，藏有太古泉？窦脉咽潜泄，浮藻扬澄鲜。中涌一孤屿，如壶峤三山。夕景射颓峰，荡为千沦涟。世无百东坡，我须眉其间。愿言更洗心，尘垢已昔然。震龙倘震惊，拔宅升九天。

访徐蓼亭丈不值

幽溪不可渡，系马芳林晚。斜阳草际归，秀色亦何远！偶随樵者行，遂造幽人馆。阶前竹树间，案上琴书卷。山僮解共客，烹泉渌盈碗。兴与白云迟，路向苍烟转。钟动前溪灯，人归隔林犬。却忆王子猷，剡溪棹初返。

过皂河

驱车过皂河，沙堤益修整。青林晚霏霏，黄流春汜汜。循岸途屡折，意穷得所引。晴湖蒸成云，遥山淡如粉。缅想贤主人，良宵款语近。目存众妙接，翻愁所历尽。淮浦人事熟，应接精神损。愿抱孤桐居，此邦习便静。

发徐州

凌晨膏我车，凄惶整行李。山川非故土，取别心尚尔。出郭临大河，中怀郁电起。咳唾下中流，东南五百里。龙蛇气苍茫，二仪积亏毁。自非倚天剑，乱丝与谁理？万事合变化，孤生焉足恃？长揖谢云龙，吾行自兹始。

斋中读书有怀嵇明经

息机有妙理，耽静无尘容。年往物累减，境阻幽思通。过午气候变，好鸟鸣帘栊。飞雨洒白日，纤草交回风。润回细葛软，凉生珍簟空。已悼逝欢远，方期来去浓。寄言清冷子，真赏何由同？

送邵生

截竹八尺长，横吹当天风。一吹摧百草，再吹迟孤鸿。问此曲何悲？悲彼山阳翁。张徐谢千载，䥶铎骄黄钟。我昔少年日，拜翁如长松。火气猋吹嘘，涛转青云中。飘摇万古心，不得开鸿蒙。使我用世志，永与黄河东。邵生产其乡，杖履颇追从。乔崧失嵂嵲，我实惭丘封。手勘《七略》编，目存百氏踪。非无斫垩人，质死难为功。城南有潘冈，宰树摇青红。子归携泪往，道我心忡忡。

吴稼轩小像

淮雨洗征衫，马嘶到庭院。虽含丝纶姿，未改湖海面。春明别酒散，梦寐想岩电。苟全幸茅舍，劳心苦金殿。行藏两盘桓，日月去弦箭。壮士一丝发，乾坤五载战。何况密勿地，忧虞子亲见。看子眉宇舒，已卜和风扇。少慰倚门愁，再拭承明研。致身云台上，精爽期百炼。

题陈豫林先生遗像《万竿烟月图》

淳风日亏蔽，瑕衅起彝伦。恻然浇俗余，见此孝悌门[1]。绵绵百年来，典型今犹存。长源钟秀异，哲士含清敦。眉髯蔼天和，色映东海春。文章观国宾，宇内歌其真[2]。凤毛不一耀，虬姿终潜沦。留此式下士，薰使风俗淳。德劭齿未优，倾邑走酸辛。我后三十载，遗像瞻恭温。阴森万竹风，灵来公有神。贤间笃先训，令器皆恂恂。寄语同根人，梨栗勿怒嗔。

原注:①孝悌门,先生家五世同居,内外百余人。②“文章”句,成均录刻先生文,海内诵之。

海秋招同人游城南尺五山庄即以道别

林芳散不归,春塘点微雨。回风掩菰芦,万绿一轩举。不知谁氏园,遗迹傍蔬圃?墉壑昔疏凿,烟霞入楼宇。缠绵子孙谋,青山并终古。安知百年后,尔我已宾主。瞢瞢守株人,死据一抔土。登高望城阙,青天遇飞羽。寂寞吾何依,归卧江南渚。

奉酬四农夫子枉赠之作

其　一

大道日回远,时态生榛芜。负彼辽豕蹢,谓握灵蛇珠。回澜夙所愿,单征心易孤。夫子慨相许,谓尔真吾徒。感谢只欲涕,谁能识区区?誓以千秋业,符此七尺躯。

其　二

城西烟水深,旧游今几载?牢落重相逢,苍然颜鬓改。幸此比舍居,日夕烹泉待。析疑惬今怀,辨途生昔悔。神释苦未能,吾师了然在。所思倘不移,扬帆济东海。

奉寄四农三丈大人诗四章

其　一

海水吞三山,大鸟东南飞。千里一徘徊,下顾长江湄。绿草日夜合,孤芳日夜西。处世非云龙,安得常进随?京华一樽酒,过江难重持。侧耳西北风,聆我感慨诗。

其　二

昔出西安门,回首望苍穹。我马白四蹄,君马黄两骢。翘尾共悲鸣,日夜向蒿蓬。悠悠黄村路,油油南苑风。夕宿昭王馆,晤叹怀诸公。尔来若叙用,北斗回南东。浮云大蔽天,楚江渺何穷?

其　三

阴林百鸟绝,踞地横鸣琴。十指骄不成,凌猎多哀音。飞泉洒长天,下注大溪深。壮士无成功,妻孥系我心。见疑匪白璧,见信匪黄金。此曲不见赏,落落将焉寻?

其　四

人生无别离,共此六合中。上有青冥天,下有浩荡风。醯鸡处一瓮,适意各西东。与君并世生,岂非造化功?中夜望星乡,耿耿精灵通。南海一少年,西江一老翁。结交不及始,使我心忡忡。

秋 雨

其 一

朝阳炳八荒，万动疾清昼。荡荡虚空中，孤云百不就。本意高风来，烂漫适远岫。阴溽巧腾郁，援系变斗牛。烦憎蠛蠓游，怒恐蛟螭斗。微根不牢壮，势靡暂奔凑。与物一淆冱，谁能返其旧？吾欲拜真宰，炼气塞天窦。念此复谁为？嗒焉中自疚。

其 二

雨亦不可止，愁亦不可已。寒虫太古心，乱绪为谁理？抽此一寸肠，诉君笙簧耳。美人满中闬，焉得发皓齿？峨峨玉阶上，侧足不容趾。盛年歌黄鹄，北风中夜起。

七夕答李梅江

乡近仍为客，天长回独愁。鸟归沧海空，星入大河流。露簟千家夜，风灯两鬓秋。百年飞动意，郁郁一登楼。亦有西南月，娟娟小阁明。如何东北望，日夜大波声？宛转辞儿女，悲豪托友生。浮槎自天地，终作御风行。

赠胡子纯

令弟吾骨肉，欢爱夙所敦。并马长安郊，意气同轮囷。百年不可居，千秋安足论？昔来百卉敷，今来宿草陈。茫茫桑梓间，此情谁与信？

哲兄岂弟人，视我犹诸昆。相延入寝舍，梧竹阴黄昏。玄冬万象闭，阳景催归轮。斗酒岂不欢，触绪伤吾神。勖哉各自爱，以慰泉下人。滔滔东逝波，去去复何言？

卢苞元小照

卢君信潇洒，别我秣陵城。闻道读书处，终年风竹声。闲门足高尚，有子蔼孤清。何日重携手，万松深处行？

乌栖曲

夕阳欲没未没时，栖乌绕树争枝飞。争枝未得鸣声苦，月照红窗烟如雨。天涯行客归无期，尔但争枝莫夜啼。

落 叶

霜晨骑马小猎回，马头红叶随人飞。青山见骨瘦不肥，微茫僧寺开烟扉。岩红障碧升朝晖，回塘曲涧行人稀。前奔狡兔后飞翚，野鹿呦呦苍鹰饥。荒江路断百草腓，朔风刺面天有威。天涯行客寒无衣，千山万水迷不归。

江上画梅赠友人

三日欲渡不得渡，起来泼墨成烟雾。画为蓬莱之白云，凭风吹上金陵去。君向金陵有底忙，梦里犹闻唤渡江。看我作画莫火急，船尾已作声舂撞。

题画梅

其　一

东风吹晴向江阁，溪水流光晓冰薄。高情野态破愁来，一朵仙云梦中落。横涂斜抹丰不癯，山中兔毛扫欲枯。广平赋手推夭艳，铁石心肠无时无。

其　二

铁厓手笔仲圭格，古之画梅推专家。俗工画骨不画韵，忍使造化生楂枒。千岩未要雪压屋，数点才足波明沙。烟萦雾缭不知处，莫遣落月窥夭斜。

寄丁俭卿

建安盛文章，仪廙随镖起。相人以皮毛，曹公庸奴耳。淮南有英杰，张徐今已矣。茫茫七百年，卓哉俭卿子。月明照东城，金樽泛绿蚁。妙论开人天，英词亦何绮！但思避君锋，焉敢摩君垒！疲马逊霜鹘，何止三十里！少年负盛气，思欲钻故纸。胸无万卷书，安能驱神鬼？间注七篇文，静观五千旨。好古有同心，眼前竟谁是？东风吹杨花，蒙蒙遍春水。南望不见君，心与浮云驶。寄诗写蓬心，因之琴高理。

原注：时余方注《南华内篇》。

草书歌

仓史荒唐籀史丑，字体变化如苍狗。秦篆汉隶不媚俗，中间草书又纷纠。二王高古无等伦，褚妍欧怪相为友。公权崛强老不平，张颠狂荡空濡首。文章不到缁髡流，驱策怀智归上薮。髯翁涪翁各造极，就中尤爱溪堂叟。溪堂主人沙石动，穷檐窈穴龙虎吼。大江东奔三峡开，黄河西倾二华走。交横剑槊割锋芒，一道金绳盘锁钮。或言元祐绍圣间，公也吾邦来作守。岁久碑碣有鬼神，往往遗卷大如斗。良工摹拓无差讹，精气耿耿贯肩肘。生平爱古自有癖，况乃倾心素已久。愿买万本写万通，茧纸在案笔在手。永和岁月今萧条，独立苍茫谁不朽？

赠徐健安将军

先皇好文兼好武，功成理定弥环宇。九州万里无风尘，绝塞穷荒编歌舞。强弓大马搜英豪，平台召见千罴虎。突兀峥嵘第一人，没石常惊双白羽。呜呼一蹶难具陈，投弓旅食淮南春。我从儿童窥半面，龙文虎气犹精神。今望登极更召见，陛戟御上光明殿。鱼钥九门虬漏迟,凤楼百尺龙旗飐。千官剑佩入逡巡,万户云霞开潋滟。宫中长日数花须,殿上祥光摇瑶扇。攀龙附凤有辉光,誓将肌力报吾皇。谁知返哺意惨戚,麻衣一痛天雨霜。三载河阴守敝庐,髀肉全生世事疏。枥上齿衰少游马,床头尘满黄公书。家徒壁立更何有,往往从人骑蹇驴。儒冠野服爱萧瑟,射圃学种秋前蔬。昨来见我洛生咏,众中对客歌呜呜。岂知我亦困枳棘,病欺愁劫无时无。丈夫意气在万里,班超乃是奇男子。纷纷甲第满时流,谁向云台蹑珠履。更忆荆南梅晚青,磊落嵚崎太有情。他时握手须道及,埋头空老鲁诸生。

寄徐蓼亭丈

丈夫忽堕地,二十有六年。不能金门据地歌向天,又不能骑鲸入东海,快弹水调呼成连。陆处无屋舟无水,藜床可坐灶可眠。日饱鲑菜二十七,虞郎一贫真可怜。朝吟谢家春草句,暮玩庄生《秋水篇》。三年读《易》不了解,一纪练赋何曾妍?先生大笑呼之前,小子乃以膏自煎。人生得意须金钱,汝不能豪何能仙?速焚旧作三千卷,来从我种河滨田。我昔方打细腰鼓,长者到门笑不语。手持素扇索吟诗,先生摩顶笑相许。虬飞蠖动斯须出,□□一气如风雨。上言扬子云,下言孔文举。心知誉,口不言,当阶伏地摩空舞。一散春风十八年,旧游老辈如云烟。小子怀中字尚全,文人白发垂过肩。我亦乱髭生鬑鬑,当时了了恶能贤?玉堂金马如登天,作诗作答琼瑶篇,缄愁欲寄心茫然。

徐参戎殁于关右既已哭之榇归更作

霜气到天塞烟紫,壮士归骨穷泉里。灵旗倒卷华岳云,英风夜渡黄河水。当时提兵西极行,岂知九死无还理?自言躯体金铁坚,三月戎衣不曾洗。可怜忠胆满一身,死后犹能行万里。苍梧南望集飞矢,狼荒獠奴斗如蚁。烂羊侯尉徒纷纷,欲唤君魂报天子。

烈妇行

济水不共黄河浊,东飞鸹鸽西飞雀,嗟哉难言小姑恶。小姑有行,兄嫂知之。反唇污阿嫂,阿母大骂:贱子,不死何为?妾身那得死,下有黄口儿。嗟哉小姑目睢睢,东家来西家来劝,阿嫂泣且悲。嗟哉!小姑计不得施。鸡鸣狗吠,艾豭入户。刀光霍霍长尺五,娄猪如狐豭如虎。头飞尸走血如雨,嗟哉小姑毒尔许!走报县令,县令不信,走报上官。嗟哉烈妇,身无父。一寸棺,一锹土。顾之妇,罗之女。

路旁枣

路旁枣,何纂纂。攫纷拏,刺人眼。挂我冠,啮我履,裂我襦。我行见之,畏不能趋。此木岂无实,奈何种之当路衢?九达之馗,以植桃李。结子不成,桃僵李死。

闻陈筠翘将至沭阳先寄长歌

去年别君长安去，宴花楼前日将暮。今年迟君建陵来，眼穿不得开金罍。君昔二十何翩翩，痛饮东城两少年。轰醉不闻雷破壁，开门一笑波吞天。三年小别意凄恻，伏雨阑风故乡陌。玄元祠边多藕花，吴船百斛装流霞。夜深月出城南斜，月娘向月弹琵琶。红衣翠盖三千柄，白塔朱楼十万家。事殊兴极嗟萧爽，楚水燕山倏来往。归来冷落洞天间，苦竹黄芦暮雨闲。杨柳潮生霜信急，鲤鱼风起雁飞还。残欢坠梦谁能遣？饥驱忽向天涯远。作客三时废啸歌，思君十日愁眠饭。君不见，介眉生，乌犀白纻可怜人。东华骑马如有神，归家烂醉江楼春。一夕怪鸦啼古屋，洞房泪湿荧荧烛。红罗翠被纸钱风，少妇伤心老翁哭。尔我风流仍照映，苍鹰快马同神骏。一杯且复散千愁，三策何须千万乘？春风狼藉遇花朝，野岸山蹊放小桃。君来倘及作寒食，更与幽魂赋《大招》。

秋江辞

月娘者，淮千里儿也。值碧玉之小年，是紫云之未嫁。有狭少年郎持其纨素，请书歌诗。娘询是谁作？具道所以。乃顾玩裴怀，悉皆上口。属诸文士会于勺湖，解缆登舟，莫愁在焉。新月照人，朔风凄紧，乃徐起为天边孤雁之曲，赋《秋江辞》以付之。

芙蓉花开云满湖，秋江水长生蒲菰。烟中熠耀双白凫，美人照水闲且都。罗袖微揎见玉肤，流光弄影摇明珠。明月迢迢天东隅，天边孤雁啼相呼。欲度不度朱弦徐，四座听之颜色殊。再拜前进三踟蹰，思为君家屋上乌，不用金吾檠中鱼。

秋江之水何洋洋，中有嘉鱼鲤与鲂。金刀雪藕藕如霜，单桨吴舡舡细长。美人夜游梳薄妆，新月照水双娥黄。丹唇徐转随风扬，高不过急低不伤，乃与船势久低昂。满身花露浸肌凉，心输意与欢未央。啼鸡一声天宇荒，明星出地波茫茫。

日本剑歌

慈雨所藏宝剑，张铁侯所赠也。铁侯报仇杀人，走万里，遇赦归。携剑七，以一赠慈雨。余幼时曾见之东海孙氏，腊夜不寐，追成长句。

辽东壮士张铁侯，气吞乳虎回奔牛。袖中血漉仇人头，东窜日本穷琉球。归装载得双蟠虬，酒酣仰面天津楼。是时六月天未秋，袖出满堂风飕飕。七星微露刃半抽，堕地一跃铿三投。白日荒荒光西流，当时采铁穷六州。山崩川竭长庚愁，杂以金铜银镂鏐。邓林万木共薪槱，千烧万铸绕指柔。旁镌细字匠者欧，中原万里无仇雠。飘然堕落海外洲，何不一挥歼其酋？兴酣斫地歌声遒，窗外暮鬼声啾啾。

重游莫愁湖歌

昔年我游莫愁湖，莫愁颜色如明珠。今年我游莫愁湖，莫愁憔悴花容枯。不识莫愁镜中面，请君却来湖上看。昔时朱楼大道边，楼下芙蓉多于田。词客寻秋几两屐，斜阳买醉几人船。买醉寻秋三五里，湖态山容俱满美。衣影飘摇蛱蝶风，帘波荡漾蜻蛉水。帘波贴水低更低，湖光百步见须眉。白云劝吸杯中物，黄鸟能歌席上诗。席上相看尽豪彦，蛮笺十万题痕遍。春灯院本写珠栏，夜月歌喉传白练。瓜皮艇子波悠悠，青溪小姑船上头。凄迷香气皆苏合，宛转佳儿尽阿侯。此时行乐何能已，此地相逢说无死。颓垣断甃一朝飞，水佩云裳何处是？丹臒阑干百尺梯，瓦砾高与台城齐。藻井泥香秋菌长，文窗草绿蝼蛄啼。秋阴堕地诸天闭，宝幢欹倒经文碎。藏阁空闻蝙蝠腥，禅房犹带旃檀味。别有波心小殿幽，锦瑟秋花相对愁。眉翻十样风吹黑，佩解双珠水不流。可怜一代称佳丽，山河回首重流涕。红杏凄凉马氏园，古槐疏冷汾阳第。何人重吊郁金堂？何处平泉有赐庄？棋声雁影都消歇，渔弟渔兄梦夕阳。

奉题四农先生《岱峰晴雪图》

有手不折秦皇松，有足不登日观峰。眼中扰扰尽侪辈，笑阅万古成愚蒙。我行徐邳历邹鲁，北涉漳卫来云中。纷纷培娄小丘壑，耸身无计排天风。翻然示我晴雪图，不觉吐舌垂长虹。但见寒芒凛冽四千丈，沐日浴月光曈昽。玉尘银海塞天地，更无渣滓留虚空。咄嗟温子笔，浩荡潘侯胸，侧身东望云溟蒙。阳烟煮水海波赤，琼楼忽换朝霞红。晴光炯焠不可已，逼视天门一径趋琳宫。七十二代化春水，古来何处有乾封？十年梦境堕荒晦，君时乃在徂来之北梁父东，驴背瑟缩腰如弓。羊裘脱落革带瘦，一肩寒色生林淞。至今粉本尚光怪，当时造物难为功。玉河春雨流淙淙，西山坐挹朝光浓。却恨群峰不南去，隔绝云海无由通。丈夫会展排云翮，餐露饮绿非英雄。卧游大好莫太息，掩卷晴日生高春。

龚圣予《金陵六桂图》为王慈雨题

开卷拂拂生古香，万枝金粟堆新黄。金粉销沈一千载，六朝烟霭看微茫。微茫不辨台城路，旧是通明隐居处。羽衣仙客去何方？犹有广寒丹桂树。桂树培养是何年？相传植自隋唐前。沧桑换劫市朝改，不曾变灭随风烟。龚君画手时无匹，南渡以来推第一。我知画此有深心，欲为江表存遗迹。卷尾标题识景炎，匆匆末帝已南迁。山河半壁犹难住，话到开元事可怜。可怜帝后宫车北，钱塘烟月非当日。回首金陵梦旧游，秋风树树伤心色。别有宫娥去国愁，风沙憔悴泪交流。题词最惜王昭婉，太液芙蓉一夜秋。晚年遁迹淮阴里，卖画茅檐贫若洗。更图三十六英雄，中原豪杰今余几？笔墨荒凉惨不春，南朝往事逐香尘。同心好上西台哭，俱是遗民传里人。留都往迹无人记，当年六桂今余二。好作残山剩水看，苍苔点点都成泪。却忆红羊换劫年，闲花野草各凄然。待看一树冬青月，夜夜西泠叫杜鹃。

题为潘丈四农画梅

铁梅道人年已老，江东画梅传者少。通甫作画如写诗，兴之所到挥洒之。有时一朵复两朵，倏忽千枝与万枝。离奇诞漫李长吉，佶屈聱牙樊家师。三年闭户无一纸，近来爱者子潘子。谓我落笔良有以，画虽不工狂可喜。怪根枯蘖不足多，为君泼墨翻天河。

任铁梅先生笔意

铁梅先生七十一，画梅劲与晴江敌。一官脱手相抟沙，老卧庐江看秋月。我年十四殊翩翩，先生教我写春烟。彭宣两鬓今萧瑟，何处人间老郑虔？

寒夜闻笛

初更已过夜尚浅，初月离离光在眼。谁家玉管一声飞，散入霜林四五转。数声稍长数声低，玉指参差按未齐。唇调气舒手爪活，鹿卢渐转井栏滑。回声变作水龙吟，千岩万壑悲风生。陇头月白降羌哭，洞庭水涌君山青。风林寂寞三更后，吹遍落梅吹折柳。开门月落霜满天，一灯不耀高楼悬。

新乐府

票盐客

票盐客，何扬扬，高车大艑来煌煌。船头黄旗字一行，上书票盐新客商，亦有给事中，乃至尚书郎，连街列地居盐场。黄金作路珠为土，天下尽化为商贾。我士人，尔农圃，何如将身作灶户？

小盐行

官行票盐盐价贵，私煮小盐得微利。家有薄田百不宜，刮取地皮作盐池。红日烧天卤气涌，长镵铲地地为肿。一池水热一池干，县吏下乡索头钱。急卖盐斤报私税，免教明日进城去。

粮艘火

逼仄复逼仄，水中有火救不得。水中有火岸有贼，刀光水光相向明。天地无情黯然赤，河塘十里鼎沸声，鱼烟肉烂冤哉烹。大臣联章奏圣尊，失火不戒由旗丁。旗丁残骸饱鱼腹，欲派均赔派河伯。

官兵苦

官兵捕贼何不力，作兵何如去作贼？贼伤官兵分所宜，官兵杀贼贼有辞。鸣铳聚啸俨敌国，营伍回顾心狐疑。古来杀贼官民安，如今杀贼罪坐官。君不见安东小校有钱发，贼斫不死走沙碛。

豪吏行

豪吏下乡何豪横，短袍小袖飞轻鞚。腰间朱符日月光，入门下马满堂哄。借问豪吏何为至，府牒牵连有名字。春苗未种麦在田，有钱幸免干汝事？博士员，太学生，拱手向吏呼为兄。青铜白镪那足顾，我送老兄吃茶去。

禁洋烟

官家禁烟烟转盛，岁终详报着为令。烟禁愈严烟价增，荒街小馆开烟灯。妖姬对枕挑星火，愔愔白昼成黄昏。偶因失意遭吏怒，铁锁长绳见官府。岂知官亦坐烟苦，枕上传声气如缕。

古镜词

玉匣尘埋古时镜，秦铜汉款无人问。银华错莫飞青烟，市之市上千铜钱。欲照人心先照面，古人今人君所见。一语问君君定知，人面似古今为谁？

三公篇·裕谦

裕公致命死，王公忧死，刘公撑拄而已，又抱病几死。怀贤忧国，情见乎词。

故钦差大臣两江总督裕靖节公谦

裕公忠臣后，正气何堂堂。起家谢阀阅，致主由文章。东南大藩地，实领财赋疆。士女餍笙竽，沟洫流稻粱。昏昏宝珠域，仙仙歌舞场。感叹风俗颓，嫉邪森刚肠。意待五蠹除，坐使万民康。淳风未回斡，丑夷纷陆梁。舟山弃其甲，虎门嗟排墙。流涕拜表行，前驱心飞扬。昔我有先臣，战血漂大荒。主忧臣则死，投袂亲戎行。一呼百夫奋，再呼千帆张。流沫誓三军，天水久低昂。斥堠日谨严，间谍亦有方。捉鬼剥其皮，断筋续马缰。群鬼哭澈天，海水为沸扬。初攻昌国城，三帅同时戕。再战招宝山，军门气凘伤。公时秉鞭出，下马泮宫旁。丰碑摩日月，大字标流芳。永痛诚勇公，血泪终承眶。军门单马来，登城语仓皇。挥手谢军门，百口不得将。君与此贼生，我与此贼亡。呜呼英灵姿，铁立色不僵。皇情久震悼，群议犹披猖。安得传此词，稽首陈太常。

上　巳

江城逢上巳，草色远凄凄。绿树一村雨，流莺何处啼？
新寒生白夹，旧梦滔青溪。惆怅流觞会，兰亭惜重题。

寄黄氏姊

吾家女学士，能读上清书。一病瘦何似？新诗妍有余。
幽怀依草木，闲事注虫鱼。若论吟香茗，臣才恐不如。

画梅送友北归

十日淮南雨，梅花多欲阑。故人春与去，昨夜月同寒。
以我尊前意，留君别后看。他时折枝寄，云水浩漫漫。

寄　内

其　一

归思如流水，怜卿久病身。荒寒三月梦，辛苦百年人。
江馆催花雨，璇闺网户尘。那堪灯一点，分照各伤神。

其　二

洛阳苏季子，西蜀马相如。自有功名累，非关恩义疏。
一身初属我，当日已愁余。不信长相忆，请烹双鲤鱼。

洞　房

洞房昨夜冷，环佩鸣春风。河柳齐檐绿，山桃照酒红。
花铃金落索，帘蒜玉珑璁。更有北飞雁，一声明月中。

赠炼师

道骨五铢衣，仙山双玉扉。花浮春涧出，鹤带晚云飞。
无欲是真诀，忘言能息机。紫囊何药物，五岳采芝归。

荒　街

荒街尘欲黦，幽馆草逾新。一雨暑归屋，临风天爽人。
茶香思过客，松响自成邻。不向深岩住，居然物外真。

岁暮怀人

其　一

斜日与残雪，都从烟外明。池胶霜叶色，风触冻枝声。
豪气随年减，春愁逐酒生。归与殊未决，一穗夜釭清。

其　二

移尊就白沙，解缆促红牙。风起吹长笛，月明开藕花。
玉人低弄水，金碗细分茶。共忆归时路，翩翩帽帻斜。

忆淮上旧游赠徐鹤孙

与君同宿处，芳草赞公房。城树青连阁，春流绿到床。
中宵闻响梵，远浦静鸣榔。见说西游好，秋风作急装。

舟次安宜有怀陆小岩

蓼岸淡将夕，湖光上客衣。烟波红藕熟，鹅鸭白田肥。
城小浮疑去，船多住似归。故人今慧晓，何处闭烟扉？

送鹤孙归海陵

芙蓉湖上路，烟水绕君家。别忆秋经雨，归逢藕着花。
诗怀南去好，酒量北游加。一笑空囊在，黄垆幸可赊。

行药至北村

快晴腰脚健，行药散清晨。虚岸影摇水，幽塘声应人。
风光徐转日，草色细浮尘。泥饮谁家好，春来步屧频。

袁江道中

首路清明近，吟悰马上闲。湖光晴满县，麦气远沉山。
别酒连朝殢，春泥两袖班。前溪明镜影，心怯照尘颜。

东村题壁

蟹港南头路，荒村草树华。晚天交雁鹜，春水暖鱼虾。
学废权辞客，家贫勉问花。只余泥瓮好，过从有侯芭。

鹤孙移家

旧约从招隐，新辞赋卜居。全家千里客，春水一船书。
风物淮壖改，人烟海甸疏。云梯东北望，杨柳到君庐。

与耿大夜话

纤月兼愁落，清尊入夜降。鼠声饿傍梦，灯影澹分窗。
天地吟身只，风沙老鬓双。相期过白露，联臂听秋江。

野 行

野行爱风日，迟迟故不至。却望所来径，忍刓弗能弃。
独鸟无远情，疏村有媚意。翻笑桃源人，千年枉幽闭。

邻 僧

平生不喜僧，偶共邻僧饮。醉倒卧佛床，残经卷作枕。
游人颇已散，晚钟敲自醒。明月照半窗，起视满山顶。

宿京口村夜

其 一

日落大江平，乱山孤月生。潮归风有力，滩急鼓齐鸣。
天险限南北，客心愁晦明。朝来挂帆去，云重润州城。

其 二

炯炯星临户，微微月堕林。沧溟犹薄产，书剑一长吟。
残角风云气，孤灯天地心。行藏莽牢落，人事日相侵。

岁 晏

穷山仍岁晏，浊酒且孤尝。残雪未辞树，疏梅已满墙。
冰声开大壑，风力冻斜阳。向夕亲灯火，苍凉宝剑光。

白下得慈雨彭城书知慈雨已归东海

八月长江水，茫茫天上流。片云归白下，明月望黄楼。
及遇龙山信，因思海国秋。秦东门外路，五载忆前游。

暮登燕子矶

山月堕高树，大江寒不流。楼台千堞雨，钟磬半天秋。
铁锁关潮信，金陵起暮愁。万家烟火外，摇落帝王州。

自露筋乘风放舟溯流入湖三百里至淮阴

竟欲凌空去，珠湖万顷澜。近城风力大，出险橹声欢。
甓社中流急，秦邮晚雨寒。淮阴古重镇，秋草绿漫漫。

云龙山一首寄慈雨

四代龙飞地，河流日夜声。英雄争小沛，山水壮彭城。
秋草群羊卧，荒山野鹤鸣。谈经有清暇，作赋且平生。

白　日

白日无一事，推书自理琴。帘虚摇梦影，香细定人心。
一境涉冥想，半庭生午阴。何方悟琴妙，闵极欲无情。

南湖送家人

昔日南湖水，今成杨柳烟。送君芳草外，分手落花前。
骏马嘶风立，骄儿上道眠。别怀殊不恶，可惜是华年。

赠吴秀才以诚

淮南招隐地，携手梵宫行。芦荻风千顷，凫鸥水半城。
鱼梁低日影，经院散棋声。一笑成挥手，知君万事轻。

携家归自南湖

风日南湖道，扁舟放溜行。水花随棹涌，江鸟照波明。
鱼戏红妆影，蒲喧翠袖声。绿溪逢浣女，一讯阿侯名。

渡大清河遇汪明府奴子知行县未归口占却寄

问讯清河渡，卑书苦降登。溪声长浩落，云气不飞腾。
疏雨含春郭，遥山隐暮灯。此方古冲要，应接使君能。

雨宿旧县寄怀兰甫同年

汪子鸣琴处，风光迥不同。山楼梅子雨，县郭枣花风。
问俗清尊外，孤吟暮霭中。升沉吾已惯，契阔意何穷？

即席留别王甘岩

云外纷千种，尊罍共一天。山高得疏放，城小易周旋。
白发心凄壮，黄河路渺绵。云龙有归鹤，芳讯若为传。

试院对月

万古同圆缺，孤生漫激昂。花光才宝鉴，眉意已秋霜。
海气腾难上，云端驻更凉。低回向帘幕，河汉永相望。

送王兰陔同年入都

故国山阴远，新交淮浦稀。一官春草外，三月莺乱飞。
去带江云热，归骑塞马肥。才名须羡汝，日下有光辉。

观军士校射

新破关西虏，诸军脱剑归。七重蹲甲透，一骑入云飞。
白羽朝分部，红尘昼合围。更闻山后路，草短雉初肥。

田　家

田家沟水生，小雨试春耕。旱涝占风信，阴晴课鸟声。
到门春酒熟，隔舍杏花明。常此比邻住，子孙新长成。

闻友人言匡庐之胜

庐山天下秀，翠壁插云开。日落九江满，天晴五老来。
看峰得禅意，咏瀑窘诗才。李白读书处，松风万壑哀。

舟过清凉山下

暂脱风涛险，欣闻梵磬声。乱山堆落日，一径下秋城。
罗绮临江艳，松杉阅世清。那堪腰脚改，前度弃繻生。

东平南郭旅店题壁和四农丈

山尽日初上，城开水乱流。芳潭落春树，清露咽啼鸠。
境似前生到，人方触热游。闻君欲垂钓，鼓枻远相求。

吴仲深晓风残月小景

杨柳万条风，春入一梦中。溪痕新演漾，月影小玲珑。
情托微波远，歌传拍板工。屯田真绝代，何必大江东？

二月十六夜对月

其 一

寂寞三生事，蹉跎万古寒。去年搔短鬓，今日到长安。
圆缺吾何恨？云霄尔更难。茫茫天阙上，谁解倚阑干？

其 二

痛哭黄垆远，闲吟白发生。夜台无满月，人世有清明。
云转凄凉色，风添瑟缩声。良宵迟入梦，可是太忘情？

中山店

芳草客中歇，浮云天上还。朗吟过泗水，小雨宿中山。
野阔千家静，春归百鸟闲。未应双脚懒，凫峰重跻攀。

临城驿

农事先百动，山家灯已悬。驱车千里客，打麦四更天。
行役怜予早，劳生觉尔便。便因弃名姓，淮上有瓜田。

过冶关

锁钥东南壮，岩峦虎豹蹲。近天高得路，架石险通门。
市火摇江影，山风损石痕。因缘悲往事，幽愤不堪吞。

长安歌席

拨马看新月，移尊就晚花。帘栊低笑语，鼓角自风沙。
决去即长策，悲歌共一家。倚窗几杨柳，寂寞数归鸦。

四更醉归得见四农夫子赠诗原韵奉酬

空城聚众静，残月上墙眼。邻钟出树微，流萤泛烟远。
良夕阔晤言，新诗太缱绻。明朝期不违，来共兰岑馆。

赠汤海秋同年

江汉风流在，幽燕感慨多。深心托山岳，老笔挽江河。
谈剧花争发，官闲酒漫过。故人尽憔悴，得尔未蹉跎。

哭王慈雨

昔别青门路，巾车送我回。今朝建陵道，丹旐望君来。
生死一年梦，漂零十口哀。科名真负汝，吾志欲成灰。

题钱叔美为俭卿绘《半亩园图》

长安逢令嗣，为道山中居。竹径合无地，石池清有余。
蛛丝侵药裹，窗雨长园蔬。老子自高卧，行藏不问渠。

寄稼轩都中作

西曹孔生宅，旧在城南斜。当日谈经处，今为朝士家。
高楼迷竹树，暗壁失龙蛇。千里珠湖水，渔歌起暮霞。

银　河

拟向银河更问津，难从锦水觅双鳞。恩仇已尽尊前泪，生死空余梦里人。
病蝶畏寒栖弱草，乱磷随雨入深榛。瑶笺玉轴依然是，仿佛平生笑语亲。

春渡黄河

寥落云天雁北飞，垂鞭鞾鞚思依依。千家细雨黄河渡，二月东风白夹衣。
杨柳津亭归棹远，桃花寒食行人稀。未知新月谁家宿，一向樵苏问路歧。

朗山见招小病未往先寄一律调之

杏酪分香折柬迎，客愁无奈逼清明。一春听雨心俱碎，三月怀人病易生。
每忆松醪惊醉眼，肯教桃叶按歌声？前期屡阻山阴棹，惭愧平生范巨卿。

灯

风脑龙膏莫更论，江郎向壁自清贫。为看小草挑偏急，欲救飞蛾剔更频。
久别英雄齐下泪，暂归儿女各亲人。檐花细雨闻萧瑟，为尔高歌动鬼神。

秋　怀

其　一

小簟轻衾白露天，残荷飘紫水生烟。酒香浓似重阳后，茶味清于谷雨前。
枕上看山思世外，镜中窥发异莘年。苏兰新桂人何在？绝忆秋江弄笛船。

其 二

休论锦袋赐鱼緋，且翦青荷补葛衣。槲叶有风樵径晚，藕花如雪钓船稀。
裁诗未敲闲中坐，远望强于梦里归。寄语长安西笑客，浮云心事已相违。

江 行

扁舟一夜宿芦花，人倚高楼独柳斜。山色似怜千里客，江声忽泻九天霞。
佛貍帐外生秋草，仙掌城西散晓鸦。漫道紫泉宫殿好，广陵难作帝王家。

登高旻寺浮图

高标远上翠微宫，呼吸真疑帝座通。幡影飘萧江县雨，铃声摇曳海门风。
参天竹树常朝北，顺水峰峦欲向东。无复南巡遗老在，夕阳空映蜀冈红。

寄秋碧时有入都之役

磊落嵚寄太可怜，长康风味一家偏。黄尘上国三千里，白首南朝四十年。
老笔纵横龙虎气，前身寥落水云仙。直灵位业所言否？回首蓬山一惘然。

闲居即事

其 一

小傍东风辟数椽，溪光罨画水成烟。全家不醒梨花梦，十日难晴谷雨天。
室有名香人静好，春如醇酒味缠绵。非关键户成长住，稍喜游踪异昔年。

其 二

无事精庐自扫除，药栏琴荐总萧疏。贫思易日能为事，老爱儿时厌见书。
借病小眠晨饭后，背花清坐午荫余。平生爱说王僧祐，又道宽闲恐不如。

暮 春

费尽榆钱未买春，闲思玉勒碾芳尘。梨花辞树全成雪，杨柳当门似有人。
抛径渐愁红豆长，隔帘偏遇晓莺嗔。沈郎瘦绝江郎恨，并作东风潦倒身。

白沙洲守风

万顷波光入画屏，鱼龙吹浪回闻腥。南人北人隔窗语，吴山楚山分水青。
荒芦接屋明寒火，老树翻江落大星。正赖奇文销永夜，四更风露有谁听？

游莫愁湖

袅袅西风卷秣陵，南朝灵秀郁湖滨。几家战伐空流水，如此江山属美人。

别燕带声辞极浦，斜阳催客下台城。桂梁兰室今何在？秋雨秋烟老白苹。

官军复回城

天骄昨夜猎居延，已报将军住酒泉。雪海云黄连虎帐，阴山风黑起狼烟。
九边鹘鹗秋初健，一笛关山月又圆。将士莫辞征戍苦，元戎不为勒燕然。

舟过阜宁县

孤帆远与白云齐，竟日轻飔五两低。荞麦细连湖雨秀，插禾闲趁客舟啼。
青旗门巷多依郭，红树人家各枕溪。拟向烟波寻钓叟，登楼一醉烂如泥。

读慈雨《续哀江南赋》兼怀顾秋碧

往事留都最怆神，兰成词赋若为新。百年龙虎归真主，六代江山有故人。
辇路斜阳余旧恨，桃花春水老吟身。彦先才调东南冠，闻道飘零老更贫。

闻官军平定西域凯还恭赋

其　一

将军天上奏铙歌，九郡缘边罢荷戈。掠阵秋风翻雪海，洗兵春雨下黄河。
夷讴四面侵霜起，宛马千群入夜过。为问汉家西北事，由来卫霍战功多。

其　二

中外由来共戴天，岂容烽火照祁连！莎车久欲窥关右，叶护今看拜马前。
百战兵归辽海月，万山人散柳条烟。轮台西望平原地，解甲春风白日眠。

枚皋宅

灌木萧疏故国秋，梁园宾从几人留？汉家词客公卿少，终古涛声天地流。
持节功臣虚异域，蒲轮风雨卧高丘。可怜一代文章尽，愁煞当年赵倚楼。

寄子秋

经卷香烟寄此身，鬓丝禅榻袅芳尘。闲看红树思归骑，卧对青山忆远人。
少日功名成小劫，中年丝竹感萧晨。朝来畏见繁霜落，一半分从镜里新。

新年道中作

青衫骑马易销魂，狼藉新年渍酒痕。流水声中残腊雪，落梅风里上元村。
剪刀未破春前冷，杨柳将丝雨后温。遥忆玉窗铃索响，紫姑归去月黄昏。

宥函舟中读其南郊诗晚归吴城草堂口号

初月出雾蒸微黄，大星历落明枯桑。淮干车马别孤艇，河北灯火趋茅堂。
狂歌海内几杯斝，息影山中空堵墙。新来一事睡不得，南郊红叶多新霜。

邳州道中作

杨柳金堤漫十围，未曾作絮也依依。却看西上黄河远，不见东风紫燕飞。
一堠一亭长短驿，宜春宜夏夹单衣。下邳山色分明在，可奈安期壮志违。

早春寄王考功

凤城烟树郁岧峣，紫禁人归咏早朝。柳色山关云蔼蔼，莺声九陌雨潇潇。
狂吟沽酒衣常典，休沐逢晴客竞招。忆否凄凉前度事，小楼灯火白门桥。

下邳题壁

其 一

赵北飞尘并马来，江南小雨又迎梅。水声易别荆卿驿，山势似回项羽台。
沧海有家难作客，乾坤何事复须才？长淮草阁宜高卧，莫漫闲愁对酒杯。

其 二

大河西下水浑浑，归去江南自有村。梦里莺花仍杜曲，望中烟雨已彭门。
关河历历催华发，禾黍油油入故园。便欲携锄去东海，那能无地饭王孙？

海上旧作

万顷芦芽一雉飞，紫骝马上试春衣。捕蝗官吏操铜鼓，祈雨儿童折柳围。
夜火一星探鹤去，午潮三丈射鱼归。绿烟云锦都亲见，莫笑元虚作赋非。

癸未秋题《松鹰立轴》

华岳峰尖秋气高，乔松百尺卷寒涛。敛身暂作高枝借，侧目长思万里翱。
野阔风多衰草劲，江空云散暮禽号。何当击羽平原去，一碧寥天洒血毛。

自作垂枝梅写意

悬崖激水擦空根，怪云荒月留精魂。山中老衲唤不醒，树鸦冻鹊愁黄昏。
十日大雪压不折，千年古雪坚难皴。兴酣忽尽一斗墨，旁与万象相吐吞。

辛丑重有感

其　一

清酒黄龙约屡讹，珠江瘴海日横戈。全开门户容蛇豕，漫握韬钤布鹳鹅。
燕将不闻诛骑劫，赵人犹是爱廉颇。征南部曲凄凉在，忍听临江节士歌。

其　二

披发何人诉上苍，孤舟百战久低昂。前军力尽宵泅水，幕府谋深坐裹粮。
握节魂归云冉冉，扬灰风疾海茫茫。神光金甲分明见，喋血衔须下大荒。

其　三

张公苦意绝天骄，忽报呼韩款圣朝。便遣频阳老王翦，岂宜绝域弃班超。
跕鸢事业心纡折，射虎河山气寂寥。珍重玉关天万里，西风大树日萧萧。

读史杂感

其　一

条支万国大荒西，职贡经年道不迷。旅拒公然争互市，庙谟终与讲招携。
大军解甲供牢礼，小县征丁习鼓鼙。圣世只须勤内治，旋教瀛海尽航梯。

其　二

征蛮部曲数杨罗，今日谁当马伏波。楚国三男生绝小，将军十万办原多。
奇谋竞搏中行说，猛士争求曳落河。幕府纷纷满朝杰，急应亲奋鲁阳戈。

其　三

圌山关外见旌旗，铁瓮城头戍鼓悲。夜色横江狐吹火，军声满地鹊移枝。
中原征调空千里，北固登临又一时。独倚苍茫看海色，楼船如马日东驰。

述　梦

梦倚雕阑干，斜对碧窗户。燕子一双来，春愁点欲雨。

夜　归

疲马瘦凌兢，溪流澹月升。无人空唤渡，远水一声应。

题画梅赠王考功

其　一

薄霰遽已集，峭风吟有声。不愁窗影黑，画出远烟明。

其　二

纸作暮江色，墨作松林烟。的的小寒后，愔愔薄暝天。

其　三

幽禽期不来，斜月澹将落。画君江上村，闭目思量着。

其　四

乍向客中见，旋疑梦里看。凭人端相久，扶影近栏干。

其　五

官驿吟都遍，山塘看得无？是谁临水见，一树背人孤。

绿珠小像

明珠步障可怜身，金谷楼空迹已陈。堪叹铜驼秋草没，更无一个报恩人。

题画鹰

百尺虬枝拂远空，浮云万里击长风。天青海碧无穷路，只在双眸一转中。

重过徐园

其　一

五年鸿爪阅沧桑，系马门前柳数行。敲遍朱扉人不应，一声寒犬吠斜阳。

其　二

画阁朱栏取次行，曲廊回合记分明。长发奴老奚僮长，一讯当年旧姓名。

其　三

乌皮芳几满尘埃，猩色屏风绣绿苔。更有枯荷听不得，夜寒齐作雨声来。

题淮东别馆

凉天一雨豆花红，榕叶蕉阴绿满空。好在澹云微月夜，布衾无恙听秋风。

代　意

金雀台边蟢子飞，玉梅花下牵郎衣。香尘满面浑不识，郎自天涯何处归？

春　辞

斗草归来日已西，满怀惆怅不相宜。花前一笑思量着，昨日是侬生日时。

李朗山自吴中归却寄

白马银涛江上回，英雄往事俱堪哀。怪君侠气须眉上，亲向要离冢畔来。

题柳燕小帧

生生巧语裂缯新，花影云波荡漾频。浅碧楼台淡黄柳，不妨添尽卷帘人。

咏冯淑妃

后衣一着可怜生，消受金舆十里迎。绝爱官家好风调，并头马上看西兵。

题高颎传

盘水旄缨一剑加，房陵废锢到姻家。君王怀恨公知否？半为军门斩丽华。

下真州

雷塘烟水抱城流，一笛雨风渺渺秋。人坐篷窗山对面，绿阴如海下真州。

读　史

平津车库感蒿莱，闻道公孙最爱才。一个董生容不得，思量东阁为谁开？

寄慈雨

舟塞黄河水不澜，郁州山色远漫漫。遥知风雪孤村夜，犹倚灯前把剑看。

湖上有怀

湖光如镜写秋容，碧瓦朱楼定几重。凉露满天斜月下，晓风吹醒白芙蓉。

和白沙亭壁间韵

临风愁见发毵毵，春草袍痕尚带蓝。我欲吹箫寄明月，碧云如水下东南。

病中梦亡友徐汉卿

天涯抱病夜眠迟，噩梦惊心汗欲澌。泪眼未干容未改，分明风雨对床时。

病中寄兄姊

近重三两细阑珊，过寒食风生冷酸。莫向他乡问小弟，来人总是道平安。

题淮东别馆

画楼灯火影飘萧，新按《梁州》曲未调。倚遍阑干三十六，月明如水寺门桥。

淮 阴

其 一

隐隐三城一水穿，槐花满地雨如烟。夕阳冉冉蒲上市，芦叶青青人趁船。

其 二

八字桥边女校书，回波一曲泪盈裾。归来卧对山门月，荷叶绕廊闻夜渔。

沉 醉

沉醉人扶上马行，罗衣凉泼露华生。半街斜月客俱睡，何处当垆灯小明。

客中上元

红灯如水扬楼台，醉里闻欢眼倦开。忘是人家儿女笑，欲将身到后堂来。

哭张处士

其 一

周北张南忍暂违，两家流水共苔几。乱鸦飞尽寒芜晚，长记柴门送汝归。

其 二

病讯传来踏雪行，到门闻哭始心惊。怨君一事终相负，忍死何妨待巨卿？

其 三

一笑凌云怨久虚，平生风调太萧疏。法华小品休将去，地下从谁读异书？

舟过如皋

其 一

东过蓉塘又一程，烟江人语棹歌声。天寒不见湘中阁，九十九湾空月明。

其 二

陈家孙子茶村老，老辈风流剧可怜。当时已似晨星散，我又迟生二百年。

茌平旅壁

独酌何人劝一杯，四更门巷管弦哀。剑光在壁鸡声动，梦向宾王冢上来。

晨出东平南郭汪明府遣卫送诗二章口占答之

其 一

城门日出扫花开，小馆临流偶溯洄。一骑山中忽飞至，东阿贤宰送诗来。

其　二

巾车席帽走间关，残客纷如乱鸟还。只有青山解迎送，故人情更重于山。

春　词

白玉楼台杨柳丝，青春时节黄金卮。花开一醉腾腾睡，忘却郎行上马时。

偶　成

美人临镜写双蛾，妆罢盈盈掩素罗。织就回文无处寄，世间那有窦连波？

画梅寿李梓夫舅氏

吾舅九十甥半百，犹忆儿童捧杖时。愿变黄河作春酒，好花开遍万年枝。

画　梅

其　一

西郊燕麦雨初晴，南苑风来柳浪轻。一笛冷香吹不散，唤人铜盏卖冰声。

其　二

巢湖吾师老更狂，江南张老气清苍。眼前好手不可得，要与林君细品量。

其　三

晴江二树不复作，巢湖吾师称绝伦。那得千金满高价，也应寂寞卧江春。

其　四

溪天落日有归鸦，晴雪萧萧数点斜。一种风神谁得见，练裙缟帔玉川家。

题巢湖先生画梅兼忆南雅先生画

南雅先生绝世姿，铁梅老子画中师。百年粉本无人见，记取当窗月上时。

赠伯章先生

索画催诗笑口开，西川夫子太怜才。平生恨坐春风晚，不见居庸万骑来。

题赠白倩《墨梅图》

再折再转势更古，一重一掩愁奈何。今夜月明起绕树，不知香梦为谁多？

题卢小配守备德绘梅花帐沿

连番酿雪未成寒，笼烛归来夜已阑。一笑暗香浮动处，明朝恐向雾中看。

绘梅折扇题赠智卿五兄

其 一

枯枝兀兀劲如铁,千朵百朵凌空发。天寒路峭不见人,水冷钟残唯有月。

其 二

平生作画爱高奇,兴之所到无专师。古人不作谁宝之,一任南山雪玉枝。

黄 虞

黄虞,字伯衡,清淮安府安东城北人,鲁兰仙之子。

题吴仲深《晓风残月小景图》

溪光泯泯月溶溶,散发披襟晓岸风。一种幽怀谁领略,有人家住画楼东。

鲁 蕡

鲁蕡(1832～1880),字仲实,清淮安府安东县人,居住清河(今江苏淮阴)鲁黄庄。鲁一同之子,增贡生。性喜古文辞,不耐习制义。天性质直,能剧饮,好戏谑,意豁如也,不知人间浮伪事。与吴昆田合修《安东县志》和光绪丙子《清河县志》。诗文书画皆具家法。著有《仲实类稿》《仲实诗存》两卷。

秋雨杂诗

其 一

蕡也山泽人,少小称疏狂。淮滨伏孤陋,笃志存文章。昕夕苦拳拳,服咽如糇粮。虽无论古识,万卷聊撑肠。六经迨诸子,草草通纪纲。深心抉菅茅,上与游夏翔。迩来颇歧出,百争指一航。酬馈汩精神,鱼烂中销亡。内讼顾何有,伏枕空淋浪。读书二十年,愧兹七尺长。

其 二

羲皇弃人世,大白久沦没。后贤衷奇诡,寸罟起胶漆。我惭偕俗姿,倾写由素质。孑身浩无所,茫茫陷溟渤。潜踪究百变,伏枕怀三疾。圣言倘不酬,涉世毋固必。

中秋后四日之湖滨督刈豆了对月小饮喜其旷野清远之甚越三日归袁浦沉云遂雨永夜无聊斐然有作

为爱秋月好,不惜秋夜长。三日湖滨居,兴至忘穷荒。禾菽苦未丰,次第忺登场。倾觞酬岁功，高枕延林霜。浩淼天河流，屈注沁我肠。鸣蛩故不闻，矧乃尘虑妨。此时襟宇宽，翻愁灯烛光。洒然日东出，晞发风浪浪。

秋　怀

扼吭无远音，铩翮无高天。抱此不平心，郁郁谁能贤？陈平昔屠割，苏季初入关。糟糠不自存，妻孥相忧煎。分与槁壤亲，敢希时世怜？一朝涸辙鳞，变化横海鳣。失势费一饱，据要矜万全。夏虫戒履霜，大笑何有焉。

后饮酒

其　一

素月出东岭，照我酒杯中。酒杯入新月，一笑颜为红。月光有晦蚀，我饮无时空。愿将殷勤意，为补造化功。

其　二

少陵苦折节，而辞痛饮徒。它日酒酣后，一坠轻腰躯。人生宁九死，要须尝百壶。嵇康被杀戮，知命良不如。

其　三

忧患日相煎，人无金石固。向非纵美酿，夭阏谁比数？清风启樽榼，一笑失沉痼。迟迟羲和辔，百年犹旦暮。

筑　室

买田四百亩，结庐当东偏。众工一时集，筑声何连连。心异力亦散，迟速良相悬。未卜何时成，爰居或安便。所嗟时势殊，戈戟弥郊阡。豺狼逼人居，千里余空垣。风警岂不虞，守兹宁舍旃。不知所遗谁，后来何有焉？顾惟驽骀计，短栈聊迁延。中夜独抚心，生世多阻艰。

走笔寄周大

洗手黄河水，漱齿河中流。天风一飘荡，聚散长悠悠。浩歌不快意，痛饮不浇愁。沉吟山中云，徘徊沙际鸥。

杂诗和黄二即以送别

其　一

少小爱读书，所志在游夏。坐诵清心神，非惟托儒雅。时贤自矜侈，率意尽倾泻。岂有栋宇颓，榛梗扶大厦？蹉跎八百年，古道绝天下。

其　二

登高送白日，去者何其多！童童林木间，万有吁一科。我生去古远，不得偕山阿。夜深群籁合，灯火盈前坡。生平壮丽心，抚矜泪滂沱。

述　乱

其　一

常日颓云乱，谁知到吾眼。苍黄挈家室，出门愁日短。严寒扑面来，北风快如翦。漫漫尘沙黄，轮毂互驰践。道逢相识人，流涕足重趼。顷刻传百闻，去住纷蓬转。疾趋就亲串，伏枕力犹勉。夜深月东出，饥肠那能饭？

其　二

贼军淮水西，我军高坂头。兵势一以交，败散如浮鸥。大帅重城守，闭关居下游。遂令长河北，屠割穷岩幽。浩浩风涛中，糠秕从簸揉。居民杂牛豕，千命俄归休。隔河眺乡树，飞火惊斗牛。可怜壮哉县，一炬成荒丘。

其　三

我车力苦惫，三日行百里。宛转隔锋镝，余警终在耳。稍稍出糗粮，各各盥裳履。颓云荡层阴，淫霖迷尺咫。束薪炊不然，床头浩如洗。卅口聚一屋，蛙蟮蟠泥滓。尚疑贼骑来，比邻互惊骇。娇女向我啼，彷徨中夜起。

其　四

贼来如急雨，贼去如回风。淫掠计一饱，万马惊飞蓬。渊渊积尸血，远映春花红。空余寡妇哀，痛哭江流东。乡民不惩乱，结束刀与弓。颇闻事掳劫，里闬争雌雄。兵后荆棘生，杀气信所钟。喟彼沔水诗，念乱何时穷？

贼至袁浦余避难东走顾念庭中青梧四株义不忍别徘徊久之贼退后复至吴城风沙冥晦郁为战场翳此树青青独贯风日怆赋此篇

伴汝昔廿年，别汝在旦暮。共此灯烛光，流连日将曙。道人植汝时，三尺斜当路。秋花吐晨风，春叶泚宵露。我时比汝长，顾影益愁慕。谁料昂藏身，转盼隔烟雾。戎马暗关河，大厦屡倾扑。烈烈风日中，不受斧斤顾。鄙人伏身窜，自恨死无处。归见汝犹在，摩挲增悚怖。常恐填沟壑，负汝平生素。作诗寄干霄，毋为恣朽蠹。

忆昔行

忆昔初避寇，九死决所冒。飞火彻屋梁，鬓额穷纤照。浩浩尘壤中，万籁助号叫。实慑张虚警，耳目鬼神告。轮毂互南东，那能助一窍。道逢十百队，乡民恣劫剽。铤戟晃朝阳，羸稚纷骇悼。于时方仲春，风雨日凌暴。麻绳缚两脚，泥淖没鞋袎。辛苦就戚娅，饲饷杂糠糙。呼尔色有征，弃绝头不掉。古人重旧姻，此义久嘲慠。三复彭衙行，喟然发清啸。乌乎执事谁，堂皇突幽奥。千唤不一醒，酣酌笙簧闹。一朝脱屣去，头缩怀中鹞。百万坐涂炭，此尤足嗟懊。不有兄急难，世乱谁凭靠？迎我故园居，呼奴翦蓬藋。策我费所需，开门谷亲粜。妻孥礼秩秩，衫履盥稍稍。流转七里河，主人亦倾倒。造次结婚媾，心亲不以貌。鹅鸭供庖厨，鱼虾备罾罩。虽曰未家室，庶藉安井灶。取适何必多，一枝足鷦鷯。辛酉再逋窜，壬戌三奔蹈。请言壬戌初，至今神摇摇。贼来何仓卒，万马疾腾趠。狼狈别主人，生命各自造。我父时抱病，不得亲药铫。躬辇日兼程，魂丧力犹劭。我母隔重围，二百里无耗。传闻顷刻变，海涛卷崖瀑。夜深背贼焰，有泪如转漕。决计撄犬狼，带束刀出鞘。挺身探消息，往返风旋纛。天意许不殁，阖室惊我到。倏忽三载余，事往如可眺。王路渐清平，大明息微爝。枭獍膏斧质，文物畅声教。哀我父焉如，经年弃不肖。属当乱离后，草草周身要。衣衾半赊购，棺椁无美料。翻思在贼时，强颜承色笑。永言负罪辜，昊天德何报？客居易为戚，寒灯静相吊。愤遇鸟黏黐，感时波送棹。历数平生事，忧来不可扫。安得我生初，寤寐尚无觉。

岁晏行

岁晏朔风百忧集，步出东门西门入。桁上无衣囊无钱，妻孥何用苦煎急。自从师兴官帑虚，公私坐困枯鱼泣。水衡少府仰屋愁，变通改铸聊取给。法权轻重递减半，重者当百轻当十。一当百十官与民，民转输官官怒嗔。通风哑板目色新，官局沙汰何其频。且如南河币用楮，吏俸兵粮皆赐予。龙文宝印空镂错，一纸千钱谁给汝。乌乎四海愁风尘，朝法暮制徒纷纷。长沙谏铸流千载，谁是当今痛哭人？

感事

中林有奇花，宛转自生枝。开花结青实，落为根下泥。泥坼新茎生，密干如藩篱。花花自交互，叶叶相扶持。望其长成立，毋使他族滋。颓云荡重阴，狂风日夜吹。故根一以折，群枝纷离披。中道各乖散，一植西村西。一植东村东，永远无会期。西枝犹自可，东枝顿摧颓。寄语同根者，宛转莫分离。

古意赠今人

长绳系落日，潜踪根九渊。如何将微丝，至意深缠绵。忆君不相识，见君情转戚。十年抱夙悃，涕泗横君膝。谁谓南山乌，枉就北山罗？梦眼凄心魂，蝴蝶相经过。殷勤托芳素，赠君合欢褥。合欢那所量，团扇洁如玉。岂期浮萍草，转作杨花飞。嫦娥窃无药，三五愁云欺。宛转复宛转，春风吹发短。忍复摧烧之，留此明人眼。金刀莫翦爪，翦爪爪痕枯；出门莫振衣，振衣绝衣裾。衣带日以宽，离怀日以永。当户疑有人，愁见庭树影。肃肃西征鸿，洋洋东逝鱼。为君前致词，努力筹良图。良图诚所愿，长夜何时旦？愿将身化石，从此填银汉。

割麦叹

去年飞蝗一千里，遗孽经冬犹尚尔。五月已报秋禾枯，万落千村心尽死。官夫督民自扑蝗，夜深不及归打场。但祝皇天缓霖雨，莫教烂尽愁人肠。

春愁曲

杨叶风多春宛宛，柔荑乍吐鸦栖晚。谁家游骑踏青行，麦苗如雨香尘软。宜城九酝初熟时，指点银瓶注玉卮。一醉却忘红日下，天丝云影相迷离。织就鸳鸯锦，荐君芙蓉褥。流苏委坠不胜愁，清梦未成醒亦足。隔楼罢织泪如梭，侧耳邻鸡夜若何？

祀灶后一日微雪柬子上

腊雪霏霏未盈寸，要亦天公意不吝。平生爱雪如爱金，愈少宁珍岂嫌仅。檐瓦斓斑锦作图，林容状点钗横鬓。参差欲落还自羞，茫渺无垠敢细认。东风作意一扫之，未许排空结云阵。余缀微栖屋角明，斜铺半杂泥沙躏。忍饥飞鸟去仍回，逆浪孤舟阻难进。窗角寒梅最可怜，盈盈独肯传芳讯。反复疏花著愈妍，支撑老干沾尤润。遥知南溪坚腹下，定有澌流接潮汛。薄暮城中增凛冽，布裘瑟缩思裹衬。隔邻将祀礼初毕，爆竹余訇耳尤震。上祈暖泽回春阳，下祝丰年乐田畯。嗟余枯守镇何似，炬跋五更坠红烬。炉灰踏足强不温，盆酿填肠搅如刃。更欲枯吟喜雪诗，口吻流涎目转瞬。聚星禁体嗟久绝，自笑轠丝参輵轕。寄君聊和下里歌，霜颖莫辞东郭鋔。

下邳述怀寄子上兼酬射阳赠别之作

劳劳壤海蚋聚醯，詹詹太仓一粟稊。千古上下侈呵诋，偾曹梨枣争樱倪。两丸跳掷何栖栖，怒流东泻坤维低。绿鬓日改朱颜黧，嗟余少小发额齐。东西骏走夸駃騠，中更世纲罹罟罨。读书废卷耕抛犁，三十四年幻虹霓。旧梦一失难扳跻，矧今怒格纷虫鸡。狐鸣篝火蚁穴隄，跳梁十载天讨稽。呜呼昨日曹濮西，前军不戒驰狻猊。洸洸万众一朝携，国恩惭负身粉齑。可怜主帅嗟噬脐，红尘虮虱天方桥。陆野未厌横鳣鲵，我来再月愁鼓鼙。趑趄进退藩触羝，瘦马伏枥僵四蹄。曰归曰归车脱輗，修梁一苇不可梯。东望美人绣罗袿，何以赠之无玦瑅。忆昔射阳冰泮澌，新歌惜别声酸凄。匆匆欲和惭莽兮，短韵不敢临风题。今夕今夕蝉鸣嘶，蒲抽碧剑杨枯荑。望君何异晴占霓，感时怀旧风凄凄。悲吟强作寒蛩啼，冀君真赏忘牝骊。他时归路倘不迷，清谈再续阮与嵇。

己未九日

去年重阳菊有花，我客京国初还家。于时贼氛遍淮甸，沿淮杀人如刈麻。客行有程不得达，一夜百里驱行车。归来十日乱甫定，惊魂隔岁犹咨嗟。今年重阳花更早，淫雨无端滞途潦。正愁佳节负花开，又报贼兵来草草。盱眙之县不复守，大村小堡迹如扫。古来出师有常例，赏罚森严无曲挠。用命固当悬重赏，失律不诛事非小。近者祸乱再仓猝，贼行如鬼疾飞鸟。大帅轻舟甘遁逃，偏师受戮涂肝脑。天威咫尺壅上闻，是非何由不颠倒。矧今刍糈频告竭，贼军士马素腾饱。二者相持久实难，谁云直壮曲为老？所以区区丑跳梁，游魂七载稽天讨。鄙人受惊肠屡回，每到昏黑愁天晓。衣瞰资身事犹后，妻孥累人苦难了。亦知经营择三窟，东西南北何方好。夜深六合浩茫茫，飞火中原暗穹昊。邻鸡哽咽号荒庭，檐溜离披下寒筱。百年忧患我方始，异日宴安知更少。持螯对酒岂易云，浩歌聊为忧心捣。

二月二十九日纪事

广陵城头一夜火，袁江江流鱼可数。惊兵北溃争叫呼，十万贼来行杀汝。什什伍伍持刀枪，望屋掠取无牛羊。大村小堡各仓卒，男啼女哭纷走藏。贱子惊魂苦难定，讹言百变谁能听？念逃亦亡止亦亡，闭门十口偕一命。朝来县牒延郊扉，乡团里保还撑持。贼来不来未可知，农庶少安何惧为？

杂　诗

其　一

亭古宜看画，楼高爱著棋。苦吟常避客，多学每增疑。
幽槛栖无地，寒钟到有时。渐看篱落下，小雨亦相宜。

其　二

吾家好兄弟，友爱最忘形。作字还相学，吟诗每互听。
茶煎新月白，砚洗远山青。更喜尘踪绝，柴门竟日扃。

涟东道中

涟东称古治，滨海苦风涛。客散凫鸥乱，城荒蒲荇高。
居民习鱼蟹，行客结弓刀。无限沉吟意，摇鞭首重搔。

河堤玩月口号赠陈逊之

素浪沄沄起，清辉潋潋殊。棹讴乱浦溆，汀草静鸥凫。
放眼知天大，撄怀一物无。河南万家灶，即此酣梦初。

湖滨杂诗

其　一

连朝风日炽，嘉种近何如？忆雨宵忘倦，临流晓废梳。

天容春广大，湖气远湛虚。未觉勤劬甚，时时自荷锄。

其　二

鄙人初学稼，岂复辨灾畬？麦菽随时植，人牛并屋居。
客来焊野兔，手自拔园蔬。为问风尘下，簪裾竟孰如？

独　坐

独坐愁无赖，苍天不肯晴。邻鸡都一哭，尊酒且三更。
太息庭芳烂，生憎檐溜倾。蹉跎兵甲外，伏枕泪交横。

樱　桃

西蜀筠笼火作团，江南异种苦留酸。近来饱食谁多少，内热无烦赐大官。
荔枝卢橘互争先，凤食莺含倍惘然。他日玉溪深树里，萧萧一影更谁边。

即事感怀次韵奉酬吴稼轩丈见示之作

自分蹉跎百计乖，深惭伟抱俯相侪。荒荒岁月成何事，浩浩江湖如有怀。
地僻云山缠客兴，梦回咫尺任天涯。从今斗酒拚泥饮，不假秋英更遣排。
原注：有“荒斋无菊闷焉排”之句，故云。

柳枝谣

其　一

一茎头发九茎丝，扯到江南挂柳枝。更有长绳三万里，不将落日驻些时。

其　二

生小吴娃未解愁，凉床竹屋学梳头。乍堪灯下歌团扇，遮莫江边怨石尤。

其　三

游丝八尺上天难，小雨成霜霜又干。别后不言莲子苦，见时不道石榴酸。

其　四

尾尾鲤鱼尺半长，顺流东下觅河鲂。江南江北无消息，三十六鳞空断肠。

雨

西风刮地卷非蓬，狂雨连天送去鸿。河北流民三十万，人人都在此声中。

后续小娘歌

其　一

杜鹃啼过晓风轻，惹地游丝最有情。依旧江南风色在，纸钱杯酒过清明。

其 二

犹记山村二月寒，连天甲骑走阑干。居民尽向长堤哭，上帅初愁行路难。

其 三

历历山河在眼前，高牙大纛去如烟。分明记得前宵梦，歌舞声声促绮筵。

其 四

阑街战血日横流，寡妇相逢一哭休。三寸柳棺无处觅，今年新鬼令人愁。

其 五

淮流一线沸如汤，西日惊沙去渺茫。只有游鱼贪一饱，沿波上下逐人忙。

其 六

扰躏无端万骑回，湖天气象冷如灰。阿谁不敢归家宿，更有官兵扫地来。

其 七

淮南鸡犬久婆娑，白日飞升事若何？十二万年灰劫后，重来舐鼎已无多。

其 八

率土纷纷庆再生，诸侯无恙各专城。往来不别劳星使，我与官家颂太平。

吴昌硕

吴昌硕(1844～1927)，初名俊，又名俊卿，字昌硕，又署仓石、苍石，多别号。浙江孝丰(今安吉)人。著名国画家、书法家、篆刻家，“后海派”代表之一，杭州西泠印社首任社长。曾于清光绪二十五年(1899)任安东(涟水)县令一月。

岁己亥十一月摄安东县偶成

旧黄河势抱安东，古木寒潭万影空。卧榻冷悬高士雪，卷茅狂听大王风。

诗来淮上秋山里，人在天涯水气中。眼底石头真可拜，倘容袍笏借南宫。

按：米公亭在涟水县五岛公园内，系为纪念曾任涟水知军之米芾而建。

唐锡晋

唐锡晋(1847～1912)，字桐卿，无锡人，贡生，慈善家。1888年起，任安东县教谕17年，其间赈灾甚多，主持治水绩著，泽被淮海。1905年因弹劾赃官落职。

安东凶荒

钦宸奉命下江南，满目饥民不忍看。十里路途千百家，一家哭过两三番。

犬含白骨筋犹在，鸟啄青丝血未干。喻谕满朝都宰职，石人无泪也心寒。

原注：1901年作。

陆 昉

陆昉（？～约1916），字松斋，淮安人，民国初年曾卜居涟水东乡。清同光间曾在如皋、邳州等地军旅参幕，所著《云根书屋吟稿》《云根书屋诗文集》由其子陆际云整理，于民国20年（1931）铅印。

涟东晚眺

云树晚悠悠，涟东橐笔游。茅茨千户少，芦荻半城秋。
丹井泉犹在，黄河水不流。苍茫凭极目，临眺不胜愁。

涟东晚行

向晚客心急，肩舆行更忙。河流涉清浅，塔影认微茫。
锁钥城空掩，篝灯夜未央。仆夫容暂憩，明日整归装。

章化寺寻米南宫碑

熏风吹客倦，来叩白云扉。入寺有凉意，登堂忘俗机。
老僧扪虱坐，野鸽见人飞。寻得南宫字，残碑颂夕晖。

移居涟东题壁

一笑家无担石粮，年年负米在他乡。板舆奉母惭潘令，椎髻佣舂累孟光。
差幸欢娱承菽水，转因贫贱恋糟糠。雁行更有天涯感，糊口怜他走四方。

重赴下邳留别淮干诸同人

其 一

客愁容易到天涯，尘梦劳劳两鬓华。春去心情风里絮，别来诗思水中葭。
等闲圆缺如明月，自有因缘判落花。莫更停樽叹离合，隔墙人正拨琵琶。

其 二

相见依依别太忙，一番握手一愁肠。无多兄弟怜同调，枉自风尘客异乡。
塞上马嘶春寂寞，楼头人语夜苍凉。离怀欲诉徒何诉，相对青灯泪数行。

其 三

樽前惜别话匆匆，料理新诗付短筒。满树莺花春社晚，一声歌筑酒楼空。

鬓痕愁惹霜华白，血泪吟干蜡炬红。乡梦才圆又吹散，恼人情思五更风。

其　四

枝头莺语太叮咛，一曲骊歌长短亭。渺渺云天怜去雁，茫茫身世等飘萍。
晚风羌笛情弥远，斜月扁舟梦又醒。我自送君君送我，不知杨柳为谁青。

鲁　樾

鲁樾(1863～1912)，号荫亭，清淮安府安东县人。光绪戊子(1888)举人，官湖北长乐县令，善诗文，今多已散佚。乃鲁通甫之孙。

赋得“金罍浮菊催开宴”得“鸣”字五言八韵

赏菊开宾宴，秋高赋鹿鸣。金罍催进酒，玉蕚竞浮觥。
北海携樽满，东篱倒屣迎。临风人接席，浥露客餐英。
会比传柑盛，诗同击钵成。飞觞呼旧侣，鼓瑟叶新声。
蕊折霜初重，杯邀月正明。簪花春色早，多士沐恩荣。

鲁家用按：此乃荫亭光绪十四年戊子科乡试试帖诗。

鲁　梗

鲁梗，字晋卿，鲁仲实之子，鲁通甫之孙。清末民初南京国学研究会成员，与淮阴吴涑、东台吉城相莫逆。吴涑所编《会合集》收其作品。

题《养一斋集》

先生我祖执，学问本程朱。万代名不没，四海称大儒。作诗浑且澹，论道精如愚。我读先生诗，反复难悉知。先生今已死，我将安所之。

李承衔

李承衔，江苏丹徒人。清末任淮安府安东县学教谕近20年。到任之初，见地方凋敝，目击心伤，作《涟东竹枝词》30首。

涟东竹枝词

其　一

斗大孤城落照边，半堆黄土半堆砖。河崖高出城头上，想见奔流涨九天。

其 二

一道长街西至东，片时走过惜匆匆。著名大店从头数，常合森和李正丰。

按：常合森、李正丰，店铺名。

其 三

涟东八景太模糊，赤岸金城有若无。唯幸能仁寺中塔，七层高倚夕阳孤。

其 四

三竿红日下空庭，街市萧条户尚扃。莫怪人家多晏起，千秋卧佛不曾醒。

其 五

县中二石偶玲珑，便说留贻自米公。唯有书成章化寺，银钩铁画类南宫。

其 六

传抄县志最精工，体格看来却不同。尤爱鼓音详细载，札冬冬札札冬冬。

其 七

纷陈肴馔亦精良，无奈樽中酒不黄。最是炎天挥汗坐，人人相对喝高粱。

其 八

一泓清水碧迢迢，全仗天工落雨潮。独有鲫鱼颜色异，至今人说化龙桥。

其 九

草草盘飧且佐餐，一年生计在天寒。花生水粉寻常物，薄海闻名萝菔干。

其 十

风土人情迥不同，数之更仆苦难终。衙斋寂寞青毡冷，约略挥毫备采风。

茹宗陵

茹宗陵（1871～1929），字绍徐，江苏涟水人，清末廪生。性聪慧，诗书画兼工。尤善画白菜。宣统二年（1910），在本宅创办先河小学堂。长期教学，作画终生。世人比之同乡鲁一同。

题画长诗

不种故侯瓜，不栽先生柳。藏身且闭门，种菜学野叟。芣苢植车前，蓬蔬生雨后。芥子复有孙，晚藏胜春韭。移来入画图，下笔龙蛇走。画毕欲题词，阁笔平章久。此味不可无，此色不可有。苦哉黄道人，名言已不朽。焚香敬钞录，一笔不敢苟。触景百感生，游观时矫首。大清帝制国，一落千丈陡。大富资本家，顿首乞人偶？枪林弹雨中，人肉饱野狗。菜根挑不得，安得中山酒。新田隐采芑，歌声和刁斗。为问逐鹿者，此境去也否？不知何年□，□□□□□。

原注：乙卯（1915）冬至前十五日，退斋窗下呵冻，涟水只眼老生绍徐茹宗陵笔。

题画诗五首

其　一

青菜黄花色色浓，连种斑斓小园中。而今绘入幽人笔，溲墨挥来一样同。

原注：辛酉(1921)年夏至，赠□□仁兄。

其　二

眼花手战兴疏狂，写出蓝田玉一行。不着丹青着水墨，怕教秋色恼人肠。

原注：癸亥(1923)夏工次纪念，为效思仁兄先生雅嘱教正，襄贲绍徐弟茹宗陵笔。

其　三

车徐芥白菜四棵，换得美酒三提多。美酒有价菜无价，或多或少奈若何？

其　四

味能知者鲜，色乃有之多。黄金今散尽，岂惜斗升么？

其　五

索我画白菜，我目力不逮。信手涂抹之，黑云一大块。

王瑞兰

王瑞兰(1874～1956)，字子香，以字行，涟水县涟城镇军民中心村人，乃著名旅台诗人王纾难之祖父。一生诲人不倦，勤于著述，著有《酬世集》《利人集》《娱情集》《养蒙淑身歌》，善画梅，藏书甚富，惜皆毁。

火烧赤壁

此壁何由赤？周郎一炬红。火船飞北岸，战鼓促东风。
烟涨人声沸，江翻夜色空。大旗销烈焰，折戟落残虹。
失计舟曾缆，当歌槊不雄。蛟龙思水外，乌鹊散云中。
焦骨横流乱，苍山剩日烘。清箫谁吊古，坡老自孤篷。

张玉华

张玉华(1878～1967)，字瑞卿，江苏涟水人。爱读书，好诗文。虽屡踬于文场，仍以坐馆授业谋生。谙于岐黄之术，尤擅治妇女不孕之症。中华人民共和国成立初，曾被县人民政府选为参议员。生前著有《诗稿》若干卷，惜毁于“文革”。

种 菜

其 一

终日勤劳动，热心种菜田。天明即早起，月落不迟眠。
浇水防干旱，施肥犹嫩鲜。怡情学老圃，闲坐看诗篇。

其 二

睡起无他事，怡情学圃贤。施肥亮月地，浇水夕阳天。
做好畦田化，还须插棘编。增加副食品，蔬菜最为先。

看 鸡

其 一

年老无他事，只知看小鸡。护雏常咽咽，傍母更悽悽。
树下防猫捕，园中怕犬欺。时时惟注目，南北与东西。

其 二

年老闲无事，专门看小鸡。预防猫犬害，先把杖竿携。
孵卵翻双爪，呼雏聚一齐。家禽有五德，祖逖最堪题。

睡醒感怀

午梦初醒日已斜，金风飒飒透窗纱。消愁漫饮几杯酒，解渴忙烹数盏茶。
榻设桐阴凉最好，诗说月下兴偏赊。弄孙嘻戏添情趣，携手同看小院花。

庆有保障

教育生涯四六年，而今解放见光天。联盟加入工农界，学习常研马列篇。
唯物唯心分黑白，是仇是友别愚贤。潮流合作归公有，保障前途亦快然。

辞 馆

独坐家窗叹学疏，半生自愧识之无。良徒莫误青春少，再访名师课读书。

弃士归农

抛残笔砚学农家，甘隐林泉度岁华。沽酒闲招村父饮，不谈书事话桑麻。

郑 宾

郑宾（1882～1943），字寅伯，江苏涟水县岔庙人，光绪末年秀才。光绪三十一年（1905）

赴日本早稻田大学留学。学成归国后,历任淮安中学校长、江苏省第六师范教员、涟水甲师校长、涟水县教育局长。为人正直,廉洁奉公,毕生倾注于涟水教育事业。

于县应童子试时游妙通塔

二三童子向西游,乘兴登临宝塔头。四面芦花风飒飒,白云吹去晚来秋。

再造共和后游南京

旧游不觉十年过,此日重来兴倍多。昔日英雄酣战地,战儿夺得好山河。

游明故宫五朝门

只身来吊古英雄,旧日宫城一望空。草木不知亡国恨,年年犹自和春风。

陈植夫

陈植夫(1882~约1967),江苏涟水县高沟秦老圩人,中医师,人称小神仙。

和马毅《游杭州西湖》

其　一

闻道先生宿愿偿,湖山遍历且飞觞。葛洪仙去炉存否,苏小坟前记莫忘。
白傅沙堤容试马,钱王宫阙读书堂。雷峰遗址应还在,去日依稀映夕阳。

其　二

西湖歌舞几时休,多少游人倩解愁。未便题词先扫石,免教文墨伴荒丘。
风吹荷动三潭月,雾湿梧惊一叶秋。莫怪坡公常叹息,征襟尚有酒痕留。

其　三

不志年来古刹雄,拂苔碑碣记加工。白云遥合疑无殿,青霭难分尚有菘。
自古千岩佛多露,而今四海静无风。正逢海晏河清日,湖色山光供客衷。

其　四

苍山南麓是钱塘,袁氏山房旧址光。尺牍久为人意满,话诗不亚水流长。
风吹柳浪莺声远,雨打风荷叶上流。最爱南屏峰上坐,好将心事托余杭。

贾伯谊

贾伯谊(1887~1915),原名清渭,曾名贾锷、贾钟珍。江苏涟水县东胡集乡集南村人。幼年读私塾,后入淮安府中学,毕业后考入清江理化专科学校。通英文、日文,常用骚体及古诗形式翻译英文。因读《天演论》《原富》等书，逐步接受了西方资产阶级民主思想。民国4年(1915)牺牲于上海，年仅28岁。民国17年(1928)国民政府江苏省民政厅追认其为辛亥革命烈士。

抒怀四首

其 一

成败家庭谁管得，江南此去任西东。古今豪杰岂有种，国事如麻梗于胸。

其 二

风云变幻出家门，投笔从戎趁乱时。儿女情长存度外，塞翁失马塞翁知。

其 三

国情靡弱真堪虑，倒海翻山在吾曹。东亚病夫何日雪，枪林弹雨赖英豪。

其 四

一生窗下白头吟，满腹诗书竟日闲。遍地烽烟红似火，劝君不必去深山。

张雨生

张雨生(1887～1978)，江苏涟水人。江北师范毕业。先后在阜宁、徐州、佃湖任小学校长30多年。中华人民共和国成立后曾在本市清江中学工作。

涟水军民合作保家乡

其 一

军民合作保家乡，保卫家乡计划长。化整为零游击战，收回失地捣扶桑。

其 二

抗日反攻有一天，军民持久各争先。满腔热血惟拼命，驱逐倭奴奏凯旋。

张大卓

张大卓(1892～1915)，字铁庵，号天爱，江苏涟水人。光绪二十九年(1903)参加县童子试获榜首，光绪三十四年(1908)考入江北公立中学并加入同盟会。民国元年(1912)考入南京民国大学政治科学习。民国4年(1915)被害于上海龙华刑场。民国17年(1928)被江苏省国民政府追认为辛亥革命烈士。

辛亥暑假留别顾君墨三时予往响水口有事

故人千里外，一别年余矣。江南江北路，村东村西友。君未能早来，予又因事去。悠悠万里情，两在乡关误。壮别敢言恨，同心宁久居。相见更何时，天地阔如许。

赠沈道生条轴

其　一

佛天诸相幻，人海一身穷。剩有英雄泪，落江湖海中。
箫声虚度月，剑气冷凝风。锦玉非农事，珍筵永不空。

其　二

儒冠真负我，我亦负儒冠。腕底风云老，人间岁月阑。
文章无事业，家国此心肝。二十三年逝，消磨恨万般。

其　三

少小怜孤困，年来天地宽。渐多知己感，益信做人难。
世事百无当，恩仇两未安。此生酬不了，有恨渡江南。

游北固山

如此好湖山，兴亡付客谈。几人争鹬蚌，千古镇东南。
地自称门户，人谁具肺肝。迄今遗恨在，狮睡梦犹酣。

重游北固山

北固重游处，湖山入望中。云程千里碧，枫叶半江红。
天末有征雁，时流孰卧龙。古人不可见，高唱大江东。

赴沪乘镇江火车口占

京口车初度，秋风逐电忙。闻声穿石壁，望影没帆樯。
神功缩地法，谁为急就章。新诗吟未了，汽笛报丹阳。

庚戌中秋节途次京口望月有感

京口重来已隔年，月华诗兴半秋天。未临佳节先人赏，辜负深宵总自怜。
山色涛声澄远镜，露光花影度前川。遥知今夜人同慨，应数归期盼月圆。

二十三岁初度述怀

浊酒满斟聊自寿，问天无语一讯谰。百千万劫生存地，二十三年忧患间。
大好头颅休我负，等闲家国总心酸。樽前又报烟尘起，且把闲情特地宽。

原注：时有瓜分中国警报。

闻歌有感

慷慨悲歌易，冲锋陷阵难。纵观今古事，放眼看江山。

莫愁湖怀古

王气已随金粉尽，湖光黯淡独登楼。我来重数千秋劫，剩水残山吊莫愁。

偶　成

读书不是为家贫，国事凋零感慨深。拼得一身心血泪，莫教后代恨前人。

咏项羽

垓下雄威余骏马，鸿门谈笑走龙鳞。胸襟家国兴亡外，值得倾心一美人。

过　江

拂晓扬帆过大江，半江轻雾半江晴。南岸依依村舍里，几回清脆叱牛声。

徐靖淇

徐靖淇，字菉泉，江苏涟水五港人。善书，精大字，擅长写一脚踢“寿”字。有诗稿传世。

自　咏

平原书法妙无穷，十载涂鸦恨未工。每到临时愁力薄，半争坐位半南宫。

顾祝同

顾祝同（1893～1987），字墨三，江苏涟水人，保定陆军军官学校第六期步兵科毕业，国民党陆军一级上将。

剑霞吾兄六旬华诞

当代经纶手，早称学海游。济川开远略，平准仗多猷。
偕老笄珈美，今朝甲子周。新春宜酌酒，作健颂添筹。

鸣宇先生八秩双庆

东武矜风土，英英今有人。烟尘期扫荡，扬历展经纶。
持议维民望，存仁与物春。齐眉娱老寿，作健比松筠。

宋琴轩

宋琴轩(1897~1967)，江苏涟水人，生前系涟水县朱码医院中医师。

朋来怀古步胡观宇《春闺怨》原韵

蜗居一曲抱村溪，契友高谈晋东西。山野曾和虞帝象，关边偷越孟君鸡。
三分鼎立操权备，六国鲸吞楚赵齐。逼令长沙原圣主，贾生何事泪交啼？

客至书怀步春闺怨原韵

茆室三间对曲溪，客来情话日斜西。盘中只剩盐和醋，席上难为黍共鸡。
虚度光阴无梦想，忘怀壮志与云齐。新诗赋罢癫狂甚，哪有英雄泪空啼！

和马毅《中秋节偶感》

诗咏团圆妙手空，移樽对饮兴偏浓。广寒乐奏虚无里，丹桂斧敲想象中。
此夜援朝应歇战，来朝抗美又筹攻。欢声到处新民主，指日五洲庆大同。

马　毅

马毅(1900~1982)，江苏涟水高沟人，淮上名中医，擅长内、妇科，授徒多为淮扬名医，爱好琴、棋、诗、书，诗友遍及淮涟，有《绛帐诗草》一卷。

清明归途杂咏

柳插千门绿，杏开一树红。菜花金照眼，麦浪碧连空。少妇哀新冢，稚儿戏古桐。纸灰飞草际，祭酒饮墦中。布谷村村是，寻芳处处同。陵园朱烈士，当日最英雄。

春日即景

桃红李白斗春妍，好鸟枝头噪晓烟。布谷老农忙叱犊，嬉游稚子笑牵鸢。
翻腾麦浪连天碧，荡漾杨花满径毡。社会渐增新气象，成群结队互耘田。

春 柳

十里苏堤障百川，依依杨柳得春先。灵和殿外添绮丽，南海并中济大千。
莫讶汉廷增瑞色，也曾陶宅锁云烟。亚夫营畔条条绿，系遍骅骝威镇边。

涟城闲眺

绿槐夹道露华浓，莺啭鹃啼乱晓钟。远浦鸥惊垂钓叟，隔城犬吠采桑童。
絮飞荡漾弥空雪，麦浪翻腾大地风。高耸云天孤塔畔，柳营系遍五花骢。

秋 夜

烟深卧阁草凝愁，冷梦惊回几树秋。悬壁四山云上下，隔帘一水月沉浮。
翩翩影落飞鸿雁，皎皎光寒静斗牛。前路密疏萤点点，边城野火似星流。

围 炉

1964年春节后，大雪盈野，终日围炉。一夕，观宇偕瑟希来院围炉，畅饮山西汾酒杏花村，赋此以志。

围炉畅饮杏花村，雪里梅香难觅痕。绵纩不披温满室，联吟得句笑凭轩。
印边戍鼓声犹急，苏政战文论尚纷。今夕与君同一醉，明朝云散暗销魂。

闺 怨(嵌穴道名)

夫临虎口妾心忧，怨气冲冲上粉头。独掌中军人万里，三间空室泣孤栖。
晴明泪落悲长夜，下脘愁深恨九秋。戍守内关期不代，金门斜倚听更筹。

送别诗(嵌国药名)

杜防风瑟到深秋，锦里归身无计留。心似丹砂尘不染，情随流水卣闲愁。
预知子去洵堪慰，那问人言乐与愁。路路通衢山左右，红花开遍任君游。

学习焦裕禄同志后有感四首

其 一

赤胆忠心革命雄，鞠躬尽瘁死光荣。为他流泪知多少，愿化悲哀继迹踪。

其 二

碱沙水涝严三害，奋斗顽强战胜之。高于兰考万千县，不知究应作何思？

其 三

问苦访贫冒雪寒，关心群众到更阑。时将俭朴教儿女，病里奔波那顾肝！

其　四

以身作则事当先，不问风霜雨雪天。忘我精神垂不朽，沙堆埋骨愿兰田。

万芳楼远眺

七十二峰山馆旁，万芳楼上看湖光。青山数点渔舟过，到此襟怀胜小沧。

罗希伯

罗希伯(1906～1997)，江苏涟水人。从教40余年，历任涟水县中校长、县志副主编，为人清正廉洁，德高望重。著有《覆盎集》。

登佃湖橛塔

橛塔何人修？渔樵神话里。悠悠千百载，砖石渐倾圮。

我来一凭吊，感慨不能已。风雨正飘摇，国基亦如此。

按：此诗作于抗日战争期间。

古槐吟

亭亭华盖荫涟城，历尽沧桑几百春。枝叶横斜开凤翼，老根盘结出龙鳞。

烽烟滚滚无前敌，弹迹斑斑劫后身。俯仰低回怀往事，甘棠蔽芾凛霜晨。

按：涟城西南隅有数百年古槐一株，涟水保卫战中多次掩护我军歼灭敌人，为人民立下不朽功勋，今已被列为涟水古迹之一。

“七七”卢沟桥抗战50周年

“七七”卢沟战局开，全民奋起抗倭灾。不分南北东西地，无论闺男老幼孩。

浴血八年光禹甸，同心十亿步尧阶。提高警惕固吾圉，“军国”幽魂未死灰！

母校海州师范校庆感赋

阔别海师六十年，依稀旧梦绕芳园。两峰马耳插窗外，一幅锦屏列座前。

白虎山旁观盛会，双龙井畔饮甘泉。欣逢校庆秋光艳，恨缺双凫到帐边。

中葡澳门协议签字

雄师奋起古神州，帝国殖民从此休。建设中华开玉宇，收回港澳固金瓯。

和平倡导邦交广，实力增强国运遒。两制并存天地阔，台澎风雨本同舟。

五岛公园丰乐亭落成喜赋

其 一

丰收大有喜连年，乐业安居尧舜天。亭畔心花开似锦，淳风化俗胜前贤。

其 二

亭名丰乐忆欧阳，涟水滁山引兴长。陵谷几经桑海变，游人莫踏落花香。

悼念朱凡（一苇）同志

其 一

惊传噩耗令人嗟，怅望南天路恨赊。湘水有缘埋骏骨，橘洲何事损奇葩。

其 二

三涟政绩垂千古，一瓣馨香悼万家。衡岳峰高归雁渺，拈词怕读贾长沙。

注：朱凡，江苏涟水人，1943～1945年曾任涟水县长兼县中校长。曾有词云："长沙太傅今何在，衡阳归雁几封书。"

余味清

余味清，江苏涟水人。曾任高沟医院、前进医院院长。

和马毅《游杭州西湖》

人工亦可夺天工，今日杭州总不同。万座楼台从地起，一条铁路贯城中。
林园点缀真如画，古刹新装色更浓。毕竟风光非昔比，须知已换主人翁。

朱子阳

朱子阳，江苏涟水人，中医。

和马毅《游杭州西湖》

云里青山水上楼，不须饮酒也消愁。权奸遗臭在余唾，烈士流芳有土丘。
乐意知君当首夏，无聊愧我又中秋。史观南宋伤心处，昏相颟顸终淹留。

周筱如

周筱如，江苏涟水人。教育工作者，曾任高沟中学副校长。已去世。

和马毅《西湖杂咏》诗一首

欲访西湖愿未尝，诗人交赞乐飞觞。看他先睹犹神在，愧我悠游竟若忘。
名重古今因地胜，誉传众口比天堂。湖山新貌邀人赏，何日寻芳待艳阳。

读《安东县志·人物》有感

吾涟自古即崇文，代有良臣著政声。斗阉伯真名震世，傅王陈邵节清贞。
义方正直传风岸，徐监忠诚播信恩。读罢斯篇心不静，今人何可让前人。

郑协华

郑协华（1907～1964），涟水县高沟人，大学文化，曾翻译涟水旧志二载，未竣而卒。

和马毅《六十生辰自题小照》

文物飞腾大地春，欣逢花甲倍怡神。放歌纵酒惊佳句，设帐传经启后人。
稽古参今思辩证，名篇妙剂羡平生。为民为党心犹壮，不慕虚荣但率真。

和孙书记盐河轮船通航原韵

破浪新轮载新航，任情共赏好风光。诞生水上娇儿日，为党歌功竞放狂。

潘洪烈

潘洪烈（1908～1935），江苏涟水人，师范毕业，1927年加入中国共产党，参加涟水“八一”暴动。1931年后，先后任中共淮盐中心县委宣传部长，中共淮盐特委宣传部长兼泗阳县委书记。曾两次因叛徒出卖被捕，1935年8月，在镇江北固山被国民党枪杀。

除叛徒口占

慷慨歌淮上，从容捉叛徒。无钱乘驷马，来去一条驴。

朱启宇

朱启宇，涟水成集人，新四军老干部。

悼念胞妹启哲

其　一

泣望天涯沼淋淋，西山月冷伴孤魂。最是伤心梦醒后，鸡声茅屋夜沉沉。

其　二

乍见惊隔世，容华仍旧情。未将亲切意，相与慰平生。

徐卞珍

徐卞珍(1909～1986)，名宝和，号抱璞，江苏涟水县高沟人，早年读私塾，后就业习商。抗日战争中，任高沟人民抗日自卫队大队长，曾坐过日伪军监狱。中华人民共和国成立后任历届县人民代表、政协委员、高沟镇工商联主任。曾参修《高沟镇志》。

次韵马毅《游杭州西湖》四首

其　一

革命成功大愿偿，神州六亿乐飞觞。三山搬掉虽称快，帝国犹存遽未忘。
发掘宝藏寻地利，建新社会赛天堂。江山如此多娇态，万类葵心倾太阳。

其　二

乘兴来登望海楼，凭富神爽有何愁。梅妻鹤子怀林隐，墨客骚人吊小丘。
曲院荷香消盛夏，断桥残雪报深秋。平湖月夜波涛静，水榭笙歌爱逗留。

其　三

风景西湖举世雄，花城蜃气夺天工。虎泉水煮红茶茗，鹫岭香飘绿蕙菘。
柳浪莺声惊晚梦，苏堤春色艳和风。泛舟玩罢三潭月，得意题诗快此衷。

其　四

尝怀苏小是钱塘，扼屈坚贞死亦光。灵隐寺中香气绕，黄龙洞口水流长。
墓前怒愤鞭秦桧，庙里雍容拜岳王。千古西湖名胜地，人生谁不羡游杭。

狱中吟

其　一

枪声冲破一家春，难泯丹心一片诚。倘若今朝泉台去，复仇必有后来人。

其　二

身陷牢中奈若何，胸怀革命恨偏多。为民岂顾生和死，千古长传正气歌。

其　三

曾梦峥嵘出幽囚，挥刀斩下敌人头。古诗寄语诸战友，同德同心同报仇。

其　四

倭奴兵马犯中原，半壁江山带泪痕。誓不屈从为虎伥，宁将一死献忠魂。

原注：作于1944年底。

仇　拔

仇拔（1909～1989），字瑞平，江苏涟水县高沟人，上海美专毕业，书画家。

和孙书记盐河轮船通航

其　一

新轮尽日破题航，水上游龙放异光。夹岸参观都喝彩，骚人吟兴也癫狂。

其　二

书记莅临满笑容，执刀剪彩炮声中。新轮初试蛟龙舞，破浪乘风日照红。

左如桂

左如桂，江苏涟水人。

淮阴市旧貌换新颜

曩时糠菜半年粮，一响春雷喜气洋。绣地补天除旧貌，兴农办厂着新装。
首登百亿谷仓满，更育万千学子忙。稳步小康齐奋进，玉龙驯服铁龙翔。

蒋志平

蒋志平（1915～2017），笔名凤起，江苏涟水人，台商，炎黄学院投资创办者。

妙通塔颂

其　一

春秋淮浦置，隋称涟水始。地处淮入海，妙通塔耸立。宋时佛学地，立塔建宝寺。少小曾登攀，扶摇塔天倚。身轻无愁事，状摩高人姿。放眼观南北，运河一线迷。浩顶穹庐望，视底人若蚁。上下五千年，古今何所系。秦砖汉瓦砾，沧海变桑畦。诸多英雄事，过眼云烟矣。近代数学子，真谛觅东西。中山一呼号，同擎北伐戟。乘隙倭寇侵，逐虏手足齐。胜即阅兵燹，殃及塔平夷。潮起又潮落，半过漂泊凄。乡思萦怀绕，几多泪枕湿。

其 二

塔经几毁建，衰盛与同期。华夏今逢盛，巍立环宇斯。迈步五洲阔，腾飞新世纪。域外多豪壮，感应祖荫庇。办学归故里，邑事多闻知。现今顺民意，纳贤复塔兹。邑民齐筹集，游子有捐资。清基现古物，金棺银椁稀。佛宝舍利子，全球轰动奇。宗庙文明地，纷纷约归期。白鹭湖迎客，同乐话依依。鹭岛水上游，苏北威尼斯。城在水中碧，水中城中漪。花树幻彩影，清流洽水滋。外围大生态，绿食遍地基。地灵鹭翔集，人杰凤来栖。

其 三

蓬蓬勃勃明，何处发生机。故土本宝地，天地人合仪。天长长地利，地久久天时。妙通塔重现，能仁寺建之。爬塔传乡俗，登呼归来兮。临顶四眺望，中原东南诗。南目扬子江，北视陇海依。东毗金黄海，广袤淮海区。铁龙穿淮过，长江口龙玑。淮涟汇世贸，商贾争恐迟。联袂共携手，协商洽投资。中有亲人晤，祭祖于桑梓。百川归老海，叶落于根基。颂歌九十九，九九总归一。九州同遂愿，髦年登塔祈。民族团圆日，中华龙腾时。高扬一统旗。

黄树勋

黄树勋(1917～2012)，江苏涟水县红窑人，中共党员。抗日老战士。曾任江苏省气象局局长，南通地委纪委书记、南通市政协副主席。

纪念周恩来总理百岁诞辰

一代天骄降，英年壮志存。丹心昭日月，赤胆挽乾坤。
正气垂千古，清风贯万春。今朝临盛世，常忆奠基人。

故乡行

其 一

一去淮涟数十秋，老来情系故园游。难忘早岁多灾苦，喜看丰收建榭楼。

其 二

河川大小万千条，毛斗支渠送小浇。旱魃洪蛟何足患，茫茫稻海浪滔滔。

李子丹

李子丹(？～1984),涟水县志办公室工作人员。

涟水月塔考察记

月塔没根蓬,考察是非中。传说唐时建,相看宋代风。上身无头绪,下脚半虚空。
外貌三分丑,内心七窍通。肚大能容众,胸旷气度宏。四方门路广,八面角玲珑。
世上光阴好,无如此塔中。静观生智慧,愁登破愚蒙。初攀如盘洞,临顶似出笼。
远山云含岫,近水塔峥嵘。南接桐柏雨,北抗沂蒙峰。东观沧桑变,西迎夕阳红。
顶破风雷阵,足折海涛攻。为堵江河患,扼守涟淮东。历尽千秋劫,坚持一代宗。
身败名不裂,荣获修补功。大道谁先觉,顿是造化功。十载动乱后,一扫愁无终。
物华天宝帜,人杰地灵钟。济世法可悟,法济妙无穷。独立苍茫顾,恻然忆妙通。

王纾难

王纾难(1917～),江苏涟水人。本科毕业,1949年旅台,1959年解甲后师从台湾师范大学训导长戚长城教授习诗作赋。曾连续15次返回故里,结诗友,论诗道,吟唱酬和。曾受聘任美国纽约四海诗社名誉社长。有《往事回味》一、二集。

诗酒歌太平

山河万里太平年,喜有诗人圣道诠。国泰民安逢盛世,风轻雨润享晴天。河清海晏民歌野,食足衣丰农乐田。国粹宣扬时正好,财源茂盛日争先。城南企业高楼耸,闸北商衢大道连。衙署新迁仑美境,能仁旧貌奂丽巅。高沟十里闻香酿,上海多家教学研。巷弄书声忠孝训,疆陲战略垒壕坚。安东自古人情笃,禹甸而今世道平。学子寒窗多博士,工人负力少蒲编。飞扬士气全球赞,敦厚民风世界传。

花前赏月

倚枕不成寝,雄心万事违。观花枝鸟倦,赏月路人稀。
蕉雨增时景,霁云映夜归。闻声梅萼绽,且慢掩柴扉。

溪　居

静俏小河弯,家居堤外环。风吹前院院,月照后山山。

溪水湍声急，诗人性态闲。中原求解厄，两岸应和颜。

端阳吊屈原

艾绿又端阳，羁人念故乡。汨罗怜屈子，帝室恨怀王。
爱国奸臣陷，痛心骚客惶。诗魂余劫泪，江水永茫茫。

诗酒忆儿时

崎岖世道代如新，社稷盈虚去问谁。揭榼茅庐同品酒，摊书柏案共研诗。
情深故老怀羁客，谊重归人念里耆。逆转流光秋七十，甘当梦境沐儿时。

陈同章

陈同章（1918～？），江苏涟水人，一生从事中小学教育工作。离休后还受聘为地震测报员，政协文史资料编辑，县诗协常务理事，涟水老年大学教务主任，有个人诗集《休闲杂咏》。

庆元旦

人逢元旦乐，唯我独惆怅。飘泊风尘远，沉浮天海长。
战云多幻变，国难几沧桑。何日驱倭寇，怡然返故乡。

祝周老友三70寿庆

人生自古贵稀年，佳节新春摆寿筵。福似子仪席满座，道同窦氏子均贤。
齐眉举案人康泰，培李植桃花果妍。松竹梅经霜雪茂，轻舟一叶武陵源。

赠肖叟

坎坎坑坑过七秩，险关几度化为安。八年烽火遭倭乱，十载红羊受倒悬。
国策纠偏临盛世，人民喜庆乐尧天。黑锅打碎沉冤白，足食丰衣乐晚年。

元旦抒怀

白驹过隙箭离弦，虎兔相交丁卯年。政策三中结硕果，宏图四化谱新篇。
乡村稻粟仓仓满，城镇工商处处研。晚景桑榆霞绮丽，挥毫弄墨咏尧天。

梅花诗

群芳斗艳一时稀，俏立东篱见劲枝。一树横斜花点点，半池清浅影依依。

无心花时斗芳艳，励志霜冬显隽姿。堪羡坚贞挺险境，世人吟颂腊梅诗。

忆　昔

有志凌云少小时，愧无咏絮惜依依。壮怀屡振天鹏志，乡土频惊寇马嘶。
扶老携雏逃僻壤，请缨报国付空思。红旗招展烽烟散，跌宕教坛愧作师。

咏　荷

谁家倩女立池塘，巧扮红衣配绿裳。舞动腰姿唇吻水，仰承珠露叶生光。
群鱼有幸投怀抱，粉蝶无知卖轻狂。身出泥污身自洁，骚坛自古爱莲芳。

涟水吟

滔滔淮水向东流，历史千年苦事稠。泛滥黄河侵道日，遭逢儿女别离忧。
古城保卫战争起，天堑障屏敌将愁。盛世兴修水利业，农田灌溉稻粮洲。

乐新居

育李培桃幸有成，杏坛卌载献其身。当年诗圣怜寒士，今日党恩暖胜春。
居我华堂风不破，尊师立节古无闻。中华盛世峥嵘岁，尽贡余温表谢忱。

咏　牛

魁伟身躯耐苦辛，全心全意务农田。栉风沐雨勤翻土，戴月披星不计年。
枯草饥餐甘淡泊，清泉渴饮觉欣然。高超品格堪称许，常见骚坛有咏篇。

祝贺涟水诗协成立

其　一

三涟文化竟如何，革命摇篮志士多。经济腾飞堪击鼓，诗词作阵好讴歌。

其　二

曾闻买骨来多士，集益广思诗协筹。萦绕春蚕千万缕，座中诗友半苍头。

咏　菊

前日含苞犹未放，今朝经雨吐奇香。陶公癖爱非无故，艳胜春花且耐霜。

自我写照

一生勤恳作园丁，未负党恩自扪心。桃李芬芳果累累，清风两袖效渊明。

咏 春

其 一

红梅吐蕊届初春，黄鸟润喉三两声。水接晴光萍转绿，北山积雪有残存。

其 二

百花怒放仲春时，粉蝶群蜂舞欲痴。万里平川腾细浪，无边景象尽诗题。

其 三

紫燕重来雁北归，东风拂拂乱花飞。蛙声隔巷惜春暮，绿柳红楼绕四围。

周公爱鸟

问君何物寄情深，翅绿喙红织锦纹。惠我东风常驻客，座中助兴两三声。

朱铭勋

朱铭勋(1919～1997)，江苏涟水人。中共党员，抗日老战士。曾任洪泽县革委会副主任，涟水县委常委、副县长等职。退休后为涟水诗协第一任会长。

挽堂姐启杰烈士

其 一

足迹连苏皖，寇仇四海同。丹心除暴日，赤胆贯长虹。

视死如归宿，捐躯报国忠。九泉昂首去，巾帼女英雄。

其 二

倭寇侵华烽火稠，粉妆洗却卫神州。反顽舌战争民主，抗日戈挥夺自由。

敌后坚持传正义，阵前杀贼赴同仇。献身血染洪湖畔，烈士英名万古流。

瞻仰淮海战役烈士纪念塔

塔势巍巍莫与俦，英雄业绩照千秋。出师苏鲁操神算，挺进中原运妙筹。

倒海排山歼敌手，沉舟破釜击顽酋。纵横淮海安天下，夺得徐州震五洲。

读叶帅“攻关”奉和

革命意志坚，科研何惧难。中年进学院，攻克数理关。

注：作者曾于1958～1962年调南京农学院学习。

夏游瘦西湖

瘦西湖上好园林，水抱山环遍绿阴。土阜河流形胜地，游程曲折济时心。

金婚感赋

佳侣金婚意志投，并肩抗日卫神州。反顽奋斗争民主，革命征途喜共舟。

贺涟水县诗协成立

涟水诗花遍地开，珠玑熠熠雁书来。千红万紫群芳艳，颂美歌功显俊才。

张翼凡

张翼凡(1920～)，江苏涟水人，先后任小学、中学教师。后在县老年大学学习诗词，有《枫叶集》行世。

涟水新貌

食

土含盐碱瘠吾涟，困扰耕夫怕力田。宪法开天引水灌，科研斫地夺粮权。
赢来稻谷充仓满，博得香粳果腹圆。玉食无亏思益味，塘鱼厩肉佐餐鲜。

衣

御寒蔽体适时衣，往日棉麻未解围。正恼丝毛娇气重，却欣化纺热心归。
温柔性格情怀暖，爽朗风华意兴飞。扯下霓虹裁作服，新装绚丽夺天辉。

住

瓦屋楼房列市中，竹篱茅舍是村容。古型已入诗书画，新建当推技艺工。
杰阁摩天联镇耸，华堂拔地遍乡隆。而今大庇无寒士，告慰先贤盛世风。

行

水搭航船陆乘舆，平原走马步崎岖。往时踯躅行程远，近日逍遥旅径舒。
滚滚机车迎过客，呜呜快艇送征夫。随心所向回归便，咫尺天涯免胫趋。

诗　品

上乘诗词意境融，清新奇丽见峥嵘。沁心人窍怡神远，流畅铿锵出化工。

诗　魅

名诗触目便萦心，掩卷沉思造诣深。几度高哦尝入睡，怯忘犹在梦中吟。

诗 格

诗词文艺岂寻常，不是形同即入行。声调和谐平仄正，情深语韵始成章。

题于与鸣宇弟合影照中

兄弟双耆逾古稀，宁涟远隔念依依。驱车“普德”成欢聚，摄影秦淮代雪泥。

咏木屐毛窝

本来毛茸软形胎，附木联绳显异才。正为冬寒足下暖，何能入夏即抛开。

朱 壁

朱壁（1920～2017），字仞千，江苏涟水人，先后毕业于江苏省第一乡村师范和华中新闻专科学校。曾任小学教师、县人民法庭书记员、副镇长、县民政科员等职，曾为涟水县诗协常务理事，著有《晚晴吟草》。

献给涟水县老年大学李洪恕老师

夫子循循然，善于诱学员。旁征兼博引，由浅入真诠。
教案灯前作，修辞月落眠。吾曹沾化雨，敢不记心田。

中秋节

今夜团栾月，九州欢乐同。中央施雨露，黎庶颂勋功。
民富国家盛，人和政事通。嫦娥遥羡慕，自悔上蟾宫。

赠早年同窗、旅美诗人王纾难先生

早岁同窗读，闻鸡至日西。交深如管鲍，谊厚若夷齐。
君展四方志，我犁半亩畦。喜今思往昔，百感把诗题。

陪同名诗家王纾难先生访淮安诗协

有幸访淮安，欣然故地看。诗坛多硕彦，椽笔壮波澜。
声韵追元白，胸怀若范韩。今朝闻尘论，不啻入芝兰。

瞻仰周恩来总理纪念馆

大哉我总理，救国拯人民。伟绩丰功建，千秋俎豆馨。

谒关忠节公天培祠

烈哉忠节公，民族大英雄。今日瞻遗像，虎门浮脑中。

孟春偶成

春风吹“九九”，催绿陌头柳。隔水问田邻，麦肥追足否？

老年大学课堂即兴

师长善于诱，同窗皆益友。诗追陆放翁，老木何尝朽。

中秋月下怀纾难

拂面爽风来，桂花迎月开。云山隔两地，不得共徘徊。

新闻专校校友欢聚于无锡

故地菊花开，师生四海来。豪情如昔日，歌罢又干杯。

严海池

严海池(1921～)，原名金城，字海池，以字行，江苏涟水人。盐阜师范毕业，后参加徐州师范学院中文系函授学习三年结业。一生从事中、小学及中师函授教育工作。1981年参加《涟水县志》编修工作。1990年6月，参加涟水县老年大学创办工作，后为涟水诗词协会副会长。

香港回归

香港回归喜泪纷，珠还璧合感愈深。百年奇耻一朝雪，万众扬眉四海腾。
英帝楼船旗偃卷，中华儿女志张伸。神州极目花如锦，永固金瓯卫国门。

澳门回归

香港收回喜满盈，澳门归祖报佳音。国行两制符民意，人望三通合众情。
驱逐蛮夷欣吐气，振兴华夏显雄心。珠还合浦金瓯固，万里鲲鹏展翅腾。

广播线路工

杆接蓝天连万家，根根银线闪金花。钉钉铆铆锤锤到，寸寸分分细细查。
尽职忠心天作证，辛勤汗水地流华。英雄如履平阳地，拥抱斜阳踏彩霞。

“九九”哀思

年来年去易秋冬，日夜常怀感寸衷。伟绩丰功垂史册，音容笑貌铸心胸。
三中全会开新宇，“九五”宏图绘彩虹。“九九”又临思更切，敬挥拙笔献毛公。

书　趣

平生酷爱学诗文，喜得好书如获珍。默读每闻鸡五鼓，吟哦常伴月三更。
临窗掩卷江郎梦，倚枕沉思工部魂。八四年华癖未改，寻幽探胜苦行僧。

咏涟水

其　一

谁云涟水老贫穷，改革放开貌不同。似网通衢连境外，如林广厦蔽长空。
妙通影动诗潮涌，夕阳烟笼画意浓。最是文明三建好，城乡处处拂春风。

其　二

悠悠岁月话安东，历尽沧桑改旧容。茅舍草房成史迹，崇楼画阁耸长空。
工商农贸齐发展，文教卫生化彩虹。涟水前程花似锦，邓公旗帜更鲜红。

卜九谟

卜九谟(1921～2001)，江苏涟水梁岔人。原江苏省电业管理局基建处处长，党委书记。1988年以正厅级干部离休。

八十感怀

八十春秋白了头，精忠报国志难休。乌纱脱去丹心在，黑发成丝赤胆留。
润墨岂图名和利，写史不为王同侯。一息尚存余发热，为党争光作老牛。

祝孙老爕华同志80华诞

半百年来日月遥，坚贞不屈称英豪。受害何曾忘百姓，身困坚决拥周毛。
七年烽火犹堪斗，四化宏图更务劳。岁寒松柏知凋后，劲草风吹不动摇。

郑兆财

郑兆财(1921～2012),江苏涟水人,港商,著名慈善家,生前为江苏省、淮安市政协委员。在家乡捐款创办郑梁梅学校等。

乡鹭吟

人之初,不离娘,壮远游,常思乡。港居企办,半世多辛。妻病嘱将余蓄办邑学。往返,白鹭节予于启蒙学校实小旁涟湖边观鹭,动感捻须,五古吟记。

同读鸣翠柳,共诵上青天。当因风云乱,比翼鹭引缘。吉鸟乡鹭吟,寻清觅洁源。五羊城歇翅,落脚香江边。生存梳毛冷,备尝苦酸甜。半世乡绪绕,无酬乡情惭。风忧鹭难哺,雨怨湿巢悬。夜梦回祖籍,双双游故园。经城凫湖阔,瞻塔风铃旋。墨池说洗笔,豹隐春风眠。好读民风厚,崇尚教为先。尊乃欲舌耕,辍学黄岐篇。恍惚驹隙过,历历浮联翩。扑朔迷离望,凄面泪潸然。冰玉临羽化,弥留有遗言。尔育雏南国,乡鹭回繁衍。正开放晴日,随鹭故里园。爱国必爱乡,叶落肥根泥。邑上办乡学,冠名予纪念。庠成竣工日,书声慰九泉。遵嘱频往返,小中校建连。同乡有游子,大学建毗添。实现教育县,名列江淮前。事业赖人杰,引凤求凰缘。蓬蓬勃勃旺,工业生财源。生态办农业,地灵鹭飞旋。富县上下愿,齐心扑上前。苏北旗谁举,老区自当然。

蒋桂同

蒋桂同(1921～2007),江苏涟水人,中共党员。抗日老战士,离休前任扬州市人大常委会主任。著有《琼花集》《咏怀集》等。

故乡颂

故园五十二年前,雾散云消喜月园。僻壤穷乡情奋发,改天换地力无边。
中原冠带传千古,祖国粮仓庆万年。民主文明花怒放,莺歌燕舞艳阳天。

故里新貌

少小离乡老大回,更新万象面皆非。家家瓦房亭亭立,户户余粮屯屯围。
土地成方沟渎畅,交通密网树株巍。产高稻麦超今古,展望前程万里辉。

返里沿途观光

风尘仆仆赴涟城,满目园林锦绣村。阡陌沟渠成网络,麦苗油菜浪千层。

顾鸿访

顾鸿访,涟水县唐集人,黄埔军校毕业,早年参加抗日战争。1983年受县邀请参加编写县志工作,1988年前后去世。

乡村颂

乡村嚣尘净,独步亦怡然。村东南北路,前后稻麦田。极目视野阔,抚心无虑蠲。晓风杨柳拂,晚霞湿炊烟。劳动身体勤,夜读一灯悬。读书千古事,岂用故人怜。

往事堪回首

艰辛祸福伴征程,沧海粟存存此身。忧患折磨增志气,欢愉激越荡埃尘。
虚荣不是真豪杰,勤俭方能启后昆。视野拓宽浑不悔,余丝再吐策新征。

王　铭

王铭,涟水籍人,在外地工作。

参观涟水米芾洗墨池有感

廉者仕途长坦坦,贪官污吏臭千年。米公留下洗心迹,池畔游人争美谈。
德政兴邦黎庶赞,精忠守职自相安。新城涟水和谐颂,为有今贤胜古贤。

涟水开发区观感

三涟大地春雷动,开发新区百业隆。水上花园创奇绩,干群励志立新功。
厂房鳞次千椽美,大道纵横四面通。科技英才常荟萃,勃蓬发展振安东。

游五岛公园

城中塘澳涟漪美,夕照山林白鹭飞。映绿环湖镶五岛,游人同乐展双眉。
米芾洗墨传佳话,后世居官效作为。廉政清风催吏醒,明初李侃立丰碑。

顾殿功

顾殿功(1922~2005),江苏涟水人,1939年参加抗日队伍,屡立战功。在本县行医以终,为名中医。有诗集《变异集》1卷。

扫　墓

老马恋栈,过足何知。平野清风,良莠新诗。
衔戟于心,冥报有期。道狭草长,白露沾衣。

狱中吟

病入新年思若麻,囹圄况味信堪嗟。萧萧子夜来寒雨,黯黯魂销忆远家。
欲展愁眉舒两鬓,难开笑眼望京华。匡床瘦骨千行泪,灯影昏昏鬼影加。

家　思

病家见我泪先垂,亲属都将热灶吹。汝虽持石曾投井,吾岂看死任化灰。
人情似纸张张薄,世事如棋局局非。落红随风千里去,向晚犹逐鹧鸪飞。

被国民党军搜捕

耻食周家粟,饿死首阳山。长虹映古道,浩然过此关。

过云岭

云岭路漫漫,相践泪不干。寄语诸先烈,征人早脱鞍。

自　愤

学剑学书二十年,算来那值一文钱。等闲不作英雄泪,且看安排祖逖鞭。

读《红日》

卷地烽烟有也无,腥风染血漫平芜。红轮高照英雄诔,一幅三涟守备图。

读《木兰辞》

扑朔迷离十二年,金戈铁马自由天。明堂见志山河远,独向家乡望月圆。

李学曾

李学曾(1923~?),笔名铁石,江苏涟水人。中共党员,离休干部。曾从事教育、新闻、宣传等工作,曾任涟水县诗词协会副会长。有诗词著作《诗草集》行世。

毛主席“向雷锋同志学习”题词40周年

学习雷锋志不凡,亿民思念意拳拳。英雄伟绩千秋颂,生命火花百代燃。
赤胆献身垂不朽,助人为乐载诗篇。崇高理想金光放,史册标名万古传。

纪念周恩来逝世20周年

南昌起义响春雷,扭转乾坤耀日晖。辅弼推诚垂典范,和平联外树丰碑。
鞠躬尽瘁宏图绣,赤胆忠心业绩巍。瞻仰先贤承壮志,长征接力永相随。

纪念朱总司令逝世20周年

戎马一生敌胆丧,东征西战创新邦。井冈赫赫声威显,陕北巍巍斗志昂。
百万雄师天堑越,一朝伏虎蒋朝亡。人民怀念总司令,立传铭碑代代芳。

缅怀陈毅元帅

立马横枪闯天下,征尘滚滚鬼神惊。会师东固开新局,夜渡梅关过要津。
抗日挥戈传捷报,扫顽奏凯下金陵。英名不朽垂青史,万古流芳颂杰勋。

谒曲阜孔庙

庙院幽深肃穆然,参天松柏笼轻烟。古城泗水埋仙骨,供奉遗容众仰瞻。
周易精华传后代,春秋礼乐谱诗篇。碑铭灼灼留青史,弟子三千七二贤。

庆祝香港回归

飓飙怒卷香江浪,吐气扬眉喜若狂。昔日强权行霸道,今朝雪耻凯歌昂。
五星猎猎迎风展,四海融融庆国昌。从此月圆花似锦,神州无处不春光。

五岛公园览胜

秋风猎猎摧残叶,篱畔黄花绽笑容。白鹭盘空鱼潜底,楼台倒影水中宫。
西山夕照落霞美,东岛斜晖染树红。如画如诗醉奇妙,回来不觉月朦胧。

徐绍玉

徐绍玉(1925.1～?),江苏涟水人。著有《物化集》。

天气反常感怀

昔谚云:“八月地漏。”今则不然,秋不气爽,冬雨更欢。爰赋五律以志之。

底似黔滇域,天无三日晴。秋低气不爽,冬湿雨尤频。
已忘燕巢垒,何来雁阵行。失衡知祸福?弭患冀群英!

登伊山

其　一

喜得公余上此峰,炮摧峦石夺神工。震天革命歌声壮,不见当年系马松!

其　二

凉风习习壮怀开,革命雄师动地来。独立高峰心激烈,愿为祖国报涓埃。

其　三

寻幽探险过琼崖,烈士陵前致默哀。高举红旗兴建设,人人争献栋梁材。

其　四

西山隐约泛红霞,花好林阴耀物华。幽胜怡人归去晚,星灯灿烂万千家。

送子参军

其　一

一出朝阳放彩光,喜来亲友看戎装。男儿欲遂凌云志,百战功成姓氏扬。

其　二

地天广阔从兹去,卫国保家献赤心。要看明年今日里,飞来喜讯报佳音。

其　三

我误韶华嗟老至,愿儿虎穴又龙潭。遥知际遇风云会,时势英雄指顾间!

郑兆熊

郑兆熊(1925～1984),字瑟希,江苏涟水县高沟人。嗜国学,擅诗词,惜多散佚。曾主修《高沟镇志》,后因病去世中辍。

哭胡观宇

其 一

报得纯消息，妻孥敬乐和。医林尊老辈，泛宅受颠簸。
风雨资山石，参苓负病魔。投诗淮水上，舟过汨滂沱。

其 二

炎夏逢君别，残冬噩耗来。孤琴成绝调，飞絮服微才。
野旷椿凄露，魂归骨化灰。宵深心悒悒，想象感低回。

其 三

风雪柴门夜，哀吟恋此人。蠹鱼空含字，虫鸟口鸣春。
失足轻游戏，虚怀费屈伸。故交零散尽，余未了尘因。

次韵马毅《游杭州西湖》

其 一

澄怀娱性卧游尝，展卷披图一举觞。蜃气花城看不足，山乡水国意难忘。
峰飞天外钟听寺，月漾潭心柳荫堂。扶醉苏堤行缓缓，参差楼阁艳朝阳。

其 二

览胜来登望海楼，临风把酒亦消愁。老梅孤鹤倾三友，红粉青衫吊一丘。
塔古雷峰吟晚照，寺深灵隐访清秋。涛声柳色诗兼画，愿向山僧乞少留。

其 三

江城回首霸图雄，烟翠晴岚入画工。一样河山有英若，十分景色美芹菘。
断桥缱绻香云雨，古洞氤氲炼火风。晓日溪光红藕闹，诗人湖上乐幽衷。

其 四

兰桡缓缓泛荷塘，戏逗鸳鸯浴水光。旷代虎名怀武侠，终身湖隐拜韩王。
虹堤春晓莺花傲，鹫岭风清客梦长。金粉秦淮柔且腻，也应低首让余杭。

游鼓楼

闹市何来一鼓楼，畅观寂寞闷心头。壁书墨竹吾家事，屋挂孤灯左道收。
车水马龙浓逝梦，繁花杂树显清幽。争夸艺献传来久，惹得行人问有由。

病中偶作

无端一病困今生，药物难疗感莫名。食欲何堪低鹤料，心烦无计结鸥盟。
神清似水涵秋静，影瘦欺花落叶轻。忽地自怜酣睡足，披衣起看晚窗明。

二月暮柳花怒飞溷迹滩头余正苦之作此抒意

恼煞东风抵苑狂，地天飞舞意洋洋。芳心无计留春住，流水多情绕岸香。
化作行云随去住，擎来妙手转彷徨。飘飘三月鹃声急，词客豪吟意未央。

拜读《槿花集》

锦瑟年华器宇轩，僧敲又绿有专研。倚楼格调名天下，弄影才情誉故园。
妙笔生花槿花集，好词吟草游草篇。春来得意舒麟趾，应领风骚数百年。

原注：《槿花集》中有《西行吟草》《南游草》两篇。

徐昭玉

徐昭玉（1926～　），江苏涟水县高沟人，曾主修《高沟镇志》。

次韵马毅《游杭州西湖》

其　一

湖城西子足游偿，高咏酣歌乐举觞。柳浪莺闻尘念远，荷塘月照景难忘。
天工人意螺连黛，水秀山明楼映堂。快读佳章添逸兴，绿茵眠醉看松阳。

其　二

山水依稀楼复楼，我来胜境杂欢愁。风波豪气瞻堂庙，灵隐禅光共貉丘。
千佛岩高高接日，飞来峰傲傲深秋。孤山梅鹤归何处，唯有苏堤任淹留。

其　三

九宇神州海外雄，河山处处属农工。湖光拥翠环新柳，花气侵人秀嫩菘。
画舫不闻歌俗调，红旗遍展颂东风。喜心我辈逢尧世，劳力劳心乐一衷。

其　四

射潮万弩看钱塘，横架飞虹映碧光。风月六桥任玩赏，莺花三竺兴飞长。
几多名士争题句，无数英雄欲霸王。早岁曾留鸿爪迹，往来仆仆过余杭。

宋洪仪

宋洪仪，20世纪末曾任涟水县诗协秘书长。

纪念涟水保卫战50周年

瑟瑟秋风起，匆匆五十霜。弹坑培果树，工事耸楼房。

花枝勇士血，稻浪将军装。和煦阳光下，艰辛慎勿忘。

周应池

周应池，江苏涟水人，涟水县政协原主席。

涟水保卫战40周年感赋

倭降奏捷凯歌腾，蒋记逞兵又内争。弹雨横飞穿石壁，硝烟战火漫涟城。
歼顽意在除苛政，一念无非救众生。得道从来非好战，还凭正义息征尘。

赵淮清

赵淮清，江苏涟水人，老干部。

题　菊

其　一

黄白菊花次第开，迎风斗雪立尘埃。芬芳四溢为知己，独对陶潜展笑腮。

其　二

傲霜斗雪逞精神，玉质仙姿鄙俗人。绰约花蕾竞怒放，无言相对亦销魂。

徐　敬

徐敬，江苏涟水人，曾任水利局局长。

八秩抒怀

年届八旬微耳聋，不盲不傻步从容。抗倭反蒋历艰险，治小建乡餐露风。
淡泊明心憎利己，清廉从政厌求功。老骥尚有奋蹄志，极目南山夕照红。

单人耘

单人耘（1926～　），字子西，号散虹，江苏江浦县人。江苏省文史馆馆员。南京农业大学教授。“文化大革命”中曾下放涟水多年。

访前别庄别直庵老画师

其　一

一路春风到别庄，河泥黝黑菜花黄。不须展看村翁画，为爱社员汗水香。

其　二

八六高龄老画师，画仙画佛画松枝。而今唯此风光好，要画干群春种时。

其　三

矍铄乡村一画翁，交谈看字耳全聋。裱帧园艺谁承继，笑指儿孙爱务农。

其　四

当风吴带翁能画，出水吴衣我岂谙？此风创新须革旧，安东艺术好同探。

其　五

烟岚涂抹忆童年，墨守陈规究可怜。我欲因之重学习，平原风貌画当前。

注：单人耘曾下放在涟水东胡集。

姜承第

姜承第，江苏沭阳县人，中医师，20世纪60年代任淮阴医专中医学教师。

步胡观宇《春闺怨》原韵

其　一

柳色青青映碧溪，残晖暗续草堂西。忍看梁上争巢燕，愁听荒村报晚鸡。
南浦音疏人更远，巫山云隔梦难齐。蓬门尽日空翘首，唯有黄莺伴妾啼。

其　二

春光寂寞锁晴溪，绣罢鸳鸯月转西。紫燕情深偎旧侣，青鸾命薄伴山鸡。
何堪往事期重约，唯恨前缘续不齐。杜宇也能解意否？声声隔岸对依啼。

嵇春霖

嵇春霖（1928～　），江苏涟水人。1949年2月参加工作，从事教育工作三十余年。离休后入党。曾在《涟水诗苑》和《涟水快报》发表诗词作品。为江苏省、淮安市、涟水县三级诗协会员。

愤谴美军枪杀阿富汗平民

战乱硝烟漫，悲乎阿富汗！人民不自由，生命遭涂炭。

安东张贾烈士

张贾安东俊，成仁辛亥闻。推翻封建制，烈士永名存。

赞南海立法

海南南海法新诠，疆海维权治必严。西太浩洋勤演练，破东环链意非凡。

中国梦

百年探索梦国强，华夏复兴民众昂。有幸邦国心向善，和谐世界铸辉煌。

瞻仰北京宋庆龄故居

国母京居永世存，英贤懿范众人尊。追随革命遵遗训，只顾国家不顾身。

瞻仰周恩来纪念馆

其 一

虔诚晋谒瞻遗容，世纪杰人万口崇。铜像身旁留快照，千秋万代沐清风。

其 二

青壮妇孺瞻伟岸，功德无量记心间。子孙训育传千载，誓保江山万世安。

其 三

江淮灵地出贤臣，功德巍巍业永存。治国安邦夸砥柱，鞠躬尽瘁见精神。

用温总理离任赠言“雏凤清于老凤声”意

十年超日事终成，时届依依系众情。犹映桐花丹岳梦，凤雏更胜老凰声。

党中央反腐倡廉新规吟

其 一

八项新章细且严，恢恢法网大如天。踏石留印朝前迈，抓铁有痕劲力添。

其 二

反腐倡廉意志坚，苍蝇老虎誓齐歼。一抓到底心如铁，瞄准贪官箭在弦。

通威饲料有限公司

巍巍饲料厂房新，设备精良工效神。袋袋层层堆似岭，机声阵阵不需人。

离休入党喜赋

少小离家志有为，黄淮东去水难回。归乡老大思伏枥，入党高龄春响雷。

咏国庆

丰乐亭前歌响亮，涟漪湖畔颂诗吟。红歌阵阵冲霄汉，国惠源源润庶民。

缅怀刘洪如同志

戍边烽火惹人愁，智逮俞八伪警酋。不灭顽敌难两立，《群英谱》上永名留。

注：1948年冬，刘与曹凤文等智擒俞八。

别纯刚

别纯刚（1929～ ），江苏涟水人。大专文化，曾任中小学校长、县文教局局长。中华诗词学会、江苏省诗词协会会员，淮安市诗协、淮安市楹联研究会顾问。著有《涟漪吟》和《涟漪吟续集》。

长征颂

血雨腥风何足愁，排难劈险击狂流。斡旋赤水遵城会，横渡金沙铁索柔。浪暖悬崖欣三宇，花香草地唱金秋。人民子弟忠诚献，华夏长城黎庶讴。热血沸腾酬勇烈，铁蹄蹂躏亓干休。雄师飞越朝天吼，困兽途穷悲暮秋。万里征程驱黑夜，千秋壮举铸宏猷。挡车螳臂徒玩火，滚滚时轮换九州。

深切缅怀邓小平百岁诞辰

其　一

雾重千川黯，霜浓万壑秋。悲鸿啼古域，浩劫祸中州。
奸宄皆贤士，忠贞尽罪囚。问天天俯首，谁解世间忧？

其　二

叱咤山河变，风云廿六年。清源明鹿马，正本识奸贤。
四害烟尘净，三中砥柱坚。真诠垂百世，巨擘转坤乾。

采风今世缘

其　一

胜日酒乡道，厂区春意饶。佳宾开笑脸，东主亮高招。

人品国缘酒，话聊今世娇。当垆迎远客，直到月临宵。

其 二

春风拂古镇，玉液宴群仙。乐奏和谐曲，诗吟友谊篇。
情牵千里土，道结百方缘。联袂兴宏业，同仁奋铁肩。

延安颂

圣地燃薪传太虚，拯民救国驶长车。泥湾垦地千军勇，窑洞明灯万壑苏。
小米步枪驱寇虏，丹心碧血铸唐虞。汤汤延水流今古，赫赫红都九域呼。

庆贺中国(涟水)第二届中华缘文化节

胜友结缘来四方，参观淮浦沐春光。小园五岛鹭鸥舞，大地三涟稻麦香。
卧佛医啼称妙手，米芾洗墨见衷肠。妙通秀丽欣游客，月塔凋零证古疆。
同乐融融娱士子，丰亭岁岁颂农桑。琼浆今世商缘好，古镇高沟酒帜扬。
涟水欣筹文化节，英雄喜绘凤凰翔。有缘梓里腾云起，展翅安东赶锡常。

按："同乐"即涟水县五岛公园同乐堂；"丰乐"即涟水县五岛公园丰乐亭。

题秦始皇兵马俑

人间奇迹说秦茔，墓室恢宏道纵横。十万戈矛陈战阵，三千兵俑卫皇陵。
木雕难有精神显，泥塑更无魂魄凝。地穴为营绝今古，穷兵黩武死犹征。

崂山海边石老人赞

铮铮铁骨意难休，风雨沧桑海畔浮。笑对狂飙平劫运，勇陪巨浪击中流。
阴晴常傍千峰秀，寒暑时迎万里舟。夜伴龙蛇观皓月，日随鼋鳖戏沙鸥。
胸怀坦荡无求索，意气昂扬少怨尤。任尔炎凉欺世俗，但凭肝胆立潮头。

热烈欢迎难翁14次返里

其 一

山川鸟瞰涌心潮，梦绕乡关星月高。一代鸿儒扬国粹，八方雅士赞诗豪。
传经论道吐珠玉，咏古吟今省夕朝。但得神州唱完璧，奔波何惧染霜毛。

其 二

万里归来慰小轩，顿消朝暮梦魂牵。庭生紫气秋光好，日转红轮皓月圆。
乐奏三弦鸥鹭暖，花开两制水云兼。兴邦竭智酬宏愿，共乐升平一统天。

纪念辛亥革命100周年

其　一

晚清积弱苦成渊，风起云翻振大千。策马挥戈除帝制，舍生决死夺民权。
武昌起义惊河岳，赤县扬旗换地天。国父精神春永驻，中山陵上百花妍。

其　二

扶植工农利剑磨，联俄联共势巍峨。弘扬民主筑金阙，建立共和执玉珂。
立国欣擎独立帜，图强高唱自由歌。黄花岗上英雄血，永励新程斩浪波。

深切悼念登封市公安局长任长霞同志

风流人物出中州，名播四方声誉稠。执法坚贞藐凶险，为民挚烈解愁忧。
舍家报国忠心献，务实求真勋绩留。最是伤心殉职去，漫天泪雨洒江秋。

中秋节哭忆丁佳连窗兄

飘零桐叶舞秋风，遥视北疆忆旧容。六十年前常挽臂，一轮月下各萍踪。
诗词来往成鸥鹭，情义连绵胜弟兄。孰料匆匆乘鹤去，徒然挥泪哭苍穹。

清明节祭扫刘老庄八十二烈士墓

清明扫墓意殷殷，集体驱车百里临。杨柳依依悲勇士，菜花脉脉祭忠魂。
观今忆昔柔肠断，睹物思人泪雨淋。无限哀思诉不得，常怀先杰励儿孙。

庆祝中共十八大胜利召开

欣逢盛会聚英才，国是筹谋展壮怀。报告殷殷言惠政，蓝图幅幅绣蓬莱。
励精图治和谐建，劈垒攻关日月开。两个百年惊禹域，炎黄赫赫喜称魁。

蛟龙探海

碧水茫茫乃故园，蛟龙探海舞翩翩。轻轻沉下七千米，默默写成百世篇。
奋进健儿争奉献，忠诚赤子感云天。水晶宫里龙君会，共叙离情意畅然。

“神九”“天宫”载人交会对接成功

神九载人升太空，银河又现一星红。情豪志壮天宫访，凤舞龙飞国运隆。
对接成功惊世界，遨游宇宙撼苍穹。十三天后回归日，举国同呼不朽功。

拜谒黄帝陵

桥山忆古谒轩辕，开辟鸿蒙启大千。指点星辰排斗宿，界分天地定坤乾。
文明倡导尊先觉，医术岐黄称祖贤。华夏儿孙频祭奠，黄陵万载沐香烟。

电影《新中国第一大案》观后

北战南征一曲歌，而今壮志已消磨。居功自傲弄权术，优势收罗兴浊波。
利欲熏心成国贼，糖衣裹体陷泥河。刘张劣迹前车鉴，何故贪官日见多？

题中英香港政权交接仪式

其　一

香岛移交传五洲，英伦肆虐一朝休。珠还合浦金瓯补，子入娘怀夙愿酬。
黎庶狂欢翻热浪，江河起舞撼中流。百年耻血雄狮吼，盛典千秋史册留。

其　二

远瞩高瞻振国邦，扬眉吐气复香江。英夷日落米旗降，华夏龙飞赤帜扬。
彭氏低头悲往事，董公挥臂导新航。沧桑百载今非昔，处处高歌唱富强。

观2008年北京奥运会开幕式感赋

百年奋斗八年成，圣火熊熊燃北京。黎庶狂歌齐踊跃，山川起舞共欢腾。
祥云舒卷旌旗笑，国运兴隆岁月更。大幕拉开圆好梦，五洲同庆颂升平。

庆贺中华人民共和国成立60周年（鹤顶格）

六十春秋沧桑巨变

六秩生辰暖臆胸，十分丽色誉寰中。春风遍拂林园秀，秋雨频施稻谷丰。
沧海龙飞融两制，桑田税免惠三农。巨人掌舵山川美，变化千宗绿映红。

恩同天地山河共庆

恩泽绵绵奋不休，同心勠力绣神州。天高云淡人添寿，地阔情长国数筹。
山秀岭葱丹凤舞，河清海晏彩云流。共承盛世滔滔乐，庆贺尧民福万秋。

临开封观黄河

滔滔碧水向东流，淘尽英雄今古愁。养毓神州九万里，传承青史五千秋。
炎黄志士歌龙马，历史文光射斗牛。谁道黄河富一套，观光百尺上楼头。

连战宋楚瑜次第造访大陆感赋

欣逢海峡涌春潮，丹凤双双返旧巢。脉脉寻根枝吐叶，殷殷祭祖泪流郊。
坦诚握手言归好，亲密会谈朝接宵。有望三通融共识，江山一统路非遥。

题上海世博会

梦圆华夏意悠悠，世博园中醉眼眸。万国奇珍集一地，百城风格各千秋。
浦江两岸涌人浪，上海满街不夜楼。科技神功惊宇域，千红万紫绽神州。

游徐州感怀

其　一

龙争虎斗杀声闻，血迹依稀留战痕。戏马歌风台尚在，断垣残垒石犹存。
爱贤敬士兴刘汉，恃力骄横失楚民。四海归心天下治，从来大义铸乾坤。

其　二

鏖兵淮海忆霜晨，烽火当年日月昏。暴虐独裁终失鹿，人民天下属人民。

崂山瀑布

崂山瀑布历千秋，谁决天河古坝头。狂舞长巾无倦怠，犹愁尘世不清流。

论　诗

其　一

自然流畅意悠悠，晦涩艰深惹怨尤。佶屈聱牙难入口，徒劳心力欲何求。

其　二

诗贵情真着意吟，披肝沥胆感人深。俞琴一曲知音结，言到心间鸟到林。

其　三

用典精心忌猎奇，恰如其分勿差池。全凭孤僻才华显，害意害词胡扯皮。

其　四

言情写景两相因，情景交融意境新。形象思维增雅趣，赏心悦目乐津津。

其　五

因循守旧作诗奴，难越雷池苦守株。敢破禁区求发展，创新改革辟通途。

其　六

把卷学诗勿怠迟，研今习古广求知。苍天不负勤人愿，功到深时是熟时。

延安宝塔

谁抽宝剑刺云天，破雾指航解倒悬。再造乾坤生紫气，光芒普照泽千年。

吟春（回文）

繁花似锦映春阳，绿柳遮阴喜日长。阑夜难眠吟意笃，安居未老岂身闲。

新开艺圃（回文）

呕心费力作回文，日夜谋思计两斤。修改拼连敲字句，求研奋志苦耕耘。

缅怀谢祥军司令员

其 一

出生大悟一农民，饮露餐风不畏贫。宁做挑夫卖苦力，不为地主牧牛群。

其 二

迭遭涂炭历艰辛，十六投身赤卫军。七里八乡惩恶霸，三亲四戚送温馨。

其 三

草鞋踏破长征路，铁骨冰心跟党行。苏北苏中经七战，淮河两岸播威名。

其 四

涟城保卫战撄缨，帷幄运筹碉堡侦。自古英雄无畏死，丹心永照后昆行。

其 五

遥望秋风催雁群，万民集会泪沾巾。诸君欲问何方土，命陨安东大悟人。

纪念涟水保卫战60周年

其 一

厮杀声声战火燃，古城弹洞忆英贤。小康生活源头苦，牢记黄河血染年。

其 二

两番保卫树丰碑，气壮山河青史垂。红日高悬红日丽，军民百万缅英魁。

其 三

扬鞭催马救危亡，佯战涟城敌入囊。卫国英雄何惜腿，孟良崮上斩豺狼。

其 四

甲子风云几变迁，而今故垒易桑田。枪林弹雨成追忆，喜看楼台绕夕烟。

赵玉泉

赵玉泉(1931～),江苏涟水人,中共党员,曾参加抗美援朝战争。1958年转业江西赣江纸厂,1969年调江西赣州地区卫生局任副书记兼地区药品析验所所长,地区卫生防疫站站长、书记。1986年离休。

乡 居

不恋繁华地,离休返自然。结庐偏野处,屈指念余年。杏育东篱下,桃栽西屋前。宜男防北界,素女立南园。猎鼠花猎觅,看门玄犬严。茱萸红赤赤,油菜绿鲜鲜。鱼跃池塘影,鸟鸣柳树巅。烟低雨将压,天朗地能眠。蚁穴迁树村,灾霪将接天。通情方达理,大海汇埃涓。出入当欢乐,何思苦与甜。

吟辛卯年正月初八大雪

昨夜北风紧,今晨雪正隆。千沟银象凸,万岑玉龙重。枯草开唇笑,蔫苗弃萎容。雾凇千百态,碧燕舞长空。煮酒迎诗客,烹茶接友朋。风刀歼鬼怪,雪剑斩妖虫。料得今秋景,当连八载丰。

家乡吟

忆旧时

长夜难眠忆旧时,缺衣少食不能支。家家茅屋年年住,处处脏污事事哀。烂被一床一家盖,粗粮半袋半年持。坑深路窄人难出,雨漏房歪鸟不栖。日日煎熬空相向,时时欲泣了无期。

咏今朝

春风吹醒淮涟地,党率斯民奔富乡。树绿楼红如彩画,苗肥果脆尽纹章。村民代步电车化,来客加餐用冷箱。积柜新衣无次品,满仓玉米有珍藏。家家老少天伦乐,路上行人笑语香。都是中央领导好,人民富裕国昌强。

淫雨歌

中秋时节雨淋淋,半月连连也不停。借问阳公何日见?房中霉气待清平。

周义生

周义生(1933～?),江苏涟水人。一生从事教育工作。退休后兴趣广泛,尤喜学诗习赋。

题袁公志伟会长《蜂吟集》封面图

雪压梅花云雾开，披霞沐日逐香来。采花酿蜜勤劳者，傲雪迎春苦乐哉。
慷慨甜人醉天下，殷勤济世畅胸怀。赏君雅著今无憾，来世成蜂步韵谐。

咏牡丹

洛阳自古产奇葩，姹紫嫣红胜彩霞。雍容华贵大臻美，天下齐夸中国花。

李步高

李步高（1933～ ），江苏涟水人，中师毕业，中教一级。中共党员，涟水县诗协会员。著有《六塘吟草》《尧天嘤鸣录》。

铁　牛

涧堤一铁牛，傲世卧春秋。风暴乏毛动，雨淋似汗流。霹雷惊不震，炮火轰忘忧。目览神州景，难酬意欲游。海晏河清览，风餐露宿休。耳闻改革曲，目看小康优。堤径蜿蜒在，沧桑经历眸。湖山春尽绿，存世竞风流。

建党90周年喜赋

建党九旬春，中华傲世存。震天鼓乐响，彩焰照空明。革故宏图绘，法严社泰宁。锤镰钢铁铸，文武固乾坤。祖国容颜改，欢歌赤子情。丰收硕果累，成就世人京。万户歌煌绩，九州笑语腾。党功昭日月，赤帜永高擎。

夕阳颂

吟诗颂夕阳，晚照灿辉煌。傲雪腊梅茂，凌霜翠柏苍。
杖朝添福寿，颐步享安康。物欲横流厌，清廉赞举觞。

自　乐

为民作老牛，致富逐贫谋。淡泊清贫过，离休诗赋酬。
平生无所好，韵海觅风流。骚坛诗人效，行吟伴白头。

楚秀园

日丽晴和楚秀游，登观胜境入眸收。蜂飞花笑迎来客，浪破舟驰接览俦。
曲折回廊依绿竹，蜿蜒石径绕红楼。草坪伴侣柔情献，夕照归旋蜜语酬。

洪泽湖一瞥

洪泽湖光景色幽，骚人雅士撷英游。无边碧水连云际，有岸露沙成绿洲。
缥缈轻烟迷舫路，微蒙细雨洗卧牛。鸥归展翅风姿秀，帆挂夕阳鱼满舟。

小草吟

路陌塘边人少知，未如鹿韭倚高枝。东风怡荡青青茂，寒雪冰封寂寂期。
自古鲜闻吟草句，而今多见赞花词。不愁霜重无归处，重绿春回又一涯。

贾硕波

贾硕波（1933～ ），江苏涟水人。1955年参加工作，前后在涟水县手工业局、东化厂、五港乡政府工作，1983年退休。于2006年进涟水县老年大学学习古诗词，现为江苏省、淮安市、涟水县三级诗协会员。

毛主席“向雷锋同志学习”题词发表50周年感怀

主席题词耀日辉，雷锋功德树丰碑。先人后己心纯正，克己奉公声誉蜚。
正气一生无杂念，标兵万众记心扉。倡廉反腐符民意，科技兴邦显国威。

紫燕迎春

碧柳岸边吐嫩芽，院中红杏喜开花。飞来紫燕迎春早，别墅小区迷老家。

郑士杰

郑士杰（1933～ ），江苏涟水人，高中文化。中共党员。历任缺口大队大队长、大队支书，保滩信用社主任。2006年4月，保滩诗社成立，共任社长5年。

清晨河边行

日升东野外，漫步岸边行。飞雁长空叫，群鹅河里鸣。
树寒凋落叶，草冷半枯青。放眼芦滩望，苇花如雪盈。

纪念建党90周年

建党至今九十年，翻天覆地挽狂澜。“三山”推倒民昂首，四化建成众展颜。

开放创新惊世界，腾飞经济震人寰。运筹帷幄怀天下，高举红旗猛着鞭。

纪念抗战胜利60周年

回眸往事并沉思，难忘连年抗战时。日寇疯狂刀染血，神州遍地路横尸。
滔天罪恶难遮掩，篡史欺民乃自欺。忆旧思甜堪警惕，前车可鉴卫红旗。

闲游街市

邀朋闲逛保滩街，景象繁华喜满怀。街道拓宽真气派，高楼栉比碧空排。
打开市场促农贸，展览招商招客来。六色五颜全是货，兴隆生意广生财。

七十五岁抒怀

光阴似箭消人魂，揽镜惊添额皱纹。爱好清歌响乐器，怕再久坐弄牌墩。
诗迷不悔寒窗苦，格律经常旧梦温。岁月如流难却老，青山夕照好黄昏。

朱明元

朱明元（1933～ ），江苏涟水人。毕业于南京师范学院中文专业，一直从事语文教学。省诗协会员，淮安市首届十佳田园诗人。作品散见于《中华诗词》《江海诗词》《淮海诗苑》等。

食粽感赋

汨罗碧水隐忠魂，玉笥烟霞掩赤旛。天问问天天不问，屈原原屈屈仍原。
风骚久衍翻新意，烈节长辉望后昆。坠露落英修内美，扬清涤浊道常存。

愿

为政清廉听好音，广开言路惬斯民。曾防糖弹绝贪吏，岂任污源附党魂。
唯有豸虫伤绿叶，宜招益鸟护林身。春风骀荡驱尘雾，但愿蓝天无片云。

别战友

劳燕分飞数十春，相逢白发洗征痕。千江风雨千层浪，一寸相思一缕魂。
往事多艰惊老大，余身有幸乐清平。高歌国事豪情切，地北天南报好音。

退　居

退居农家乐忘忧，暗将余热写春秋。人言小事不屑顾，我效微劳何用瞅。

手栽花草三山绿，笔写江河万古流。虽是驼牛无大德，心为皓月照神州。

鱼

雨后随波逐，河心自在游。急流知勇退，不上钓翁钩。

邓书荣

邓书荣(1934～)，江苏涟水人，涟水县建筑公司退休职工。爱好传统诗词，有习作百余首发表。

丁丑年春雷频发二月日食彗星并出伴有多日阴雨有感而作

太空呈日食，长孛会同临。岁首迅雷少，仲春霪雨频。
霏霏桃李怨，霎霎菜禾欣。奇象垂天宇，年轮又一循。

腊梅

冬至独称魁，疏枝蓓蕾偎。百花藏不发，一树绽芳菲。
冷对刀风厉，喜从寒雪飞。含苞迎岁杪，怒放报春回。

汶川大地震感怀

其一

山摇地动降天灾，百万生灵墟下埋。领袖灾区频慰问，将军临阵细安排。
争分夺秒救人命，运计筹方险路开。最是伤心看不忍，嗷嗷待哺有婴孩。

其二

汶川地震撼全民，牵动中华各族心。可爱人民军子弟，堪夸天使白衣兵。
救人舍己感天地，日夜兼程披月星。可泣可歌难尽数，中央决策最英明。

抗洪颂歌

戊寅大水九天来，漫我长堤毁我财。领导揪心亲赴险，军民誓死斗洪灾。
三江洒满英雄泪，四海齐夸子弟孩。舍己救人酬壮志，冲锋陷阵不徘徊。

濮天甫

濮天甫(1935～),江苏涟水人。北师大中文系本科毕业。从事中学教育34年,任县老年大学文学班教师12年。中华诗词学会会员、县诗协顾问、老年大学《枫叶诗社》社长。著有《斗室吟》。

赞县老年大学学员学习心得汇报会

黉园桃李老芬芳,雨润甘霖绿草堂。十二程门争献艺,半千弟子炳烛光。求知五岛三冬雪,挥汗三伏九夏阳。冷战乌云诛笔讨,和平方略固国防。赋诗韵逸蓝天外,舞剑裙飘月夜霜。翰墨临池仪凤翥,丹青化彩腊梅香。蕙兰竞秀梨园里,刀剪同裁白雪章。满苑琼花千巧智,十年心血一寒窗。管弦谐奏丰收曲,才艺双馨福寿康。

注:古人云:“老而好学,如炳烛夜行”。“炳烛光”,谓老年好学,非炳烛借光苦学。

依韵敬和孙步坦老县长《九十随笔》

其 一

健笔如椽自寿诗,吟于三友岁寒时。枝枝叶叶冰心在,月月年年苍劲姿。洛诵鸿篇香口齿,弘扬国粹赋清词。县官翰墨称文俊,艺苑儒林有大师。淮浦十年抚“稻子”,乡民众手刻廉池。园中丰乐标功业,路上行人说项斯。秩满闲居情切切,戒贪高论意諲諲。

注:孙县长主持涟水旱改水,有“爱稻如子”之说。

其 二

唯公唯法不唯上,爱土爱民兼爱慈。永忆骚坛临济济,曾经绛帐诲孜孜。睽违一载心仪矣,想晤三秋梦寐之。天宇金乌轮转速,地纬玉兔脚奔驰。九旬荣寿九如庆,百宴期颐百举卮。

奥运圣火传上珠穆朗玛峰感怀

矗立云天外,千层冰雪封。国旗红猎猎,圣火焰熊熊。
壮举昭终古,精诚泣老翁。百年崇奥运,谁与慨慷同!

吊汨罗

诗魂梦汨罗,千古一悲歌。宵小居君侧,孤臣落魄多。
涉江心怀愤,哀郢泪滂沱。国破青山在,精忠耿绛河。

县老年大学15周年校庆抒怀

十五黄金岁，圣人言志年。庸夫难励已，学者未忘筌。
教化文明史，和谐尧舜天。于今华诞庆，歌舞驻童颜。

黄河颂同袍情

天狼吞晓月，烽燧照燕京。一曲黄河颂，全民子弟兵。
抗倭纾国难，守土赴边庭。八载铙歌凯，同袍生死情。

国庆节国家领导人向人民英雄纪念碑敬献花篮祭

盛日祥和曙色开，万人观礼骋情怀。丰碑天柱凝青碧，九囿花篮献玉台。
肃立生肖熏浩气，浮雕十二仰英才。赓承先烈鸿鹄志，此际年年云涌来。

“十八大”代表风采吟

阿梅——吃苦也是一种幸福

寒山隐隐雪皑皑，塞外梅花四季开。龙玉精神为榜样，英雄故事壮心怀。
苍鹰展翅击山雨，牧女扬鞭绕月白。信使荧屏告天下，阿梅香自苦寒来。

注：龙玉，指1964年草原英雄小姐妹龙梅和玉荣。

李新民——大庆新“铁人”

浩歌一曲动寰瀛，百里荒原大庆名。创业艰难狮子吼，奋身纾难霸权惊。
千年进喜精神在，万代“铁人”接踵行。苟利国家生死以，功德总是勒碑铭。

巨晓林——高铁农民工成为技术“带头人”

冬去春来夏复秋，铁牛汗雨溉田畴。闲来忽作飞天梦，岂料竟成科技修。
一日从师打工仔，三年高铁领班头。人才有用埋凡界，就看上官求不求。

常德盛——老村干部

耕云播雨数十春，茹苦含辛尽赤忱。堪比公仆焦裕禄，犹如忘我孔繁森。
一尘不染清廉政，万事唯求富裕村。老骥生辉光赤赤，京都上坐典型人。

迁居抒怀兼谢诸诗友

吉日迁居照旭光，择邻天赐腊梅香。高朋满座贺新室，美酒千盅表热肠。
昔日蜗居风雪苦，今朝温暖幸福长。少陵广厦成真梦，恭请诸君各尽觞。

欢呼“天宫一号”发射成功

嫦娥逐梦广寒宫，神话传奇虚幻中。一箭奋飞千万里，兆民狂喜万千重。

宇航宫殿星球际，邃密高科华夏龙。试问三家谁舍我？敢超山姆北极熊。

为“神八”和“天宫一号”对接成功喝彩

身怀绝技冲霄汉，挺起中华泰岱腰。使命难求空旷古，欣然荣任赴天朝。
心雄何惧征途险，气壮方能胜券操。十亿青眸凝一吻，对接不爽半分毫。

听王亚平天宫授课得趣问月

蟾宫娥女有何忙？可是思乡梦不香？筹备迎接亚平否？莅临指导桂园量？
吴刚意欲学科技？玉兔要求让改行？几日一同回故里？如何慰问聂张王？

癸巳蒲月首次过长江隧道游金陵随感

江水波涛头上流，涛声迎我省城游。春风絮絮乌衣巷，杨柳依依白鹭洲。
钟阜山陵终古秀，帝王土冢没荒丘。雨花台下谒英烈，玄武湖先劝莫愁。

枫叶诗社成立携诸诗友同好述怀

春雨春耕复夏耘，十年苑圃木森森。三秋吟友枫荫下，万首采风红叶村。
诗教丰碑襄盛事，谁辞大任弄诗人。休夸陶令白莲社，岂若吾侪心热忱？

粉笔情

白玉为身绮梦长，心牵桃李好时光。画图林苑芳春暖，润雨柳风朱夏凉。
倾吐知识花束束，疾书理想字行行。终生磨砺十年计，企盼成材做栋梁。

读《回延安》

延河塔影水清清，不舍恩深母子情。黄土高坡新乳蜜，枣园窑洞圣灯明。
天南地北精英会，烈火熔炉马列经。前辈高标抒大爱，传承世代万年青。

赞沈志亮等七位英雄

雄心愤恨久积冤，誓不仇人共戴天。几阵秋风凉瑟缩，一镳鞍马过边关。
腰刀磨作丰城剑，胆气凝成易水寒。灭此朝食务农去，同胞拍手尽开颜。

注：1849年8月23日，沈志亮等七位农民佯装成小商贩，在澳门关闸附近，一举格杀骑马路过的葡萄牙籍驻澳首任总督独臂亚马勒。

颜景万

颜景万(1935～),江苏涟水人,大专毕业,中学高级语文教师。江苏省诗词学会会员,淮安市诗词协会、涟水县诗词协会原常务理事。诗词入选数十种大型诗词专集。著有诗词集《吟诵录》。

执教30年抒怀

一执教鞭三十秋,鲁阳戈挽更从头。夜批百卷卷难解,日吐万言言不休。
奋足纵非千里骥,拓荒堪作五更牛。鬓衰骨瘦终无悔,但待新苗硕果稠。

七十自寿

七十风尘回首频,土琶时拨诉衷情。冬怜长夜三更烛,春寄夭桃一片心。
无奈山重还水复,犹痴柳暗与花阴。行程毕竟前头好,夕照那边龙马吟。

痛“文革”

其　一

卅载陈琶何忍弹,当年平地起波澜。一声老九十年耻,三字奇冤万丈渊。
惊鸟宁忘带箭痛,春梅犹怯历霜寒。浔阳江月遥相问:司马青衫干未干?

其　二

十年魔怪舞蹁跹,一响惊雷散劫烟。死者虽难圆旧梦,生人已自洗余冤。
沉舟不碍千帆健,病树犹惭万木妍。玉宇澄澄时极目,谁擎彩笔绘新天!

偶　成

小作登刊无稿费,出书还得自掏钱。白衣心愿纵难遂,却胜当年不许言。

卖牛情

老牛易主临歧路,犹向故园频举眸。讷讷无言衔柳去,忍看一步一回头。

理　解

怜君任上太辛苦,车马难停叙故交。闻道昨辞彭泽事,今朝路口抢呼招。

墨　斗

一弦浸在黑池塘,裁木总须伊助帮。直往直来弹直线,无分臭栎与香樟。

跑掉何曾是大鱼

在手挣逃渔者惜,惊呼足有五斤余。竭池未见二斤半,跑掉何曾是大鱼。

佛像自由

你来奉献我来贪,补路修桥我曷干。答辩公堂词已备:匠家本未配心肝。

史 克

史克,退休前为涟水中学教师。

登涟中实验楼

富丽堂皇实验楼,精工巧匠善策谋。红专大厦研科学,培育英才创一流。

姜万国

姜万国,涟水籍老干部。

到涟城

一别安东已四年,欣逢国庆又来涟。亲朋款待情深厚,县委相邀意味甜。
锦绣园林添翠色,琳琅市景倍鲜妍。干群勠力同心干,喜看家乡变乐园。

薛举成

薛举成(1935~),江苏涟水人,曾任中小学教师,县教研室教研员,江苏涟水人民检察院检察员、检察室主任。江苏省诗协会员、淮安市诗协理事、涟水县诗协常务理事。

毛公精魄永流芳

神州十亿惦毛公,爱党情深意更浓。涉水翻山擒虎豹,平倭驱伪立丰功。
五星旗帜长空舞,四化宏图大地隆。伟大精魂垂万古,珠峰顶上郁青松。

涟水大关大桥通车仪式兴笔

淮涟要道水龙酣,贸易往来百万帆。世代渡河愁发白,今天民众醉心甜。

旗飘丽日春风暖，河架新桥虎翼添。改革丰功数不尽，欣看涟水焕新天。

路　灯

高悬杆上笑盈盈，过路行人夜畅行。达旦通宵无怨气，人民便利我心宁。

时　钟

月月天天无倦意，分分秒秒赶先贤。风风雨雨人生路，碌碌忙忙忘苦甜。

赞涟水妙通塔

妙通巨汉耸云天，面对朝阳展笑颜。头顶蓝天脚踩地，和谐社会我神仙。

赞中国“东方一号”35周年

“东方”嘹亮太空扬，华夏争荣祖耀光。“神五”高吟时代曲，弟兄共颂祖国强。

徐效辕

徐效辕（1935～　），江苏涟水人，先后在福建省文学研究所、涟水县中工作，曾任校长、书记。中共涟水县第四至六届委员、第九届人大常委。中华诗词学会会员、江苏省诗协会员，淮安市诗协顾问。著有《绿茵集》。

登镇淮楼

淮水滔滔润楚州，英才代有饰金瓯。韩侯虎帐筹炎汉，安国雄风慑寇仇。
吴氏奇书文永在，关爷正气史长留。寻常驸马紫微盛，万古周公雅颂稠。

涟水中学礼赞

沥血呕心培李桃，笃行规范立标高。丝丝细雨滋风雅，滴滴真情孕德操。
夺隘攻关强素质，樊宫折桂运新韬。振兴伟业盈鹏志，活力洪流卷巨涛。

宋纯银

宋纯银（1935～　），江苏涟水人。曾任中小学教师，后转涟水工商行政管理局工作。江苏省、淮安市、涟水县诗协会员。作品散见于省内外诗词刊物，多次获奖，著有《夕阳集》。

曲阜三日游感赋

其　一

五柏同根抱一槐，如同慈母育儿孩。圣贤仁义感天地，滋养后生成大才。

其　二

清贫自乐亦诚难，饮一瓢来食一箪。陋巷安身今古少，贪官不会拜先贤。

其　三

巍巍宇宙万千年，耿耿丹心日月悬。拜罢祠堂归赋去，回眸邹鲁到淮安。

瞻仰周恩来纪念馆

匡扶社稷运筹宏，表率虚心济世龙。日月悬天谁可比，环球翘指颂英雄。

歌颂毛泽东主席

韶山日出满天红，举世高歌毛泽东。缔造中华黎庶福，炎黄万代忆毛公。

姜海林

姜海林（1935～　），江苏涟水人。曾任涟水县粮食局局长。退休后为江苏省、淮安市、涟水县三级诗协会员。

科技兴邦中国梦

中华大地展新容，科技兴邦气势雄。神十飞天巡广宇，蛟龙潜海探龙宫。
战机利剑惊欧美，航母辽宁振国风。二号天河冠世界，复兴之路创恢弘。

海南三沙市成立

蓝天绿水映相连，南海风光景色妍。礁岛珠联堪锦绣，丰藏油气矿资源。
列朝落后多挨打，菲越蛮夷霸海权。吐气扬眉增国力，三沙建市日中天。

“神十”飞船成功发射颂

阳光璀璨百花妍，十亿神州仰酒泉。号令一声神十起，飞船直上九重天。
天宫东道迎新客，宾主相拥似蜜甜。牵手巡观天际景，航天科技占前沿。

赞誉淮安保尔·柯察金徐振亚并谢赠《幽居闲话》

承蒙居士将书赠，拜读《幽居》感悟深。罹病教坛难涉足，挥毫床榻续耕耘。

截瘫卌载千般苦，卧著五书百万文。毅力超人称保尔，俚诗一首献强人。

古塔新姿

浮屠百丈耸安东，剔透玲珑气势雄。四面莲门通法宇，七层边角蕴神风。
佛光铜顶照天阙，舍利金棺藏地宫。有幸攀登临绝顶，涟州四望画图宏。

欢呼免收农业税

农民种地纳钱粮，千古之规理应当。改革大潮改旧俗，中枢决议破天荒。
种田免税兴农业，购物价廉利惠乡。十亿人民同致富，九州歌颂党中央。

朱崇贵

朱崇贵(1935～　)，笔名赤丁、守拙斋主。江苏涟水人，中共党员。历任小学教师、校长，中学教导主任，乡成教主任，县职教主任等职。江苏省、淮安市、涟水县三级诗协会员，在多种诗刊上发表诗作200余首。

登　楼

兴登楼顶爽心胸，环顾涟城面貌宏。东眺校园培国栋，西瞻高速畅交通。
南观淮水浪涛涌，北瞰群楼气势雄。刮目安东惊世变，春风得意乐融融。

乡村行

农村景物已非前，草屋无踪楼万千。北往南来车几许？村新路变树生烟。

“嫦娥一号”探月成功

科技攻关硕果丰，嫦娥探月喜成功。穿天破雾多雄壮，月亮城头架彩虹。

颂两会

两会精神似劲风，直吹亿万众心中。人民大事协商好，有党领航百事通。

谢　师

初学写诗感陌生，师批作业至三更。诲人不倦多良苦，一路为余开绿灯。

教师节

照亮别人蜡炬烬，久同天地列同尊。古来谁不聆师诲，伴尔终生雨露恩。

黄以之

黄以之(1936～),女,江苏灌云人。大专文化,在涟水县小学、初中、教师进修学校任教40年。退休后,任老年大学音乐老师十余年。同时学习诗词书法绘画,为江苏省、淮安市、涟水县三级诗协会员。

夏日晚游红日广场

华灯场上人潮涌,汇入健身大海中。广场琉璃轻舞步,灯光明丽剑飞鸿。赛歌台上歌声美,游戏场中戏趣浓。曲径通幽游客醉,小桥流水荡心胸。碧波如镜流光照,倒影若霞溢彩虹。喜看今朝欢乐景,安东明日更葱茏。

纪念建党90周年

值庆党90华诞之际,我谨从衣、食、住、行四方面来讴歌浩瀚党恩。

衣

赤橙黄绿青蓝紫,七彩宜人展凤仪。昔日衣裳难遮体,如今名品撵兴时。
春秋冬夏炎寒服,老幼中青长短衣。商场琳琅随意购,中华儿女竞英姿。

食

昔日难温饱,美食成梦求。改革穷变富,便饭品珍馐。
鱼肉嫌油腻,科学有讲究。天天如过节,康乐度春秋。

住

阳光灿烂照神州,处处鲜花处处楼。世代茅屋成记忆,如今仙境乐忘愁。
冰箱低碳能低耗,煤气自燃水自流。党为民生谋福祉,小康共建喜心头。

行

我家住乡下,忆昔总心寒。进出泥泞路,当庄难往还。沟河多挡道,阴雨出行难。致富先修路,交通第一关。宏图党绘就,愚公众移山。高速进西藏,车流汇百川。磁浮天上跑,地铁市中钻。打的到门口,公交通六环。科学发展快,盛世享福安。日照神州艳,方舟鼓锦帆。

学雷锋

峥嵘岁月五十冬,正气浩然一劲松。奉献爱心春意暖,神州处处有雷锋。

徐安基

徐安基(1936~),江苏涟水人,毕业于南京师院中文系,从教40年,中学高级教师。县政协常委、省市语言学会会员,为江苏省、淮安市、涟水县诗协会员,《红窑诗声》主编。

乡居抒怀

三间红瓦房,几件旧家当。宅后参天树,门前打谷场。鱼翔池晃绿,花放屋飘芳。鸟唱添情韵,蛙鸣伴梦香。清茶消火气,浊酒暖心肠。身退回桑梓,乡居捉韵忙。

学习胡锦涛主席七一讲话有感

胸怀亿万民,宏论抵千钧。笔写春秋史,文传马列真。
微言含要义,暖语化阳春。指引光明路,康庄步有神。

红窑五支水渠兴修掠影

水利大军声势宏,红旗十里舞东风。水渠顺意舒腰躺,公路沿波电灌通。
千顷良田滋润足,万民心境好轻松。新生古镇锦添绣,阔步小康腾巨龙。

缅怀先父

茹苦含辛几十年,业承医道一壶悬。中西药理勤推究,今古良方巧配元。
治病救人心亶善,回生起死术精娴。孤贫免费仁心在,福泽乡邻远近传。

悼“航天之父”钱学森

钱老生来不爱钱,终生执着搞科研。身居异域思强国,人在家园念阅天。
火箭冠王嘉誉颂,航天称父令名传。衔哀恸悼公仙逝,痛挽先贤泪瀑然。

返聘有感

年逾六十发斑斑,应聘黉门再握鞭。夕照虽沉心不晚,豪情未减意犹坚。
诗云子曰传经义,口诵手披崇圣贤。授业严遵夫子训,但求门下胜颜渊。

喜迎“十八大”

天高云淡菊花妍,九秩斧镰龙脉延。盛世年头迎盛会,千军万马战当前。

新春述怀

玉兔交班业绩丰，金龙霄九舞东风。鳞须乍抖神威显，轰动新春初战红。

打响抗日第一枪

战火蔓延河两岸，人民奋起打东洋。盐东鲁渡传佳话，打响抗倭第一枪。

咏朱圩渡口秘密交通站

敌我刀兵对垒时，朱圩津渡运奇思。交通地下安排巧，掩护精英抢战机。

安福开

安福开（1936～ ），江苏涟水人。中共党员，南京林学院毕业，高级工程师。曾为涟水县政协委员，县多种经营管理局股长、站长。江苏省诗协会员。诗、书、画作品曾多次获奖，散见于省内外报刊杂志。

故 宫

琉瓦紫墙围四方，禁城宫殿碧辉煌。奇珍异宝耀光彩，华夏文明百世芳。

家乡行

张河两岸是吾乡，二十春秋变富强。电话有声传信息，小楼昂首立朝阳。
汽车摩托忙营运，兔鸭鸡鹅销沪杭。渠路纵横通大邑，日新月异向康庄。

抗击南方冰雪灾害

隆冬腊月雪霏霏，阵阵寒风凛冽吹。塔倒电停车不动，冰封滑路客难回。
参天松竹都垮倒，立地棚蔬皆被隳。举国军民齐奋战，万家灯火放光辉。

纪念十一届三中全会召开30周年

三中全会立丰功，改革腾飞千业隆。跨海大桥奇迹创，过江隧道显神工。
助资种地农民喜，免费读书桃李荣。民富国强奔四化，久安长治乐无穷。

喜迎“十八大”

党帜锤镰辉日月，神州大地百花妍。游空俊杰天宫驻，潜海蛟龙海底勘。
民富国强惊世界，人和政畅协坤乾。复兴铺就康庄路，振奋精神建乐园。

人民大会堂

雄伟恢弘大会堂，巍然屹立市中央。红旗鲜艳凌空舞，绿树葱茏映日长。
典雅风姿藏秀气，庄严肃穆现瑞祥。委员代表蓝图绘，发展筹谋为国昌。

万里长城

锦绣中华龙故乡，五湖四海竞观光。连绵起伏腾波浪，飞舞盘旋到上苍。
黔首良工留国宝，铜墙铁壁成边防。长城万里巍峨立，十亿人民铁脊梁。

赞保滩

好久不曾来保滩，而今旧貌换新颜。楼房别墅平川起，老少农民新寓迁。
翠竹绿茵看美景，蓝天碧水赏奇观。公园广场人如海，笑语欢歌响彻天。

王士举

王士举（1937～　），字一众，江苏涟水人，中共党员，大学文化。曾任中学教师、教导主任，县委宣传部理论教员，县秘书、党史办主任。中华诗词学会会员、江苏省诗协理事、淮安市诗协副会长、涟水县诗协前任会长。著有《淮干吟草》等。

涟水古黄河新貌

世代穷居黄水涯，荒滩根治不飞沙。一条玉带系银汉，百道霓虹驰铁骅。硒里梨萍连九野，两滨楼榭起千家。青童执卷寻芳躅，红女攀枝摘嫩芽。万顷浦蒹留白鹭，亿株杨柳恋慈鸦。成群牲畜餐朝露，结伴渔舟弄晚霞。黄水澄清圆旧梦，绿荫敲韵煮新茶。浮屠复建香烟袅，盛景奇观笑语哗。南接江淮区域媚，北临徐海市容华。当年浴血战鏖地，今日纵情放艳葩。此去蓬莱程不远，风流一代驭灵槎。

古淮河上花月城

旧梦铜牛吼，新观铁马稠。沙滩成果海，塚野变芳畴。
笑语惊眠鹭，风光醉咏鸥。清波花月舞，紫府管弦讴。

春至鹭来公园美（回文）

其　一

游人览景画图新，柳绿藏春恋语莺。舟小逐波惊鸟宿，塔高隐雾锁龙鸣。

楼红倚阁三明曜，鹭白飞天一字形。稠羽秀林峰照夕，洲浮水绕见钟灵。

其 二

飘云五岛抱园林，悦目游春醉旅情。桥曲九龙飞画壁，水限群鹭伴鸣嘤。
霄迷雾紫观池墨，苑绽花红赏乐亭。娇屿丽湖连妙土，媱英正好与俦行。

涟水新建飞机场火车站

穷乡偏闭昔荒芜，霹雳惊雷展画图。万里铁龙吟盛世，九重银凤叫提扶。
东南西北来欢乐，春夏秋冬走福途。从此三涟民击壤，凡夫也可上天衢。

涟漪湖夕照观光

夕照西山展画屏，弄舟唱晚趣横生。驾车快马树头过，逐鸟飞鱼天上行。
翠黛须臾堆白雪，岚氛渐次化红绫。一湖神韵比西子，无限风光无限情。

妙通塔大观

百尺浮屠复建成，一流工艺十分精。四时三曜光明刹，八角七层风语铃。
二度莲云六合庆，九重法雨万民祯。千秋师座人潮涌，五岛相连也庇灵。

周总理故居大榆礼赞

枌木姣姣立玉阶，相传总理太公栽。傲霜斗雪成华盖，拔地擎天是栋材。
荫庇众宾难舍去，嘤鸣百鸟竞飞来。只缘根下有龙井，叶茂枝繁永不衰。

喜庆香港回归祖国

其 一

重炮狂轰犯虎门，南京缔约逞妖氛。英夷践踏明珠暗，清府昏庸宝岛沉。
港众多番催鼓角，声明九鼎震乾坤。香江怒吼春潮激，排山倒海壮国魂。

其 二

鸦片灰飞化彩霞，香莞血染变瑶葩。英幡米字暮秋叶，赤帜五星朝日华。
炼石补天天有道，还珠合璧璧无瑕。百年雪耻兆民快，两制花开是一家。

桑榆乐

晴岚夕照满天霞，白发频添意未赊。得空裁云同镂月，偷闲辟地共栽花。
舌耕不辍教平仄，心傲甘劳走迩遐。联袂诸翁齐奋勉，诗乡协力奏铜琶。

中共七十大庆抒怀

其　一

地作琵琶路作弦，炎黄十亿颂英贤。南湖破浪历艰险，北阙建都匡大千。
三代核心谋特色，九州悦目重科研。复兴华夏中枢睿，镂月裁云绘凯篇。

其　二

镰斧劈开千古枷，腥风血雨化红霞。珠还港澳羞王子，世运京都喜福娃。
天下频交威壮国，月中屡探欲安家。喜看蓬岛连高速，仙渡何需八月槎。

咏　荷

其　一

不近尘埃远市曹，仙居合在水云郊。花开三伏夸双蒂，貌似六郎艳二乔。
耻向东君求富贵，羞同西子竞妖娆。凌波映日风光丽，美化江山独占鳌。

其　二

品绝红尘赞誉多，出污不染沐清波。仙姿天赋称君子，神韵自成夸翠娥。
不慕倾城怜荇藻，钟灵广泽爱鸳鹅。香传遐迩呈高格，四海为家万里歌。

涟水五岛公园

遍游塞北与江南，倍爱家乡水一圜。五岛花明迷蝶舞，四堤柳岸语莺欢。
米公池上庆云集，同乐堂中紫燕还。更有孤山夕照美，沧桑几度换新颜。

咏金湖码头

古渡今成新码头，盈盈一水集飞舟。载来春夏秋冬景，送走东西南北愁。
鸥鹭多情绕故地，鸳鸯觅趣戏高楼。艄公久识风云幻，道是今朝万物优。

裘导农

裘导农，生平不详。

赞涟水职业中学

涟水职业中学于1992年建校，历经坎坷，成绩卓著，被省教委誉为“苏北平原一枝花”。

育李培桃解旧袍，更途矢志创新招。驰骋中外开芳径，辗转崎岖砺俊豪。
业绩辉煌鸣汉铎，征程灿烂诵风骚。雄心竞夺南天景，誉满神州一代骄。

李洪恕

李洪恕(1938～),江苏涟水人。大专文化,1960年参加工作,一直从事中小学语文教学工作,高级讲师,1999年退休。淮安市、涟水县诗词协会会员。

祝贺新中国成立60周年

少壮恨蹉跎,悲欢咒逝波。几番遭暴戾,卅载患沉疴。
忧世肠千结,惊心难九磨。苍天撤夏网,铁腕扭秦讹。
在在清流毒,层层重伐柯。辟开新道路,装点旧山河。
朝击回春鼓,暮吟息壤歌。儿孙衣食足,风雨岁时和。
国步兼程快,家声饮誉多。三杯长寿酒,起舞笑颜酡。

徐振亚

徐振亚(1938～),字贯球,笔名闲人,江苏涟水人。因车祸重度致残。1979年秋开始文学创作。著有纪实文学《馨兰》《呆雁》、长篇小说《残烛》、散文故事集《草堂闲话》、诗词集《病中吟》。2008年中共淮安市委宣传部授予"当代保尔·柯察金式古稀老人"的称号。

歌颂毛泽东主席

其 一

湘江毓秀出名流,一片丹心昭禹畴。秣马厉兵酬壮志,栉风沐雨写春秋。
平倭逐寇固华夏,换日新天振九州。溯古思今谁堪比,秦皇汉武逊宏筹。

其 二

禹甸空前一伟人,心怀华夏大乾坤。六胞血洒荆棘路,万骑鞭扬风雨程。
奋摧三山民瘼解,图谋四化国基恒。诗文气魄冠寰宇,墨宝神形盖世尊。

兰 花

家有一株君子兰,香飘四楚美名传。魂牵白芷同心结,永葆纯真天地间。

牡 丹

魏紫姚黄标洛阳,天姿国色第一芳。感召百位花仙子,膜拜才人武媚娘。

月　季

月月常开月月香，如胭粉面向朝阳。千蜂万蝶花间舞，暮去朝来穿线忙。

梅　花

百丈冰中展玉姿，一尘不染报君知。千虫万草复苏日，正是花魁斗艳时。

菊　花

秋风送爽贺重阳，远望登高嗅菊香。手捧觚觥思木子，空巢寂寞暗悲伤。

杜　鹃

繁花仙锦映山红，桑梓林间生色浓。常绿常青寰宇里，炎黄十亿独情钟。

水　仙

生机盎盎水中花，玉立清波映彩霞。馥郁芳香飘万里，黄冠翠袖绚千家。

严龙清

严龙清（1938～　），江苏涟水人，毕业于扬州师范学院中文系，先后执教于淮安师范、陈师中学。中教高级。江苏省、淮安市诗词协会会员，作品发表于《中华诗词》《淮海诗苑》《春满长淮》《颂淮阴》等刊物。2009年获淮安市“优秀田园诗人”称号。

七十感怀

物换星移景色妍，炎黄儿女福无边。古稀已度心花甲，童趣还停总角年。
时梦倾情育桃李，常携嗣辈乐林园。身强神爽淡名利，蓬荜布衣尧舜天。

田园颂

溪桥流水绿田园，鹤发童颜笑语喧。稻谷浪锦香晓雾，楼台殿阁绕夕烟。
农车载物神州远，电脑开屏世界宽。若是陶公生现代，羞言世外有桃源。

游千岛湖

吞云吐雾荡心胸，山色湖光古越风。世界桃源何处见？人间仙境眼前通。
千峰含秀来天外，百舸游人入镜中。美景满湖观不尽，迷花倚石认西东。

自京回宁机上感赋

拨雾穿云似燕飞，村村镇镇闪金辉。千山万水等闲过，百姓蓝天乐一回。

嵇友法

嵇友法（1939～ ），江苏涟水人，大专文化，中级会计师。曾任县水利、物资部门财务工作，会计师。诗词散刊于全国五十多种刊物。为江苏省、淮安市、涟水县三级诗协会员。

涟水巨变

涟水繁荣穷富翻，高楼大厦耸如山。桥梁跨架河渠抱，道路交叉水陆连。
车水马龙商贾旺，街坊市场面容妍。银花火树夜间美，绿地蓝天白日悬。
古迹人文修复建，设施环境换新颜。城乡差异少区别，家电楼房多样全。

书　商

旧体诗词今复兴，书商市侩乱如星。结成团伙胡编著，巧起佳名为利赢。
征稿无酬邮费乞，购书高价我心疼。奖杯奖品凭钱买，少付一金可不行。

“天宫一号”飞天颂

其　一

摇山晃水响声隆，由地升天入太空。勘探空间寻位置，奠基建站立门宗。

其　二

天帝惊闻贵客来，宫门守候喜安排。一成宇宙空间站，号上中华门面牌。

无　题

风花雪月当精品，晃脑摇头捉韵忙。意切情真豪兴在，自珍敝帚傲寒霜。

张玉峰

张玉峰（1939～ ），江苏涟水人，从事中学教育工作40余年，曾任中学教导主任、副校长等职。江苏省、淮安市诗协会员，涟水县诗协常务理事。涟水县老年大学办公室主任。

颐和园怀古

明媚春光赴首都，凝思寻句觅骊珠。昆明湖畔观豪迈，万寿山峰听啸呼。
绝代哀歌长恨有，千秋霸业瞬间无。重游故地感兴叹，荡漾烟波入画图。

参观恭王府

琼楼玉阁似皇宫，富丽堂皇恭府雄。昔日豪华成史迹，丹墀奢侈醉秋风。
三门尽显主奴气，一院难迎宾客隆。遗事闲文传万代，堪为评说古今同。

七十四抒情

其　一

漫漫人生路亦长，古稀已过体仍强。爱为动力频回顾，情作高歌每引吭。
交友笃实严律己，和谐相处笑华堂。童颜未老身康健，伏枥黄牛鞭自扬。

其　二

妪翁笑语乐悠悠，潇洒挥毫荡碧波。柳骨颜筋游墨海，唐风宋韵数风流。
书山惬意千重径，学海柔情一叶舟。自信夕阳无限好，延年益寿著春秋。

故乡情

其　一

梦觉故园依旧真，移居在外思乡人。空中高悬融融月，岸畔轻飘淡淡云。
三两犬吠迎客到，一鸡唱晓啼声闻。故乡山水今犹在，流水潺潺伴我行。

其　二

春风漫步到天涯，万壑千山披彩纱。如线流水盘曲绕，小鸟栖树啼杈丫。
老农鞭着声及远，黄牛喘息奋力拉。别墅洋楼随处见，桃花园里竞飞霞。

苏汉武

苏汉武（1940～　），江苏涟水人。中共党员，曾任乡镇党委宣传科科长、副乡长、党委副书记等职务。曾获淮安市农民（田园）诗词竞赛奖杯，淮安市“国税杯”庚寅春联创作优秀奖等奖项。

游千岛湖

秋高气爽上游船，千岛湖光耀眼前。天水相连无觅处，山林蕴蓄有情缘。
千峰竞秀云吞雾，百舸争流浪起烟。景醉游人时更晚，思情更待在何年。

斥昏官

官居要职便猖狂，终日昏昏梦久长。口喊为民成泡影，又称报国假文章。
贪污受贿钱财敛，酒绿灯红魂魄丧。事发东窗时已晚，悔之只有泪双行。

王寿梅

王寿梅(1940～)，女，江苏涟水人。从事小学教育工作34年。2001年参加县老年大学诗书画班学习。江苏省、淮安市诗协会员，涟水县诗协理事。

七十八岁老翁曹大澄卧底救残童

不享天伦乞丐当，骄阳风雨立街旁。稚童苦口求施舍，智叟悲辛洞彻详。
铜臭熏心心胆腐，苍天布法法威扬。残童得见爹娘面，高手缉凶振纪纲。

游小兴安岭国家级森林公园

山路崎岖高复陡，天际朦胧抱野原。稻黍茵茵铺绿毯，树林莽莽蔽农田。
茫茫麦海翻金浪，济济粮仓向碧天。北大荒原踪影去，三江大地稻鱼鲜。

农民子女读书免费喜赋

细雨春风润九垓，冰融大地盛装裁。村男村女展眉笑，喜看苗林育栋材。

徐贞亚

徐贞亚(1940～)，江苏涟水人。大学文化，中学教师。曾任教涟水老年大学文学班。中华诗词学会会员，江苏省、淮安市诗协会员，涟水县诗协顾问。创作近体诗千余首，曾在《中华诗词》等全国相关刊物发表，被《中华颂》《世界汉诗盟友大赛作品集》等收录并获奖，著有《泥爪集》。

题蒲松龄

居士作西宾，聊斋著异文。修言传海岳，立德驻乾坤。
望族生纨绔，横门出凤麟。文章憎命达，官宦鄙儒人。

散　人

高山堪练胆，人老已收心。情向鹤低诉，诗陪松细吟。
林泉忘利禄，荣辱入烟尘。夜忆西风雨，日观南浦云。

诗　奴

六十垦诗荒，君毋笑某狂。有心求淡泊，无意发铿锵。
四季吟松径，三更守月窗。乾坤容我静，名利任人忙。

为新官接风

银杯龙血酒，玉碟凤肝馐。打嗝餐巾递，耸肩歌女揉。
南墙让皤腹，西月避车头。敬佛僧知愧，孝亲儿觉羞。

赠尚云会长

烈火铸铿锵，金身琥珀光。品承干将志，质比莫邪臧。
舞月锋开道，拨云犁韵荒。公堂斩奸宄，林下琢诗章。

旧中山装

色褪唯余腋下蓝，超期服役主贫寒。肘弯补旧临潭府，领口换新登杏坛。
衣不重裘无谓陋，袖经三浣有何惭。须知民俗多偏见，相马如何只看鞍。
注：潭府，官宦人家居宅。

客　至

忻闻故友远方来，呼子蓬门除槛开。借米一瓢偷掩袖，煮蔬两碟暗羞怀。
愧为抹月披风主，幸结乘车戴笠侪。送我情如春日雨，照人胆似月临台。

直面贫穷

莫怨家中缺五铢，贫穷不碍凤翎舒。范丹破甑成名士，曾子捉襟称大儒。
雪甲披肩寒士有，糠羹果腹富人无。何愁露重飞难进，别怕风强响被俘。

乞丐野宿

天寒山冻石哇哇，孤苦伶仃还有他。蜷着捉襟见肘体，守其铺地盖天家。
忍羞冷眼藐生客，怀妒低眉拔草芽。看客木然无助意，冽风伸手拽穷化。

健美裤

服饰堪称时代标，尤其女性更风骚。臀提曲线心情悦，腿裹苗条体态妖。
半隐半明傍岸柳，似遮似露倚栏蕉。嫩声雏凤紧跟世，半老徐娘亦弄潮。

某君谋官

殚精竭虑欲升迁，恰似馋猫望吊鲜。心痒嘴馋情笃笃，仰头踮足意拳拳。
求成夜店酒开道，防败星天钱作鞭。币重言甘能缩彀，斜封破例不称先。

注：币重言甘，礼物贵重，言语好听。

老莫老

天签护照地球羁，年限通行倒计时。昨日渐多明渐少，面纹尤密发尤稀。
应知东海求丹远，莫道西阳莅暮迟。花甲黄忠披甲战，杖朝吕尚为朝思。

古淮河今昔

弯弯曲曲一条渠，浪迹中原达皖苏。昔遇红羊流祸水，今来紫气照灵墟。
清风梳柳迎新主，春雨点桃妆小区。晨鸟啰声牵浪舞，归渔拨桨点琴枢。

黄河故道春足

知我欲游三月春，东风起早径吹尘。滩头景色渐开眼，岸上林声急接宾。
鱼跃练波抛玉尺，莺穿丝柳织金巾。头挨榆荚数钱串，目及粼波羡白银。

游秦淮

岁月磨平战伐疤，秦淮河畔访人家。古玩商铺随心览，新式游船逐浪划。
十二裙钗皆落幕，六朝剑戟尽沉沙。钟山哪是龙盘地，几代如昙一现花。

登玉女峰

风吹曲径石无尘，壁立篁林接远宾。百级层峦无墨画，千秋泉水不弦琴。
放眸大海天连岸，歇足高峰日近人。穹宇雄宏开胜境，飞龙奔马琢行云。

老　松

雪箭风刀常日捱，枝遮叶挡长成材。隐居荒野烦还尾，孤立悬崖愁又来。
狐哂愚忠嗤犬齿，鼠讥槁老鼓猴腮。虽成山雨欲来势，难折天生硬直骸。

诚谢予杞老邮赠《涓埃草》

品如磐石誉如虹，骚客无人不敬崇。学者仁风深巷逸，儒家雅意小楼浓。
宫墙外望满腔里，衣钵传真一集中。斗大馒头难下口，囫囵吞枣读予公。

涟水鸡糕

整容不怕千刀斫，爱美何愁笼上蒸。金盏席陈无绺玉，牙歆客夹未书绫。
名厨高手烹佳品，饮食专家作好评。东海水晶多晦色，西施粉黛少香精。

高沟捆蹄

肘肉调成美馅心，肠衣捆出食中珍。一盘春色红梅绽，满席秋香金桂熏。
佐酒三巡仁义近，馈朋千里感情深。乐于礼尚往来际，不作官场赇见人。

目睹乞丐酣睡桥栏

科头跣足破衣裳，窄窄桥栏竟作床。闭口不尝街井味，袒胸但吸太虚香。
人生潇洒这般过，天性放松如此狂。老丐非仙似信佛，六根清净度炎凉。

纪念遵义会议70周年

虎落平阳被犬欺，狐群亦想截雄狮。高鹏力展逆风翅，巨舰难航浅底池。
诸葛空城抚闲曲，红军赤水走危棋。迂迴四渡险中胜，佩服元戎毛润之。

岳鄂王900冥诞祭

精忠报国一英雄，还我河山气贯虹。謇谔朝廷陈国是，躬身营旅捣黄龙。
功湮大理遭穷鞫，命殁风波失伟忠。自古诤臣无畏死，千秋永唱满江红。

项　羽

弟子八千金马征，元戎高举霸王旌。戈挥巨鹿夺秦地，血染彭都建楚城。
为有骄心轻劲敌，更无剩勇克勍兵。不能批亢捣虚胜，暴虎冯河作谥名。

司马迁

名传千古一鸿儒，忍辱当朝著史书。在世堪称无缺吏，入棺却葬不全躯。
忠君碧血流王室，著史丹心守敝庐。汉彦宁刑一主奉，今人逃罚遍移居。

丁亥年季秋迁居东郊

郭外桥旁野店边，鱼翔浅底鸟聊天。阶低哪有高朋至，窗小岂无明月圆。
旭日吟诗尊杜韵，晚晡练字读颜篇。心知鲁钝犹存梦，莫问秋蚕第几眠。

农居羡

春天新木鸟声哗，夏夜清霜月照沙。兜里手机通海内，宅前高速达天涯。
东邻相约小康酒，西舍闲聊大碗茶。唯燕轻看外来户，绕檐三匝进农家。

无为斋

三室一厅留不才，还包食宿谢君台。日行溪畔风盈袖，夕坐窗前月入怀。
崇尚无为温老子，敬修儒学读乎哉。时开眼界阅今古，守住心田邪不来。

周恩来故居一瞥

肉食者车蛇阵排，故居门外总挠腮。谨心阶下雁行进，垂首堂前鹭序哀。
缄口姑防老底露，拽衣欲试隐私埋。为官未做亏心事，五体如何局促哉。

游泰山白云亭

白云亭下白云生，万仞深渊万马腾。顿隐西山出谷豹，旋迷东海涌涛鲸。
昊苍收色疯狂暗，野鸟放声惶恐鸣。游客深藏漫漶里，三分赞叹七分惊。

为别老纯刚诗翁耋庆作

晨足绕荷诗诵唐，晡斋闲座盏中香。麈谈翠竹偎身后，虎步青松护道旁。
瑰玮待人行有德，璠瑜自玉福无疆。商山四皓擎椒酒，海屋三仙赠寿章。

蜘蛛打广告

老牌网店历千年，免费安装环保先。科学工程低碳化，天然设备节能源。
寻求刺激频频抖，享受悠闲缓缓颠。虽在悬心吊胆处，我当警卫保安全。

温家宝总理亲临映秀灾区

映秀灾民大难蒙，雪中送炭步匆匆。青坪旸爽访残老，白屋夕晡亲病童。
但看真情山色里，难留只影雨声中。身居公廨千千万，几位心同总领工。

留守儿童

北望乡关千里余，晨昏唯念一双雏。天凉早上加衣未，身病餐前服药无？能跳农门两辈愿，须攻学海五车书。是男当有精忠志，抓住三余莫倚闾。

一个海外游子的故乡情缘

步履蹒跚搔白皤，电传请柬动心窝。忻闻铁道村前箭，懊昧银鹰天上梭。静忆家山万里外，起看圆月二更过。亭池一阵凉风起，恰似涟漪昔日波。

九年义务教育免学费

一道祥音忧虑消，九年学费免弯腰。传教知识心淋露，纠正行为情理苗。尘芥镀金亦可烁，珪璋成器不难雕。对儿放出前瞻语，大学成男大目标。

边防兵夜巡

有志男儿守国门，逆风走进界牌村。月披迷彩人穿甲，霜结钢枪铁镀银。拎起林衾迎面抖，揭开山毯俯腰寻。劲睁两只灯笼眼，能把蠓虫公母分。

民工讨薪

遭凶拳脚泼天浇，被犬爪牙摁地薅。皮肉虽伤称侥幸，薪金不给叹蹊跷。口瞒家母内情问，手示娇妻里屋唠。变种乌鸦何太黑，凤凰不学学山雕。

嫉妒与自私

妒是小儿私是娘，有人隐秘有人彰。笑他无便乐开眼，气尔有儿愁断肠。载誉千官换大辇，挣钱万众拣深筐。人生辞典打开看，这两词条无不藏。

秋　风

敢问秋风惹事何，平湖无故被揉搓。残荷翻脸排排站，看尔能掀多大波！

残　荷

昳女临秋失艳光，色黄皮皱日凄凉。勉撑破伞遮霜雪，但盼春风来换装。

新　荷

池蛙鸣鼓闹春晨，踏浪轻风搴绿衾。乍醒小荷羞怯怯，含胸掩面背朝人。

收破烂

收旧喇叭声接声，耳烦心乱意难平。别无长物教书匠，但恨钢锅锈未生。

农民工家书

纸破窗吞零碎月，帘疏门漏扑灯风。君来深圳下车后，莫向高楼向塑篷。

大 象

家在深山野墺安，蝇营狗苟任人婪。悬崖甩出长钩具，独钓苍穹不用竿。

秋 雨

天窗夜半忽敲鼓，忙把诗书藏脏腑。任尔用盆还用瓢，安心榻上听秋雨。

怀念尚云会长

知遇之交未敢忘，两眶泪债久心藏。欲偿覃念无佳措，落月时辰望屋梁。

竹枝词

插 秧

细雨作丝秧作针，阿香巧绣绿无垠。眼前紫燕别嬉闹，一寸春光一寸金。

夏 收

杜宇声声催麦黄，无须男女烤骄阳。铁牛奋起千钧步，吞进枯禾吐出粮。

采 莲

锦鳞荷下戏清流，超载莲香累小舟。秋水沾衣风起哄，笑声惊起一群鸥。

放 鹅

龙眉皓发执筇戈，率领千军搏浪波。休息犒兵音乐会，白鹅高唱外文歌。

农 家

农家小院溢兰香，七十山翁练武当。美国长途传喜讯，洋人媳妇省高堂。

书 场

月点天灯好纳凉，风摇竹影拂薇香。一锣一鼓一人唱，水泊英雄入梦乡。

朝 阳

天女高抛一绣球，又红又大慢悠悠。可怜未遇心中爱，换戴银冠独上楼。

雨后春柳

低首含羞出浴姑，新衣着意饰珍珠。路人莫笑青丝乱，自有春风为我梳。

吊　塔

一只风餐露宿鸥，啄泥衔石砌高楼。灯红酒绿眨馋眼，孤立寒秋楼外愁。

瀑　布

山杪高悬万仞巾，泼珠泻玉涤乾坤。未愁石隙千年垢，却患贪官不净心。

全国免征农业税

喜鹊枝头唱新曲，千年田税今停续。阿哥播种上南冈，一把春风一片绿。

昏　官

酒馆舞厅科级侯，非嫖即赌五更头。荆妻惊问君身汗，不是肾虚是冒油。

咏“三淮一体”

三颗珉石嵌淮滨，丽泽而居古到今。巨匠雕成一块玉，白银旋变狗头金。

小　雨

小雨春风联袂行，细针细线绣青坪。欲遮大地斑斑丑，却扎平湖点点坑。

支振球

支振球（1940～2016），江苏涟水县高沟人，笔名素石，书画家。

赞涟水三百工程

草儿青，柳色黄，燕语莺歌菜花香；桃花红，李花亮，果园百里彩虹妆；鲢鱼肥，鲤鱼壮，片片池塘泛鳞光；树森森，关白杨，茫茫一线起山梁；古道黄河黄金带，当年沙丘今小康。

陈炳权

陈炳权（1941～　），江苏涟水人。大专文化，历任村支部书记、小学校长等职，江苏省、淮安市、涟水县诗协会员。

日本购岛闹剧感愤

硝烟迷漫历沧桑，风雨将临倭寇狂。拜祭鬼神做坏事，欺骗民庶霸邻邦。

钓鱼岛是中华地，疆土岂容鬼魅猖。国耻警钟鸣不断，炎黄后代更刚强。

辛亥革命100周年

雄狮一吼响惊雷，皇帝千秋终变灰。辛亥百年堪庆贺，孙公万载立丰碑。

颂 荷

出自污泥不染尘，玉姿倩影溢精神。撑天碧伞承甘露，叶捧明珠见挚情。

蒋同寅

蒋同寅（1941～ ），江苏涟水人。2007年进县老年大学文学班，学习诗词。江苏省、淮安市、涟水县诗协会员。

校园松

校侧排排立劲松，风欺雨浸未残容。根扎沃壤丰腴里，干耸温阳裕照中。
四季常青持俊秀，千年永壮葆葱茏。坚强刚毅居福地，如是南山长寿翁。

谒张子房墓

征服秦楚江山定，显赫英名不计封。耻笑韩侯爰齐位，愿从遁迹隐身踪。
捷足踏遍神州地，朽骨长眠冷墓中。可叹诸多英烈事，后人据理定奸忠。

同窗吟怀

媪叟相安喜共窗，晚霞影里散诗香。贤才指路开茅塞，高手斫轮觉有方。
初试涂鸦多俚语，难成佳作载篇章。还童心态唯求乐，自赏怡情益寿康。

县老年大学集体祝寿感吟

幸聚重阳气爽和，古稀不觉似穿梭。少逢困厄安闲少，老适昌隆喜事多。
黉苑求知寻雅趣，乐园漫舞颂诗歌。媪翁同贺鹤松寿，不泯童心享快活。

自 慰

掩耳忍听敬我翁，洗梳对镜未龙钟。学诗俚语唯求乐，逸趣怡情总兴浓。

喜 鹊

穿林越水闹喳喳，喜讯频频应不暇。刚报民生新惠策，又闻科技锦添花。

吹皂泡

皂水吹出串串泡，纷繁万类状难描。遇风全破空虚假，鄙陋升格奉信条。

鲁国璋

鲁国璋(1941～)，江苏涟水人。高级工程师。退休前曾任工厂技术员、县科协副主席、县环保局副局长、县经委副主任等职。江苏省、淮安市、涟水县诗协会员。

伏　雨

大雨破轩窗，莹珠碎粉墙。风狂水射箭，雷吼电摇光。
花陌化溪径，黄莺唱爽凉。高温甘露降，万众喜疯狂。

涟洲桥风光带

绿影飘青翠，红花映碧流。银栏雕岸美，黛玉筑林幽。
错落见层次，高低悦目球。游玩心欲醉，晨练骨骼柔。

瑞　雪

冽冽朔风吹，扬扬柳絮飞。银装披绿野，梨蕊点黄梅。
衾暖桑麻壮，泥寒蚤蛹摧。诗成天又雪，歌舞煮新醅。

退休10年吟

西山红叶夕阳烧，十载还乡养白毛。花鸟鱼虫酬寂寞，牌棋书画慰无聊。
莫将迟暮共衰老，未有涓埃答圣朝。回望人生思往事，半为痴傻半辛劳。

沉痛悼念舅父张景良公

其　一

耄龄方庆降红羊，五内齐焚哭断肠。杀寇摧顽身未死，富民建国汗犹香。
清风两袖玉冰洁，正气一身松竹刚。仙魄千秋谁是伴，英雄烈士刘老庄。

其　二

泪和榴雨哭亲魂，痛念恩深五内焚。教我做人廉与正，解囊助学爱和恩。
高风亮节扬淮海，笑貌音容留草根。浩气长存天地内，千秋炳炳启来人。

注：张景良，原淮阴地委副书记、淮安市政协主席。

休 闲

除陋宽胸趣意隆,远离牌友入书丛。修身养性诗为伴,逸致闲情字作朋。
幽径青坪舒胫骨,怪矶翠影赏鸣虫。儿孙绕膝融融乐,喜看晚霞分外红。

"嫦娥一号"探月吟

一号嫦娥射碧空,四番变轨绕蟾宫。擎花玉兔频招手,捧酒吴刚待敬朋。
更喜姮娥舒广袖,欲乘便棹会夫公。卫星无计明提示,测罢来年访玉容。

硕 鼠

耗子肥肥枉自多,咪咪无奈叹如何。粮仓进出挺胸肚,化日行奸犯律科。
侑侑宴猫丰盛席,频频送美小姣娥。鼠猫自古为天敌,何事亲亲称妹哥?

汶川八级地震感赋

地裂山崩起汶川,楼倾人陷遍残垣。废墟戚戚哀泉涌,旋桨隆隆夺命还。
注爱更谙民是本,胜天共抱志成团。山河重笔重描绘,崛起西川报幼残。

奥运圣火传友情

一片祥云飞五洲,欢歌笑语友情稠。五环旗下同牵手,四海涛中共泛舟。
撼木蚍蜉诚可笑,护云华裔确堪讴。和谐理念增情愫,一路栽花共酢酬。

颜景怀

颜景怀(1941~),江苏涟水人,高中文化,经济师,中共党员,一生从事农村金融工作。曾任涟水县信用合作联社副主任、涟水县支行营业部会计股股长。江苏省、淮安市、涟水县诗协会员。

感怀邓小平

南巡讲话鼓春风,传遍神州百姓中。土地承包千户喜,特区创建万花红。
筑巢引凤城乡富,修路架桥水陆通。经济繁荣呈异彩,中华昌盛邓丰功。

今日涟水城

栉比高楼平地起,宽平大道放心行。三桥飞架通南北,一水中流映榭亭。
工厂通宵人满志,高城夜半客盈庭。巍巍宝塔金光闪,一派辉煌热气腾。

缅怀黄公永寿行长

凌晨两点梦忠魂，忙起吟诗祭故人。有幸同舟如兄弟，未能送殡憾终身。
助人为乐称模范，处世待朋讲信诚。两袖清风无媚骨，一身正气荡乾坤。

学　诗

学诗度日上层楼，立雪程门师长求。舞笔生辉焉觉老?愿将余热献神州。

纪念毛泽东诞生120周年

辞世长眠于地宫，游人瞻仰泪朦胧。大江东去波澜壮，思想丰碑世代崇。

咏怀周恩来总理

满腹经纶政治家，安邦治国展才华。鞠躬尽瘁称贤相，一代伟人世界夸。

新农村

农民包产得春风，稻麦盈仓衣食丰。茅舍柴扉不见影，琼楼栉比绿荫中。

饮　食

当年半饱苦饥肠，今日三餐米面香。田里归来夫妇乐，甘醇美酒暖心房。

赞保滩镇周集新村

周集新村美如画，楼前果树路边花。冰箱彩电太阳雨，来到寻常百姓家。

左世煜

左世煜(1941～　)，江苏涟水人。高级工程师。江苏省、淮安市、涟水县诗协会员。

国庆感赋

又是一年国庆时，观花品蟹共敲诗。当年豪气今方盛，雄瞰天宫竖大旗。

五岛白鹭

夕照山前白鹭飞，几番盘绕又翔回。为何久恋绿洲地？缘是水清饵更肥。

嵇有生

嵇有生(1942～),江苏涟水人。大专文化。曾任涟水县人事局局长,检察院、法院院长。多首诗词作品在有关刊物、杂志上发表,并获奖。江苏省诗协会员,涟水县诗协顾问。

首次载人飞船发射成功赋

神箭扶摇入九重,飞船遨荡振三公。天皇喜见飞来客,仙女频迎出玉宫。
璀璨群星眉展笑,苍茫宇宙气恢宏。揭开奥秘虹桥架,天上人间路贯通。

杂 咏

平步青云浩气昂,献身伟业铸辉煌。求真务实兴民事,率众创新奔小康。
权在手中为党用,肩挑重任造群芳。无须功绩传千古,但愿情留土一方。

法院抒怀

执法如山正气浓,高悬明镜力无穷。红颜诱惑冰清在,贿礼拒收以理通。
面对权臣依准则,心怀惩腐使强弓。为民大办公平案,稳定乾坤展玉容。

学诗感赋

春暖花开学写诗,寒冬暑夏总坚持。弘扬国粹承先志,夙愿今朝更展姿。
锦绣河山抒不尽,峥嵘岁月给新知。乾坤朗朗骚风起,盛世频频雨露滋。

李三村巨变

六秩春秋岁月红,三村遍地展新容。社区环境如诗画,别墅风光似彩虹。
滚滚车轮尘不染,排排农舍气香浓。清清流水田间绕,郁郁苍松映碧空。

桑玉才

桑玉才(1942～),江苏涟水人。中共党员,经济师。曾任涟水县粮食局股长等职。江苏省、淮安市、涟水县诗协会员。

游上海世博园

异彩缤纷世博园,琳琅满目百花鲜。五洲宾客浪潮涌,万国风情意趣添。

精品品牌我自创，高科技术世超前。扬名吐气兴华夏，动地感天一万年。

庆贺建党90周年

华诞九旬庆贺年，开天辟地史空前。工农兄弟团结紧，稳固江山万古坚。
华夏红旗到处飘，山河万里显多娇。盎然美景难观尽，描绘蓝图韬略高。

参观淮安涟水飞机场

晴空万里展雄鹰，起降航班雷动鸣。天路条条送宾客，淮安涟水众欢腾。

飞天探海显英雄

神十上天遨太空，蛟龙下海探仙踪。万马奔腾瞻马首，神州十亿显豪雄。

袁志伟

袁志伟（1942～ ），字垦夫，号乐翁，苦乐斋主。江苏涟水人。大专文化，曾任县食品公司副书记。诗词联作品曾刊发于《中国诗词》《中华诗词》等诗词专刊，并多次获奖。中华诗词学会会员，江苏省诗协会员，淮安市诗协常务理事，《涟水诗苑》执行主编。有诗集《蜂吟集》。

涟水新风

五岛百花艳，盐河水变清。文山峰渐矮，会海浪趋平。进厂访民意，挨村查社情。独餐冷盒饭，共宿暖农衾。百姓夸书记，安东米再生。

生命圆舞曲

天崩地坼路塌翻，血雨腥风漫蜀川。瓦砾埋人天瞎眼，学子命悬鬼门关。同伴呻吟闻渐淡，求生未得死更难。坚信死神终驱散，小月鼓励自壮胆。“我死也当舞蹈家”，放飞梦想更勇敢。七十小时梦昏然，“叔叔”救伊解难关。娇娃恰是真好汉，阎王心惊胆更寒。拽条大腿凑个数，独腿小月心叫苦。博爱医院倾爱心，医疗护理如慈母。免费疗伤又疗心，煌煌仁爱耀今古。大灾难撼羌娃心，生命诗章动地吟。残奥开幕芭蕾舞，壮其嫩骨韧其筋。新皮换腿百炼苦，不懈追求石成金。金子总有闪光处，盛世涌才风流数。天鹅舞进童话中，展翅腾飞翱环宇。一舞惊天大明星，五十亿掌动情鼓。梦圆破涕笑北京，不辱使命天骄女。小草春晖赤子情，独腿如锥泪如雨：“爱心使我命重生，我爱祖国胜于母！”伊坐轮椅含笑来，右脚穿只红舞鞋。大难兴邦凝大爱，人本盛世涌俊才。身残不屈新一代，请君记住北川小女孩。

原注：感赋11岁独腿女孩李月主演残奥会开幕式芭蕾舞。

奇石赋

"千里长淮彻底清，灵荫庙下誓其心。二舟一物如来暗，愿向洪流深处沉。""投诗息涛"米芾著，世人络绎敬目顾。剑石勒诗何特殊？请君悉听《奇石赋》。女娲炼石补残天，遗漏一颗沧海边。滚滚波涛惊遏石，浪花万朵戏八仙。东临魏武观沧海，跃立石上水不沾。忽觉头昏犹眩目，惹公挥剑冒紫烟。再挥一剑金光闪，剑断两截石角残。角石铿锵跳不息，回看脚下石复原。角石囊中响三日，骚魂犹醉石纹研。孟德兴笔豪吟赋，建安风骨誉千年。岂料吴火烧赤壁，华容道上逃一劫。落魄弃甲又丢盔，遗宝失石公痛泣。雨打风吹沧海田，人踏车辗陷路边。物换星移随日转，一朝有幸结奇缘。米公漫游具慧眼，一见角石痴狂癫。一日三叩再三拜，从此四时共枕眠。天然神韵入书画，洁身自好知三涟。襄贲遗爱甘棠播，安东百姓苦变甜。卸任临池墨洗尽，庶民夹道唤青天。半日米公又回返，手捧角石泪迷眼。双膝跪地拜乡亲，宝石赠涟避灾难。它是家家保护神，永保涟水四时春。官为民仆衷肝胆，米公情义泽宏恩。谁知乱世贪官奸亵渎，他妒米公书美誉，他恨米公廉清名，妒恨之心何其毒！鄙之目刺抛茅缸，宝石何堪受此辱？好心衙佣夜打捞，捧来墨池清洗浴。金光一闪影无踪，急得佣夫直顿足。天上玉帝知凡事，天理岂容奸佞臣？人间自有天行道，严惩昏君治无能。即贬徽宗为金虏，尽斩贪妒佞小人。褒佣即继安东令，尤念米公廉洁真。爱石如痴民如子，能书善画德泽春。嘉奖诗书勒剑石，深沉墨池静养神。魂修石炼伴日长，八百年内禁凡尘。从此墨池常飞雾，世人尤念公好处。池畔建起米公亭，掩映松柏常青树。钟灵毓秀古涟州，廉吏清官不胜数。八百春秋弹指度，春雷驱散阴霾雾。人面桃花笑春风，千军万马小康路。孙公县宰如米芾，政府兴文投资巨。重修米亭建长廊，市级文物景点护。甘棠遗爱似春风，题词省长惠浴宇。美化公园清墨池，巨砮如剑惊出土。其高三米重八吨，巍然池边如虎踞。剑石酷似角石形，只是倍于八七五。阳面诗迹确米芾，其时建靖一年书。诗沉历史长河内，泥沙俱下跃龙鱼。君不知贪奸佞妒终遗臭，清廉贤俊共碑砮；君不知碑立民心传千古，如今盛世尤念芾。噫嘻兮！此乃乐翁《奇石赋》，道破天机奇者乎！

中秋夜涟州桥上寄思

月下人欢乐，凭栏桥上思。心随白浪涌，意逐黑云驰。
忆昔我亡寇，忧今魂复尸。万千碑魄怒，直立展雄师。

注：烈士陵园在涟州桥南侧。

新春韵

风送庚寅岁，雪迎辛卯春。咏梅香纸笔，把酒话知音。

诗创新天地，人争惜晓昏。精诚若所至，点石俱成金。

赠别公纯刚吟丈

我敬别夫子，鹭鸥朝凤凰。涟漪毓锦绣，风雨酿诗香。
健旅高新咏，国魂骚士扬。雅俗犹共赏，爱你没商量。

最高的节日

海鹏刘旺靓刘洋，结伴科研游上苍。神九轻车征路熟，天宫故舍话家常。
航天新旅幽甜梦，方粽环球清淡香。笑对视屏通热线，人间天上乐端阳。

赞十七大代表宋鱼水

巾帼法官才貌扬，胸怀天下镇强梁。两肩担义公心重，千案定锤民意长。
执法如山严自己，倾情胜火化炎凉。官为民仆颂鱼水，动地感天日月昌。

步韵敬贺晨崧老会长古稀荣寿

风霜七十叹蹉跎，我敬恩师感慨多。人仰懿德添鹤寿，骚吟睿智漾清波。
征程万里兴诗教，诗界一仆老骥歌。星婺齐辉人不老，春风明月壮山河。

祭屈原

汨罗恨涌浪滔滔，酒祭端阳泪雨浇。忠骨蒙冤发《天问》，忧心怀楚赋《离骚》。
龙舟万载挽公渡，竹粽千萝带血抛。爱国拼将肝与胆，诗魂永为国魂骄。

涟水县人家

红梅傲雪迓龙年，涟水县人家喜事添。硕士儿归村长任，英伦媳返外资援。
公爹包转田千亩，婆母聘招工百员。除夕全家开会议，稳中求进建新涟。

恭贺徐贞亚老师《泥爪集》大著付梓

天地良心肉长成，师恩浩荡享终生。有缘黉苑骚怡魄，无限真情蓝毓青。
不耻人渣蝇狗苟，唯钦孔圣子渊情。赠公金菊抱香老，泥爪鸿吟百世铭。

田园春晓

兴沐晨曦狂吸呼，踏青阡陌九州苏。柳飘金线拂渠浪，燕剪朝霞披草姑。
万亩麦苗欣绿早，千年农税喜今无。东风醉我如来电，新赋吟成春晓图。

老泰山牛开彦公仙逝3周年祭

太公驾鹤漫游仙，天上人间长挂牵。酒祭三杯千血泪，“钱”烧百扎几灰烟。

满堂儿女争相慰，孤座慈亲默祷言。昔苦一人生死已，日蒸五代艳阳天。

注：牛开彦公祖籍山西浑源，1937年参加工农红军一一五师，亲历平型关大捷等数十次大小战斗，多次负伤立功受奖。

盐河吟

其　一

沛泽泱泱碧水长，每天负载万千樯。淮盐北运供齐鲁，江舶南来接沪杭。

财发安东生命线，名扬天下米粮仓。伤心最是百年史，忧患滔滔血泪滂。

其　二

盐河儿女共存亡，打响抗倭第一枪。烽火绵延千血泪，东风浩荡化冰霜。

母亲河毓钟灵秀，生命线牵家国昌。崛起安东龙凤舞，宏图大展海通江。

红窑云锦礼赞

织女安东创业隆，风霜雨雪等闲中。心灵智绣山环水，手巧梭穿凤戏龙。

无缝天衣成现实，有缘世冠夺神工。科研插翅人圆梦，云锦织成中国红。

“天宫一号”升天感吟

尧使龙腾喜上天，邻居月殿结仙缘。牛郎摸黑渡银汉，娥女忍饥离广寒。

故旧亲朋和泪迓，人间天上总情牵。月球开发同携手，共建双球成乐园。

迎圣火兴怀

2008年3月31日晨6点09分，观天安门广场升国旗仪式后，奥运圣火从雅典飞抵北京，胡锦涛主席亲手点燃圣火盆。

喷薄晨曦锦绣天，天安门上众人喧。国歌奏响国旗展，圣手点燃圣火妍。

万里长征程又起，百年奥运梦将圆。毛公天府堪欣慰，盛世炎黄代代贤。

游八达岭

迎来圣火京城暖，雪到居庸不敢前。俯首燕山迎客到，飞歌骚叟藐天寒。

长城钻进白云缝，春日压低岚岭巅。好汉坡前挥汗雨，大风唱罢赋千篇。

心系南海

中国地图墙上挂，至今一挂六三年。珠峰东海朝相望，黑水南沙夜对眠。
电视新闻播连日，中菲对峙几多天！哈巴小狗岂吞月？气煞诗翁窍冒烟。

“八一五”香港保钓十四杰遭拘愤笔

投降祭日拜东条，四面岛争激怒潮。卫国屡遭戴镣铐，睦邻岂可动枪刀？
狡狐变性当鹰犬，老虎余威兴鬼妖。倭寇仍遗强盗种，勿忘东郭悯狼嚎。

缅怀周总理

马列毛思铸国魂，周公苦苦驭乾坤。赴汤蹈火唯良将，附骥跳梁皆小人。
国难多缘人祸害，民心总辨假迷真。为官无愧好公仆，报国何堪苦自身。
纬地经天才济世，震今灼古德昭民。当年批孔群情愤，今反腐贪尤念君。

老骥吟

老马识途千里志，纵无伯乐也腾飞。山重水复识真假，柳暗花明辨是非。
岁月如诗酬血汗，红尘似梦醒惊雷。阴晴圆缺月无恙，逆顺富穷翁自巍。

吊父亲

依依五代饯仙程，动地悲声泪雨横。公仆清风盈两袖，家严正气贯三生。
为人处世俭恭让，育女教儿耿直诚。在世踏平长蜀道，上天难舍子孙情。

题双河农民诗社

双河诗咏竹枝词，吟蹈春犁翻浪泥。撒种播风情共雨，一行秧绿一行诗。

老夫壮怀

童年远去童真在，逸趣诗心忘老迈。情醉书山歌壮怀，全将世俗抛天外。

鸡鸭吟

威武雄鸡着锦装，金声报晓自争强。鸭公总妒落鸡后，唧唧叽叽说短长。

题“中国馆”

纵横出挑叹神工，层叠聚凝中国红。回望海江双日旭，游人尽醉紫霞中。

奉和林公从龙《题上海世博会》元玉

浦江画醉百国游，海宝豪吟夏到秋。万市千城求更好，同登天下第一楼。

杨玉荣

杨玉荣（1943～ ），江苏涟水人，出生于上海。江苏省科普作家协会会员、江苏省楹联研究会会员、上海市UFO探索研究中心与世界华人UFO联合会理事。在《诗刊》《楹联》上发表过楹联、诗词作品。先后出版《神秘华夏》《时代畅想曲》《万水千山》等。

题荔江湾

美丽荔江湾，山清水又蓝。莫言仙境好，真美在人间。

题枫林秋牛

北风劲号满林黄，觅草深秋不畏凉。莫道余生无所事，心甘乳汁献沧桑。

巢湖中庙

中庭建在凤凰台，近水凌空四面开。翠瓦飞檐朱院处，钟声袅袅紫光来。

冯瑞年

冯瑞年（1944～ ），女，江苏宜兴市人。毕业于南京农学院农业机械化专业，工程师，先后就职于涟水县唐集拖拉机站、涟水赤磷厂。涟水县第五届政协委员。江苏省、淮安市、涟水县诗协会员。

忆童年挖野菜

提篮挑野菜，蹦跳过河梁。举臂扔刀远，仰头数鸟忙。
一群童伴乐，四旷笑声扬。娘唤回家转，夕阳照影长。

蚕农孩子

晨曦去采桑，露水湿衣裳。手舞小刀剪，肩负大篓筐。
耳闻母嘱咐，口背课文章。旭日东方艳，匆匆上学堂。

重游杭州

浙地天堂几度游，人间仙境影中留。苏堤万柳风前舞，印月三潭水里幽。
灵隐诚祈弥勒像，秦奸愧跪岳忠侯。名茶龙井诚佳品，细饮怡神楼外楼。

老而好学

耆年已过入虞庠，老友新朋鬓发霜。律韵诗词须涉猎，仄平对仗必知详。
新篇常练求文巧，名著多读觉口香。好友良师勤请教，谁言老迈不登堂。

赞太空授课

亚平授课在天宫，青少学生趣味浓。科教兴国圆梦想，中华代代喜腾龙。

通天路

飞船热恋上天宫，亲吻回回显妙功。实验站为新站点，人间宇宙路相通。

雾　晨

清晨漫步路迷茫，老汉沟边欣牧羊。乐曲悠扬传耳际，闲来起舞健身忙。

歌盛世

六秩春秋弹指过，神州处处放飞歌。和谐社会无穷乐，盛世安宁喜事多。

周寒飞

周寒飞（1944～　），江苏涟水人。大专文化，中共党员，曾任乡粮管所副书记、所长，县饲料厂厂长、支部书记，饲料公司、粮贸公司副经理。江苏省、淮安市、涟水县诗协会员。

怀念周总理

戊戌之年三月五，总理诞辰屈指数。一百一十六岁逢，缅怀伟人心痛楚。烽火岁月多英豪，一生为民千般苦。人民公仆形象高，千古贤相五德树。

伴九旬母话家常

风霜雨雪我难忘，寂寞无边心底藏。白发延年酬夙愿，孩儿伴母话家常。
树高千尺不忘本，恩满三生甘苦尝。历历光阴眼前过，如今幸福莫忧伤。

七十抒怀

七十光阴弹指过，传承家教未蹉跎。艰难世事知多少，幸运人生福气多。
毁誉佞奸何所怕，维权志士谱新歌。心宽体健立天地，抖擞精神协韵和。

反贪赃讨公道上访感怀

千人重托勇担当，为讨公平胆气强。一事成功非易得，百般辛苦志如钢。
亲民政策世拥护，后盾坚强理义张。依法维权有何惧，衷心感谢党中央。

裴 祥

裴祥（1944～ ），笔名汝祥，江苏涟水人。1968年下乡插队，后进入江苏师范学院学习，毕业后一直从事教育工作。为江苏省、淮安市、涟水县诗协会员。

送孙参加高考

大雨赐良机，神州统考期。裴华阳应试，地利遇天时。奶奶忙包饺，姑姑擀饺皮。爷爷难入睡，姑父车奔驰。妹弟喊加油，爸爸默默祈。亲情伴送考，金榜望传奇。

喜报报亲

金榜华阳网上名，鲜红喜报报苓亲。廿春栽树浇心血，一旦开花耀祖庭。
此去传媒途漫漫，彼来弘景道平平？才能勤奋寻机遇，精彩人生总要拼！

注：裴华阳考取之中国传媒大学南广学院位于江宁区弘景大道。

颂领袖

领袖毛泽东，开天辟地功。颂歌千万首，最响《东方红》！

游台湾参观中山纪念馆

辛亥百来年，双双祭逸仙。相逢开口笑，风月本同天。

老年大学写真

早早天天上校园，玩玩唱唱舞翩翩。读读写写学学画，乐乐安安享晚年。

邮亭谣

街边建个小邮亭，看报读书赏市情。服务为人寻乐趣，何须身外利和名。

吴善然

吴善然（1944～ ），江苏涟水人。曾任南集食品站站长，2004年退休。中国当代诗歌协会会员、江苏省诗词协会会员。1986年开始文学创作，相继发表诗词、散文、报告文学等作品1600余首（篇）。

纪念杜甫诞生1300周年

潦倒一生热血酣，穷愁两试满头斑。举国战乱局难稳，失所流离苦不堪。未弃朝廷封任小，常嫌部外献言谗。现实重视评衙腐，铁笔牢攫捅吏贪。万首佳篇时弊曝，千年华夏世人瞻。

喜读胡主席《新年贺词》

华夏龙腾闹早春，人民领袖壮乾坤。高瞻远瞩科学倡，敢创敢先稳定争。
电播豪言镇魔鬼，胸怀大略为民生。全球携手和谐好，盛世康庄阔步奔。

蛇年春颂

春风送暖浪淘沙，岁月峥嵘腐败查。继往开来兴伟业，承前启后抱金娃。
宏猷似锦康途壮，决策英明步更佳。万众同增正能量，千行合力国飞花。

斥“4·23”新疆巴楚暴力恐怖事件元凶

妖魔作怪扰民生，日夜难防害干群。伤死十余灾难起，淳良万众罪魁寻。
杀人放火烧车辆，作歹为非炸院庭。决策中枢布天网，追踪反恐电雷行。

观米公洗墨池

水涤笔净忆清官，鸟语花香天地间。两袖风平草木旺，三涟气正马龙欢。
为公勤奋德千载，律己廉洁誉百川。父母官情深似海，庶民百姓乐无边。

游杭州湾跨海大桥喜赋

坦途远上九重霄，转眼穿梭万米遥。连岸车行如蟒翥，通衢彩荡似虹描。
腾飞南北财源广，运转东西志气豪。开放改革圆美梦，投身世贸赏新潮。

秋兴步潘振沧吟友《四季歌》原韵

硕果飘香齿口盈，凉风送爽草虫鸣。小村免税欣禾旺，大贾经商喜市荣。
登塔观光楼墅秀，乘车赏景路桥平。丰收国泰传佳话，富至民安响乐声。

乡村集锦

走进新村

青松翠柳抱民庐，掩映楼阁入画幅。彩电空调装室内，家家笑语奔康途。

晾晒冬天

腊月天晴乐髦毛，乡新薯粉勺丝条。绳拉户户门前挂，眼看村村瀑布摇。

芦山地震救援感怀

其　一

遇害城乡触目晕，遭灾屋宇恨天侵。生存紧迫实难缓，命救迅疾分秒争。

其　二

千流阔步跃强兵，万众争先奉爱心。筹物集资慷慨献，疗伤送药解愁亲。

张成业

张成业（1946～　），江苏涟水人，大学本科学历，中共党员，曾任中学副校长、涟水县广电局副局长、涟水县委党校副校长。江苏省、淮安市、涟水县诗协会员。诗词《改革潮来》《盐河今昔》获奖。

城南金三角公园写照

其　一

小小金三角，玲珑淮水旁。草青虫唧唧，树绿鸟吭吭。
桂菊吟秋月，松梅踏晓霜。凉亭横石凳，曲径嗅花香。

其　二

家傍金三角，尤钟玩乐场。琴声鸣盛世，剑影舞和祥。
对弈忘成败，谈诗任抑扬。身心收雅趣，衣袖带芬芳。

下　棋

致仕之人日似诗，茶余饭后下盘棋。挺兵飞马旌旗动，驾炮平车阵脚移。
鏖战楚河无伯仲，挥戈汉界有雄雌。一歌垓下虞姬别，此局缘由我不知。

改革潮来

南海旁边画一圈，春潮涌动各争妍。特区花绽开新路，包产粮丰别旧年。
改革宽松狮长翼，敞门搞活马加鞭。神州处处旌旗奋，破浪乘风勇向前。

绿　茶

林林总总百般茶，嫩绿一杯功可夸。润肺净心烦郁释，除膻去腻胃脾嘉。
幽香灵气清淳注，日髓月魂精气拿。远伴丝绸商贸路，春风万里到天涯。

涟漪湖闻筝

瑶筝一曲意融融，恬淡悠扬贯古松。泉水叮咚音味共，雁行天籁调声同。
无情山石都倾耳，有兴游人皆敛容。倏忽狂风掀巨浪，千军万马《战台风》。

阳春三月

原野染微黄，清香飘麦浪。生机意盎然，蛙鼓声声壮。

游　子

床前明月光，也照我家乡。忽觉行程远，时人泪两行。

赞毛泽东

铁马冰河铸至尊，惊天动地《沁园春》。泱泱华夏千年史，文治武功无二人。

登泰山

封峦圣地我今来，石径六千三百阶。信步天街凌绝顶，并肩红日作同侪。

天鹅馋

几羽天鹅岭后滩，寻寻觅觅嘴贪馋。飘忽云影疑鱼过，啄碎水中一座山。

母子难

父母心头金子肉，呱呱坠地乐全家。倚榻昏眼斜阳下，相伴无人看晚霞。

春　游

放眼春光意绪浓，操琴林苑沐和风。刚来一首糊涂爱，羞煞桃花满树红。

清洁工

冬去春来难有暇，清洁街道与旮旯。严寒酷暑额头雨，一粒汗珠一朵花。

幼儿园小班生

春意融融绿绣红，携孙游玩沐和风。喃喃拾起窝团纸，指指前边垃圾筒。

我的家

桃红李白绿枇杷，丹桂玉兰香色嘉。院内骚人寻小句，房前屋后绽诗花。

雷暴雨

沉闷萦回虎吼岗，一声霹雳鬼神惶。兵车十万隆隆急，风扯云堆便发狂。

快递员

一车装满好年华，披着朝霞追晚霞。欢乐存留街巷里，唯余汗滴额头爬。

出　行

神州处处美如画，一路春风四海家。我带文明随便走，青山绿水乐开花。

钓

兴来布饵暮秋塘，静守长竿物我忘。浮摆波纹钩不上，鱼儿钓咱好时光。

讽　祭

园林路畔纸钱焚，弥漫烟灰呛鬼神。生者亡魂同洒泪，灵前不见孝心陈。

做　人

雄鹰莫与鸟言高，大树无须争小草。德效谦谦君子贞，平生好歹随人道。

赞坚守孤岛王继才夫妇

其　一

未听虫声吱唧唧，更无飞鸟此安家。继才夫妇守孤岛，一片精忠伴浪花。

其　二

雷鸣电闪增豪气，暴雨狂风志不移。三十二年如一日，心中自有五星旗。

草根吟

金带小民挂在身，大衣歌唱满台春。千姿百态凌云志，无数英才出草根。

王金兰

王金兰(1946～)，女，江苏涟水人。历任教师，涟水县妇联部长、妇联副主任，涟水县教育局党委副书记。退休后任县老年大学副校长，兼校刊主编。

上老年大学有感

霞飞湖面映天红，翁妪校园情谊浓。妙笔丹青吟雅韵，轻歌曼舞似孩童。
年年春到花枝俏，岁岁秋来硕果丰。学到老来人不老，终身受教乐其中。

参观中山市翠亨村

迢迢千里赴名村，瞻仰千年一伟人。天下为公昭日月，王朝摧毁扭乾坤。
推翻帝制顺民意，倡导民权主义真。青史永垂留百世，丰功伟绩铸国魂。

淮师同学聚会感言

斗转星移五十年，黉门往事现眸前。当初求读风华茂，此刻相逢银发添。
经历沧桑人亦老，饱尝甘苦志犹坚。举樽共饮千杯爽，促膝长谈万语甜。

看上海世博会

其　一

浦江两岸笑颜开，银发满车圆梦来。一睹文明天下景，无眠三日乐盈怀。

其　二

人山人海接长龙，沪上琼楼百国风。科技神工造世界，如痴如醉竟迷踪。

其　三

中国红醉五洲客，世博情倾四海龙。阅尽人间春色秀，三生有幸老还童。

名国庆

吾有侄儿名国庆，芳龄二十勇参军。以名为傲习文武，立志边防守国门。

采 风

雨后空晴好个秋，骚人结伴进山游。斜阳美景生花笔，诗在丹枫叶上流。

观钱塘潮

其 一

又到中秋月满时，钱塘江面猛潮期。千军万马长嘶下，一线横江举世奇。

其 二

交叉叠起又回流，堆雪横飞遏浪稠。十万游人皆忘我，狂奔惊叫逐潮头。

曹顺山

曹顺山(1948～)，江苏涟水人。中共党员，小学高级教师，中国散文协会会员。

游北京颐和园有感

颐和园里落凤凰，游客成群结队忙。曲径两旁松郁翠，影沉一水柳丝长。
无能天子黎民苦，有道君王国运昌。甲午风云近代史，人民永远不能忘。

盼台湾回归

月挂中天夜却寒，金瓯裂璺寝难安。澳门香港投怀抱，宝岛台湾盼早还。
倒扁浪潮惊梦碎，居心独立过关难。不久神州成一统，十亿炎黄展笑颜。

赴北京参加全国诗文书画大赛颁奖大会感赋

霞光灿烂崦嵫红，聚会京城鸥鹭朋。有路书山勤作径，无涯学海苦舟同。
丹青墨宝人陶醉，律韵仄平香溢浓。学位专家精辟论，生花妙笔画图宏。

嫦娥二号发射成功感赋

嫦娥二号旅长空，姐妹欣然今又逢。倩女驾云迎好友，吴刚捧酒接亲朋。
尧天科技和谐曲，举世高歌气贯虹。仙阁琼楼成幻梦，月宫查考见真容。

乡村新娘

昨日洞房伴我郎，今朝入厂搞服装。幸福蜜月何不度？积攒资金建厂房。

郑佳生

郑佳生（1948～ ），江苏涟水人，喜诗文，爱书法。曾任乡镇宣传科长，副镇长，后调涟水县房管局副局级调研员。江苏省、淮安市、涟水县诗协会员。

人生感赋

1969年冬，余自疏浚涟东复堆河工地被涟水县宣传部调出。自任通讯报道员以来，一路坎坷！

书剑两无六旬过，风雨沧桑四十秋。复堆河畔人生转，南源楼台感慨多。埋头村干苦无怨，躬身治水足迹留。歇驾归休犹怀志，白发余辉再放歌。

任职感吟

世间多雨雪，唯我苦行僧。奋斗终无悔，酬勤慰此生。

咏　志

书生意气忆当年，风雨雪霜立志坚。指点江山笔当剑，苍天不负任担肩。

何永成

何永成（1948～ ），江苏涟水人。中共党员，曾任涟水县检察院高级检察官，淮安市劳动模范。省、市诗协会员，县诗词协会常务理事、副秘书长。

喜看“神八”“天宫”联珠合璧

嫦娥抒袖踏歌狂，神八龙游来故乡。不尽苍穹长箭举，无边赤日铁弓昂。
扶摇宇宙裁云锦，飞接天宫揽玉羊。喜看联珠今合璧，惊天一吻国呈祥。

咏深圳拓荒牛

躬耕垄亩一生志，不待扬鞭自奋前。千苦田原农户事，万辛江海百家缘。
但求民众皆温饱，羸病毋辞不计钱。南岭拓荒开浩宇，又扬春讯远帆篇。

大亮山之魂

大亮山乡呼石匠，扶贫种树忆恩多。曾经施甸千般苦，今看童山万顷波。

青岳层层松木挺，绿坡处处翠薇娥。清明书记当重世，共与烝黎击壤歌。

“天宫一号”成功发射感赋

艨艟巨舰始撑篷，又见天宫灿太空。科技领先强国路，巡洋揽月唱雄风。

初　夏

绿荫芳菲林径暗，午风庭院薄罗裳。落红数尽东君去，疏雨吹帘画墨香。

乡村秋情

秋水蓝天雁远空，黄花奕奕伴枫红。稻菽千垄翻金浪，喜看人和谷又丰。

雨荷吟

长堤烟柳雨浇荷，盘翠珠飞漾碧波。湖底藕房心似雪，骚人墨客爱莲歌。

夜宿周庄得句

水城览胜上瑶台，晚景无心把韵裁。双手推开窗底月，一湖倩影踏波来。

秋游黄山

万里松涛托日红，千秋霜锦满涯中。莲花峰转云天渺，林密溪鸣透皖风。

晚　霞

日暮春山霞吐艳，老牛回首犬随旁。犁铧三月桃花雨，收获金秋稻谷香。

涟水城南忆

早年南郭誉桃源，蝶舞蜂飞璨满园。五彩斑斓今不在，桃花谁与妒从前。

薛　健

薛健（1948～　），江苏涟水人，大学毕业后，先后在淮阴教育学校、涟水县委党校任教。后又调至涟水质量技术监督局工作。退休后习诗自乐。

鱼　趣

其　一

风拂湖堤柳，清波映钓翁。尾摇红鲤去，恐入套圈中。

其　二

两岸柳如烟，风摩水底天。人来鱼不去，嬉戏逗漪涟。

赠友人

其　一

紫气东来瑞满天，飞鸿传语报君前。涟漪湖畔萋萋草，吹绿春风又一年。

其　二

昔日楼前草树栽，年年似锦斗妍开。芳菲不是无情物，春闹枝头望客来。

回　家

滚滚车轮昼夜兼，餐风宿露苦无嫌。一年汗水酿成蜜，回与家人共享甜。

过　年

爆竹烟花不夜天，电来波往驾新年。千家万户春风暖，总盼人圆梦更圆。

陈喜山

陈喜山(1949～　)，女，江苏涟水人。退休前任郑梁梅中学校医。中华诗词学会、省诗协会员。曾获省级巾帼诗词大赛荣誉奖，市级十佳巾帼诗人奖。著有诗集《长虹集》《斋云集》。

夕照山

夕照映斜阳，山头白鹭翔。相依双振翅，日落共彷徨。
百花湖畔放，四季溢清香。鸟立天空阔，云开迷雾藏。

“神九”回家

云天飞彩楼，万里霭霞流。峻岭翩翩舞，长江兴兴讴。
三雄酬壮志，四海荡歌喉。华夏强林立，春风遍九州。

红日广场

其 一

红旗风里扬，日照更辉煌。宝剑空中舞，神鹰玉宇翔。
歌声传海角，笑语响遐方。巧匠神工显，诗舟帆远航。

其 二

舞台人影恍，脸蛋闪红光。字正腔圆润，妆端调激昂。
诗吟春色美，戏唱柳丝长。锣鼓连天响，欣观人海茫。

国 庆

国庆彩旗扬，华灯八面张。行行传捷报，事事显荣光。
崛起关山变，创新世纪昌。欢腾天地旷，锦绣乐无疆。

老 牛

苍茫数十年，脚印漫田园。不惜辛和累，安求福与甜。
晴天身上汗，雨日手中鞭。衰老庖丁解，丹心似火燃。

骏 马

一路蹄花远，真诚可对天。奔腾驰倩影，奋勇撼苍原。
沙场显身手，风霜浴战烟。终生无怨悔，奉献誉声妍。

国庆礼赞

举国欢腾歌舞扬，满怀豪气话图强。开元创业辉煌绩，盛世迎春锦绣章。
四海来归经骤雨，九州崛起历沧桑。和谐岁月从容路，秀丽江山帆远航。

元旦抒怀

赤帜飘飘九十年，莺歌燕舞艳阳天。胸怀豪气迎新纪，语寄深情颂圣贤。
改革大潮冲世浪，腾飞阔步载云烟。江山锦绣凝诗梦，鼓乐声声伴日旋。

红窑龙兴居住点

碧水萦环宜住村，阳光明媚迩遐闻。花香惹得欢鸣鸟，景色邀来喜庆人。
摇曳轻舟声入梦，低垂绿柳态凝神。如诗如画田园美，满载温情一片春。

赞十佳儿媳韩海萍

其　一

十佳喜获泪沙沙，滚滚思潮逐浪花。往事令人难蓦首，人生风雨总交加。
公爹卧病殷勤侍，好媳尽心无错差。昼夜少眠人渐瘦，乡邻翘指誉飞霞。

其　二

三十余年灾难侵，不堪痛苦泪常淋。截瘫高位倍凄冷，苦雪凉风无暖寻。
喜幸媳贤常孝敬，时逢农播又耕耘。春回日照冰霜尽，雨过天晴寸草心。

赞《大唐女将樊梨花》

顶天立地胜儿男，素裹红装俏影妍。统帅阵前金鼓响，扬鞭疆场令旗翻。
与番对垒敌丧胆，破阵卷云威震天。历尽艰辛花吐艳，饱经苦难影扬帆。

纪念毛主席诞辰120周年

领袖英明气宇昂，胸怀天下世留芳。才华横溢宏图远，理念超前伟业煌。
真理追求精彩放，光辉闪耀赤旗扬。人民怀念泪珠滚，握笔情深诉热肠。

"神十"礼赞

神十飞天胆气豪，腾空驾雾入云霄。翩翩起舞随银浪，熠熠生辉映鹊桥。
玉帝相携频举盏，嫦娥共醉喜迎骄。摘星揽月春间梦，一代英雄掀浪涛！

观电视剧《后宫》感怀

荣华富贵福轮倾，我诈尔虞丑态生。慨叹皇家情短少，图谋权柄剑长鸣。
嫔妃争宠谋心计，王子逞威残栋丞。一曲悲歌歌不尽，天昏地暗岂真诚。

小　溪

匆匆迈步出堤忙，一往情深向远航。细雨纷飞妆丽态，春风轻荡诉情长。
涓涓细浪藏秋色，郁郁清辉映日光。觅得人间银世界，举杯邀月共飞觞。

小　草

郁郁长青立路旁，无闻默默释芬芳。沧桑历尽胸存苦，名利抛开自闪光。
雨露滋身藏梦想，阳光沐浴透锋芒。红尘看破休言讲，一管羊毫画短长。

月　明

一帘幽梦映窗明，皎皎辉光山黛清。境界如天深远意，胸怀似海广柔情。
嫦娥奔月传佳话，仙子侍筵擎玉瓶。七彩人生多趣味，银盘轮满短歌行。

“神八”飞天颂

神八冲天腾翠浪，飞行精准谱新章。扬眉吐气青云上，破雾披霞碧水航。
宇宙弄舟怀胆气，太空展翅任风狂。雄关漫步吴诗画，雷动欢声霄汉乡。

雨中玄武湖

大雨倾盆盈岸流，湖心白雾上天楼。群鱼得意波中戏，翠柳荡丝风里愁。
暗淡山屏连宇宙，空蒙水色压枝头。骚人不识来时路，一叶诗心待玉钩。

淮安漫游记

缕缕秋光映日辉，心潮起伏带春飞。波光轻漾引人醉，月色交融照客归。
矗立群楼频带笑，畅通大道显神威。清新秀丽登高处，诗意琳琅满翠微。

家乡美

苏北古安东，人文荟萃丰。平原腾紫气，淮水育飞龙。

雨　夜

其　一

遥遥万里程，思绪绕今生。顷刻无音讯，天涯孤客行。

其　二

细雨蒙蒙下，春风几度佳。窗前执着影，顷刻别天涯。

喜庆上元

玉兔收官归月去，金龙飞舞庆元宵。春风吹绿神州丽，一代天骄弄大潮。

包公赞

其　一

铁面无私正仪伸，为民做主撼同仁。皇亲国戚焉何惧，铲恶除奸天下闻。

其　二

非是无情短理人，灭亲大义泪痕深。龙头铡上斩驸马，自摘乌纱净世尘。

其　三

惊心动魄立朝臣，骇浪狂涛缠一身。风雨人生无坦道，历经坎坷见精神。

其　四

细察民情研究深，是非对错理分真。不因弱小惧权贵，庙宇金身奉若神。

张耀明

张耀明（1949～　），江苏涟水人，中共党员，大学文化，高级政工师。曾任乡镇党委书记，县委宣传部副部长，县广电局局长、县委党校校长，县政协常委、文史委主任等职。著有《金石斋手稿》。

纪念毛主席逝世1周年

去年今日举世哀，痛哭导师赴瑶台。驱倭倒蒋扶赤县，顶流反霸扫尘埃。运筹帷幄谋群福，纬天经地盖世才。光辉业绩高千古，传颂万代并九垓。

怀念毛主席

秋风卷地动哀音，十亿神州带泪吞。革命一生怀宇宙，雄文四卷转乾坤。
余年岂敢忘遗训，没世犹难报厚恩。思想阳光永不落，千秋万代颂功勋。

春节祭母

千门万户飞年花，思母沉悲泪似麻。守业历尽风霜苦，教儿陪读月星斜。
修身处世亲朋羡，扶困济贫邻里夸。纸锞灰飞忆遗训，偕孙顿首老人家。

纪念鲁渡抗日第一枪

鲁渡枪声震太空，涟州大地万民从。壮威渴饮晨前露，守阵忻迎雨后虹。
拯我山河千里难，驱倭海角八年功。欲圆国梦怀忧患，十亿中华唱大风。

纪念涟水保卫战70周年感吟

穇撕协定亿民愤，碧血安东战火燃。灵甫傲凭美装备，粟郎勇仗智谋贤。
两番攻守决生死，一邑存亡塌地天？水载覆舟千古道，令枭命送孟良巅。

观塔抒怀

风风雨雨历千年，阅尽安东海变田。歌舞升平香火旺，一翻新貌胜从前。

小斋吟

人在休闲我在忙，小斋弄墨四时香。书林撷叶心常乐，铁画银钩入梦长。

月 夜

皓月如盘空半悬，山村水郭笼纱烟。操琴但恐惊眠鸟，捧读诗书入梦天。

风

穿林带叶纷纷舞，入室无知乱动书。拂面温柔尤可意，狂来怒揭万间庐。

露

无声下界不为功，滋润农田万物中。日出完工忙复命，淡看名利步清风。

赞徐老贞亚恩师

古楚安东鹤发翁，书成《泥爪》内容丰。诲人不倦传真智，德品如松世赞崇。

雨中荷

一道金光划暗空，风摧欲折暂垂颙。挺身绿叶怜仙子，天雨滂沱不改容。

夏 夜

凉风缕缕月如银，灯下群贤论古今。广场欢歌声悦耳，水边情侣赏蛙音。

南昌起义怀想

惊雷破晓响云天，暴雨泻城三丈烟。猎猎红旗策铁马，肇新世界著鸿篇。

逛公园

浓荫树下众琴鸣，童子顽皮草地横。对垒棋牌寻乐趣，半园歌舞满园情。

游井冈山

秋山红叶锦衣裁，圣地游人接踵来。铸造中华新历史，青年教育好平台。

冬 雨

大雨三更未歇鞭，风摇翠竹扑窗帘。无端夜扰平民宅，斗胆题诗问老天。

看落叶

春来披锦上高枝，昂首朝天待露滋。秋尽随风塘里转，谁能怜尔把恩施。

无　题

电视机前常少瞧，得闲诗海把珍捞。任由非议称痴傻，乐在其中更自豪。

偶　感

花朵层层慢放开，透香意欲引蝶来。谁言植物缺情性，无语全凭各自猜。

贴春联

新春紫气自东来，万户千门迎福开。放眼九州红一片，继承传统锦衣裁。

游五岛公园

寒风阵阵柳丝摇，湖水粼粼映曲桥。追逐群童多惬意，欢歌笑语似春潮。

学诗有感

老来有意作诗章，只影孤灯对冷窗。索句拈词费思索，吟成入寝梦犹香。

云

飞来飘去任西东，欲挡蓝天妄费工。转雨成风行善事，尽责天地立勋功。

春　雨

小雨纷纷随意洒，山村淡墨画尤佳。桃梨杏李芬芳艳，低舞劳燕进万家。

杨幼英

杨幼英(1949～　)，女，江苏涟水人。大专文化。退休后进老年大学学习诗词。江苏省、淮安市、涟水县诗协会员。

涟水巨变

知青插队赴安东，一片萧条满目穷。块块蓬蒿盐碱地，村村低矮土窝棚。
幸逢政策及时雨，更有干群雷厉风。水稻绿肥饶富景，陈年面貌换新容。

同龄有感

生逢国诞喜同庚，风雨相随步履程。四害横行施倒逆，万民声讨愤升腾。
报国虽未酬壮志，爱党全然献赤诚。趣味读书耽意境，天伦尽享寿福增。

咏 竹

天生玉质碧镏光，寒暑皆青恒郁苍。无欲胸宽心坦荡，有节干壮气轩昂。
风拂雨润添柔美，根固枝舒斗雪霜。素雅情怀尤劲秀，清名高格世传扬。

赏 梅

时届隆冬冰盖池，游园索趣莫言痴。风摧叶落钻幽径，寒浸花发绽满枝。
娇媚群芳华丽匿，傲然独秀妙香施。梅梢喜上绝佳景，抢摄吉祥赋赞诗。

育 秧

草帽沿宽好蔽阳，挥锹碎土育苗秧。不失时令慨流汗，为保秋收万石粮。

放烟花

嗖嗖哨响九天浮，五彩缤纷转瞬无。空喜烧钱图一乐，但惜大气已遭污。

张廷琛

张廷琛(1950～)，江苏涟水人，翻译家、文学评论家，美国新闻传播学院教授。

为琮兄有寄用韵奉答兼寄乃龙新亚唐平诸兄友为琮大作韵兼侵真挥洒自如余无力效之乃限于一韵故曰用韵而非依韵也

御风东海道，盐埠喜初临。归棹烂柯客，辨颜白发人。
盘餐萦旧梦，诗酒动清吟。明日又星散，千山断续砧。

岁末忆远

高台暝色雨涔涔，街树萧条管瑟喑。北国寒来鱼鸟重，西山蒿目水云深。
朋侪书少惊时易，岁酒香浓耐晚斟。遥忆荆门江上客，归帆未挂动愁吟。

为琮兄探梅有寄依韵奉和

几度云霾行道迟，天涯何处好寻诗。衡阳路远迷归雁，梅岭雪寒锁三肌。

驿寄冰魂惊塞草,歌翻羽调唱新词。江南闻说春来早,万里梦牵是故枝。

新民兄寄来和德麟兄东阿谒曹植墓七律一首时在早班车上口占一律和之

卓尔古今七步才,建安风骨不重来。微波梦杳多遗恨,盘露泪荒失玉台。
人世几回除旧貌,江山满目有尘埃。儒冠救国真能事,歌哭何劳动地哀。

树林兄寄来米公洗墨池雪梅照片索诗因答

五湖春色雪中看,历尽沧桑不计年。伞护米池淮水静,臂延吴井弃冠悬。
当时贤达洗残墨,今日清风逐秽钱。蒿目黄尘询世道,云霾一片仍浮天。

奉答郑重先生

几番风雨说新陈,一片江山认暗尘。衰草连天怅望远,萍踪瘦损倦游人。

客里逢端午

天涯漂泊忽经年,故国风情欲问难。梦里不知淮水上,笙歌何处斗龙船。

春　望

春风道已遍天涯,望尽天涯不见花。海上云来迷社燕,枝头鸟噪尽寒鸦。

王买成

王买成(1951～　),字易之,号双桥居士、得月轩主人,江苏涟水人。中国书画家协会会员、江苏省书法家协会会员、中国楹联学会会员、中华诗词学会会员、江苏省诗词学会会员、涟水县诗协常务理事。诗词作品入选《当代诗人作品选》《当代江苏千家诗》《中华诗词》等。诗词多次在大赛中获奖。

礼赞当年三八枪

值涟水县新四军历史研究会成立之际,作五言排律诗二首缅怀在抗战中牺牲的无数先烈,宣传他们的光辉战绩,弘扬他们的光荣传统和革命精神。

其　一

一枝三八枪,抗战到前方。杀敌逞英勇,爱民守纪纲。
村头忙训练,垄上事农桑。春种披朝露,秋收戴月光。

日餐苞谷饭，晚食地瓜汤。野宿沿街巷，行军避稻粱。
妇孺含涕泪，翁媪引壶浆。鱼水情深厚，干群念久长。

其 二

万千三八枪，齐步共铿锵。转战驱倭寇，回戈别太行。
紧跟毛主席，拥护党中央。饮马长江渡，挥师正义张。
除凶怀勇决，浴血奋疆场。功伴山河壮，勋存海宇长。
忠魂常敬仰，浩气总流芳。今作诗歌颂，精神永发扬。

喜游保滩新建公园

其 一

小小公园引兴长，保滩览胜似苏杭。群芳露润千株湿，丛竹风摇一径凉。
石自奇山临秀水，鹭从蓼渚入荷塘。夕阳西下渔歌起，百鸟向林归意忙。

其 二

笑我难为李杜才，园林觅句任徘徊。寻芳过径依新竹，拍照穿廊倚古槐。
禾黍千畴连茂苑，亭桥三叠接高台。废黄河畔明星镇，商贾乘机万里来。

晨起过五岛公园

塔影湖光鹭几行，眼前五岛似仙乡。满园叠翠蒙朝露，四处流丹送暗香。
晓日初升霞霭灿，微风乍起柳丝扬。弦歌入耳翩翩处，晨练人们兴致昂。

拾山芋

犹思往昔度荒年，拾芋乡村十月间。唤友呼朋人起早，过河蹚水我当先。
庄头犬吠声声远，院落鸡鸣处处连。队长暮称田地放，社员夜告戚亲前。
垄中掘取凭心细，藤上翻寻靠眼尖。隔壁阿三持赤脚，对门小二露光肩。
开颜喜获提篮半，举步欣归旭日圆。拎得书包学堂去，老师开讲课耽延。

瞻仰高杨战役纪念碑

黄师大捷说当年，鏖战高杨十五天。灭伪歼倭惊沭灌，攻坚夺隘震淮涟。
官兵奋勇打头阵，民众齐心作后援。今日碑铭重阅读，又从心海涌狂澜。

纪念伟大领袖毛主席120岁诞辰

武略文韬一代雄，天将大任付毛公。井冈赤帜迎风劲，遵义明灯破雾浓。
八载抗倭驱虎豹，三年荡蒋靖寰中。宏文五卷标方向，立国安邦举世崇。

重阳上坟

其　一

家家赏菊过重阳，我到重阳心自伤。去岁今朝丧先父，前年节日逝亲娘。
铭恩有泪沾衣久，忆昔无眠入梦长。此去坟前看二老，听儿细细告家常。

其　二

单车一路到城南，祭奠无声鸟不喧。陵墓排排辉落照，塑花处处傍栏杆。
秋风卷地孤烟袅，瘦手抹腮珠泪连。忍看双亲碑上笑，可知今日是周年？

赞著名油画家陈伯纳先生

学贯中西集大成，江淮饮誉老陈翁。田园彩绘春光美，山水墨涂云气横。
谈吐谦谦君子节，襟怀落落哲人风。一生淡泊轻名利，却爱蕉窗听雨声。

赠画家徐久维先生

月色清辉映画房，先生弄墨对芸窗。玉宣大写青松挺，彩笔精描丹桂芳。
飞鸟凌空翔碧宇，游鱼入水戏春江。我求一幅堂中挂，放眼闲观逸兴长。

悼母亲

其　一

新春守孝不随群，独念亡人老母亲。叙旧当年多慨叹，感恩此日倍温馨。
佑儿万福观音拜，祈子千祥关目寻。玉锁银圈将我配，犹留小辫扎头心。

其　二

只为孩儿上学堂，可怜父母费思量。种瓜栽菜拾边地，担水烧茶磨豆浆。
茹苦含辛持节俭，东筹西借度灾荒。但看二老人前笑，背后谁知泪几行。

其　三

走线飞针多少年，妈妈劳作在窗前。风吹雪舞隆冬冷，蚊咬虫叮酷暑炎。
拆旧翻新常有事，做鞋缝袜总无眠。油灯一盏依稀远，犹见娘亲补衬衫。

其　四

五八年时值早春，食堂门口雪纷纷。天寒地冻街前队，鬼哭狼嚎路上人。
儿女堪怜盛一碗，爸妈可敬省三分。冲茶入肚知多少，叫我如何不感恩。

其　五

不卑不亢不虚荣，朴实勤劳作世宗。邻里无言皆敬重，干群有口共推崇。
几回厂里红花戴，数次台前先进弘。今日缅怀咱老母，儿孙含泪仰慈容。

其 六

难忘娘亲入梦多，性情爽直不啰嗦。居家过日多勤俭，处世为人少琢磨。乐善好施尊礼义，相夫教子敬公婆。一生豁达犹风趣，笑话讲来装满箩。

其 七

十月怀胎寄热忱，一朝分娩用情深。把尿喂奶三更起，置帽添鞋四季分。做饭洗衣忙里外，供书上学守晨昏。受寒总饮姜汤美，遇痛常闻膏药芬。吃苦耐劳流汗水，节衣缩食为儿孙。身心疲惫体躯累，步履蹒跚手足皴。耳背眼花犹自立，出行拄拐未求人。羞吾七尺齐天地，难报终生是母恩。

教县委书记戴宗宝学习书法有感

书记人称父母官，身无架子有恭谦。白天劳累多工作，晚上临池少睡眠。大笔犹欢书奋进，豪情最爱写登攀。提按使转从头学，暑往寒来苦亦甘。

庆祝中国共产党90周年诞辰

南湖星火破苍茫，烈烈燎原映八荒。马列为宗传赤县，朱毛联手赋华章。云开日出千山秀，海晏河清万象昌。岁月峥嵘歌九秩，锤镰高举步康庄。

纪念辛亥革命100周年

晚清腐朽不堪闻，割地赔银造孽深。烽火连天弥落照，哀鸿遍野泣荒屯。开宗明旨推新政，立宪共和振后昆。倡导三民君主废，先行人物是孙文。

念韩信

淮滨果腹钓晨昏，一饭犹思漂母恩。胯下蒙羞含隐忍，台前拜将展经纶。兴刘旌插千城垛，灭项功成五尺坟。大汉江山安在否？至今天下念斯人！

咏 梅

梅花小姐出寒门，却把风情集一身。白雪梳妆施粉黛，红霞点染沐芳芬。名冠三友高风美，誉饮四君雅范真。陌上花开今又见，依然一笑报新春。

咏 菊

故道东行沿水长，碧空雁阵叫声凉。霜堤六堡林枝瘦，露径双桥苇叶黄。亮眼篱前开俊俏，欢颜郊外吐芬芳。农家小院秋香美，不用春风自作妆。

咏　兰

携来淑气自天涯，相会春风接紫霞。君子谦谦怀美德，书生款款拨清笳。
临池每写窗前月，得句常吟台上花。慕尔芬芳岂可佩，丹青写就示人家。

咏　荷

六月天风暖九垓，凌波仙子下凡来。绿烟淡淡青裙合，香雾蒙蒙红蕊开。
晚鹭翻飞情缱绻，夏云舒卷意徘徊。更兼月色无穷韵，一缕清馨入梦怀。

某官员自白

洗头摩足泡桑拿，出了茶吧进酒吧。快活林前悄悄语：咱们消费有人花。

参观徐州淮海战役纪念馆

人民解放炮声隆，淮海疆场烟蔽空。一仗功成天下定，中华大地曙光红。

观楚王汉墓

掘洞穿岩作地宫，千锤百凿誉神工。楚王汉墓今开放，列队游人步履重。

踏　青

十里淮干流水潺，桃花含露柳含烟。田头俊鸟声声唱，醒了乡村醉了咱。

捕　蟹

芦花飘絮雁南飞，谁扎篱排水口垂？一盏蟹灯相照看，请君入袋不须归。

周鹤飞

周鹤飞（1951～　），江苏涟水人，务农，2013年参加涟水老年大学文学班。江苏省、淮安市、涟水县诗协会员。

芦山地震有感

山崩地裂震天罡，天降大灾人受殃；党政一声命令下，援军千万奔前方。
一方有难众牵挂，八面支援全力帮；十亿人民齐奋战，同舟共济爱无疆。

初入枫叶诗社有感

初来乍到非无陌，忐忑心情入社门。社长赠书情切切，老师授课意真真。
鸥朋鹭友文华美，墨客骚人资质深。飒飒枫声歌盛世，夕阳红叶染新人。

感愤美国战略东移

妄言吞日世称霸，狐假虎威豺狈狼。日寇东瀛寻衅事，菲帮南海逞凶狂。
防贼捉鬼善邻友，守土保家擦猎枪。爱好和平不惧战，阳光依旧太平洋。

缅怀周总理

一生济世穷，两袖溢清风。不为谋私利，但求得大同。

春日喜雨

一场春雨草还青，十里长堤柳色新。除却尘埃天更美，洗涤霾雾现清明。

新春寄语

雨润禾苗绿柳丝，东风送暖弄花枝。小康共建花添锦，马不扬鞭自奋蹄。

秋日即景

天高云淡雁南飞，丹桂飘香鱼蟹肥。稻海连天金浪涌，清风送爽不思归。

别　友

有幸邻居近两年，和谐相处结诗缘。伊今他处享佳境，常梦斯人在眼前。

夏　夜

风动花枝影伴行，荷塘月色水浮莹。流萤点点池边舞，林鸟惊蝉续和鸣。

赠吉春林先生

久闻师长幸识君，映月二泉怡锦心。同好同缘同结友，高山流水共知音。

姜万松

姜万松，江苏省高级人民法院办公室主任。诗人、书画家。

丁丑秋月淮阴路上有感

人间九月谷上场，新米尽来满地香。道是田家应闲时，遍地篝火照农忙。

赞五岛公园

其　一

水光树色对夕辉，曲径小岛添紫薇。漫步游人轻声语，为怕惊起白鹭飞。

其　二

黄河堆下水一瓢，五岛不过仙人脚。无数风流在此会，一浪更比一浪高。

陈　裕

陈裕(1955～　)，江苏涟水人。中共党员，淮安市劳动模范。淮安市作协会员、涟水县诗协常务理事。从1974年开始发表作品，在多家媒体发表通讯报道、散文、诗词1000多篇(首)。

中国梦感赋

万顷碧波腾巨龙，图强大业赖群雄。齐圆共筑复兴梦，换地改天春意融。
实干兴邦酬壮志，扬帆鼓棹唤东风。披荆勇闯改革路，全面小康建伟功。

春　天

春来吐翠柳含烟，秀木婆娑舞大千。阡陌芳草铺绿地，林园花放艳阳天。
一池绿水添清趣，万里江山增淡岚。今世桃源民共乐，春天故事靓人间。

元旦感怀

骏马奋蹄辞旧岁，灵羊欢唱迓新春。灭蝇打虎罡风起，破浪扬帆有领军。
咬定青山宏业创，敢凫深水壮国魂。齐心协力再折桂，良策惠民金满盆。

贺“神八”发射成功

天下黎民敬圣贤，“神八”直上九重天。睿智精英奇葩绽，科技攻关争率先。
情寄神八慰宗祖，祈盼统一共婵娟。神舟欢庆新时代，觞举眉扬祝凯旋。

园丁赞

振铎孜孜敢创先，栉风沐雨志弥坚。勤耕喜看花争艳，春色满园育众贤。

刺股悬梁渡学海，培桃育李谱新篇。歌吟一曲园丁赞，青出于蓝犹胜蓝。

元宵节

佳节元宵笑语喧，天南地北共婵娟。喜看千家歌盛世，欣闻万户颂尧天。
一号文件似灯塔，三农展翅舞翩跹。新春金鲤龙门跳，小康锦绣敢争先。

毛泽东颂

日出韶山遍地红，南湖舸起导航踪。燎原星火燃华夏，万里长征解险凶。
八载抗战除祸害，三年驱蒋缚苍龙。乾坤扭转酬宏志，一代天骄盖世功。

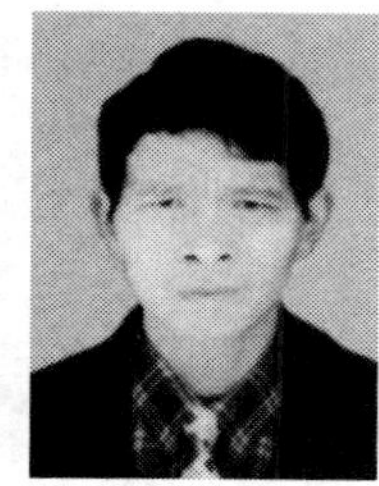

王佳俊

王佳峻(1955～)，字子朴，号峻岭，江苏涟水人，大学文化。江苏省戏剧家协会会员、淮安市作家协会会员、涟水县诗词协会会员。先后在《新华日报》《新剧本》《江苏戏剧丛刊》等报刊发表作品300余篇，歌词多次获奖。参与编辑《古今名人咏涟诗选》，诗词在《涟水诗苑》发表。

涟水康庄日日新

其 一

古镇安东景色妍，风光八景醉成仙。盐河千载沧桑变，碧水蓝天丰产田。

其 二

通衢沃野接城乡，绿柳琼楼碧水长。豕壮鱼肥稻粱熟，烹鲜煮酒一村香。

南集千张

精挑黄豆细除皮，巧点石膏总相宜。百榨千蒸丰态出，绵甜入口味香奇。

北集牛肉

清真美食百余年，精制秘方传统鲜。一物九成香各异，蜚声海外电波连。

涟城鲍氏烤鸭

皮脆肉酥色金黄，香味引来客竞尝。如此佳肴不须酒，东坡无憾谪仙狂。

单步高

单步高（1956～ ），江苏涟水人，本科学历，高级农艺师，曾任涟水县科技局局长，涟水县政协经科委主任。

参观黄花塘原新四军军部

黄花塘畔土坯房，新四军勇感上苍。弹洞前村壁犹在，十万健儿斩豺狼。倭寇应将前车鉴，钓鱼岛上莫嚣张。任尔奸诈多诡计，我卫主权有铁榔。

喜迎“十八大”

赤帜南湖擎斧镰，改天换地赞先贤。开来继往“十八大”，国富民强一万年。

登崂山

偕妻五日探仙踪，花甲双双健步雄。谈笑之间踏云上，缆车满载夕阳红。

游青岛

苍松翠柳掩楼台，极目江天碧浪来。似入桃源非是梦，灵山善水醉蓬莱。

淮农校友聚会

萦魂绕梦白头翁，漫向同窗觅旧容。三十五年弹指过，春花笑脸话秋风。

卢晓枭

卢晓枭（1961～ ），江苏涟水人，中华诗词学会会员、中国诗歌学会会员、江苏省诗词协会会员、涟水县文化广电新闻出版局诗社秘书长兼《安东诗报》执行主编。有《闪烁的星群》等3本诗集出版。

红　梅

红梅新干刺云霄，绝壁横空不折腰。根老蕾含千水润，花浓枝瘦万山烧。
朱唇吻冻温寒海，玉臂弯弓射大雕。何待迎春花色溅，行藏百卉簇中娇。

中华世纪坛

甬道浮雕金不磨，春风坛上乐何多。愚公奋力移山岳，精卫衔枝填海波。

红日青天神朗朗，碧流黄土势峨峨。乾坤纳纳归双目，豪唱邓林夸父歌。

春游西湖

春日白堤游，杨花岳庙悠。精忠魂不死，殉国义千秋。

韩侯祠

江河流不尽，韩信誉何深。日出春风起，花燃火树林。

细观箍桶

七长八短木头连，底大帮高耳把悬。上下金箍牢捆紧，虚怀若谷海容天。

戳　鳖

千里强弓海欲开，怒涛何许鳖徘徊。万支齐发江河箭，喜马拉山射弩来。

早　夏

试春绽雪见梅妆，再抹新红上海棠。开垦黛云情未了，凌峰青笋出天墙。

忆　父

黄梅时节家多雨，篱外池塘泣草蛙。鞭秃结绳过夜半，再磨犁铁眼昏花。

雪梅菡萏洁青云

金湖早欲望荷花，卅载遥期梅一家。卌岁暗香浮海上，映云菡萏洁天涯。

马君亚

马君亚(1962～　),网名马到成功,江苏涟水人。大专毕业,机关职员。约千余首诗词散见于中华诗词论坛、诗词云论坛、江苏诗词学社微刊、《诗词月刊》《心灵文苑诗集》《淮海诗苑》等。江苏诗词学社微刊副主编。

早　春

田园新雨渺，万物已无忧。远眺青山黛，旁嬉锦鲤游。
风摇梅弄影，鸟动柳梳头。兴起春来早，诗章笔下留。

淮上别友

四月淮安走，田园歌一首。因缘短梦新，慰藉余生旧。
地主到门开，宾朋酣酒斗。挥肩拭泪痕，早湿青衫袖。

农忙有句

陌上沐熏风，无缘韵屈公。啼莺鸣日午，细雨淅时中。
感叹农桑苦，祈求稼穑丰。勤耕田半亩，饿死不身躬！

插秧女

秀发挽成鬈，凉篷拂在肩。素娥翻砚水，西子弄琴弦。
汗湿清香满，声轻妙曲涟。勤劳乡下嫂，大地绘新篇。

洪泽湖湿地

大湖呈锦绣，泽地景区优。珍羽云中翼，金鳞水底游。
渔舟红皱映，采篓翠螺悠。骚客闻香至，书诗笔力遒。

寒食思怀

此俗源于介子公，千秋祭祀四邻同。落英纷乱飞花白，初绽情齐放萼红。
野径踏青争拾翠，荒坡叩拜缅仙翁。万年心系清明日，恩德须存记忆中。

春　草

结伴在天涯，终身懒戴花。芳名排辈小，绝不向风斜。

秋　绪

冷雨袭青嵩，寒霜染菊丛。风刀随意剪，落绪满山红。

霜

露老皓鬌生，风寒黄甲迎。子时飘渺至，无语赋秋声。

春　游

碧波粼动独移舟，岸柳婆娑风正柔。远望青山吐新翠，思卿情结似江流。

梦　游

青螺岭下孕奇葩，溪涧清泉淌月华。捧起冰轮指间漏，聆风天籁妙无瑕。

暮　春

满目残红谷雨时，黄莺早已唱新枝。东风拂我双斑鬓，我笑东风是老痴。

题　图

岸柳新装靓霭台，千姿百态惹人猜。黄鹂带尺周身量，羡美疑要学剪裁？

题涟水五岛湖

五岛湖光带紫漪，妙通倒映泛神奇。高楼挽住祥云手，此境无仙却有诗。

清明见闻

其　一

杏花飞雨柳含烟，绿水粼粼映碧天。春色迎来游客织，彩鸢乘兴奋争先。

其　二

柳线扶摇菜垄黄，人勤春早荷锄忙。田头双歇小夫妇，手指划屏查网商。

游龙川胡氏宗祠留句

叠翠环连登水来，四和图构古祠台。龙川清唱长流韵，勤勉忠廉出竣才。

徽州二题

其　一

粉壁青尖马面墙，临溪伴翠卧山岗。仙居佳境崇清白，甲富不忘寒粥香。

其　二

黟庶松篁宛境幽，碧溪清冽锦鳞游。龙须天马相邀会，登水牌坊鉴面流。

桃源恋

山清水秀驻东风，岸柳鹅黄伴坞红。简洁茅庐通曲涧，赋词烹茗羡陶翁。

咏　荷

田田碧玉几枝红，恰是佳人出浴中。粉面含羞香口启，今生注定嫁清风。

蒲公英

扎实阡塍田野边，低姿生长土花妍。不嫌萧瑟西风老，撑起银筝巡九天。

酷　暑

烈日临巡旷漠天，枯黄庄稼点能燃。高蝉宅树尖声唱，老伯心焦怎忍眠?

穆墩岛

烟波浩瀚缀明珠，柳拂含羞万朵舒。传说当年杨大帅，穆柯寨里犯踌躇。

洗砚池观虾趣留

晨风淡雾绕瑶池，白壳青虾慕圣仪。莫道腹中精髓少，常餐墨水吐新奇。

无　题

每临月下赏坛茵，总觉囊羞趣也贫。但有玫瑰裁剪手，涂香柳叶赠与人。

重阳秋韵

枫红山外夕阳长，金谷沉沉南雁翔。东郭黄花寒露白，秋塘莲老尚余香。

中国梦

春回大地响惊雷，万里神州上翠微。筑梦征程旗帜猎，初心不改巨龙飞。

纪念周总理诞辰120周年

其　一

天公三月雨帘开，恰是悲伤念俊才。西苑海棠花不败，常思伏案故人来。

其　二

一品含香绽楚台，芬芳万里客纷来。铮铮玉骨留清瘦，举世尊仪岂费猜?

徐曙光

徐曙光(1963～)，江苏涟水人，大专学历，中共党员。爱好书法和文学，发表诗歌、散文、随笔等60余篇。涟水县诗词协会副秘书长。

喜看红窑新面貌

红窑变化空前大，地覆天翻绝世佳。仿古街头流古韵，创新路上绽新花。
地方文化斐千里，特色校园滋万家。商贸农工传喜报，干群合力写春华。

咏涟水五岛公园

五岛从来美景多，聚仙桥上笑迎客。墨池飞雾传佳话，以柳多姿映碧波。
白鹭枝头诵古韵，鲫鱼水底唱新歌。涟漪湖里荷香醉，同乐堂前鹤应和。

赢得跨越舞翩跹

淮水滔滔逝旧年，南船北马艳阳天。淮安诗市继传统，涟水酒乡着锦鞭。
呼唤改革治根本，创新发展敢争先。全民齐聚正能量，圆梦小康舞大千。

蒋松其

蒋松其（1965～　），江苏涟水人。中共党员，大专学历，农艺师，涟水县涟城镇副镇长，江苏省、淮安市、涟水县诗协会员。

贺能仁寺落成开光

三月早春暖气升，经声何处忽传闻。西关彩练当空舞，古刹能仁今又生。
千年风雨地无迹，百载荣辱心有痕。虔诚一片难相负，佛佑苍生到永恒。

春到涟城

日丽风和疾马蹄，多情总醉百花枝。清波微漾鹭来早，香瓣漫天雪化时。
楼外青坪十万丈，榭旁翠柳五千丝。有心难绘人间景，魅力涟城世应稀。

涟城怀古

万里黄涛无觅处，傍堤城邑几时兴。四时禅寺香客涌，五更乡学灯火明。
烽火城头拾残剑，教民池畔放经声。如烟往事谁能忆，寸草片砖无限情。

游清晏园

小游清晏正春深，拂面风轻趣意增。夜半高衙人不寐，千年泽地水无声。
荷香满院醉吟句，雪映半堂唤玉樽。无尽风流何处去，情怀别样说今生。

米公洗墨池

岂是寻常一水塘，千年遗墨有余香。至今黎庶怨郡守，别去无声何太长。

黄河缺口

长堤随势静无澜，浊浪几曾卷远滩。淮上稻花香阵阵，随风传讯到长安。

唐集月塔

独立荒丘草木长，欲亲难近意惆伤。豪门今日为何去，残塔空留映夕阳。

别具一格中心村

霞映琉璃泛紫光，飞檐斗拱气轩昂。农家新馔邀客聚，欢韵入云传四方。

百里防护林

弯弯碧浪入胸怀，暮色如帘随势开。归桨摇来鱼点水，枝头喧鸟唱涟淮。

安明然

安明然（1965～ ），江苏涟水人。中共党员，英语本科学历。现任涟水县成集学校中学部政教主任。中华诗词协会会员、淮安市诗词协会理事、涟水县诗词协会常务理事、《涟水诗苑》副主编、涟水诗词网执行主编。

钓鱼岛玩火

作恶蚍蜉扎祸根，钓鱼岛上起烟尘。欺人误己无新意，玩火穷途必自焚。
当日绞刑犹在目，如今滋事又临门。惊心两岸早忘记，掀浪翻天军国魂。

忆童年

轻风撩起嘉年华，紫燕迎潮筑小家。田里谁戏蝴蝶笑，路边蛙点露珠爬。
桥头静坐叹溪水，墙角探身窥校花。昨日童音成老调，只留追忆伴桑麻。

赞环卫工

街头巷尾露侵身，星斗盈眸对俗尘。冷雨敲窗人入梦，残花绕帚汗沾巾。
沧桑岁月年年是，寂寞风霜处处真。点点薪金无悔语，辛劳换得满城春。

心 醉

夜色融融荷叶鲜，绿裙漫步画廊边。桥头静坐观鱼跃，竹下虫鸣似管弦。
树静溪清蛙得意，天高露重鸟安然。娉婷少女心陶醉，缕缕思情落锦笺。

学习党的群众路线教育实践活动总要求感赋

明镜高悬鉴自身，扑蝇打虎洗霾尘。瑕疵若有勤修理，遗憾全无显气神。
细雨和风花弄影，青山碧水鹤摇春。迎来紫气民心暖，如画江山更动人。

母亲您走好

枝头带素起寒烟，雨后秋风压瘦肩。远望冬青披白布，近观瘦竹弹冷弦。
吊丧好友频频至，送葬豪车缓缓前。母爱无疆难报效，捶胸跺足赋愁篇。

中学梦

微风轻拂叹年华，银燕踏浪寻自家。笑语飘飘沿小路，芳心细细映朝霞。
小桥静坐荡溪水，双蝶轻探追校花。脚印消磨童幻想，只留笑语独尝茶。

中国梦

神农呐喊雄狮醒，不息江河韵更长。万里征途初毓秀，百年大计续辉煌。
蓝天巧绘锤镰举，捷报频传帜志扬。虎跃龙腾惊世界，中华崛起壮炎黄。

涟水诗词网感赋

自费诞生诗赋网，银屏冷落路茫茫。白天园圃浇桃李，夜晚荧屏阅韵章。
联袂导师勤批阅，挥毫诗友聚华堂。真诚打动翰林客，携手扬帆去远航。

纪念邓小平诞辰110周年

胸罗改革气如虹，斩棘披荆永向东。三步宏猷书正义，一生伟略逐长风。
回归港澳民心奋，统领山河国运隆。经济腾飞良策献，殊功鼎铸后人崇。

新农村

放眼乡村一梦清，花园别墅倍温馨。豪车开进农家院，到处传来劝酒声。

赞今世缘酒

美酒飘香今世缘，甘甜浓烈醉诗贤。五湖四海闻皆赞，情溢琼浆满客船。

月同圆

岁岁中秋岁岁牵，举杯遥望话缠绵。一衣带水同期盼，大统中华月更圆。

学生上网

天天节约聚零钱，夜夜沉迷醉似仙。欲睡昏昏难尽意，痴情游戏笑缠绵。

涟水颂

古邑地灵人杰昌，交通八达接城乡。诗词歌赋萦风绕，笑语常书颂小康。

荷　塘

倒影蓝天秋菊黄，鸳鸯嬉水鲫鱼忙。小桥静坐痴还醉，梦撒西风一藕塘。

秋　韵

蓝天如洗雁成行，泉水叮咚野菊香。远眺金波人自醉，飘来喜悦润诗章。

放　鸭

浓浓晨雾起云天，嘚哨声中夹响鞭。一路呱呱言不尽，池塘惊醒蟹鱼眠。

网上情

荧屏芳泽聚精英，古律新声饱满情。亮点聚焦华赋铸，天南海北踏歌行。

游桃花涧

满树春娇百鸟啼，情人对对着痴迷。蜜蜂笑向枝头闹，彩蝶随风追小溪。

咏桃花

满面春情似酒浓，身姿窈窕抱心红。点头俯首迎飞燕，醉倒骚人晨雾中。

醉　春

东风轻吻柳摇弦，瀑布两行溪水前。慢理柔姿扶紫燕，淡妆浓抹醉诗仙。

重阳节感赋

好友重阳聚网前，诗词互动乐无边。屏间敬送新醅酒，万里同歌不夜天。

杨立彬

杨立彬(1966～),江苏涟水人。中共党员,大学文化。现任涟水县东胡集镇人大主席、东湖诗社名誉会长。有多篇诗词在有关报刊发表。

贺涟水“两会”召开

群英欢聚四方来,喜事成双“两会”开。远虑深谋良策献,集思广益富苗栽。
“三涟”好画新图景,万里鹏程展壮怀。深化改革搏巨浪,山花烂漫崛江淮。

赞淮上人才

淮上人才喜多多,尽显贤能谱壮歌。同绘蓝图红日昉,共书长卷攀先科。
包容天下复兴梦,崛起江淮展巨谟。总理故乡建设好,百花齐放舞婆娑。

迎新年

总把新桃换旧符,春回大地密云舒。同心勠力圆国梦,椽笔高擎绘画图。

参观周总理纪念馆感赋

实境课堂尤隽永,伟人思想闪金光。整冠照镜新风树,洗澡治疴正气扬。

顾连明

顾连明(1966～),江苏涟水人。大学文化,中共党员。涟水县时码办事处党委副书记、东湖诗社名誉会长。有多篇散文、诗词在有关报刊上发表。

复兴现代农业基地

赤子家乡椽笔挥,倾情种养巨龙飞。生金宝地投三亿,喜看明朝映日晖。

赞盐河“五改三”工程

锦绣安东玉带飘,盐河两岸鹭冲霄。一流生态黄金道,达海通江壮志豪。

重温群众路线感悟

玉阕中枢发正音,除污去垢又一村。清溪碧水千帆过,厚土强根万木春。

伯乐颂

伯乐识才慧眼裁，相得宝马奔驰来。征程千里当先骏，夺胜揽金展壮怀。

庞友亮

庞友亮(1967～)，江苏涟水人，中共党员。大专学历，毕业于江苏省淮安师范学校，历任小学、初中各科教学。爱好诗书画艺术，并能利用业余时间进行创作。现任涟水县永兴学校副校长。

情人节有感

月挂中天，相思两边。那边思我，这边我思。思我衾冷，我思断肠。未谋同穴，但求重心。殷殷意切，绵绵情长。相见悔晚，恨难成双。君我虽好，且忍离伤。来世牵我，鹊桥徜徉！

雨夜思友

旧岁寒秋惊鸿去，飞何太匆，未伴鱼书。西风残照天涯路，伤心时节，唯凭栏处。有信东风唤春步，雁阵北回，可曾耳语?燕剪虽能裁细柳，却难奈何，愁思万缕!

偶遇伊人感怀

金丝发，大红袄，笑靥如花，桃梨逊色亏。应着嫁妆随我来，造化弄物，风雨劳燕飞！人依旧，情已非，山盟犹在，两好形影随。回首倩影渐次去，西风残照，抹几行清泪！

房奴累

一旦茧缚做房奴，贷、还往复遥无期。囊袋渐轻羞示人，柜橱米少鼠影稀。铜板恨不掰两瓣，杯羹略抵半周饥。数月难得尝鲜味，经年未敢添新衣。股市狂跌干瞪眼，物价猛涨空着急。水、电、气、油费没减，欠条排队等开支。脑胀头昏眼漆黑，茫然呆立徒叹息。急切盼能增薪水，否则生计难维系！

夏夜无眠

日间暑气流，夜半始凉幽。蛙鼓沟田起，蛐虫漫野啁。
无眠懒上榻，有恼渐生愁！尚未霜鬓染，月窗又白头！

无 题

胸怀珠玉，何羡粉帛。居竹邻兰，虽贫亦足！

知天命

无缘际遇把吴钩，见世修身立寓楼。富贵惯看肩擦过，月明欣慰人怀柔！

薛菊香

薛菊香(1967～)，女，网名人淡如菊，江苏涟水人。南京大学法律系毕业，现供职于中国建设银行江苏省分行。

年末感怀

年关情更怯，计日候归来。陌上花初发，村头雪未开。
愁生三万字，梦落几枝梅。追远心如炙，萱堂唤不回。

咏盐城中学湖心亭

孤阁一帆悬，相看两片天。素娥羞水色，青女浴湖烟。
未觉方塘小，谁堪别浦偏。晨昏闲散地，每到每悠然。

站台偶感

候厅内外久徘徊，汽笛无声待客催。休叹孤蓬归路倦，且欣老父笑颜开。
新词一首娱羁旅，远思千端落月台。往返蹉跎观行色，匆匆莫不异乡来。

酒中缘

轻斟慢品味醇绵，涟水扬名靠国缘。开窖香浮三里外，举杯人醉五湖前。
笛声安可消长夜，觥盏原能骇四筵。忘却心头无限事，一番豪饮半成仙。

注：国缘，原名今世缘，产地为江苏涟水；五湖，指代涟水城的五岛湖公园。

乡村秋语

山村十月闲人少，万顷良田半未收。碌碌尘飞忙似火，涔涔汗下乐无忧。
拈将素发盘双髻，摘得黄花戴满头。欲问潺潺东逝水，故乡念我几回秋。

岁杪感怀

两载他乡漂泊身，隔周往返叙天伦。平常工作寻蹊径，闲暇吟哦慰夕晨。
听语方知风俗异，由来不改性情真。江湖又复年华去，写尽炎凉再写春。

假日回乡感怀

水满陂塘稻满畦，天穹野旷碧云低。却怜霜后菱荷老，稍喜田间鸟雀啼。
修竹幸多承雨露，空庭无奈落尘泥。明朝又是他乡客，复恐黄花照眼迷。

分别35年高中同学聚会感怀

金陵夜雨恣缠绵，同砚诚邀赴绮筵。契阔三秋翻旧历，相逢一笑奏新弦。
今宵共饮秦淮水，几度重寻江浦船。回首青葱惊暗换，韶光已负半生年。

中秋忆母

情怀总忆少年游，荏苒光阴逝水流。遗爱常存情未了，劬劳未报意难休。
千家万户团圆夜，两界三年寂寞秋。慈母韶华犹在目，儿今鬓发也霜头。

携老父观白马湖菊花展有感

篱菊凌霜向晚秋，争芳斗艳竞风流。夕阳染醉缤纷里，却怕黄花笑白头。

赏鸡鸣寺樱花偶感

香飘十里一相寻，风撷轻绡落满襟。未必瑶池多艳色，遥看花海自沉吟。

登中华门城墙

振衣独上古城墙，极目嚣天旌旆扬。莫叹红尘多聚散，千年往事绘沧桑。

张红梅

张红梅(1968～)，女，江苏涟水人。本科毕业，现为涟水小学教师。业余喜好写作，尤喜诗词，获淮安市第二届巾帼“十杰”诗人、首届校园教师组“十杰”诗人称号。

观五岛湖夜景

万方淹日暮，霁雨上高楼。天地凝初辟，斯人若梦游。

星桥银汉渡，仙阙彩灯浮。指点涟城在，蓬莱雾外州。

望涟漪湖

极目何寥廓，烟波渺翠微。不时风处处，尽日雨霏霏。
二水分三岸，千帆过一矶。但惊清浊接，合去亦同归。

授牌有感

晨向酒乡时，莺欢舞柳枝。清风漪曲醉，诧雨世缘滋。
诗趣杯中取，豪情月下移。金牌手心捧，天地璨佳期。

闲步涟城

夕日送新雨，涟城沐晚晴。目明翱翠浪，耳慧好高鸣。
尚有云霞色，且除嚣浊情。故园招远客，多说读和耕。

答谢友人

长吟六月风，因我暨阳东。还寄南方雨，来滋北国侬。
牢骚成挚好，托举废词工。但惜今朝酒，存余馥郁盅。

春游五岛湖

花枝如笑草如烟，三月春风得意天。谁赋相思桃李下，燕通消息谢家前。
岛湖青柳犹垂钓，闹客啼莺不知眠。便欲世缘沽美酒，好调锦瑟度华年。

春日闲步

春风池岸柳烟霏，曲径平芜尽处归。一夕风吹花似梦，几双燕隔柳成帷。
不知愁事何时有，远想假期此外非。最爱其中人并影，湖亭共坐数斜辉。

春日寄语

不见莺飞见有啼，岛湖春物最犹疑。几丛花叶偷残雪，一树绵风洗碧丝。
敢问仙人曾有意，故教今语太穷词。劳情莫不淹留久，况是凭栏望远时。

祭成集小延安

欲倒江波祭一杯，浪花翻覆泪悲哉。叠溪丛水青青染，幽径曲途险险开。
世事维艰百姓叹，纷纭灾祸怎由来。天公人事应谁错，纵使分明也不哀。

采　春

新朋老友暮春归，采笋撸香喜乐滋。蓄雨新清花各艳，轻风乱剪绿皆奇。
逃喧始爱千枝竹，畏世终成百卷诗。此意林泉应有觉，依依槐柳向人垂。

春游故园

应恐风光留未觉，便驱闲意故园开。春凭雨色辞人去，茶与溪声扑鼻来。
已释清怀无一事，焉能白鬓有千哀。吾今学得渔翁醉，笑看残红点翠苔。

立　夏

多愁五月在秋前，推走春风未坦然。一径残红非雨爱，满溪浓绿岂云嫣。
居家莫不诗书友，外出无常景物仙。此夏欺来怎消受，孤沉幽里待蛙蝉。

雨不绝

尽日飞飞漠漠寒，欲知佳兴几时阑。故园一夜千方湿，归雁此时何处安？
风下悬旗愁不满，云边墨影洗犹繁。和泥岂独衣裳着，检点心头拭每难。

丢手绢

一条白手绢，转圈忙不暇。趁机学成语：花落在谁家？

朗　读

仪态须端正，心神要分明。摇头又晃脑，唯恐不发声。

微　雨

天色何时晚，微寒共雨生。沾衣犹不管，独走一街明。

感　春

千峰一夜绿嵯峨，春竟还嫌雨水多。无限风光谁觉早，半山虫语奏新歌。

母　鸡

母鸡咯咯忙生蛋，原地啄窝左右看。红着脸儿蹲下身，轻撩盖宝你别探。

树

春意剪成碧玉妆，引来燕子一双双。筑巢安乐不容易，先在枝头嬉戏忙。

放风筝

一根线索系天空，鸳鸯蜻蜓各不同。儿童不知烧赤壁，也学诸葛借东风。

象　棋

楚汉两军常对垒，至今千年似当时。兵卒将相各有所，算尽机关慎自迷。

滑滑梯

一条通道起波澜，一路凯歌无阻拦。李白名句真堪笑，破浪乘风真不难。

春　寒

东君虽得见尘踪，自下于今绿未浓。莫问人间犹料峭，原愁梅蕊损清容。

元　宵

依旧华灯照晚天，银花金雨落楼前。殷殷每叹添新岁，却忘今宵第几年。

除夕夜

灿烂烟花晚似晴，危楼遥望一天明。万方皆没喧嚣里，此夕谁听落雨声。

雷雨前

云天乌布密铺绸，滚滚惊雷势不收。乍晌晴阳容色艳，一番风雨为谁柔。

郭伟明

郭伟明（1968～　），网名红尘佛，江苏涟水高沟人，1988年徐州警校毕业后在涟水县公安局工作至今，现任警务保障室教导员，获淮安市第二届“十杰”田园诗人称号。

乡居有感

农院隐城郊，凡花共野茅。晨曦闻鸟语，暮霭淡林梢。
室雅何须贵，篱疏不慕高。桃源无大小，腹内有离骚。

春日晨行有感

春深花肆意，天暖野斑斓。心有三千里，人无半日闲。

神游秦故地，梦越楚雄关。欲脱樊笼锁，灵山一念间。

雨后春晨

夜半零星雨，晨风沐素心。天高无俗韵，日照淡鎏金。
野旷田初醒，苗丰绿乱侵。一年春复始，万物竞光阴。

题涟水健身广场人工湖

昨夜东风至，园梅肆意开。斜阳长老树，瘦水出新苔。
云影驱闲鹭，鱼花碎镜台。年年恨春短，春到莫徘徊。

咏梨花

懒随桃杏乱飘红，如盖亭亭向远空。阡陌参差疑瑞雪，纵横错落似琼宫。
盈盈碧叶掀轻浪，袅袅香英恋细风。三月人间无俗韵，梨花一夜白安东。

夜行随想

三更酒醒竟无眠，信步出门观野田。犬吠疏林惊宿鸟，风携薄雾淡云天。
孤村灯火数萤闪，朗月清辉一镜悬。春去未能随远送，依依夜半怅留连。

暮春野望

寻春无计怅徘徊，疏柳青堤一色来。阡陌纵横如浪起，楼房错落似屏开。
“三淮”美景何人画，四野风光妙笔裁。莫问世间谁处好，新农村里隐瑶台。

洪泽湖大堤漫步有感

破釜塘中烟水茫，长堤浸透旧沧桑。清波拍岸惊新柳，帆影归来淡夕阳。
几处暮鸦争远树，无边湖景沐金光。听涛不觉沉思久，一梦依稀到汉唐。

游兰花种植园

万紫千红一处栽，奇花异草入园来。人间四月无春觅，棚内全年百艳开。
色彩斑斓云忌妒，仙姿飘逸雪徘徊。何时天赐怜香手，春夏秋冬任意裁。

题蒋坝古镇

明珠镶嵌大湖东，天子南巡赐御封。河网纵横鱼米地，人文荟萃圣贤踪。
春描古坝千般美，雨润新淮五谷丰。莫叹吟诗无意境，田园处处武陵风。

中秋登高赏月

今古悠悠月色同，登高若沐汉秦风。疏星四隐青霄碧，火树频开暗夜红。
旷野鸣蛩悲重露，他乡游子羡归鸿。长空有镜悬天际，两地相思一处融。

中秋题涟水红窨金鸡坨生态农庄

曾因水患诞金鸡，雨顺风调保庶黎。四野丰禾铺翠玉，一湾莲藕没村溪。
楼台犹胜瑶池美，亭阁堪与铜雀齐。莫道家乡无景赏，心闲处处有诗题。

春节后第一场春雨

夜来细雨瘦长堤，薄雾层岚远树低。零落硝烟怀旧岁，辛勤农叟试春犁。
雪融溪畔浮新草，风过林梢送鸟啼。休道小城无胜景，田园处处惹人迷。

秋雨感怀

秋雨无端生寂寥，风凋碧树渐萧条。田间早稻弯新穗，云后归鸿觅旧僚。
小院荷池莹玉露，偏乡旷野远尘嚣。人生何患无知己，一入诗书百圣邀。

晨　行

久雨初晴绿意侵，长堤信步觅春吟。两三野雀歌新树，错落青蛙鼓妙音。
四野麦田丰玉穗，一溪烟柳荡尘心。春归何必伤春去，昨日风光岂胜今？

立夏有感

立夏逢阴花半休，残红一地艳痕留。寻春无计观新柳，听雨凭空起淡愁。
云涌天边连远树，心怀落寞厌登楼。平生不喜逢迎事，山水田园自在游。

游秦淮河有感

秦淮毕竟誉声隆，彩舫轻摇岁月中。霓闪清波千点火，庙融古韵六朝风。
摩肩接踵人如海，画栋雕梁美若宫。一水悠悠承往事，应知今胜旧时丰。

南京清凉山漫步有感

清凉山上晚来幽，林路溪痕古韵留。银杏谷中遮夕照，鸣蛩声里远尘忧。
龙蟠江左盈王气，虎踞秦淮镇石头。六代前朝成故事，风流今日看神州。

冬日观涟水五岛湖公园夕照山

经冬荒野阔，水瘦露凋荷。夕照山虽小，五湖生一螺。

咏白玉兰

又是玉兰初放时，一身雪白立寒枝。心高不共凡花舞，只问流云知不知？

春日雨后过盐河有感

春雨绵绵数日多，心情无奈又如何。满堤烟柳承甘露，三两渔人探碧螺。

春日晨行

风轻天碧玉钩悬，野陌无人百鸟喧。我欲引吭歌一曲，恐惊晨雾散溪边。

咏竹（题新办公楼西竹林）

新楼西畔竹林幽，傲雪凌霜清气流。心在蓝天云上住，何须留意俗人眸。

雨后清晨游荷缘农庄

晨曦初透漫徜徉，雨后田园尽玉镶。偏爱接天莲子藕，一池荷染半城香。

汪其松

汪其松（1969～　），江苏涟水县高沟人，从事市场销售。从小受到家族文化熏陶，崇习律绝，游历为诗，作品散见于网络及诗词专刊。

朱熹故园遣兴

戴云仰望句难题，竹影嵯峨槊不齐。沈俊芭蕉空濯雨，溟蒙阴夏笛吹蜺。
综罗百代开山大，集注千秋放眼低。风止方塘青不接，无人道统出南溪。

寻游明十三陵长陵偶感

暑犯昌平伏远峰，山关故道锁鼋龙。撩云望北天光散，坐镇拥南地气封。
大势分明成祖志，老谋生死抱枝蛩。朝迁不易秋风转，何举唐王说宋宗。

武汉春寄

春排青岸柳思东，黄鹤忘归宇自雄。逐对翻墙蝴蝶舞，交横出岫杏花丰。

云徊此地多情愫，津渡如今少客篷。听罢玉声芳草曲，江城何处赏樱红。

沐夏澍泽

端午烟黄出建瓯，山柴遍野竖缨矛。沿途十万风难阻，掠寨三千势不收。
云壑图中多险峻，沙门天下足绸缪。高空霹雳连番起，尽扫尘嚣入海流。

早春新语

道余枯雪迹分明，匆去白驹初转程。村杏未开空雾湿，院梅先发暗香萦。
今闻喜鹊分双调，韵过麻阳到八更。料是东君传早讯，年开催迫少年行。

众诗友奉三江韵取青山为意作题咏李太白

拔嶂披风瞰大江，瑶台仙驾白云降。秀藏琪草葱千岭，幽抱竹林情一腔。
抱剑狂歌佯得意，冲天豪气笑同邦。到今明月无人咏，空照诗碑客自扛。

丁酉阳春隐士兄领该门友共咏《听雁》诗有寄南昌

嘉气扶摇拔豫章，白云环绕谨吟堂。曾经山谷松风绝，每羡陶家菊院香。
期信北来捎一念，志情南寄越千障。接天霞鹜平秋水，悬阁空高自在旁。

早秋登抱犊寨

古木排山一涧青，危峨突兀入璇庭。天门拾级盘飞道，石洞披榛隐固扃。
参破贤关王气减，积成风壤鹤云骈。疏钟会解鹿泉记，事说当年背水经。

小阳春律

晴照戈余野渡空，黄猺过岸落梧桐。奔驰乘驾云情动，远落参寻集市终。
枕甲农田堙马革，平胡玉律叹英雄。感来昌世尘音定，谁步阳关塞曲风。

丙申年八月八日惊闻叔父育珊公辞世有悼

黄昏老巷湿铭旌，白露潸潸唢呐鸣。飞鹤乡关天上杳，悲风意气盏中清。
仁慈自古延家道，敦厚如今在尺屏。宴赴蟠桃催太紧，夜乘归月客西行。

梅之魄

莫说清寒出淑真，谁言郢雪掩孤贫。瑶情早定三生竹，诗骨初裁五瓣身。
紧把冰心随意锁，空闻喜鹊即时谆。年年讴颂花形色，多比高枝品格人。

以近朱者赤摄影作品五岛湖风光拟“一塔湖图”为意

其　一

不像葫芦不是瓶，又非钟磬出高听。古今心照千秋镜，斗角空悬九子铃。
羽化南宫笔飞白，境开中昊墨含青。忽闻歌鹭山陬落，半醉荷风半霭暝。

其　二

春渡梵音集妙通，龟藏宝气射青穹。天高自在闲云淡，境大如来试笔工。
不意沽名寻岸柳，许今乘兴访殳虫。旧亭余墨池飞雾，白鹭湖山夕照中。

张文远古冢思怀

津关高阁出逍遥，碧宇排云暮接桥。古道青碑凝剑气，吴人不敢忆张辽。

歙州古埠徽商始发地探幽（孤雁格）

古渡兴帆通五津，渔梁镇水出龙吟。天工画壑吞云日，一曲樵歌醉翰林。

暮访醉翁亭不遇

古木听泉抱石鸣，醉翁亭院锁余晴。山途未饱秋光暗，暮扫千峰止客行。

登铁狮峰

善见摩云接远峦，丹岩更上膝犹酸。孤行欲速千林广，只是三清境太宽。

归渔恋晚

古兀青峰拘北塔，秋潭碧屿抱渔家。长竿向岸归心切，不守残阳老树鸦。

丁酉三月经石门公园所见抒怀

海棠初放护梨花，怎惹春风另眼斜。今看诗人真后学，有谁翻句压前家。

刘奋武

刘奋武（1970～　），江苏涟水人。大学学历，中共党员。曾获淮安市第二届十佳青年诗人称号，“县十大杰出青年”称号。涟水县作家协会秘书长，淮安市作协会员、淮安市历史文化研究会会员。现任涟水县广播电视台副台长。

秋暮即目

楼头秋有韵，天际暮生烟。星隐层云后，香随别院前。
斜风归远树，丽景入微涟。一塔灯光起，半城歌舞喧。

初夏杨絮肆虐时遇雨

杨花飘若雪，发力满天飞。四野皆虚絮，一城多素堆。
人行轻浪滚，风过碎云垂。恣意何曾久？夜雨洗门扉。

双休得雨

得空双休日，翻诗寻锦篇。闷云携暑气，热浪滚尘烟。
苦雨时时扰，奇风阵阵喧。半城鱼过市，四野鹭飞田。
暮色追危塔，晴光走旧砖。鸣蝉重起伏，催我换书签。

在深圳参加文博会间与爨体书法家毛广淞谈文观字提及《美好江苏赋》作者荀德麟先生感赋五排一律

五月南方暖，行云幻远空。约茶机场外，走马画村中。
话起江苏赋，韵流涟水风。铺绢推笔力，削字见刀工。
架构端庄现，方圆逸趣融。奇姿形有度，古法意无穷。
我已频烦酒，君还不倦容。滔滔追诸事，文史赞荀公。

大年初三即景

正月初三始放晴，风追寒气击窗棂。紫烟弥散妙通塔，红日逢迎文曲星。
掩卷思人吟旧雨，拾词凑句阅新屏。阿谁催酒如催债，左右闲言侧耳听。

烟雨金陵

凤凰台上凤凰飞，三月金陵花正肥。隔牖群楼缠晓雾，远山连翠接天帏。
六朝人事随风过，八艳名声搭雨回。老友二三无敢扰，清茶一碗不须杯。

辗转至浦口珍珠泉大酒店参加培训得句

春到浓时浦水新，珍珠泉上涤浮尘。弘扬国粹三千载，领读苏生二百人。
开卷讲筵河汉事，评经化典古今文。他山依旧诗书礼，我辈无非精气神。

时值三伏热出诗来天太热之四

频频举扇夜难熬，搁卷推窗辨笛箫。一树蝉声千树应，三更棋子五更敲。
朝光不与涟人便，寸雨还如往日骄。暗壁来风吹大汗，可知未远是秋高。

赞乡贤寄语书香涟水

书香借惠风，游子挂帆篷。家话千山远，乡愁九月浓。

涟城暮色即景

滚雷隐隐过涟州，路远云低雨亦羞。晴光暂落斜风里，虹起东城半入楼。

潘雪云

潘雪云(1972～　)，女，江苏涟水五港人，务农兼在城里打工。淮安市第二届十杰巾帼诗人。

大田君招饮有赋

赤日煎长昼，余温夜未央。朋呼饮百悦，兴至尽千觞。
佐酒佳肴足，燃情妙句泱。归途凭步履，蝉噪已何乡。

寸草心

依本红尘微末客，光滋雨润绿痕生。千嶂晴翠知春暖，万里萧疏谙朔清。
宠辱权凭他臆定，荣枯但逐自然行。墙头古道非由我，一样初心固土情。

朝经公园梅树下

枯草浮霜色，寒烟笼镜湖。枝头鸣俊鸟，曲径一香吾。

悟

桐叶最知秋，黄袍褪碧裘。非为亲萧瑟，缘起有缘休。

中　秋

尘世人痴日，中秋月满时。千门归倦客，万户共佳期。

南越览胜偶作

青山蘸绿水，妙笔绘天然。云影重峦上，风摇一舸悬。

秋　晨

露浥桂香沉，寒浸叶色深。日迟蛩未寂，缱绻媚人心。

错　爱

风起叶喧喧，情生辞旧缘。芳华一旦去，永日共谁言。

10月18日雨中赴淮留句

清风细雨润长淮，碧树烟生结绿苔。次第若非金稻浪，应疑又是郁春来。

暮秋晨光

日迟云厚晓寒重，枫叶摇红岸草衰。野鹭不惊秋水性，凌波振翅戏涟漪。

秋　晨

桐叶苍黄乌桕老，清池水浅碧莲凋。秋心一点何着力，且共依依瘦柳摇。

与诗友回涟过百花园戏题

百花园里花成海，姹紫嫣红放肆开。更有奇葩何处至，拂娇戏艳效无猜。

晨　趣

呜呜大早手机鸣，屏上骈行骚客情。诗教经年丰果硕，长淮处处仄平声。

感　时

未至隆冬小大寒，枝头绿色有余篇。罗衣锦服难知暖，岁月剥蚀烈火丹。

柿子熟了

落木萧萧野草黄，屏中眼底尽苍茫。镜头忽捕鲜妍色，一树红灯胜海棠。

国庆节闻雷听雨有作

滚滚惊雷鸣礼炮，哗哗响雨奏丝弦。人间天上同声气，共贺神州华诞妍。

高正飞

高正飞(1974～　),江苏涟水人。中共党员,研究生学历。现任涟水县东胡集镇镇长、东湖诗社名誉会长。有多篇诗词见诸有关媒体。

“两会”颂

腊梅竞艳迓新春,荟萃精英心系民。共绘蓝图开富路,同谋发展立强林。
众人划桨行船快,万马奔腾捷报闻。擂鼓催征关再闯,小康共建映朝暾。

迎　春

三阳开泰喜迎春,实干兴邦风水生。跃马扬鞭奔富路,高歌猛进建功勋。

一帆河现代农业观光带感赋

一帆河畔起波澜,出彩三农展靓颜。虾戏鱼游桃上市,富民强镇谱新篇。

胡鲁路建成有感

昔如蜀道瞬全无,胡鲁坦途展壮图。创业招商工贸旺,今遂民愿汗青书。

任云霞

任云霞(1977～　),女,江苏涟水人。淮安市第二届“十佳青年诗人”,淮安市第二届巾帼诗人大赛第一名,淮安市首届校园诗词大赛教师组“十杰诗人”。作品发表于《淮海诗苑》《江海诗词》《中华诗词》等。

参赛感怀

淮城呈锦绣,赛会展风流。雅韵知音众,古言诗友稠。
书文添异彩,谱曲构奇谋。感咏歌今世,唐人见也羞。

戏题卢生演诗

珠雨阻归途,卢生演诗记。手轮足亦蹈,情切当场痱。
美女顾其兮,洋洋自得意。平生聊自慰,查济古村事。

咏秋分韵拈得"重"字

寒雨漏秋重,霜天染翠浓。月明星错落,露冷蛰迷踪。
桂魄藏云气,苔痕饰洁松。江山含锦绣,诗赋写情钟。

查济行遇雨阻归途

徽村风亦古,深巷傍溪流。青石匀斑小,残垣捋字稠,
飞檐凌宇动,曲水抚琴柔。安步邀风雨,随云赏翠楼。

游山谷流泉感怀

林幽草既丰,清气掩其中。泉迎南山雁,石藏名士风。
水寒无力逝,人为有时终。梵宇神仙地,诗家造化功。

无　题

弹柳懒梳妆,垂杨日下凉。水清花照影,风起月流觞。
一夜芳郊绿,三重杏子黄。冬生衣上雪,秋扇鬓边霜。

咏云和梯田

其　一

晴光接翠屏,烟霭近身渺。树野茅亭幽,草茵梯石小。
清泉顺势流,香稻随风矫。唤友上浮云,参差音袅袅。

其　二

织女绿纱绡,云和普渡桥。停踪随瑞锦,飞步踏琼瑶。
檀板临烟渺,弦歌隔水遥。升仙吾有路,与尔上清霄。

龙泉买剑有作之五

剑从龙窟出,出鞘侠情高。映雪惊生栗,迎风怒断毫。
杀身红影见,擒首墨痕操。夜夜刀鸣壁,何容鬼魅逃?

索道往返鼎湖峰

银河一线悬,斗室仙人捧。万壑连天倾,千湖委地涌。
伸腰触绮霞,舒袖覆丘陇。蓬岛瞬时还,诗翁踵接踵。

雨水日拈韵得火字

细雨天机织，万灵竞百舸。冬寒逐柳条，岁暖栖梅朵。
催发青春花，潜生白日火。凭栏觅水云，惊把时光锁。

暮春野望

其　一

春随阳气走，草绿野人家。石径寻流水，沙堤护落花。
运山烟霭渺，近陌薜萝斜。节令催新谷，春归亦有涯。

其　二

登览高楼烟霭渺，极知阡陌水天藏。夹城苍柳襟东海，复道黄花近夕阳。
莺啭燕啼留蝶住，瓜芦秧脚送蝉妆。阿谁夏已窃春去，且看梧桐点碧长。

登天柱山

皖公山陡客人难，万壑千岩松石安。车路迂回几字折，峰峦磅礴跳珠丸。
云梯百步悬阶抖，飞渡凌空吊索寒。前辈诸生关口闯，吾侪过后尽颜欢。

咏涟漪胜境

自古涟漪佳绝地，人文荟萃气长偏。化龙桥畔柳仙举，洗墨池旁鱼听禅。
昌硕井台香淬画，悬空寺下水皆缘。谱涟新作今胜昔，再领风骚五百年。

游醉翁亭

车马劳劳瞻野亭，琅琊镌刻醉翁名。绕圜古木葳蕤貌，泻涧寒泉缥缈盈。
山隐二贤扶正气，花魂万载驱愁情。歌声振袂香红日，白鸟青云驻足轻。

春　晨

杨柳和烟莺并语，桃花流水鹭双飞。穿檐紫燕衔泥急，路曙惊鸿鸣笛稀。
细雨一痕芳草绿，熏风三弄杏花肥。春风不解春归处，唯解游人身上衣。

谒秋瑾故居抒怀

红粉本该愁两情，偏君窄臂扛忠义。驱妖逐怪剑穿云，洒血抛颅雹雨地。
倾倒江山侠骨残，颠翻瀚海芳魂翠。百年历史记同盟，一曲弹歌镜湖志。

赴浙江采风有句

劳劳车旅雨兼身，赴浙红妆气象新。畲寨古风唯仗酒，沈园新曲不生春。鼎峰攀越听天籁，五泄漂流净俗尘。一草一花皆入画，采山采水采诗人。

原注：仿苟公“种瓜种豆种诗人”句。

访龟山遗迹即事

石梯籍籍玉阶凉，夹道枇杷自晕黄。赑屃碑残蒿草短，支祁井缺晚风长。仙人洞窄仙经泽，御码头宽御墨香。寥落闲亭裨补阙，灵龟水釜待佳章。烟霞浩淼蒸南国，碧海晴空透底光。展翅飞鸿鸣素志，化身鲲凤上穹苍。

静静的淮河

春来淮水岸，碧草倚云根。脉脉东流去，无言自静深。

仙人掌花赋

性格本坚韧，花开风骨竞。秀容独绝世，馨德清澄净。

致高考

经纶逾万万，苦读四千天。七八九连日，挥师化龙篇。

端午怀屈原

浩气贯长虹，湘江故典隆。至今怀屈子，高洁令人崇。

赏　荷

吹皱碧云楼，翻开荷叶舟。脉香时复语，莲子转头羞。

高速归途赏落日

车行高速路，野火散天边。紫气云根合，斜阳岭上圆。

立秋咏怀

天地如江水，人生一放舟。浮云照秋色，对月寄新愁。

咏五岛新荷

榴花初绽露嫣红，绿柳垂绦醉暖风。荷芰才铺青玉叶，丰姿绰约势难同。

喜迎冬雪

闺房温暖梦无临，晨卷珠帘喜煞人。展目琉璃银世界，飘棉扯絮作迎春。

云锦赞

偷来梨蕊三分白，借得彩虹七种色。素女慧心勤织就，图描社稷山河识。

雨中即景

细丝织就一舟斜，雨蝶何劳水颤花。烟柳浩波余照晚，长虹摇荡唱歌蛙。

赏西红柿图

红红绿绿满枝丫，柿子成词对众夸。勤奋浇园意何故？引来仙女住诗家。

敬亭山相思泉有句

敬亭有思阴阳隔，此地空余渴思泉。双塔不蕤春水鬓，溪声依旧说当年。

桃花潭留句

寻幽览胜觅仙缘，渡客潭头想俊贤。风话追星有逸事，桃花无语笑当前。

春日回乡

草色青青池柳俏，垂杨照影日光凉。谁家新燕衔泥急，何处归鸿鸣笛香。

中秋咏月感怀（分韵得“中”字）

重磨飞镜岁华穷，梦若浮云水自东。明月空知尘事变，夜阑还挂半山中。

洪泽湖春行

其　一

白浪逶迤逐日裁，清波两两顺船开。湖光云影争嬉和，夹岸黄花竞渡来。

其　二

青山隐隐韶光浅，紫气融融拂客怀。流水不知人事变，凉风经世诉湮埋。

其　三

浩淼烟霞蒸泽国，晴空碧水透天香。飞鸿展翅鸣高志，化作鲲鹏上莽苍。

其　四

龟山绝壁掩山楼，此地空余御码头。残损断碑今何在，清风明月亦含愁。

题画诗一组

淮河夕照

晴空拢碧纱,晚照余晖斜。日暮乡关远,客愁寻酒家。

淮水之春

一湾春水绿,两岸落花红。野渡燕穿雨,芳池鹭戏风。

淮河秋芦

芦苇萧萧自有林,露华三叠意寒侵。秋声已过万重浪,霜染层林暮色吟。

淮河湿地

淮水馈淮千斛珠,秋光染织翠林图。赤橙黄绿青蓝紫,彩练铺排淮胜吴。

纪海林

纪海林(1978～),江苏涟水人。中共党员,本科学历,中文学士学位,中教一级职称。淮安市诗词协会理事、涟水县诗词协会常务理事。现执教于涟水县第一中学。

淮安风采吟

古运河清毓秀遒,钟灵人杰数风流。大仁大智周公仆,亦勇亦忠韩信侯。
先辈传承德万古,后昆光大颂千秋。空谈误国史为鉴,实干兴邦更上楼。

反腐倡廉

领袖书签一号令,神州万里炸雷霆。肃贪反腐自身硬,清政廉心亲力行。
打虎灭蝇天网布,为民造福国升平。兴邦务集正能量,天下为公志竟成。

登滕王阁

久仰滕王阁,今欣赣水游。人生秋几度,不上誓难休。

君子兰

叶献殷勤花欲羞,馨香溢远竟忘收。怜蜂勤苦酿甜蜜,岂许蜻蜓立上头?

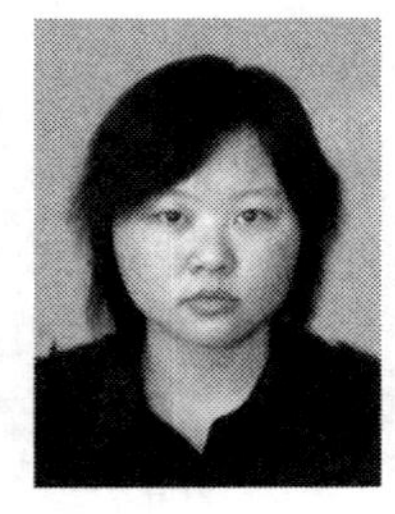

方　菲

方菲(1979～　),女,江苏涟水人。毕业于南京艺术学院、清华大学与中国艺术研究院研究生班。现任涟水县文化馆馆员、县文化广电新闻出版局人秘科副科长。

谒梁红玉祠

策马临安平叛乱,亲擂战鼓抗金兵。沙场血战须眉愧,拍袖红颜留玉名。

淮安蒲儿菜

看似茭白如嫩笋,原来蒲苇褪霓裳。当年红玉抗金菜,今日佳肴迎客尝。

老妈晨练大家夸

老妈晨练大家夸,舞剑挥拳皆不差。潇洒松沉多飒爽,彩霞映照一枝花。

29岁生日有感

时光眨眼近三旬,事业平平汗满襟。破釜沉舟头不掉,丹心一片报双亲。

刘小聪

刘小聪,1980后出生,江苏涟水人。中共东胡集镇党委书记,涟水县诗协副会长。

赏　雪

夜来瑞雪飘虬枝,抖擞报晓立雄鸡。广袤大地金龙舞,锦绣河山银装披。一份厚礼献南北,万里旱情缓东西。人勤春早蓝图绘,强镇富民固国基。

肖腊梅

肖腊梅(1981～　),女,江苏涟水人,现居扬州。2003年毕业于扬州大学中文系毕业后,就职于扬州晚报社。偏爱梅花,以绮寒轩、梅花旧馆为书斋名。

秋日与平山诸友游瘦西湖及平山堂有感三首

其 一

红桥烟冷旧时诗，纷扰游人几个知。转过寒汀不成梦，蓼花寂寞枕秋池。

其 二

泠泠秋水萦残碧，又负年华酒半壶。照影芙蓉花正好，雁来不识楚天孤。

其 三

遥羡风流同一望，平山韵起蔚成宗。嗣怀千载遗清响，纵写浮云到碧峰。

无 题

其 一

那时忘却烟波冷，缬眼飞花几度春。老去东风遣谁问，江天日暮隔音尘。

其 二

昨宵才许莺花愿，今日匆匆已暮春。人与碧云容易散，绮罗十二总尘尘。

徐高杨

徐高杨（1985～ ），江苏涟水人。淮安市诗词协会理事，淮安市第二届田园诗大赛十杰诗人。作品散见于《中华诗词》等。

雪后寒山偶步

昨夜听风雪，清晨山已新。千行冰聚岭，万里玉雕林。
乘兴独寻趣，携云共步深。偶惊枝上客，琼碎落纷纷。

早春偶句

夕阳近西岭，一日又黄昏。花海犹无影，历书虽已春。
只觉风似水，未见草如茵。不信时光忘，循山独自寻。

春游楚秀园

春气泛清新，佳园景色真。烟湖隔翠柳，古柏近白云。
人在亭中憩，莺飞枝上吟。游来不尽兴，直待日归林。

竹 林

春色罩竹林，幽深隔闹尘。潇潇风舞影，袅袅雀鸣音。

任尔浮云去，随他落日沉。犹听青叶响，静味此中真。

暮春野望

暮春时节观田野，上有深林下有花。楼角凭栏遮翠叶，桥头临水映红霞。风吹白昼浮云醉，雀唱黄昏落日斜。柳絮又飞天似雪，幽幽青草独听蛙。

咏李清照

一代红颜多坎坷，流离颠沛半生孤。犹识碧水兰舟桨，难见西楼云雁书。花自飘零催泪涌，人独浮渺伴风拂。相思无计能消散，心上眉间万事枯。

唯见小猫不见君

那年伊也住乌巷，细雨斜阳独自愁。不爱喧嚣不爱闹，只知落叶只知秋。青丝风里柔柔缕，碧水云边漫漫流。君去小猫依旧在，当时陪伴倚西楼。

端午返乡抒怀

船篙轻点归乡客，白鹭齐云隔水天。一段行程一段惬，半江夏影半江恬。舍舟登路穿垂柳，下马扶桥望故园。芦苇野花隐飞鸟，风中艾草傍石栏。

登金陵石头城

烟雨金陵梦难醒，残山剩水自春秋。断城泣诉千年恨，驳壁沉沦万里愁。回望苍穹疑过雁，俯怜江影叹行舟。从来多少帝王事，坐守重门已忘忧。

春游淮阴楚秀园

初春时候气清寒，相聚来游楚秀园。桥跨湖光横碧水，人随柳影转栏杆。枝头莺雀成群闹，墙角梅花独自闲。淡淡乌云飘细雨，不湿衫袖只添烟。

题仲春

墙角腊梅凋已闲，辛夷似雪正翩翩。满城翠柳皆轻舞，沿路海棠初粉颜。眼里春光随意画，枝头雀乐任凭弹。早知景色留人醉，不把朝晖空锁轩。

咏宫粉梅

满枝宫粉梅，沿岸沐晨晖。俏色眼前过，幽香衣上随。

夏日遣闷偶句

漫步荷塘畔，斜阳映柳丝。小桥谁独候？静立起风时。

清晨散步

清晨独散步，闻鸟上头嘶。抬首寻声望，轻飞过绿枝。

清 明

烟雨轻轻薄似纱，青青柳色绕人家。春风缕缕不知恨，每至清明处处花。

过桥赋

漫步宜寻清雅处，独临桥畔远人居。应嫌水上少颜色，树叶飞来添作鱼。

春日楼上有感

湖畔风中一片柳，莺啼声里几回春。楼前红杏落花雨，对此凭栏思旧人。

题重阳

秋到重阳方欲晚，寒霜历尽始觉真。春花夏雨归平后，静水宁山叶落深。

春日抒怀

万里春光城外渺，风吹花叶两翩翩。白云飘过东楼上，落日余晖西岭间。

惜春即句

听得窗外鸟声闹，怕是春光渐渐深。浩荡东风且停步，莫吹柳絮又纷纷。

鲁家用

鲁家用（1987～ ），又名鲁加专，江苏涟水人，网名博钝倦人、栖海庐，铭社社员，中学英语教师。著有诗集《朝华集》，作品散见于《人民日报》《中华诗词》《诗词百家》《江海诗词》等。

夏晚野步

遣夏荒村晚，来循曲径行。近禾浮白霭，远道疾黄灯。
野树随堤合，群星入夜明。乾坤振飞雁，嘹唳一声清。

秋夜卧雨

未饮杯中物，双眸泪已深。平生多逆旅，言笑强逢人。
谁会鸣琴意，难改避尘心。永夜秋涛急，因风更打门。

登安澜塔

四野苍茫淮楚地，交流三水壮涛纹。楼船似马趋南北，淮道如龙入海湣。
索跨长堤迷禹迹，人临双塔莽乾坤。春潮频打石头响，犹数飞禽对夕曛。

书　感

目中谁是上林才，欲扫云霾久不开。泣地淮流汉侯庙，耸天山势楚王台。
斜阳终古残如血，劲草从来委作埃。莫道阮狂刘醉事，登楼赋罢有余哀。

哭先府君大人讳国仿公

痛哭如何竭肺肝，风悲新岁夜漫漫。一身刚直人情薄，四载艰酸脑梗殚。
永忆年年庭训炙，翻怜事事寸心盘。深宵独对框中影，万语无声泪雨汍。

响涟道中

百里驱驰慰客思，平畴万木叶飞时。四围稼穑铺空翠，一线艨艟照影低。
似此江山歌楚郢，共谁湖海尽醪卮。斜阳又带寒鸦色，万点飘零独感知。

返响道中

草草杯盘又客程，托身湖海共飘萍。萧寥况值秋风起，迢递更同塞雁征。
世味年来尝欲遍，人天梦里续难成。关情最是慈闱侧，一片春晖倍冷清。

夜雨怀乡

夜雨敲窗入梦边，无端思绪绕荒阡。萧疏荠麦悲新冢，零落园蔬杂故田。
百载烟云惊过隙，一春心事怯啼鹃。唯知屋角双桑树，又着新芽覆瓦巅。

秋兴八首步杜工部原韵

适周末由响返涟，道中触目，不堪萧瑟，转蓬身世，哀感凄其，爰次杜韵，吟成八章，聊纪一时萍绪。

其　一

风叶萧萧坠故林，荒原向晚气森森。飞霜未阻雁行迥，照月初惊客路阴。

寥廓四围生海气,离忧十倍长愁心。鲈鱼味美堪归去,空诵征人听暮砧。

其 二

海城风定月初斜,对影何从感岁华。襟抱空教困尘网,蓬莱阔话待仙槎。
峥嵘万事奔而立,恍惚孤灯响铁笳。愁思难排睡难稳,振衣深院看霜花。

其 三

满目风烟掩夕晖,秋林欲雨入霏微。云含海色千重暗,声动乌枝列队飞。
长惯征衫尘垢满,忽惊凉梦少年违。瀛洲七尺容萍寄,薄禄图南孰瘦肥。

其 四

狷介何曾学弈棋,樽前但引古今悲。缥缃文翰尊前代,日夜西风换昔时。
寂寞鱼龙秋气紧,劬劳盐坂马蹄驰。栖身已与沧溟近,万里霜天有所思。

其 五

断魂最是眺家山,楚水淮云缥缈间。古屋春时喧鸟雀,新坟梦后怯乡关。
转蓬风起知秋力,失路谁同强笑颜。欲豁吟眸立荒野,题羔几辈是同班?

其 六

飘萍身世海西头,一箭韶光渺九秋。早觉金针荒旧梦,聊从杯酒缓新愁。
浮沉天地伤孤抱,变灭风云侣白鸥。闻道功名斑鬓早,何须西北望神州。

其 七

蛮触争雄说巨功,旁观冷眼笑谈中。岂随狐鼠冠虚节,自有梅兰赋好风。
嘤友秋江怅凋碧,题襟何处写残红。一竿烟月舟中冷,不见少陵头雪翁。

其 八

云台北望路逶迤,滚滚江潮入海陂。俗眼能开新世界,孤鸿惯捡最寒枝。
风生林杪人初定,影动蒹葭岁欲移。惆怅危楼听夜笛,苍茫吟罢四云垂。

奉和廷剑赠诗

风骨谁能辟町畦,中原板荡识鲸鲵。百年萧瑟伤怀甚,一夕清欢砥角犀。
欲上飞来峰渺邈,不堪斫地雨凄迷。海门明日天涯又,雪气孤篷没楚堤。

登 高

登高豁目神州漭,欲畅幽怀孰可知?万里关山空缱绻,一川怒水枉奔驰。
心存意气终何用,海散狂涛有聚时。独把金樽送斜照,岚烟起处烈风嘶。

惊闻周汝老仙逝悲怀莫展爰赋七律一章略申追念

京华北斗遽微茫,天际风悲感肃霜。鹤影诗魂真翘楚,荒原红魄独驰骧。
山阴笔脉凭谁继,学海清风恨不张。永忆扬州存手泽,盲书重阅涕连裳。

新　秋

天空云雁外，水阔荻芦间。谁会秋来意，登高一怅然。

偶　感

雁落秋天外，人居闹市中。高楼深障目，难共骋长空。

哭外祖母王振芳大人绝句

其　一

风骨萧萧看劲松，天灾人祸历千重。齐家一世英雄老，空对苍山吊旧容。

其　二

坚贞一代女英雄，可怜命薄古今同。满腔苦痛同谁诉，唯把悲情托晚风。

其　三

有寿无福最苦心，白头送子已三人。晚来寂寞同谁遣，孤卧乡村抹泪痕。

其　四

满目愁云连海际，辛酸身世感苍茫。隆隆恩泽如何报，一忆音容泪满裳。

其　五

人生有限情无限，真到别时最心伤。恩泽书生何以报，椟前唯有泪千行。

过云梯关

萧森云气海西头，千古雄关接九秋。有客登临逢日暮，一声辽鹤不胜愁。

秋暮过大运河

漭荡蛟龙万木秋，寒氛猛电客心头。谁怜一影重云失，已出尘埃骋九州。

张爱甲

张爱甲（1987～　），江苏涟水人。幼好古诗，长涉诗词之道。获淮安市第二届青年诗人大赛“十杰”称号、淮安市首届校园诗人大赛教师组第一名。

老子山怀古

大道由周裂，狂秦势未缝。汉奸欺老语，胡鬼谤儒宗。
晋乱流唐季，淫祠宿溃痈。怆然悲万古，李耳枉犹龙！

龟山怀古

极目长堤渺,洪波涌古今。禹王堪治水,宋帝只悲金。
金后仍当道,水猿难就擒。谁能泽东国,百姓圣人心。

贺黄岩诗协成立5周年

明月行东海,清光洗远帆。何人吹玉笛,纷雪落黄岩。
一霎群仙至,狂诗自不凡。翰林终不遇,我独照青衫。

丁酉春夏之交

四月方初九,春气尚流连。难阻乾阳盛,趁夜雨绵绵。
欲卷繁花尽,滴答扰人眠。明日六龙起,万木势凌天。

涟水成集英烈颂

淮涟英气涌,雄势起延安。众手联星火,横舟荡激湍。
至今奋余烈,拨马跃新鞍。百世征途阔,青书胆与肝。

春日思乡

北地春才露,何如我故乡:菜花盈野盛,柳线接天长。
近海流云浸,随风新绿扬。门前明月照,今夜倚爹娘。

市诗协高沟年会醉咏

春信催云客,天泉涌地灵。衔风鸣碧宇,鼓翅振东溟。
羽落仍怜梦,噙杯未敢醒。早知今日醉,何必写兰亭。

丁老师邀饮与刘石二友闻荀主席高论归而赋诗

座里人如旧,笑谈明月新。擒诗因识凤,赏赋每闻麟。
震耳衔慈诲,滋心饮碧春。乾坤多少事,下酒长精神。

丙申除夜感怀

神州除夜极,万户共天伦。四海夷同夏,千山气涌春。
东风推浊浪,长剑笑微尘。寰宇澄清日,和平仰至仁。

午晴冬步

丙申腊月廿五

晴光邀我步，梅蕊照冬颜。冰挤残荷立，人随静午闲。
何当擎北斗，举手济时艰。可叹人如树，萧然立道间。

冬月十七晨月

前夜云垂地，思卿未见卿。今朝霜遍野，冰魄透寒轻。
漫照浮生梦，浮生若雪明。愿卿携我手，万载负天行。

咏　雪

问君何故落，无语谪凡尘。似我飘零客，怜君洁白身。
君无花色艳，我有拙词真。我舞君心梦，交融天地纯。

秋　陌

野陌穿秋细，晨光越木孱。露轻荷梦浅，风重稻香弯。
雁字催云老，相思逐叶斑。昨宵频极目，明月落乡关。

怀李白用《渡荆门送别》韵

思卿三万载，所恨未同游。天地随心转，阴阳似水流。
今宵擎往事，月色涌高楼。醉死风吹醒，妨吾驾梦舟。

丙申十月诗会分韵得日字

万木卷长空，孤山擎落日。凝眸越古今，无语寒萧瑟。
可叹我应羞，更逢秋已实。慨然天地询：谁与求文质？

秋分见小荷叶感怀

一展柔荑小，秋凉绿未深。可怜才出水，无奈已沾金。
人事今成古，乾坤阳复阴。九渊潜勿用，聚力待时临。

晨步涟湖

风曳涟漪小，秋分半月香。水云时隐现，荷盖每阴阳。
野草花无几，行人步已凉。凝神收耳目，天地涌苍茫。

大梦怀李白用《寻雍尊师隐居》韵

我梦手凭天，天尊问少年：诗书仍险道，学问没贪泉。
莫若花间卧，还当酒舍眠。我言西海暮，不日有烽烟。

纪念长征兼感时

赤脚能量地，丹心可铸天。千方谋国立，万里解民悬。
今日豺狼起，狂嗥路带边。军魂传我辈，举手灭烽烟！

中秋夜阴雨

暗月云中满，相思纸上生。断空光不透，尽夜梦难成。
低首循前事，攒眉未解酲。秋声何处怯，乱雨自风横。

丙申中秋寄胡师

月圆秋未分，万里照昆仑。心慕难呼酒，何年共举樽？
师携南岳凤，神驭北溟鲲。写作循公路，吟哦幸入门。

登潜山

淮客生豪气，骄阳驻孟秋。危峰齐破宇，飞石乱侵眸。
擒壁邀松奋，攀云共鸟讴。天池终伏背，负我上琼楼！

晨　步

盛荷连碧落，朝日渡涟漪。飞鸟衔云淡，斜风动我思。
晨歌新耳目，楼宇远参差。万物古今变，闲人最得时。

登敬亭山

心幽临正午，暑气变风吹。访古凝空响，思君锁我眉。
山唯仙客著，泉止虎眸窥。人事东流去，天云不可追。

拟遇神步韵邬诗兄

楼台梦醒越千年，指月擎杯问谪仙。仙曰神浮沧海里，又言魂在白云边。
山河霜雪由天定，风雨文章自手权。我道承天唯一路，雄心逐日继前贤。

拟老于异乡春叹

如我逢霜有几人，庭中独立忆前尘。痴心未老千秋梦，白发仍怜万里春。
碧宇如杯盛往事，闲云作酒数年轮。凝神闭目阴阳转，今古苍茫外此身。

淮安市诗协30周年庆感时

千年华夏复昌隆，一世雷云际楚雄。意合乾坤无极事，神虚日月驭苍穹。
毛挥镰斧开天地，习继炎黄立大同。天道无情推运转，斯民何幸看穷通！

国庆忆立国之战并感时

三山已破未天晴，鸭绿江边猛士征。立国还须刀与血，有家暂忘死和生。
如今戎狄眸凝火，昔日妖魔骨作精。幸有英雄奋余烈，军民亿兆筑金城。

对句练笔三首

其　一

吊古层楼望，连天巨海翻。狂潮生祖逖，击楫复中原。

其　二

弹铗浩歌续，为君市义归。更营三兔窟，立得孟尝威。

其　三

孤舟明月照，一夜大江流。客路箫声重，吹开万里秋。

春　尽

此生何必做诗人，年年花落不伤春。万物行天天不诘，我自无心道不勤。

午　听

阴云未密光新透，柳系芳池风语轻。欲敛春光才闭目，萧然独立听蛙鸣。

校园晨见

李花已尽清明雨，柳系柔荑静观云。几树海棠冰火盛，紫荆香浅拥珠醺。

二月十四游园

笑语随风荡水纹，晴光抚柳客纷纷。顽童欲解春之味，摇落梅花细细闻。

秋 夜

眸凝万里怨残秋，秋道无情莫上楼。楼挂一轮如水月，月中寒树隐谁眸？

张克旭

张克旭(1990～)，字淋之，笔名残冰，号婉狂居士，江苏涟水人。中学教师。中国诗词协会会员、中华诗词学会会员、世界华语作家协会会员。诗词作品多次获奖。

自 勉

莫信天排命，人生少作春。勤耕多好事，懒惰负光神。
若不思明日，何来注后身。竹高吾亦学，顺逆起香尘。

咏 竹

风吹影更差，雨洗任何时。断岸依苍木，斜坡亮竹枝。
生来君子瘦，老却故人知。梅雪凭香色，难如一节诗。

听 雨

听雨又听春，身心愈作邻。窗前飞宝马，屋下倚愁人。
旧梦离孤久，陈诗相见频。平生难断分，欲结一家亲。

无 题

暮雨也轻寒，花台慢见残。每怜诗句意，长与夜深叹。
幻想青罗带，犹怀白玉盘。梦中无实处，孤影倚雕栏。

不惧风雨来

昨夜愁眉月，春风不应人。他乡无足虑，故里有纤尘。
知患难为过，逢圆好觉亲。上天锤炼我，自当更精神。

春日杂咏

堤柳献文章，云空作秀光。春来原有数，人去亦无妨。
老骥思千里，红英化一行。问君曾得处，不可逊梅香。

故园感怀

而立故园游，花香处处优。兴来留一作，胜事入双眸。
引梦飞南国，纵情越北楼。未曾值旧已，何以报春秋。

秋　思

忧乐应秋住，多情代谢沉。不曾翻锦瑟，今又抚瑶琴。
花落愁思起，天寒梦语深。书生朝夜景，留与岁华吟。

卷五　市直卷

秦正声

秦正声(1910～1996),江苏涟水人,江苏省首批名老中医,淮阴市第二人民医院主任中医师、副院长,江苏省中医学会常务理事、淮安市中医学会理事长、市科协副主席。江苏省“有突出贡献的科技工作者”。淮阴市第一届诗词协会顾问。

题孙爱琴同志《历代咏淮诗选》

南船北马过淮阴,风月往来骚墨情。历代英才归腕底,楚天蓝絮赖君赓。
广收遗著汇成统,细品篇章似旦评。最是生花大手笔,而今又见一昭明。

闻省振兴中医大会有感

中医学说本岐黄,代代为民保健康。整体通观垂妙法,八纲辨证立方良。
欧风美雨东来后,橘井杏林春意降。今日振兴呈特色,彤彤海宇更辉光。

禹王台登高

满城风雨重阳近,都效孟嘉落帽来。疏得九河功已极,犹留余荫禹王台。

原注:楼在清江浦楼圩内。

医　志

不贾不工不种田,功名利禄都无缘。常存操术误人戒,不取一分造孽钱。

张世平

张世平(1913～1988),江苏泗阳人,中共党员,离休干部。长期从事党的教育行政工作,曾为淮阴市老干部诗词协会理事长、市诗词协会常务副会长。

悼叶帅

秋声方肃杀，忽震巨星沉。志壮风云会，旗扬粤赣军。
翊匡开大宇，决策靖妖氛。伟烈垂千古，泽芳十亿人。

祝贺淮阴市诗词协会成立

紫气蒸蒸照古淮，长年桎梏迭排开。扫除压迫扫贫困，力破愚昧力引才。
改革风云观虎变，文明建设步尧阶。诗坛奋起歌时盛，玉韵金声叠浪来。

纪念毛泽东主席逝世10周年

十载风仪立逝川，英名长与国相连。燎原一檄千军起，鏖荡三山九鼎全。
为有神工开大宇，赢来贤哲绣新天。今朝改革乾坤灿，仙驾巡游也惬然。

纪念苏皖边区政府成立40周年

力拔三山兴大业，江淮河海浪汤汤。受降赢得新权建，反战缘防夺果狂。
土改救灾施善政，和谈武备用坚强。当年革命留传统，待与今人竞发扬。

香港回归协议正式签字

猎猎东风动海陬，浪花荡洗百年羞。曾经强约盟城下，今创和谈协议投。
合浦珠还光大宇，仙桥铺就化鸿沟。深期花信风台屿，两制同存早共谋。

纪念抗日战争胜利50周年

鲸鲵作浪血腥寒，激起洪雷震宇寰。千里流光燃火种，万夫小米步枪镵。
斗牛座转回天柄，扫帚星沉陨石残。五十春秋沧海变，人民肝胆照江山。

一世英风百代师

天降雄才版荡时，鹏图矫翼拓洪基。三春时雨千秋泽，一世英风百代师。
樽俎折冲抒大智，钧陶旋运仰丰碑。光辉照彻神州地，永育人民道不迷。

自　咏

挂冠扶枥海天空，柳密花繁不动容。乐向小窗寻竞病，秉毫点染夕阳红。

陆 野

陆野，约出生于民国初年，已去世多年，曾任清江市委宣传部部长等职。

游岳阳楼

杜诗范记岳阳楼，怀古登临夙愿酬。湖阁交辉难绘景，水天一色好宜秋。
民间所乐而后乐，天下未忧先则忧。名训迄今犹在耳，当今人物最风流。

登金陵饭店璇宫

怡然稳坐缓盘旋，山水楼台景万千。南北东西霄壤接，柏松花卉春秋连。
石头城阙来身畔，扬子江流到眼前。斯是金陵蓬莱境，更添诗意润心田。

游花果山水帘洞

飞泉巧挂半山间，罕见银帘映碧天。滴水洗眸眸爽健，流溪入井井清甜。
常年不竭招游客，历代频瞻载画廊。百转回肠兴感叹，待机吾欲再登攀。

热烈欢呼第一个教师节

桃李花开春意盎，园丁载誉品芬芳。欢腾首次光荣节，建设文明共举觞。

潘一和

潘一和，约出生于民国初年，已去世。曾长期在清江市工业系统工作。

牛年志贺

人们为甚爱黄牛，吃草耕田不计酬。涉水登山方奕奕，披星戴月自悠悠。
“十年动乱”无低首，三载灾荒仍仰头。回首川原千万顷，怡然伏枥度春秋。

贺淮阴市诗协诞生

淮海江山自古娇，骚人墨客数今朝。运河南北千帆利，沭水东西万顷饶。
春日融融桃李艳，秋风瑟瑟竹松骄。文明社会全民乐，诗协高歌响碧霄。

玄武湖观钓

晚年垂钓绿芳洲，理得心安意境悠。注视浮标水面动，举竿赤鲤篓中丢。

昔游水底多欢快，今落堤旁少自由。缘为贪馋终受累，明明道理是吞钩。

两岸叔侄金陵相会

四十年前事未忘，惊天炮火迫离乡。别时茁壮春苗茂，归后苍颜秋菊霜。
浩海茫茫书自断，寒流滚滚信难航。金陵相会喜如梦，激泪珍珠挂面庞。

故乡乐温饱

万户千家米饭香，永抛瓜菜半年粮。洋河味美能常饮，鸡蛋新鲜可日尝。
白发妪翁娱晚景，红巾童幼进书房。农村自古愁衣食，温饱从来是乐乡。

纪念陈毅将军诞辰90周年

招展红旗映日红，指挥华野镇华东。恶狼枉作磨牙态，饿虎擒拿反掌中。
二李惊心甘下拜，三军报捷各称雄。外交军政皆旗手，文武全才百世功。

淮上农村温饱后

连年增产是棉粮，温饱农村喜气扬。粮票废除成定局，堆山商品不心慌。
难忘计划油三两，牢记棉装改夏装。万户千家瓦屋建，江南美景赶超忙。

淮阴卷烟厂40周年忆

行军晚

滚滚寒流气势汹，飞机大炮划长空。披星戴月行军晚，一路高歌笑语浓。

团结一心

狂风暴雨降尘寰，炮火雷鸣烟雾间。团结一心寒敌胆，精诚敢闯万重山。

东村支前

进入胶东有困难，县城主动让奸顽。东村敌后全分散，艰巨支前勇负担。

游击胶东

昔年游击在胶东，顽敌猖狂气焰凶。乌天黑地难见日，台风十级仍从容。

勿忘旧

诞辰四十忆童年，重任千钧挑在肩。莫笑当初机械陋，满园花放看今天。

胜利南归

鲁苏转战两年间，顽匪凶残视等闲。胜利南归寒敌胆，反攻捷报万人欢。

高景唐

高景唐(1913~1992),淮安河下人。1951年起,历任清江市工商联会长、政协副主席,淮阴市人大常委会副主任等。江苏省政协委员,淮阴市诗词协会名誉会长。

敬步季父大人五十述怀原玉四律

其 一

提携训诲幼承恩,异地追随寄客魂。亲舍白云游子梦,秣陵黄叶旧家村。

轩歧已创堪传业,弟妹犹多待议婚。愿祝壶中天不老,长延福荫在吾门。

其 二

云龙山色郁苍苍,野鹤飞来献寿觞。一笑拈题成妙句,几人角韵走奚囊。

小春佳日樽浮绿,幼妇新词绢写黄。逃隐长安姑卖药,市中谁复识韩康。

其 三

阳春一曲和难成,璀璨珠玑照眼明。欣傍竹林饶逸趣,欲随药圃事归耕。

才华逊避千人敌,谈笑能教四座惊。更喜含饴娱蔗境,春风学语有雏莺。

其 四

幸随杖履践长春,小阮何才步后尘。落落襟期原绝俗,便便腹笥讵忧贫。

中年哀乐陶丝竹,老去文章动鬼神。自有金丹换凡骨,刘樊同是谪仙人。

注:1936年春作。

祝淮阴市诗词协会成立

兰亭褉事古淮滨,菊紫枫红景色新。倜傥情怀吟史实,铿锵笔调见精神。

讴歌时代风光美,阐发文明旨趣醇。盛会高朋多妙作,芸笺斑管总生春。

纪念苏皖边区政府成立40周年

旧址重建纪念

淮阴古邑沐朝晖,建设恢宏业绩巍。胜地鲜花常绚丽,嘉宾妙作尽琼瑰。

丰碑屹立情怀壮,文物纷陈历史辉。我亦当年参政者,青云报国志毋隳。

欢度1985年春节

纵观形势喜心头,国运中兴民意酬。万里东风吹改革,三中化雨润神州。

城乡经济同飞跃,丰富资源善运筹。赖有党群团结紧,淮阴更上一层楼。

纪念中国人民抗日战争胜利50周年

卢沟事变最惊心,破碎山河旧梦吟。民族艰危缘国弱,政权腐败引狼侵。
赖由我党唤群众,奋战疆场立巨勋。胜利重开新宇宙,中华崛起志凌云。

纪念李更生先生故居揭幕典礼

一片坚贞爱国情,崇高师德见言行。频将化雨培桑梓,更以春风作笔耕。
求实革新兴教育,励精图治重文明。英豪辈出夸桃李,典范光辉照远程。

谒黄洋界烈士纪念碑

激战终朝破敌围,黄洋一役振军威。旌旗奋舞群峰吼,鼓角长鸣白鸟飞。
滚木石雷能制胜,竹签土炮挽艰危。缅怀先烈功勋著,耸立云天纪念碑。

乔智夫

乔智夫,江苏涟水人,淮阴医专中医学教师,已去世。

和马毅《六十生辰自题小照》

景仰荆州不一春,忽瞻芝宇倍怡神。诗宗李杜堪传世,术习岐黄为济人。
愧我庸才蒙刮目,识君明月是前身。华龄周甲须眉健,尤喜庐山面貌真。

杨静仪

杨静仪,约出生于民国初年,市直离休老干部,已去世。

思　乡

又是花开一度香,人寻胜迹我思乡。三元路上看银杏,四望亭边绕画廊。
白塔晴云尝素面,西园曲水饮琼浆。他乡虽好终难忘,时记西楼月满窗。

纪念周总理90诞辰

其　一

巍巍浩气贯长虹,爱国丹心映碧空。辅弼功勋终不朽,英名与世共秋冬。

其　二

披心沥血在人间,伟绩丰功振宇寰。为国为民求解放,巨星永照古淮安。

颜伯超

颜伯超,约出生于民国初年,市直离休老干部,已去世。

纪念抗日战争胜利40周年

抗倭胜利四十年,犹记雄师抗日天。为国捐躯人敬仰,今朝纪念忆先贤。
救亡抗日造新天,投笔从戎勇向前。为拨乌云迎日出,八方奋起扫尘烟。
英明战略运帷筹,八载挥戈雪国仇。民族斗争歌解放,震惊中外誉全球。

西安记游

其　一

终南遥望众峰虚,景色秋光入画图。秦帝长安留故迹,唐皇雁塔矗云都。
骊山脚下人如海,兵马坑前俑密铺。才尽江郎艰笔墨,华清池畔觉诗枯。

其　二

久慕长安古帝都,登临城堡倍神愉。塔瞻大雁题名迹,夕照钟楼舞燕雏。
物色终南峦叠秀,风光渭北影模糊。鸟鸣深树秋光艳,万里河山壮丽图。

纪念中国人民解放军建军60周年

八一建军六十年,功勋卓著赖前贤。南征北战兵无敌,东闯西驰将领先。
逐鹿中原驱劲虏,援朝抗美扫尘烟。长城屹立金汤固,威震神州可柱天。

敬老节座谈会上

老人节庆正重阳,走笔何须酒助狂。茶话会间歌改革,魁星阁上写文章。
难忘烽火身如燕,已逝韶华鬓染霜。赏菊篱东才艳艳,喜闻桂子尚飘香。

铁椅病

一盒香烟一盏茶,一张报纸话天涯。常年有幸游山水,终日无心问麦麻。
厌对公勤疲踏踏,嬉将制度软垮垮。风邪细析缘何故?铁椅终身宠坏他。

诗谢雨人同志所绘杞菊竹石图

板桥泼墨见精神,劲节高标画意真。傲雪凌风心坦荡,冬寒夏暑结为邻。

纪念周恩来总理90诞辰

浩气长存宇宙间，千秋万代付吟坛。丰功伟绩青云上，刻骨难忘天柱山。

颜敦父

颜敦父，约出生于民国初年，市直离休老干部，已去世。

雨晴漫兴

其　一

气爽三秋景，荧光闪烁真。槐花飘历乱，桐叶落铺陈。
寅属歌丰岁，申猴祝寿辰。雨晴风渐静，小鸟竞依人。

其　二

浪急风帆速，淹留客里家。云遮山色暗，雨过夕阳斜。
年熟丰收果，园荒学种花。桐阶残叶起，片片逐飞鸦。

其　三

离职时休养，战争后幸存。举杯勤劝酒，策杖爱携孙。
地僻忘名累，身闲谢党恩。故园千里别，丰岁足鸡豚。

石湖春游即景

范公引退石湖栖，咫尺灵岩望眼迷。春雨时霑芳草润，墨云势压竹枝低。
纷飞野鹭惊腾浪，细啭流萤听隔堤。风息无声花影静，寻访缓步过桥西。

上巳节城西探春

芊芊原上草青齐，客路繁忙笔漫题。流水遥思枫叶句，微风吹落杏花蹊。
立身顿觉囊中处，飞碟闲停梦里栖。春老江南时过半，绿杨枝上乱莺啼。

1985年大雪漫兴

黯淡云阴气失调，欲防松柏岁寒凋。天涯玉饰盈征路，冰结烟沉阻断桥。
阵阵轻敲残叶堕，团团争逐落花飘。无端双管将齐下，试向吟窗学素描。

桂　花

新秋金粟影离离，客路飘番折桂枝。破蕊花黄芽意遍，竞妍叶绿画情宜。
畅游淮海连宵夜，歌颂吴门咏夜诗。落子犹疑从上界，无声细润露华滋。

纪念渡江战役胜利38周年

万里江流雾杂云，两淮机动扫妖氛。进攻炮响摧碉堡，追击枪停捉贼军。
黄鸟飞来芳树静，白鸥散去夕阳熏。何当北固山头望，滚滚惊涛骇浪闻。

柳亚子先生故居

红旗力举自忘年，益壮须眉斗志坚。儒将声喧京沪地，诗人名播越吴天。
光辉花月星辰耀，席卷风云雨露湔。柳氏从来多俊杰，公权下惠让君贤。

岁晚步友人南京怀古原韵

其　一

石头城是古称名，沿岸江流试濯缨。欲雨浓烟凝北固，穿云征雁过南京。
楼台殿阁光辉显，禁柳宫槐色翠盈。无限相思情最切，莫愁湖约结芳盟。

其　二

环城树老舞风前，废井颓垣气肃然。龙离鼎湖才几日，鹤归华表越千年。
歌停翡翠筵倾后，雨袭琉璃瓦碎先。击筑声闻零落尽，风吹云散锦帆牵。

故乡行

大江北渡客奔忙，夜宿宵征到沭阳。原籍无家因报国，隔邻有榻解行囊。
兴修水利灾荒御，耕种田园旱涝防。丰稔年年歌颂党，茅庐都变瓦房庄。

岁暮雪中即景

玉饰乾坤白掩尘，聚精须及慧凝神。轻随柳絮因风起，净逐芦花覆水沦。
半壁河山千嶂雾，一声爆竹万家春。乡关喜讯缤纷似，长作江淮梦里人。

庆祝解放两淮市

淮阴解放满城歌，闸口寒风荡碧波。捷报声闻逃敌少，围歼胆怯缴枪多。
摧残碉堡惊排炮，起义顽军愤反戈。闲自登高怀远望，南征兵马渡黄河。

横渡长江

雄师百万壮威声，据险顽方欲抗衡。炮弹纷飞江两岸，机枪扫射夜三更。
冲锋号响舟弦发，出阵神驰铁骑征。摧毁层层防御线，风平浪静印功成。

怀故乡

骚歌赋罢唱骊歌，白尽头颅唤奈何。漫话家常归去少，传称亲故剩无多。
违情诗酒怜弹铗，过眼江淮惜逝波。昨梦山阳春暮景，韩侯祠外满青莎。

孙希科

孙希科（1916～1999），江苏灌云人。中共党员，抗日老战士。曾任淮阴地区粮食局局长，江苏省诗词协会理事、淮阴市诗词协会常务副会长。著有《盈海诗草》。

咏庐山秀峰

一峰天下秀，处处色迷人。万壑水流下，千岩绚丽分。
汉阳云漫漫，日照雾腾腾。有幸临仙境，飘然脱俗尘。

注：江汉、日照均系山峰的名称。

春

春风吹大地，万类显神通。紫燕歌声细，黄鹂曲调宏。
河中群鲤跃，岸上小桃秾。跨马行天视，江山一片红。

登黄鹤楼

结伴同登黄鹤楼，凭栏极目彩云收。长江浪滚千帆竞，三楚云腾万象优。
鹦鹉高飞沧海上，龟蛇紧锁大江头。雀郎神韵书青简，历代方家品一流。

颂神州

人勤地美两无双，温适风宜亦是长。北塞冰封飞瑞雪，南疆花放吐芬芳。
江山秀丽观光热，矿宝充盈采掘忙。可爱神州无限好，同心建设更辉煌。

题雄鸡

华丽衣冠一表容，临风昂首气豪雄。宁当篱下坚强汉，不作台前懦怯公。
见食高呼高尚德，司辰弗失信孚中。壮心勃勃争光彩，一唱天明大地红。

参加金婚伴侣联欢大会喜赋

缔结良缘五五年，如宾相敬一天天。困难岁月同甘苦，富裕时期共美甜。

子女同堂弹孝曲，夫妻双健写佳篇。风光无限恩归党，奉献余热自着鞭。

纪念周恩来总理逝世10周年

雄才大略古今稀，屡挫群魔卓识奇。建业方针符众望，富民政策合时宜。
无私一世千秋范，为国终身万代师。痛惜今朝辞世去，凝看容貌泪沾衣。

改革中的淮阴

改革东风紧紧吹，淮阴大地尽朝晖。黄河滩上梨苹茂，洪泽湖中蟹鲤肥。
户户居无茅草舍，家家食有米粮堆。人们相遇同称赞，立志图强再奋飞。

重游庐山

巍峨齐日月，云雾漫长空。时值黄花盛，重游兴更浓。

酒乡吟

古楚淮阴多杜康，心红手巧艺精良。琼浆玉液源头水，流向全球万里香。

1991年冬季治水工地

机吼人歌士气豪，锹飞车动见堤高。敢叫祸水行踪灭，誓保人民幸福牢。

写在诗人节

诗人节日亦端阳，竞渡神州角黍香。一曲离骚千古唱，忠贞爱国永流芳。

祝贺淮阴市诗词协会成立5周年

四时雅韵溢芬芳，半入城中半入乡。改革讴歌情不尽，为国为民几船装。

于北山

于北山(1917～1987)，河北霸州人。抗日战争爆发后，投笔从戎。自1950年起在南京中学、大学任教。1969年下放农村务农，后入淮阴师范学院任副教授、教授，中国陆游研究会会长，淮阴市诗词协会顾问。著有《陆游年谱》《范成大年谱》《杨万里年谱》等。

贺淮阴市诗词协会成立

霞采红于火，松姿翠入云。凌霄青鬓志，伏枥白头民。

祖国山河美,群伦义气伸。诗歌相砥砺,致力党风醇。

贺马熙惠生日

《杨万里年谱》完稿后,遇十年浩劫,余失去自由,屡遭抄家洗劫。这50万字稿本,蒙余妻马熙惠君藏于破筐,用废纸木屑盖上,像煤炉引火用物,才得以幸存。1977年余写诗贺马君生朝,云:

手护残编梦亦惊,感君怜我短灯檠。平生多少蚕丛路,神色夷然做伴行。

赵剑萍

赵剑萍(1917~?),笔名傲霜枝,江苏淮阴人。江苏省诗词协会会员、中华诗词研究会会员。著有《傲霜枝诗选》。

纪念周总理90诞辰

黄童白叟仰奇功,推到三山盖世雄。五项邦交原则定,九州内政畅流通。
丹心片片乾坤染,铁骨铮铮风雨中。无畏无私无自己,灵灰洒遍碧遥空。

祝贺《松霞集》出刊

老干局成愉乐地,神州不用寄愁天。余晖辐射松霞集,苦学勤耕四化田。

参加井冈山会师60周年书法大奖赛入选展出

纪念会师六十秋,拙书入选井冈楼。安知白首心犹壮,永做勤耕一老牛。

陈竹修

陈竹修(1918~2005),江苏盐城人。1941年参加工作,同年加入中国共产党。曾任淮阴市委党校教员、淮阴市老干部诗词协会副理事长、市诗词协会副会长。

纪念周总理逝世10周年

江河行地日经天,脑际萦回十载前。哀降半旗联合国,泽遗千古岘山巅。
伟人已列无双谱,太宰当书第一篇。诗悼黄泉堪告慰,英才辈出继先贤。

梅　骨

羞随弱柳舞蛮腰,松竹前盟证旧交。秉我素心由铁梗,笑他风剑夹霜刀。

花无仰面贞操重，春不迷魂品自高。何事寿阳编点额，冰肌玉质自夭娆。

涟水高沟酒厂

酒家何必杏花村，貂换高沟客满门。对月三杯吟百首，开槽一甑产千吨。
香飘海外招青睐，旨在壶中属雅人。盛世无愁多乐趣，延年益寿长精神。

纪念参加渡江战役40周年有感

吊民伐罪射天狼，大炮千尊橹万张。人意兴华风助顺，军威破竹鼠仓皇。
沸腾山水终归主，腐恶朝廷易尾亡。古国云程重发轫，揭开历史谱新章。

淮上晚眺

逝者如斯永向东，峥嵘岁月气如虹。半生戎马千秋业，一席青毡两袖风。
对镜未残玄鬓少，学诗已近白头翁。晚霞何逊朝霞艳，满目斜阳照劲松。

祝六届人大三次会议胜利闭幕

振兴民族初衷遂，四化征途又誓师。搞活必需除积弊，放开方可显生机。
龙腾碧海心存阔，鹏负苍天志不低。路走自家成特色，中华崛起谱新题。

参加诗协喜赋

民富国强酬夙愿，人和好在政通时。白头也采花簪鬓，建设文明学写诗。

瞻仰周恩来总理纪念馆

万方有幸亲遗泽，肃穆庄严系众思。西峙昆仑东泰岱，楷模垂范勖来兹。

春日偶成

杖藜信步入花丛，沉醉东风被酒浓。预兆明朝晴更好，斜阳一抹满天红。

朱应民

朱应民（1919～2003），江苏灌南人。1939年秋参加革命工作，1940年加入中国共产党。曾任淮阴市人大常委会科教文卫委员会主任、淮阴市诗词协会副会长。

悼李一氓同志

辉煌政绩成功业，荣辱全抛赤子心。苏皖边区勤润泽，骨灰如愿洒淮阴。

吴德钊

吴德钊(1920～2002),江苏无锡人,江苏省名老中医,淮安市第一人民医院中医科主任医师。

总理英名垂宇宙

黄水东流感逝川,昆仑剑立乱云间。先烈功业永不朽,未竞自有后来贤。
锤炼翻飞绣大地,金桥高架通九天。中华儿女多壮志,深化改革永向前。

放歌一首

无忧无虑又无求,何必斤斤计小筹。明月清风随意取,青山绿水任遨游。
知盈胜过长生药,克己乐为孺子牛。长笑放歌庆盛典,神怡梦稳日悠悠。

孙燮华

孙燮华(1920～2001),江苏涟水人。1940年4月参加工作,1941年3月加入中国共产党。曾任中共涟水县委书记、淮阴地区副专员、市人大副主任。市第一、二届诗词协会会长。著有《孙燮华诗词集》。

七十感怀

七十春秋白了头,精忠报国志难休。乌纱脱去红心在,黑发成丝赤胆留。
润墨何曾图得利,书文意不在封侯。时撑病体迎公事,为党争光作老牛。

新四军建军50周年

烽火当年故地还,乡亲迎接泪花含。甘棠歌颂诸公德,跃马挥戈敌胆寒。
拯救人民施义政,宣传马列克千难。而今举国升平日,旧事重提佐笑谈。

纪念周总理诞辰百年

百年雨露润神州,济世周公最可讴。抗日驱顽留业绩,锄奸反霸显宏猷。
千番樽俎人中杰,全党楷模孺子牛。香港回归泉下慰,中华大纛展寰球。

淮阴治水赞

淮阴治水实堪夸,神禹生今奖誉加。沭泗淮沂齐驯服,灌排蓄运遍开花。

平川万里织河网，荒碱千畦长粟麻。改造自然光禹甸，翻江北上向京华。

涟水观光有感

涟水观光兴致长，城乡到处显春光。稻香万顷翻银浪，荷放千池着艳装。
村舍牛猪鸡鸭壮，沟河菱藕鲤虾藏。古时八景何人赏?怎比今朝百业昌。

游庐山

告别庐山下，雾水织彩霞。松涛千壑吼，游路蟠龙斜。

在洪泽湖游轮上远望有感

西眺云帆远，东瞻翠带长。而今湖上客，犹在话隋唐。

洪泽湖堤柳

百里长堤吐绿烟，清波落絮白绵绵。清风吹拂丝丝动，万缕千条扶客肩。

高沟香醇赞

香醇涟水出奇葩，天上人间众口夸。月里嫦娥喜起舞，吴刚赞此桂花佳。

涟水石湖果园

信步漫游苹果园，翠波百顷映蓝天。梨桃布下迷人阵，不识归途走哪边。

宋少僧

宋少僧(1921～2002)，江苏宿迁人。淮阴市第一人民医院中医科副主任医师。

振兴淮阴中医

其　一

幽深国粹始岐黄，普洒甘霖万众康。日照杏林春正暖，风飘橘井水流香。
运筹帷幄凭心计，端正权衡自主张。请看东方重崛起，中华医术放光芒。

其　二

淮阴自古萃英贤，医术精良代代传。温病唯称吴氏“辨”，杂方自有石家“原”。
霜毛不计已临鬓，壮志犹存未息肩。喜看夕阳红似火，丹心耿耿映中天。

纪念抗战胜利50周年

五十年前国运差，东夷妄欲并中华。逞凶肆恶伸魔爪，敌忾同仇拔虎牙。
还我河山张赤帜，笑他井底坐青蛙。今朝十亿铮铮汉，四化征途劲倍加。

重阳抒怀

飒飒金秋改革年，风流人物舞翩跹。医林探圣无平路，学海求方自溯源。
闲论临床舒意事，重温诊室悉心传。登高纵览黄花艳，老骥扬蹄不用鞭。

王洪明

王洪明（1921～2006），江苏涟水人。早年毕业于黄埔军校，曾任淮阴教育学院副教授、市老年大学诗词班老师、市诗词协会《淮海诗苑》副主编等职。有《王洪明诗文选》《诗词格律讲座》。

吊田汉同志

南国精英志虑纯，先生才调更无伦。如椽巨笔惊宵小，似海豪情启后昆。
声满剧坛半世誉，名扬文苑百年馨。艺星罹劫悲难抑，一瓣心香奠诤臣。

六十抒怀

白首童心惊甲子，蹉跎终见百花妍。曾经冤谳情难易，历尽风波志益坚。
济世利民甘碌碌，披肝沥胆意拳拳。诚知劫后余生短，为国驱驰敢息肩。

投考黄埔军校

漫天烽火遍金陵，扰攘干戈碧血腥。投笔常怀班勇志，请缨不让马援情。
行看家国危亡甚，哪管亲人涕泪零。万里关山遥望处，犹闻杀敌疾呼声。

观影片《血战台儿庄》

寇深日亟困临沂，保卫台庄战鼓催。十万貔貅同敌忾，八方人士慰雄师。
几番舍命炸碉堡，数度斩关搴日旗。一寸山河一寸血，板垣矶谷也嗟咨。

庚午迎春怀念海外诸亲友

人为阻隔恨冰封，四十年间寒意浓。海峡两边承一脉，亲情万里盼三通。
阋墙御侮须铭记，落叶归根应认同。坚信严冬终有尽，春风解冻看嫣红。

淮阴市老年大学诗词班开课献辞

对镜休嗟鬓发皤，敢将余勇补蹉跎。穷通得失难前定，学术文章可琢磨。
莫道桑榆临暮霭，须知夕照也熏和。胸怀坦荡泯千虑，晚节黄花胜绮荷。

唐代文学史人物志

其　一

自古诗歌数盛唐，谪仙子美共芬芳。才华奇崛千秋仰，风骨峥嵘百世香。
国士昂藏终寂寞，鸡虫阿附尽飞黄。遗篇吟诵心潮涌，双璧同辉日月光。

其　二

赤子心何热，民贫愧禄丰。诗开新乐府，笔扫旧文风。
老妪能成诵，担夫亦启蒙。难忘杜陵叟，情黯上阳宫。
心折琵琶女，胸怀卖炭翁。忧时常秉直，原不虑穷通。

其　三

玄都观里两题诗，雪压霜侵志不移。巨笔常令奸宄惧，英才岂为利名羁？
三篇天论珠光闪，五月"永贞"雨露施。一代诗豪多蹭蹬，至今展卷有余悲。

其　四

生不逢辰奈若何，满朝朋党是非多。面临两大难为小，身陷重围苦折磨。
楚水含情倍凄切，巴山夜雨费吟哦。"欲回天地"情何壮？空向长河哭逝波。

赠别市老年大学诗词班

九载课堂同析疑，一朝赋别总依依。堪钦老骥鼓余勇，更喜枯藤发嫩枝。
弄月吟风增雅趣，贺婚祝嘏铸新诗。东隅虽失桑榆补，夕照瑰奇信有之。

鸡声二首

其　一

秋风过后觉霜寒，游子思乡衣带宽。阵阵鸡声惊客梦，层层落叶助心酸。

其　二

莫怨鸡声入梦频，闻鸡能醒国人魂。连年丧失边疆土，塞外悲笳泣鬼神。

终南山夜吟

终南山上已秋深，雁唳猿啼动客心。如此风光如此夜，不知憔悴几多人。

端午有感

黄海之滨四度春，每逢佳节倍伤神。凝眸北望家山邈，惆怅何时再做人。

抒　怀

当年困厄恨冰封，今日春回感邓公。不为黄昏增怅惘，晨曦夕照一般红。

重执教鞭有感

1978年4月为涟水红星中学高中英语代课教师。

日近黄昏叹路穷，何期得御晚来风。春回大地千葩放，枯木逢春枝又荣。

寄语旅台同胞二首

为涟水县政协首次会议召开而作，1981年5月24日。

其　一

骨肉睽违卅二秋，相思两地恨悠悠。梦魂常绕三更月，肠断时萦百结愁。

其　二

当年楚楚风华茂，今日斑斑已白头。坚信严冬终有尽，春花开遍古神州。

论　诗

其　一

意贵深沉情贵真，缘何无病要呻吟。可知名句传千古，尽是心头血写成。

其　二

清水芙蓉出自然，冶容雕饰损芳妍。拗奇险怪诗家病，白傅新声万口传。

其　三

创新传统两相宜，七字溜来怎叫诗？捷径速成何处觅？三更灯火五更鸡。

其　四

休言格律奥难求，入室登堂便自由。意在笔随凭语感，何须一步一回头。

和王诚博士论诗

其　一

七十年前论是非，当时尚着幼儿衣。岂关形式新还旧，唯有情真能启扉。

其　二

浮声切响即音符，节奏分明平仄殊。熟读唐诗三百首，但凭语感不模糊。

其　三

用韵宜宽防路斜，敢于合并勿笼纱。东冬分部悖情理，平水只能算一家。

其　四

创新改革世同商，见智见仁乐未央。我亦吟坛一老卒，暮年犹自恋诗乡。

徐雨人

徐雨人（1921～2004），江苏金坛人。早年读私塾多年。1943年10月参加革命工作，1945年10月加入中国共产党。曾任江苏省运河公司基建办公室主任。淮阴市诗词协会副秘书长、《淮海诗苑》副主编。

纪念建党诞辰65周年

荏苒征程六五秋，红旗猎猎矗神州。三山力拔驱饥溺，四化纾筹雪旧羞。
肯信民康欣有象，行看国裕乐无忧。大同伟业传千古，端赖红阳照九畴。

读《散宜生诗集》后感赋一律

迁客何辜罹劫难，霜飞六月朔风寒。羁囚塞北诗弥健，苦役穷荒志未殚。
别调吟来含谑浪，新声读罢蕴悲酸。一编绝唱留天地，千古会当痛史看。

玄武湖

苍茫钟阜峙湖东，岚影波光縠漾峰。紫麓穹庐斜照里，鸡笼梵宇薄烟中。
莲间散舸拖蓝水，湖外层楼摩碧空。遍览金陵山与水，应推玄武最玲珑。

纪念周总理90诞辰

遵循马列结群缘，衡古匡今誉斐然。定变支危铭圣代，拨云扫雾记熙年。
苍生忧患时存问，国务冗繁争担肩。矫矫中华好总理，规箴不枉取分钱。

淮安关天培祠

君昏臣昧失边防，关帅虎门殒国殇。主战枉诬迎逆寇，和戎确是揖强梁。
海隅割让齿牙冷，港澳收回眉宇扬。俎豆留芳传百世，心香一瓣拜忠良。

规　箴

闻道酒家客似潮，呼朋引类气粗豪。千金一席逞饕餮，巨蟹双沟醉酕醄。
薄海愤评风气恶，群公竟不顾官操。清廉为政关成败，铁矩金绳幸勿韬。

纪念渡江战役及南京解放40周年

翘首义师望眼穿,卅年往事涌心田。喜看神旅越天堑,欢庆穷黎解倒悬。
千里江防摧铁锁,独夫苛政化灰烟。昭昭史迹足殷鉴,图治励精磐石坚。

七十初度

岁月峥嵘七十年,人生斯世乐无边。昨非悟得缘强项,今是醒来枉逐烟。
晚节自珍行磊落,持身砥砺守隅廉。晚晴际会红阳照,长祝吾华磐石坚。

壬申春节书红

谲云诡雨幻无穷,我自巍然屹亚东。喜卜金猴临大地,祥占玉宇变晴空。
流光似水人添寿,淑气如虹国益隆。十亿神州齐奋力,朝阳喷薄澈天红。

十里秦淮

漫夸昔日秦淮丽,冷月烟花尽浊滔。剩纷残脂今荡涤,风光十里胜前朝。

凤　竹

雾霭烟霾笼碧穹,寒枝高节自从容。飙尘鶱地生蘋末,独立霜天战恶风。

初访寒山寺

竞访寒山寺里钟,谁怜当日寇氛凶。诗碑道道劫痕在,国耻毋忘来海东。

感时兼题所写凤竹图

翻云覆雨幻无穷,欲赚人间两眼蒙。一柱中天劲挺立,凛然直节战西风。

周本淳

周本淳(1921~2002),安徽肥西人。1945年毕业于浙江大学中文系。1949年4月参加工作,是古典文学和古籍整理专家、教授。曾任国务院古籍整理领导小组成员、淮阴市政协副主席、淮阴师范专科学校副校长、淮阴市诗词协会名誉会长等职。著有《蹇斋诗录》。

采　荠

采采南山下,终朝不盈掬。暮还呼我朋,隔屋借新曲。孰云荠味甘,一试颜转蹙。快然委之睡,饥肠愁更辘。忆年十二三,家贫不恒肉。方春偕邻儿,采撷及苜蓿。归还博母欢,汤漉半蒸菽。弟妹丱两角,喧闹时覆悚。自幸贫有此,岂必脯与鳙?焉知世虑改,欻欻如转轴。长虺吞中原,故里斗豺鹏。暂避走狼望,忽忽岁运六。阿母老更衰,何由亲役服?念此不成眠,中野号孤鹭。诘旦天鸡鸣,更寻詹尹卜。

感 秋

退之感春伤漫诞,故卷春光人毫翰。至今千载一诵之,孤胆横空坼天半。我逢秋光更可怀,葱花才发豆成荄。山荚老桂杂黄白,红紫映日繁如堆。夜凉大月照更好,西园一日能千回。女菀花落杞菊老,绝塞西风收百草。晴天几日弄秋妍,盖眼寒云凝古道。古道凝寒不足惜,会看江梅破春萼。

癸未十一月十一日登小龙山放歌

湘流龌龊僵死蛇,秋蝇变鹘馋相遮。市人贤愚谁复辨,但见一一兔投罝。巉峰攒壑媚眼底,日近炙背暖更加。群彦纷纷矜此乐,辛苦半日荆丛爬。皆言今真悟世事,微苦虽乐安能奢。我言昔日狂李白,寻仙五岳将为家。退之南山矜险绝,调弄众岫皆鱼虾。刻划天地嘲世俗,儿嬉况持培楼夸!吾观有累皆俗士,囚山何异囚轩车。须知群妄竞一得,苦营知丧几倍过。庄周多言孰肯悟,殆矣有限奔无涯。此乐彼弊乐何有,徒欲穷响持声哗。今者不信盍摸脚,妄累有似遭鞭挝。岂如闲居闭空户,安放四体无疵瑕。是非无辨失亦得,卧看老树如春花。

诗 心

诗心如束笋,淡雨洗争萌。惯听悠悠水,依然踽踽行。
秋声孤叶下,暝色一江平。却笑从来误,清吟袖手成。

秋晨即事

千嶂寒收雨,时危梦亦辛。烟吞溪瘴涣,日吐晓云颦。
废郭争狺狗,荒途拱乱蓁。秋风看肃杀,虫响入霜泯。

月 夜

今夜泖城路,遥知鬼满车。女墙衔瘦月,草店吼元蛇。
地迥书难信,愁干酒可赊。空持北归望,换取醉为家。

寄大兄

兀兀人痴我,悠悠听欲迷。一般风雨夜,是处短长鸡。

入梦知清瘦，趁愁厌鼓鼙。子规吾谢汝，休傍阿兄啼。

夏孟晚行

大日倦投岭，独行幽意滋。疲牛犁白水，稚子拨青枝。
月淡微分路，龙惊隐护篱。归来还好梦，说与老亲知。

晚　晴

乱石出青红，喧争一径中。瘴山收宿雨，新月破顽空。
洛浦如堪遇，蛮江自可通。未应怜寂寞，感慨起天风。

奔　山

奔山乘急流，日掉东去影。归心欲与俱，山去兀不省。
划然喝之住，江怒驰更猛。忧端无奈何，寒日啮山颈。

送述孙之成都

冷淡意尤殷，闲庭掩夕曛。蒸壶桑柘火，载笔鹤鹅军。
相顾中天月，孤光总伴君。料知随处好，歌啸草堂云。

寄大兄

耿耿今犹昔，栖栖月在闳。呕心写众苦，扪担掬孤清。
眼与秋偕白，青归梦暂明。何当一蓑雨，谈笑偶春耕。

送小舟学士之湄潭次愿师韵

饥驱应吾道，送汝一尊难。惯以山中畜，相寻酒外欢，
清眸分月皎，诗腹养秋寒。欲共传冰操，空堂画雪看。

注：愿师赠诗云："相期冰孽意，赠子雪图看。"

癸未霜降雨游水口寺

满襟风趁雨，霜竹自争肥。初讶迂途入，仍怜一径归。
荇牵沟水急，树涌午烟围。得意频回首，芳鲜到梦稀。

喜　晴

秋山如客眼，雨过一齐青。服敝惊村狗，苔荒忆里庭。
倦云迟远意，新水活孤听。随分成顽拙，临流愧众萍。

即 事

即事孰非乐，离深兄弟情。穷开诗境富，冷益梦魂清。
恩怨齐余德，盈亏满月行。破衣无盗患，枯木报春荣。

诗 怀

诗怀随月体，万象入孤圆。戚戚时何病，悠悠我自天。
闲庭长袖手，枯木静无烟。却笑庄生诞，奚遑后者鞭？

癸未十一月初九始晴王君务兰来言明岁倭将尽于是同舍哗然多议还乡后事作五诗以志喜

其 一

谁道蛮天醉，居然趁此晴。一灯喧众语，来岁可同行。
计日儿应到，倚门望屡惊。初还杂悲喜，强抑泪纵横。

其 二

阿母频催睡，儿劳早息焉。倚床翻不去，抚昔动深怜。
万里一身瘦，六年百虑煎。邻家明日到，汝伯最宜先。

其 三

离敦兄弟爱，争问诧如狂。瘴草冬还绿，夏衾绵可装。
土风异食饮，辛辣刺肝肠。昨日回乡味，翻惊强半忘。

其 四

自学每同塾，居无一日程。还家三月后，趁汝两怀倾。
过雪残冬夜，孤舟带月行。到门应候我，村犬恐相惊。

其 五

久住情虽厌，将归意转亲。地瓜须带种，邻舍可尝新。
夜半言尤烈，群欢事竟真。开门一大笑，残月似嗤人。

注：务兰与余学常共砚席。其家三河，去余居才六十里耳，尝谓雪夜买棹可挑灯相待也。

家莫见示新诗次韵奉酬

孤鸣酬野鹤，谢汝晓莺行。苦雨醺春醉，新诗洗肺凉。
远游天似梦，适意海为乡。亦拟浮槎去，虫鱼浪见狂。

夜坐简家萸用行字韵

客思闲庭树，微风影乱行。雨清中夜月，孤坐一春凉。
旧眼唯增白，夷音半变乡。遣愁裁苦语，率寄莫余狂。

咸斋和余夜坐之什仍以原韵酬之

过雨孤云淡，中天自在行。庭阶闲负手，心月有余凉。
世路缘成梦，吾生孰取乡？剩言君应笑，无住更谁狂。

戏效贾浪仙体简咸斋用行字韵

年光欺汝我，偷换鬓添行。卷映低檠淡，风吹破室凉。
归鸿时叫客，惊梦已无乡。贾岛平生骨，酸吟瘦更狂。

窗前樱花盛开而色白感赋

客窗枯树活，旧国几春过。瞑色来禽少，青山入梦多。
趁愁花乱雪，洗瘴泪悬波。应似高堂发，风梳落鬓皤。

夜　坐

倦书遮眼过，拢袖夜茫茫。老树巢新月，蛮蛙鼓旧行。
云闲轻过雨，花落靓余香。岁岁薅春手，清吟负早秧。

寒食夜对月

看尽闲云过，流天识旧光。孤心春院静，哀角落花凉。
坟墓窥人祭，干戈念故乡。今宵倚闾处，应照泪千行。

送家萸入蜀用行字韵

一杯和泪酒，别语不成行。鸟路猿声断，诗心道眼凉。
艰难同此客，去住总非乡。蜀地秋江险，安流濯旧狂。

雨夜有怀朝玉表弟保山军次

悬军怒水瘴，殊俗可相亲？志猛甘生死，情迷计苦辛。
虚斋雨外月，孤枕梦中人。数彻蛮宵柝，悠悠共此晨。

东 郊

径熟都忘远，东郊物又华。残春一霎雨，浅水几声蛙。
负腹顽儒瘦，能言众鸭哗。儿童强解事，赤脚觅田虾。

金顶山观云有感

晓色将愁思，登临病眼凉。流云浮众岫，溟海认孤航。
俯仰怜无褐，缠绵讵可装？因风试回首，终古意茫茫。

晚 色

晚色先生馔，群峰醉淡烟。寒流明胆净，瘦木耸秋坚。
鱼跳波心月，蛙嚣井外天。支筇欣独笑，枵腹亦便便。

戏 赠

饥来唯一卧，被冷竟无眠。学士贫犹此，平民孰解怜。
休兵思戍卒，划粥愧前贤。感慨成温饱，高吟泌水篇。

哀黄羽仪先生

贪惛独不死，感慨一沾巾。落落如公者，茫茫隔世尘。
忧时成疲疾，守道得奇贫。赖有遗文在，辉光异代新。

春 山

春山娱客眼，雨过一齐青。出郭随幽草，临流逐断萍。
日高龟曝甲，沙暖雁梳翎。岁岁还乡梦，何因化汝形？

次久山韵

长忆淮城聚，联床夜雨时。窗明同校稿，韵险共敲诗。
大道三杯酒，玄机一局棋。开缄欣有约，引领起遐思。

依国武兄韵敦季公小聚

引领迟佳客，清言亦快哉。巨觥驱溽暑，健笔走风雷。
但得醒还醉，何论乐与哀。联床新雨好，驾鹤早飞来。

送幼子参军

得遂从戎志，亲朋壮汝行。丈夫怜少子，万里看初程。
宝剑常磨利，精钢百炼成。相期真马列，慎勿务虚名。

送民儿林女赴南京师院

新天多雨露，沾溉到民林。云路知无忝，骊珠贵自寻。
锲期金石镂，学共岁年深。短句聊相勖，悠悠父母心。

止戈调回南京诗以送之

楚州欣把臂，离合岂天欤？厄运牛棚下，全生虎口余。
感时忧社鼠，论学辩濠鱼。世泰君归矣，频书慰索居。

范熊熊愤正气不张而蹈海

难忘誓旦旦，无愧火熊熊。烛怪温犀烈，怀沙楚客忠。
鲁连输义气，精卫想英风。立党魂斯在，典型仰鬼雄。

移　居

应被儒冠误，身谋只腐迂。蠹书嗔俗目，逃谤喜穷陬。
巢鹤孤松兀，枪枋众鸲娱。老夫疏懒惯，凭几欲忘吾。
识字真忧始，途穷适意初。鸟添庭院静，苔引步趋徐。
浅井随消长，微云看卷舒。夜凉能美睡，酣似故园居。

春晴过山村看花

平生意气吞春雨，为放狼荒此日晴。越俗乍循犹怯水，夷音已熟可通名。
眼中岁月输桃李，天外山河瘦弟兄。莫道东风知别苦，只今江柳久忘情。

注：因渴从野人乞茶，其俗则饮生水。

春　望

经时北望意谁知，怕对清流照鬓丝。易可忘忧年似水，诗难漫与句寻医。
干花着树攀春老，久客憎云入岫迟。兀坐莫将搔首问，中原何处劳王师？

觉师见示次韵湛翁之什依韵敬酬

劫后衣冠寂似秋，空凭虫鸟认蛮州。方春纵目云含雨，向晓牵帷雾满楼。

深负九师明易说，依然六凿攘天游。夜长最慕峨山月，欲坐清辉客虑收。

辛巳除夜

投荒放眼青何在，雨雪空蒙岁又残。劫后衣冠惊此夕，梦中歌吹解谁欢！
漫怜矮烛消春睡，无那蛮鸡闹夜阑。剩抚重重堆案旧，支离诗骨耸宵寒。

癸未中秋前二日采桂不获得菌

细路围山新雨滑，葛衣跣足稻风凉。天私吾党能同野，气入顽心等是香。
不见秋花横旧眼，漫堆朝菌活枯肠。闭门括口锄诗思，老树窥人月上床。

癸未中秋赋得陇月向人圆得圆字

久嗔拄腹搜何在，负汝今宵故故圆。归兴酿秋声撼海，长淮落木水摇天。
能回永夜成清昼，愿袖新寒席旧毡。梨栗还同千里乐，漫劳诗梦舣吴船。

盐村分韵得刀字

各以纵横驱日月，未应叱咤震儿曹。诗书牾世顽如我，歌哭随时唾亦骚。
众口息吹天人梦，狂儒气倚笔为刀。优游更笑庄生拙，言驾何须更化尻。

癸未祀灶日作

冷鸡唤梦被生隅，惊走先生一枕诗。诉帝灶君无热祀，登堂左氏谳先师①。
愁眉苦对蛇横纸②，冻手频呵砚满斯。一笑那知有我累，酸风射户雨抽丝。

注：①上午试《左氏春秋》。②下午试西洋哲学。

春晴江畔闲步

孤城何计望长安，翘首浮云杲日边。溪柳自摇沙步影，春风谁刺古祠船！
黄尘青眼经年梦，旧雨新芜一抹烟。剩有诗情闲似水，蛮山争贡墨曹妍。

注：吾乡包孝肃祠畔，清溪疏柳，岁时泛舟地也。

记梦并序

年来每梦从东坡先生赋诗，常服其清警而苦觉来遂忘。甲申三月既望，复梦相唱酬，独记其三四一联，因卒成一章，亦不自知其何说也。

年来依枕服清妍，得句犹余耳日鲜。书味浅深风涣穴，诗怀盈缩月流天。
荒唐笑我徒劳梦，偃蹇非公孰肯怜！湖上一尊他日荐，要从心地示无全。

注：西湖水仙王庙有东坡先生像。

博生尚经竹亭务兰诸子同过夜谈

五株斜月幽人树，影乱空阶似更闲。此夕清尊温旧事，七年归意涌春山。
间庭廖落松牵梦，海客荒唐语带蛮。他日弩台同剪烛，应怜穷巷履声悭。

注：教弩台在邑城东北隅，曹公遗迹也。

甲申夏五赠山樵兄乞愿师墨竹

少日吞牛气吐横，天教穿鼻歇吟声。尘劳倦客书遮眼，昼静空山鸟自名。
诗酒光阴成故事，交游尔我妄迷情。凭君更乞师门竹，一扫炎州夏思清。

敬题愿师风木慈乌图卷

平生弄笔为娱亲，楮墨无言自怆神。爱看林乌存乳哺，故图风木报艰辛。
鬓须尽换霜前色，甘旨能忘劫后贫。对此有情皆念母，方知不匮是师真。

感　事

闲抹双蛾斗柳青，向人欲舞自娱形。浮生久厌红牙板，巧语难污大业经。
未爱蚍蜉能撼树，独怜腐草易为萤。藓阶唧唧秋虫满，一夜繁霜仔细听。

雨花台感赋

眼中林木已交柯，俯首碑前感慨多。今日花环来异国，当年颈血起沉疴。
城边工厂浓烟直，台畔儿童笑语和。幸福有源还自愧，缅怀先烈欲如何！

甲申九日赠务兰兼怀卜大

其　一

总角鸡窗常共舞，堂堂须鬓竟如何！几生桑下同三宿，万死兵余寄一柯。
贫里齑盘为乐少，秋来诗思赠行多。明年我亦巴山去，感慨云山枉梦过。

其　二

天公作意怜佳节，冷日清霜扫积阴。断垄蛮花能自傲，故山秋色定谁寻！
烂柯不信成今世，黑发终当返旧林。遥想风流卜公子，漫倾茅酒洗诗心。

自　嘲

碰壁经年未褪狂，何须杆木始逢场？为牛为马随呼应，是鬼是人自主张。
偶放强颜争曲直，难随众口说雌黄。莫嫌雨雾凄迷甚，暖眼当空有太阳。

奉役淮城老友季廉方兄偕孙君过访并惠长篇未遑次韵率寄一律借申鄙怀兼奉故人一笑之

晚岁师农兴未央，暂来弄笔寄山阳。欣逢旧雨携新雨，笑语他乡胜故乡。
识字子云甘寂寞，荷锄元亮耻栖遑。寻医入务诗全废，三复佳篇愧报章。

惊闻周总理逝世

震雷天际熄明灯，四海惊呼陨巨星。亿众哀于丧考妣，一生高自树仪型。
殚精马列新寰宇，尽瘁工农耻利名。更洒骨灰滋沃土，春浓祖国万年青。

感事寄止戈久山

炙手妖氛百卉腓，艺坛创业更艰危。十年祸水方堙塞，五月严霜应断飞。
掩袖含沙谋总秘，升天撼树梦全非。醉人消息浓于酒，为报诗翁一展眉。

北山老友惠诗次韵奉酬

雨清溽暑诵新诗，得失心头许共知。风袅蝉声移远树，窗含草色动遐思。
茶铛旧梦迷灵谷，丹灶轻烟望钵池。幽冀有才多逸足，看君袖里掣神槌。

高考阅卷有感

欺人岁月去骎骎，旧梦延津剑早沉。但曳泥涂甘一壑，何期敝帚享千金。
丽天大日收浓雾，照眼繁花惜壮心。待得衡文头已白，夜灯挑尽未成吟。

感　事

不堪回首恸芝焚，何幸清时再右文！廿载戴盆终见日，他年振翮会摩云。
患唯狐鼠除能尽，收在桑榆事已勤。放眼神州歌四化，挥戈返景鲁阳勋。

寄止戈茗叟金陵

廿年世味冷于冰，暖眼开怀仗友朋。交服止戈穷愈笃，诗输茗叟老弥能。
共怜强项经千劫，白濯童心续一灯。霞满摄山秋正好，相将蜡屐上崚嶒。

林从龙见示汤阴岳王庙诗次韵奉酬

碑前泪堕土无干，扼腕长摧壮士肝。三字沉冤今古恨，千秋青史斗牛寒。
舆情久已明邪正，旧里何当拜剑冠！读罢君诗难入寐，吁天一卷忍重看。

谋　身

谋身淡似风行水，绩学艰于蚁撼山。丰草长林唯旧籍，素餐尸位竟何颜！
漫言广袖尊前舞，稍喜槛衫劫后闲。说与故人当一笑，清时狂语可须删？

挽李绶章同志

病院偶逢情倍洽，惊传二竖据膏肓。方期吉士逃凶厄，更引清淮革旧章。
壮志抟云鹏翼折，赤心谋国口碑扬。书生风范清如水，廉政他年史笔详。

文　场

文场刺鼻泛铜腥，走穴风贪卷暗星。影像惊心淫盗录，书篇炫眼马牛经。
竞夸兽欲戕人性，甘拜胡儿咒祖灵。祸水横流谁作俑，恢恢天网许逃刑？

注：《文摘报》载某出版社吹牛术、拍马术广告。

雨登后山

深谷乌啼雨，春愁不可闻。只疑依间泪，涨作漫空云。

春日杂诗

其　一

残梦依然故枕蘧，忍携疏雨踏新芜。闲情一碧蛮江水，才识春风已半苏。

其　二

春至繁声醒旧禽，欲将新雨换微吟。无端却被颠风恶，吹彻诗肠一晌深。

其　三

谁将嫩绿缀枯枝，又遣余青画柳眉。乱散秀螺抽细雨，望春春到只如痴。

其　四

无端白玉琢相思，残梦深心觉后疑。帘外轻雷苏倦雨，更凭孤烛理闲诗。

其　五

拥鼻朝朝水畔吟，繁花入务又轻阴。东风莫怨流莺老，自爱芳时一片心。

月夜怀小舟学士

叩门啄木千山月，步屧空庭一掬寒。应共幽人光熨眼，漫调诗腹养余澜。

溪　畔

溪影清槐欲过溪，耕牛半出淡烟畦。好诗看久浑忘句，卧听人家唤晚鸡。

哦 诗

哦诗看月抽千绪，沉李浮瓜又一秋。怪底南风如有意，好吹清梦古庐州。

寄怀醒仁学士

小簟新凉暗矮檠，断蛩秋梦不胜情。闲蕉滴碎三更雨，犹似西窗对榻声。

有 寄

莫怨宵凉梦短时，多情争合薄情知。相思苦似秋前叶，零落随风不自持。

题玄武湖泛舟照

小叶圆荷出水新，波光漾日碎于鳞。扁舟安稳湖心里，谁识中流把舵人。

无 端

无端晴海卷狂涛，破雾前航气更豪。稳把舵轮迎晓日，飘风从古不终朝。

寄怀大兄伯萍坦桑尼亚

其 一

淮甸师农两遇春，艺蔬儿女饲鸡豚。邮亭日日探消息，专候言归过荜门。

其 二

已过言归六月期，何无片语解离思！难堪最是高堂母，夜半声声唤子时。

哀三女小华

其 一

床头咫尺远天涯，廿载辛劳镜里华。邻居相看尚呜咽，怎禁老泪不横斜！

其 二

行三自诩最聪明，任性常教阿母惊。十四雪天八百里，病中得意说长征。

其 三

聪明脆弱忽成痴，病已膏肓不自知。当世扁鹊求未得，神伤闭院望亲时。

其 四

侈说老时养阿爷，伤心先我骨成灰。北门他日难重到，探汝亲携十往来。

其 五

灵魂生死本无稽，为遣悲怀妄道之。汝去泉台好安息，也无聪慧也无痴。

注：病院、火葬场皆在淮安北门外。

敬题林散老江上诗存

落尽豪华气自如，贵从枯淡见丰腴。浣花法乳添新印，万里行程万卷书。

中共十二大开幕口号

骇浪惊飙多少年，乌云拨去展青天。江程万里滩多险，指点红灯稳放船。

与守义兄陶然亭酣饮

患难交深未冠年，白头京国话前缘。升沉厌就君平卜，且共陶然乐圣贤。

胸　中

胸中寇盗年方戢，镜里朱颜日在亡。理罢故书长袖手，一窗风月费平章。

雨中敬悼胡耀邦同志

升沉荣辱等空华，直道廉能众口夸。忽漫骑星归紫府，人天雨泣总如麻。

题画马图

当年逐日更追风，晚服盐车峻坂中。汗血利民心自足，昂头一笑夕阳红。

天柱山看云口占

山似云奇云似山，云山掩映有无间。老来渐识云山趣，山顶看云自往还。

周　克

周克(1921～2005)，江苏涟水人。1944年参加革命工作，1945年加入中国共产党。曾任淮阴地区水利局副局长、淮阴市诗词协会常务理事。

1992年春节献辞

梅花含笑迓猴年，爆竹声声颂尧天。世界风云惊变化，神州特色喜空前。
十年迈步九霄上，两度翻番锦绣添。辞旧迎新春意暖，抚今追昔倍甘甜。

纪念渡江战役胜利40周年

三捷频传敌技穷，挥师百万下江东。势如破竹力拉朽，风卷残云气贯虹。

反动王朝送短命，消沉华夏换新颜。干戈绣出五星旗，推倒三山盖世功。

游项王故里

赫赫灭秦功，人称盖世雄。只因谋略误，无面返江东。

赞江都抽水站

吞纳长江水，长河腾巨龙。喜看淮北地，禾槁复葱茏。

参观城区新建运河大桥感赋

独塔斜拉禹域稀，巍巍矗立众称奇。能工巧匠玲珑手，装点淮阴更入时。

赠淮阴市援建索马里费诺干渠工程的陈秉和等27位同志

其　一

群英结队去非洲，万里凌空壮志酬。他日电波传捷报，生辉华夏美名留。

其　二

男儿立志在全球，远涉重洋展大猷。汗水定凝丰硕果，中非友谊谱新秋。

咏水仙花

出自清波不染尘，幽香玉骨显精神。隆冬只有梅为伍，冒雪冲寒报早春。

我国有洋打工

禹甸外招洋打工，发黄眼碧应承恭。主人不记侵华恨，宽广胸怀待友朋。

纪念“二战”胜利50周年

其　一

狂魔作恶罪滔天，欧亚河山烽火燃。日德轴心惨败北，义师高奏凯歌旋。

其　二

斗转星移五十年，和平发展换新天。时须警惕凶顽在，续写邦交友谊篇。

骆　勉

骆勉(1921～2005)，江苏泗阳人。出生于名中医之家，大学毕业，原为淮阴财经学校高级讲师，藏书家、中华诗词学会会员、中国楹联学会会员。

抒　怀

历尽风霜白昼颠，忽闻喜讯落钧天。棋因误着输全局，人为沉冤困卅年。
槁木岂期春又遇，死灰顿觉热重天。敢云伏枥思千里，粟饱犹堪驶向前。

张用凡

张用凡(1921～2011)，江苏沭阳人。1944年入党，历任区委书记，淮阴县副县长，淮阴地区水利局局长、机械工业局局长。

歌颂淮阴水利建设

淮阴大地溢芬芳，嘹亮歌声遍城乡。政策英明欢万户，四化建设步坚强。三十五年兴水利，完成五十亿土方。沟渠条条林荫道，贫瘠区变米粮仓。更喜七五规划好，富民兴淮斗志昂。

为新四军建军50周年而作

皖南事变为何来？亿万人民骂独裁。八省健儿驱虎豹，丰功伟绩耀江淮。

叶恒足

叶恒足(1922～1989)，江苏涟水人，中共党员。曾任淮阴地区水利局副局长、淮阴市诗词协会副会长兼秘书长。

祝淮阴市诗词协会成立

文明建设路康庄，万道河流汇大江。古韵新诗皆锦绣，长箫短笛共宫商。
红橙黄绿家家艳，竹菊梅兰色色芳。双百方针花竞放，骚坛风调更悠扬。

党的十三大颂

元元十亿喜盈腮，遥祝首都盛会开。缕述经纶光日月，英明大计建瑶台。
中心唯一齐飞上，基点成双特色来。充满神州皆是劲，行行业业尽其才。

吟　兰

绿叶迎风舞，馨香满谷飘。深山人不见，一样乐逍遥。

纪念周总理90诞辰

童迹留淮上，长歌四海边。功高临北斗，怎不忆当年。

纪念淮海战役40周年而作

淮海风云动，人民气吐虹。支前参战去，战地遍英雄。

吟 竹

其 一

枝枝叶叶节中空，绿绿青青赛劲松。风雨潇潇知疾苦，常年拼搏立山中。

其 二

寒冬炎夏绿葱葱，沐雨栉风荫更浓。早与松梅成密友，放香吐翠各从容。

庆祝市诗协成立1周年

黄花美景艳阳天，诗友词朋再并肩。继往开来传雅唱，一堂盛会献佳篇。

参观刘老涧复线船闸工程感赋

复线通航意若何？争分夺秒不蹉跎。而今四化蒸腾日，北往南来急务多。

刘兆仁

刘兆仁（1922～1998），江苏泗阳人。1941年参加革命工作，中共党员，曾任淮阴地区卫生局副局长、淮阴市老干部书画研究会会长、市诗词协会副会长。著有《瘦菊轩诗集》。

瞻仰周恩来纪念馆

淮城有馆建桃根，总理精神育后人。两袖清风传盛世，一身正气拂氛尘。
安邦定国丹心浩，反腐兴廉赤胆真。恪守和平威四海，鞠躬尽瘁为黎民。

悼念刘老庄烈士墓

英雄八二卫江淮，斗敌三千血战开。爱国成仁丧寇胆，歼倭壮气浩泉台。
时逢盛世丰功忆，重吊高碑烈士怀。寒食刘庄来祭扫，花潸柳泣吊英魁。

瞻仰泗阳昭忠祠

步入忠祠忆旧秋，流年四十去难留。侪人殉国英姿在，群秀生根翠叶稠。

先烈丹心铭碣石，心花怒放漫枝头。萦思戎马丰功日，激泪双行念故俦。

贺《松霞集》发刊1周年

玉笛长鸣共律弦，松霞曲唱一周年。枇杷蕊放迎冬雪，松柏霜飞起腊烟。
酌意临淮书美景，怀情洪泽著新篇。骚人锐气常风发，韵里江山醉凯旋。

咏　淮

黄河夺道并长淮，苏北千年闹水灾。才忆清安成泽国，又思沭泗漫村台。
百流治理今朝好，万户丰收盛世来。喜看悬湖三百闸，通渠达灌楚天开。

登淮楼远眺

九九登高阅锦秋，遥看泵水过街流。绿阴叠翠清河岸，白雾横吞淮浦楼。
一线航行泽道远，千门闸渡灌渠悠。八方来客长途运，海港来船到码头。

石港风情

悠悠曲水过柴塘，岸畔丘坡广植桑。绿姐持竿才数鸭，红姑摘叶已盈筐。
金霞夕照开天际，碧渚风波细浪飏。姊妹双双情唱晚，同舟共渡笑归庄。

新闸赞

遥看淮头闸泵悬，航行灌溉获双全。平原万顷千斤稻，水运千程万户船。
设站翻江扬水涌，开渠润土促苗萱。南来北往多游客，鱼米乡中赞哲贤。

乾隆行宫游

宿迁城外马陵涯，节届秋风著景霞。绿树林荫三十里，葡萄架挂两千丫。
凤凰泉下饮啤酒，支口河边尝蜜楂。对渎持螯棋一局，龙亭作赋赏宫花。

湖上行

清风送我别东堤，洪泽行舟帆影移。闪闪金光染绿水，星星快艇急奔驰。
半城湖外观荷晚，台子塘头戏鲤时。待客人家舱下酌，洋河美酒佐情怡。

秋到洪泽

九月天高捐折扇，芙蓉落尽渚莲收。船楼笛奏渔光曲，岸畔风吹穗挂钩。
湖上飞帆擒跃鲤，田中走彀负丰秋。稻香村里人忙日，挽袖红姑驾铁牛。

渔家吟

百年揽棹泊湖涯，岸上无田小艋家。父祖焦颜牵挂网，儿孙白丁拍流花。
逢春报晓明楼建，逐浪追风机艇划。子女攀科勤于学，渔村酒后赞新华。

慕 乡

楼外春风醒白茅，天将细雨涉红桃。疏枝柳影垂千线，溪水鹅浮浪百条。
庄户人家多雅宅，堂前月季半含苞。幽居若住此乡里，种谷繁花也乐淘。

感 事

风云雨雪继相交，日月星辰定轨遨。识路知途明道远，循规蹈矩育情操。
怀仁共事平常乐，作诈行欺罪有条。万贯家财身外物，人生积德自逍遥。

桂林吟

桂江岸曲众峰依，峦秀渊清水涟漪。千洞森深罗万象，万山叠彩化千奇。
青岩倒映浮苍翠，竹筏漂流影漫驰。空谷回声存幻境，满船游客下东篱。

陈 耀

陈耀（1922～2013），江苏泗阳人。1942年加入中国共产党。1970年起任中共淮安县委副书记、书记，后任淮阴地区行署副专员、淮阴市人民政府顾问。离休后为淮安市诗词协会名誉会长。

纪念南昌起义80周年

羊城携手见尘烟，北伐途中共举鞭。昼夜捷书传广宇，频繁易帜谱新篇。
澄清华夏时人愿，妄动干戈黑手残。义举南昌扬正气，乾坤扭转落双肩。

端正党风有感

先驱马列理无穷，推倒三山一片红。改革开放人所向，振兴华夏露峥嵘。
明知前进有凶险，探索贪情岂可容。只要党风能肃正，熊熊烈火烧毛虫。

大运河畔风光好

两岸田畴涌绿波，白云起处牧银鹅。农夫渔父多情趣，大运河边快乐歌。

离休自勉

年逾花甲不痴聋，岁月催人道未穷。历尽崎岖成铁骨，深知革命德为宗。

周振熙

周振熙（1922～2010），江苏灌云人。中共党员，离休干部。江苏省诗词协会会员、淮安市诗词协会常务理事。

纪念抗日战争胜利60周年

六十年前耻未忘，东洋日帝犯予邦。奸淫烧杀如禽兽，蚕食鲸吞似虎狼。
血泪腥风惊四海，新坟焦土哭三光。中华八载悲歌史，教育儿孙日寇防。

仲夏雷雨后农村即景

乌云滚动响雷隆，雨过天晴挂彩虹。蛙跃池塘戏碧水，蝉鸣高树弄清风。
牧童骑犊寻青草，倩女扛锹排积泓。红瓦小楼映绿叶，乡村一片向欣荣。

勿忘爹娘恩

生育成人到结婚，千辛万苦爹娘恩。为人一世都当孝，树大山高总有根。
若是无情敬父母，有何脸面教儿孙。乌鸦反哺羊跪乳，莫惹双亲留泪痕。

辞岁迎新颂

其　一

回首猴年气势雄，人文荟萃跃鲲鹏。京都俊杰群星灿，神五飞船霄汉通。
伟业九州逢盛世，小康万户拂春风。金鸡一唱东方亮，满目青山映日红。

其　二

桃符换旧又新年，民富欢歌日月甜。宏伟蓝图欣绘就，复兴民族勇争先。
中央发号与时进，民众强音见志坚。全面小康非远景，奔腾万马共扬鞭。

游泰山

花甲早过泰岳游，雄心未已志能酬。一轮红日高高照，云海翻腾足下流。

上海申博成功

云淡风轻绕翠微，中华展翅向高飞。轻歌曼舞浦江月，申博成功众望归。

神舟六号上天

神舟六号太空游，五日飞行绕地球。着陆英雄挥手笑，世人刮目看神舟。

淮海诗坛名家予杞先生赠《涓埃草》诗集回赠

《涓埃草》集列书丛，韵味含香雅趣浓。诗礼传承唐宋训，骚风李杜似相同。

免赋农民乐

其　一

面对黄泥背向天，千年课税压双肩。人民政府颁新策，百姓耕耘免赋田。

其　二

过去农家有苦愁，课完杂税几无收。如今政府免田赋，梦里农民笑不休。

赞环卫工人

黄帽黄衣出众奇，闻鸡起舞接晨曦。挥开铁帚乾坤转，皆赞城池美化师。

韩春涵

韩春涵（1923～2005），江苏沭阳人。中共党员，离休干部。曾任淮阴市矿务局党委书记，淮安市诗词协会常务理事。

雪夜访煤矿

雪飞六出遍天涯，大地晶莹积玉花。冒雨缓车访旧友，深情惬意探煤家。
当年景物依然在，现代新人貌正华。四化能源居首位，矿工铁臂抱金娃。

上老年大学有感

当年投笔重拿笔，两鬓沾霜上学堂。劳碌半生今得空，再来一个十年窗。

严克宽

严克宽（1923～2010），江苏沭阳人。1940年参加革命工作，曾任淮阴地区科委科长，后在淮阴市老年大学担任书法老师。

兆丰收

丰收常记写新词，春到人间雨及时。破冻梅花先报喜，抽芽杨柳待垂丝。
迎来改革千秋暖，开放经营万众期。两个文明齐建设，东风浩荡展红旗。

泗阳酒乡行

其　一

酿师妙手建奇功，玉液如淮接半空。甘味冲天鸟化凤，糟糠入水鱼成龙。
分酥半夜怀苏轼，会笔双沟考醉翁。太白遗风今尚在，诗花烂漫映天红。

其　二

“美人泉”水赛琼浆，酿出洋河笑杜康。誉载千秋光汗史，香飘万里醉邻邦。
参评国奖标金奖，无愧淮乡号酒乡。我愿化成泉里水，和将热血谱新章。

纪念周总理诞辰90周年

胸怀天下为民忧，举义南昌率领头。万里征程披弹雨，单身虎穴战群酋。
雄姿英发凌云志，魄力擎天挽急流。大业未成今有望，继承遗志绣神州。

自　娱

孤陋寡闻一布衣，欣逢己已鬓银丝。清晨漫步迎霜早，傍晚闲吟送夕迟。
半面东山添字画，一塘清水助临池。诗刊为伴琴生乐，抽空交锋几局棋。

孺子牛

年过花甲有何求，克己毋忘一老牛。学画攻书情脉脉，吟诗读史乐悠悠。
清风明月乘时取，绿水青山着意收。翘看家园非旧貌，高歌四化绣神州。

晚年乐

盛世老人乐岁华，余晖尚炽觉无涯。朝朝锻炼身心爽，日日临池文笔挝。
篱外新栽青竹笋，窗前盛放腊梅花。兴来垂钓黄河岸，笑逐颜开忘去家。

咏　雪

喜人瑞雪漫天飘，东去黄河尽失滔。万落千村镶白玉，高山峻岭着银袍。
彤云密密披鳞甲，大地深深印屐跷。激浊扬清歼灭战，丰收有望达承包。

老子山写生感赋

师生采访到湖边，国道迢迢千里延。子鸭池塘追幼蟹，黄莺暖树荡秋千。
桐花夹紫红盈圃，麦浪翻青绿满天。最爱山前淮水阔，粮船竞渡庆丰收。

学画梅有感

其　一

八秩画梅觅健康，人多不解笑荒唐。横空铁干摇殊影，缀地金花吐异香。
不与群花争烂漫，偏同松竹守清凉。顶风冒雪当春使，公仆精神永发扬。

其　二

铁骨寒梅公仆姿，含苞怒放报春时。唯因老杆休眠晚，莫怪诗家落笔迟。
亮节高风天地晓，无私奉献故人知。山花待到齐开放，让位推贤解战衣。

人与梅花一样情

不慕红楼爱小窗，朝朝相伴梦魂芳。自成玉骨凌霜露，天赋仙姿傲雪霜。
耻向群英争秀色，先于万类报春光。平生高洁谁能比，蜂蝶无缘我独尝。

借梅喻人

数九寒天雪落时，梅花开放正相宜。丹心铁骨存高格，疏影瘦容无俗姿。
月照枝头抒画卷，风吹香气斗珍奇。一生玉洁无人识，只有西湖处士知。

贺淮阴市诗协成立1周年

淮阴诗苑阅新兵，百里风尘入应征。只笑当年泥瓦手，也来学唱两三声。

孙步坦

孙步坦（1924～ ），江苏淮安黄码人。中共党员，早年在私塾读书，曾任涟水县县长、淮阴市劳动局局长，淮安市诗词协会副会长、顾问。著有诗联《萦绿斋集》。

忆涟水十年

我从1973年5月自洪泽到涟水工作，1983年5月调淮阴市工作。10年间和该县80万干部群众，为摆脱贫困，日夜奋战。作此篇以志其概要、彰显来者。

才离洪泽县，又调古安东。北倚六塘固，南凭淮水冲。一帆张河泄，百里盐河通。境内平原旷，田间硗碱蓬。倭顽兵燹扰，丁壮迫从戎。保卫涟城战，精诚贯日虹。三山未倒日，遍地有哀鸿。建国政权握，豪情满苍穹。干群数十万，普学老愚公。翻土台田造，干渠东话中[①]。产低原土瘠，冻馁度春冬。立志承前业，同心再逐穷。运筹凭实践，决胜乃忘躬。科技频施教，矢行廉政风。星罗棋布点，干部乐三同。两鬓风霜仆，一蓑田舍翁。绿肥改碱卤，水稻抗灾凶。推广灌排网，防涝抗旱洪。绿粮轮换作，稻麦登高峰[②]。大地连天碧，苕花万顷红。栽培似绣虎，管理如雕龙。四夏三秋节，吾农性不慵。总产十亿过，连续八年丰。人均一千五[③]，家家仓廪充。粮棉商品县，丰乐亭留踪[④]。全国现场会，绿肥涟水雄。斯民衣食足，其乐也融融。一扫贫瘠苦，毋忘集体功。养粮先养地，四季郁葱葱。善始克终寡，急功近利蒙。机肥须努力，地力心忧忡。长忆良田里，绿色弥望中[⑤]。

注：①指1958年以后兴挖的涟东、涟中、涟西4条干渠。②1973年后制定涟水大种绿肥和广栽水稻相结合的战略措施，获得成功。③指粮食产量人均1500斤。④1983年在五岛公园建丰乐亭，以志连续8年丰收。⑤1986年去涟水，觉绿肥面积骤减，忧心忡忡。所谓"善始者实繁，克终者盖寡"，急功近利之人多矣！

中共建党70周年

百年租借割，神州遍鳞伤。前赴后继里，志士问穹苍。北国春雷震，南湖曙光昂。十月连七月，工农振八荒。西方豢犬吠，北伐铁军彭。八一义旗举，建军分地忙。十年鏖战急，千寻遵义光。延安窑洞火，普照万里疆。中苏同敌忾，日德寇军丧。党群同甘苦，战胜中外狼。三山白雪化，九域眉宇翔。牢记甲申事，建国迈虞唐。回首七十年，胜利不寻常。左右曾波折，道路未康庄。失误能纠正，前程赖导航。千万烈士血，换来红旗扬。继往诚不易，开来费思量。实践验真理，改革瑞呈祥。物质固需要，精神岂可忘。物腐而虫患，清慎勤贤良。核心凛正气，体肤自然康。盟心遵马列，矢志循纲章。发扬好传统，创新济世长。巍巍大哉党，桓桓寿无疆。

腊月二十七日七十自寿

欣逢七十春，客寓北京城。冰雪封幽蓟，乾坤转朗清。隆冬松柏健，残岁腊梅新。斗室吟哦醉，五官感应灵。兴浓诗满箧，量放酒盈樽。但愿农丰稔，何求我寿星。匹夫匹妇志，为国为民心。宠辱皆忘耳，乐忧常伴身。糊涂省困扰，旷达长精神。细数故人寥，缠牵儿女情。结肠除块垒，补齿掩凋零。默默衰颜渐，萧萧白发增。愧谈鸠作杖，漫颂鹤遐龄。炎武辞庆祝，唐宗念亲恩。老年称惬意，晚节敢云贞。时厌西风烈，箧中宝剑鸣。

军营行

老牛偏爱犊，跋涉亚夫营。川隐经纶手，山藏韬略臣。操声冲晓雾，号角破朝晨。官有运筹策，士为决胜争。修文练本领，习武壮精神。威不屈其志，贵难诱尔淫。疾风知劲草，板荡倚长城。平日孺子仆，战时飞将军。风雷惊霸主，忧乐系人民。喜彼红旗艳，笑吾白发增。后生济济见，前进频频闻。定远怀投笔，木兰仗剑行。兴邦儿女屦，祖国母亲心。久羡英雄旅，常思子弟兵。立功传捷报，蟛责耀门庭。赫赫千秋颂，昭昭六十春。

欢迎王纾难老先生12次返故园

祖国春风暖，天涯游子情。侨居海岛外，人是家乡亲。桑梓时怀旧，梧桐叶落根。源源涟水乳，耿耿中华心。壮岁逢离乱，老年享太平。诗文迎远客，花鸟喜嘉宾。畅叙故园美，沉酣新酒盟。八旬七上寿，九十庆遐龄。

大　雨

大雨落安东，城乡泽国中。汪洋浸日月，浊浪拍长空。砥柱期群力，抗洪赖党功。旱粮皆已矣，水稻独称雄。不有平原坦，焉知泰岳崇。

咏涟水绿肥水稻胜利自由歌

五十万亩轮作，八十万亩绿肥。碱地忽成粮仓，水稻能兴涟水。经济调整得益，政策安定生辉。靠党靠群靠汗水，酿成百里芳菲。丰收岂忘防歉，居安正应思危。精神物质两相依，科技发展增辉。务本农为基础，凤鸣百鸟齐飞。因时因地巧指挥，求善求真求美。涟水绿荫如画，平原处处春晖。振兴有志莫相忘，养地养民为贵。

瞻仰涟水县米南富洗墨池遗迹

高云淡淡路芳菲，今古圣贤思入微。北地分流泾渭水，西山吟咏首阳薇。
瞻依米砚一池雾，愧仰孔墙数仞巍。心似冰壶拜怪石，政如月镜施恩威。
狂来落纸烟云护，兴到挥毫雨露垂。名杰当和史共载，清廉应与日同晖。
遗风善政迹难泯，物换星移人已非。膏泽于民众口颂，安东大地有丰碑。

按：米芾，又称米南宫，北宋著名书画家、诗人，曾知涟水军，颇有廉政声。涟水五岛公园内存其洗墨池遗迹。

纪念抗日战争胜利60周年

夷居海外谓扶桑，屡占汉疆侵略狂。东北铁蹄任践踢，卢沟挑衅欲吞亡。
三光骄虏逞凶暴，四亿同胞赴战场。半壁河山嗟破碎，连年英烈永留芳。
青纱帐内长矛举，赤手揭竿民武装。国共同心戮敌伪，军民笃意惩奸伥。
阵前拼搏群贤勇，敌后坚持我党强。世界联盟伸正义，中华抗日迹辉煌。
美军广岛投原子，苏旅进关歼寇狼。战犯天皇求降表，神州胜利庆兴邦。

古今吟

中华史载数千春，治乱兴衰合与分。尧舜禅贤天下庆，夏商传子帝都沦。
创基多是英明主，守业却轮昏暗君。强权霸主频孤立，大小富贫谋共赢。
内讧纷争危九域，外防侵入赖三军。开放远瞻新世界，闭关无视地球村。
腾飞崛起志韬晦，民主和谐振古今。安定安全求发展，知荣知耻永遵循。
推诚互信交邦友，旌义行仁爱弱群。言论自由依法律，选投清正德才人。

悼淮安战友

淮水滔滔日夜流，生离死别几时休。多年教益从今断，万种情谊自此稠。
妖似乱云终不在，君同芳草春常留。难堪最是故人少，独坐哀思望月楼。
羡君桃李满淮楼，培育有方冠楚州。愧我驽材羞自荐，开荒改土作耕牛。

纪念周总理逝世10周年

伟哉周总理，永铸人民心。功绩昭天地，德才冠古今。
九州悲栋折，十载祭星沉。世界昆仑仰，中华雨露深。

咏　竹

萧萧看玉立，摇曳自媚妍。君子生来瘦，良朋老更坚。
清凉荫覆地，稠密翠浮天。高节烦襟尽，也同七子贤。

纪念新四军建军50周年

七七卢沟鹿死谁，新军建立任驱驰。轰轰烈烈抗倭寇，正正堂堂举义旗。
陕北本为磐石固，华东犹怨解悬迟。英雄业绩垂青史，长恨江南燃豆萁。

感　怀

生平最爱老黄牛，只顾耕耘不顾休。千里田原留足迹，万家忧乐在心头。
快晴正合育秧意，多雨又担夏熟愁。村老村童同把臂，备荒备战壮吾州。

步和施占山同志

韶华易逝叹天工，绿柳枯黄又见枫。钝讷终朝徒碌碌，愚驽尽日意重重。
禾苗穗秀连天碧，果树花开映山红。联产计酬威力大，中央政策建奇功。

献给涟水保卫战牺牲的谢祥军司令员及众烈士

顽匪进攻炮火浓，涟城保卫立奇功。三军壮烈乘箕尾，百战威名铭鼎钟。
一帅成仁甘冒死，群英奋战乃忘躬。男儿欲报党恩重，马革裹尸千古风。

讨蚊蝇

蚊蝇两物害昭彰，昼夜分工传染忙。逐气寻脏污白壁，呼朋引类入华堂。
宵飞日伏吮人血，乘暗幸昏把我伤。挥扇熏烟拍不尽，扫除付与雪和霜。

游长江三峡

万里长江天际流，吾人能得几时游。瞿塘水急轻舟过，巫峡峰高神女幽。
白帝城头烟渺渺，张飞庙畔日悠悠。浪淘千古英雄尽，两岸秋山相对愁。

纪念抗日战争胜利50周年

五十年前此日中，卢沟烽火烛天红。人民抗战原神圣，日寇侵华肆暴凶。
敌后坚持推我党，阵前拼搏赖群雄。干戈玉帛恩仇泯，更见泱泱大国风。

致卢虹宛中二同志

滚滚韶华五六春，难忘入党引航人。鱼书北寄追前景，鸿雁南飞述近情。
授业金陵施化雨，投身西藏载佳名。仁人自古无量寿，兰桂芬芳乐晚晴。

注：1999年12月18日为余入党56周年，特敬呈入党介绍人宛中、卢虹二同志。授业金陵两句：指卢虹在南京从事教育和支援西藏的事情。

警　言

皓月无言冰玉清，阳光不语育苍生。有心扬善善宜辨，无意争功功永恒。
欺世盗名名利客，爱氏兴国国精英。细推物理须毋我，算尽机关反误卿。

致谷良同志

廿年风雨路茫茫，君受审查吾感伤。生死病残谁替得，酸甜苦辣自承当。
行吟泽畔忧邦国，惶恐滩前议稻粱。华夏中兴善政布，老夫长发少年狂。

庆祝中国共产党诞生65周年

年过花甲更精神，碧水丹山又五春。放眼峥嵘新事业，回眸坎坷旧风尘。
党心已共民心暖，一语能偕众语亲。甘苦吐茹时蹈厉，离鞍不作息肩人。

孙谦赴美探亲

离别燕京思念多，求知长恨岁蹉跎。五洲谁是真民主，中国唯期兴共和。
白发未添豪气吐，红旗增艳高吟歌。环球虽小潮流急，欧美风云究若何。

病榻作

逝水年华唤不回，衰翁疾病事多违。十朝又获阳光照，一念常随风雨飞。
神术有情除肿块，快刀妙手难解危。鬓丝此日镜中白，知己平生莫怨嗟。

抒　怀

春来夏去忽秋冬，离合悲欢自古同。有病方知无病乐，懦夫岂识壮夫风。
欲如深壑过如草，人似斜阳品似松。大限临头挥手去，呜呼生死各西东。

行经兰考县

行经兰考县，挥泪悼知音。裕禄风堪颂，人亡功业存。

怀包公

宋代开封府，包公现眼前。忠奸善恶辩，后世颂高贤。

咏　怀

有绿肥涟水，微功归钵池。清风迎客处，明月读书时。

吟　雪

大气何污恶，沧浪水又浊。雪从天上降，要将尘埃濯。

杂　咏

生死有规律，蜉蝣一梦中。但为民幸福，何必寿乔松。

闻某县绿肥面积锐减有感

人去花红瘦，燕来绿色空。得渔频竭泽，休炫眼前丰。

自　咏

一为迁客淮河头，出没柴滩类楚囚。往事依稀皆似梦，乱云生处动人愁。

钱塘观潮

钱塘江上观潮波，千古风流人物多。莫道徐淮豪杰少，至今犹唱《大风歌》。

过三峡观黄河

黄河滚滚几时休，三峡居中斩巨流。西北高原峻岭广，车行起伏客心愁。

重九登楼

枫叶流丹映八荒，西风渐紧菊犹香。劲松凝翠忘秋老，岁岁重阳颂夕阳。

咏　梅

铁骨冰心迪不侔，姚黄魏紫媚时流。北窗高卧羲皇上，被雪餐风任自由。

咏　怀

月白风清倍有神，孤眠短榻自修真。宦囊羞涩无穷乐，几卷残书伴此身。

歌涟水

其　一

绿肥千顷映安东，增产粮棉在意中。多种经营门路广，计酬联产乐融融。

其　二

征服碱荒乐为农，频频捷报自安东。人民无限欢心事，尽在粮棉增产中。

其　三

绿肥水稻富安东，八载丰收在意中。全县人民歌大有，碱荒征服乐无穷。

钱　煦

钱煦(1924～2003)，女，浙江嘉兴人。1947年毕业于国立浙江大学文学院，历任南京一中、淮安平桥中学、淮阴师院学院教师、副教授。著有《定轩诗钞》《定轩词钞》。中国民主促进会会员，淮安市民进创始人之一。

七律一首

李钱全集将行世，往事如烟记尚亲。将母教儿生计累，育才为学入诗新。
扬长移席专攻史，汲古传薪总率真。头白而今温父训，衰年未许作闲人。

赠陈敏之先生

其　一

人小志不小，艰苦为求真。阿姐附书至，见书如见人。

其　二

琳琅书满架，小店唤新知。火种播遐迩，青年陈敏之。

其　三

均是异乡客，相亲胜弟兄。睽违逾半纪，纸上得重逢。

其　四

头白无须虑，祝君乐寿康。桑榆逢盛世，家国日辉煌。

原注：陈敏之先生早年参加革命。1938年，我家随浙大西迁至广西宜山时之邻居也。先生独立主持新知书店，年仅十八耳。现七十有五，离休前为上海社科院研究员。

遵义行

其　一

一别遵城卌四载，龙山湘水日萦回。屈原盛会开金筑，老伴相扶寻梦来。

原注：1990年5月下旬，全国屈原研究会年会于贵阳召开。

其　二

疮痍满目成陈迹，白叟黄童欢乐多。岸柳垂荫湘水碧，婆娑倒影迪斯科。

原注：旧日湘水浑浊，不堪向迩，今已整治一新，绿波垂柳，民众于湘边晨练多跳迪斯科。

其　三

江畔丰碑昭日月，西迁求是道弥光。林苗得地多春雨，新厦喜看几栋梁。

原注：湘水之滨新建浙大黔省校舍纪念碑亭。

其　四

坎坷荒凉丁字口，而今人马似穿梭。“播声”应记同仇忾，高唱救亡抗日歌。

原注：1944年初冬，日寇进逼独山，予等浙大合唱团全体成员在播声电影院作劳军义演，高唱《歌八百壮士》，群情激愤。

其　五

镇日殷勤觅旧踪，故居街巷问无从。当年曲径寻幽处，多化高楼跨远空。

其　六

树仁必达同门友，今日湘江喜再逢。握手言欢言不尽，催人岁月苦匆匆。

其　七

红军山上青松茂，纪念馆前夕照明。半纪蹉跎心未老，缅怀先烈数征程。

赠友六章

1994年4月，予偕老伴去京筑，喜晤渌云、筑琼、喻柡、新民（北京）、业华（贵阳）、必达（遵义）、光男、菊隐（南京）、道慧（自台北归来）诸学友，因赋赠。

赠北京诸友

各具佳肴来复外，新民家会最难忘。相期共炼强身术，岁岁平安乐寿康。

原注：4月5日，在京诸友约予夫妇欢聚于复兴门外新民寓所。时新民老伴正病血栓，生活不能自理，至今心犹悬之，遥祝平安。

赠业华

百里杜鹃绚烂漫，天成锦绣竞相夸。赏花归去应知累，酒美肴香感业华。

原注：贵阳西北170公里大方县境有百里杜鹃著名景点，业华夫妇陪游竟日，次日业华又独立操作，设酒相邀，甚感其诚。

赠必达

英姿勃勃犹畴昔，必达匆匆走马迎。两语三言感肺腑，依依伉俪古稀情。

赠菊隐

共传菊隐不轻松，一见方知春意浓。咫尺阳台千种绿，清泉汩汩涌心胸。

赠光南

访友探亲自可乐，遗传所下候光南。笑容如旧惊绷带，“服老”原来非戏谈。

原注：光南参加全国人大期间不幸跌到，手腕骨折，自云类似跌法并非首次，未伤筋骨，不以为意，今始尝苦头，脱口连呼“不可不服老矣”。

赠道慧

人生有限情无限，台北淮阴路万千。今日金陵欣晤语，举杯不醉亦陶然。

原注：1994年5月19日，予夫妇专程赴宁会道慧，20日道慧约我等在彼下榻之金陵大厦餐饮部小叙。阔别近半世纪而语仍投机，颇可喜也。

访日归来打油诗

其　一

小儿相继赴名大，学业有成面有光。不是神州开放好，哪能白首任翱翔。

其　二

讲学观光欣做伴，樱花三月下扶桑。温文尔雅他山石，传统中华流韵长。

喜迎亲家

门外一声周老唤，亲翁驾到共寒暄。怪来总道清江好，春满书斋绿满园。

重温《赤壁赋》有感

其　一

忧乐无端自感伤，年丰人寿安栖遑。清风明月寻苏轼，利导思维物竞芳。

其　二

校园四季皆如画，任尔行吟任尔狂。老境悠闲真啖蔗，盐齑对嚼味深长。

何希敬

何希敬(1924～2004)，江苏涟水人。1942年参加黄克诚将军率领的八路军第五纵队，开始革命生涯。历任常州市委组织部长、副市长，苏州市委常委、淮阴市政府顾问，省人民政府经济研究中心常务干事等。苏北新淮铁路发起人。

赞朱通华同志积极支持苏北铁路二首

其　一

新淮铁路太难艰，万水千山只等闲。阻力重重启动慢，朱公举帜寸心丹。

其　二

新长已列国家道，苏北人民开笑颜。陆海通车终有望，沿途经济向高攀。

章明寿

章明寿(1924～2006)，江苏淮安人。中共党员，早年毕业于大学中文系，淮阴师范学院教授，中国古代散文学会理事。著有《古代散文浅论》《古代散文简史》《古代散文絮语》《说联》《爱晚轩诗文集》等。其为诗不务尖新，语言淳雅，风格沉厚。

渔父怨

薄暮入周庄，灯火两三星。渔父哭岸左，古渡一舟横。趋前试问讯，泪落湿破裳："前夜大兵来，征船送军粮，跋涉一昼夜，未见滴水偿。今朝幸获释，重操打鱼桨。大兵忽又至，传言说官长，看上我独女，欲娶作偏房。小女心胆裂，跃进湖中央。"闻者尽切齿，嘘唏更悽惶。敌氛日夜急，硝烟漫水乡。如此干城具，扰民赛虎狼。

天安门行

君不见京华儿女四方来，万人空巷笑颜开。君不见天安门上秋风劲，长绅横幅当空亘。十面红旗跃龙楼，伟人巨像踞宸顶。幽燕自古称名都，英雄豪杰此驰驱。于今人民喜做主，革故鼎新万象苏。我来何幸逢国庆，广场灯火明如镜。载歌载舞美难收，无限风光足游兴。前日登上长城巅，城堞逶迤接远边。千年堠堡传烽静，倍觉中华天地宽。天地宽，尽热土，爱国心，谁敢侮！男儿勖志守四方，时刻警惕虏跳梁。仰面国门向天笑，碧血何吝荐炎黄！

登泰山

泰岱传闻久，于今入望迷。苍崖千级耸，红日一轮低。
滔滔瀑泻玉，层层栈驾霓。恍身临画境，古壁落新题。

过大纵湖

万里风飘一叶舟，辽天雁过使人愁。暮烟冉冉萦征道，斜日晖晖送晚秋。
曲岸荻花随水尽，平湖帆影接天流。凭栏且喜船舱静，一曲渔歌起港头。

岳墩怀古

炉香纡郁气氤氲，肃向荒墩吊鄂君。三字沉冤昭日月，八千行路壮风云。
君臣大义头颅贱，民族高标蕙茝芬。此日敌氛嚣尘上，令人缅忆岳家军。

与陆恒钧表弟登鬲山

辽天烽火郁苍茫，结伴登高兴味长。潮水有情拍岸白，秋花无语对人黄。
三年黄蜡书盈椟，一介青衿锥处囊。自是题糕豪气壮，频将浊酒润诗肠。

调赴解放军转干速中任教留题

三载艰辛作吏难，蓬门破几强名官。守廉细审一根草，勤业争攀百尺竿。
每勖奏功甘吐哺，常思执法沥胸肝。百年功过心鉴在，未负斯民夜寝安。

简吴调公先生

识荆早获姓名通，南国名师誉望隆。千里轩车问奇字，一堂弦诵坐春风。
览华东观勤稽古，探奥西昆善启蒙。奖掖常思恩遇重，多年倾慕仰高嵩。

中秋晚会即兴

节到中秋月色融，校园欢聚赏心同。设帷已展熔金志，施教常怀恨铁衷。
几处杏坛人弄影，一方书案烛摇红。此生合伴粉尘老，笑颔新桃向晚风。

无锡解放

炮声鸣日夜，羽檄遍金城。男女纷歌舞，欢迎子弟兵。

登　高

秋风萧瑟夕阳斜，把酒持螯探菊花。今日登高须尽醉，醉中妙笔走龙蛇。

咏　柳

空负陶家隐逸名，弱肢窈窕性如萍。有时乘得东风便，竟尔折腰带笑迎。

过沙沟

岸平水远日悠悠，古陌风寒蓼草浮。浪迹烟波成惯客，又炊乡饭过沙沟。

潼口古庙作课堂

古殿彤楼作学宫，诗笺贝叶满书筒。晨兴喜效僧伽状，趺坐禅关听晓钟。

返乡途中

其　一

层层碉堡临当道，处处横征买路钱。昼夜枪声鸣不断，长淮百里似登天。

其　二

一线中原烽火在，半肩行李水云知。乡关已是魁堆处，大野茫茫懵所之！

敌寇抓伕避居戚舍

困居斗室亦何由，独坐昂藏愤楚囚。燕子穿帘浑欲语，丈夫底事尚夷犹！

读《离骚》

其　一

灵修无意怜香草，剩有精魂赴汨罗。千古伤心唯屈子，《离骚》吟罢泪痕多。

其　二

少年热血沸如潮，瞋目金瓯恨未消。报国岂无三户志，陞皇浑欲射狂飙。

题笼凤图

英才底事愤牢笼，昂首思飞气若虹。一日腾空长啸去，云天海树我称雄。

南行杂诗(上)

其 一

老亲送子意如何,斜日西风泪雨多。汽笛一声人去也,满郊秋色别洋河。

其 二

软红十丈混人妖,叫卖声中客意销。回首当年读书地,乱山壁垒喊鸱枭。

其 三

汽车如箭向风钻,百里彭城一日看。万险千辛都历尽,家书犹自报平安。

其 四

长江滚滚接天来,钟阜南望亦壮哉!半壁已随劫灰尽,书生当奋匡时才。

其 五

满林枫叶一天霜,远客无时不忆乡。中道又逢烽火阻,惠泉山畔过重阳。

南行杂诗(下)

其 一

江南二月柳条新,红杏早开一片春。嗟我远行端未已,秦淮河畔异乡人。

其 二

客舍青青静掩门,索居无酒亦行吟。黄昏几阵潇潇雨,旧怨新愁共断魂。

其 三

近水新篁锁翠微,小风弱絮点春衣。无言且傍山家坐,静听芦边水鸟啼。

其 四

小楼枕畔笛声幽,淡月轻风夜似秋。镇日乡愁无遣处,推窗独自对牵牛。

其 五

万里腥膻血未干,疯狂到处变衣冠。此来第一欢心事,故国山河喜再看。

南望黄山

一鞭南指日升东,地近黄山气象雄。无数峰峦依嶂起,苍茫云海涌清穹。

胜利日题

忽报倭奴举国降,连宵欢笑震秋江。游人此夕情何限,狂写家书傍晚釭。

春登燕子矶

其 一

古亭曲径石光新,撼地洪流卷绿茵。我欲乘风随燕子,凌云一览大江春。

其　二

已是哀鸿遍野时，独夫犹自炫征旗。何当席卷金粉地，早使蒸民解笑眉。

卖枇杷小女孩

父抓入伍已无爷，母觅它枝另有家。流浪街头噙泪水，声声凄楚“卖枇杷”！

游鼋头渚

长桥落日望鼋凫，山影清波入画图。七十二峰缥缈在，翠螺浮动半东吴。

游焦山

枕江阁上听江涛，瘗鹤铭文赏价高。一水金山相望远，长风振衣欲挥毫。

游扬州瘦西湖

长河如带铺青蘋，月映轻艖柳叶颦。为道西湖亦何瘦？玲珑自负一家春。

悼念周恩来总理敬题画像

南国甘棠怀去思，襄阳泪雨堕丰碑。丹青图写身千万，奉作斯民百世师。

徐　光

徐光(1924～2010)，江苏盐城人。1942年初参加革命，中共党员，曾任建设银行淮安市分行副行长。淮安市诗协常务理事。其《九五颂》荣获“中国诗词优秀成果奖”。

九五颂

宏观调控日方东，跨纪晨曦净碧空。战略正趋三步富，目标永送万家穷。
为民尽瘁扬廉政，治党从严涤浊风。鼓角紧催奔九五，两千年后论英雄。

读党的五中全会公报

雄韬远识导新航，经济扶摇国运昌。九五惠风兴社稷，两翻泽雨润城乡。
小康插翅驱贫迹，大政扬廉颂富强。跨世宏猷催奋进，惊天号角马蹄忙。

纪念《共产党宣言》发表150周年

长夜千年现曙光，惊涛骇浪创辉煌。弘扬马列传真谛，旋转乾坤导远航。
醒世宣言摧帝制，吊民伐罪斩沙皇。五洲同步迎新纪，浩气凌空托太阳。

祭周恩来总理百岁冥辰

一柱擎天

一柱擎天振国魂，精诚辅弼奠乾坤。毕生正气冲霄汉，满袖廉风誉古今。
内政外交诸葛志，先忧后乐仲淹心。无私无我无遗产，今日官场有几人？

南昌起义

义旗高举亮东方，打响南昌第一枪。八一建军肩重任，三山踢倒气轩昂。
挥戈浴血锄奸贼，除暴安良斗蒋帮。积弱神州鸣鼓角，武装革命救危亡。

外交雄风

国际风云多变幻，反修反帝站前沿。雄心拓出和平路，壮志凝成世界观。
五项外交谋远略，万隆舌战斗强权。折冲樽俎平常事，鼎鼎威名震宇寰。

西安事变

西安事变促和谈，剑影刀光险化安。折服张杨释老蒋，殷期国共挽狂澜。
驱倭安内陈情切，抗战铺开斥汉奸。誉满九州惊渭水，光辉形象照人间。

西欧勤工俭学

少年壮志不言愁，俭学西欧马列求。共产真诠坚信念，早期革命驻心头。
结合邦情马列崇，披荆斩棘唤工农。百年勋绩辉千载，饮水思源祭逝翁。

东京求学

大江一曲渡瀛东，壮志恢宏济世穷。求学东京寻哲理，图强华夏效精忠。
崎岖国步堪留誉，崛起山河旷代红。伟业昭昭遗后嗣，神州千古仰周公。

勤政楷模

为民尽瘁情无限，日理万机宰相风。十亿炎黄多少事，晨昏里外尽亲躬。
三更灯火五更鸡，勤政惠民入梦迟。律己奉公心向党，有权至死不谋私。

“名酒之乡杯”国际书画大赛在淮阴市揭晓颁奖

总理故乡亦酒乡，地灵人杰绘芬芳。名泉佳酿飞寰宇，甘洌飘馨醉友邦。
中外融情凝彩笔，画书联谊见琳琅。夺魁俊士莅淮海，载誉荣归岁月香。

徐　俊

徐俊(1924～1998)，江苏涟水人。1942年10月加入中国共产党，曾任淮阴市人大常委会副主任、淮阴市诗词协会顾问。

送孙君归淮

负笈吴圩四十年，五湖四海岂前缘。书声烛影疑相析，雨骤风狂志益坚。
海内采风诚仆仆，夜餐叙旧尚绵绵。神凝车远频挥手，不及长河伴汝前。

碑　林

碑林千载阅沧桑，今日仍飘翰墨香。风舞龙翔存国粹，长传禹甸傲春光。

严善之

严善之（1925～2000），江苏涟水人。1942年加入中国共产党，曾任淮阴市纪律检查委员会副书记。数十首诗词在《江海诗词》《淮海诗苑》《松霞报》等报刊上发表。著有《严善之诗词选》。

三峡纪游

三峡风光美，宛如一锦帏。重峦猿惧越，峭壁鸟难飞。
人在彩虹上，牛眠白雾堆。巴山多险峻，过客展双眉。

废黄河滩新貌

林幛锁黄龙，春风绘秀容。花迎三月客，鱼送八方朋。
稻麦千层绿，果蔬百里红。废河新貌展，人力胜天工。

万步走感怀

万步行程忆昔年，千难万险史无前。淌河穿莽抗强敌，冒雪披霜宿旷原。
口渴肠饥拔草食，衣单裤破抱枪眠。繁荣幸福来非易，长寿健康开笑颜。

菊　赞

菊放东篱姹紫红，向阳挺立展姿容。笑看霜染斗天地，固本强根色更浓。

忆涟东坚持原地斗争

其　一

曾记当年寒夜奔，风高月黑路难寻。破衣夹雪枪机冷，赤地安营飞梦魂。

其　二

敌伪猖狂岁月艰，军民团结过重关。梁庄一战贼窠捣，半壁安东展笑颜。

春节思亲

几度思亲泪湿衫，深恩未报自羞惭。梦中祖训常回忆，永沐春晖心里安。

腊梅赞

其 一

铁骨铮铮志气宏，迎霜傲雪斗寒风。养精蓄锐根基固，交友睦邻展笑容。

其 二

万木萧萧数九天，芳香四溢笑嫣嫣。沁心入肺世间少，抗冷防寒意志坚。

上老年大学

其 一

少小离家曾失学，十年征战日蹉跎。欢呼解放忙兴建，不觉年华六十过。

其 二

学诗读史离休后，来者可追获益多。敬友尊师重起步，精神焕发苦研磨。

放风筝

春风荡漾百花妍，三五顽童放纸鸢。凤舞龙飞真有趣，长歌一曲颂尧天。

予 杞

予杞(1925～)，原名王洪刚，江苏涟水人。1986年淮阴中学离休。中华诗词学会会员、江苏省诗词协会一、二届理事、淮安市诗词协会一、二届副会长、三届顾问，曾任《淮海诗苑》执行主编。2010年，被江苏省诗词协会评选为省首届十佳老年诗人。著有《涓埃草》。

登武昌黄鹤楼

黄鹤在何处，游人忆不休。春风临大邑，红日照芳洲。
江汉争流急，龟蛇隔座愁。未逢崔李辈，得句与谁谋！

颂翔宇大道

大道开高速，小康信可追。伟人名效应，新纪里程碑。
车水马龙接，财源福祉归。从心翔宇路，驾起两淮飞。

咏钵池山公园

何处认淮安，城东改旧颜。一泓大口子，三载钵池山。
鸥鹭波光里，亭台竹石间。天涯几过客，到此不悠闲?

纪念周恩来总理诞辰110周年

毕生济世倡和谐，治国齐家颂此才。全党楷模光史册，四方馥郁亮春台。
长经忧患公能勇，职守勤廉政不衰。华夏多娇桑梓富，人间品赏一枝梅。

读聂绀弩《散宜生诗》

世事多从辩证知，搜林斧下散材宜。身当鹤煮琴焚际，国值堂倾柱折时。
漭漭关河收雪涕，悠悠岁月系相思。文坛老将犹能馈，一笑人生几首诗。

山东侯井天先生寄《聂绀弩旧体诗全编》

新书邮至涤凡忧，仿佛余生为此留。民赴小康推国步，天颁大任与诗囚。
以歌当哭怀三耳，辑事成编谢一侯。满地泥涂喑万马，数声长啸独风流。

老树二首

其　一

河干老树饱经风，沐得春阳耐得冬。枝叶披纷城郭外，楼台掩映画图中。
屡遭攀折堪回首，几见潮流不向东。大块生机滋万有，为它红紫绿加浓。

其　二

今宵遣兴欲如何？老树当窗亦可哦。每卜云情知雨意，时闻燕语妒莺歌。
诸天色相来无已，九地衷肠热尚多。故国春深深眷念，虬枝四出望关河。

读《鲁迅全集》竟寻声觅影点缀成篇

那堪故国日榛芜，掩涕挥毫继左徒。栩栩长衫孔乙己，恢恢之士魏连殳。
望穿一部吃人史，戳破几张推背图。血荐轩辕先愤世，人生识字始糊涂。

旅游三题

黄　山

回首来时欲断魂，扶筇踏屐过天门。地高海拔翻观海，人觅猿啼未见猿。
垂老犹堪张胆力，诸君何必事寒暄。百年身是黄山客，不待归途已自尊。

九寨沟

圣手为图百世留，将真善美尽情讴。睥睨天下如王者，浩瀚中华第一流。
优集山川兼草木，色呈冬夏与春秋。赤橙黄绿青蓝紫，泼出神奇九寨沟。

云贵之旅

旅游佳节趁三春，云里翱翔自在身。日出风烟来曲靖，夜深灯火过都匀。
天龙屯堡存忠义，金殿王宫失德仁。岁月分甘亲切切，大观楼上读联人。

秋 光

秋光灿灿晚霞天，回首前尘事事牵。抚以年轮唯有树，寻来春梦已如烟。
依违逸出诗书外，宠辱悬于分秒前。六合苍茫肩胛小，一篙人海费周旋。

无 题

其 一

鱼兼熊掌享难成，青鸟飞来吻暮春。西上海连东上海，那边人是这边人。
狂飙世界狂欢节，保险公司保护神。昨夜灯前筹一祝，书生生胆胆如轮。

其 二

身心无恙复何求？咫尺天涯喜夹忧。灶上烹油如泼水，龙头节水似流油。
可怜朱武学孙武，毕竟杭州胜汴州。笞挞奸邪存直道，对门王二未曾偷。

其 三

拾取恒河一粒沙，大千世界望无涯。赤橙黄绿青蓝紫，柴米油盐酱醋茶。
天本难言仍问尔，众中不见遍寻她。甘泉先向劳人献，灵感时时擦火花。

休 闲

其 一

吟诗写字读文章，岁月多情细品尝。有限光阴容我耗，无穷尘世任人忙。
山河四顾忘烽火，老少咸知觅健康。地上和谐天上怨，冥王星已补称王。

其 二

年逢八四意如何，人倚东风再放歌。屏幕框前观万象，小康道上揭千魔。
珠还合浦旗真艳，春与炎黄色最多。诗笔渐枯思墨水，倩谁大手凿银河。

寄张君实

绥芬河上远游人，数语传来北国春。笑我武昌望黄鹤，正君骑马向都门。

注：张君实是我在四野后勤干校的同学，他被分配到黑龙江省绥芬河市工作，不久又调往北京，他写信给我说正骑马赶往火车站，向首都进发，使我惊喜羡慕。

纪念辛亥革命100周年

短歌一首

中山先生一造反，宣统滚下金銮殿。襟怀雄阔毛主席，改造溥仪成(政协)委员。两位伟人一件事，中华国史添斑斓！

七绝一首

弟兄握手释前嫌，民族复兴赖众贤。岁月不居时不待，小康人闯大同天。

旧作二首

丙子(1996)端阳后一日，独上中山陵，因忆甲午(1954)冬，家洪铮弟陪初谒，弹指42年去矣！国民党元老于右任先生曾有诗云：中山陵树年年老，扫墓于郎已白头。今者，老于郎早已故去，白头予杞不觉兴感，为七绝二首。

其　一

中山陵树郁苍苍，斗转星移又一章。肃穆寝门仍旧貌，乡关长忆老于郎。

其　二

“天下为公”辄未忘，大同世界大文章。中山陵树年年好，迎送炎黄儿女郎。

闻涟水乡亲台湾国民党前秘书长马树礼回乡探亲有感

一泓海水隔天涯，一道藩篱阻断家。一口乡音童变叟，一团思绪乱如麻。

七绝二首

打　破

打破框框又见框，年年人在垒中央。宏微无数凌霄殿，我佛如来手一张。

不　见

不见当年陈子昂，何须感慨问前唐。旧瓶新酒吾曹酿，饱蘸潮流笔有芒！

有感于诗

其　一

台上金莲步步春，佳篇须得胜佳人。君看模特时装女，袅袅婷婷各有神。

其　二

诗家诗兴岂容删，思缚诗家茧缚蚕。笔下陈言连作网，骚坛敝屣积如山。

其　三

山有峰峦水有波，庄严肃穆未宜歌。颂扬时代千姿态，其奈诗人正格多。

其 四

众里寻它色易凋,与情触处便燃烧。何如去向深山凿,万一知机慰寂寥。

其 五

天风振木生天籁,沙里淘金金结块。日日寻诗不见诗,寻寻寻到陈言外。

其 六

大树枝头叶振时,春风助笔好催诗。唐情宋理咸挪借,凿点空灵蘸点痴。

登楼远望感怀

楼头贪望意如何?流水斜阳感逝波。一自元戎春试马,江淮早唱太平歌。

注:双沟酒厂楼头,南望淮河苏皖交际地,其西南隅即陈毅同志当年赋“大柳巷春游”处也。

横渡洪泽湖

浑茫百里水连天,仿佛身临大海前。六十三龄无所事,来寻鸥鹭结诗缘。

李振民

李振民(1925~2011),江苏灌南人。中共党员。曾任淮阴市人大常委会办公室副主任。中华诗词学会会员、江苏省诗词协会常务理事、淮安市诗词协会常务副会长。著有诗词集三部。

红岩歌乐

名为歌乐实沉哀,死难英雄血染崖。馆列凶刑皆罪恶,洞如魔窟活棺材。
牺牲烈士垂千古,赢得神州四化来。国际悲歌歌乐壮,东南渐看冻云开。

离 思

随安上下适时离,四项坚持志不移。学画学书严子教,忘年忘职论交谊。
事逢原则当深省,话近牢骚避入诗。松竹岁寒钦晚节,忠诚念报党恩慈。

离休乐

天高云淡远山明,自觉安闲心地平。有乐桑榆珍享用,无谋权势免逢迎。
酒虽常饮何须醉,诗不成家却动情。正草隶行皆命笔,棋牌哪在记输赢。

有感上海进口垃圾

贪馋见骨亦垂涎，啃落门牙缘为钱。慢道残渣无害毒，能教黄浦起尘烟。
销赃技巧心良苦，见利睛红口蜜甜。曲尽人情双问号，急婚厚嫁重赔奁。

咏武则天无字碑

武碑无字究何因，独具心裁九宇明。有道功勋难笔写，敢将褒贬让人评。
官员荐试开新制，男女同能创典型。几许史家偏见重，轻长扬短欠公平。

湖上风光

淮上诗人奋笔时，轻舟机动漫飞驰。万竿竹障长城远，一网天罗八卦迷。
放浪游鱼迎客跃，凌空苍鹭逐潮低。金湖当比银河美，源富江南有过之。

颂香港回归祖国

感怀今是忆前非，离合催人泪几挥。回首毋忘含愤去，倾忱有志庆荣归。
迎来情激华人奋，末代终年港督违。铭刻史书传万世，金瓯补缺国威巍。

悼念张世平同志

难忘贤者挽联词，聆见音容梦里时。苑内寒松含露泣，庐前雪竹带风凄。
痴云苦脸情堪解，残菊低头意可知。两社诗坛失老将，痛沉悼念寄哀思。

题牛图

毛利无求作仆庸，奋蹄何惜计劳功。倾盆汗化三时雨，俯首躬耕万垄虹。
矢志丰凝秋果实，赤忱更镀夕阳红。本能倦怠逢迎事，甘把身心付牧农。

注：三时指春、夏、秋三个农忙季节。

无　题

兴来酒后值茶余，漫意无题信笔书。益壮老当思益壮，糊涂难得乐糊涂。
常言好学原为福，有道帮人便是愉。心窄难开眉上锁，手长易染指头污。
鄙嫌附势混吹拍，冷对依财别近疏。三友众芳何所异，贯经四候看沉浮。

登庐山

车舞盘旋难计弯，葱茏林海卷波澜。龙潭牯岭仙人洞，极目巡天世界看。

题《寿星赏月图》

寿星赏月月酬诗，诗赋民心心察时。时感国恩恩似海，海楼筹寿寿高怡。

中国女排奥赛失利感赋

将军常胜古今无，谁定能赢不许输。夺冠五联声显赫，休言一失足糊涂。

知足常乐

其　一

无忧国事愿年丰，许应休闲足乐容。字画诗书清静界，冷看狐鼠入牢笼。

其　二

桃花岛上练晨游，遇友随吾问染头。笑对朝阳依旧恋，岂因老至学风流。

其　三

时挥秃笔唱诗俦，放浪形骸漫览游。信口开河填俚句，闲敲冬夏与春秋。

季家修

季家修（1925～2010），江苏南京人。1945年毕业于南京中央大学土木工程系。一生主要从事数学教学，淮阴师范学院教授，淮阴市民进一、二届主任委员，市政协第二、三届副主席，曾任省民进常委、省政协委员。爱好文学及传统诗词，著有《痕爪集》。

徐州览胜

五省通衢处，千年胜迹多。坡仙《放鹤记》，汉祖《大风歌》。
兵马行成阵，云龙水似罗。高碑垂永世，浩气壮山河。

八十初度

累累枇杷熟，榴开照眼新。鹤筹添海屋，家宴乐天伦。
信笔题俚句，吟斋远俗尘。平生堪自慰，振铎有传人。

庚辰述怀

江河万古浪淘沙，一瞬流星闪火花。继晷缘知生有际，穷经益信智无涯。
名随事过何须记，业得薪传应莫嗟。倘许余年身履健，还将蕴热献中华。

雨花台

其　一

也趁春晴祭扫来，青松绿荫雨花台。当年沥沥英雄血，化作红梅万树开。

其　二

雨洗春山分外青，雨花台下石晶莹。红殷紫暗痕犹在，多少英雄血染成。

其　三

春山绿树石坡斜，行到二泉且驻车。信是在山泉水好，泉甘更佐雨花茶。

燕子矶

其　一

仄枝垂蔓缀矶隈，斜径野棠花乱开。铁索沉江留史话，风帆页页逐波来。

其　二

潜道洞天语并称，磴重梯复费攀登。凭栏四顾烟波景，挽手山楼最上层。

其　三

几家村店簇桥边，沽酒江干近午天。信是春潮鱼味美，鳜肥鲥嫩对刀鲜。

栖霞山

其　一

千佛名蓝参拜过，杖藜扶我上高峰。江天一色浑如许，山外青山更几重。

其　二

最爱栖霞十月中，横秋老气趣无穷。幽蹊野菊花方盛，夕照枫林似火红。

庐　山

乱云弥漫绕群峰，浓淡有无变幻中。欲识庐山真面目，会当腾跃入苍穹。

黄鹤楼

高楼壮丽矗江岑，千古名诗诵到今。春水云天浑一色，一桥飞架扼要津。

清　明

其　一

半村半郭蛰翁家，春到郊原趁物华。披卷荒斋浑不觉，堤边开遍碧桃花。

其　二

闲居索处过清明，拄杖何妨野外行。小憩且从池上立，柳花闲逐浪花轻。

小三峡

峭壁千寻水浅清，悬崖滴翠有猿鸣。舟前一嶂疑无路，峰转篙随又可行。

种　竹

瘦影萧疏三两枝，清风劲节是吾师。移来名种南窗下，待看披云拂雾时。

陈仰文

陈仰文(1925～)，江苏沭阳人。中共党员，1945年参加革命工作。历任中小学教员、主任、校长等职。中华诗词学会会员。

祝贺建党80周年

其　一

立党为公救国民，贫穷落后苦难临。洋兵侵略硝烟漫，军阀相争炮火频。
抗战多年终取胜，燎原十载始回春。天安门上共和庆，赤帜五星飘味馨。

其　二

建国初期事若麻，油盐酱醋米柴茶。援朝抗美存亡际，抓稳求安生死崖。
妙手回春雪中炭，神州大地锦添花。艰难险阻皆溶解，伟大英明谁不夸。

其　三

十年浩劫实堪悲，国力摧残临病危。林秃阴谋沉朔漠，江妖权力化飞灰。
狂澜拍岸周公挽，党政归宗邓老背。浊水污泥冲扫净，中华大地尽朝晖。

其　四

八秩生辰耀紫光，欢声笑语遍城乡。高歌祖国益强盛，酣舞黎元越小康。
科技花园摘硕果，人才市场涌鸾凰。江河北调东输电，改造沙丘变谷仓。

悼念邓小平

丰功伟业谁能匹，革命资深公独尊。爱国超过爱父母，利民逾越利儿孙。
先忧警语行为本，后乐箴言举止根。角膜遗躯俱尽用，拳拳赤子永流芬。

读五代史

五朝八帝事堪伤，五十三年逐一殇。守业不思创业苦，得权就把失权忘。
花天酒地贪淫乐，曼舞轻歌引兴长。覆辙前车无正视，灾临灭顶理该当。

浮　萍

随水漂流乐逐波，临风起舞影婆娑。朝秦暮楚交游广，献媚阿谀笑脸多。

纪念毛主席八十三诞辰

其　一

肩担日月大英雄，开天辟地万代功。泽被神州光世界，高山仰止颂毛公。

其　二

中华大地起风雷，席卷残云腐朽摧。推到三山飘赤帜，人民挺立展神威。

孙爱琴

孙爱琴（1925～2005），江苏泗阳人。1944年8月参加革命，一生主要从事文教、宣传工作。著有诗集《东湖草》，选注《历代咏淮诗选》。

咏周老名球花鸟画

春（紫藤、双燕）

春到人间景物妍，东风和煦艳阳天。柔条轻舞环书屋，嫩叶萧疏拂画檐。
赤颔香襟新燕剪，乌衣芳垒故人眠。八音协畅呢喃语，五色相宜万选钱。

夏（荷花、翠鸟）

荷塘清趣蜚声多，翠鸟茎摇吟雅歌。绿背临风高覆盖，朱裙映水艳涟波。
藕埋有孔尘难染，月漫无缝梦奈何。片片扇宜摇白羽，卿卿衣欲制红罗。

秋（芙蓉、鹭鸶）

涧水潺湲鹭语塘，芙蓉秀蕊任蜂狂。峥嵘丛卉秋寒艳，位列芳林晚暖香。
金缕图应延贵馆，玉盘谱定发华妆。劝君入座休嘹笛，留倚南窗伴夕阳。

登淮阴党校教学大楼

淮水东南百尺楼，登临绝顶意悠悠。凭栏目定穷千里，溯友情犹恋九秋。
佳士技高门第阔，华章精湛墨香浮。珍藏今古雄文富，活水源来惠五洲。

《历代咏淮诗选》编后感赋

其　一

欣逢盛世结吟俦，握管频年乐未休。策仗放怀尘仆仆，唾壶击兴思悠悠。
盱山项里钟豪气，枚宅韩城展壮猷。邑志方乘时入耳，稗官野史遍搜求。

其 二

咏淮选注沁诗肠,戛玉敲金齿颊香。历代诗人留鸟篆,当今狂士织鸳行。
缀残补缺评新味,去伪存真核旧章。幸得诸公多赞助,唯求余热尽生光。

国庆节游长春答友人

欣逢佳节白云游,焰火繁华一望收。艺厂明星扬域外,车城高技冠神州。
"正阳"难觅东流水,倩影常怀"得月楼"。尽道长春春永在,多蒙二老契相投。

夜抵广州为淮阴碑林访高工

月落花城已夏初,两三星斗挂冰壶。车乘万里情犹奋,碑刻千尊兴未疏。
常伴方家研墨宝,也逢骚客调笙竽。"白云"频绕黄冈路,数访胡翁托化书。

注:广东电子研究所胡工程师发明化学药水洗刷大理石书画新工艺。

过老刘圩

冠年就读老刘圩,师友重逢话久违。瘠壤已成水网地,穷乡尽变稻粮堆。
夜光清澈鱼吞月,晨色曦微鸟啄绯。泼墨挥毫乘兴咏,盈觞笑对向日葵。

登金陵饭店

东亚琼楼此最高,层层卅七入重霄。身随羽化登仙境,心逐云下卷巨涛。
六代烟花留古碣,一虹铁轨卧长桥。水天无际连南浦,直欲银河猛放篙。

题 蟹

相公八足横而狂,逐浪趋风兴味长。鼓腹吹泡吸股劲,弄戈舞剑竖睛张。
盔中撮土生螯黑,口内垂涎吞橐黄。风露几番潮水晚,草泥随处潜秋霜。

咏画家卜星光画牡丹

最爱牡丹庭院栽,故延名士画将来。叶随绿笔枝枝长,花逐朱砂朵朵开。
看久愿成庄子梦,忆顷须倩宋君腮。忙中相赠求师客,盼若春风得意回。

王桂林

王桂林(1925~2010),江苏涟水人。中共党员,大学毕业。1986年离休,曾任淮阴市人大常委会副主任。著有《八十抒怀》。

登峨眉山

峨眉天下秀，风景显千娇。松柏千重翠，岚烟万壑飘。
鸟鸣深谷底，人笑碧云霄。绝顶攀登上，怡然乐逍遥。

首次进京即景

京华首次访，不禁纵情歌。地少民居密，街宽游客多。
霓虹照夜市，男女着绮罗。遥望未眠月，心潮起浩波。

淮阴市人大召开教师座谈会有感

百花园里众园丁，佳节欢欣互取经。茹苦含辛教后辈，呕心沥血育精英。
馨香端赖勤浇灌，硕果全凭善耘耕。造就栋梁兴国祚，丹心灼灼有余情。

七十诞辰感怀

马齿徒增七十秋，为民为国复何求？从商行贾情难结，泼墨挥毫趣易投。
律己从来叹社鼠，育人一贯作黄牛。征鞍虽卸丹心在，有志何妨雪满头！

杜甫草堂

杜甫草堂前日游，苍松翠柏倍清幽。今朝国富无寒士，告慰先贤勿惦忧。

献给淮阴市人大七位离休同志

竹梅霭霭映朝霞，铁骨丹心广众夸。老骥永怀千里志，长征不用问年华。

金湖荷花荡

芙蕖绿叶太多情，新着时装将客迎。待到秋天成实后，条条白玉满湖生。

吟兰亭

千古兰亭一见殊，墨池犹有几双鹅。年年三月初三日，曲水流觞又论书。

吟东苑荔枝

荔枝龙眼满山坡，疑是天仙撒碧螺。可叹南国知音少，诗人一见喜吟哦。

由双沟回淮途中见风竹吟

老夫写竹也从容，雨雪冰霜兴味浓。最是晴明春社后，笔端依旧起狂风。

游富春江严子陵钓台

富春江上浪重重，一色水天雾蒙蒙。自古高才多隐逸，鹤山垂钓月明中。

念 菊

蕊寒香冷世间殊，白雪茫茫根未枯。自幼生成傲骨志，年年伴我住东庐。

咏 竹

狂风暴雪压庭栏，百啭流莺去不还。只有此君堪作友，高标相与共清寒。

乔锡名

乔锡名(1926～1995)，原名乔樵，江苏涟水人，中共党员，抗日老战士。历任淮阴县宣传部副部长、淮阴县委党校校长、淮阴市商业干部训练班书记、校长等职。淮阴市诗词协会副会长。

淮阴淮海北路写景

新淮循岁月，古楚历沧桑。莫信神魔力，当钦治理方。
昔年贫僻地，今日玉金仓。楼厦重重起，机车滚滚忙。
东西交广陌，南北接通航。阔道园林化，漫空电络长。
沿途多技艺，无处不工商。永昼人踪密，经宵灯火煌。
休云疏冷境，欲赛沪苏杭。双建文明策，功归党领航。

戒幢律寺济颠塑像

西园名大刹，坐落殿堂中。象具风尘态，面分喜恶容。
排危娴技巧，助乐卓神通。时代新程远，尤须活济公。

祝我市淮海大厦落成

一展兴淮志，嵬嵬耸碧空。晴明迎海日，霄汉接天风。
港澳期交往，台澎望会通。江南成近景，超赶更心雄。

寓所感怀

蜗居闹市岂机缘，二十三年也变迁。窘困重重谁顾问，房租笔笔属分权。
通宵达旦沉车震，累月连天浸目眩。莫笑相形遭白眼，自称却似活神仙。

晨　醒

一宿酣眠倦意浓,何来悦耳响叮咚。歌声吭脆清神智,乐奏铿锵释困朦。
细品新词甘口角,轻推旧梦阔心中。朝曦融合春光美,盛世风情兴不穷。

寒宵照镜

夜对菱花闭塞听,嫱容可改少年形?公私事务催头秃,冷热人情过眼清。
度势笑存千里志,审时安忆六旬铭。休嘘寒气侵毛骨,仰眺宽怀北斗星。

闲　居

抚今忆昔似须臾,小院闲居近闹衢。友睦邻和多惬意,人喧车驶不时无。
辄闻好事胸心畅,常沐新风耳目舒。美妙光阴流矢疾,掩扉抹桌学诗书。

纪念吴鞠通先生逝世150周年

温学吴公一代魁,扶伤救死建丰碑。生平泽遍苏京浙,身后名垂亚美非。
论创三焦功不朽,书成六卷迹留辉。八方贤士今怀缅,传统弘扬孕振飞。

观看游本昌表演

遐迩闻名活济公,诙谐潇洒显神功。音容特异难伦比,善恶分明不等同。
扶正颂清申道义,锄奸灭害愧昏庸。剧情牵动群情振,喜怒亲疏一脉通。

纪念秦观编管横州890周年

倜傥风流秦少游,横州编管自悠悠。才追屈宋扬新丽,运合苏黄抑壮猷。
忧国忧民忧大事,不夷不惠不阿求。海棠桥卧遗文采,中华名传万古秋。

世象漫话

文明史记数千年,善恶贤愚共一天。正直无亏遭众妒,逢迎有技得人缘。
坚持廉洁难成事,不用操劳受大钱。黑白纠缠何足怪,原来名利暗中牵。

赞老干部俱乐部——松霞园

普照阳光物自华,回廊逶迤映松霞。棋牌球艺频交错,字画诗书每不暇。
春畅风情秋品果,冬吟雪景夏观花。有为有学挥余热,老境安闲晚景佳。

南京解放40周年忆

茫茫江水任奔流，百万英豪展壮猷。困兽仓皇全落魄，雄师奋勇竞飞舟。
日催缺月翻钟阜，风卷残云出石头。举插红旗蓝旆坠，别开新纪耀神州。

季守清

季守清（1926～?），江苏涟水人。中共党员，曾任淮阴市商业局副局长等职。淮安市诗词协会、楹联研究会理事，市一品梅诗社顾问。著有《伯斋吟草》。

颂曹克明同志

克己严明两袖清，为民除害是曹公。反贪无锡震全国，惩腐沈阳内外通。
情感动人攻堡垒，无私铁面缚蛟龙。秉公执法冲霄汉，斩棘披荆志更雄。
乘胜穷追路万里，内查外调卷千宗。中央奖励民心顺，授我包公一等功。

晨　练

淮上春来练早功，烟波两岸柳荫浓。萧疏白发多兴致，街巷庭中杏蕊红。
缕缕霞光红似火，群群白首健身雄。转身投足河边走，犹有垂竿老钓翁。

潘子仪

潘子仪（1927～2007），江苏涟水人，中共党员，抗日老战士。曾任淮阴地委（行署）办公室主任、行署秘书长、市委统战部部长等职。淮安市诗词协会常务副会长。

喜降瑞雪

漫空白絮似飞棉，渺渺茫茫地接天。树树银装竞挺秀，田田素被护苗眠。
旱情自此当消解，虫害于今可悉歼。雪兆丰年堪喜庆，小康稳达暖心田。

瞻仰周恩来纪念馆

桃花垠地获殊荣，旷代伟人史迹隆。推倒三山功业显，筹谋四化绘图宏。
文韬武略冠寰宇，亮节高风举世崇。耿耿丹心昭日月，中华儿女永跟从。

杜 德

杜德(1927～),淮安淮阴人。1950年参加工作,曾任淮阴市农资公司经济师。淮安市诗词协会理事。著有《记晚集》。

毛主席游泳

大深远险四从游,七级台风搏浪泅。横渡长江天堑险,纵拦湘水遏舟留。
气吞江海海降服,势压河山山俯头。力挽狂澜宇宙转,古今盖世一风流。

治 国

风云霸业思秦汉,诗酒文章效晋唐。历史诚然可计鉴,兴邦尤应国情张。
闭关愚昧倡开放,改革图兴奔小康。民富国强特色立,邓公舵手目标航。

观壶口瀑布

怒狮吼震天,白练挂云帘。二蟒踞壶口,黄龙吐雾烟。

大雁塔

大雁已何去,塔空云静飞。今颁保生态,知否可回归。

环卫工人赞

汗透衣衫衫满霜,灰尘弥雾雾中忙。弯腰奋帚排排扫,惊醒鸡啼路路光。

参观市老年大学书画展

其 一

媪翁别具匠心裁,四季名花一处栽。荷菊梅兰相斗艳,翩翩峰蝶逐香来。

其 二

墨分五色润和谐,书画融通灵气开。凤舞龙飞耀玉壁,工夫始见笔端裁。

新农村拾锦

万家欢乐万家隆,党助"三农"脱困穷。新建楼房家电备,鸟枪换炮响"三通"。

箴 言

知识无穷书乃泉,争分夺秒贵钻研。无情岁月增中减,有味诗书苦后甜。

麦 收

黄金铺地抢收忙，一片机声打谷场。老少弯腰齐奋战，笑声堆起满粮仓。

雪里晨练

遍树银花一夜开，翩翩粉蝶逐香来。媪翁戏蝶花间里，袅娜仙姿舞玉阶。

瘦西湖

瘦西湖畔五亭桥，山色水光重影摇。白塔碧空彩云绕，氤氲仙境世情抛。

平山堂

缭绕香烟透碧霄，平山堂上佛光飘。鉴真六渡扶桑赴，万卷经书铺海桥。

晨雾行

身着霓裳羽翼飘，沉浮飞入碧云霄。俯睐海市蜃楼景，忘却世情百虑消。

楚秀园花卉图展

仙女下凡来散花，开屏孔雀彩袈裟。寿翁拄杖蟠桃献，楚秀瑶池并一家。

乘索道登嵋山金顶

飘飘身入白云中，海拔三千金顶峰。罗体银装浩瀚舞，老人欣喜变仙翁。

淮海广场观雾

不觉身飘云海边，流星缭绕箭穿烟。牛郎织女窃私语，却是银河落九天。

次杜牧《清明》韵

清明时节雨纷纷，雨送吾归入梦魂。微雨润花花更发，不知又到杏花村。

华 山

鬼斧劈开千仞峰，层峦叠翠破云空。足登悬索飞霄汉，如履虹桥天险通。

难得糊涂

难得糊涂名利缠，斤斤计较是非间。若能悟得糊涂味，难得不难脱俗凡。

王公如

王公如(1928～2010),江苏泗阳人,中共党员,市直离休干部。淮安市诗词协会常务理事。著有《王公如诗选》。

庆祝宁连一级公路马武段建成通车

建成马武路非凡,县长亲临岂等闲。沿线干群齐上阵,施工队伍尽排难。
抢抓进度披星月,观看风光展笑颜。从此抛开弯曲道,淮阴经济可翻番。

赞市老年大学

鹤发犹然上学堂,能歌会舞似儿郎。临摹书画增情趣,谱写诗词颂夕阳。
校长育培经验广,老师讲授有专长。为酬我党关怀意,余热生辉助国强。

庚午夏收即景

其　一

英明决策暖心房,土地承包谷满仓。改革花开争艳丽,歌声荡漾遍农庄。

其　二

淮上风光五彩飞,金黄麦穗映朝晖。谁人不羡丰收景,宾至农家乐忘归。

诗人节

诗人节日正端阳,角黍芳蒲祭国殇。一代风骚千载颂,发扬光大后来香。

吕超海

吕超海(1928～　),浙江临安人。1948年考入复旦大学中文系。抗美援朝中在复旦参军,后转学沈阳农学院。毕业后,历任淮阴专署农林局技术员、淮阴地区农科所农艺师、副研究员。

周恩来逝世30周年祭

一声周总理,泪眼已朦胧。卅载长相忆,心头绕笑容。幼怀翔宇志,歌罢掉头东。少共舒豪气,献身济世穷。南昌兴武事,遵义识毛公。舌战骊山变,蒋亏抗日统。灵活樽俎动,日理万机躬。共处和平五,英名震万隆。"文革"狂澜挽,尽瘁吐诚衷。胸底一泓水,德高千仞峰。乡音淮水涌,似与故人逢。今日勺湖畔,谁先问大同?

淮安市古黄河风光带吟

荒古黄河一笑新，喜看两岸鸟迎春。妖娆桃朵迷雏雀，恣肆柳枝梳娇莺。花茎蜿蜒随曲水，台亭错落蕴乾坤。玲珑丽榭凤婷立，璀璨锦砖龙卧横。秋菊冬梅时序转，南蛮北侉客流频。树颠初月窥情侣，节日华灯映彩裙。起舞闻鸡康竞健，放歌听鹊赏欢心。虹桥只顾争朝夕，星椅依然话古今。张耒爱民嗟疾苦，韩侯飞马咤风云。五光十色谁营造，入化天人盛世吟。

纪念毛泽东诞辰110周年

石破天惊紫气东，巨人降落韶山冲。激扬诗韵三千里，闹响井冈秋正浓。白马萧萧鞭霍霍，赤河四渡水淙淙。《实》《矛》电闪银屏裂，顿有醍醐惊蔽蒙。塔上莺啼春意早，英豪陕北喜相逢。“宜将剩勇追穷寇”，一语秧歌遍地红。最是醒狮腾跃起，天安门上吼声隆。华章低吟寰球震，仰首金睛扫魅虫。五卷雄文挟世纪，风云呼啸字行中。与时俱进龙舟热，活水源头笑润公。吟浪生辰今又涌，前锋澎湃入苍穹。

缅怀原淮阴专署副专员施光前

梦绕小楼灯火炯，笑声朗朗夜深沉。绸缪稼穑群英会，唇浪舌涛热气腾。珍重科学每下问，毛籍田册共耕耘。“乡村四月闲人少”，也诵古诗三两声。择善从长儒将度，倾心弟子爱登门。红专基地秧苗绿，明日领插又是君。秋后治螟忧反侧，运西勘罢喜呈文。茅棚访老嘘寒暖，草荡泛舟剥翠菱。更看遗篇照淮苑，花开花落俱留名。春风岁岁迎归燕，曩日施公何处寻？

吴镕《乐斋闲话》读后

寸心淡如水，眉色未惊人。身近三分暖，席留一片春。
真诚乐斋美，俭让德邻亲。何日柴扉叩，金风问玉樽。

读《范无伤先生遗墨》

先师难再见，遗墨吐衷肠。腕力挥遒劲，笔毫凝淡香。
诗文清朗美，金石浩然刚。莫叹广陵散，名山不朽藏。

水仙吟

足跣卵石盘，凌波微步欢。众芳皆失绿，一蕊独争妍。
为送人间暖，岂惊天上寒。朝阳飞洛水，明月入淮园。
悠哉灵兼幻，飘然风亦仙。神州多创意，盛世尽开颜。

曹撰惊鸿赋，谁接《啸侣篇》？姣姣真美美，脉脉又新年。

银　杏

千岁钟庭院，绿荫三五家。日红啼鹊雀，风暖聚烟霞。
叶壮能题帖，果香堪煮茶。品高珍自重，阔步走天涯。

复旦90年校庆后偕内人访别浦东峨南贻芬伉俪学长

卌年风雨两朦胧，新府重逢榴乍红。手巧犹存少年气，发斑未盖旧时容。
椅轮滚滚青云志，椽笔悠悠柳絮风。鸡宴余香凝别绪，回看灯火闪江东。

纪念周恩来总理诞辰115周年

少年鸾梦起，歌罢掉头东。大道号翔宇，长淮煦煦风。

庆祝建党90周年

四海欢腾九十讴，大同世界好绸缪。咿呀声里南湖绿，驶出长征第一舟。

爱眼日为学生减负而呼

题海茫茫又一年，拳头挥举在人前。汶母留诗悼爱子，哀音袅袅泪绵绵。

参观南京炮院

鸟语汤山四月情，晴楼衔翠故人迎。寻声曩日飞歌处，不尽雄姿十里营。

悼抗美援朝援越军医葛安民同志

救死扶伤两战场，朝文越字绣功章。灵堂千里难亲祭，先遣泪诗飞浙江。

赵千里

赵千里（1928～　），江苏淮阴人。大学文化，中共党员，1944年参加革命工作，离休干部。曾任淮阴市教育局副局长、教育学院院长等职，离休后任市老年大学常务副校长。

赞改革开放30年

斗转星移三十年，翻天覆地舞翩跹。三中全会画图壮，十亿神州铁臂坚。
励治兴邦施德政，国强民富纪新元。和谐社会同兴旺，雅韵吟俦盛世篇。

金湖荷荡采风吟

三湖环绕一明珠，天赐自然生态区。淡淡烟柳洇碧水，粼粼荷荡衬荷都。
小桥月影如仙境，亭阁风清似梦殊。且解诗囊随意撒，吟声赏悦忘归途。

百年梦圆

鸟巢雄伟瑰奇景，矗立京都耀眼明。巾帼健儿同挽手，祥云紫气共和鸣。
场中龙虎争高下，海内福娃歌太平。盛会相逢同一梦，体坛传递五环情。

官兵驰援

舟曲掩埋大难临，驰援部队急行军。废墟救命冒生死，江堰清淤吃苦辛。
万众一心抗祸害，千方百计为灾民。中流砥柱坚强盾，保驾护航户户春。

咏淮安

悬湖波细鱼欢唱，古寺铁山茶溢香。淮运两河交胜境，铁龙一道壮家乡。
巍峨宝塔耸天地，锦绣园林吐卉芳。河岸条条绿化带，绝佳古楚颂虞唐。

咏　春

喜鹊闹枝头，春风绿九州。人民歌德政，丽日照千秋。

贺淮安涟水机场开通

淮楚晴空紫气扬，雄鹰展翅任翱翔。腾云驾雾迎宾客，科技领先业绩煌。

读邓颖超同志《从西花厅海棠花忆起》一文有感

庭院海棠萦梦魂，缅怀昔日赏花人。音容笑貌浑如故，纪念周公泪雨纷。

人口计生颂

勤劳致富与时新，国策优生系在心。莫羡满堂多子福，唯求代代九州春。

周效成

周效成(1928～2010)，江苏涟水人。中共党员，离休干部。曾任淮阴市纪律检查委员会副书记。中华诗词学会会员、淮安市诗词协会顾问。著有《吟草拾存》。

淮上春早

寒意与冬尽，新春迈步来。和风苏大地，细雨绿长淮。
百业乘时进，黄花任兴开。晴光催万物，淑气暖人怀。

登花果山玉女峰

盘山高路入云中，健步登临第一峰。烟岭相连松柏翠，海天共色艳阳红。
南观平野田园阔，北眺新城气象雄。更喜瑶台来玉女，凌风托月舞长空。

家乡美

林荫大道八方通，广袤平畴泼黛浓。飞鹭嬉鸣烟柳上，游鱼戏跃藕池中。
村头学舍书声脆，桥畔厂房生意隆。我爱家乡风物美，东南西北展芳容。

瞻仰毛泽东故居

红日出山峰，韶光万里红。中华天地亮，世代颂毛公。

冬　梅

百卉严冬绝，一枝梅傲雪。幽香出苦寒，品格自高洁。

昙　花

花开五六头，艳丽醉人眸。明知生命短，却要显风流。

天地通话（汉俳）

胡总话音宏，一声同志春意浓。天地心互通。

胜利返航（汉俳）

九州展笑眉，“神六”寰宇凯旋回。喜讯满天飞。

夜空望“神五”

今夜三更望远空，西南东北觅行踪。飞星一点金光耀，可是神舟入眼中？

插秧姑

田头一片笑声扬，往返穿梭竞插秧。喜看平畴呈嫩绿，村姑巧手绘春光。

金湖游

蓝天碧水漾银光，万顷湖田鱼米乡。水鸟低飞迎浪去，晴空远眺白帆扬。

喜庆香港回归

太平山上米旗落，奇耻百年一扫光。港岛回归举国庆，明珠明日更辉煌。

老伴情

风风雨雨五十年，相依相伴苦中甜。年少夫妻年老伴，藤条越老越绵缠。

陆彦华

陆彦华（1928～ ），江苏灌南人。1945年参加革命工作，离休干部，曾任淮阴汽车运输公司科长。

登香港太平山

晚登太平山，放眼全城看。明珠耀光彩，心醉叹奇观。

纪念抗战胜利60周年

其 一

卢沟事变起苍黄，日寇疯狂侵我邦。烧杀奸淫殃祸重，深仇大恨记心房。

其 二

全民抗战十四载，打垮东倭志气扬。洗尽百年民族耻，中华崛起气轩昂。

颂孔子

十大文人居首位，三千七十紧相随。帝王历代皆尊圣，赤县文明万古垂。

游长城

长城万里老龙头，碧海雄关一眼收。千古巨龙今尚在，孟姜何必泪交流。

游扬州

其 一

无钱无鹤下扬州，乐有妻儿伴我游。湖畔寻幽览胜境，吹箫廿四忆桥头。

其　二

青山隐隐水迢迢，风拂微波塔影招。瘦西湖上五亭立，扬州城下秀虹桥。

登庐山

奇花异草数匡庐，风物宜人景色殊。挺秀雄奇呈异彩，勇攀绝顶入云途。

咏李清照

文坛一代大词人，趵突泉中留墨痕。爱国忧民数十载，穷困潦倒风骨存。

颂邓小平

一代伟人有邓公，改革开放建奇功。工农各业齐跃进，祖国山河一片红。

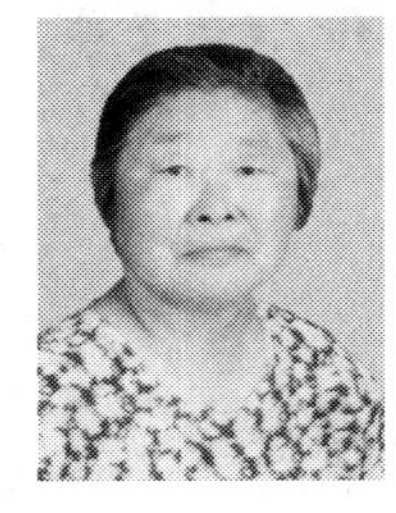

马学英

马学英(1928～)，女，江苏泗阳人。南京解放前夕考入南京第二女子初中，1951年参加工作。历任小学教师、中学图书管理员。

游周庄

周庄景色好，河水映拱桥。游船缓缓过，橹儿慢慢摇。
船娘歌清脆，游客乐逍遥。蹄膀朵颐快，鱼虾味更高。

欢庆新中国60年大庆

六十春秋度，神州不夜天。山欢水也笑，老少舞蹁跹。

赞洛阳

九代名都洛水旁，龙门石窟史悠长。春来更觉风光好，含露牡丹花更香。

学习大秧歌

年过八旬学秧歌，手持彩带舞婆娑。天寒何惧坚持练，投足轻盈乐趣多。

胡云泰

胡云泰(1928～1978),字观宇,江苏涟水人。曾任淮阴医专中医教研组组长,医学科学研究所研究员。

途　中

慷慨从车去,躬耕老岁华。雁犹天作路,人到处为家。
往事思伟业,今朝亦汉槎。殷勤十数载,未信误生涯。

答予杞用韵兼话即事

壮怀擒虎易,张口告人难。名纵文坛出,珠安合浦还。
云天鸿足冷,沧海石心顽。未了向平愿,梦魂绕旧关。

和王绍和

好风冉冉步提提,兴到吟春欲吐霓。小鸟迎人催布谷,老牛带犊试新蹄。
车环溪水双轮转,燕掠林花一剪齐。剩访诗翁无多处,村姑指点过桥西。

送高景唐(限齐霓题泥西)字

渤海高名孰与齐,识荆今始慰云霓。千家快读惊人句,一板分吟觅友题。
春满金台矜骏骨,才虽玉尺笑云泥。同心同德还同好,落墨飞殇月正西。

赠杨君树楠

手栽桃李两河滨,爱与山阳作比邻。吟咏西窗推郑谷,殷勤南浦忆汪伦。
好风可到光辉日,佳句先回黍谷春。八斗才华三斗血,不矜富贵不骄贫。

注:1960年寒假,兄为余荷行李至淮阴车站。

种　菜

待到园蔬流碧光,劳人历尽几回忙。荷锄理圃朝而夕,灌水施肥露复霜。
但见胼胝生手足,那关痼疾起膏肓。菜根可咬今能种,煮字黄庚未感伤。

草　堂

半亩田园一草堂,手栽菘韭自生香。虽无车马门前过,尚有人来乞诊忙。

注:时全家下放在涟水东南,道路闭塞,土地贫瘠,然乞诊者终年络绎不绝。

狂 飙

狂飙吹我到涟东，春色他乡未尽同。老屋梦回燕子雨，小园香过菜花风。
胸间决计迁家口，病后无聊作钓翁。自信终当披丽日，生涯依旧返柴篷。

无 题

吹下琼枝似撒金，随风辗转聚庭阴。炎凉到此填沟壑，本末何须论往今。
片片高低成过眼，年年去住料无心。平生不爱嗟摇落，也为纷纷感不禁。

和靳中人原韵

早岁书窗志广覃，钟山郁郁起层岚。青囊喜共奚囊满，大局能从棋局谈。
管鲍心肠钦最热，顾吴意愿乐能谙。有言全赖雄文立，抱集登堂兴正酣。

高沟即席答诸亲友

把酒欣然话起居，今吾仍是故之吾。沿途绿柳重青眼，入座金兰半白芦。
《闻笛》亦容怀旧否，《登楼》可许挈家无。五年再看花争发，化雨春风信未渝。

寄锥庐

故人远寄一枝梅，无限风光从此来。燕舞莺歌苏草木，山呼水笑尽风雷。
事逢如愿欣相告，诗可抒怀好自裁。语谓锥庐贤伉俪，我来先必索新醅。

谢亲友

难得深情问短长，年年病卧白头郎。噩音未挂思徐剑，生挽先看满贺囊。
雪为迎春澄玉宇，梅因呕血染红装。从知否泰真相倚，喜送佳儿发健康。

寒夜对弈

棚外霏霏任雪飘，老翁对弈坐寒宵。已灰炉仍心中热，获胜筹徒纸上高。
尔我终天忘得失，樟楠择地费推敲。一鞭计日归期近，灯下何妨屡见招。

次韵和王绍和

便便奕奕老英姿，争说医林一项斯。自有庖厨招食客，何妨纽扣作围棋。
翁兮犹记玲珑态，鸟也透传绝妙词。我笑云烟吞吐惯，酬酢酒外尚能支。

车上偶成

南北奔驰几度经，天涯赢得鬓星星。肠连淮水终难热，眼到家乡每觉青。
廿载为师增我愧，半生何术动人听。此来不作升沉感，千转河流总入溟？

1978年元旦自励诗

狂澜挽后国安全，燕舞莺歌大效年。力展宏图春在眼，行循遗志日经天。
学医昨愧涓埃足，攀跻今看泰岳巅。新岁亦吾新起点，定擎战果飏绵绵。

答杨树楠同志并谢问疾

其　一

淮阴握别几经年，赢得星星两鬓添。历尽虫沙春日咏，今朝重唱《月儿圆》。

其　二

剩有心弦肯一弹，共期潭穴跃千番。探珠不惜胭脂血，染上宏图起壮观。

岳梦屏

岳梦屏(1928～2017)，江苏淮阴人。原为清江市商业局离休干部。爱好诗词、书画、古董。

宠狗吟

少男少女沿街走，华贵时装怀抱狗。唧唧低声细细呼，亲亲摸弄亲亲搂。妻能加宠夫能随，饰有银环饲有肉。香水沐浴温水冲，鞠之育之不嫌够。当年父母育焦耳，比此心情格外厚。愁食愁衣带愁病，全凭血汗搏升斗。教儿知礼课儿书，只望他年品不丑。潦倒欲今儿吒呵，频遭冷遇莫如狗。

过大雄庵旧址

中原板荡碎河山，敌后黉门百事艰。投笔操戈身许国，同仇学子血腾翻。
读书致用为宗旨，统一知行急赴鞍。直到兴邦夙愿了，白头犹念大雄庵。

注：大雄庵，淮阴县古刹，1943年改作淮海二中校址，后焚于战火中。

夏日午间画梅

烈日凌空午更炎，汗淋竹榻未成眠。寒梅一幅能消暑，气爽神清八月天。

偶　成

年过花甲欲何之,淡泊清心顺应时。今日新交添二杜,老康佳酿老杜诗。

题芦雁

公门离去念桑麻,回首平生逐浪沙。到此又如南去雁,只和明月宿芦花。

再题野梅图

惯于清静避尘居,择定荒山近海隅。此地应无名利客,朝朝隔涧看樵夫。

题七雏鸡图

五霸七雄斗未休,茫茫战国继春秋。千年竹帛伤心事,惹得杞人天堕忧。

题牡丹图

东都名种传天下,敢赛汾阳富贵家。闻道陶公偏爱菊,自嗟暮色逊黄花。

又题牡丹

国色天香有盛衰,妍容那得四时开。因怜玉质愁风雨,移到华堂壁上来。

祝淮阴诗协成立5周年

淮上歌喉淮上风,五年声浪遍寰中。民情政教山川景,汇入新篇晕不穷。

画梅赠其陶公绍景

菊花开后是梅花,彭泽孤山映晚霞。若论诗名谁个好,林家只得逊陶家。

题　竹

其　一

老竹虚怀峦外栖,傲寒未减少年时。堂堂铁汉铮铮骨,君子高风北斗齐。

其　二

老竹几竿黄叶稀,笋篁相继互偎依。君家知我无三径,何必偏临斗室栖。

书风议

欲把书风比盛唐,非忧纸贵墨成荒。时闻独创毋泥古,谁效欧虞几学王?

幻游吟

轻移小舟逼滩头，面对凫群与共讴。万物同怀随处醉，赏心何必弄归舟。

为章农卜星光合作梅花牡丹图而作

富贵清寒一室栖，写来尤得废深思。窃疑独受东君宠，四季繁花无谢期。

春雨三吟

无雨叹

一冬无雨伤三麦，苗不见青田不绿。黔首经春眼望穿，云霓不起难从欲。

得雨欢

天佑斯民来百福，甘霖一降可添谷。以农为本赖年丰，足食丰衣兴我国。

多雨愁

十日连阴雨勃勃，冬春何旱今何足。开头三日万家欢，再下三天又转蹙。

诗有骨

其　一

言情言志理无亏，何必欺心出口唯。不是跻身乐队里，为人歌颂为人吹。

其　二

一曲新词一片心，对谁白眼对谁亲。非同名妓情歌鬻，受你三声一锭金。

淮阴诗协成立10周年志庆

北国风情北国天，地灵人意总相连。诗词一岁三千首，多是长征策马篇。

章壮余

章壮余（1929～2011），江苏淮安人。南京师范大学中文系毕业。曾任淮阴教育学院教务处长、淮阴师范学院副教授、淮安市老年大学诗词教师等职。中华诗词学会、江苏省诗协会员，中华诗词研究所研究员，淮安市诗协副会长、顾问。作品发表于《中华诗词》《江海诗词》《中华诗词年鉴》。编著《松霞诗词选》，著有《门外诗谈》。

春日临勺湖

巡天迟日丽，成就一湖春。叶密莺声畴，风轻燕剪频。

水光连岸净，花气入舟匀。一棹中流去，粼粼未染尘。

萧湖雨后

萧湖经雨后，漾漾小楼东。古柳呈新绿，疏荷示嫩红。
波平映云树，日夕现霓虹。几点渔舟近，蛙声一片中。

钵池山晓望

初日驱云气，园林恰嫩晴。山光连阁晓，水色入亭清。
烟树天边合，沙禽岛上鸣。临风吟眺久，幽境欲忘情。

缅怀邓老

起落从容度，昆仑仰更高。短狐徒射影，正气自冲霄。
强国空秦帝，仁民失圣尧。思公今不见，前路尚迢遥。

建国60周年颂

中华逢盛典，世纪谱新篇。雄略求兴国，深谋重育贤。
南风歌舜日，击壤颂尧天。展望情无限，江山万象妍。

中国共产党90周年大庆吟成一律以歌以贺

南湖星火举锤镰，开辟鸿蒙敢换天。震起春雷醒万众，卷来巨浪荡三山。
红旗引领富强路，伟业新开锦绣篇。华夏腾飞惊世界，功勋卓著史无前。

辛亥革命100周年缅怀孙中山先生

首义长垂不世功，千年王气黯然终。拓开华夏共和路，兴起人民革命风。
三策深筹见肝胆，一生奋斗更英雄。先驱遗训当须记，高举红旗天下公。

缅怀周总理

浩然正气贯长虹，大略兴邦一杰雄。泽被苍生皆至爱，范垂全党树清风。
运筹四化千秋业，力荐元戎百代功。陵寝不修灰尽洒，民心深处祭坛崇。

颂小平同志

万里山河万里春，至今黎庶忆斯人。补天全仗纡筹策，安国难能撄逆鳞。
改革风雷兴禹甸，回归港澳净胡尘。辉煌卅载超今古，放眼中华又日新。

咏淮阴侯韩信

谈笑曾挥百万师，功成竟是狗烹时。楚山犹带英雄气，淮水长流国士悲。
蒯计不从怀信义，主猜未察尚驱驰。兵机难敌帝王术，一例千秋足慎思。

敝 庐

古柳清溪一敝庐，远离尘俗往来疏。得从沧海横流日，偷读名山未火书。
雪压竹[illegible]坚有节，风摧蕉叶卷难舒。唯余积习仍如旧，诗梦悠悠月上初。

村居即兴

春花秋月去悠悠，少日豪情不可留。小卧烟霞忘宠辱，笑看鱼鸟任沉浮。
素心且向美人展，白眼何妨俗士投。安得乘风游玉宇，天河一棹泛中流。

大运河临泛

画轮飞驾驭风游，万顷琼田豁两眸。天幕低垂云影动，河声远去水光浮。
新栽芳草明前浦，直达京杭发巨舟。千里通波非昔比，长流欢乐不流愁。

登淮安大桥

一桥高架五河口，势若飞龙两翼扬。仰望云天红日近，俯瞰烟水白鸥翔。
千车络绎通南北，百舸争流向海江。历古襟喉寻迹杳，宜将新境付新章。

颂周恩来总理

无私不作谋身计，有梦都能为国思。耿耿丹心天鉴否？此情自有万民知。

校园偶书

创业当年佳趣多，苇间设帐按弦歌。清波似解园丁意，点点新红出小荷。

问 梅

岭上红梅发几枝，霞蒸艳艳雪飞时。冰悬百丈群芳谢，犹倚新妆独媚谁？

马建华

马建华(1930~),曾用名华南,江苏宿迁人,中共党员,曾任淮安市人大常委会科长,淮安市诗词协会常务理事、办公室主任、楹联协会副会长。中华诗词学会、江苏省诗词学会会员。出版《华南诗草》两册,作品入选《江海诗词》《世纪诗词大典》《江南诗词》《淮海诗苑》等。

纪念淮海战役胜利50周年

淮海平原大决战,天惊石破撼人寰。车轮滚滚穿苏鲁,枪炮隆隆震广寒。蒋氏兵营流水尽,金陵春梦落花残。雄师南下歼穷寇,劲旅西追灭悍顽。英烈功勋垂史册,丰碑耸立云龙山。

纪念陈毅元帅百岁辰诞

胸有宏图恒远志,振兴民族一奇才。旅欧赴法寻真理,禹域同商智慧开。南省惩顽除恶霸,北疆抗日斩狼豺。孟良崮谷消灵甫,淮海平原逐鹿来。上马指挥会打仗,谢鞍韵律巧安排。外交战线五洲赞,内政行廉誉九垓。开国军功史册著,兴邦睿智世人怀。百年华诞深思念,陈帅碑前泪洒台。

钟山感怀

身居钟山下,夜长入梦乡。昔时桃叶渡,今日大桥双。
玄武湖光美,古楼灯火煌。高层平地起,旧宅换新房。

参观骊山公园

伫立骊山下,深秋细雨蒙。前朝多少事,尽在雾烟中。
眼过皆回首,耳边还有风。今朝逢盛世,欣看国兴隆。
骊山秋色丽,放眼尽收中。游客欢欣处,笑谈多不同。
平川分渭水,池畔有归鸿。小雨微微下,飞歌唱大风。

兔年春节感怀

天开新岁月,人改旧乾坤。四化宏图展,九州花木春。
和谐人共建,幸福世同珍。万事皆如意,神仙也乐心。

春 情

长淮丽日景娇妍，芳草芊芊柳笼烟。碧水清漪两岸绿，蓝天淑气百花鲜。
天生泽地铺绒毯，嬉戏儿童放纸鸢。春意融融人缱绻，风情万种入诗篇。

读毛泽东诗词感慨

泼墨挥毫论古今，吟风浩荡扫残云。开天辟地惊寰宇，除旧立新震鬼魂。
壮志凌云无与比，文韬武略满乾坤。伟人才智千秋颂，功绩丰碑万古存。

纪念党的十一届三中全会

三中全会乾坤定，一个中心北斗明。邓论导航方向指，国人欢庆赞同声。
九州崛起世尊仰，港澳归宗国运兴。科教兴邦呈异彩，上天揽月宇船登。

纪念抗日战争胜利60周年

当年战火起芦沟，国土沉沦恨不休。惨雨凄风数不尽，天昏地暗鬼神愁。
石城枪杀卅余万，华夏江河血泪流。罄竹难书侵略史，世人永远记心头。

纪念《新华日报》在南京出版50周年

峥嵘岁月历艰辛，爱国精神鼓舞人。南国年年传捷报，北疆岁岁播强音。
紧跟形势开新宇，抓住时机永创新。祖国山河多秀丽，辉煌事业誉乾坤。

纪念渡江战役胜利50周年

三战频频传捷报，王朝没落日西山。挥师夺岸追穷寇，跃马城关灭悍顽。
千里江防顷瓦解，万船齐发箭弦弹。南京解放红旗舞，全国人民展笑颜。

祭扫南京雨花台

雨花台上忠魂悼，爱国华人泪眼双。先烈英灵存浩气，前贤品德永流芳。
南京惨案惊心魄，世界人民皆痛伤。思危居安怀远志，杰贤功德永难忘。

宁沪高速路上遐想

笑云观海眺蓝天，改革春风遍宇寰。一箭双星银汉绕，两条新路穿河山。
兴邦科技遵师道，治国清廉惩腐贪。华夏城乡百业旺，歌声天降落田园。

航天途中遐想

航天银燕东方起，万里长空伴月行。似在梦中身化蝶，又如登月手攀星。若知天上能云履，何惧人间路不平。但愿双肩能展翅，敢和“神七”比飞程。

欢呼青藏铁路通车

西藏铁路九州颂，世界震惊一巨龙。缺氧高寒要勇气，边疆冻土有春风。科研项目难题解，凿岭开山隧道通。丰功伟绩铸青史，兴邦建国论英雄。

三峡工程赞

工程浩大誉全球，华夏人民壮志酬。喜看江河换旧貌，欣观山水景新优。洪涛直下三千尺，电子飞驰五省流。高峡平湖壮丽美，传奇故事后昆讴。

参观浦东开发区

新区开发芳容展，癸未羊年又不同。灯火辉煌世纪道，霓虹光映广寒宫。明珠金贸接霄汉，地铁穿江过浦东。十月菊开多艳丽，沪城处处是春风。

咏　荷

满腹经纶纯净心，池塘水底觅知音。人间杂物当肥料，宇宙落尘尽陆沉。多彩多姿花态俏，经风经雨玉颜新。青茎绿叶常相伴，洁白平生千古吟。

太湖游

碧波万顷水长流，大小峰冈眼底收。点点白帆迎客至，双双灯火照船头。鹭飞鱼跃风光美，人笑言欢月绕舟。满目风华多秀丽，晶宫胜境任君游。

参观南昌滕王阁

滕阁重修新焕然，时空飞越已千年。洪州古郡添奇景，赣水长流似涌泉。岁月流丹宇宙转，光阴如箭又开元。春风送暖南昌市，妙笔生花绘地天。

西部开发喜讯

春风送暖玉门关，西部新区喜讯传。雪化天山滋雨露，冰溶瀚海展新颜。丝绸之路驼铃响，绿草排芽羌笛甜。战鼓鸣催齐奋进，欣观禹域换人间。

夜梦游

金秋十月艳阳天，祖国春临芳草妍。国泰民安歌盛世，和谐构建韵扬帆。
中华崛起繁荣景，文化复兴社稷安。晚景霞红春色艳，梦游港澳澎湖湾。

西湖吟

西子游人登小舟，轻声吟咏放歌喉。左边堤上柳林柳，右侧堆边楼外楼。
印月三潭留俏影，湖心亭景眼帘收。古今骚客吟佳句，历代名人足迹留。

游武汉明珠——东湖

武汉东湖碧水涟，明珠一串落长园。群峰秀丽多青翠，幽谷红霞映绿蓝。
古楚文明众口赞，高山景点倍增颜。世人皆说西湖美，我看东湖花更妍。

铁山寺旁消息树

森林原始木生香，故事新奇韵味长。天水来临它吐绿，山洪过后叶芽黄。
半峰坡上七棵树，千载留名传四方。壮景一观颇费解，众生多盼解谜藏。

登黄鹤楼

名楼二次再登临，从古至今留忆痕。黄鹤归来总有意，白云飞去应无心。
千年往事从头数，万里江山满眼春。频赋新潮歌盛世，吟坛论政笃生神。

蜀道难赋

蜀道常传举步艰，犹如登月上青天。山高路陡人愁进，峰险林深鸟过难。
筑路穿河铺轨道，开山凿岭越雄关。诗仙李白今如在，定有新诗颂世间。

花果山游记

暮春时节花开艳，迎面风吹香气飘。岭上白云绕顶过，山坡绿树鸟音高。
水帘洞口珍珠滴，猴子嘴张要吃桃。骚客游人都赞叹，诗仙妙笔也难描。

纪念宿北大战胜利65周年

人民军队力无穷，改天换地济世功。头顶风霜无所惧，足登雪地斗天风。
莫忘宿北寒冬日，牢记陵山血染松。先烈功勋垂史册，丰碑竖立马陵峰。

一枚渡江胜利纪念章

五十年前得此章，万分珍贵慎收藏。军民热血江天洒，一战成功百世芳。

举剑惩贪

一曲清歌金万酬，愁心怪事几时休。钱权交易令人恨，举剑惩贪万众讴。

庐山含鄱口

九奇五老两山间，湖水鄱阳浪接连。气势豪雄风景美，晨观日出晚观璇。

观庐山云雾

云雾庐山聚散闲，乱云飞度绕山间。一时云雾一时雨，飘逸神奇似列仙。

参观革命圣地西柏坡

欣喜参观西柏坡，人生有幸共识多。毛公思想传家宝，革命精神激海河。

北戴河观海

潮起扬波天海连，鹭飞舟动兴平添。碧空洒下游人梦，伫立凝思魏武鞭。

参观东方明珠

明珠闪亮照江东，今古奇观妙趣丰。美景人间数不尽，嫦娥悔上广寒宫。

洪湖水推浪

轻风推动洪湖浪，斜抹阳光看晚晴。星照长空惊宿鸟，可知岸柳路人行。

飞越太平洋感赋

航天极目太空人，未见蓝天一点尘。远望银河千万里，微风无雨看流云。

洪湖观渔船

未现晨熹网撒飞，一波摇动万波随。日间辛苦丰收乐，明月盈船笑语归。

李梦书

李梦书(1930～),江苏灌云人。1949年3月参加革命工作,离休前在淮阴市建设银行工作。江苏省诗词协会会员、淮安市诗词协会理事。著有《归来漫吟》。

步《缅怀邓老》元玉

冷对狂澜夜,劲松品自高。妖狐悲落影,正道得盈宵。
禹域无苛政,苍生乐圣尧。思源人不见,特色路途遥。

秋日漫成

翦翦金风排户牖,轻寒潜送月溶溶。枝头歇却蝉联唱,墙角频添蟋诉衷。
野水丛苇摇百絮,深山古木缀丹枫。多情造物催人老,莫负韶华夕照红。

欢庆七一香港回归

英帝恃强侵禹甸,清廷腐败割龙香。港胞屈辱遭荼毒,宝岛沉沦受祸殃。
旗展五星兴赤县,璧归两制靖南疆。主权恢复民欢庆,雪耻驱邪正义张。

咏老年大学学员晨练

晓乐萦空树笼烟,耆老晨练校园前。舒腰展臂姿矫健,举足旋身技捷娴。
太极拳操杨氏式,龙泉剑演李公篇。曲终术罢欣然去,心旷神怡不羡仙。

七十抒怀

功名利禄等闲看,回首风云展笑颜。少壮蹉跎诚可愧,桑榆际遇未堪惭。
缘为社稷倾心血,情寄黎群解倒悬。皓首犹思涓滴献,仰瞻禹域上重峦。

端阳忆屈原

布谷声声月似镰,端阳佳节忆前贤。楚王不纳忠良谏,屈子难伸报国言。
辞赋徒抒济世志,行吟空作问天篇。龙舟竞渡歌英杰,浩气长存播大千。

赠朱先生

一别家园五十冬,今朝返里乐融融。金风送爽归船到,黄菊飘香故旧从。
满座亲朋倾积愫,几杯醇酒慰离衷。爱家爱国炎黄志,两岸同春国更荣。

春色颂

旭日东升破晓岚，凭栏游目意悠然。花含冷露芳姿艳，柳弄和风玉质纤。乳燕檐前初试翼，流莺林内惯偷喧。无边春色撩人醉，造物多情万众欢。

读《徐光诗词集》

一卷翻开悟道长，珠玑满纸尽华章。讴歌治世英雄绩，鞭挞人间丑恶狂。笔底河山添秀色，毫端宇宙焕祥光。骚坛咏唱争春艳，妙句飘香压众芳。

幽居即兴

危楼矗立伴云衢，傍水连荫有我居。不厌莺啼频闹觉，尤亲渔唱任吁歈。小亭曲径游人恋，丰草芳园彩蝶娱。经岁风光如画卷，怡情悦性乐桑榆。

端阳怀乡

漠漠长空月似钩，灯前场角话丰收。端阳借得雄黄酒，解却怀乡一段愁。

早　春

大地春回百卉知，时禽噪柳玉骢嘶。西畴农事催人紧，满目生机入画诗。

悬崖松

三九严冬暴雪皑，裂肤堕指苦寒来。一株苍劲悬崖翠，锤炼遒枝作栋材。

参观鲁迅纪念馆感赋

满腹经纶不拜侯，先生世誉硬骨头。笔枪利赛钢枪锐，冷对千夫万众讴。

岁首拈唐韵得桑字成七绝

群黎岁首话沧桑，改革攻坚着意忙。强劲东风春化雨，神州大地起苍黄。

贺我国第一艘试验宇宙飞船发射成功

两弹一星扬国威，“神舟”今又太空飞。兴邦尤应兴科技，何惧列强贼眼窥。

咏风筝

平步青云一线牵，无风难得上蓝天。有朝一日情丝断，坠入深渊尸不全。

汤也鸾

汤也鸾(1930～),江苏淮安人。淮安市第一人民医院离休干部。曾任淮海报社革委会主任,淮阴地区医院办公室主任,《淮阴市卫生志》主编,中华诗词学会会员、淮安市诗词协会常务理事。

嫦娥二号卫星飞天

金秋晴朗朗,高举九天飞。花雨迎朝旭,江山溢翠微。
巡天圆夙梦,伐桂铸丰碑。功满归来日,黎元举玉杯。

纪念中国共产党建党90周年

建党九旬年,欢歌伴管弦。赤旗飘猎猎,百族舞翩翩。
国富民强盛,山清水秀妍。中华已崛起,两岸应团圆。

向晚登淮安电讯大楼

避暑登高处,晚来天气秋。丛林归鸟急,四水夹城流。
灿灿灯千点,弯弯月一勾。风光美不胜,只合画中留。

秋夜惊雨

秋夜何来雨,无端扰梦魂。雷鸣频震耳,风怒更惊心。
降水知多少,添愁又几分。漏声如恕诉,嘀嗒到清晨。

登黄山

茫茫云海地连空,薄雾轻盈隐碧峰。偃蹇奇松多古朴,嶙峋怪石显从容。
鹰飞绝顶纵情瞰,人到光明俗念空。美景千般谁主宰,仰天咋舌叹神功。

参观彭雪枫纪念塔感怀

扬鞭跃马关山重,叱咤风云起卧龙。豫皖旗挥传捷报,江淮血战建殊功。
拂云汉剑耀星斗,映月吴戈贯日虹。彪炳千秋塔作证,人民永远忆彭公。

南水北调工程淮安翻水站观后

其 一

万古长江水,东流不掉头。而今听调遣,分道向幽州。

其　二

源从江里起，水向高原流。灌溉随人意，莽荒变绿洲。

燕　归

庭前燕子飞，秋去春天归。慈母凝神望，低头泪湿衣。

一家亲

团长下河边，丢锄净净面。刘爷戏掷泥，笑意双双艳。

周总理读书处“一品梅”

其　一

不慕群芳不羡仙，蜂狂蝶舞自安然。孤山莽野香如故，独领风骚立小园。

其　二

玉骨琼枝气宇轩，西风几度不斜身。严寒难禁花开落，清气永留人世间。

洪泽湖上泛舟

月白风清向晚秋，呼童携酒驾轻舟。满帆星斗逐涛涌，锦鲤缘何跃不休。

鱼水情

荷锹战士返农家，藏下脏衣忙采茶。中午歇工寻不见，是谁洗净晾篱笆。

中秋感赋

缺而复满团圆月，熠熠光华今更姝。东望云天思绪邈，难忘重九插茱萸。

运河风光带

千林笼翠柳含烟，楼阁亭台珠璧联。入夜万灯明镜里，流光溢彩斑斓天。

谒孔庙

至圣先师儒学宗，杏坛施教启愚蒙。《诗经》删订《春秋》著，抑恶扬清万代崇。

游湖兴赋

湖光云影两相和，万顷银波拥碧螺。烟雾空蒙山水翠，渔帆点点戏天鹅。

陶溶林

陶溶林(1930～),江苏沭阳人。中共党员,离休干部,曾任江苏省淮阴汽车运输公司副经理。淮安市诗词协会顾问,著有《五柳诗词选》。

故乡行

金风十月故乡行,旧貌无存新貌迎。小镇高楼如海市,连村道路似棋坪。
家家住室皆清净,户户粮仓又满盈。迈步康庄奔富裕,邓公理论是玥灯。

曹克发

曹克发(1930～),江苏灌云人。中共党员,曾任淮阴市工商行政管理局局长。为江苏省诗词协会、毛泽东思想研究会会员、淮安市诗词协会会员,淮安市诗词协会秘书长、副会长。

重 庆

久树佳名八百年,光辉历史岁三千。首都巴国留名址,两党和谈记史篇。
总理红岩筹革命,精英滓洞斗魔坚。二江汇合增原力,雨雾山城景最妍。

花果山

花果名山誉远方,览游感受不寻常。金镶玉竹含霞翠,天拂苍松显势昂。
佛殿巍峨灵气闪,水帘瀑布彩空扬。巅峰大圣神身塑,吴著《西游》万古芳。

北戴河登轮观海

骇浪惊涛励志雄,琼花起舞走游龙。轮驰碧海飞银雨,鸥击长空缀白虹。
明月珠光珍宝异,蓝天日耀赤金溶。中华建业盎然势,换了人间春更浓。

咏洪泽湖

大名久负蜚声扬,泽润禾苗裕库仓。万顷烟波鱼蟹涌,千帆蔽日捕输忙。
君欢碧水仙丹炼,民爱良田祖墓镶。盛世欣逢争奉献,人民得益斗金量。

纪念毛泽东诞辰100周年

韶山北斗耀光红,百岁春秋世敬崇。四海怀恩书伟绩,五洲念德论丰功。

翻天覆地争民主，决策运筹缚蜮凶。革命导师垂泽厚，中华崛起展姿雄。

怀念周恩来总理

历朝宰相逊周公，伟绩丰功史册宏。报效人民心费尽，振兴祖国志豪雄。
外交练达名高远，内政清廉气贯虹。革命一生垂泽厚，神州谁不倍尊崇。

袁 礼

袁礼(1930～)，江苏淮阴人。中共党员，离休干部。1948年参加工作，曾任小学校长、市教育局秘书、港务管理处副书记兼副处长等职。爱好诗词，著有《芳草集》等。

谒周总理纪念馆

曾参“五四”血流坡，大敌无端雨弹歌。东渡西行求哲理，南征北战灭顽倭。
外谐寰宇千邦访，内政京华万担荷。为国一生天下敬，送灵庶泪汇江河。

纪念中国人民抗日战争暨世界反法西斯战争胜利60周年

深宵无寐忆干戈，二战烽烟反霸波。血染西欧降德寇，尸横东亚溃倭魔。
中东又乱蛇盘国，亚太风云鬼暗唆。狼子野心凶恶露，龙泉在手日长磨。

购新房感赋

寒舍朝晖雾气绕，桐林碧染嗓音遥。后濒湖水千重浪，前眺长河万里涛。
匝去黄莺啼老树，往来紫燕筑新巢。窗明壁静何须大，举目常欣翰墨骚。

七秩感怀

世纪之交欢庆多，江山万里舞婆娑。千年喜唱小康曲，七秩欣闻大治歌。
运水滔滔腾细浪，石湖静静漾春波。情怀盛世心花放，泼墨挥毫颂斧柯。

国民党大陆访问团为两岸和平破冰搭桥之旅感赋

历史沧桑半世冬，二元首晤叙红宫。群为合璧呼声急，万里江山望大同。

清江浦石码头

御园曾过帝南游，鸿爪明清石码头。九省通衢车马闹，往来游客走风流。

颂总设计师邓小平

其 一

革新开放扭乾坤，旧制陈规利弊分。吸取精华观世界，攀登突进五洲闻。

其 二

务实求真计略高，村田联产搞承包。春潮滚滚农家乐，泉涌粮棉大地娇。

其 三

史无前例运筹殊，经济腾飞建特区。沿海春雷惊地起，厦门深圳灿如珠。

其 四

经济思谋识见昂，标描市场凯歌长。繁荣百业山河秀，寰宇尊钦国运昌。

张洪飞

张洪飞（1931～ ），江苏涟水人。中共党员，离休干部。曾任淮阴市多种经营局副局长。中华诗词学会、江苏省诗词协会会员、淮安市诗词协会顾问。著有《自娱吟集》2部。

赞胡锦涛带头重温“两个务必”

上任亲临西柏坡，重温教导记心窝。谦虚治国春常在，艰苦兴邦胜迹多。
全面小康肩重担，发扬传统政通和。权为民用勤廉洁，永举红旗奏凯歌。

赞胡锦涛邀连战访大陆

智高意善顺时潮，敢破难题贵客邀。握手言欢新跨越，重书国史旧冰消。
沟通两岸商良策，谋取双赢明目标。造福人民同赞颂，震惊“台独”梦徒劳。

欢庆香港回归祖国

百年耻雪喜空前，失地回归复主权。泄愤除羞酬夙愿，扬眉吐气庆团圆。
米旗哀落乌云净，赤帜高悬霞彩妍。一代丰功垂万世，巍峨华夏续新篇。

欢庆澳门回归祖国

又迎骨肉澳门归，一统中华更壮威。受辱殖民从此绝，被侵忧患自根摧。
八方庆鼓震天响，四海欢歌动地飞。妈祖有知心亦喜，千秋功业永光辉。

瞻仰毛主席故居和纪念馆

圣地韶山久慕名，今成夙愿慰生平。青峰碧水自灵秀，睹物思人忆救星。
勇举义旗投革命，敢怀大志拯黎民。艰难曲折开通道，马列坚持方向明。
六位亲人抛热血，一门忠烈痛惊心。拔山倒海乾坤改，捉虎擒龙顽恶清。
日出满天红似火，赢来大地色全新。家园故国旧颜变，百业兴隆举世钦。
游客寻踪凭吊仰，故居展馆寄深情。丰功伟绩谁堪比，一代豪雄冠古今。

纪念建党90周年

锤镰高举奠根基，历尽艰难谱壮诗。百战神功除险恶，三山砸烂创新奇。
加深改革金光闪，国盛民康旧貌移。扭转乾坤谁引路，征程回顾党恩知。

参观南昌八一起义纪念馆

当初枪响震南昌，起义英雄斗志昂。党领武装忠革命，反顽救国灭豺狼。
乌云扫尽神州变，红日升空大地光。八一军旗飘万代，功高前辈世留芳。

刘　茹

刘茹（1932～　），女，江苏泰州人。中共党员，高级经济师，淮安市人大离休干部。著有诗词《软红集》。

欢度中秋

月满清光泻，同堂四世欢。祖孙情绻绻，儿女气轩轩。
丹桂香飘远，长空玉镜圆。纵谈家国事，安享太平年。

贺天宫神八交会对接圆满成功

大漠东风起，神龙飞太空。洪荒探奥秘，星侧辟鸿蒙。
牵手安营寨，梦圆航站通。嫦娥迎远客，喜伴驻苍穹。

纪念周恩来总理诞辰110周年

其　一

破壁兴华一代宗，光辉典范德声宏。音容虽杳高风在，激励人民再立功。

其　二

每事常思周总理，襟怀坦荡索无私。经天伟略为民计，忧国操劳理万机。

罹疾沉疴战犹炽,系台补缺语音迟。陵无青冢人长念,千古名垂盖世师。

喜贺高原铁路通车

高原天堑架长虹,如步闲庭向碧空。虎啸龙吟神气动,穿山越岭展华风。
比肩天际全球小,举臂祥云握手中。四海遨游佳客远,一声长笛到拉宫。

夜过润扬大桥

车行桥上夜来风,远眺江中渔火红。天幕低垂笼四野,华灯高照亮昙空。
青山隔水连江左,扬子波涛向海东。泽被润扬飞彩丽,惠施北固畅流通。

淮上秋色

淮水滔滔棹逐流,金风送爽动高秋。桂香浥露红枫醉,菊艳傲霜归雁游。
喜看河山添秀色,更欣林水抱群楼。愿将清气扬天下,共享晴光驱百忧。

览清江浦楼

古浦新楼变幻真,风光无限焕青春。叠层高阁近寰宇,独占云天倍觉亲。
历史遗珠终不腐,后人造意更精神。偕山依水情难尽,览胜还思盛世恩。

缅怀邓小平

中华崛起感恩公,力斩荆丛筚路通。羽扇轻摇云雾散,江山指点露峥嵘。

庆贺港澳回归

荷花接着紫荆开,两制堂堂兴九陔。禹甸腾飞擂战鼓,蓝图新景任鸿裁。

杭州西湖

春色满城风拂柳,绿肥红艳水悠悠。迷情最是西湖景,惹得诗人吟不休。

瞻仰鲁迅故居

拜谒故居闻墨香,格言警世挂中堂。书斋陈物斯人去,遗著昭昭正气扬。

沈园偶书

离索情悲愁正浓,姻缘浅薄恶东风。断肠词赋凭谁托,空对春光念孤鸿。

千岛湖

千峰联袂锁云雾，风定平湖漾碧波。山势高低环水立，群仙出浴绾青螺。

张人权

张人权（1932～　），原名张锡余，江苏涟水人，中共党员。曾任淮阴市政协文教卫体委员会主任、文史委员会主任兼编辑部主编、市水利文史编委会主任、市委党校巡视员。主编《历代咏淮诗选》一书。

赠兰州王奉瑗学娣谢范集中学暨诸校友

卌年离校后，“九九”得重逢。握手称名姓，扶肩忆旧容。
青春创业在，白首故情浓。同享马班誉，传承邹鲁风。

登清江浦楼

杨柳原无意，春风巧剪裁。花开淮水畔，鸟戏御龙台。
赛艇飞驰去，游舟轻泛来。登楼临古浦，极目楚云开。

凭吊父母坟墓

世乱墓平棺木盗，觅踪无果仰天嚎。鲜花两束举头拜，冥币三扎稽首烧。
社鼠城狐千古臭，贤孙孝子万年豪。秋霜冬雪归乡祭，鹤发鸡皮乐路遥。

贺母校淮安师范50校庆

风雨如磐半世纪，抗争逆境曙光来。衷心誓继恩师志，事业堪宽慈母怀。
编著行销华夏里，为文聊博笑颜开。并非生就成材器，应谢春风巧剪裁。

赠邱效周同志

天高浪急岸岿巍，帆举风乘去若飞。稚气焉知重掌舵，轻心哪顾调航桅。
舟倾塞外悔已晚，人落荒村志未灰。推毂感君垂鼎力，挽余旻昊览朝晖。

回眸一笑谢党恩

览胜人间八十秋，心存感戴几曾休。途穷数度九肠回，运舛三番一肚愁。
指路功成子午道，导航名起小渔舟。鸡鱼肉蛋酒蔬果，笑捧诗书上二楼。

若飞桥上吟

若飞桥下千帆过，游客何识君姓王？抗日英雄须念记，强邦国士岂能忘。
博王山北谋高策，叶项江南巧设防。一别人间多少事，几番血雨几辉煌。

游孟良崮吊张灵甫

孟良崮上费思量，何以同胞总阋墙。抗日征伐人共奋，中华建设义同当。
和谈破裂独夫罪，内战重开万众丧。敢问当年张将军，为谁浴血为谁亡？

题周文杰女士《三猫图》

古来猫有勤馋懒，捕鼠英雄显达难。一次评优抨二劣，十回擢拔阻三番。
百年人事终昭雪，千载猫冤案不翻。商女已尝亡国苦，大王何护懒贪馋！

淮阴师范老同仁大聚会

其　一

江南海北归耄耋，犹记淮师是个根。岁月蹉跎同凄楚，风光旖旎共清芬。
银河不纳青云泪，阳德高照淡泊人。职尽西宾无愧疚，马班帐下酒三斟。

其　二

人生自古无如果，天道久阴总有晴。八载桑园折翼鸟，廿年楚地飞身鹰。
执鞭敬业传公义，从政爱民化不平。德雨仁风祛污秽，璧归故主复清名。

贺高端宝先生90寿辰

云淡览揆庆吉辰，沧桑历尽更精神。长河剑气镇顽虏，淮楚政声惠庶民。
文字风波感知己，交游岁月见情真。今逢九十天酬际，更祝期颐共一樽。

贺长孙昉男考取东南大学

阿男亮剑上钟山，滚滚心潮热浪翻。一振雄风离寨北，二飞鹰子入东南。
修身立志攻新技，创业兴邦破大关。自古人生多辛苦，征程万里靠登攀。

注：东南大学，其父之母校，他又考入，是谓“二飞鹰子入东南”。

贺长孙女昕男考取金陵科技学院国际班

绿水青山花吐芳，金陵一派好风光。素餐有肉由家供，红榜题名缘自强。
犬恋茅庐乞腐食，虎怀荒野猎天狼。读书敬业须勤奋，地转天旋智者忙。

游清江浦中洲公园

嘉木葱茏收眼底，琼楼壮丽起堤旁。一洲中劈南来水，双闸畅通北去航。
漕运千年连北国，铁龙万里达西疆。花香鸟语游人醉，古运河边我故乡。

章仪华

章仪华(1932～2012)，江苏沭阳人。中共党员，离休干部，曾任洪泽县委副书记、淮阴市市级机关党委书记等职。

书画乐

退居林下乐归休，书画临摹兴味悠。潇洒挥毫豪气在，淋漓泼墨壮思留。
怡情悦性诗心健，勤学深思意境求。又可强身烦恼少，逍遥自在度春秋。

老有所乐

年老八旬难觉老，文山艺海任君翱。丹青七彩构思妙，笔墨双馨气势豪。
勤按手机留百态，周游世界历千涛。休言双鬓征斑白，潇洒同来走一遭。

建党90周年颂

其　一

南湖烟雨小荷香，真理弘扬传四方。创业艰难九十载，满园春色尽朝阳。

其　二

征途漫漫不寻常，华夏腾飞国运昌。万险千难均战胜，城乡巨变创辉煌。

其　三

建党迎来九十秋，干群纪念乐悠悠。前途灿烂风光好，十二五登楼上楼。

吟诗伴我夕阳红

其　一

革命生涯数十冬，退居生活颇轻松。老来有幸学吟咏，会友以诗兴味浓。

其　二

修辞炼句觅诗踪，白发苍颜展笑容。反复推敲求越好，吟诗伴我夕阳红。

钓鱼乐

其 一

斜阳古柳学渔翁，闪闪金钩落水中。忽见标浮沉又上，钓竿轻举鲤鱼红。

其 二

池边稳坐乐融融，杂念全无百事空。背着鲜鱼歌一路，洋河美酒赛仙翁。

秋 景

其 一

绿沙红叶秋云过，水露轻扬凉意彰。若隐霭烟秋月夜，黄花凋落更思乡。

其 二

草木落摇露更霜，秋花翠岭树飘黄。丹崖隐逸枫坡满，古刹阁楼贮晚光。

王德玉

王德玉（1932～ ），别名小玉，江苏涟水人。中共党员，军队离休干部。中国毛泽东诗词研究会、中华诗词学会、江苏省诗词协会会员，淮安市诗词协会、毛泽东周恩来诗词研究会顾问。著有诗文选三集。

纪念中国共产党建立90周年

其 一

南陈北李立新章，马列传播旗帜扛。唤起农工驱黑暗，搏拼民众见阳光。
沧桑岁月时间过，覆地翻天慨而康。九十年来惊巨变，领军科学赴康庄。

其 二

风雨如磐压九州，农工大众赴同仇。红旗漫卷烽烟起，黑手伸来碧血流。
推倒“三山”天日见，振兴“四化”富强求。回眸曲折艰难路，更应环球争上游。

其 三

三中全会放光芒，弃旧图新事业昌。拨正航程沿大道，坚持原则向朝阳。
繁荣经济国家富，培育人才科教强。三十年来惊巨变，中华屹立在东方。

其 四

继往开来斗志昂，承前启后写华章。精神发展国家建，理论传承民族昌。
建设小康谋福祉，国强民富吐芬芳。神州大地山河秀，展望未来意志扬。

其 五

科学创新又一章，以人为本国家昌。坚持建设繁华景，不断图新赤帜张。

满眼繁荣四海颂，神州锦绣五洲扬。和平国策传天下，人类和谐百世芳。

纪念毛主席诞辰100周年

韶山冲里出英雄，今古杰人毛泽东。矢志献身循马列，一生为国救工农。
雄文数卷前程指，雅韵华章正气冲。百岁缅怀欣告慰，九州圣地万花红。

纪念改革开放30周年

改革东方大变迁，放开西部写佳篇。蓝图绘制前程美，凝聚人心固政权。
万紫千红映大地，莺歌燕舞艳阳天。大师设计山河秀，高举红旗永向前。

颂西柏坡

龙腾虎跃西柏坡，解放人民贡献多。三大战役凯歌奏，从头收拾旧山河。

鱼水情

鱼水情深新一章，可歌可泣九州扬。官兵携手水魔斗，群众比肩立体防。

过潼关

巍巍石壁锁潼关，胡寇干戈犯此间。今日烽烟俱散尽，长车万里计时还。

途经九江大桥

长江逐浪水流东，一道长虹铺水中。人往车来留倩影，彩云朵朵绕山峰。

唐秀芝

唐秀芝(1933～)，女，江苏阜宁人。中共党员，离休干部。曾任清江变压器厂副厂长，高级经济师。中华诗词学会、江苏省诗词协会会员。诗词作品散见于《当代江苏千家诗》《中华领袖颂诗词联大典》《淮海诗苑》《一品梅诗声》等20多种书报杂志。著有《诗词选》。

读毛主席诗词感怀

咏吟主席妙诗篇，润我心田似注泉。势壮山河增勇气，气吞五岳力推山。
形神兼备感人醉，情景交融天地间。拨动心弦诗浪涌，如临其境感情牵。

向杨善洲同志学习

离退楷模杨善洲，中华大地美名留。一生敢护黎元利，廿载甘当孺子牛。
治水疏渠民富裕，开山植树境清幽。忠心赤胆千秋业，伟绩丰功百代讴。

庆百年“三八”妇女节

杨花三月人间暖，五彩缤纷庆百年。脚踏地球添锦绣，胸怀世界效前贤。
上天揽月留身影，下海擒龙奏凯旋。男女同堂议国是，和谐共创艳阳天。

“嫦娥一号”成功绕月

天地“嫦娥”今世聚，五洲瞩目广寒宫。航天科技开新宇，千载梦圆耀碧空。

澳门回归10周年

双制同行一国雍，澳门十载焕新容。区强人杰兴宏业，四海风归莲碧丛。

上海世博园

申江圣地浦西东，万国馆堂声望隆。百态千姿巧设计，新城现代见奇工。

淮安市景

市区烟树绿波漫，千栋楼台树影间。大路纵横成网络，车弹新曲北连南。

踏雪上老年大学

雪花飞舞漫云天，词友诗朋意志坚。唐韵宋音心地暖，雪花当作柳花旋。

孙智萍

孙智萍(1934～)，江苏涟水人。大学文化，中共党员，副研究员。曾任淮阴市社科联秘书长。淮阴市诗词协会副秘书长兼办公室主任。

“二次赶江南”感赋

春秋廿八旧弦弹，老调翻新不一般。求实归真开富路，乘风追电上云端。
繁荣古史犹能忆，衰落前因应细看。旋运乾坤吾辈事，金鞭指处是江南。

悼念父亲孙礼阶逝世20周年

难忘父逝廿春秋，每忆心酸珠泪流。舐犊情深恩永在，扶儿指教益长收。
弥留尤嘱紧跟党，磊落为人功业求。革命一生家国救，花繁慰祖愿今酬。

无　题

人到中年志更优，五旬伊始乃筹谋。挥毫伏案精神旺，对月吟窗声韵求。
热血腔中怀远近，存心眼底笑沉浮。业余闲读诗千首，煮酒评谈五大洲。

陈振文

陈振文（1934～　），江苏泗阳人。1956年毕业于江苏师范学院，长期从事教育工作，历任中学教师、大学教师，副教授职称。中华诗词学会会员。有诗集《芸窗吟草》。在2008年中华诗词学会迎奥运全国诗词大赛中荣获三等奖，其他奖项若干。

太湖石

女娲曾造石，常在水云间。剔透含风骨，嶙峋带瘦颜。
有真能乱玉，无假不成山。人过时留影，悠悠独倚栏。

师　说

授业兼传道，知之解惑人。园丁耕日夜，红烛照乾坤。
汗洒成才路，身怀填海心。东风千万里，送尔上青云。

同怀五环梦　奥运一个家

欢聚长城下，情牵你我他。五环怀梦想，三奖落谁家。
参与千斤重，同开八月花。百年新奥运，崛起大中华。

注：三奖，金、银、铜牌奖。

楼价暴涨有感

楼厦连云起，登高近广寒。小巢何处是，老骨几时安。
豪取当今易，白居亘古难。吟诗怀杜甫，何日俱欢颜。

淮上明珠洪泽湖

悬湖似明珠,遥望水平铺。风细波光碎,云低帆影浮。
寒芦一幅画,南雁几行书。千古高家堰,江山万里图。

柳树湾生态园

古木生凉意,曲桥临水幽。林深鸣翠鸟,水阔荡扁舟。
琼树挂仙果,人间见蜃楼。渔郎何处去,陶令已无愁。

赞金象减速机厂

藏龙卧虎地,金象是明珠。磨出倾城色,描成惊世图。
齿轮牵列国,曲轴动江湖。老厂青春在,新桃换旧符。

蝴蝶沟

长淮多奇景,天成芳草沟。有心观蛱蝶,无意梦庄周。
方外桃园境,人间芦荻洲。金花情似水,待月柳梢头。

淮安崛起

自古兴漕运,名人几百家。嘉宾黄白黑,商贾亚非拉。
林密宜栖鹤,河清可煮茶。登高观闹市,半水半城花。

驸马巷

秦砖随岁老,汉瓦历沧桑。人杰青云气,地灵风水乡。
挑灯图破壁,拍案话兴邦。歌罢冲冠去,扬帆万里航。

读诗词微信寄网友

偶读惊初见,方知自不如。刊微天地广,纸薄古今殊。
似唱飞花令,如游西子湖。空灵且淡泊,再去学林逋。

微　信

人生沧海事,思念总相牵。桃李一杯酒,江湖几十年。
推敲言李杜,点击见方圆。微信传鱼雁,荧屏别有天。

超级计算机——神威·太湖之光

国运频添力,神威看盛衰。超能惊世界,春色到瑶台。
老树因时发,新花带梦来。雷声伴好雨,红杏出墙来。

注:速度远超美国,遥遥领先世界。

小平礼赞

补天巨手绘青蓝,沧海横流志更丹。百色鸣枪听鼓角,中原策马斩楼兰。
风波亭里经风雨,大乱关头挽巨澜。高挂云帆常破浪,昆仑又耸一重山。

淮安射阳簃——吴承恩故居

东土唐宗作运筹,山高路险向西游。真传犹在如来手,经典原藏有字楼。
神勇金猴应万变,慈悲和尚解千愁。当今多少留洋仔,也渡重涛去五洲。

淮安中国南北分界线标志碑

秦岭淮河万里长,女娲有意补沧桑。这边有酒那边醉,南国开花北国香。
四季分明听候鸟,百花烂漫是家乡。寻奇探胜来横越,跨过高山与大江。

仰望星空——读温总理同名新诗

情深意笃望星空,地转天旋西复东。牛顿易知人马座,嫦娥难卜广寒宫。
胸怀银汉滋云雨,手握斗杓伏虎龙。踏破重涛向彼岸,岂因祸福折初衷。

仰周总理故居

世纪风云立浪头,长街送别寸肠柔。十年动乱愁兼苦,四害横行恨带忧。
气壮山河兴大业,功高日月写春秋。庄严肃穆堂前过,只恐伟人才午休。

广　告

铺天盖地多乱弹,明星开口没遮拦。黄粱自古难成梦,画饼而今却可餐。
李鬼歪心黑洞洞,王婆巧嘴绕弯弯。跳楼放血全凭胆,商海凡人不胜寒。

强子对撞牵动世界——欧洲大型强子对撞机试验成功

莫怕他人笑我痴,诗词科学两由之。探求宇宙起源日,试验高能对撞时。
鼎力泱泱八十国,聚力济济七千师。大型合作开新举,奥秘何愁不可知。

翻阅旧照有怀

风雨兼程七十秋，韶华一去不回头。位卑难免亲朋远，衣薄频添儿女愁。
蜡炬成灰终不悔，青春存照永勾留。余生乘兴五湖去，闲看江河万古流。

咏金秋岁月

共苦同甘到夕阳，黄花晚节溢芬芳。尝她美味两三碗，笑我歪诗四五行。
清唱黄梅常配对，回旋月影总成双。兴来偷学新人俏，也着婚纱装凤凰。

开山岛夫妻哨

守备开山苦亦甜，夫妻顶上半边天。惊心海浪高千尺，得意春风又一年。
飞岛临空持护照，洋船过境挂和幡。枪尖挑起三更月，祖国安眠我不眠。

儿童团长的回忆

闪闪红星五尺枪，横刀立马便称王。军情十万鸡毛信，烽火八千刘老庄。
放哨高擎信息树，探营巧卖桂花糖。如烟往事难忘却，依旧惊魂在梦乡。

菩提路上

人生百年看是非，天涯漂泊在轮回。菩提路上我无悔，名利门前谁不亏？
普度众生担道义，常开笑口发慈悲。大千世界佛陀少，一把辛酸泪水飞。

美丽乡村是我家

一枝红杏出篱笆，惹起乡愁乱似麻。武二改行专打鬼，王婆上网不言瓜。
回村致富农家乐，背水脱贫风味茶。一幅田园中国画，京华有梦再涂鸦。

乡村童年忆旧

儿时久住竹篱笆，村外农田村内花。立马横刀小八路，偷瓜提鸟大头娃。
昏灯挥汗读经典，光腚朝天摸野虾。往事如烟都散去，老夫不禁泪沙沙。

见打工仔路边酣睡

工仔稍闲已半蔫，路边小憩即成眠。山摇地动人难醒，日晒风吹梦亦圆。
留守妻儿千里外，任随贫富几重天。往来脚步轻轻过，好让鼾声化作钱。

大三峡之歌

半江烟雨半江潮,神女凌风挥战袍。乱石穿空沉水底,惊涛拍岸到云霄。
千条电网铺财路,一道长虹作斗杓。巨手当年曾指点,毛公圆梦在今朝。

人生就像一条河

人生就像一条河,多少弯弯多少坡。闲坐扁舟游碧水,任随骇浪起洪波。
可行可覆经风雨,宜蟹宜鱼看网罗。浅唱低吟归大海,何须感叹走盘陀。

赞外卖小哥诗词大会夺冠

一路犹如履薄冰,小哥一战便成名。谁知外卖乾坤大,人道书窗昼夜明。
自古民间多雅兴,如今官场少真经。莫愁平仄无知己,且看荧屏百万兵。

夜读有感

情未荒芜道未疏,半床明月半床书。初心犹走复兴路,拙笔还描创业图。
面壁十年思总理,咏梅百首忆林逋。悬梁刺股天将晓,窗外诗花满地铺。

奶　牛

只求草料不求名,万户千家都有情。半夜反刍能转化,一身是宝好经营。
从无高调肥私己,却有琼浆济后生。莫道此间多异味,当年我亦住牛棚。

看央视第二届《中国诗词大会》

诗词牵动万般情,喜看京都大点兵。赴会原知居不易,登台始觉好温馨。
夭桃两朵飞花令,红杏一枝董爱卿。悬念频生千尺浪,百人团里满天星。

诗人的困惑

诗人原本不糊涂,更有良知要急呼。未解按官排座次,也忧论价认亲疏。
新人精品淡如水,广告文商烂似污。假若行风理还乱,余生再写万言书。

茶　韵

人生滋味一杯茶,品过晨光品晚霞。炙手细分明后叶,玉壶慢煮雨前花。
清醇见底识知己,碧绿无穷咏岁华。喝出诗情方觉好,余香伴我走天涯。

为孔子学院点赞

周游列国走天涯，立命安邦名迩遐。文化无形添实力，先师有道发春华。
共同命运共同体，一个地球一个家。踏上中华高速路，东风过处看烟霞。

百岁老人话今昔

岁月如烟叹不休，亦真亦梦话乡愁。半锅野菜和汤煮，一把辛酸伴泪流。
盼得红旗呼万岁，欣逢盛世笑千秋。未期活到新时代，老树前头好系舟。

当年大军南下住我家

进得柴门叫大妈，担柴挑水话桑麻。身怀淮海风云气，心有春天桃李花。
忆苦声声多涕泪，练功弹弹少疵瑕。南征饮马长江水，喜报传来到我家。

乡　愁

漂泊人生不系舟，千丝万缕是乡愁。摇篮尚有奶香味，老宅长存竹径幽。
每到清明慈母泪，难忘意气少年游。登高远望天涯路，思念悠悠无尽头。

海军！海军！

蓝色星球半海洋，百年风雨见沧桑。大清忍辱签降约，民国悲情未复疆。
由弱变强便崛起，从无到有更铿锵。冲开岛链我来了，要作惊天万里航。

春到淮安看牡丹

自古千帆漕运忙，而今园艺亦兴邦。新株雅号韩侯紫，精品昵弥漂母黄。
崛起五洲花更艳，包容四海梦犹长。天香国色勾游兴，我把淮安作洛阳。

病中琐记

疑去西天又改期，允吾再弈几盘棋。华佗配料谁能识，医德回春我最知。
心态原为无价药，灵丹只是有张皮。桑蚕终老丝难尽，含笑归来还写诗。

贫困户

少小离家老入吴，归来游子忆茅庐。琼楼仙阁疑迷路，流水小桥若画图。
弟妹解囊扶困户，乡邻举酒慰鸿儒。文人不羡黄金路，自有冰心在玉壶。

自记：某友，大学校长、教授，原籍苏州农村。退休后回故乡探亲，此时弟妹都比他富有，分别时慷慨解囊相送，说他是家里的“贫困户”。

纪念馆见我家独轮车

百万雄师力拔山，后方踊跃尽支前。中原烽火连三月，老父独轮推一寒。
直抵长江饮战马，更将利箭指重关。我今久久难离去，定将家风代代传。
自注：老父梅圃先生是淮海战役支前模范，推独轮车支援前线，转战淮海三个多月。

赞毛公书法

伟人笔下起狂风，独领书坛造化功。泼墨横空千尺浪，腾云驾雾万条龙。
行如瀑布长流水，坐似南山不老松。欲学匠心先立志，但求一点像毛公。

侍鹏先

侍鹏先（1934～ ），江苏宿迁人。中共党员，曾任淮阴地区建设银行副行长。中华诗词学会会员、江苏省诗词协会理事、淮安市诗词协会常务副会长、中华诗词文化研究所研究员。著有《侍鹏先诗词》2卷。

感　时

桐落惊秋早，霜凌显菊妍。松吟冰雪劲，梅笑朔风寒。
躬业酬心志，司权尚洁廉。囊私茧自缚，恢网待时歼。

纪念孔子诞辰2560周年

万世尊师表，伟哉儒教先。斯文凭绝续，伦理赖绵延。
为政施人德，育人重礼廉。一瓢颜巷乐，数仞宫墙坚。
木铎开愚昧，金钟奏管弦。学渊六艺创，《论语》廿篇传。
弟子三千列，高徒七二贤。素王兼至圣，大道沐尘寰。

纪念岳飞诞辰900周年

山河破碎雨风稠，醉饮黄龙愿壮猷。百战挥戈丧敌胆，一歌吟啸振神州。
柱倾谗佞忠臣罪，邦毁长城昏主羞。慨叹奇冤青史鉴，丹心浩气照千秋。

挽尚云同志

政勤宵旰酬淮宿，法剑祛邪镇鬼神。笔绽心花凝亮节，思驰韵海涌诗文。
烛燃余焰流光热，气浩长风化彩云。运水情深吟挽曲，苍天洒泪雨纷纷。

访故园

情随运水洒淮天，风送乡思返故园。五秩沧桑遗老井，一泓潋滟映青山。
欲寻旧宅沉波底，重晤同窗慨皓髯。昔日洪廊贫困地，今朝富丽米鱼川。

注：原骆马湖畔，1949年因导沂始迁，1958年复建水库。

慰堂弟南极探险凯旋

扬帆鼓浪凯歌旋，十万征程只等闲。风激三洋洋驯服，云浮四海海腾翻。
横穿赤道千年火，跨越冰川百度寒。欲振中华图破壁，红旗星耀极天南。

注：时任南极探险队首席科学家。

给清阳孙儿赴外交部工作赠言

学海扬帆苦溢馨，寒窗廿载跃三门。真知无价专尤贵，剑利频磨时倍珍。
济世兴邦迎挑战，观中察外辨风云。灯红酒绿当清醒，寸草春晖报赤忱。

注：三门，指家门、校门、国门。

致在台学友

飞鸿倏报传欣讯，萦梦书窗学谊温。岁月峥嵘催皓首，风云变幻几惊魂。
水分两岸归沧海，客寓他乡念本根。月近中秋思倍切，预期梅放举迎樽。

欢迎王纾难诗翁访淮

故园情系几乘舟，回首沧桑耋白头。客念三通期实现，水分两岸必归流。
老朋樽赏安东月，新友诗吟古楚楼。华夏复兴欣巨变，小康物阜不思愁。

咏　史

人羸疾病乘虚入，国弱虎狼凌辱侵。鸦片点燃烽火起，山河动荡厦倾沉。
帝夷百载群侵犯，倭寇九州半壁吞。珍视今荣新世盛，莫忘昔耻旧伤痕。

步李振民同志《梅骨》韵

悬崖峭壁竞舒腰，羞与争春逆季交。勿论飚狂和雨暴，任凭雪剑并霜刀。
冰心色润花枝俏，香郁苦寒品格高。铁骨铮铮持亮节，风骚冬领见姿娆。

自　嘲

幼读书文喜韵吟，夕阳遣兴学敲斟。恨无剑舌论今古，词乏利犀弊挞针。

当识兴衰褒贬事，须明热冷是非心。常因腹内毋佳句，梦绕思萦西月沉。

贺中国奥运军团雄踞金牌榜首

龙翔凤翥著春秋，拼搏顽强世一流。力大双肩担日月，技高巨手转星球。
争奇斗艳繁花放，闯险攀峰硕果收。百尺竿头抬望眼，二零一二更层楼。

注：2008年北京奥运会中国健儿共荣获金牌51枚，银牌21枚，铜牌28枚，跃居首位。

“神九”“天宫”载人交会对接成功

神九飞驰上太空，银河又现一星红。志凌胆壮天宫访，风舞云歌举世崇。
俄美同行添伴侣，鹊桥相会傲苍穹。自由星际乾坤大，往返闲庭信步中。

跨越海峡的握手

春风关不住，劲旅破寒冰。开启心灵扇，畅抒兄弟情。

冬　夜

北风吹皱额深纹，衣染征尘发半银。月色皎冰清似水，满腔情韵洒星辰。

世事难料

天上风云多变幻，人间美梦几能圆。愿违之事寻常见，岁月蹉跎亦泰然。

孙志翱

孙志翱（1934～　），江苏南通人。淮安市工商银行退休干部。热爱文学，喜欢诗词创作。

桃花岛

三春细雨润，堤柳色蒙蒙。遍地披新绿，桃花一路红。

秋　景

斜阳醉红叶，风动拂芦花。望断南飞雁，苍穹万顷霞。

贵州西江千户苗寨

其　一

西江苗寨赏心游，环抱青山吊脚楼。苗舞苗歌天籁韵，梯田垄垄小溪流。

其 二

木叶吹歌声抑扬,阿哥绝技誉苗乡。娇莺流水殷勤伴,三日余音仍绕梁。

千岛湖

云水苍茫浪拍堤,千峰点点绘高低。东风阵阵涛声急,静听莺啼笑语稀。

古黄河渔曲

古道黄河芦荻翠,渔舟轻棹浪花飞。夕阳霞映游鱼闹,篾篓装得锦鳞归。

柳树湾

栈桥九曲十三湾,翠柳低垂爱听蝉。朵朵睡莲纾眉眼,凫浮绿水白云间。

初夏即景

五月南风榴似火,杜鹃歌唱燕飞天。田间麦穗翻金浪,开启书窗万象妍。

晨 景

黄河堤畔柳千条,细雨霏霏润绿绦。时有蛙声鸣咯咯,微波摇漾幻双桥。

咏 春

清明又见雨纷飞,堤畔柳绦舒俊眉。三月暖风描秀色,桃红十里喜春归。

周新民

周新民(1935~2013),号松柳,江苏淮安人。中共党员,曾任淮阴市民政局副局长。中华诗词学会、省诗词协会会员,市诗词协会顾问。诗词刊于《中华六十年诗人大典》《当代中华诗词集萃》《中华诗人年鉴》《淮海诗苑》《江海诗词》等。著有《绀珠撷粹》。

白鹭湖早春

柳色暗楼边,新区展眼前。小桥横碧水,大道入苍烟。
鸥鹭林间舞,鲤鲢波底眠。此中风物好,愉悦自心田。

白鹭湖晚眺

园区邻近郊,淮水涨春涛。飞鹭浮明镜,小舟荡远漕。

繁花杂紫白，楼阁集低高。漫步忘回里，夕阳乐我曹。

游钵池山

千载钵池山，清幽湖一弯。姬乔留足舄，井灶现光环。
柳映涟漪绿，波平鸥鹭闲。巍峨峰岭秀，人在水云间。

农村巨变

改革卅年惊地天，乡村崛起谱新篇。夏耕夏种机声振，秋获秋耘谷囤连。
通讯荧屏联万户，轿车摩托越千阡。达村公路迎宾客，网上营销供货鲜。

登开发区淮安仁和公司大楼

春风着意喜登楼，天地人和一望收。宅近钵山千古秀，窗含运水万年流。
闲观紫燕掠天际，宵察荧光射斗牛。捧读华章思邓老，先忧后乐善筹谋。

赞淮扬美食

柳夹淮河逐浪鸥，交叉水网织丰收。鸡豚富足客来巧，鳖蟹肥鲜人乐优。
兜炒鳝鱼成美味，清烧凤尾制珍馐。三秋签约名城会，四海商宾云集游。

淮安交通新貌

长淮碧水载舟舸，广宇清空凭琢磨。展翅雄鹰织画卷，征途高速越银河。
铁龙南北驰金路，货楫东西出海波。万落千村能缩地，来年腾跃竞巍峨。

庆祝建党90周年

良辰九十乐陶然，事业齐兴醉管弦。盛貌盛晨歌盛迹，思新思进畅思前。
中华阔步临仙阙，火箭长虹叩冥天。科学探研攀峻岭，征程喜见党旗妍。

朱碧松

朱碧松（1935～ ），江苏涟水人，副教授。曾任某高校办公室主任、系主任。中华诗词学会会员、淮安市诗词协会顾问、市楹联协会副会长、《淮海诗苑》副主编。著有《娱心集》《娱心续集》《古诗文名句集释》等。

金湖建县50周年礼赞

岁月峥嵘五十年，金湖大地震坤乾。一张美丽新图画，百里雄奇入眼帘。入江水道兴修好,高宝湖区建乐园。昔日茫茫芦苇地,今朝处处米粮川。大桥雄伟东西贯,公路畅通南北连。城镇高楼拔地起,乡村民宅绿茵绵。兴科重教人才济,引项招商富路宽。工业园区开胜局,油田建设写新篇。水乡风景多奇丽,湖荡鱼虾更美鲜。百业兴隆缘改革,民殷县富赖群贤。光辉业绩千秋颂,淮上明珠天下传。

中秋前夕寄语台湾同胞

久盼三通日,今时正运营。人逢新政好,月是故乡明。
海峡本难隔,高山也让行。中华归一统,历史正多情。

嘉兴南湖颂

未到南湖纵目游,深留遗憾度春秋。燎原星火发祥地,画舫灯光照九州。
反帝反封掀巨浪,为民为国解忧愁。中流砥柱东方立,九十华诞放歌喉。

别南师大校友

来也匆匆去也匆,故人离别各西东。巴山夜语情难尽,运水长流意更浓。
云树千重遮望眼,友情万斛蕴心中。何时再写归来赋,一种相思两地同。

家　居

七旬已过未龙钟,家住营西桥堡东。习见车流奔路上,时闻巨舶吼河中。
常栽花草怡情性,勤写诗词效放翁。韵友二三频聚会,高吟常对夕阳红。

获准加入中华诗词学会喜赋

其　一

六月鲜花灿若霞,传书鸿雁发京华。古稀入会桑榆晚,愿作新枝吐嫩芽。

其　二

矢志追求夙愿偿,同仁祝贺暖心房。今生永作诗书伴,勤向案头觅锦章。

游长江二桥

江上清明望太空,层楼密布几高峰?二虹争艳穿南北,滚滚车流诗画中。

游南师大校园

其　一

举步攀登百级梯,幽香树影令人迷。多情最爱寻芳迹,文院美名几许题?

其　二

光阴荏苒岁时迁，一别丁楼四十年。只恐再来人更老，携妻留影石阶前。

注：丁楼，即丁字楼，又名中大楼，当年中文系所在地，亦吾同窗诸友读书处。

都梁阁远眺

绿树森森秀岭间，都梁阁上勇登攀。长淮千里东流去，放眼方知天地宽。

洪泽行

洪泽湖大堤

绿树森森飞鸟藏，石坡百里锁龙王。蓄排航灌从人意，确保黎民奔小康。

划船艄公

不分寒暑与春秋，短棹轻摇一小舟。风急浪高浑不顾，来回送客笑眉头。

水上人家

采风湖上进渔家，服务热忱众口夸。锅贴小鱼味道好，情随碧水到天涯。

咏杭州六和塔

巍巍塔上看钱塘，袅袅烟波白鹭翔。景色宜人天地阔，诗情更比水流长。

咏石榴

石榴花开五月中，门前妖艳舞东风。若非亲手来浇灌，哪得今朝火样红？

咏水杉

长杉挺立上云霄，东望台澎把手招。落叶归根成沃土，枝繁叶茂在明朝。

朱文邦

朱文邦（1935～　），江苏高邮人。大学文化，中共党员。曾任淮阴师范学校党委书记、校长，高级讲师。中华诗词学会会员、淮安市诗词协会顾问。著有《紫阳诗文集》，两次在全国诗词大奖赛中获得三等奖。

纪念辛亥革命100周年

武昌起义震寰球，革命先行计策谋。帝制推翻千载颂，共和创建万民讴。
大同世界胸怀广，天下为公寤寐求。警语遗言人敬仰，勋功伟绩应长留。

庆祝中国共产党建党90周年

南湖建党开新宇，镰斧旗飘遍地红。唤醒农工求解放，指挥战斗建奇功。
长征业绩留青史，抗日枪声震亚东。崛起中华惊世界，前程似锦颂繁荣。

建国60周年颂神州巨变

其　一

斗转星移花甲过，欣逢华诞感毛恩。东方狮醒雄风振，西藏安宁正义尊。
经济腾飞兴大业，小康建设换乾坤。核心四代丰功立，崛起中华天下闻。

其　二

六十年华云锦铺，小康建设入新途。嫦娥绕月宾朋乐，奥运成功举世呼。
港澳回归国威壮，陆台交往敌情除。全赖中枢明决策，神州大地起宏图。

忆伟人毛泽东

开国伟人毛泽东，寰球享誉八方崇。为民谋福耗心血，奋发图强腾虎龙。
广建邦交宾客满，扶朋反霸太阳红。中华崛起惊寰宇，永铸丰碑民意中。

庆国庆忆成长

儿童团里当先锋，崇敬伟人毛泽东。求学邮中宏志立，读书师范羽毛丰。
金湖宝应育桃李，六合淮阴喜帜红。昔日雄风今尚在，为民服务效周公。

赞社会主义新农村

连发八年一号文，农村面貌日翻新。种田免税减民负，义务育人培后昆。
环境清幽人意美，交通便捷物流勤。城乡发展开新宇，户户小康颂党恩。

家乡新面貌

故里高邮名古城，龙虬庄上是吾乡。国门开放新区建，科学种田稻谷香。
京沪通衢南北贯，运河高架东西长。投资办厂财源广，协力同心奔小康。

咏韩侯

韬略深藏人未识，淮边独钓对寒空。从戎仗剑风云际，拜将登坛龙虎从。
拔帜沉沙施妙计，兴刘灭项建奇功。可怜鸟尽良弓折，千载名垂一代雄。

冰雪无情人有情

南方冰雪骤然来，十九省区遭雪灾。电网半瘫千户暗，车停道路久难开。
紧张春运物流阻，返里民工途上哀。领导核心韬略出，万人抢险散阴霾。
北国神驰终伏虎，中原逐鹿敢驱狼。指挥若定紧跟党，砥柱中流捍禹疆。

毛志洁

毛志洁（1936～ ），女，江苏扬州人。中共党员，淮阴市公安局退休干部。

庆祝建党90周年

其　一

九十沧桑盖世功，南湖星火映天红。宝镰神斧开新宇，马列毛公引大同。
斩棘披荆救国路，跋山渡水缚苍龙。湘音宣告共和立，豪语庄严世界崇。
兴国安邦创伟业，励精图治展雄风。韶光永照山河秀，万载千秋华夏荣。

其　二

天翻地覆谱新篇，百废俱兴华夏妍。经济腾飞人富裕，科研发展国强坚。
放开改革工商旺，物阜民丰市井繁。港澳归宗遂众愿，陆台解冻促亲连。
惠农新政破先列，免税种田还补钱。饮水思源恩泽谢，高歌策马继扬鞭。

蛙　述

时听贬我井中蛙，短见之词头上加。甘为人民做贡献，灭虫除害走天涯。

寒食节感赋

割股救君无所求，心甘焚死拒封侯。文公插柳禁烟食，赢得芳名万古留。

陈素萍

陈素萍1936～ ），女，江苏淮安人。大专文化，中共党员，中级职称，曾任淮安县文化馆副馆长、副书记。淮安市诗词协会顾问，中华诗词学会、江苏省诗词协会、省楹联协会会员。著有诗书画集一部。

贺淮安成为全国诗词之市

淮运绿波掀碧浪，诗坛骚客韵悠扬。千篇词赋抒豪兴，卅载歌吟谱秀章。把酒回眸多硕果，论今谈古话辉煌。翰林誉满书新史，紫气东来万事昌。

参观正昌饲料公司即兴

群鹅浮绿水，肥鸭满河塘。猪旺牛羊壮，正昌饲料香。

金湖荷荡采风吟

夏日炎炎赴水乡，荷莲万顷藕花香。游鱼虾蟹流光影，撩动诗情撒翠塘。

赞卅载城管业绩

五路三河修理好，一包四定放光华。民安国泰万家喜，从此永抛脏乱差。

上海世博会颂

世博展厅气宇宏，天工巧夺布神宫。忽如一夜东风起，春满花开别样红。

方超驭

方超驭(1937～)，女，江苏淮安人。曾任淮阴农业学校教员、淮阴地区农垦局农业技术管理员、淮阴农业学校讲师等职。

古稀乐

辞别讲坛十五载，求知入泮逾十秋。歌台引吭豪情放，诗海扬帆着意游。更喜同窗成挚友，出双入对乐悠悠。行年七十心犹壮，苦练勤学兴正遒。

桂林漓江

梦幻漓江碧玉带，蜿蜒万点秀峰间。青峰矗立蓝天上，游舫却能行翠巅。百里江流百幅画，千座峻岭千朵莲。美石奇洞堪称绝，仙境迷人不想还。

黄山游记

乘缆车

越岭翻山何足愁，霎时飞渡众山头。腾云驾雾入仙境，万道霞光照九州。

观云海

俯观云海乐无穷，瞬息之间景不同。青色峰峦忽失影，化成千顷波涛汹。

看人字瀑

乌云蔽日雨潇潇，四月横飞八月涛。戏水双龙三百丈，荡污涤垢亦英豪。

水仙花

九天仙子下红尘，玉骨冰肌溢芳芬。不与群花争艳色，冰封雪舞伴亲人。

一串红

梧桐叶落初冬至，百卉凋零吾独荣。串串灯笼红似火，为君拂煦暖春风。

甘　薯

不攀高枝图闪耀，黄泥底下善其身。灾荒之际民间宝，富裕年华席上珍。

风　筝

浓妆艳抹上云端，俯对红尘展秀颜。可叹狂飙吹线断，佳人碎骨坠崖边。

王有成

王有成（1937～　），江苏沭阳人，大学文化，中共党员。曾任淮阴市经济研究中心副主任，高级经济师。著有《诗书画集》。

游燕子矶

偶怀雅兴沐春风，燕子初登烟雨中。异树崖间才染绿，苍松石上傲寒冬。
青碑御笔何箍铁，红帅卫兵为立功。底事大江咆哮去，千年古迹命皆同。

新中国成立50周年感赋

创业艰难五十春，航船左道亿民贫。英雄盖世狂澜挽，百姓安居竞业兴。
足食丰衣非旧梦，民强国富即成真。人间尚有不平事，应信惊雷荡浊尘。

题画《南岳南天门》

逶迤山道白云端，郁郁青松缥缈间。一到此门人便醉，原来鸿雁不飞南。

孙智斌

孙智斌(1937～),笔名石溪,江苏涟水人,中共党员。南京农机学院毕业,高级工程师。先后在新疆、淮阴等地从事农机、文秘、经济研究等工作。1988年获丹阳封缸杯诗词大奖赛第一名。中华诗词学会会员、淮安市诗词协会顾问。著有《石溪集》。

环卫工人赞

献身环卫默无闻,酷暑严冬浴秽尘。舍得青春伴马路,甘将血汗换清新。
披星晨扫光明道,戴月晚归疲惫身。荡尽污泥除浊水,神州朗朗亮乾坤。

稚孙趣

稚孙走路要人扶,吐字不清偏吼咕。让奶上天拿月月,拉爷下水捉鱼鱼。
白云当作小“巴狗”,黑墨乱涂呼“大猪”。背上妈妈提手袋,摇摇摆摆去读书。

校园诗教感赋

其 一

校园诗教路岖崎,只恨江郎才尽时。执着有余难奏效,热心太过易为痴。
焚身夜烛流成泪,缚体春蚕化作丝。卌载恋情情未了,犹撷红豆播相思。

其 二

暮鼓晨钟辑教词,骚坛颓势费愁思。愿征青少三千友,再续全唐五万诗。
寄望有心传晚辈,苦攻着意效先师。但求耆老同心力,斯道中兴当可期。

抗“非”战场两地书

一朝分袂两相思,何日能归未可期。卿感赴汤心有泪,我知蹈火义无辞。
生当救死扶伤者,死得成仁毋足悲。莫为离人憔悴尽,馨馨犹赖你扶持。

故园新貌

欣访故乡圆梦思,登高远眺蟹肥时。荷花十里迎归客,苹果千株挂满枝。
鳖晒池边求善价,鸡盈禽舍待零批。农家丰谷随秋醉,小学钟声伴雨迟。
绿树红楼诗里画,银羔金犊画中诗。发家有道荧屏授,种地无须畜力犁。
商贸洽谈凭网络,村民代步用轻骑。东篱难觅儿时菊,且把新声换旧词。

答友人

一位才华横溢、成果卓著的中年科技人员，因不堪单位压制，欲漂洋过海出国谋求发展，来信征求意见，拟《七律》答之。

神州万里俱清嘉，仙境何求八月槎。秋气初惊堂内燕，春光还浴苑中花。
休怔幽谷弥轻雾，更向莲峰采紫霞。倾尽胸怀才十万，和将热血建中华。

“孩子挺住，叔叔救你……”

好孩千万要坚持，叔叔全排来救儿。缝隙寻声闻弱唤，废墟探迹觅身姿。
面前危壁轻轻凿，头上颓梁款款移。排障血肩扛巨石，破墙肉掌折钢丝。
手刨筐运清砖瓦，棒撬人抬除水泥。牛奶半瓶能接否？腹空五日暂充饥。
救生通道争分进，夺命死神逐寸离。再挺须臾将脱险，咱们一起创传奇。

不教尘秽染空明

身当环卫一兵丁，小巷大街忙不停。有我手中叉帚在，不教尘秽染空明。

荷　情

爱　荷

坐爱池边百事忘，寻章摘句索枯肠。狂生不入时人眼，冷语凭地说短长。

品　荷

沾露荷珠似泪痕，滚来滚去涤埃尘。自知环境多污染，不使馨香味失真。

赏　荷

粉面翠裙清玉姿，一身耿直不歪歧。花苞酷似朝天笔，倒写世间妍与媸。

敬　荷

水边把酒酹花神，我敬荷君一缕魂。生自浊泥无浊骨，满池污染独芳芬。

画　荷

中年何苦学涂鸦，不见池中月已斜？只怕知音难再得，我今和泪画荷花。

悼　荷

残荷听雨更堪怜，呖呖声声诉守廉。香断红消情未尽，济人犹结苦心莲。

王士爱

王士爱（1937～　），江苏建湖人。大学文化，中共党员。曾在福州部队前锋文工团从事戏剧创作工作，1982年转业地方，任淮阴市委宣传部副部长、文化局局长、政协文史委主任等职。

影片《彭大将军》观后

壁立庐山喑万马，将军独自走悬崖。忠言引得雷霆怒，直谏招来风雨加。
怕见庶民成瘦骨，且藏帅服赴天涯。香炉瀑落三千尺，长润苌弘血绽花！

交通城建赞

谁持妙笔绘风流，一改清江古码头。四水摇身生异彩，千虹织地展鸿猷。
浣池灯火招婵月，钓岸楼峰触斗牛。故里而今安在哉，讶然漂母问韩侯。

古清口淮安大桥赞

斜索凌云悬玉虹，竖琴乐奏动长空。一桥飞挽天涯路，万毂交驰四海风。
鲁匠汗流千日泪，李春心呕几秋冬。高标炜炜彪清口，大雁传奇上九重！

明祖陵石雕像赞

恢宏规制见明陵，栩栩如生状独尊。将相森严屏气息，马麟静默候风云。
障泥片片飞龙凤，垂髭毵毵映斗辰。岂是柳株传吉脉，分明巨匠注精神。

吉林市东关闻钟

家亡大豆颗颗泪，国破高粱带血红。噩梦当年人忆否？悲歌犹作警时钟！

宿迁山楂

乌江激浪伴悲风，一刎千秋叹未穷。故里长将游子祭，山楂百里映天红！

螃蟹答问

代人受过昔蒙羞，腹有朱膏今更稠。欲问横行何日止，与人口福到千秋！

尚　云

尚云（1938～2011），笔名清正、海霞、清风，江苏宿迁人，中共党员。曾任淮阴市人大常委会副主任。中华诗词学会理事、名誉理事、江苏省诗词协会副会长、淮安市诗词协会副会长、会长、名誉会长。著有《船在山峰顶上行》《韵海扬帆》等。

围歼流窜犯

社鼠飞天狂作乱，消除流窜搞围歼。文明建设呼声急，道德堤防着意坚。
法网恢恢疏不漏，雄兵赳赳显威严。侦查缉获求干净，打击凶顽社会安。

黄帝陵怀古

人文初祖帝王陵，万里观瞻溯远情。风水弯环流韵翠，乔山烟漫古松青。
南连华岳通云气，北接龙盘映塔星。神圣炎黄传一统，灵光代代射文明。

周总理诞辰100周年

武略文韬举世崇，风云叱咤仍从容。运筹军事三山倒，谋略邦兴四化功。
内政外交擎帜手，神州国际感情隆。爱民心热如团火，道德情操胜劲风。

赞盱眙诗教

其　一

借诗作侣有谁知，恬静雄潮心态痴。世涌风情难入梦，一竿新月一行诗。

其　二

抓点明陵风雅开，天心良苦莫疑猜。三年三变跃三步，韵海扬帆诗满淮。

其　三

斜阳尽后入苍茫，诗进农村路正长。风啸秋林惊宿鸟，一灯亮处是吟乡。

瞻仰开封包公祠

开封碑碣倍生辉，鼎鼎青天风范垂。千里仰瞻钦铁面，“霜威”可壮国家威。

淮安涟水机场试飞

白云飘动我巡天，惊退钵池三界仙。回首东南山水秀，悬湖点点起银帆。

咏桂林山水

黄布悬江水更清，山青峰秀水中生。水如明镜摇山倒，船在山峰顶上行。

游铁山寺

翠红桃柳古塘边，香沁客心醉秀园。惊飞宿鸟穿云出，啼破花潮万缕烟。

参观洪泽

大雾茫茫幔野空，阳开参看画中行。东风化雨洗时弊，荡涤尘埃万里清。

贺淮安荣获中华诗词之市称号

魅力新淮瑰宝传，远观艺苑近看妍。骚风人爱传南北，诗市中华已结缘。

余茂华

余茂华（1938～2009），江苏涟水人。南京大学中文系毕业，先后在中央广播事业局、淮阴市委组织部、淮阴市委老干部局工作，副研究员。中华诗词学会会员。

长征颂——纪念毛主席诞辰110周年

万里长征举世雄，运筹帷幄赖毛公。金沙巧渡施奇计，泸定强攻建大功。莽莽草原迎远客，茫茫雪岭接元戎。千重围堵何足惧，万众同心势若虹。胜利会师临陕北，三军齐颂太阳红。

韩侯广场怀古

故道黄河春意浓，韩侯广场建桥东。将军雕像威风见，骏马戎装气势雄。六国靖平谋略远，四边歌起霸王终。宫廷昏暗嫉贤杰，钟室幽冥灭大忠。滚滚长江流不断，是非功过笑谈中。

重谒雨花台

其　一

青松翠柏郁苍山，曲径寻踪雨花间。昔日碑前曾留影，至今历历记心田。学成气壮风华茂，报效炎黄意志坚。海北天南皆宝地，誓言字字见心丹。志同道合三诤友，恭立鞠躬雕像前。学习英雄除险阻，征程踏上劲冲天。寒来暑往几多事，血染战旗夜梦牵。日月如梭东逝水，吾侪今日两鬓斑。

其　二

癸未又来登岭冈，雨花旧貌换新装。松柏森森群像立，仰望雄姿气宇昂。过去主峰人集处，丰碑重建益芳香。邓公八个镏金字，凤舞龙飞放异光。林映碑廊彰懿德，马恩经典镌垣墙。依山就势碧池出，绿水波平烟雾茫。展馆著名招远客，英雄伟绩五洲扬。忠魂亭畔沉思久，殉国功高恩泽长。

其　三

面对碑陵思绪飘，浩然正气接云霄。长江浪涌砍难断，滚滚东流迎海涛。烈火焚烧金石辨，浩歌激越对枪刀。莫忘烈士斑斑血，红染神州分外娇。饮水当知泉凿苦，乘凉应晓树栽劳。中华迈步复兴路，百业呈祥国富饶。我辈力衰肝胆赤，尚存余热献舜尧。同窗谊重常思念，共览连天商海潮。夕照霞飞词赋读，平安互报乐陶陶。

遵义颂——纪念毛主席诞辰110周年

阴霾扫去党逢春，遵义城头旭日临。赤水惊涛四奇渡，乌江天险两飞奔。
东游西击引狼走，北战南征丧敌魂。冲破重围离险境，毛公谋略有如神。

纪念周总理诞辰110周年

百十诞辰怀总理，楷模形象在心中。披肝沥胆为民众，治国安邦贯日虹。
两袖清风传盛世，一身正气傲苍穹。巍巍功德重山岳，岁月悠悠万代崇。

瞻西湖岳王庙

精忠报国志膏雄，还我河山气贯虹。跃马中原解民困，挥戈北国荡胡凶。
金牌道道阴风急，冤狱沉沉碧血浓。有幸西湖葬忠骨，丹心千古映波红。

参观一大会址感赋

上海石库门

会址门楼青史垂，开天辟地响春雷。工农奋起成千万，高举镰锤国显威。

嘉兴南湖一

烟雨楼台旭日升，金光灿烂指航程。红船桅塔传承久，风雨扬波万里征。

嘉兴南湖二

宣言神圣燃星火，消来群魔万象苏。妙手创新添锦绣，康庄致富绘蓝图。

谒江心屿文天祥祠

“日星河岳”耀祠厅，雕像雄资浩气升。流水难消亡国恨，滔滔江水怒涛鸣。

雁荡山纪游

大龙湫

壁嶂连云入九天，珠玑千尺挂崖前。恢宏气势奔流出，犹似蛟龙下碧潭。

过天桥

铁拳峰壑吊天桥，桥上行人觉晃摇。动魄惊心壮胆走，腾云驾雾乐逍遥。

观异峰

造物神奇铸异峰，暮朝姿态不相同。夜如夫妇昼如剪，情景随时变化中。

观雁荡山剪刀峰

造物神奇铸异峰，暮朝姿态不相同。夜如夫妇昼如剪，情景随时变化中。

李 邮

李邮（1939～ ），江苏宿迁人。大专文化。曾任淮阴电信局科长、会计师。

饮水思源

河网畦田全似画，高楼大路尽如诗。迎来九秩辉煌日，赶走百年耻辱时。
世界风云原善变，神州安危应常思。杯杯美酒先贤血，牢记心中千万师。

乡 居

斜倚门旁看絮飞，春风晤面乱沾眉。黄莺过水穿花去，紫燕拂林带子回。
黑犬匍匐摇尾善，白猫站立瞟鱼肥。才吟佳句心情好，又捋胡须笑翠微。

川北行

山高路险倒提心，满目风光怕问津。车过松潘爬栈道，银铺岷岭杜飞禽。
当年战鼓频敲地，今日寻游倍感亲。宝顶石灵常惦念，涪江理想排污尘。

故乡行

离任闲暇返六塘，眼前不识老家乡。泥坯草舍无踪影，砖瓦琼楼闪日光。
摩托新型驰阔路，溪流清澈绕村庄。停车四顾家何在，引路先闻酒气香。

旅 游

暮雨风凉客到迟，游人情暖未更衣。一车直抵秦皇岛，万盏初明彩色霓。
领袖遗篇关众庶，渔船掠海宿银堤。茫茫夜色朝天望，北戴河边遍地诗。

韶山颂

日出韶山万里红，旌旗指处聚工农。星星之火乾坤耀，从此中华成巨龙。

张惠修

张惠修(1940～　),江苏灌南人。南京师范学院中文系毕业。曾任县委副书记、县长,市司法局局长,市人大常委会内务司法委员会和民族宗教侨台委员会主任,副研究员。中华诗词学会会员,曾任淮安市诗词协会常务副会长、楹联研究会会长、《淮海诗苑》主编。

游铁山寺

古寺仙山世寡知,风光神韵九州稀。湖波荡漾泛舟醉,雾霭蒸腾赏岭痴。百类兽禽呈怪异,千年树木显珍奇。严冬谷暖歌愉悦,酷暑气清唱爽怡。燕舞莺歌增雅秀,游人不绝竞留诗。

毛门英烈颂

毛泽民

明星高挂放光芒,心系工农志壮昂。湘水声声歌德品,赣山座座唱鸾凰。理财足食三军奋,办报励师万里强。受命边陲降鬼蜮,陷身囹圄现衷肠。忽闻就义九州泪,放眼天山雪色茫。

毛泽覃

雄鹰奋羽九天翔,赤胆救民做栋梁。灭匪惩凶征粤闽,破关拔寨战山冈。
身伤庾岭威名震,血染红林功德扬。湘水千秋流不断,英雄四海永留芳。

杨开慧

书香门第育花芳,巾帼豪雄矢志刚。钟爱工农憎腐恶,长怀华夏望强昌。
助夫建业耗心血,反蒋挺身斗雪霜。识字岭坡成鬼杰,神州千载颂骄杨。

毛泽建

红梅新吐遇寒霜,日暖春回香四方。竭力为民忠马列,倾心共产壮华邦。
翻山越岭矛枪举,惩恶锄奸赤帜扬。就义衡山云水动,洞庭波涌缅怀长。

毛楚雄

峭石冲天坚不弯,霜摧雪压念延安。从戎斗匪思红日,效父做人举赤幡。
恶鬼狰狞魔斧举,英雄就义云水翻。志高未遂平生愿,头断魂思宝塔山。

毛岸英

德品高崇侪辈稀,攀登进取展雄姿。苏俄刻苦习文武,僻壤勤劳淡饭衣。
工厂攻关彰业绩,朝鲜灭敌斗穷师。牺牲异域英名播,草木含悲恸地诗。

夏日观淮河入海道

淮水出湖入海流，绿堤锁浪展鸿猷。洪除涝灭田畴秀，鸭戏禾欢短笛悠。
岸树花开呈异彩，潮头鸥集逐飞舟。改天换地逢尧舜，锦绣新描千载讴。

仲春游清江浦

得闲古邑乐优游，不尽风光锦绣稠。嘉树添枝群鸟集，新区溢彩远商留。
天桥座座连云架，碧水条条穿市流。十色宏图高壁挂，明朝更上一层楼。

咏太湖大桥

长桥卧水绕霞烟，山色湖光喜变迁。一线沉沉连渚岛，千舟隐隐接云天。
车飞波涌豪情溢，鱼跃人歌景象鲜。自古东吴风物秀，今朝壮丽更无前。

咏淮海人防工程

日暖清江万木昌，人防花艳远飘香。外喷泉雾连天灿，内激商潮耀壁煌。
阔路八方穿洞过，飞梯四架送宾忙。改天换地风和爽，城固无须慑虎狼。

歌淮安市诗教工作会议

楚天七彩灿霓霞，一会催开万树花。三泽岸边扬律韵，六塘河里荡诗槎。
春来桃李成才早，人唱庙廊筹划佳。古邑欢颜腾紫气，新歌万曲振天涯。

雪日观宿迁

瑞雪纷飞旧地游，乾旋坤转见鸿猷。百条阔道穿林野，九道长虹架远流。
河畔湖滨栖丽鸟，神工仙境耸新楼。和谐恬静迎春暖，商海扬帆壮志酬。

咏农三章

观五女瓜园

廿亩瓜田傍小桥，承包五女乐逍遥。欢歌激起清溪浪，销路新增十几条。

渔　姑

半塘沃水几声蛙，一对姑娘育蟹虾。柳下欢颜迎访客，三家报刊载文嘉。

秋日农家小园

小园傍水近人家，东植葱椒西种瓜。更有番茄繁一角，疏篱扁豆正开花。

咏八路军驻渝办事处

狼虎窝中壮志雄，风摧雪压走蛟龙。肩腰脊骨何坚挺，陕北窑灯照日红。

观重庆革命烈士雕塑群

威严豪壮显巍峨，铁骨丹心斗鬼魔。碧血滋浇花木秀，大江颂赞向东流。

观世博园国际厅

闪闪珠光百国园，赏心悦目喜流连。观光不必异邦去，寰宇风情在眼前。

参观镇江长江风光带

日暖浪浮萦紫烟，秀林芳草衬花鲜。江舟见景恨流急，欲载馨香到海边。

杜希周

杜希周(1940～2010)，淮安淮阴人。江苏师范学院中文系毕业，曾任淮安市中级人民法院秘书、办公室副主任、法院业余大学副校长、行政庭党支部书记等职。

赞亚运会

燕山大地响春雷，五彩缤纷映日辉。亚运火焰光闪闪，健儿雄气势巍巍。
频超纪录掌声响，勇夺金牌捷报飞。东亚雄风惊四海，巨龙飞舞显神威。

卸任有感

政声人去后，雪霁见彩虹。回首无憾事，遇友碰几盅。

谒孔陵

曲阜三临谒孔丘，万千感慨涌心头。前人尚有育才志，吾辈更应胜一筹。

祝贺《抱月吟》出刊

诗坛春笋密如林，更喜徐城《抱月吟》。四化新声传喜讯，讴歌改革寄深情。

王怀江

王怀江(1940～),江苏沭阳人,中共党员,江苏师范学院中文系毕业,曾任淮安市委党校副教授。中华诗词学会会员、淮安市诗词协会常务理事、《淮海诗苑》副主编。

吟老四章

老 友

头童齿豁笑声空,见面先谈保健功。喝酒相争杯大小,观山各爱气轻浓。
胸中块垒总消解,世上荣华每不从。割席分金交挚友,黄金一粒胜千铜。

老 书

子曰诗云页纸黄,求知若渴忆寒窗。循规初举蹒跚步,有识方登大雅堂。
教授经纶留黑板,书痴岁月在华章。古稀自有人生乐,茧纸新翻伴夕阳。

老 宅

明月殷勤照,清风常顾门。寒霜梅吐蕊,春雨竹生孙。
甬道履痕淡,墙皮褶皱深。时思断羁旅,落叶好归根。

老 境

人到桑榆晚,身心入静难。门庭三节冷,电话四时闲。
血压频临界,春风不度关。耆老历晴雨,约友纵横谈。

党校生活散记

教 员

芸窗灯火伴春秋,三尺讲台系五洲。马列鸿篇存妙谛,勿因水浅误行舟。

读马列

章句何曾都是诗,邯郸学步必临岐。且将天下大同梦,化作斑斓特色旗。

政绩观

若凭政绩识人才,万里长城或也哀。马上须知马下苦,莫教纱帽乱襟怀。

教 训

雾锁重关大业销,邻家迷惘脱征袍。今将他国殷殷血,缕析条分警世曹。

正气园

人民公仆重情操,两袖清风气自豪。千里云程知敬畏,小园铜镜日昭昭。

注:园内三面铜镜,书"以铜为镜正衣冠,以古为镜知兴替,以人为镜明得失"。

警示教育

囚室森严可切磋，花花世界路嵯峨。为官莫羡唐僧肉，斗法终归道胜魔。

小　花

园角路边安小家，春风秋雨乐开花。不争国色天香宠，只博游人一句夸。

风　筝

春风习习吻香腮，直上蓝天俯九垓。莫怨小腰丝线紧，羁绊失却偃尘埃。

柳　絮

惯借时风弄巧乖，晴空曼舞逞高才。未经三九难成雪，雨浥轻浮独自哀。

蒲儿菜

报国何须论出身，虚皮剥尽见真心。虽然未入功劳簿，荣列淮安席上珍。

刘振华

刘振华(1940～2011)，女，江苏淮阴人。淮安市第六中学教师，淮安市诗协理事。

访登东航“世博号”空客

登机真有趣，如梦作飞人。俯冲离弦箭，拉升入彩云。舷窗观宇宙，碧玉盖昆仑。放眼白云看，异葩别有神。机身渐渐降，绿野处处春。阔路棋盘样，高楼出烟尘。终身不可忘，向党报鸿恩。

纪念周总理诞辰110周年

诞辰百十载，华夏忆周公。大德庶民敬，丰功万代嵩。
公薨天地戚，春至百花荣。故里呈新貌，天空架彩虹。

观西柏坡有感

有一圣地西柏坡，人杰地灵多英雄。三战告捷震世界，一声礼炮满天红。
主席箴语千秋在，先烈国魂万载宏。革命精神传后代，中华开放出奇功。

九州赤子乐开怀——建国60周年感赋

天安门上春雷响，中国人民站起来。六十春秋风雨路，三中全会画图开。
五湖四海皆春色，万里江山出英才。遍地鲜花香溢远，九州赤子乐开怀。

贺《淮海诗苑》创刊20年

淮海诗刊二十秋，讴歌吴楚兴悠悠。宋词汉赋放新彩，元曲唐诗又创优。
国粹弘扬当代事，诗家挥墨趣情幽。古淮上下好春色，老凤雏鹰笔底留。

淮安大桥感赋

一桥飞架五河口，世纪之初巧运筹。船驶东西通四海，车行南北贯九州。
楚城遥与石城接，淮水原同运水流。文化名城添锦绣，长桥功利在千秋。

咏瘦西湖

其　一

花柳湖堤依水畔，是花是雪却难分。百年古树参天立，千载琼花伴绿茵。
堤柳飘扬青秀发，湖光闪动迎嘉宾。烟花三月春光好，如画如诗全景新。

其　二

窈窈芳名冠上瘦，亭亭玉立誉神州。四桥烟雾笼古楚，万树江涛谱新秋。
相与清风明月际，置身烟雨茂林幽。千年文化扬州地，现代新歌更放喉。

咏淮安

名人故里立新传，热土雄风花自开。道道河流似玉带，条条宽路如天街。
琼楼林立人烟密，广场繁华笑口开。古楚风光收眼底，淮城招引凤凰来。

月牙泉

胜景鸣沙天下秀，绿荫碧水沙山依。白云仙子泪珠洒，戈壁沙滩造化奇。
垂柳抽丝飘舞带，白杨挺立彩云低。月牙泉内金鱼跳，绿草岸边花影移。

赞连战大陆行

华夏子孙承一脉，相逢一笑泯恩仇。此行壮举符民意，两岸交流振九州。

魏锦山

魏锦山(1941～),江苏涟水人,中共党员。曾任淮阴市公安局主任,科员。中华诗词学会会员,著有诗词集两部。

王继才王仕英夫妻哨赞

其 一

奇葩朵朵并头莲,岁岁迎春景色妍。山峦青青针叶树,海镶熠熠百花园。
素秋有意清凉月,流火无情炎热天。风雨同舟人共济,安家守岛白云边。

其 二

辟地开天黄海边,漂浮一岛境如仙。檐前楝树鸥莺集,亭后花园草木酣。
雾去潮来观浪变,风吹云散见船还。隆冬不减哨兵兴,早起升旗少睡眠。

忆1995年春登开山岛

离家时节有寒凉,岛上花开已日长。山秀背阴藏积雪,海清水面映朝阳。
鸟鸣春暖如人语,草茂风来飘药香。疑此山中有佳句,孰知并蒂早成双。

农田荷花

麦田路接藕池斜,多种经营起万家。千载米粮香不断,今朝又放紫荷花。

湖堤柳

笑迎湖面波涛涌,蒂固根深向劲风。雨打浪摧枝叶茂,护坡供赏不争功。

韩侯故里

淮阴乡下一名人,汉室功高盖众臣。千古韩侯多少事,让君各自说浮沉。

橡胶坝

滚滚沂河入海流,拦腰一坝水中留。腾飞直下银花落,四季新歌迎客游。

美庐别墅

庐山腹地菊花黄,雨雪风霜时日长。宋氏堂前新有路,游人络绎话炎凉。

政 绩

十分成绩几成真,“形象工程”时有新。民意从来是杆秤,金沙良莠自然分。

周恩来故居

百年风雨铸忠魂,四海五湖浩气存。代代声声呼总理,江山镌刻一完人。

入江水道

三河闸下卷飞烟,声似惊雷振大千。淮水滔滔来势猛,长驱直入大江天。

中国华西

其 一

广大农民翻了身,朝霞普照满园春。小康路上有方向,天下华西第一村。

其 二

人杰地灵善运筹,亦诗亦画展风流。如春四季民心顺,竖起黄金富贵楼。

贺涟水机场建成并试飞成功

出行方便

一日遨游三万里,九州来去两时工。休闲商贾观光客,尽在腾云谈笑中。

农民兄弟

让地打工西复东,倾情热土卧蛟龙。日飞玉宇八千里,维系乡亲第一功。

减速机厂车间新机器

宽敞大门向北开,客人络绎此徘徊。方家莫讶庞然物,初夏刚从海外来。

闵际雨

闵际雨(1941～),江苏涟水人,大专文化,中共党员。长期从事农业科技推广、管理工作,高级农艺师。淮安市诗词协会常务理事、副秘书长、办公室副主任。著有《夕照风华集》。

五泄漂流记

蛟龙得水少年狂,绿野仙踪探险忙。喜任身边飞瀑舞,乐由水里浪花扬。
环生险象惊无碍,弃甲丢盔怕已忘。韵海放舟多体验,人生精彩写华章。

赞老来伴

结发夫妻美夕阳，一生恩爱喜洋洋。早餐煮碗神仙粥，午酌斟杯玉液浆。古镇游玩留倩影，花房观赏醉馨香。老来有伴平安福，和睦家庭最吉祥。

怀念毛泽东

日出韶山一代雄，阴霾扫尽国旗红。巨龙腾跃惊寰宇，思想光华照太空。

“天神”约会巡太空

有约“天神”会碧空，两情深吻在苍穹。航天迈步新家建，华夏腾飞宇宙雄。

注：“天神”约会指天宫一号和神舟八号在苍穹相逢，对接成功。

观红军烈士纪念塔

碧峰如剑破云天，展示宣言永向前。信念坚持开拓路，塔光普照百花妍。

洪泽湖湿地公园

十里荷花鱼戏水，一天鸟语梦魂牵。迷宫苇荡游人喜，夜枕蛙声抱月眠。

淮楚诗词网座谈会圆满成功

金秋十月好风光，网络精英聚一堂。版主诗朋扬国粹，腾飞诗市献辉煌。

天柱山松

悬崖石缝屹顽松，一柱擎天指碧穹。四季常青迎好友，等闲雨雪暑寒风。

仰木兰像

代父从军巧着妆，沙场拔剑射寒光。十年血战奇功立，谁识将军是女郎。

雨中摄影人

友人相约急匆匆，冒雨开心赏卉红。小姐含羞偷笑我，花丛钻进白头翁。

黄山冬景

雪后黄山最奇妙，清溪绿树纤云绕。雾凇楼阁闪银光，冬韵怡人因夕照。

太平洋夜空晚霞美

云空万里探苍穹，落日霞光一片红。宇宙瞬间添五彩，天生奇景乐诗翁。

长寿花

谁说花无百日红，叶肥卉艳景非同。冬春贵客妍长在，福寿人生添彩虹。

月夜别友

相邀月夜岸边行，无语离人更有情。别后相思望月色，随风一梦绕山城。

陈凤雏

陈凤雏（1941～ ），大专文化，曾任淮安市地方志办公室副主任。参编《淮阴市志》《淮阴五十年史》《淮阴史事编年》，主编《淮安楹联选》《淮安市军事志》，点注《筹海初集》。

初到盱眙

绿树斜阳路蜿蜒，都梁入眼意忻然。若无若有遥山影，如剪如裁近郭田。
街市傍延淮岸曲，人家挤向翠微巅。最怜第一山头望，洪泽烟波浩接天。

登蓬莱阁

人到蓬莱便欲仙，海山琼阁罩轻烟。同来游伴知何去，半下龙宫半上天。

淮安冬至

冬至淮南绿半凋，道旁偶见草花娇。小如星点黄如菊，境自萧疏意自高。

孟宪佐

孟宪佐（1943.3～ ），南京大学英语专业毕业，戍边西藏高原12年。转业回内地，长期从事宣传法制和教育工作，副研究员。著有《高原行》《江南行》《故乡吟》。

拉萨新貌

关山万里驾风来，满眼葱茏映雪栽。红踏桃花初绽雨，绿添街柳绣成堆。

高原战士

云间万里执戈殳，立马昆仑胆气粗。唐古峥嵘银世界，夜来风雪没征途。

何雨生

何雨生（1943～ ），江苏淮安人。原在淮安市园林局任职。曾在《北京文学》《北京晚报》发表诗篇。1994年参加《诗刊》杂志社与有关部门举行的诗歌大奖赛，获得两个三等奖。

谒淮安周恩来童年读书处腊梅

人在淮安情自浓，陈园敬谒育周公。一株伴读馨童腑，百腊何辞化煦风。
今日人称梅一品，千秋我祝树殊荣。花开似玉若千字，但诉相思到碧穹。

咏甘孜烈火救民十五烈士

以民为本大军从，赴死临危泰岱雄。烈火救民成烈士，青春放彩化春风。
甘孜山伟虹留影，盛世德馨国记功。党性军魂多榜样，信升初级大同中。

游淮安河柳中栈道

数里梨云接柳湾，河中裹栈柳毵毵。即登似入绿罗阵，却笑如穿楚女团。
淮众可从知窈窕，诗仙无以叹艰难。风来长袖胜人舞，信是飞天一队还。

淮安市属盱眙县龙虾节忆东坡

东坡诗咏盱眙县，我步河桥忆也绵。云过楚天飘似锦，帆流淮水立如仙。
何帆可载苏文美，无馔能同虾肉鲜。淮酒龙虾文化节，民欢喜诵九霄髯。

咏淮安市娃娃井300年银杏

初见我方六岁童，再吟实近古稀翁。为荫赤子课间乐，未作珊瑚海里红。
冬吐虬龙春降雨，秋捐白果夏凉瞳。共逢盛世诗难老，看足淮康腹咏同。

怀念当代草圣林散之

林公草圣贵超常，酿蜜如蜂九十霜。心血泼成鲲起翼，笔锋凝就凤迎凰。
飞天斗美缁衣舞，代父瞒娇铁甲藏。七十仍崇公雅志，要留瑰宝在吾乡。

咏淮安市金湖县万亩荷花荡

毕竟尧乡有俊才，为民泥淖要瑶台。艰辛筑蓄一方水，香美投生万亩胎。
曾读周文《爱莲说》，不妨红白越中腮。心非濂溪净植士，莫怪金湖胸未开。

咏大运河畔新建“风影园”

一园修竹许无花，如梦会诗黛玉家。凤尾动云风有影，叶声养耳蟹爬沙。
东坡爱彼轻肴肉，管氏亲之卧月华。石岸胜宜塘水净，吟诗书地沐朝霞。

春雨欲晴中登长城司马台

一上长城司马台，燕山如海拓心怀。春阴作雨润千里，水雾织纱柔九垓。
天女散花留佛室，婴宁作秀逗聊斋。莫非织女赠人世，云锦一方远远来。

咏北京香山红叶

谁藏十里好春风，秋叶吻成桃杏红。如火如霞如美酒，香山吟到最高峰。

赞淮安柳树湾河中植柳成林者张发善翁

其 一

发善张公发大善，一人植就柳盈湾。万株如女舒长袖，舞向蓝天慈父观。

其 二

金缕摇摇柳似仙，河中长栈傍千千。信唯此道通天路，待父归来等万年。

记京剧票友说梦

千载悠悠大运河，瑶卿乡梦交淮波。庭筠再到淮阴市，听唱信芳正气歌。

登北京北海白塔

北海登临白塔前，西山青送欲屏天。故宫南望若军阵，先忆香妃驰马年。

咏北京北海团城白皮松

缟衣雅佩翠披风，青女素娥降碧空。若答更为清丽者，逊言东北美人松。

陈建东

陈建东(1944～),江苏沭阳人。南京师范学院中文系毕业,中共党员,曾任淮安市粮食局党委副书记。中华诗词学会会员、淮安市诗词学会副会长兼秘书长。2012年获第九届天籁杯中华诗词大赛金奖。

生态家园

如今涟水县,环境好无前。林木成阴密,荷花映日妍。
古河城外绕,芳草路边延。风景怡人地,赏心悦目篇。

苏北农村新闻

苏北农家喜事多,小康路上谱新歌。打工挣得银元宝,筹款建成安乐窝。
孩子栽培城里去,客车服务宅前过。又惊饮食也调整,鱼肉荤腥少上锅。

咏金湖县粮食产业化经营

人聪物穰宝湖旁,粮食贸工行业昌。风送谷香飘四海,商招金凤落三乡。
厂房耸立机声响,产品畅销名气扬。改革之花开大地,市场着意闪灵光。

游沭阳县城有感

驱车故地乐重游,满目辉煌眼底流。幢幢楼房平地起,条条街道近年修。
园区似画生机旺,工厂如林商贾稠。无限风光难看足,三分遗憾落心头。

洪泽县校园诗教

几家学校着先鞭,韵味浓浓香满天。领导指挥旗猎猎,老师讲解意拳拳。
书声琅琅人心醉,作品多多世上传。诗教奇葩已初放,明春观赏更新妍。

纪念中国共产党成立90周年

中华解难策难寻,我党应时而降临。思想领先光灼灼,生机勃发意深深。
高瞻远景怀雄志,喜对新潮倾热忱。局面别开天地动,工农惊叹报佳音。

纪念辛亥革命100周年

中华蒙难痛难消,急待救生如火烧。国内斗争多败局,西方求索少高招。
武昌起义浪潮涌,清帝吃惊魂魄飘。辟地开天民国建,逸仙笑看乐陶陶。

纪念中国共产党成立93周年

肩担大任耸东方，引领中华日日昌。万里取经探路径，几番着色做文章。茫茫世事应时变，历历目标如愿偿。梦想可追情切切，红旗猎猎永飘扬。

贺淮安市诗词协会成立30周年

传承国粹用真功，硕果累累宝库充。织织延伸成密网，会员发展到耕农。期刊保质百般美，诗教争先一片红。更喜前程如锦绣，千军阔步兴尤浓。

吴运铎办军工厂

困难多到九十九，怎阻英雄向前走？白手起家工具来，专心探秘地雷有。几番试验场中过，两次死亡线上救。战胜伤残斗志酬，中国保尔名传久。

春日淮安柳树湾

闻名遐迩未虚传，美丽风光入眼帘。万树梨花万树雪，一堤杨柳一堤烟。白云缥缈无踪影，碧水悠闲鸣管弦。尤喜蓝图添色彩，明年观赏更鲜妍。

改　诗

半路出家编季刊，改诗逐梦苦登攀。起承转合当梁柱，韵律语词为瓦砖。两种思维皆运用，七般情感再增添。华章省事不疏忽，次品费工仍爱怜。五次三番找瑕玷，千方百计觅仙丹。如今每每一回首，尚觉心头阵阵甜。

童年印象

长辈支前日夜忙，孩童玩耍捉迷藏。敌机展翅低空过，慈母携儿暗处防。

北京奥运会感赋

北京奥运史无前，圣火熊熊照宇寰。四十亿人齐瞩目，中华崛起亮光添。

学写格律诗杂感

其　一

初写律诗下笔难，欲言不得甚忧烦。须经百炼千锤后，始觉心头思路宽。

其　二

起承转合应为纲，统揽功能全体量。前后关联圆笔底，不成佳句也成章。

其　三

春来秋去写诗章，形象思维总在忙。浮想联翩难入梦，心头情意尽芬芳。

其　四

学诗虽已过三关，仍感征途步履艰。若要升堂成品第，诗山峻险勇登攀。

注：三关，指平仄、对仗、押韵。

台儿庄古城

商店绵连字号悬，码头栉比运河边。不难想象旧时景，白日喧哗夜泊船。

朱　林

朱林(1945～　)，研究馆员。曾任淮安市政协二、三、四届委员，是淮海戏、淮剧、京剧荀派宋长荣等申报国家级非物质文化遗产材料总撰稿人。评论京剧名家宋长荣、王瑶卿、周信芳的文章或获奖、或入选《江苏省历史文化名人传记》《麒艺丛编》《中国京剧艺术节优秀论文集》等。另有专著《词调构成探微——兼议词作欣赏与填词》出版。

盼　春

花苞鼓鼓盼春归，小草探头望响雷。待到东风和煦日，花开草长竞芳菲！

春分嫩柳

嫩雨丝丝袅袅飘，珠帘倒挂似藏娇。霞光暖暖柔柔照，燕子归来老友瞧。

陆广浦

陆广浦(1945～　)，江苏淮安人。大学毕业，中共党员。曾任淮安市市长(县级)、淮安市(地级)质监局局长、高级工程师。中华诗词学会会员、淮安市诗词协会常务副会长。

洪泽采风

朝辞水釜堤，午达大湖西。浪劈船头直，烟飞水雾稀。
洞人沉水底，深井锁支祁。不靠神仙力，悬湖万象奇。

观沧海

风吹绿柳斜，浪拍岸飞花。望眼天连水，低头水染霞。

渔帆行渐远，鸥鸟迹无涯。壮阔湖如海，流连乐忘家。

我有一壶酒

我有一壶酒，足以慰风尘。倾若三江水，香迷一世魂。
黄昏寻道合，夜半共昆仑。借尔无穷力，舒眉又润身。

分韵咏秋得“将”字

冷信缓行将，长淮尚不凉。风吹虽落木，露洒未成霜。
日暖东篱绿，时迟桂子香。咏秋闲趣雅，众客写重阳。

晚　霞

临春感物华，东廓近新家。后院千竿竹，前庭百样花。
堂中书画美，笔底小诗佳。三代分层住，天伦乐晚霞。

中秋夜

中秋明月夜，小院桂花香。餐桌罗肴馔，玉杯斟漉浆。
全家依次坐，唯缺二儿房。留美亦辛苦，可否有饼尝？

鸡年春节借韵随笔

时光倏忽近年关，彼岸胡言四海寒。乱摆川菜无客理，重提南海起波澜。
一中底线岂容碰，十亿神州共责担。高唱雄鸡天下白，东方崛起屹人间。

年逢耳顺涌春潮

年逢耳顺涌春潮，大地情深独领骚。三峡平湖移玉镜，高原雪域架天桥。
南江北灌田肥沃，西气东输国富饶。喜看版图添胜景，挽吾白发唱诗骚。

读报有感

东瀛休要太猖狂，践我河山耻未忘。多次祭灵将鬼拜，三番失信把朋伤。
痴心争演东方霸，妄想重当军国狼。玉帛当陈谋共识，和平世界睦邻邦。

杂　感

年高无奈鬓毛稀，常忆青春狂少时。志学三钱酬祖国，身藏五岳筑天梯。
神州动荡难圆梦，故里归来错着衣。服务乡亲终尽力，寒枝拣得尚能栖。

望长空

孤身斜影望长空，云绕雾沉峰剑雄。迎日翱翔披异彩，巡山展翅入松丛。
心如鹏鸟无穷远，意向重霄不尽中。漫漫人生风雨骤，经风历雨乃从容。

陪中华诗词学会领导登清江浦楼

暮色苍茫登浦楼，清波玉带绕寒秋。千年漕运千舟楫，一斗黄金一浪头。
往事如烟联语铸，繁花似锦楚骚游。长淮两岸文风劲，不尽诗潮滚滚流。

后院竹

绿叶金枝近矮墙，小园四季郁苍苍。清风掠地晓烟散，烈日行天暑午凉。
轻取长竿秋钓水，时移短笋晚煨汤。窗纱月照重重影，陋室闲思茗溢香。

盱眙行

第一山高淮水长，水流曲曲绕都梁。重重绿树遮幽月，簇簇红花送远香。
明祖陵中访古迹，老林深处纳清凉。沿河美味几多许，待客龙虾尽兴尝。

访诗词之乡——盱眙

清晨偕友访诗乡，一路黄花映日光。古刹青山传雅韵，长淮绿水奏华章。
学童对客吟诗句，校舍迎风飘墨香。旧律新词歌盛世，千秋伟业永流芳。

巴黎暴恐随想

枪声盖乐声，剧院众丧生。养患终成祸，害人当自惩。

悼钱学森泰斗

殒失巨星举国哀，苍天悲悯雪皑皑。英名盖世辉煌铸，一箭升空花竞开。

猴年祈望

三羊铺就双丝路，舞棒金猴即上台。今日重呼孙大圣，只因南海众妖来。

天舟一号发射成功

蓝天筑路上云霄，快递小哥呈俊豪。运送安家千品物，空中乐居领风骚。

读国际新闻有感

西方落日彻身寒，搅得全球心不安。马恩预言灵验显，国人应识此深渊。

咏延安

其 一

圣地延安景色佳，精神之树满园花。有心观赏今如愿，采摘回家度晚霞。

其 二

黄土高坡情景幽，风骚独领写春秋。千车朝圣如流水，再现当年岁月稠。

参观淮海战役纪念馆

车轮滚滚雪冰开，百万民工助阵来。决战当年成败事，人心向背定尘埃。

乡村剧变

住

闲来小住几回乡，不见旧时茅草房。起居皆为楼上下，睡眠静卧软弹床。

行

驱车沃野绿阴间，常忆儿时跋涉难。今日村村通大道，三天程路一时还。

食

做客农家品野蔬，佳肴色翠味香殊。同为几种乡村草，昔日熬成救命糊。

衣

昔日寒冬仍着单，人人一式黑灰蓝。如今满眼花枝俏，革履西装厚羽衫。

赞环卫工人

残月西沉映早霞，长街阵阵响沙沙。手持扫帚游龙舞，掠尽尘埃洁万家。

赞世博会中国馆

万馆丛中一点红，雄冠屹立傲长空。高歌唱响神州梦，引领腾飞中国龙。

旅美小诗

2008年在美过除夕

去年此刻宿长淮，昼夜烟花逐浪开。今晚异乡无节味，诗书伴我展愁怀。

思 乡

风剪柳丝嫩绿枝，多情夜雨惹春思。他乡冰雪残堆在，故里桃花灿烂时。

思　友

风吹浮霭湿花枝，别梦依稀会故知。惊觉推窗驱翠鸟，多情夜雨惹春思。

今世缘采风

三杯玉液润心田，涌动情思忆古贤。斗酒方能诗百首，晚生借此拜青莲。

游周庄

贞丰泽国满河花，摇橹行船沐晚霞。吴韵风情何处有？小桥流水近人家。

张礼栋

张礼栋（1945～2012），江苏沭阳人，中共党员，曾任淮安市中级人民法院院长、淮安市人大常委会副主任。淮安市诗词协会名誉会长。

游黄龙洞

山高峰峻腹中空，水深洞阔卧黄龙。洞深十里望不尽，岩高百尺视朦胧。或明或暗洞中洞，亦石亦阶层上层。石乳石笋奇天下，惊叹自然万年功。

日月潭

久闻台岛日月潭，今看碧水依青山。目穿潭底观鱼跃，手攀翠柳飞鸣蝉。红花映水掩彩霞，青竹倒影摇水蓝。岸边邵族姑娘美，盼嫁西湖共扬帆。

咏　烛

耗血燃心体渐伤，终生无悔泪成行。为了人间驱黑暗，粉身碎骨放光芒。

冯永安

冯永安（1945～　），中文系本科毕业。曾任淮阴师院附属中学副校长、中学语文高级教师。淮安市诗词协会常务理事。

执教感怀

满志踌躇执教鞭，宿淮驰骋卅余年。披星常诵希文句，戴月勤操祖逖拳。
襟阔艰辛求不倦，心明忧患信弥坚。为春植得千花艳，老圃不辞汗洗颜。

楚秀园寻春

为觅春光到楚园,游人似海笑声喧。柔风吻绿明山树,艳日扑红丽水颜。
万点花筝彰永泰,千鸣彩炮报长安。蔷薇垂柳方苏醒,迎迓东君恣意欢。

谒扬州史公(可法)祠

十载寒窗为国酬,题名金榜展鸿猷。赈灾不惜金银散,御敌拼将血泪流。
骑鹤楼头威四海,梅花岭下冢千秋。凛然大义惊天地,青史留名万古讴。

垓下吊楚霸王

盛宴妇仁纵虎归,中原逐鹿酿新危。鸿沟诚约欲休战,铁骑追踪似电飞。
汉伏十围谋略诡,楚歌四面韵声悲。拔山力竭别姬虞,功败垂成叹乌骓。

胯下桥感赋

拾履邳桥三历练,古稀垂钓谓河边。忍将胯下屠儿辱,安不鹏展九重天?

咏　春

燕尾巧将柳叶裁,东风和煦繁花开。踏青欲探春光美,阵陈芳香扑面来。

春　雨

春雨连宵祥瑞生,土润风滋禾催青。理墒培埂趁时早,莫恋棋牌天乍晴。

游太公岛

昔钓渭河抖直钩,苦心孤诣竟封侯。而今据岛寻渔趣,抛下金钩钓自由。

虞姬墓

绝代佳人情意重,正南扫北伴重瞳。悲歌一曲香魂断,青冢流芳万世崇。

张　溪

张溪(1945～　),江苏沭阳人。大学文化,中共党员。曾任淮安市粮食局办公室主任、高级经济师。

游梅花山

妩媚初春锁嫩寒，高标逸韵遍梅山。绵绵曲径通仙境，缕缕幽香醉客官。
绿苑千姿妍似画，晴空万里碧于蓝。怡情胜景难分舍，愿待来年择日还。

登烟雨楼

初上南湖烟雨楼，万分感慨涌心头。锤镰高举红旗展，帷幄群贤巧运筹。
推倒三山酬壮志，更新万象作中流。春秋九十沧桑变，华夏威名贯五洲。

新中国60华诞抒怀

正值桂花分外香，欣看国庆展辉煌。蟾宫迎接嫦娥女，华夏腾飞神七郎。
奥运无前惊世赞，金牌夺冠盛名扬。高歌一曲声情激，再上层楼放眼量。

老同学聚会

清风拂面叩心扉，学友相逢第二回。重饮甜甜乡土水，又聊熠熠里程碑。
花坛林苑相争美，城市山村互映辉。聚散依依顽未够，余年心愿约常归。

古城新貌

其　一

风尘仆仆故乡还，索句填词花正繁。横纵大街街景美，交叉流水水波蓝。
梦溪园内黄莺啭，生态湖边白鹭旋。烈女不知何处去，娘家新貌可曾观？

其　二

紫气东来传吉兆，新姿古邑显风骚。红花绿草园林美，幽境专科学府高。
公铁交叉连世界，琼楼耸立入云霄。天人着意巧装点，吸引诸君刮目瞧。

戴家才

戴家才（1948～　），江苏泗阳人。毕业于南京师范学院政教系，中共党员。历任江苏省清江中学校长、淮安市委党校副校长等职。中华诗词学会会员、淮安市诗词协会副会长兼秘书长。著有《枫叶笺诗稿》。

窗

昨夜风暴寒，无端毁电路。寂寞独临窗，半隐半明树。白霜覆低垂，宁静鸟与鼠。我本有沉知，但生此时悟。一生未虚妄，知事不逾矩。小吏自清廉，不谙贪与腐。待人诚信真,似无亏心处。电通天光明,云退日闲步。白霜乡野融,万物尽如初。

抱 朴

如新旧对联,安静又一年。行路无远近,诸事不牵连。菊花日日饮,浣衣就山泉。诗写每见短,任其不成篇。此中有凉意,掬来侍水仙。

架子工

蜘蛛一粒侠,攀援百丈崖。绝顶王天下,长街草虫爬。些小架子工,建楼向苍穹。身无双飞翼,胆战半悬空。怀中抽钢管,编织拔楼网。钢网节节提,楼价噌噌涨。网中粘物何,壁蛛心明朗。房奴半生价,梦笑开发商。生活一家小,进城满奢望。君看售楼处,嫌贫多爱富。高网鸣琴弹,哪得周郎顾。忽风险吹落,冷汗谁知觉。何日心万同,处处得栖托。

回故乡

村邻人渐少,寡酒陪翁媪。守土厌苗迟,进城赢利早。
发财谁愿回,负债怎回了? 闻说析三权,杯杯颜色好。

注:析三权,指农村土地所有权、承包权和经营权分置。

丙申小雪次日晨

小雪昨诚信,当时夜絮蒙。绒绒林杪白,烁烁厦棱红。
枝冻南窗鸟,槽蜷北极熊。朝阳升有待,车水马如龙。

与众同学漫步高邮湿地公园

水湾行栈道,林密过虹桥。云暗揭阳雨,塔平杉木梢。
鸟谈天对客,鱼读蕨藏茅。去职尘心远,盍簪邮邑郊。

注:林中有观景塔一座,称揭阳塔。

老子山览胜

昔慕丹山圣,飞舟今日来。青牛迎古镇,彩凤舞高台。
洞滴仙人酒,桑呈美食材。安澜大湖水,巨驳驶长淮。

游金湖万亩荷花荡

湖城泽畔万方田,红胜朝晖绿映天。翠盖端承甘露滴,粉荷争冒嫩茸尖。
清纯不受污泥渍,浊腐常从活水蠲。下马观花应诚服,此间勤政更持廉。

忆1977年参加高考

三旬未立子成行，丁巳重逢考举堂。倒柜翻箱搜旧本，寻章摘句飧饥肠。
从农数载心犹醉，报国平生志不殇。试以愚才临候选，邮员忽告中高庠。

书城常客

摩天新厦是书城，便宜西楼未老生。信步书山学海畔，潜心诗苑砚池汀。
探囊欲购羞羞涩，席地频翻悄悄声。莫道昏花鬓亦雪，此时才得一身轻。

过淮河入江水道大堤

公元1969年深秋，余应征入江水道工程做工，地处金湖县，10月开工，工期3个月，任务挖河筑堤。日驱独轮车，装土400斤，往返数十趟，负重如牛，不堪其苦；夜宿草棚，弹弦自乐。40年后，旧地重游，感慨万千，赋诗以记。

巍巍堤耸岩披岸，白浪滔滔驯入江。根绝千年淮水患，风吹万里稻花扬。
泥车犹记霜凌重，棚草尚余弦乐长。汗雨已随东逝水，心田一瓣暗留芳。

故乡旧址行

闻讯故园忙动迁，今瞻已换一重天。凌空塔线白云度，漫地工房黛路连。
谷浪村边遗幻梦，楼丛郭外接霞烟。桑田沧海乡邻去，忧喜难明唯喟然。

听百家讲坛说水浒

主讲人鲍鹏山讲梁山大结局时说，《水浒传》的主题就是四个字“安身立命”，可是在那个时代，正直善良的人们想安稳过日子，谈何容易！宋江等梁山好汉“替天行道”，可是这“天”真的还有“道”吗？

安身乱世觅无门，立命梁山且独尊。百战摧锋征腐恶，一心行道捍乾坤。
招安破虏功成就，赐鸩悬梁恨饮吞。奸佞当朝还日日，蓼洼魂叹道安存？

网际游天

鼠标随手海天游，常伴杞人清涕流。欧美危机频动武，亚西专制屡蒙羞。
寇仇紧逼成边患，贫富殊悬生内瘤。白发书生叹无策，但知民众是方舟。

迷信昏官诫

马上湖名原骆马，岱湖桥变逮胡桥。移机傍府断头路，搬石来城砸脚招。
拜佛求神难保佑，堪舆占筮亦飘摇。劝君莫陷权钱梦，心奉黎民万恶销。

注:有官员建议江苏宿迁市骆马湖改名"马上湖",避讳"落马";山东泰安市委原书记胡建学建"岱湖桥",寓意将自己带起来,不料却成为"逮胡桥";某县主要负责人讲风水,决定在正冲县政府大门的主干道上放一架旧飞机,寓意升官发财,却使主干道成为"断头路";某穷县耗资百万元,搬运巨大"神石"进城作城标,寓意"时来运转",只恐怕这一招砸了自己的脚。

党旗颂

不周山下举锤镰,激荡神州百十年。奋起工农摧旧国,驱除魔怪换新天。
高标长引大同路,近策时谋共富篇。且赞小康今胜昔,红旗指处更加鞭。

将聚会——接邀请函复克畋同学

七七同窗约聚函,当春乃发绿江南。四年斗室兄偕弟,卅载天涯商与参。
风雨征程青史记,沧桑世事《菜根谭》。秋来虽各轻肥异,盛会壶当一罄酣。

观淮安广场舞大赛

大赛强身竞技高,淮城灿烂涌歌潮。南团动地三军鼓,北队飞天七彩绦。
扇逐韶华荷影转,衫扬耆艾柳风摇。万千场外舞民乐,击节声援阵阵飙。

诗　人

自古诗人多可怜,纯情常令断炊烟。艰难苦恨少陵圣,颠沛流离太白仙。
陈主春江千古泪,乾隆艳作暂时篇。圆通命达诗无味,不屈辞章敢问天。

谈　兵

愤懑书斋网议兵,敲盘欲抹五洲平。东南海寇宜肥鳖,西北天狼应锁缨。
万炮高丽诚可鉴,一奸汪氏不堪名。古今多作和谐梦,梦破常惊军鼓鸣。

海边小泓

浪注边池一小泓,别离潮汐不相从。涛头曾许达宏愿,梦里今圆上碧空。
止水金黄随落日,繁星翡翠映苍穹。安宁且伴喧嚣岸,常抱天蓝沐海风。

擒　妖

曾贺缙山妖道擒,江西又报捉王林。蛇精常舞艺坛乱,牛鬼多奸商界淫。
浊吏扶持因命危,贱星投抱恐容黔。欢呼大圣民间起,更盼天庭日月心。

穴居人叹

暗伴豪门二十春，楼边井下穴居人。夜长蜷自蜗牛壳，日短揩他宝马尘。
饥鸟应时勤啄食，蹇驴宜处快翻身。村夫无谓尊严面，只盼儿孙能士绅。

逛文庙市场

徘徊庙场老儒生，高殿常来拜大成。静穆香烟尊孔仲，喧嚣闹市踱渊明。
珍玩堆里爪摇摆，书画摊前眼竖横。陈卷新翻时透脱，凭空又得几吟声。

和周教授《杨靖宇颂》

烽火神州遭寇仇，男儿决眦仗吴钩。确山枪暴惩顽劣，辽满刀旋斩日酋。
百战冰林粮弹尽，一抔肠草鼎铭留。只今再拜杨家将，务绝东瀛恶性瘤！

赞新四军车桥战役

敌欲清乡我扩张，当年粟帐计周详。攻坚直捣车桥镇，设伏包抄韩马庄。
大战扫平三百里，雄师擒灭一千狼。华中更接淮南北，东海夜阑邀曙光。

瞻刘老庄八十二烈士陵园

其　一

才申甲午百年羞，今更扬眉胜日酋。八二碑前盟壮士，蒸心热血共君流。

其　二

八二青松北柱天，英雄七十二年前。战倭昏晓屏孺妇，殉国春秋泣鬼仙。
先烈未享全胜日，后生长祭自强篇。三军将阅恢宏阵，当列刘庄老四连。

强人仇氏落马叹

曾擒猛虎大如牛，未及仇和惊眼球。治吏治民追到厕，卖医卖校剃光头。
声称一步千年路，拆建全城万幢楼。非议何妨官屡晋，终难脱却黑商钩。

台儿庄大战纪念地感怀

弹痕墙满战时楼，馆壁英名密密留。兵涌轻躯歼万敌，将殉大义灼千秋。
烽烟未远西魔影，歌舞无忘东寇仇。俗世闲儒常弄雅，江湖只认铁拳头。

登阅江楼

登临欲唱大江东，转瞬苍茫忆海空。曾惠宝瓷艅阵远，却遭鸦片炮声隆。

千年一跪强梁约，万巷几逃刀俎丛。终有劲军驱敌舰，樯帆鼓角过英雄！

忆草堂

诗说草堂多典雅，谁知初建敝庐穷。木轮推土夯基宅，泥饼垛墙搪朔风。
杨柳桁条撑斗室，蒿茅顶盖托苍穹。而今早作小楼客，追忆时常思杜翁。

屏瞻胜利日大阅兵

天安门耀九州屏，七十声威礼炮鸣。浴血英雄弹老泪，排山将士固长城。
悍鹰翔舞缚魔练，铁甲奔流驱虎营。必胜三呼寰宇静，翻飞万羽寄和平。

小　花

偶见书中掖小花，芳香已逝一生涯。端详难忍与枯寂，思虑遄飞任迩遐。
何处何时开出蕊，何人何故接回家？寄情留别抑孤赏，无奈如烟枉问它。

游晋东南王莽岭

绝壁群峰南太行，天书石库阅沧桑。惊魂一跳刘文叔，复汉全歼王巨蝗。
却剩污名标此地，堪教大吏遁他方。山林百姓了无忌，自在篮车交错忙。

游金湖水上森林公园

金湖水上森林公园占地万余亩，原处宝应湖底，1969年兴修淮河入江水道，并筑三河大坝，切断入湖水源，湖面退缩，方现出广大湿地区域，后遍植水杉，成此生态公园。记得当年我随水利大军，独轮车推土，填河筑坝，顶风冒雪，奋战百天，锁住三河。46年后旧地重游，感慨万千！

云杉万亩晚来烟，纵陌横沟一线天。车入林深归鸟唤，艇追波漾跳鱼旋。
曾经褴褛独轮客，不觉踌躇半路仙。同气尤怜辛苦汗，艄公笑答月三千。

晚坐御码头

北马南船碑有亭，繁华可许与时评？千帆影逊巨轮过，万匹蹄输高铁鸣。
闸浪惊雷曾恨命，桥虹画艇始怡情。往来人事银河淡，还看清江今甚明。

七十自寿

风光福地据高楼，喧闹樽前岁月稠。曾借车筐强筋骨，犹培桃李壮春秋。
功名去罢浮云外，家国滞留空嘴头。深谢亲朋问来日，诗书长伴信天游。

春分日下乡

乡间春色漫从容，不比城头花雨蒙。麦起腰身千顷绿，楼遮檐角几枝红。
旱畴才接渠来水，机械试调轮旋风。只为打工儿女去，丰收留待啃田翁。

访沈阳故宫

大明关外有番城，未料如何胜帝京。龙瑞殿前排虎帐，凤凰楼下吼狼声。
八旗兵悍曾无敌，八国船坚始觉惊。辛亥共和开正道，神州因此得新生。

纪念中国共产党成立95周年暨红军长征胜利80周年

又逢红节动心弦，风雨兼程忆百年。万里长征拼血肉，三山勇掘举锤镰。
蓬莱总有云相隔，沧海犹须帆正悬。但使黎民渐殷实，丹青不让愧宣言。

感　时

上林风向劲提神，阵阵松涛叶色新。部省当班遴裕禄，秦城依号捉和珅。
“夫妻”已破同床梦，难友多联异姓人。七月炎炎能气爽，高天不改最初心。

登天柱山

车旋索引几重峦，更尾猿猱二十盘。待到天庭临日暖，还看神柱出云寒。
古松崖上根溶玉，高峡池边炉炼丹。不尽风光险为乐，人间踏实亦安禅。

赞淮安青年诗赛

万木葱茏淮水长，汇来青俊竞芬芳。小荷争冒尖新角，雏凤和鸣合乐章。
但借豪情干气象，岂留闲趣耗时光。甘心老矣嘶槽枥，助尔天衢麟瑞翔。

登南京明城墙留咏

生来雉堞不逢时，枉作金汤违预期。北帝南都频替代，东邪西毒几凌欺。
层楼今立云边垒，巨舰长巡海上旗。匠役有知砖浥泪，成城众志讵能移！

参观农史馆科技园

几处观瞻半日游，沧桑五味上心头。农耕千载刀锄劚，芯片一丝机电流。
邃密群科当急务，乱搔疏发已迟忧。之乎者也存遗矣，翻作新声且放喉。

端午吊屈原

端午千般民俗好，诗家惦念苦追求。盐调一把尘间味，塔引长宵海上舟。
香草美人期美政，丹心灵性恨灵修。沉江抱石天悲泣，今许蹚河摸石头。

注：有文章称理想主义是世界上的盐。

洪泽湖边断想

踯躅长堤沧海滨，遥怜今古治淮人。伏波堰接三河远，润泽书涵八字真。
筑坝吾车倾土石，开渠我镢劈芦根。安澜史著君臣绩，曾记劳劳百万民？

注：洪泽湖历史上重要的治水人物中最早的当数汉末的陈登，曾被封为伏波将军，筑捍淮堰并开邗沟西道；“八字”，指毛泽东主席“一定要把淮河修好”的题词；本人作为民工曾三次参加治淮工程。

闻骑牛上学有感

有报道称，日前，成都街头一幼童骑牛上学，其父身着长衫牵牛步行。牵牛者说，亦常骑驴上街办事，此举乃践行国学文化也。有诗记之。

孔门好古美唐虞，今有蓉城一腐儒。细雨牵牛乘稚子，长衫沽酒走毛驴。
不闻楼啸车流急，空梦猿啼泉滴初。应践盘铭真国学，人间日日出新图。

采石矶吊李白

兀立江流第一矶，葱茏环抱谪仙祠。天门轮渡楼连处，牛渚孤舟夜泊时。
洞影遥怜沉醉月，涛声鼓舞发清词。翠螺山顶遗风在，瞻有远方犹有诗。

访池州杏花村

江南江北杏花村，何处花留杜墨痕？知插翠微头满菊，信闻黄女酒销魂。
人非总比物非甚，道是常随时是论。刺史当年偶吟问，牌楼今接秀山门。

咏秋瑾

戎马木兰稍欠文，令姜应嫁鲍参军。千金买剑英雄事，百载留歌民族魂。
俗礼不堪唯诺诺，平权方教众殷殷。轩亭碧血秋风泪，已化江山满庆云。

拜鲁迅故里

刚发遒须烟斗横，古樟搀我拜先生。蝉鸣芳草园中趣，梦寄茴香豆里情。
呐喊心声穿夜黯，扶摇剑影透天明。乱云欲共昏鸦噪，无碍明朝玉宇清。

夜游沈园怀陆游

桥过伤心黯柳风，林亭泉路醉灯笼。拂苔双见钗头凤，照水长流倒影鸿。
铁马纵驰情切切，冰河横断泪蒙蒙。有真爱恨才忧国，我亦男儿仰放翁。

周恩来童年读书处感怀

南船北马浦楼西，一品梅繁绚烂枝。家塾根深溶澍雨，外洋风劲识天时。
中军从善荐贤帅，四海昌和擎义旗。入骨徽章同日月，人民心印大鸾诗。

缅怀周总理

风雨如磐惊大鸾，一身何处荐轩辕？群经博采东西学，首义欲红南北天。
沧海扬帆襄舵手，蓝图兴国著鸿篇。佳辰百廿为君报，崛起中华梦正圆。

瞻故居缅怀周总理

山河破碎故园愁，风雨翔鸾唤九州。崛起中华待何日，拼争朝夕誓沉舟。
三山掘去主新政，四化规模烦荩筹。今看宏图容世界，文渠古井一源头。

畅游花漾城

花漾城中冬亦香，佳肴翡翠诱霓裳。腾腾人气随梯满，滚滚财源逐铺忙。
火烈鸟牵红粉照，文昌鱼并绿醅尝。怎堪翁媪跑龙套，还去书斋阅典藏。

冬宿农家

百里城乡雪后新，驱车载酒探双亲。儿孙工读为争富，翁媪农耕也脱贫。
莫忆梁间蛇戏鸟，忽惊褥下鼠挠人。何当鸡肋田租出，换得天伦四季春。

七十周岁生日

前年假冒去年虚，今可从心矩不逾。行路春秋随曲折，与人言论只模糊。
少时唯信锤镰矣，二月能悲草木乎？归雁留声吩咐了，流霞一盏品桑榆。
注：福地，指福地大酒店。

登泰山

人间崇岱岳，心向太阳城。十八盘山路，三更接五更。

卖蛋女

粉蛋红酥手，筐边笑靥开。存心多予购，少些便常来。

我是海子

偶然临大海，双眼忽浏涟。我恐为其子，泪花咸似甜。

参观古庄牛生态园

其　一

村野已无牛，扬鞭雕塑留。古庄牛底事，改革创新谋。

其　二

黑土零星地，承包变转流。庄园一书记，贫富两春秋。

其　三

白鸽迎宾客，大棚浮小楼。草莓鸡亦草，葡架蕴丰收。

滩涂观鹤

蒹葭到海浪无边，出没丹砂点画妍。一阵风旋白帆起，数声嘹唳上青天。

平　民

雨停檐滴街头路，修伞磨刀配锁人。福祉长存每抔力，世间何必说艰辛。

戒　烟

吐雾吞云四十年，一朝横断纸烧烟。已为耳顺愁离远，岂让浮云障眼前。

颂漂母

衔蝶流莺频哺雏，兽王时舔小於菟。人间至贵淮阴母，一饭幼人之幼孤。

圣诞节民工歌

商家圣诞树葱茏，驾鹿红衣厌我穷。讨得工钱也当阔，归途不负笑迎童。

府　衙

旧府巍巍一正堂，六科森列两厢房。风骚曾领几朝盛，愧没新衙十里长。

问　田

麦秋刚去故人来，迭问收成可有灾？今已无忧田建厂，劳资说是共生财。

女人街

五彩缤纷时女装，钗镮饰佩耀琳琅。千门进出娇莺语，形影相随慷慨郎。

乳人渣

饭噎嗷嗷二月娃，亲娘和泪乳人渣。问天曾绝刘文彩，怎得还魂淫复加！

楼铭马克思

2015年5月6日《环球日报》报道，世界首座以马克思命名的大楼在北京大学奠基。

墙崩域外西风烈，万木凋零黯五洲。今只未名湖色好，红楼侧畔马翁楼。

叹安泰

英雄每注无穷力，大地娘亲恩德深。命殒传遭举离地，我疑昏聩变初心。

皖南查济古村

石横桥拱碧溪长，夹岸参差马面墙。大户无言曾显赫，编蒲老妇说祠堂。

纪念毛泽东逝世40周年

自古人间梦大同，周而复始敢无功？曾教九曲神舟醒，直挂云帆永向东。

赞人民总理周恩来

功勋何必尽胪陈，为振中华荐一身。慢向丹青寻赞语，人民公仆史无伦。

曹启瑞

曹启瑞（1948～　），江苏淮安人。大学文化，中共党员。曾任淮安市文化局局长。著有《淮安简史》《书法的透视》《党政信息手册》等。

洪泽湖晨眺

独踏晨曦堤上头，苍茫大泽望中收。水天浩渺闻遐迩，日月浮沉孕夏秋。
垂柳笼烟飞白鹭，和风吹浪起沙鸥。阳光煦煦春无际，万里平波好放舟。

观友人作山水图

山水钟情几度秋，且从尘外遣闲愁。晴窗泼墨莺千啭，妙手飞花月一楼。
林木清幽存古屋，烟波澹荡有归舟。何能信手成佳构，只缘万象汇心头。

述　怀

似水流年岁月移，几回舒卷几回思。位卑未敢忘忧患，心正方能无寸私。
兴到挥毫临法帖，闲来举酒赋新诗。渐宽衣带情难改，再造青春尚有时。

游钵池山公园

一树碧水映云树，三月烟花结伴游。满眼春光魂欲醉，何方玉笛韵偏悠。
老君伫立神何注，王子飞升迹尚留。福地洞天逢盛世，八方游客得风流。

咏　兰

最爱青山伴彩霞，春风暖雨发奇葩。英姿不共异花艳，唯有幽香入万家。

钵池山公园

借得西湖水一湾，雄奇更立钵池山。如花胜景呈春色，画幅长留天地间。

迎春花

碧叶黄花引蔓长，春风微雨着新妆。不羡桃花胭红色，黄卉欣然报春光。

乡　事

其　一

大棚滴翠果瓜鲜，姑嫂缘何笑语喧？昨晚网间传喜讯，时蔬抢手倍生钱。

其　二

火苗熠熠映颊红，新砌沼池绿翠浓。废变宝时环境好，明窗净几漾清风。

荀德麟

荀德麟（1950～　），江苏涟水人。毕业于苏州大学历史系，编审，中国文化遗产研究院特聘研究员，苏州大学兼职教授。中华诗词学会常务理事、江苏省诗词协会副会长、淮安市诗词协会会长。已出版史志著作、文学著作数十种，多部著作获国家、省哲学社会科学优秀成果奖和省“五个一"工程奖，其《美好江苏赋》入选大学语文课本。诗词作品入选《金榜集》等，著有诗词选《槿花集》等。

癸未(2003年)灾后访绿草荡

昔日绿草荡，苇蒲莽苍苍。螺蚬滋生地，凫雁游乐场。鱼虾丰儿女，菱芡半年粮。今日绿草荡，圩堤密如网。纵横隔断多，通流狭如巷。框圩何所营，渔利争寸壤。东圩藕如银，西圩鱼鳖腥。南圩慈菇嫩，北圩鹅鸭鸣。村民开眉眼，投本用工勤。社行不惜贷，解囊多友亲。屈指算岁晏，本除利尚宽。张三欲建楼，李四想购船。王二迷新车，刘幺恋扩田。孰知六七月，倾盆雨不歇。九河浊流奔，竞向荡中泄。荡窄水飞涨，一夕圩顶灭。红荷尽闷头，白鱼任游逸。望洋徒兴叹，更向波而泣。闻我察民隐，牵衣话苦经。亦示承包书，亦示借贷凭。或言人逼水，休怪水无情。框圩常遇险，偶吐让水心。好语多相慰，悯笔记灾辛。复将条陈上，权衡议治平。

怀伟人

尘寰出伟人，特立于中夏。呼风黎庶集，曲高和不寡。倒海复翻江，唤雨倾盆下。涤荡百年污，三山多摧垮。云雷建新国，尽显宏图画。虎狼环视之，交锋接三败。论剑皆敬畏，研习盛西霸。前不见古人，后谁是来者？轰然卌一年，赤县沧桑化。黑子隐斜晖，金乌孰可射？昆仑推不倒，何惧蝼蛄蟒！魑魅犹股栗，焉容小丑骂！漫漫复兴路，更有雄文借！

人生天地间

其　一

人生天地间，构得此尘寰。往来今古续，回首路漫漫。物竞由天择，牙爪利相残。胜王祈长久，败寇冀复燃。消长无恒数，百朝屡变迁。十年磨一剑，老调弹复弹。

其　二

恒河沙莫数，草木共悲欢。不求松郁郁，但得意娟娟。太白擎杯客，捉月重灵岩。东坡策杖老，行歌一路仙。笠翁玩家大，文教乐随园。人生宜努力，各尽自由天！

黄山挑山工

暑热素称六月心，我上黄山天正晴。步步登高焦喉喘，内热腾流汗涮巾。同行多有挑山工，每每担荷二百斤。步坚履实时喝道，胫肌突兀暴青筋。长者与我年相埒，少者二十太年轻。愧我轻装少背负，欲超数武足太沉。担中所挑多何物，砖瓦水泥与粮食。或有撑担作小憩，但见衣衫尽汗湿。教我勤歇复勤行，张弛有度保筋骨。闻呼挑夫情不悦，云属工人有组织。干此挑工原不易，几多欲挑不可得。问其工资如何算？答曰多劳且多得,山脚挑到山顶上,每斤两毛计工值。往返公里近三十,蚤出晏归不见日。饥啃干粮渴饮泉,风雨晴晦无阻隔。节减花费勤出工,旺季月进千元值。挑粮不及挑行包,或遇款儿出手豪。大票一甩不须找,骄态亦令心内恼。反之有客耍赖沓,一身痞味充豪侠。讽詈"黄山山水甲天下,黟歙铁驴天下甲"!岂知尔等不如驴,全仗我辈铁肩胛。否则夜宿钻山洞,腹饥去啃山疙瘩!借问挑工家何处?尽属旧时徽州府。徽州自古少田畴,种山不足谋他路。攒得微资且经商,运盐贩茶别新妇。多少终老不还乡,亦有淮扬成暴富。旧云无徽不成镇,徽商足迹四海布。兴衰回首若云烟,难述荣辱与甘苦。改革春雷响大山,汩汩瀑泉关不住。徽人灵气似黄山,背倚黄山胸有数。眼前挑山攒资者,耳畔铿锵登山步。登山步,漫漫路,悠悠云水松峰树。

注:1997年7月作。

武陵源畅游

少小爱读先贤文,世外桃源摄心神。长大行看附会景,却疑陶公幻象陈。孰知天下大而奇,能教妙想失妍媸。武陵万古藏深秀,郦元霞客杳不知。一旦通津绝境开,举世惊呼不复猜。东洋西土竞奔告,如堵如云川浩浩。旧雨新朋侪,莫笑今吾姗姗来。心逸神飞路八千,不意一夕梦初圆。仙阙云屏为我启,刘姥乍入大观园。丹梯十万绕奇峰,茑萝虬树入虚空。晴鹂雨燕时歌舞,天镜开处渌溶溶。翠黛环合争窈窕,蓦闻娇喉传袅袅。行云不飞鼋静波,画舫出陬湖山晓。山回景忽闭,龙首吐云气,银瀑千寻泻巨磐,水风飘拂生爽意。重泉出谷时急缓,清溪流彩数鹅卵。土地平旷稻秧青,楼阁参差缀山阪。载观载诵时环顾,疑是渔人误入处。导游却笑吾初来,不识前途多奇趣。多奇趣,幽深洞府,蛇行道路,猫腰低首石门开,恢宏殿宇蛟龙薮。广逾百亩高难摩,盈缩错落别致多。玲珑瑰伟恒兼有,慈善狰狞互谐和。蟠龙水晶柱,定海贵神针。滴水敲钟磬,八面起回声。羽葆簇拥龙王座,谁知座下即阴河!不尽奇观难描状,处处匠心应胜百千米开朗琪罗!多奇趣,入眼神峰无重数。近睹遥观各不同,朝夕变幻亦靡穷。细长峰多密如林,蓬生麻中竞插云。横断纵裂多欲倒,岩隙往往木欣欣。藤悬绝壁猕猴戏,风涛摇撼走雷霆。休道两山不碰头,天桥飞跨临幽渺。匍匐欲度悚毛骨,坐看徒能羡飞鸟。雄浑娟秀各传神,壮烈缠绵情境分。天波府前征马嘶,神堂湾下杀声闻。天女散花飞花雨,情人幽会路几程?劈山救母赶山鞭,个中传说动心弦。探雪金龟观天鼠,惟妙惟肖仪态妍。蓦然万壑千岩劈面涌云烟,转瞬云海澎湃接长天。忽而天日暗,四顾尽茫然。万箭金光穿雾来,异彩纷呈金银台。又见云瀑泻幽冥,沉浮起落无定崖。身在虚无缥缈间,不须羽化自登仙。无怪前贤乐山水,尘心为洗烦恼湔。烦恼湔,欢呼拥抱大自然,何况奇特瑰丽罕与俦匹武陵源,此行倾囊莫惜钱!

通州皇木歌

珍木三株俱奇异,坚密魁伟罕匹比,叩之有声如金石,量之煌煌十余米。应是深山峡谷生,盘古护持始长成。万载冰霜雷火淬,炼就金刚铁骨铮。孰知天意难违逆,穷山尽水搜遗逸。自从点秀称“皇木”,远绝尘处多人迹。顷刻遭来凄与惨,斧锯横加无暑寒。越险渡堑千万里,几家号哭几人残。运抵通州皇木厂,编号寂然少目光。五方异材如山积,愧煞当初夸夜郎。不意山洪骤然至,忽浮忽沉湮沙滓。昏昏大睡五百年,重见天日惊人世。覆以广厦卫以门,视如瑰宝奉如神。庭中熙攘朝兼夕,观者前尘续后尘。一株皇木一段史,往来咏叹无休止。都道皇城水漂来,千秋泪血难湔洗。

月夜神飞曲

戊子岁腊月十五夜,青天如洗,风定星稀,满月当空,素女分辉,宿人出户,行者忘归。万籁俱寂,余独启扉,徘徊月下,情纵神飞,胜饮甘醇,几近痴迷。因赋长歌,歌曰:

一轮明月中圆规,风定天青星斗稀。寒夜深沉万籁寂,惹吾孤影久徘徊。遐思六合无挠阻,乘月御光自在飞。飞上瑶轩窥西子,月色可曾染青丝?四十余年如一梦,江自东流漩自洄。飞到双亲松冈上,岁暮幕幕事堪哀。似海恩深何所报?仰望婵娟泪满腮。飞傍契友书窗问:“对语前贤历几时?”“生辉心得付华翰,容我先睹诵淋漓!”飞觅盛唐明月下,若虚妙笔谪仙杯。风裁种种皆能仿,唯恐精魂招不回。飞向寒塘忆孩提,野凫是否尚双栖?轻轻踏月暗牵伴,历历童心犹可追。飞往街头嘱疯丐:“冷月廊檐勿复来。”父骨母肉同怜悯,耿耿于斯难释怀。飞赴边防僻哨所,秦月汉关惜健儿。一身家国安危系,敬他山海共皑皑。飞飞此意诚难已,绵绵感慨缕缕思。树影如樯月如水,更行更远醉清辉。

仲夏夜友人携宴桃花渡即席记雅

桃花渡系桃花岛,月映前川星斗少。晏渡呼来不见人,风清更悦蛙声好。四面波光隔嚣尘,五君相挽中扶老。素馐淡粥当酒酬,谈艺论文夜声小。艳说桃花潭水深,青莲处处风流揽。千古逸才孰可追?手机即兴成诗草!

按:桃花渡酒家在钵池山南侧小岛上,四面环水。以参加笔会诸君兴浓,晚餐甚迟。与会者:白云雅筑主人章侠女史、著名书画家章丈雨师、钱女史淑英、陈君一川,余亦叨陪,即席于手机成此诗当众传发。时在2009年5月。

黄河壶口瀑布

黄河源出昆仑巅,纳派携支论万千。莽原迤逦群山曲,奔湍幽咽几回旋。卷土囊沙涌壶口,龙吟虎啸下咽喉。黄流忽作陡山崩,浊潮海立龙王愁。出塞交兵惊甲马,腾云扬沫飞黄沙。穿空乱石疾如矢,带雨峡风射面麻。入壑串雷岩脚晃,震断长虹落霞荡。鲤鱼欲渡倏回游，填海精卫多惆怅。猛汛骤来撼魄魂，天地愁惨日月昏。悬崖绝谷各争势，漩涡锥地巨鳌疼。冬结琉璃连浩渺，冰碴驰逐刀矛绞。水晶轰塌潭底穿，势同贝阙珠宫倒。春夏秋冬年复年，无休搏击忆开天。神工鬼斧知多少，满目穹窿石窟悬。我欲从头历历数，雄奇瑰丽争奔赴。河母亘古织奇观，织出尘寰不朽布。

由刘家峡水电站乘快艇游炳灵寺

黄河腰扎刘家峡，翡翠平铺一百八。雪浪如尘快艇飞，西驰澄碧琉璃滑。蓦然夹岸失陇山，南国重峦见此间。点苍括秀纷罗列，造化顽童随意搬。曲折迂回路转狭，奇峰簇拥向人压。雁荡多情伉俪游，武陵金鞭风飒飒。观海猴头化老人，临流姊妹共怀春。莫非卧佛长超度，遂使大河添女神。忽浓忽淡巫山雨，缥缈高阳台掩树。两三妙羽绕云窝，恰似青鸟疑无路。同行曾作十方游，储胸胜景半瀛洲。竞按镁光灯影闪，常呼酷肖某名流。更报蟠桃遗在此，悠悠供奉炳灵寺。历尽劫波石窟珍，藏在深山人罕至。金身三万六千尊，西秦吐蕃众风存。敦煌侪辈龙门小，麦积云冈皆后昆。嗟嗟！如斯集锦岂神话？不信桂林甲天下！

血战刘老庄歌

公元1943年3月18日，仲春时节，万物复苏，地处黄河故道区的淮阴县刘老庄，经历了一场悲壮惨烈的血火洗礼。新四军三师七旅十九团二营四连八十二名指战员，与千余武装到牙齿的日寇搏战竟日，杀敌数倍于己，全部壮烈牺牲，成就了浩气贯日的辉煌涅槃。一个敌后抗日的英雄群塑从此耸立在波澜壮阔的历史长河之上。

万物初甦春草绿，淮阴郊外沟壑曲。敌后抗倭新四军，伺机杀贼血宵浴。一九四三反扫荡，红军连驻刘老庄。三月十八拂晓至，膏药旗导一群狼。八二貔貅剑出匣，狡敌恃众围三匝。绝头沟前无退路，但思靠近狠狠杀。强虏嗷嗷屡冲锋，倒地排排似切葱。连珠炮吼战壕塌，秒秒分分煎血浓。壮士饥肠响如鼓，谁把定阳神针固？血染战袍映徽章，死神管领春无语。不成班组不成阵，枪声疏落接黄昏。刀卷枪折无完械，八二鬼雄错乱陈。日寇赔尸二百余，外搭一帮挂彩徒。浩气贯日当时景，赢得千秋大笔书。君不见，军国死灰欲复燃，东瀛南海浪兼天。君不见，中国已非旧时国，十三亿人握铁拳。百年奇耻容重洗，遍地尽是刘庄连。

雨师爱石歌

雨师丈人嗜石狂，三山五岳搜琳琅。云蒸霞蔚分五彩，款坎镗鞳协宫商。瘦漏透皱置花圃，圆润玲珑盛锦囊。菩提盘托仙翁石，天马挣脱老树桩。苏题赵篆齐璜刻，中秋出篋供蟾光。坚石能攻玉，灵石可拜堂。书橱小点缀，声带总留香；琴架一两枚，余音伴绕梁。枕上抱眠三日好，内子唤醒食黄粱。画室参差多摆设，抬头低首意徜徉。右手持彩笔，左手握田黄。灵通心底涌，逸韵毫端扬。灵鹫飞来飘馥郁，虬枝梅影千仞冈。落英漂转桃源境，蓬莱弱水接潇湘。万幅神妙五湖播，民居圣殿各辉煌。呜呼！倏忽流连三万日，满楼石头载风霜。由来奇癖医无药，打砸抢抄不改常。奇石如章章如石，恰似刘伶太白觞。君不见，白傅米癫皆石癖，诗书画幅各擅长。君不见，天石楼主恋石灵，更将天石报娲皇。

白马重阳赏菊行

白马湖天九月高，西风约会菊花朝。百里驰驱访三径，蓦然车马入琼瑶。盈野连波香阵壮，毂击肩摩似涌潮。缤纷五彩夺红杏，谁说清秋已寂寥！ 高下参差分序列，千姿百态自高洁。小如豆粟繁星灿，大若绣球非取悦。黑白“牡丹”映“龙须”，胭脂点点缀晴雪。“秦淮”八艳胜瑶姬，“金陵”粉黛流芳牒[①]。寒蜂趁午花心抱，冷蝶迷馨向妖娆。世世画神传清韵，代代歌王献新谣。女娲施菊疗目疾，屈子餐英作楚骚。渊明偕隐怡阡陌，东坡吞咽壮疏豪[②]。满头簪菊重阳至，踏上晴湖增妩媚。潋滟菊影调酣醇，万片灵霞顷刻醉。持螯遥举菊花觞，盛邀鸥鹤绕霜辔。舞得萧萧芦荻白，唱得丹枫销尽翠！千杯菊酒润诗肠，酣畅淋漓胸坦张：“云树精禽休妒我，也如君恋白马王[③]！”白马传奇携菊演，金秋蹄雪入城邦[④]。更借金鞭金络脑，逐梦凌波适莽苍！

注：①“墨牡丹”“白牡丹”“龙须”，皆为名贵菊花。“秦淮”“金陵”皆南农培植之菊花系列品种。芳牒，花卉图谱。②相传女娲以菊花治疗眼疾重现光明；屈原《离骚》有“朝饮木兰之坠露兮，夕餐秋菊之落英”；陶渊明隐居，与菊花为伴，“采菊东篱下，悠然见南山”；苏东坡素喜餐菊，作有前后《杞菊赋》，抒发其抑郁而疏狂之情。③全国有多个湖泊称为白马湖，以吾淮之白马湖为最大——白马王。④为“纳湖入城”，白马湖所在之洪泽县于今年10月8日正式改为淮安市洪泽区，时当菊花盛开也。

村头古道行

村头大道号通京，汉唐畚锸传到今。南连粤海丝绸路，北极秦皇万里城。村树曾拴驰驿马，斑驳牌坊书接驾。更有路桥青史标，义勇伏击群倭垮。轮蹄杂沓浑如流，四民百业载繁稠。音尘不绝伴村古，沧桑斯道证千秋。泥泞倾侧话明清，吱呀民国颠簸行。新华肇基铺砂石，阴晴雨雪慰初平。尤欣鼎革雄风起，柏油坦荡乌金砥。机车昼夜似穿梭，织得城乡趋一体。迩来高架大通衢，郭外盘旋起中枢。势若扶摇抟鹏鸟，天半分流异彩图。哪吒风火轮虚构，太白轻舟遥抛后。日行千里一往还，催动春潮高且厚。朝观胜景频鼓舞，暮听龙腾思奋羽。助国圆梦正当时，吟啸冲天群鹤举！

次韵沈华维《重访周桥大塘》

无语圈堤立，碑铭几度霜。石工坚绝世，稻菽旺高墙。

肝胆湖光映，才情天水当。鼋鼍匿何处？蝇狗尚奔忙。

按：洪泽湖大堤周桥圈堤俗称周桥大塘，巍峨壮观。清道光四年冬大堤于此决堤，朝廷令守孝在闽之林则徐夺情赴任堵决，筑堤以期长久。林少穆忠公体国，风餐露宿，确保工程质量。故嗣后多次决口，周桥堤段均安然无恙也。

春暮山行

落花新雨后，流水古桥边。径向巉岩出，人从云雾旋。
隙田巴掌绿，奇石美人妍。树杪飞流上，一步一重天。

镇江南山行连见古墓

坊碑无语立，谁管苦心铭。人爱青丘瘗，鸟欣薄暮鸣。
晚风生树杪，幽涧咽危亭。只恐芳菲尽，崎岖掬落英。

过庄子墓

一笑避诸侯，平畴冢墓秋。天笼寒鸟寂，头枕大河流。
浩瀚千年叹，逍遥万里游。鼓盆洞生死，蝶梦尚悠悠。

参加青年诗赛颁奖仪式分韵得“解”字

清淮坛坫开，百尺流光彩。呵气化虹霓，倚声和欸乃。
心追明月高，翩奋青山矮。豪兴炙金秋，吟鞍未曾解！

登攸县灵龟寺

灵龟驮古寺，秀水转玲珑。殿宇参差异，岚烟袅篆同。
弘开怡胜境，普度爽禅风。唤侣回归处，联云下晚钟。

参观云和梯田

叠岭千屏画，重山百褶裙。纱浮仙子面，髻绾汉唐云。
泉谱畲田调，稻花巾帼吟。高低畦埂曲，引路赖童心。

龙泉披云山青瓷古镇

神州瓷器国，瓯越富名窑。哥弟传家久，影青绝代娇。
奇纹关妒火，软玉岂天雕！罗马珍光润，温莎爱细烧。
寸金何足贵，一宋即丰饶。三叹琳琅里，时闻刷卡豪。

题磁州窑博物馆

吉土源盘古，磁名冠一州。阴阳生境界，黑白载春秋。
太极非禅悟，玄机属道流。美哉千万化，云水两悠悠。

访垓下遗址

草根藏镞骨，阡陌指遗墟。南服阪泉野，东方滑铁卢。
乌骓从此逝，赤帝应时居。隆准难安戚，重瞳争奈虞？
沛宫弹泪唱，垓阵仰天吁！谁辨茫茫绿，楚河汉界殊？

司徒小镇惊艳巨型红蓼被摄有作

风物晋中异，红蓼七尺高。干如佛肚竹，花似小蛮腰。
为解新秋燥，因将佳丽瞧。见图休笑我，天性自难疗！

兵书宝剑峡怀古

峡阻云封古战图，雷鸣雪涌忆荆吴。金陵流血浸江夏，滟滪迎烽纳舸舻。
峭壁依然悬宝剑，武侯空自授阴符。倚栏无语涛声咽，忍道渝州旧作都？

镇江焦山

中流屹立万千年，弹断波澜多少弦！分水披沙成利钝，磨棱折角转方圆。
河槽积淀洲腾涨，神舶稽淤足裹缠。闻道广陵潮复至，刷昏除垫信空前。

感　时

其　一

徙木南门十数秋，尘寰刮目看神州。儿孙尽改唐装束，父老犹怀汉冕旒。
已惧精湖遭浅滞，更思蒋济蓄清流。请君莫把商君诅，贵在因循不掉头。

其　二

由来鼎革出辉煌，起凤腾蛟云水长。夏禹丰功铺厚泽，张骞勋绩喜重光。
风云霸业思前汉，诗酒文章笑盛唐。千古风流谁得数，雷音南国最高昂。

注：此诗作于1994年5月。

游盱眙铁山寺

殿出层林佛绕泉，铁山有寺好登攀。古藤拦道常牵手，乱石成堆未解玄。
空谷流传佳话久，野禽时作妙音圆。遮岩异木皆天宝，碧草浸阶半属仙。

解 嘲

穷经笃志叹无涯，朝辨夕难也疲麻。换脑常观天下景，吟诗偶托四时花。
学求真是规当世，角露旁门算哪家？莫笑儒林传外史，请看范进浦郎哗！

答"文人雅兴魏晋遗风"短信

文人雅兴久枯凋，魏晋遗风声气销。士尚结交忙掼蛋，书依联网赖拼抄。
飞天越野多欺桂，利市名朝竞折腰。吏隐情怀非敢倡，只今行素恐讥嘲。
按：掼蛋，一种扑克牌游戏，淮安始创。偶邀友人小聚，大多不饮酒也。

初到太原

东首太行西吕梁，盘弧联袂倚中央。晋文霸业埋尘土，武德龙尊入典藏。
丰乳西流汾水绕，险关北峙雁门当。并州自古雄飞地，今日煤王半帝王。

教子回顾

其 一

劳心碌史不知休，怜子懒为孺子牛。卧榻堆书多往圣，来朋论学半名流。
夜深时扫文章尾，母老常持羹粥瓯。屡听山妻向人说，我家儿女望天收！

其 二

生子望聪万古情，吾家儿女属平平。为杗为桷皆天数，行正行邪在化成。
偶示恩威鞭扑少，时加睚眦药方灵。幸哉世德终昭后，蒸熟馒头愧令名。

其 三

大浪淘沙清浊流，洁身标尺也调修。教儿训女长端己，误语偏行每劈头。
督学不因婚嫁断，迪思常向网论求。苍龙也效施微雨，浥得轻尘好放眸。

题《西游记》卷后

真经自古最难求，终得片言悬口头。菩萨身边常隐怪，金猴道上屡遭囚。
几回妖孽缘姑息，万里关山空壮游。重返西天悲失路，恍如一梦故园秋。

记 梦

蓬莱缥缈隔轻纱，脚底飘然不用槎。击水敲山开妙境，携云带雾引仙丫。
忽睁天目观尘海，还遇坡翁问际涯。报我鹤飞无止处，欲题诗句觅青崖。

参观淮海战役纪念馆

其　一

峥嵘馆阁载玄黄，逐鹿中原恶战场。百万健儿如草芥，两军壁垒似蒸汤。
阪泉一役成关键，血火三年决寇王。华夏舞台多少戏，喜看海峡起桥梁。

其　二

雄杰神机照汗青，剑锋伟力出氓群。分田分地车轮滚，参战参军草木兵。
猛浪覆舟成大势，天枢易位动威刑。可怜医疾无针石，胜负何须看血腥！

登济宁太白楼

胜日追寻趁碧空，楼头俯仰感仙风。青山幸运留痕早，绿水殷勤抱月终。
几曲风歌惭孔孟，一支玉杖任西东。今来欲把金樽奉，汶泗自流岱自雄。

观太白楼展览用前韵

绝世才华绝代雄，豪情满载盛唐风。行吟八极驰神骏，呵气九天化玉龙。
眼底浮云轻富贵，腰间宝剑起蒿蓬。牢愁毕竟难挥洒，万古金樽酒不空。

参观世外桃源景区感赋

厌折腰肢惜守操，归耕三径隐中豪。桃源世外千秋记，魏晋遗风一羽毛。
依旧江山人事改，沧桑尘世利名包。而今奔竞无朝野，明月清风何处逃？

答钓月公子

漂母黄鸡香九土，运河帆舶影无穷。悠游偶吐青莲气，旷达时傍苏髯公。
恨少佳诗题画舫，幸多良友撞淮钟。相携揽月归怀抱，风作骅骝雨作僮。

题两弹基地

云起蘑菇震九天，金银滩上忆英贤。断鸿零落青春谱，劳燕分飞国士鞭。
万里精诚余泪血，千秋业绩壮山川。青峰四面皆堪仰，瀚海翻新莫干篇。

按：两弹基地在青海金银滩，现已辟为爱国主义教育基地。

参观山海关长城老龙头大运河南旺水脊感赋

访罢长城访运河，惹人舒啸惹人歌。天开海岳龙头壮，汶济京杭水脊多。
伟烈双双昭日月，尘寰叠叠起洪波。何当更御扶摇上，再展雄奇作巍峨！

中华诗词采风团夜饮荷花荡口占

倾动芙蕖满泽妍，红茶绿酒晚风前。东船西舫心追月，北调南腔口吐莲。
百万罗裙惊不染，九州诗伯照无眠。荷乡盛会千秋事，笑说兰亭几个仙！

次韵杨逸明兄《遣兴》

四时不谢有奇香，开在心田岁月长。浇酒溉茶兼世味，晒经曝史伴吟床。
性灵未可铭彝鼎，肥瘦何能效汉唐？采得暮风朝雨润，皇天后土莫知忙。

附杨逸明诗：花谢花开转换香，眼明心爽日初长。茶倾飞瀑斟三碗，书筑围城满一床。交往久知情厚薄，反思多觉梦荒唐。老来流岁疑提速，且让他忙我不忙。

题《金瓶梅》卷后

三女题标一部书，万花筒现百重污。元凶异想葡萄架，浊世畸形糜烂都。
权仗官商交易好，天摧人欲纵横余。以迷入悟空期待，巷议西门今准输！

参观鲁迅故里

爱莲堂弄旧时房，红烛乌篷船覆霜。三味书香涵斗勺，千秋铁笔化刀枪。
川流不改人妖鉴，天运难驱鬼魅行。安得迅翁重奋起，当头棒喝振龙骧。

次韵杨逸明《中共十八大闭幕感赋》

巨轮又过一回湾，热议导航新接班。渡海诚知方向正，登仙明示道途艰。
排除贪渎多重隙，推倒民生三座山。翘首富仁贫益寡，大韶协奏尽开颜。

附杨逸明诗：破浪前行又一湾，领航交接换新班。民生压担肩头重，改革描图脚下艰。载覆更须珍惜水，腐贪真要铲除山。几多期盼如花蕾，正待春来绽笑颜。

壬辰秋兴八首

杜少陵"秋兴"八首乃七律之绝唱，步尘者代代踵继。余不敏，勉为八首，难用原韵，实效步尘者之颦也。

其 一

叶落儒冠戏鬓秋，凉风林下自悠悠。农夫已作耕余乐，拙笔缘何退未休？
八面风云犹过眼，三更意绪每搔头。诗魔文债交相扰，日上回笼觉始酬。

按：天亮后重新入睡，俗称"回笼觉"。

其 二

天教老眼不昏花，好遣诗书伴日斜。时尚文章随手揭，名贤经典尽心爬。

求源历落三江雪，穷尾迢遥四海槎。风雨噪声归耳顺，甘从枯蔓摘寒瓜。

其　三

天和日丽鸟声招，雅士相逢各展毫。纸上云烟三径露，胸中意气一江潮。
书惭生涩耽人索，诗欲庄谐共友敲。题画应时新句出，东篱菊影笑风骚。

注：入秋已数次参加诗书画笔会。

其　四

二线无拘未赋闲，夫人偶令值新班。蜗居洒扫强腰骨，陈榻维修累虎钳。
菜市愁污惊涨价，僻乡来客劝加餐。方言俚语皆清籁，别样观风耳食馋！

其　五

黉舍孙归日下西，蒙书包鼓压肩低。常思开脱愁无术，却督完成骂命题。
学子焉如今日苦？科名不亚古人凄。年年减负年年盼，一片相期一片迷！

其　六

菊花期至快群游，戏说冤家总聚头。赴宴昔常惊耗帑，做东今始约朋俦。
穿肠酒肉难加码，掼蛋功夫不入流。最爱请茶三五个，谈天说地胜封侯！

其　七

沧江白发转从容，回望晴霞恋晚峰。思旧赋成霄壤际，访逵人在剡溪中。
宴谈陈酿樽樽馥，追数垂髫缕缕浓。安得故丘重聚首，更归村寨唱灯红。

其　八

浪里鱼娃树上猴，孩提顽劣老轻柔。日行数里些微汗，工作十时短暂休。
代步有车遭冷落，啸歌独自觅清幽。心中眼底浮云少，一任花开碧水流。

次韵杨逸明壬辰重九时在昆明方志主编班讲课

长天逐雁览晴烟，飞到春城月似船。隔座笑他金百万，回头屈指路三千。
名山岂管文章朽，舆地羞言著作专。半日讲坛论境界，茱萸插向彩云边。

附杨逸明诗：风送新凉雨送烟，桂香如水梦如船。又持杯茗过重九，更上层楼览大千。足健共山缘分近，心闲与笔感情专。萧萧往事随秋叶，追数年华落鬓边。

有　感

何关寻梦为倾真，林下徐行退老身。落叶如毡滋脚板，鲜花似锦化泥尘。
浮生竹马犹余响，别样情怀尚带痕。幼稚由来非俗物，荒唐自古是文人。

东阿鱼山谒曹植墓

幼羡陈王八斗才，而今皓首奠杯来。鱼山特立苍茫野，河水潆洄缥缈台。
白马御风倾李杜，洛神惊赋绝尘埃。漫言煮豆燃萁事，绣虎雕龙自古哀。

按：曹植墓所在之东阿鱼山，孤丘独立，山脚下黄河曲折萦洄，故有领联。《白马篇》为曹植代表诗作，李白、杜甫极为赞赏，亦作有咏马诗。曹植诗赋华丽壮美，有“绣虎”之誉，然“煮豆燃萁”，终身郁郁不得志也。

登运河名城聊城光岳楼

高楼叠峙古城心，四面波光宝鉴临。膝下街衢开画幅，天边烟树带灵襟。
纠纷云物弥河岳，断续梯航成古今。读到御碑斑驳处，斜阳如火伴沉吟。

访房产开发拆迁地块有感

道旁地块尽残垣，三五人家未拆迁。闾巷常攀钉子户，里胥时怨顶头仙。
重楼隔路盼灯影，塔吊撑空挂纸鸢。闻道鬼城沙正起，迷茫几处奈何天！

2015年元旦书怀

零点钟鸣一岁加，自由落体闪年华。春秋零落诗书隙，心志徘徊云水涯。
岂有经纶光盛世，不无敝帚伴山家。归林二载身轻未？拾罢芝麻又摘瓜。

“天下诗林大会”赠范国甫王国钦二吟长

好鸟相招胜蜀琴，欣欣秀木映春林。波光潋滟知鱼乐，花影参差解客吟。
织锦抛梭谁做主？赠袍吐哺众归心。滩头处处新颜色，不负长河万斛金。

丙申仲春中州书怀

三万里河横眼前，风云卷过五千年。雪泥鸿爪悲零落，沧海桑田叹转旋。
绿野初舒黄土地，寒霜将断雾霾天。忽传夜雨潇潇至，欣说花朝红欲燃！

丙申清明中州祭

清明初到帝王州，不谒宗陵不磕头。微信群中三化楮，范家园里一登楼。
欣闻捷报平添泪，漫卷诗书未解愁。遥瞩长河归海去，更抓黄土酹悬流。

登镇江焦山

依然巨堑大航浮，潮去潮来几度秋。骚客词人歌队列，南王北帝劈江流。
西融九派通天水，东下三山乘月舟。横海雄谈遗墨在，暖风浊浪惹人愁。

按：焦山定慧寺大雄宝殿外壁有清万承纪篆书“横海大航”四字。

晨起漫步南山爱招隐景区一联因凑成一律

牵衣引袂约晨风，聆鸟探泉挽竹松。心在九天云物外，身行重岭画图中。
读书人渺留萧寺，招隐山空觅戴踪。欲向清幽更深处，一车呼啸入葱茏。

游香山寺怀白居易

风驹云帔入岚烟，不拜菩提拜乐天。九老堂空思故旧，万缗缘化叹神仙。
辉煌日月无单价，锦绣文章也当钱。更有千秋佳话播，长教川岳舞蹁跹。

按：香山寺相传由白居易捐巨额撰碑钱所建，内有九老堂，为白居易晚年聚友之所。

谒洛阳香山白园

两大名都胜迹关，白堤遥接白香山。西湖春浪千秋拍，伊阙熏风一梦还。
撼魄诗篇飞阔海，流光韵事化灵峦。琵琶峰下徘徊久，疏雨殷勤乱湿衫。

按："琵琶峰"即白居易墓，此命名甚耐咀嚼也。白氏诗歌对日本、韩国诗歌影响甚大，白园内多日、韩艺术家歌颂白氏之诗文碑刻。

谒杜甫故里

一湾流水护高岑，笔架山前花木深。芳径幽明常惹兴，鸟声断续不成吟。
登堂仰圣仪诗史，击节伤时揪客心。读到沙鸥天地句，难分雨泪湿衣襟。

注：瞻仰时雨点疏落也。

滑县道口运河

波光街影贯东西，比画汉唐沙水低。魏武吟鞭追海去，隋炀征棹逐云迷。
漕帆久渺青天际，船号长凝古闸堤。一曲大弦千载忆，纤夫老店品烧鸡。

初到临清鳌头矶

鳌头矶上认鳌头，错把鳌矶作蟹洲。墟落重新难觅渡，卫河依旧不分流。
枯槽草木增离黍，新石碑铭忆刻舟。零落芜城非敢赋，商量携酒最高楼。

按：临清鳌头矶位于卫河与会通河交汇处，乃分水工程，至此而船分两路。其功能丧失已久矣。

题《湖山芳草图》为白云雅筑笔会5周年赋

弹指年轮五度旋，嘤嘤又聚白云边。翰林雅约新兼老，书画情怀地与天。
信有风流传正气，恨无妙策续恒缘。星光不似桃花渡，重面桃花已杳然。

访太白桃花潭

夹岸蓬山波影中，人家鸡犬各西东。欣闻酒店添诗料，难觅歌台踏岸风。
七绝情抒千古韵，几番絮逐一仙踪。桃花潭水深依旧，谁令归舟不放空？

查济纪游兼赠顺贞卢子

皖南连日顶骄阳，笑入桃源世外乡。见底石溪鱼逆水，捣衣桥影燕穿梁。
分堤楼阁千年近，列吉宗祠百祀香。光裕堂前将进酒，呼风唤雨壮诗囊！

按：卢子顺贞于查氏光裕堂朗诵李白《将进酒》，歌未尽即见天井落雨矣。

皖南梦重游

丙申孟秋访泾县查济古村，以行色匆匆，未得久留。归来梦里重游，多景叠奇，因成此长律也。

绿窗难隔市尘嚣，查济旌幡入梦摇。澎湃松涛连竹径，潺湲泉涧晃仙桥。
侵晨鸡犬熏风染，入夜诗书细雨调。魏晋衣冠延俗厚，炎黄爝火守田饶。
结庐近傍渊明菊，招饮欣逢太白桃。醉卧东坡眠五柳，醒弹焦尾伴歌樵。
挥毫碑版哀高隐，垂钓芳溪释小苗。兴至命舟时访戴，野行策杖每吟谣。
薄天碧海排金筏，牧笛苍岩属洞箫。云卷云舒无意向，鸟高鸟下几层霄？
午饥山舍逢漂母，体恙丹丸适子乔。欲向此中谋二顷，黄粱已熟又新朝。

国庆67周年索诗即兴

新诗庆典索年年，欣看年来烹小鲜。网上贪慵频落马，梦中霾雾暂移天。
武林豪说腾挪手，大道宏开水陆篇。舟载民心忧乐夥，菜单焖炒几香甜！

丙申秋日登南京明城墙

龙盘虎踞大江横，楚尾吴头壮帝城。列国河山留姓氏，十朝都会数陵茔。
秋风耻叹金汤固，砖字空铭将作精。手抚弹痕心堞痛，申遗声化警钟鸣。

诗词云平台举行诗人冰也悼念活动有感

白驹过隙百年身，回雁峰前认爪痕。云上留声诗在眼，屏中遗事迹传神。
吟坛初识阴阳界，志趣长通今古人。从此莫愁同草木，平台恒设祭台真！

奉答丁酉拜年诗

淮水寒凝不弄潺，白驹倏忽又年关。风华恍若烟花渺，情志犹如梅影单。

岂为稻粱爬格子，但期足迹隐民间。鸡声闻道呼风雨，痛扫尘霾更解颜！

2017年母亲节忆母

遗像端详百感稠，屏屏幕幕眼前收。瘖生九死登珠掌，巧驯千回上树猴。
月月鞋穿灯引线，番番岁歉粥加瓯。常欹闾里耽风雪，甘为儿孙作马牛。
白发乌雏空反哺，阳光雨露孰赓酬。去吾念载心犹暖，不到泷冈泪也流。

访淮阴龟山

名山胜迹久凋残，数度寻幽未厌看。太白东坡遗咳唾，神猴金臂逗追攀。
铁罗汉寂香烟渺，御码头空波浪宽。赑屃无声银杏槁，龟塘苔映几亭闲。

注：由于近数十年龟山采石无度，非但舍身崖等胜景渺无形迹，还导致梵宇圮、古木枯，甚至出现不止一处低于淮河水平面之塘坳，时人讥称为“龟塘”云。

访宋代龟山运河遗址

北宋时期，为规避楚、泗二州间淮河风涛之险以利通漕，沿淮河右岸次第开河三条，洪泽镇至龟山镇之龟山运河即其一也。该河沿龟山东侧至南侧汇淮，往来舟楫一时称便。苏东坡有诗赞曰“新河巧出龟山背”，即指此。惜嗣后仅五十年，而呈宋金淮上对峙之局，南宋向金国交纳之“岁币”，亦经此河运至盱眙。曾几何时，女真灭而南宋亡，大都定而漕河改，龟山运河亦任由其湮废矣。

新河巧出证坡仙，平掌通漕若许年。一自长淮分二国，更输岁币靖三边。
萧萧故道岩阿后，邈邈云帆铁马前。鸿雪而今凭指点，尚存多少石能言？

题五里牌观沧海景点

极目平湖似海头，苍穹粘水色同稠。镜昭万象归怀抱，波动千秋入庙谋。
堰锁支祁龙隐隐，浆滋稻菽浪悠悠。三河五坝任吞吐，疑在元龙百尺楼。

登岳阳楼

跃上巴陵百尺楼，湖山浓淡望中收。苍茫烟水荆蛮接，浩瀚虚怀清浊流。
鹭影鸥风空两间，杜诗范记自千秋。栏干能载忧多少，依旧乾坤日夜浮。

韶山感游

肩摩毂击山间景，北调南腔天下人。一例韶峰观日冕，无非伟业扭乾坤。
地球村入风流籍，华夏图标河岳伦。廿五史皆翻遍了，说真辨伪几尊神。

星子县庐山大佛

翠岩拱卫倚嶙峋，第一金身又刷新。占得名山风水地，聚来香火马蹄尘。
效颦未见东村了，好大非关心气淳。盛世潮头高佛脚，休教“三武”证前因。

题浔阳楼

闾阎万户荻花秋，名盛浔阳赖此楼。司马《琵琶行》不去，耐庵《水浒传》长留。
反诗还借刑徒笔，块垒高悬眉目州。机杼难裁千古恨，大江未止向东流。

丁酉立秋后一日瓢城再遇顾君向阳赠诗次韵答之

瓢城握手古稀身，谁识苍山白屋贫。暮答柴扉询道者，晓惊江海弄潮人。
手机键出青云志，警句牵来锦绣春。自古后生皆可畏，甘持藜杖伴清新。

龙泉买剑夜饮晨起有作

盛传豺虎每过途，造访欧家匠作居。买得悬腰三尺剑，懒为卧榻五更卢。
深山未减鸡声近，高枕难消酒气余。欲舞驿庭耽病足，更持雕匣向天呼。

十九大胜利召开喜赋

盛会京华大有秋，频传画角动寰球。长风晨海红旗舰，大漠晴烟绿数洲。
万里放歌还纵酒，中流击楫小封侯。霜林说甚廉颇老，热汗轻挥湿白头！

谒兰陵王墓

黄花闪烁一拳岑，离黍王陵秋已深。碑碣岂缘沙滓没，传奇犹共海山吟。
太行历落皇天脊，漳水绵延后土襟。一曲词牌千古唱，由来难逆是民心！

丁酉阳月周恩来纪念馆有题

蹈海负山迎日东，独撑吐握到临终。半旗纽约开先例，十里长街哭大公。
砥柱中流还劈浪，仪型巨鼎映腾龙。京华圆梦笳声急，更化云衢羊角风！

与中华诗乡验收组同仁夜游清江浦

世间万象不须寻，一道长河证古今。光怪陆离留色相，是非曲直载波音。
盛衰多系人妖际，祸福常依善恶心。种豆种瓜皆有数，佛光塔影入云襟!

次韵王国钦戊戌迎春

月替年更戊戌临，当头二字思难禁。图强热血六君子，跃进豪情九万寻。
沧海龙兴尧舜事，昆仑雪映本初心。春风又向平冈卷，古木森森正秀林。

题张纯如纪念馆

一卷书靡四海空，西洲东岛起飙风。撕云洞烛狰狞绿，列俎重温腥血红。
秉笔董狐敲宿梦，冲天剑气贯长虹。休言逐日亡夸父，尚在征途励士雄！

谒梁孝王陵

飘零白发上千寻，只为梁王妙解琴。云鸟舆轮千里赋，泉溪丘壑百年心。
岂夸黼黻空衔命，却笑糟醨善啜今。唱罢太平还打狗，囊羞也不负青襟！

参观刘邦斩蛇处暨大汉雄风雕塑

当途一剑起蒿莱，大汉雄风凌厉开。横扫虺蛇空九宇，豪吟沛泗尽千杯。
江山易改红标识，血脉犹承火德胎。天半重舒芒砀臂，信教四海靖幽霾！

参观淮海战役纪念馆

逐鹿中原万斛尘，重温垓下虎龙分。霜笳四面惊郊野，汉帜千竿舞战神。
破釜曾摧秦锐旅，逝骓难逸楚江滨。车轮滚滚兼天壮，倒海声涛半赤贫！

怀故乡篱笆和陈振文老《乡村童年忆旧》

孩提最爱竹篱笆，遍种青藤密密爬。春摘金银秋采菊，夜闻纺织昼餐霞。
枣梨依傍勤催梦，鸡犬钻营笑逊娃。早岁纠缠多少蔓，听风听雨尚沙沙。

瞻仰中共一大会址感赋

风雨如磐暗九州，仰看几个少年游。擎丹盗火燎原志，树德鸣雷破浪舟。
宠辱元戎分道路，死生无际说春秋。初心更助雄风起，逐梦良宵月似钩。

蒋坝印象

握定三河踩定堤，湖风万顷搅高低。渔船多作游船乐，驿马皆为溜马嘶。
巷快朵颐圆仔诱，车排阵势夜蛙栖。汉唐遗韵康乾迹，半入珠宫半化霓。

泗州城遗址

渠通汴口泗州城，撞出淮山鞺鞳声。潮起帆樯舒血脉，龙兴锁钥话权衡。
汇商河市双垣夹，易代关梁一水更。禹迹沉湮三百载，忍闻雉堞见耡耕？

偕众诗友高堰采风露天夜饮赏月书怀

中伏欣逢既望时，东川月出着胭脂。风扶柳线婆娑影，堤漾波光潋滟诗。
豪兴何能分士女，吟怀信可激雄奇。一声长啸穹庐洗，大白三浮太白卮！

访高堰关帝庙遗址怀康熙巡堤

三龙盘绕动天庭，一线长堤系上京。关键尤须关帝助，圣工难得圣躬行。
夕阳白浪泥途远，孤庙黑风宫烛明。柱础墙基堪作证，机宜面授两河清！

观皇城相府

南来霖雨北来风，阀阅明清未减隆。五世簪缨冢宰热，百年文采翰林红。
方砖方字排成典，悬柱悬堂御赐工。漫说王侯无种也，前门羽葆又开封！

戊戌早秋书怀

未觉清秋日已斜，枯黄点缀绿犹嘉。浮尘沸沸喧嚣甚，白发萧萧道路赊。
风雅招来闲语杂，文章换得小零花。北群任尔嘲蹄奋，望里青山梦里涯。

司徒镇忆崔浩

司徒小镇话司徒，北国留侯才气殊。伞幄筹符安朔漠，长城内外入舆图。
清瓜蔓岂崔人脉，赤族霞同韩信湖。秋草易枯如此地，标签难抹是心书！

注：崔浩以国史案夷九族，与其联姻之卢、柳、郭等门阀世族，均遭翦灭，远胜韩信夷三族也。

观打铁花

千载锤砧打铁花，何如此处灿星霞。播流河洛江淮际，散入牛郎织女家。
古调周秦新雅颂，今宵风雨旧清嘉。枕中闪烁飞天梦，却化老君骑上娃。

平祁印象

尧谟舜典皆隆本，狭地稠民始重商。西口驼铃声跨国，淮扬盐引号当行。
富兼山海平祁太，迹作风流大卖场。自古人文堆积地，一颦一笑费思量。

初游南太行通天峡

腋边悬索鲲鹏翩，顶上玉阶天外天。奉我仙人甘露润，泥他苍狗白云牵。
一声长啸愚公远，万仞高怀石壁坚。奇壑真如奇士少，众呼难得白驹贤！

高堰秋行赠诸友兼呈朱总

朋侣携来扫叶黄，残云惊遁水天长。秋波留影卧牛堰，鞭策兜风跑马场。
潇洒砚池分五彩，淋漓墨韵入千觞。一餐过午雕胡饭，悬上心竿钓夕阳。

戊戌菊月秋思

其　一

倏忽炎凉又九秋，菊肥桂瘦总难留。萤光不逗童心老，诗兴能昭更漏幽。
有数凡尘分色彩，无边落叶寄蜉蝣。飞飞未止南来雁，衔得霜云上白头。

其　二

韵起浓春唱艳秋，漆园蝶翅未曾休。几番赊酒淮阴市，数曲飞卿明月楼。
物外云毡长梦笔，心头丝柳小封侯。何当更借好风力，吟上蓬莱仙子舟。

大学同窗戊戌晚秋徐州聚会感怀

春雨秋风白发鲜，彭城聚鹤舞林泉。激情梦里吴门铎，浩气云中鸿鹄天。
莞尔冯唐偕李广，淋漓沧海复桑田。苍山澎湃更流热，撞我诗心四十年！

戊戌岁除检讨

漕河带路百年机，是处遗踪遍插旗。零落梯航驱寂寞，纷纭帆影感依稀。
家如蜂拥团如海，热了图书火了诗。一夕观潮闲理箧，聊交智库也应时。

晨醒偶得

树爱名山老，鸟欣吉木高。骅骝喜原阔，千里壮风潮。

作诗有感

鱼有开心泳，鸟无刻意鸣。真诗天籁发，曲壑玉泉清。

入学抒怀

江天一览暗云疏，两岸春风绿映朱。心逐江涛归浩渺，叩舷长啸唤鲸鱼。

毕业抒怀

男儿血肉属轩辕，岂许踟蹰择向偏？南北东西皆后土，举头杨柳绿无边。

八达岭登长城

秦魂汉魄共昂藏，垒骨堆尸万里长。易代几番缘塞外，筑城未若筑心防。

壬戌盛夏初到盱眙

盱城印象

盱城一轴画图间，半在山腰半在滩。水似琼浆山似翠，也宜击浪也宜攀。

登观淮亭

山风吹暑一亭秋，云树重重天际收。淮水金红波瑟瑟，绿汀鹭起晚来舟。

淮上即景

绿树悠悠绿水长，雄鸡啼处有村庄。牛浴河湾羊牴岸，青波红掌总成行。

雨中偶见

微雨淡烟细细风，渠边草色嫩如葱。悠然觅食牛摇尾，背负青蓑裹牧童。

谒漂母祠

漂洗锱铢戴日星，千金一饭更增陵。爱心未料施豪杰，慈母何须赋姓名！

观淮安月季园有感

盛开月月胜牡丹，欧美风靡百岁间。都道爱情花色好，玫瑰谁识出淮安！

按：月季花始艺于淮安，清末传入欧美，始称玫瑰，情侣馈赠，百年风靡，品类渐繁。而淮安首创之功竟不为世人所知也。

读短信书怀友人蜂起唱和原韵答之

其　一

泰岱鸿毛共一符，抑扬全在史家书。难能清气留天地，化作丹霞传世图。

其　二

天地悠悠好作符，风流千古纵情书。后生半老无长技，但守清淮续舆图。

其　三

挥毫也算画桃符，难贴心扉枉作书。安得人心盈正气，逍遥寰宇仰鹏图。

其　四

环球经济着魔符，重读马翁资本书。如此怪圈如佛掌，猴王解数总虚图。

其　五

懒借巫师画吉符，还将精血为民书。扬清激浊谐韶乐，点染神州理想图。

春雨初霁观海棠

儿童报我海棠开，迎日迎风倒屣来。带露花光涵宝气，枝头啼鸟正徘徊。

己丑春日城南乡遇鸟阵奇观口占

时掠树梢时薄天，啸呼鸟阵巧盘旋。壮观仪仗东君主，检阅春风又一年。

己丑“五一”清晓即兴

朦胧啼鸟知晴好，突兀诗题觉境宽。几缕晨风沁枕上，一轮红日亮窗前。

窗前新竹

嫩粉柔青尚戴苞，壮围拔地露雄豪。休言骨节风前弱，新竹高过老竹梢。

邻家丝瓜

隔壁青藤爱上墙，黄花恬淡胜浓香。一朝垂下丝瓜嫩，惹得行人注目长。

学诗有感

变幻风云入眼帘，兴来即摄转头迁。丹成九转须勤炼，道外功夫半属天。

野观秋树

其　一

风剪翠屏次第开，万株秋树卸妆来。干枝历落舒人眼，尽见樗材与栋材。

其　二

光争风竞向天生，蓬在麻中始长成。五指何言修与短，高才也得末才撑。

戊子秋杪访唐集月塔

嶙峋瘦影锁荒残，桑海云梯关外关。一橛千秋拴贝叶，潮音渺渺落霞丹。

家居杂诗

其　一

心境融融不待春，自嘲华发转精纯。得闲最乐缘何事？刀棒含饴弄小孙！

其 二

何须车马动盈门，爱看庭前花木深。信有文章传后世，更留清气化儿孙。

途中忆母

斑鬓寒风千里游，春晖去我十三秋。不知今尚担忧否？遥忆泷冈泪又流。

六十抒怀

花甲年过倏忽间，身同蝻蝂报轩辕。头颅不悔平生贱，一寸银丝一寸丹。

凤凰名人故居

沱江长映旧时楼，往事如烟逐水流。唯有风华流不去，几椽老屋伴芳舟。

赴沪途中即景

金海红楼入望遥，车移景换接天娆。尤欣杂树东风染，频送春机上鸟巢。

谢友人赠书三包

千金难得累三郎，绝胜桃潭送别舟。愧我蠹书材用少，不知江月为谁流。

庚寅端午怀屈原

肝胆逐臣翠岳高，行吟泽畔绝醨糟。国殇哀郢怀沙水，万古诗魂系一骚。

互助土族自治县怀古

其 一

争牧辽东血色昏，祁连水草立辕门。阴山铁马昆仑箭，大漠雄风吐谷浑。

其 二

坐断河西数百春，天狼星亮照河浑。丝绸古路荒凉久，不见当年牧马人。

按：土族原为游牧民族，乃吐谷浑后裔。吐谷浑原处辽东，辗转至河西走廊祁连山一带，曾有350多年称霸西北的强盛历史。

壬辰春游白马湖

其 一

芡蒂菱秧雪浪舟，苇蒲夹岸弄晴柔。豁然水阔凌千顷，万点新荷起白鸥。

其 二

长洲短渚水迢迢，碧苇初过白苇腰。波动菖蒲鹅鸭戏，浪飞绸舞各多娇。

其　三

网簖稀疏异昔时，挖泥除埂一船移。退渔还得湖清净，白马蓝天云鸟驰。

其　四

乘兴桃花岛上来，桃花已果杂花开。波光弄影明堂舍，快意湖风总入怀！

金湖车行

云树纵横杨柳堤，菜花已落麦初齐。水乡四月行人少，湖上斜阳照眼迷。

壬辰初夏见茅草飞花感赋

茅蓬飘转嫁南风，飞到泷冈寄语同。藜藿而今皆玉馔，不知遥奠报何恭？

壬辰中秋赏月有感

长空不染一丝云，朗照人间格外亲。安得分辉同素月，也无富贵也无贫！

访镇江西津渡

西津待渡剩空亭，杂沓谁抒羁旅情？试上小山楼上望，喧喧车马若流星！

癸巳初夏游老子山

老子仙踪久渺然，却留蹄迹在山巅。此牛恐亦吞丹辈，只驾云烟不力田。

按：山顶石头上，有牛蹄形凹陷，传为老君骑青牛踩出的印痕，号“青牛迹”。

盱眙初夏车行即景

牛哞蝶舞日初斜，满眼杨花似雪花。路转山回一泓水，青藤爬上野人家。

天下诗林“状元林”手植青桐一株次曾广彬韵

此株植向状元林，恐愧羲皇难作琴。鸟雀啁啾休笑我，十年名姓报鹃心。

我行其野

一门青壮在南州，独守家园十数秋。昨岁承包地流转，打工老妪到田头。

扬州何园感游

画栋雕梁散紫烟，三山搜尽好迎仙。可怜季世无双景，又向绿杨城郭填！

按：扬州何园建于清光绪年间。

镇江焦山碑林

都道乾隆无好诗，佳山佳水总留题。御碑立上江心寺，万里风涛到此低。

再访镇江西津渡即景次唐张祜韵

小山叠架旧时楼，待渡亭空不系愁。遥望新堤杨柳外，满川烟雨忆瓜洲。

按：因江流北移，西津古渡早远离江岸，而对岸之瓜洲古城亦于清光绪初年即坍塌入江矣。

题镇江南山刘勰著书处

逶迤花径绕花溪，曲尽小楼高复低。忽见雕龙潜伏处，无边云鸟鉴清池。

按：刘勰著书处前有一曲清池，旁伏石雕龙首，号“雕龙池”。

含嘉仓回洛仓遗址

万吨谷碳窖中藏，多少漕舟填巨仓？北郭东郊三百穴，总将遗韵壮隋唐。

登大伾山

山南山北禹无痕，岩洞岩崖释道分。一代鸿儒不甘后，讲坛树老尚争春。

按：《禹贡》：禹导河汭，至于大伾，即此。然导河于山南、山北，学界尚无定论也。山上唯存纪禹摩崖一方，其佳处尽为释、道、儒分占矣。

丙申重逢淮上席间口占赠姜建国

二十余年鬓雪丝，重逢诵吾旧时诗。豪情杂拌温情久，化作今宵斗酒词。

感　遇

百年好梦戏怀珍，大浪淘沙难洗尘。寂寞江天宽到海，蓬山恍惚楚云深。

丙申端午和张谷一怀屈原

笼郢劫尘久化烟，汨罗逐客剧堪怜。《离骚》一曲伤今古，万丈诗魂赫日悬。

即席次韵秦皇岛市诗协郭万海会长

北海风来六月天，长淮顿爽降群仙。清江浦涨三篙渌，澎湃遥和碣石篇。

久雨初晴乡居晨起漫步

河塘咯咯溢蛙鸣，宿雨半干天乍晴。涤腑晨风轻步履，霞红鹭白稻秧青。

题米公洗墨池

四时飞雾自通神，缕缕丝丝总绝尘。洗墨池昭千古眼，清风妙笔两乾坤。

涟水天宫云锦厂织锦女工

织进青春岁不同，奇云异彩一重重。鬓丝暗逐驼铃白，可向腰间系片红？

次韵罗梅英绝句

愧我十年萤雪功，编篱织葛竟成笼。诗心望断云天锦，空负残阳一片虹！

过宣城怀谢朓

小谢楼台何处藏？街衢回首惜匆忙。为清口臭翻诗选，更信宣城无冕王！

按：梁武帝曾云：三日不读小谢诗，始觉口臭。吾侪至时，获宣城诗协所赠《江南诗山》，内有谢宣城诗甚夥。

登敬亭山感遇

久慕此山曾醉仙，跨江直指敬亭巅。孰知景为诗名贵，众鸟孤云也索钱。

注：敬亭山已收门票，众鸟、孤云却“避而不见”也。

参观泾县宣纸文博园暨造纸现场

白云碾就一张张，小岭千秋贵洛阳。谁是蔡侯真弟子？泾川大匠国之光。

次韵李树喜先生“秋访清江浦”

淮水汤汤运水长，双龙缠绕哺仙乡。漕舟已载王朝去，民食犹丰天下仓！

次韵李树喜先生“韩信二题”

其　一

兵仙勋业竟如何？九族孤遗南粤多。鸟尽弓藏若参透，定陶学唱五湖歌。

其　二

悠悠三水会城阴，冢墓桥亭立到今。爱恨情仇流不去，只缘天有未平心。

纪念毛泽东逝世40周年

论剑武林横出空，更施凉热九州同。卌年魔怪重新扫，不日澄清再告翁！

丙申秋九月朔雨中偶成

潇潇洒洒细如尘，白发凝珠笑路人。内子怨吾不撑伞，孰知秋澍带春温！

丙申中秋笔会即席

几番雨过雁横天，风快中秋月快圆。潮涌长淮连海宇，运都彩墨壮云烟。

访攸县冯子振故居不值用唐人韵

洣水秋深岸不花，潇潇雨巷几横斜。梅城楼宇遮天际，何处咏梅居士家？

攸县重建石山书院感赋

其　一

洣水通幽筑杏坛，楚材从此盛攸山。沧桑风雨千年往，薪火重燃不一般。

其　二

画栋雕梁非旧观，改天换地却难攀。四围絮语来松竹，只有清风不属官！

闻同窗朱仲羽教授关门有作

绿到青云曲径深，封山无岗却关门。接天春色焉能锁？杜宇声声红杏村！

市诗协丁酉年会于故里高沟召开 喜赋用罗梅英《高沟采风》韵

不止年轮碾白头，莫询几度返高沟。今携百侣翩然至，一举金樽一放喉！

题米公洗墨池

其　一

如镜清池映碧空，涟漪渗透米家风。漫言吉水飞仙雾，万古民心期待同。

其　二

嶙峋奇崛伴南宫，莫问当初膜拜衷。千古涛声留石上，一拳也足傲苍穹！

按：墨池飞雾为古涟水八景之一，洗墨池边米芾石像旁有顽石数尊。米氏乃王安石变法之坚决支持者，变法遭挫，芾遇佳石即拜，且广搜为乐，终生不渝，号为“石兄”。

浙北车行见枇杷林

宿雨初晴润日光，山风也觉色苍苍。车前忽亮林中眼，一片枇杷点点黄。

出良渚文化博物馆见荀庄标识口占

玉琮玉璧出洪荒，城郭丘墟溯古杭。桑海徘徊五千载，抬头已到大荀庄！

重游凤凰古城

逶迤深巷旧掺新，但访高门不访贫。出沈入陈何所见，总归才子与佳人。
注：出沈入陈，指沈从文故居、陈宝箴故居等。

丁酉七夕戏作

此夕成双结对游，鹊桥谁管几千秋。只为尘世分男女，陈饭至今烫不馊！

听张廷皓兄宣讲大运河文化带建设有感

建瓴秋雨洗清淮，一道澄江千里来。冉冉朝曦连海曙，西风如帚扫轻霾！

丁酉重阳感冒卧床友人来微信因打油以答

不插茱萸不看花，但将新韵向群加。殷勤寄语登高客，感冒人儿痒脚丫！

悼余光中先生

邮票旧时船票新，母坟入梦著啼痕。水穷云起苍茫里，一曲乡愁万古魂。

戊戌杂感

九州文化大江河，潮涌潮回皆是歌。放眼今朝夸壮丽，出书人比读书多。

虞姬文化园

耻作精英塞汉宫，帐前一剑了西风。可怜碧血浸芳草，从此名花不改红！

谒木兰坟

松风揖拜向碑陵，姓氏何妨重与轻？万里关山英物舞，一抔黄土即长城！

参观焦裕禄纪念馆时正大雨

尽瘁仍犁兰考地，为民尚在大山河。行行泪汇平畴雨，一扫污霾一浩歌！

按：焦裕禄初葬郑州，后根据其遗愿归葬兰考，他要看到兰考人民富裕起来。

张一民

张一民（1952～ ），江苏涟水人，大专毕业。淮阴师范学院图书馆副研究馆员、副馆长，退休后被聘为淮安市政协特邀文史委员，著有《界外杂识》，曾在《文献》《满族研究》《江苏地方志》等刊物上发表论文多篇。

题“桃花扇亭”

飞霞栖落染层林，吹雨散花铺锦裀。寻觅香君归隐处，桃花涧立篁型亭。
冰魂玉魄花魁志，侠骨柔肠烈女心。聚散离合书血泪，拂飏天际化红云。

古淮秋意

渐爽新凉暑热收，淮上景趣兴堪游。雨烟欲洗云峰乱，苇穗萌抽滔岸秋。
十里河滩飞野鹜，一湾古渡系渔舟。柳堤放眼浑如画，不尽清涛滚滚流。

牛首踏青

清明雨日把青踏，牛首山前赏湿花。游客盈门农户乐，笑呈清炒野芹芽。

门东旧影

秦淮水孕老门东，堂燕穿街觅旧踪。茶座酒楼依堞影，卖花声隐井巷中。

九溪龙井

九溪涧水绿潺湲，烟树霞花鹂鸟喧。路转狮峰龙井至，采茶歌起女音圆。

梅坞品茶

梅坞透迤别墅村，山园叠翠郁馥馨。农人现炒明前叶，游客争相品御茗。

雨季苗寨

风雨廊桥存画卷，游人倚靠赏溪泉。忽闻隔岸芦笙起，苗女踏歌舞蹁跹。

周桂峰

周桂峰(1952～　),江苏涟水人。淮阴师范学院文学院教授、硕士研究生导师。出版《题画诗说》《李清照论》《古代诗歌研究》《宋词文化论》《李清照研究》等专著,发表诗词研究论文数十篇;主编普通高校本科教材《中国文化概论》被评为江苏省精品教材;校点出版《山阳诗征》。淮安市诗词协会常务副会长、《淮海诗苑》主编。

烟雨太行歌

偶得悠闲隙,览胜向太行。遂寻王莽岭,微云裹山冈。远峰淡欲隐,近处看犹彰。绝壁千仞直,如受刀斧劈。层岩多横叠,累累似书册。大石如虎踞,小块若猴立。忽逢刘秀跳,巨崖千丈裂。望之心悬悬,不敢看真切。远眺抚琴台,欲攀心胆慑。午后雨来山增秀,钢筋铁骨亦幽幽。驱车却向锡崖沟,挂壁公路风嗖嗖。堪叹真是愚公后,锤击钎凿三十秋。车行常令人欹侧,一瞥深壑心如揪。惴惴到底回头看,朦胧犹令脊汗流。忽闻水声来涧中,遂见涧壁泄飞洪。溅成雾,激成风,汇成巨流流向东。向东一望皆大谷,绝壁相对各峥嵘。涧深不见底,谷远不见终。低头顿觉心忡忡,其中恍若藏蛟龙。恨无羽翼冲天上,俯视千里看群峰。忽见背山石崖方,仿佛天生一印章。三面如削高百丈,巍然高举向苍苍。同游纷纷互照相,要留壮景心头上。不敢靠近围栏旁,退后方觉意洋洋。流连不觉天向暮,倏忽四面涨浓雾。千山万壑瞬间没,天地茫茫无一物。回程怅然如有失,穷尽目力不可得。

洪泽湖大堤歌

桐柏水来千里遥,汇成大泽浪滔滔。若非堤堰障流水,会令淮扬水上漂。水来岁岁无穷已,筑堤誓比水更高。砖为里,石为表,修成石工举世骄。陈元龙,林则徐,多少英杰不辞劳。无数工匠民夫流血汗,方得世界美名标。如今穿行堤上道,直引诗情上青霄:百鸟枝头唱,林涛应波涛。含笑说康乾,带泪忆周桥……车随堤转弯复弯,弯弯都是新景观。斜阳铺开湖面锦,忽见鲤鱼欲上滩。却愿车轮行且慢,面对此景不忍还。

西湖岸边独行

独步西湖岸,沉迷似着魔。远山横紫雾,苍鹭点清波。
香腻桂花发,湖斑暮雨过。留连图画里,一任晚云多!

对 镜

对镜豪情减，朝朝改旧容。发如蓬草乱，颊借酒杯红。
晚日惊何速，鹏图怅尽空。更兼秋水阔，无处望芙蓉。

痛悼周本淳先生

铁骨如山立，诗心似月明。校雠穷落叶，述论掣长鲸。
文名四海著，惠业百年精。一旦蓬山去，长望海天青。

舟曲吟

天降无情雨，乱流泥石来。家园顷刻破，兰蕙须臾埋。
半降国旗默，长鸣汽笛哀。安能挥宝剑，叱令黑云开！

元 日

日上新年始，人情望乂安。友邻频问好，陌路亦言欢。
寒气虽犹在，春光已预谈。黄莺应未到，耳畔觉间关。

正月初五晓闻莺唱

侵晓闻莺唱，梦魂疑未真。静听愈滑润，细品果清新。
似报春临地，如云天及晨。应同灵鹊兆，好事到斯民。

初春镜月湖即目

静绕湖边路，时闻野鸟鸣。荷枯怜梗折，蒲死羡绒轻。
日暖鱼初出，风和柳欲萌。休云春意少，水底藕芽生。

壬辰春感

白发垂垂老，年光渐渐回。酒杯常欲罢，梁燕不须催。
池柳芽初茁，楚梅花正开。东风日向暖，重锦看成堆。

清 明

溪柳带轻烟，儿童放彩鸢。侵晨黄鸟唱，连日艳阳天。
河畔寻家墓，墙隅烈纸钱。清明风色好，难免泪潸然。

淮安生态新城春望

南望文通塔，西连御码头。运河流碧玉，飞絮送轻舟。
林木森森秀，群鸥款款游。居人十万户，谣唱管弦稠。

日本投降日抒怀

1945年8月15日，日本天皇裕仁广播《停战诏书》，宣布接受《波茨坦公告》所规定的各项条件，无条件投降。中国人民经过艰苦卓绝的抗战，终于取得了胜利。

庆云摧浊雾，光耀古神州。鏖战十余载，烽烟一旦休。
恶魔悲缩手，华夏笑昂头。前事永铭记，英雄万代讴。

听某公廉政报告

首长谈廉政，雄风满座生。睿思凌往哲，大义树霓旌。
贪墨欲思过，纯良拟竭诚。洪钟犹在耳，闻说锁秦城。

斥安倍

本是豺狼种，生来欲噬人。欺天不认罪，拜鬼望还魂。
海静重生浪，风平妄起尘。乞怜山姆下，得唾便装神。

嘲安倍

掩耳恬为盗，掉唇搬是非。故忘淆黑白，死赖惹嘲讥。
有意欺天理，存心护罪魁。乾坤清朗朗，逆愿得无违！

答家乡友人

故乡明月好，千里总相随。同到秦山顶，共依淮水湄。
方从眼底过，还向梦中飞。最是愁烦夜，清心赖素辉。

移家偶作

今日移家文华苑，告别已居住38年的淮师东校区。感触良多，不能尽述。

移向新家住，心胸一豁然。怀人犹念旧，对景即开颜。
遣闷桃花坞，消闲柳树湾。此中堪养老，坐待日还山。

咏秋得“天”字

人生过耳顺，快意是秋天。篱菊无蜂闹，匏尊有蟹煎。

心随南雁去，笔向白云悬。应上西山顶，流连落日圆。

咏菊得“天”字

骚人曾眷顾，瘦骨耐霜天。未必东篱种，不求俗客怜。
纵无桃李艳，偏结蕙兰缘。秉性宜清静，狂蜂不敢前。

乡村春晨

邻鸡三唱罢，曙色上窗扉。左右衡门响，林塘野雉飞。
田翁犁地去，村女采桑回。醉我农家景，炊烟绕翠微！

仲　春

二月春风软，江天阴间晴。柳林萦绿雾，梅树剩残英。
莺语渐圆润，麦田转翠青。老翁衣觉重，街女已轻盈。

春风咏

春风长不倦，日夜巧安排。才剪柳枝嫩，又催桃蕊开。
精心染草绿，着意唤莺来。更撒如酥雨，广滋梁栋材。

题三河闸旁并卧镇水铁牛

穆穆斜晖里，悠闲两铁牛。长堤今已固，大闸久无忧。
入海新修道，通江旧有谋。迩来真少事，拍照懒抬头。

读农事诗感旧

春耕犁厚望，夏种植良图。最怕临秋获，偏逢湿沮洳。
人间少乐事，辛苦是农夫。偶读田园曲，茫然忆草庐。

春雨拈韵得“乃”字

辞旧才三日，翻然时节改。东风吹纤丝，膏泽肥花蕾。
着地润蒙茸，汇流催欸乃。雷声虽未震，已觉添丰采。

元宵节分韵得“铁”字

又到元宵节，满天烟火烈。南疆舞伴花，北塞灯迎雪。
老幼展欢颜，燕莺喧巧舌。国强民乃安，此律真如铁！

和程新民谈诗之作

欲得诗灵驻？云飞不著痕！运思如夜鹊，搜句及朝暾。
频入青莲梦，难忘蜀鸟魂。若无情义在，何处可安根？

和李骥咏紫金山

坐镇长流护建康，千秋阅罢感茫茫。孙吴殿下一帘雨，王谢楼头几夕阳。
天险可凭不可恃，事机能倖岂能常！三头两喙何曾见，谁是真龙天下王。

金陵怀古

山围水绕帝王州，虎斗龙争竟不休。东晋遗陵黄叶满，南唐废殿野花羞。
千寻钟阜随云暗，万里长江带血流。今日重楼连广宇，钧天乐奏动高秋。

长城怀古

穿云连海镇峰峦，万里逶迤似龙蟠。欲阻胡人南牧马，难防中国北遭寒。
堪叹秦帝谋空好，长悯黎民泪不干。多少征夫汗血尽，而今付与路人看。

长江怀古

长江自古为天堑，多少英雄作将坛。王濬千帆沉铁锁，周郎一炬走曹瞒。
欲凭天险心先怯，能布甘霖德自完。滚滚洪涛何所惧，宽仁到处是安澜。

韩侯钓台怀古

麦畦泛绿菜花黄，水拍崇台鱼未慌。国士已随淮水去，良弓终被牝鸡藏。
王齐王楚诚何益，报德报恩均未忘。执剑执竿孰优劣，清波无语野蜂忙。

题山海关老龙头

千古峥嵘山海关，龙头探入水云间。杀声已隐涛声后，虎胆长教鼠胆寒。
几点浮鸥舒望眼，一天艳日耀层峦。狼烟抹去痕犹在，何术能谋万世安？

题金陵凤凰台步李白韵

诗仙曾上此台游，不见诗仙见水流。唯剩渔樵一夕话，空余豪杰几荒丘。
春风香暖桃花渡，秋雨烟笼芦荻洲。古往今来成梦幻，三山默默笑人愁。

谒包拯墓

摩肩接踵远来游，谁信名臣归土丘！两袖清风真富贵，一身正气最风流。
力扬国法泰山壮，泪洒苍生春雨柔。莫道而今时世异，万千公仆孰为俦？

重阳日吊南唐二主陵

割据称雄亦霸才，毗邻大宋事堪哀。妙词真可传千祀，忧泪岂能挂满腮。
陵已被开门大敞，骨应速朽土重埋。凤凰池水秋风里，瑟瑟枯荷望谁来？

和陈安祥《咏史可法》

世逢板荡出诚臣，明季昏蒙苦正人。四镇骄狂尾不掉，二奸鄙佞主专淫。
满天浊雾未伸志，一岭梅花可比心。联虏难辞千载笑，杀身犹与许张邻。

端午怀屈原

谏言频发苦难争，转借《离骚》发恨声。燕雀只知谋稻粒，凤凰偏欲问云程。
忍看兰蕙成萧艾，耻向仪秦论纵横。宵小弹冠宗国破，人间唯剩汨罗清。

和荀德麟先生《东阿谒曹植墓》

谁是撑天济世才？几多凡劣扮龙来！陈思自可魁文士，魏武方能上将台。
煮豆燃萁诚憾事，逼宫夺位亦蒙埃。苍天应是怜才者，误却诗人岂不哀？

题阅江楼

有记无楼几度秋？凭栏唯见浪悠悠。无楼真有惜民意，有记能无钓誉羞？
已建层楼连大宇，更期妙策壮神州。愿携万里东流水，一洗南天销宿忧。

咏扬州平山堂

龙光万丈属维扬，欧建苏游荣此邦。坐看江南山欲拜，旋惊塞北马来狂。
几番风雨毁难去，一轴画图卷复张。应是苍天扶正道，终能千古气堂堂。

和荀德麟先生《登镇江焦山》

大江茫茫山欲浮，狂沙淘尽见春秋。几回隔水陈金马，万姓呼天望御舟。
诗客豪情诚可诵，将军长剑足安流。而今宇内安闲久，借问江鸥愁不愁？

题阳山碑材

其　一

阳山穆穆竟何罪？遭此横来刀斧戕！好大欲求高万仞，铭功何可拟三唐。
终成画饼贻人笑，来作景观傲世狂。一任游人闲拍照，拍时喧闹去时凉。

其　二

古来材大难为用，名唤碑材悲不材。已被横戕又被弃，便逢轻去再逢来。
未成高耸成低伏，难作奇观作死胎。六百年间多少事，一天风雨有余哀。

题汉中拜将台

登坛拜将气冲霄，从此生涯系汉朝。策定三齐成种祸，兵围十面自磨刀。
陈豨不别疑难免，萧相无言难岂逃？回首淮阴如在望，于今转觉钓台高。

题南京明城墙

带楚襟吴绝世奇，山环水复隐兵机。清军南下遏骄马，狂寇东来竖战旗。
久历沧桑留弹洞，犹教江海仰雄姿。王朝不及城墙固，已覆龙床若许时。

咏　荷

淤泥虽黑不污身，总把清风扫世尘。直节如茎怜瘦硬，雅操似叶布清新。
花红花白非迎俗，品洁品高岂远人。一任荣枯随大化，岂因冷暖媚东君。

咏白玉兰

一树雍容碧水湄，风仪绰约有冰姿。初疑白雪溶难尽，旋觉霜禽栖不飞。
逸态曾无狂蝶扰，芳心偏向雅人欹。任凭花谢随尘去，未乞东君为护持。

遥祭莫振高校长

广西都安瑶族自治县都安高级中学校长莫振高，人称“化缘校长”。多年来以自己微薄的工资资助近300名贫困生，用募捐来的3000多万元钱，资助18000多名贫困生圆了大学梦。于2015年3月9日因病逝世，辞世后县城花圈卖断货。谨以拙句致祭于莫校长灵前。

正是花时春烂漫，何期泪雨湿都安！化缘欲补千家缺，守职全捐一寸丹。
仁爱心诚常恨少，学生衣厚总忧寒。壮怀难尽情难尽，魂系瑶山九畹兰。

丙申夏日洪灾感赋

是谁惹得龙王怒？大雨狂倾势覆舟。堤坝纷纷临绝境，禾稼渺渺没黄流。
惊魂家犬难归舍，迷路野鱼欲上楼。幸得人间存信义，八方援救减愁忧。

感蒋庆泉

奋身杀敌死何辞，昏死复苏岂预期！矢志归来逢冷雨，埋名稼穑守良知。
壮行已上英雄谱，瘦骨长存霜雪姿。长恨人间公道缺，不知公道缺如斯。

钟山秋望

独上钟山豁醉眸，金陵又是满城秋。万家楼宇连霄汉，一片霜红护石头。
雁向南天声渺渺，心随江水去悠悠。苍天忍看英雄老，打叠宏图入钓舟。

代长城吟

一从秦帝统幽燕，征发民夫筑巨垣。惯看群狼横北塞，自甘奇冷卫南天。
杀声渐隐山川外，坏壁专修都市边。我护苍生谁护我？无边衰草裹寒烟。

雾霾吟

京津又入雾霾天，楼阁迷蒙状欲仙。赫日谁知比月暗，豪车岂料被龟先。
逢人不敢认亲友，喘气还忧惹病源。闻说治污超百亿，依然如故复何言！

闻九寨沟地震

天妒人间佳绝地，忍教地震裂山川。梦乡殒命怜冤魄，星夜驰援减夜寒。
可惜飞流余废壁，忍闻花海失华颜。不知胜境何时复，重把昔年图画看。

仇和落马感赋

又报贪官新落马，这回主角是仇和。开谈每每闻高调，主政常常起浩波。
曾谓无私持阔斧，谁知有欲犯成科！烛天烈火熊熊在，争作飞蛾竟为何？

斥李卫平

主政一方无建树，唯传邪僻到天涯。拈花专喜掐新蕊，栽草定须出老家。
已惯横行轻法纪，偏耽狂饮敢豪奢。如今休作惺惺态，好向铁窗瞻月华。

斥贪官

为求禄利作先锋，一袭红衣掩大鲸。爱钞狂贪常过亿，屯房乱索欲专城。
和珅到此愧前辈，卢杞如知拒丑名。更有一段奇绝处，开谈满口是廉声。

问黄山

闻黄山景区诱游客扮日本鬼子“抢花姑娘”，愤而有作。

日寇当年似恶狼，奸淫掳掠有三光。如何刻骨蒙羞事，竟敢丧心作戏章。
主使能谋太鄙下，游人肯演亦荒唐。黄山有景名天下，岂可恃名丧天良！

南京大屠杀76周年纪念日闻警报有作

1937年12月13日，日寇攻占南京，开始了持续6周的屠杀，约有30万同胞殉难。

屠刀过处首成丘，滚滚长江咽不流。三十万人沉血海，五千年史受奇羞。
恶魔不忏滔天罪，冤魄怎忘永世仇？今日惊心闻警笛，小诗吟罢拭吴钩。

国家设立南京大屠杀死难者公祭日感赋

三十万人沉血海，当年尸骨满江隈。满城凄惨豺狼笑，举世震惊天地哀。
奇耻自当铭肺腑，国仇岂可没尘埃！中华有礼和为贵，其奈妖氛今又来！

纪念抗日战争胜利70周年

神州拼尽苌弘血，赢得山河奏凯歌。豺虎凶残盈恶贯，英豪勇毅织天罗。
狂蛇吞象终贻笑，古国腾龙竟奈何？可恨阴魂犹不散，迩来欲泛旧时波。

吊皖南事变战场旧地

抗日烽烟四海烈，独夫暗剑刺同仇。堪叹我痛倭人快，恨不亲枭国贼头。
忍使名山成血海，遂教胜地作坟丘。今来抑郁唯挥泪，满目斑斓正早秋。

“九一八”闻警报有感

警报三鸣人不慌，太平日久懒防狼。当年血火人为鬼，今日风花梦作乡。
总是国强民乃乐，应须世泰骨尤刚。堪叹客醉樱花下，海上时闻犬吠狂！

漓江印象

苍天有意安仙境，造就人间盖世奇。百里螺峰张画卷，一江碧水走琉璃。
歌声时伴笑声起，云影长随鸟影移。身在其中如梦幻，几番停棹问鸬鹚。

赴宁途中所见

麦苗千畦暗,菜花数条明。春风如可数,一一弄新晴。

白公馆

满目青山里,高人有隐居。谁知暴政下,一片血模糊!

感 事

白云随去住,流水自西东。天下本无事,心头勿起风!

赠高堰归园田居主人

雅筑田园里,心游晋宋前。往来松菊畔,俯仰得天然。

题淮安府署

朱门皆有联,联语劝清廉。清廉能有几?临风想昔贤。

题诗人节

忠贞为国死,奸宄看国灭。看此诗人节,浸透诗人血。

题白云雅筑

朝逐白云起,暮随宿鸟还。归来拈夕照,裁作小重山。

甲午秋吟

才见桃花灿,又逢枫叶丹。时光如可贮,夕照在前山。

偶题网页

万事随流水,几回枫叶丹?天心哪可问,无语忆江南。

赠朱德慈即将调往扬州大学

直奔维扬去,长呼不掉头。应怜湖水瘦,轻弄小莲舟。

题槿轩

小楼一夜雨,窗外起芭蕉。捉笔凝思处,云中忽奏箫。

题韩侯钓台

当年桎梏满山河，垂钓何曾忘弄戈。风物而今都改尽，唯余台底是清波。

钵池山口号

不见仙人王子乔，炼丹仙鼎久停烧。仙人已去仙踪在，一抹仙风挂柳梢。

晚　钓

独立长淮钓晚风，翩翩白鹭绕芦丛。提钩挂破残阳影，撩乱霞光万顷红。

题楚秀园

波光渺渺涵帆影，树木森森参碧空。最爱雷湖夕照里，渔翁钩乱晚霞红。

项　羽

拔山盖世气何雄！兵败乌江道未穷。抛却头颅赠故旧，要留铁骨抵长空。

咏象鼻山

大物庞然绝世雄，埋头不顾夕阳红。只因贪饮桃花水，巨鼻年年没水中。

偶　得

得闲乘兴上高台，一路莺声催雾开。看足泉山归去后，不防鸟语逐人来。

看　春

满把春风不用钱，平铺秀色到天边。而今欲得五花马，饱览山川快着鞭！

题兰三首

未　花

风雨频来亦有春，藏名何惧远红尘。品高犹自称王者，任是无花也动人。

单　花

耐得阴寒耐得凉，自甘寂寞在山冈。好花何必开千万，一箭才生满谷香。

空谷兰

立根原在荒寒地，难得阳光普照恩。却把清香飘九土，不分瓮牖与朱门。

咏 月

扫除灰土绝云烟，通体晶莹挂九天。一片寒冰溶不尽，才圆复缺缺还圆。

咏笼鸟

初入樊笼不自安，天天叫噪夜眠难。如今已惯金笼宿，几番放去又飞还。

咏青蛙

历尽炎凉得绿袍，春来自是发声高。目空四海无龙凤，縚井称王胆气豪。

咏巴根草

平铺路侧与河滨，耐得风霜耐得尘。不作妖娆媚俗态，只随春夏献茵茵。

左同明

左同明(1953～)，江苏涟水人，1971年参加工作，中共党员，现为淮安市文旅局退休干部。

咏洪泽湖

天水海江流，安澜好载舟。春晨烟澹澹，夏暮鸟悠悠。
帆影连千里，堤围固百秋。悬湖甘露洒，泽润楚淮州。

咏南京明城墙

旷古帝王城，龙吟虎啸争。明皇挥利剑，丁役肇都营。
岩石雕青史，窑砖铸匠情。金陵梅一朵，香远享昌平。

小满过后

青翠吐烟波，溪流唱小河。鸭鹅摇碧柳，鸟雀醉金窝。
北野酬春暮，南园奏夏歌。麦黄熏大地，又见插新禾。

登阅江楼

江南名胜地，都市帝王州。逶迤逢甘露，连天起阁楼。
风和听燕语，云淡看华舟。滚滚东流水，登高一目收。

古黄河湿地游

风清湿地悠，旷野好吟秋。湖荡飞青鸟，丛林起白鸥。
莺歌淮水暖，雨散楚云收。美景何方觅，随波一叶舟。

纪念周恩来诞辰120周年

少年求索誓言真，赤子亲民总理臣。治国安邦容影粹，持家廉洁袖风纯。
无私奉献丝全尽，勤政躬身事盖臻。崛起声声昭日月，志酬蹈海亮星辰。

贺大姐70华诞

岁月蹉跎苦作舟，悠然望远咏金秋。当年跑道飞毛腿，今日歌厅亮玉喉。
沐雨经风无憾事，夕阳红叶有何求？回眸一笑人生路，任尔时光染白头。

注：同美大姐曾获1966年淮阴地区中学生运动会女子100米、60米冠军。

重阳望远

远眺南飞雁，登高目送吟。蘸来寒露水，运笔写秋心。

贺顾老树青先生《淮安影像》出版

寸镜揽河山，青姿倚栅斓。快门轻按动，留住百年颜。

秋　晚

泊舟幽静处，极目万山红。回首人生路，霞帔白发翁。

秋　望

寒露化凉霜，鸿儒沐夕阳。酒沽星斗远，题咏笔生光。

秋　游

落叶晚风凉，游人走异乡。视频聊别绪，把酒醉斜阳。

立秋雨后之夜

立秋天气爽，夜静自然眠。好雨知时节，清香沁腑田。

冬进大棚

冬棚春意抹，种蒜也栽葱。何虑无滋味，瓜青柿子红。

题旧照

窗前鬓上霜,旧照两三张。情思言不尽,无猜少小郎。

为淮安市诗词协会成立30周年而作

春晨鸟雀鸣,湖泽映云清。采蜜心如蝶,诗乡四季耕。

赞朱德元帅

开国红元帅,功勋炳史篇。心胸如大海,意志比钢坚。

读月清先生《搅动水中的月亮》有感

月清轻搅月,花碎起云烟。诗话无穷尽,毫端接水天。

扶老宅院百年枣树忆慈母

枣树老根生,枝巢育小莺。母濡千滴露,子唱到天明。

江岸有思

帆影云烟岸,江风拂面凉。千流归大海,滴水映朝阳。

惊蛰前夜闻雷声有句

昨夜雷声响,惊苏百蛰虫。农家忙种起,燕雀舞东风。

雨中玄武湖

云暗雾朦胧,潇潇雨打蓬。残花三两朵,风里立秋桐。

自　勉

儿时不懂诗词味,常以欢娱妄自狂。花甲赋闲频酌酒,且吟一曲敬榆桑。

清江浦开埠600周年感怀

北马南船帆影动,长河十里紫云天。江淮崛起重圆梦,再领风骚六百年。

清洁工

绰约多姿渡路芽,闻鸡起舞伴朝霞。灰头土脸心灵美,汗水浇开幸福花。

秋深芦苇

苇荡连绵水月舟，叶黄杆直立鹰鸠。秋深霜打芦花放，风动悠扬对玉钩。

咏　竹

迎风摇曳影飘潇，历雨经霜敢弄潮。自有虚心加节制，一身正气贯云霄。

春游玄武湖

苍苍玄武石门开，烟柳丝丝引客来。风暖日高湖潋滟，钟山紫气满亭台。

老友冬日相聚运都书院留句

闲倚茶楼赏笛箫，红梅窗外傲霜骄。荷塘鸦影凄声短，玉女娉婷立小桥。

咏枇杷

松姿梅韵向苍穹，冬孟花开搏北风。傲雪凌霜春雨后，黄金仙果俏玲珑。

吟桂花

冷露天香落地开，月宫桂子下瑶台。吴刚倾尽千坛酒，诗雨绵绵扑面来。

冬日花姑

根扎田园历雨风，清香四溢女花工。满棚菊剑姿多俏，装点东篱映雪红。

贺江苏省淮海剧团成立60周年

淮海弦腔似水流，拉魂接地美名留。秀英四告歌村里，曲好风光醉九州。

按：淮海戏与泗州戏、柳琴戏同属拉魂腔曲种；《皮秀英四告》是淮海戏优秀传统剧目；淮海戏有一个优美曲牌，名曰好风光。

纪念周恩来诞辰120周年

大鸾振翅展鸿猷，光彩人生照五洲。少小读书图破壁，箴言崛起贯千秋。

贺著名淮剧表演艺术家荣光辉先生70大寿

正声粉墨妙如神，九小龄童戏骨真。岁月沧桑行有道，淮腔西路领衔人。

注：光辉先生九岁登台，故称九小龄童也。

周思民

周思民(1954～),笔名松萧,江苏扬州人。历任金湖县检察院副检察长、检察长,淮安市人民检察院副检察长。中华诗词学会会员、中国摄影家协会会员、江苏省作家协会会员、淮安市文联顾问、淮安市作家协会副主席,有21首诗词收入中华诗词研究会项目丛书《二十世纪诗词文献汇编》。著有《湖城情》《松风斋诗词稿》等。

陋居吟

陋居心甘甜,香飘笔墨妍。窗推松竹翠,帘起菊兰鲜。
呼友风清拂,求音月皓娟。斋藏书百册,韵事苦相煎。

题自画墨兰图

两撮涂崖谷,凌然赋劲风。点根扎石罅,撇叶出岩中。
日烈姿弥倔,天寒色逾浓。香清闻亦远,禀志立云空。

采　桑

夜间小雨润新苔,晨起围裙结伴来。落口甘香桑葚熟,一筐鲜绿带霞回。

上　梁

绿绽枝头楚楚黄,烟蒸初雨洗新房。欢天喜地飘虹带,沽酒烹猪上大梁。

挖蒌蒿

柳浅滩青宿雨天,远帆点点一湖烟。拂珠浥露飘红绿,挖得蒌蒿市上鲜。

挑荠菜

细雨初收绿浅平,新蒲疏柳荠花明。小姑挑菜轻歌醉,俯仰滩头满篓情。

织　网

红日微霞带水升,芦青长荡雾云蒸。渔姑理绪穿梭急,绕膝花猫戏网绳。

麦　收

晨炊燃火未鸡鸣,腰插镰钩步月行。相唤新姑携手去,应声早已到前坪。

夏　耕

秧草萋萋布谷声，四围渠水柳烟横。麦烟直欲融云际，欣看千家带雨耕。

插　秧

其　一

远村近郭碧烟笼，细雨蒙蒙翠色溶。布谷声里天地绿，秧歌唱彻入云空。

其　二

纤指散成翠锦移，深靴如裤勿沾泥。俚歌此伏彼方起，低问小姑出嫁期。

捕银鱼

柳絮飞扬苇草垂，侧风帆满捕银丝。脍残抵得鲈鱼馔，洒火湖中夜泊移。

育　蚌

清许方塘育蚌珠，漪涟半道夕阳铺。小姑理起莹莹玉，纤手书成尽画图。

三　河

一条练带风帆里，两岸葱茏薄雾中。蓦地沙鸥惊叫起，湖天芦荻舞霓虹。

踩　藕

溽暑尧天别样姝，风吹碧盖荡晶珠。手举身轻左右突，一支嫩玉出澄湖。

荷　塘

一道霓虹挂翠图，蒙蒙花气雨收初。学童喝出莲荫犊，抖落蓑衣笠上珠。

荷　田

万亩田田水气蒙，天然翠盖鸭鱼融。白荷香里听风语，散入扁舟月色中。

夏　景

柳垂绿水半临川，卵石参差托木船。小胖偷凉舷上卧，细听暑日树鸣蝉。

布　罾

青芦摇曳小舟横，曲水烟笼月色轻。紫竹茅楼垂钓竿，时闻鱼跃扑罾声。

夜 泊

烟水苍苍墨画屏，芦深风寂泊沙汀。银河潮涨弯轮月，思绪漫成满壁星。

渔 归

其 一

一浆波澜一簇花，辫梢甩出满天霞。涛声汇就丰收曲，烟袅芦丛篇箔斜。

其 二

迷蒙纱帐荡歌声，野泊惊凫一抹横。斗笠飘来青苇意，竹篙撑出满湖情。

采 菱

晓气迷茫雾不开，几声犬吠出庄台。凌波采撷紫菱梦，携得朝霞踏露回。

村 姑

水映霜林绕柳家，重重稻浪向人斜。村姑忙里偷闲趣，嬉笑争簪野菊花。

收 稻

小阳春日上滩头，排挞连声翠色收。仓满小舟香四溢，半枝红叶一湖秋。

运 藕

小船叠藕似云樯，莲叶无边野鹭翔。试问小姑何处去，笑云天角海涯方。

月 夜

繁星正是满天时，稻谷香飘粒粒诗。一道清烟微月路，虫声细碎透疏枝。

罱 泥

浴日金波净浊沙，河塘妙手剪云霞。泥花船满平畴绿，柳色含烟稻浪斜。

眠 秋

枫叶涂丹艳水村，谁家弄笛似曾闻。湖风酣畅殷殷意，敲醉农人梦里魂。

割 柴

长荡无垠沐绚晖，苇黄浩渺絮云霏。芦丛刀舞丰收曲，惊起寒禽万点飞。

春 咏

其 一

雨丝催出万花红,如染青春柳岸风。润物无声昨夜梦,轻烟漫入竹林中。

其 二

新绿池塘碎影斜,雏鹅点点动春华。机声一片催耕早,雨燕翩翩入万家。

高庄杂吟

疏柳迎风绿浅平,轻波抚岸雾摇晴。农家早起黄雏唤,相戏春声一片情。

湖 滩

东至尖头荻草生,野禽颃颉鹤云横。青芦凝翠鸳鸯宿,万亩滩涂万亩情。

围 养

叶红野菊映芦花,碧柳渡头雁字斜。稻菽香飘浸肺腑,诗囊裁入尽菁华。

感 怀

其 一

半世朦胧兴未阑,烟霞堪忆念般般。湖城虽小情无限,别有诗思碧水间。

其 二

岁月匆匆气亦豪,剑鸣壁上卷秋涛。晓声枕畔三河浪,梦里烟村柳岸高。

湖 柳

清气烟笼碧玉晨,垂丝装点满湖春。时依堤岸时临水,半掩桥村半拂尘。

牵牛花

露湿篱垣月色昏,整装待旦报曦村。清风摇曳吹军号,昂首凌秋万马奔。

黄昏过三河渡

镜中云影来千里,湖上人烟汇九州。最是夕阳红似火,轻舟点浪戏沙鸥。

小 满

籽实吞巢细雨斜,荧荧灯火理镰枷。农家夜话明朝市,卖得钱来换旧车。

月　夜

小楼隐约掩槐丛，疏影含烟远岸笼。滩曲芦丛鳞点点，渔舟灯火酌清风。

春　牧

薄彩轻调点素春，初飞燕尾剪清新。牧童弄笛芦芽曲，唱得滩青水更淳。

收　箔

飘出芦丛半叶舟，无边月色满湖秋。渔歌一曲波心荡，小酌陶然网箔收。

晚　眺

渔火流萤隐水浦，苇丛回落满禽凫。一湖菱气多诗兴，明月清风入画图。

采　菱

乍起秋风嫩叶淳，菱花羞涩笑垂纶。幽香怡梦兰舟动，采撷农家岁月珍。

小　草

萋萋绿满漫桑田，生性迥同百卉妍。明月清风何用种，原来生命在天然。

水乡感怀

半世朦胧兴未阑，烟霞堪忆念般般。湖城虽小情无限，别有诗思碧水间。

胡汉屏

胡汉屏(1955～　)，江苏涟水人。淮安市中医院退休。中华诗词学会会员，著有诗词集。

致胡晓明退休

飞函数日语无伦，回首光阴晨已昏。岁转红尘思未渺，念催白发忆深痕。
藤生岁月知书意，石柱乾坤促画魂。倒转苍天三十载，再回丁集梦重温。

赠李廷章

淮上迎佳士，铭怀令我惊。白驹穿二纪，坦荡故人情。

贺《涓埃草》出版

其 一

菏泽阴浓拂面凉，生辉斗室韵泱泱。开篇忽似三月雨，满卷珠玑兰麝香。

其 二

七秩诗书八秩翁，多怀锦句袖囊中。斯文一梓扬天下，应道辛苏俱眼红。

其 三

洛阳有赋溢清芬，装点河山霓若纭。三上难消渴正紧，深情感我步鸿文。

张顺新

张顺新（1955～ ），江苏淮安人。淮安市大常委会办公室机关党委副书记退休。在诗词竞赛等活动中多次获奖，在红豆杯“挝春鼓”诗词竞赛中获一等奖，江苏省诗教工作先进个人。淮安市诗词协会常务理事、副秘书长、办公室副主任、《淮海诗苑》副主编。

芦塘夜雁

凉月白芦花，深秋疏影斜。篷窗明烛火，鸿影过青纱。
坦对寒风袭，笑迎凄雾遮。凌云飞万里，振翅向朝霞。

荷塘仙境

荷塘仙境美，夜静月藏娇，鸥鹭飞云路，织牛渡鹊桥。
一帘幽梦远，万亩淡香飘。风雨何曾惧，相逢趣自高。

五老峰

庐山五老峰，耸立白云中。心静听松语，气闲赏鹤容。
笑观天上景，慈对世间风。雨霁凝千翠，日升迎万红。

夏游清晏园

曲廊水榭拱桥连，昔日乾隆六入园。北国搬来奇石丽，江南借得画船妍。
风摇绿柳闻莺唱，波举芰荷赏蝶翩。月到花前人忘返，观鱼更觉水悠闲。

乌江怀古

鏖战当年血雨纷，烽烟嘶马啸声频。排空雪浪拍惊岸，席地狂风卷乱云。

寒剑鸿门机已失，楚歌垓下恨难禁。乌江一刎长天泣，千古英雄何处寻？

访世博园中国馆

华冠巍峨霞霭间，清明河上妙图妍。时光隧道流金彩，天下粮仓泽富源。无限江山风景丽，英雄儿女舞姿翩。鲲鹏展翅高千尺，揽月摘星傲九天。

秋游西湖

西子湖中碧水柔，天高气爽荡兰舟。笑赠玉伞许仙喜，伤别断桥娘子忧。千载多情随梦霭，一池琼液化悲流。红枫似蝶风中舞，不恋春光恋浅秋。

瞻吴承恩故居

曲径通幽草色微，古宅静候主人归。燃情妙笔追雷吼，泼墨奇思逐浪飞。除怪擒妖七二变，上天入地九千回。长淮骄子惊寰宇，一部《西游》万古垂。

春暖田间

油菜花开遍地黄，堤边杨柳巧梳妆。新来媳妇俏模样，笑语盈盈忙小康。

晚　秋

秋风萧瑟晚秋时，如泣如歌曲一支。缱绻白云诉秋意，飘飞红叶寄相思。

观　棋

楚河汉界自添烦，走马搬兵若许年。笑看凡尘纷扰事，输赢转眼化云烟。

萤火虫

难分五指夜空蒙，偶见花前萤火虫。点点星星虽极弱，平生却也发光中。

白睡莲

银花金蕊夜相逢，绝色佳人香韵浓。我劝清风悄移步，莫惊仙子梦中容。

蜘蛛结网

昼吐银丝夜守更，圆睁怒目一腔诚。恢恢天网疏无漏，噬血蚊蝇别逞能。

垂　柳

垂柳河边翠玉凝，心无旁骛一身轻。平生不做青云梦，俯首唯思大地情。

红　莲

风和日暖赏红莲，碧水悠悠雅韵添。秀色怡人惊望眼，芳姿不负艳阳天。

春　蚕

作茧春蚕昼夜忙，无声默默吐幽芳。呕心沥血泪难尽，一缕情丝千尺长。

刘长顺

刘长顺（1956～　），江苏淮安人。中共党员，大学文化。曾任中共淮安市纪委宣传教育室副主任、主任，淮安市交通局纪委书记等职。

游柳树湾

昔日黄河多草滩，枯藤残树水流寒。今朝绿柳轻风拂，更有香花彩蝶眠。
临水曲桥依彼岸，迎风硕果压枝弯。举杯邀得三江月，九寨风光也汗颜。

赞青藏铁路全线通车

绝世高原白雪皑，高寒缺氧布阴霾。两千昼夜天天汗，十万英雄战九垓。
天路横穿昆喜峻，铁龙纵贯净尘埃。 欣逢“七一”吉祥日，长啸火车披彩来。

何丽芳

何丽芳（1957～　），女，安徽安庆人，大专文化。曾任淮阴市棉毛纺织有限公司财务科科长、市科学技术委员会《特快信息》总编办主任兼总账会计、淮安市人大法制建设研究会《淮安法制》总编办主任。淮安市诗词协会副秘书长、办公室副主任。

咏水仙花

碧水出纤影，临窗意气新。波凝清绿秀，室静淡香匀。
傲骨凭他论，冰心且自珍。销寒研浅色，檐雨细听春。

雨夜思

遇连日阴雨，数地遭水灾。看电视连续剧《知青》，忆插队之艰辛，浮想联翩。

绵绵淫雨又清闲，独自凭栏忆往年。背井离乡修正果，含辛茹苦兴家园。

幸得动乱成遗事，喜遇革新变锦天。待到祖国振兴日，乌云散尽笑开颜！

怀念周总理

豪情济世满重洋，觅遍神光亮旧邦。崛起名言犹萦耳，巨龙腾跃啸东方。

湘妃竹园夜思

月色朦胧映院庭，清风碧叶淡幽径。斑竹怎洒潇湘泪，雨恨云愁不了情。

王　忠

王忠（1957～　），江苏涟水人。大学文化，中共党员，做过上山下乡知识青年、军人、企业政秘科长、经理、书记。

八一小聚感言

东海朦胧影，突呈鬼魅狂。携枪还久愿，磨刀复吾疆。
祭祖天坛梦，泣先太姥殃。留存知耻勇，誓死却国殇。

秋　思

月明胡雁过，叶落寂寥多。醉饮菊花酒，空谈落叶荷。
临湖叹夕照，面海荡琼波。既有丈夫志，何能唱叹歌。

咏重阳

赋闲东篱菊，悠吟陌上桑。余钱沽水酒，残米换牙糖。
月进云边暗，风摧身后凉。忍瞧岸柳寿，早日觅冯唐。

初　雪

天女散花飘，人疑柳絮摇。轻柔彩蝶舞，寂寞月娥娇。
抚木凝甘露，融尘化玉肴。洁来还洁去，不语独风骚。

巡边路上

荒山野岭处，勒马踏边路。夜呷乌苏雨，昼餐兴凯雾。
白山人伴虎，黑水汗沾露。甘洒青春血，只缘天下固。

悲秋瑾

形单影只竞雄骄，巾帼东瀛化碧涛。歃血为盟求族旺，临风把酒结英豪。
大通磨刃秋为气，鉴泊侠悲瑾入霄。未有别离难谢国，孤山远影剑魂昭。

寂寞红

一缕秋霜韵味浓，群花凋落尔恢宏。不求富贵孤芳艳，但觅荒原寂寞红。
如火如荼繁似锦，无边无际美如琼。休谈寒意春还早，遍撒余晖胜彩虹。

王兆生

王兆生（1958～ ），江苏淮安人。研究生毕业，中共党员。淮安市人大常委会研究室副主任。淮安市诗词协会常务理事、办公室主任。

看淮安市区古运河夜景

夜幕来临后，流光溢彩时。遥观如玉带，近看似瑶池。
水映溶溶月，舟传朗朗诗。御龙园景秀，游客醉如痴。

赠友人

方圆千里河山，地冷天寒影单。白雪茫茫一片，红梅一枝独艳。

品美酒今世缘

其　一

轻车往北出城厢，碧树迎秋入画廊。渴品天泉非是梦，高城之外已闻香。

其　二

酒窖千缸复万缸，氤氲清气味香长。几年之后杯中酒，曾是今朝秋色香。

韩其荣

韩其荣（1960～ ），笔名韩钓月，江苏镇江人。中学英语高级教师。中国诗歌协会会员、淮安市诗词协会常务理事，正式出版有近二十种书籍。2009年大众文艺出版社正式出版双语诗集《淮上诗履》。

红豆叹

灼灼寄我思，恨醒不癫痴。爱意去时早，春情来日迟。
新柯多叶茂，老树少花滋。原上夕阳落，佳人垂暮时。

赠 人

翠绕红围水岸洲，和鸾鸣凤许白头。冬闲灯下常读网，夏暑兰汀时看鸥。
同饮丹山不老液，共登真水木兰舟。偶逢草甸莺飞日，携手一生淮上游。

从教感赋

一骑乘兴入教门，唇齿留香脩脯醇。春日汗滋桃李蕊，秋天血沃桂兰魂。
灯前阅卷蛾拂笔，坛上插花蝶吮芬。晨去书声催日起，晚归蹄乱落星辰。

与梅边一鹤元旦假期同游

何曾人境易玄黄，雅士今发少日狂。闸口渡头心澹澹，钵池山顶意茫茫。
俯拾枯叶镶歌赋，仰拢寒鸦嵌曲章。共鹤随梅仙域去，屐痕到处种芬芳。

元夕忆人

记得青涩上元欢，乍遇阿莲圆子摊。檀口轻开莺上树，蛾眉微蹙月经天。
娇词呖呖融寒水，软语嘤嘤荡瘦山。宝马香车何处觅？只俟酒后夕阳原。

辛卯早春感怀

倏尔春来万物和，书间诗里懒消磨。欣然寻韵蛛丝阵，萧索辞年梅骨柯。
淮水野庐清呗少，楚天荒陌嫩芽多。愧无射日摩云手，唯有林泉《归去歌》。

春日淮上柳树湾记游

偷得浮世半天闲，一掬盈盈濯百烦。风摆柳腰揖墨客，日托花靥问春安。
绿屏内外罗裙舞，曲栈东西社帜旋。碧水一瓢聊共醉，此湾宜举子陵竿。

辛卯感岁寄人

俯仰之间半岁过，夏花春草剩无多。才刚绾彩求星运，转眼扶鸾议渡河。
谁是一生真宿命，孰尊四九铁梅柯？三洲原上斜阳外，秋水金濉涌渌波。

别

别亦时时见不难，满天微月水无澜。运河扬子一帆过，楚尾吴头半日还。
自古忧多人早陨，迄今心旷体长安。离别本属寻常事，屡屡为何向妻看？

辛卯答刘能英诗友

转益多师骚客魂，千流万派入吾樽。怜花买醉瑶池近，挟势通神仙阕深。
月弄婉约眉眼绰，剑吟豪放地天混。词间诗里余生寄，淮水安澜招虎贲。

晚婚女

繁花落尽又黄昏，痴待檀郎轻叩门。一纸红笺随泡影，三春绮梦化飙尘。
雕栏拍过情还热，沧海曾经心尚温。一旦红鸾淮楚动，宜家宜室美佳人。

示月色江河诗友

无数词尖叠字锋，诗家面对怎从容？探骊每斗千山虎，登境常敌万壑龙。
寂寂扪心花满树，腾腾附翼翅多虫。茫茫诗海何方岸？轻弹瑶琴问过鸿。

都梁忆游

少年昔日彼方游，转眼如今四十秋。乱巷脏街无个影，青山绿水入双眸。
震魔计拙天涯匿，香草情浓邑野留。虾舞诗和拼一醉，不超米陆酒无休。

注：余少时游盱眙，适逢地震猖獗，住于防震棚中。此次乘盱眙龙虾节暨淮安市诗词协会2014年年会之际重游旧地。

重阳节感赋

人生半百类飞蓬，忽忽星旋散八风。春梦一帘原上葬，霓虹半树雾中封。
如磐世事多惊魄，若火天威每淬锋。幸有丹心同玉露，年年亲近菊花盅。

赠　内

英文角里乍觑卿，倩步轻摇我见倾。桃面娇羞艳胜火，明眸顾盼亮如星。
渌波自此绝飞絮，野筑从兹有啭莺。画里春山几卅载，花前早订百年盟。

痴心鸟

痴心总被绝情抛，断翅随风落泽皋。兀自扎挣朝落日，依然抖擞绕惊涛。
前愆梦化千千蝶，彼岸诗腾万万鹞。不拜如来唯信己，劬劬只上碧云霄。

大 冬

犹记先严祭大冬，葱烧豆腐酒一盅。后昆跪下三垂首，列祖来时一阵风。
畴日悠然还稚子，如今倏尔已衰翁。谁知千载乘跷后，是否年年子嗣躬。

观金鹰门前人造美景

若斯绝色孰操刀？卷起淮城万道潮。公主娉婷行雪野，矮人扰攘戏林寮。
琪花有美惊凡眼，瑶草无香滤市嚣。假乱真时如有翅，凭风照样上云霄。

淮城平安夜

闾巷霾天作笑谈，倾城老少抢平安。客临闹市愁龟步，车堵通衢恨死环。
新亚层层人满满，金鹰柜柜笑翻翻。西来紫气濡华夏，商道当先解此玄。

注：网上有圣诞老人因中国雾霾太大，看不清路而跌倒之笑谈。新亚和金鹰均为淮安市区著名之商企。

冬日漫忆

缘来不识恨其中，自此遥遥怎路逢？欲寄飞鸿情怯怯，将行湍水雾浓浓。
天南地北千山阻，郭外寮前一梦同。转眼花开花又谢，夏秋念念到冰封。

钵池新岁

旧岁云烟一梦删，回归墨燕故梁旋。灵羊美美游芳甸，奔马嘶嘶裂朔天。
兀自清流千古鉴，依然赋笔一泥丸。还将热血添平仄，写尽元元苦辣酸。

加入“双会”感兴

天生嗜读恨平庸，志气凌云李杜同。觅得唐诗千首背，寻来汉赋百篇穷。
丽姝金屋无由邂，寂寞忧愁总路逢。知命飘飘飞此界，酡颜举酒啸东风。

注：双会指中国诗歌学会和中华诗词学会。

赠李老师小碟

童时野甸撷香茎，潜隐清园理七弦。日里杏坛培幼蕊，宵中史海法先贤。
将泗万水经纡曲，欲上千云赖转旋。毋忘江湖多暗室，始终道义担双肩。

注：欣闻清中李老师将荣膺十佳教师称号。

羊年半夜初雪

恐嗅吾庐一品香，招来霄汉炸群羊。霎时玉屑千林洒，倏尔琼花万舍镶。暗黑洇成佳赋阁，倦灯化作美诗行。宵中未寐今兹盼，五谷雕龙好事双。

飘然一键上云头

久隐东篱使我愁，飘然一键上云头。三千大道如星拱，十万骚人若友讴。在线相酬凭伏鼠，隔河对唱赖歌喉。逍遥银汉无烦恼，诗海词山有渡舟。

飞鸿悲唳落寒烟

血色斜阳海角天，飞鸿悲唳落寒烟。渡舟一叶锚难下，风语千弦曲易偏。夜墨洇成催命判，冰蓝化作葬尸田。明朝水域嫣如昔，杀手张弓月复年。

升平降仄逍遥道

暮色斜阳倦欲回，青娥馈我隐身衣。流连塞北听胡鼓，蹀躞天南访芷湄。徂夜银桥风屐哑，归晨蜗筑月光微。升平降仄逍遥道，千载同游莫拗违。

韩信城除夕

氤氲紫气自来东，韩信城边又绿红。燕子飞飞怜万绕，春风煦煦倩千丰。流韶水逝叹劳绩，素影眸回惋滴功。今夕烟花催倦笔，人生百载总匆匆。

先严去世5周年祭

五载西游盼一书，每逢佳节对唏嘘。仰樽时伴三千饮，做梦常闻八百呼。愁悉黄泉无日月，恨听鬼殿满狼狐。临行应遣貔貅去，护侍先严乐胜初。

致淮安一读书会

三淮四水聚书缘，拟借熏风上九天。睿目为犁耕万垄，键盘作柱理千弦。德修循此通兰畹，智采由兹达玉田。红袖添香欣夜读，行间字里觅琅玕。

八叉春吟

轮回一度又年初，御电云驰客在途。五福盈门轻作重，八叉悦已有当无。神龟永寿支床度，骚客残年斗韵娱。先借春风杨柳意，蓝天碧水好诗涂。

赠方文山

青花瓷外梦江南，剪破东风天地寒。菊月霜丘人远去，杰伦歌里耸文山。

朱德慈

朱德慈（1963～ ），宿迁洋河人。中国古典文学博士后，曾执教于淮阴师范学院，现为扬州大学文学院教授，兼任中国词学会常务理事、江苏南社研究会副会长等。著有《常州词派通论》《潘德舆年谱考略》《近代词人考录》，辑校有《潘德舆全集》《鲁一同集》《采风录》，笺释有《〈词菿〉笺注》《〈宋词三百首〉译注》《谢玉岑词笺注》等。

春雨晚晴

堪爱知时雨，随风向晚晴。天青星愈朗，夜黑水偏明。
高树坠余滴，凹塘聚落英。罢吟且静赏，万籁寂无声。

无　题

中年哀乐万愁并，往事填膺热泪横。多苦人生历幻梦，数迁职场费经营。
浮名虽贱终难弃，素食亦须费笔耕。谁可潜踪尘彀外，仰天休作不平鸣。

咏优仙美地（Yosemite）国家公园千岁杉树王

森森生猛入云端，夭矫虬枝欺众杉。游客纷纷尊长老，沓来仰望竞摩肩。
命长自有神威在，勋著岂无美女怜。但思治学如生树，积少成多可参天。

赠别子晛媳琳分赴爱荷华大学弗吉尼亚大学读博

挥手自兹去，追寻真理光。学成报国日，父老共飞觞。

甲戌初夏初中同学会

执手惊看笑语频，故园草木倍相亲。花开月落几春夏，同学情牵一世魂。

己亥早春偕老同学陈怀鹏伉俪詹国庆娇妻爱女暨钱丽萍张国祥柯勇潘敏健汪明时郭坚一行游瘦西湖感赋两绝

其　一

杨柳青青湖水平，船娘逗客踏波行。红梅粉杏殷勤甚，摆舞临风献盛情。

其　二

瘦西湖畔群星聚，且笑且斟波万斛。共阅春光四十载，风骚各领若须臾。

己亥仲夏游詹国庆兄空中花园口占

一畦葱茜双眸豁，缕缕清香肺腑萦。十丈红尘喧闹处，偏饶老鲁占幽情。

自注：大学期间，有老师眼花，点名时误认詹国庆为鲁国庆，同学们遂呼之老鲁。

七夕寄远

身无彩凤双飞翼，心有灵犀一线传。谁似星河牛共女，千秋七夕总团圆。

己亥暑假自浦东乘美联航班机至美国加利福尼亚偕妻子观太平洋纪实

驭风万里已堪嗟，又见汪洋巨浸波。无数羲和鞭影里，粼粼碧色荡云窝。

陈剑昆

陈剑昆（1964～　），网名昆仑剑影，江苏涟水人。北京师范大学教育学硕士，淮阴师范学院教育科学学院副教授。2011年始习诗。

思　友

移标偶识君，一别散烟云。见字如逢面，言诗似赏雯。
苍穹星灿灿，方寸雨纷纷。但盼天涯近，同檐共作文。

人　生

时空变幻友难逢，往事留痕影两重。昔日欢终愁有径，而今苦短乐无踪。
雾遮前路谈何喜，云罩归途盼少凶。身置凡尘心若定，行逢坎坷亦从容。

庐山仙人洞

佛手遮天成此洞，名峦胜景引人游。山高水滴千秋续，石上清泉万古流。
纵览飞云尝变幻，追寻仙迹体深幽。平生乐得观神韵，富贵如烟不足求。

注：仙人洞有“山高水滴千秋不断，石上清泉万古常流”对联。

长　城

古留遗物后人逢，谁让残垣作警钟。万里长城万年梦，一条灯火一条龙。

铜墙越岭伤财命，堠火连天博笑容。昔日高台成亮景，今朝游客喜登峰。

圆 缺

秋去冬来又近春，行临绝地问何人？晴空总会逢阴雨，黑夜常将接日晨。
易转镜头留异景，难防陌客照吾身。天生万物存圆缺，不必长叹对月轮。

闲 步

临近河湾转向东，观花偶遇北归鸿。回眸远送挑筐汉，低首轻歌卖炭翁。
常慕子瞻豪放采，亦欢无本苦吟风。人生短暂当从紧，不可茫然择异同。

咏河下

地处西湖嘴上头，群星璀璨状元楼。周朝沟接江淮水，隋代河通杭蓟舟。
巾帼挥师驱北寇，须眉润笔作《西游》。襟吴带楚多才俊，何止将兵韩信侯。

端午节前怀古

长江滚滚东流去，端午将临忆旧年。楚主贪财伤屈子，吴王拒谏失伍员。
昏君误国千夫指，忠士成仁万代传。转眼又逢蒲节至，一杯黄酒祭英贤。

桃 李

李桃依旧展腰姿，却少行人驻足窥。未识春来佳节短，花开总有落花时。

迎新年

晴空万里喜逢春，宇内腾蛟四季轮。祈盼新年风雨顺，民安国泰笑迎晨。

许志豪

许志豪（1964～ ），江苏涟水人，中共党员，淮安市商务局副局长。诗词爱好者。

淮河颂

碧浪滔滔通海洲，神泉桐柏是源头。一条玉带分南北，千里长淮贯九州。
壮阔波涛歌水泽，蜿蜒金道载云舟。昔时浩劫留遗恨，今日甘霖福万秋。

原注：写在淮河生态经济带上升为国家战略之时。

送洪海

故人将去古淮楼，十月寒秋离楚州。此刻清江花叶萎，彼时铁岭树籽愁。
掷杯一笑开心事，指月欢乘得意舟。如戏人生千百曲，深情当念意长留！

张　越

张越（1967～　），江苏淮安人。中共党员，大学文化，淮安市城市管理局处长。中华诗词学会、江苏省诗词协会会员，淮安市诗词协会常务理事。著有《城管执法颂——张越格律诗作品集》等。

深　夜

墨浓夜色融化，灯影楼丛点星。寂寞天凝似海，茫然人立如钉。
光晕小巷幽暗，花落微风惜惺。平息人生激烈，声轻细草街聆。

洪泽湖舟行感怀

抛霞暮色血浮潮，浩渺云天盘翼雕。耕浪舟楫遥似野，翻花岁月逝如涛。
风敲命运门音紧，酒倾情怀竹叶潇。杯影人生拼剪辑，辉煌一段也英豪。

急　雨

揭地狂风云聚低，仰天泼墨色淋漓。纷扬尘土旋空舞，摇落春花入草迷。
对雨情怀心激荡，浩歌事世气雄奇。乾坤满蘸少陵笔，挥洒人间千万诗。

孙达道

孙达道（1967～　），江苏金湖人。中共党员，党校研究生学历，高级会计师，中国注册会计师，淮安市监察委员会委员。淮安市诗词协会副会长、淮安市首届十佳青年诗人，多次获得各类诗词竞赛奖项。著有《原味人生》《爱情玫瑰》等。

广州亚运会闭幕感赋

健儿汇广州，亚运竞风流。跨越立标远，拼搏载誉多。
频刷新纪录，屡获大丰收。终曲难分舍，路遥情更悠。

作风建设有感

行正无须令，勉实彰品端。短途宜健步，素食亦光盘。
民富国之幸，官贫心甚安。奢靡风向转，正气满人间。

参观洪金洞并南水北调工程

忽遇洪金洞，野鱼溯流忙。近观水势猛，遥嗅稻花香。
极目大湖阔，赏游古堰长。水凭南北调，亿众乐无疆。

咏涟水机场

冲天吼如雷，古楚何壮威！烹菜沪宾至，停杯京客回。
扶摇凭借力，登高沐朝晖。跨越新路径，淮安插翼飞。

庆祝全国两会胜利闭幕

三月京华柳色新，频传两会最强音。党心民意尊严重，继往开来托付深。
关注民生议国是，绘描远景定方针。欣逢盛世风华茂，吾辈尽皆圆梦人。

聆听全国优秀纪检监察干部先进事迹感赋

为党护航血汗流，风高稳驭浪中舟。重拳频出惩贪腐，浩气凌空腾劲虬。
孤老贫童胜亲属，安危冷暖挂心头。位殊权重无私利，壮志豪情写春秋。

纪念辛亥革命100周年

民主思潮治烂疴，推翻帝制起共和。军阀混战黎民苦，志士报国喋血多。
共产党人擎天柱，政局稳定远漩涡。从此旗幡不变幻，安居乐业放高歌。

纪念中国共产党成立90周年

乾坤力挽震天雷，屹立全球独占魁。斗地战天等闲过，腥风血雨信手挥。
政基稳固江山秀，经济繁荣社稷威。忧患常怀立民本，中华盛世铸丰碑。

观看影片《第一书记》有感

台前幕后泪潸然，沈浩事迹掀巨澜。四口亲人居旧所，六年小岗换新颜。
扎根乡野舞台大，淡泊名利天地宽。早逝英年恸惜短，精神不朽照人寰。

兴游古黄河

暮春饱览古黄流，乘兴竞相摇扁舟。双脚桨声三尺浪，百花云影一河绸。
彩霞信步送闲客，白鹭低飞作导游。俗务忧烦抛脑后，怡然自乐水悠悠。

风　筝

风筝虽小敢上天，万里长空舞大千。锦绣江山收眼底，赖依智者一线牵。

游白马湖

快艇疾驰浪练飘，叹惊置身九重霄。游人知否渔家苦，短棹小舟慢慢摇。

晚　秋

只鱼潜水底，孤雀鸣树梢。寒波随风起，冷月照幽桥。

刘桂兰

刘桂兰（1968～　），女，江苏淮安人。淮阴师院文学院副研究员、办公室主任，中国诗词研究会会员。部分作品在《中国诗词月刊》《网络导报》等刊物发表。

再题《绝壁垂红》

咫尺蓬山景，谁云万里遥。松亭临野水，茅屋隐山腰。
岚气浓于染，红花半欲飘。游人心懒散，坐看挂岩娇。

梅　雨

又知梅雨近，反复不看晴。龙眼应难合，雷公咋自惊。
重烟一家路，流膏满庭英。云黴多留渍，如何日再生。

题《梦里仙境图》步韵“西园墨痕”

涔涔取天阙，峭壁削开幽。拔地双峰阁，平波一叶舟。
方寻曲中路，乃截半空流。此处乾坤景，不劳南浦秋。

夏夜和“一点山辉”

一夜凉风小，闲花偷递香。风仪菖叶卷，月占柳丝长。

萱草荧飞灭，红蕖凫浅藏。独看浣纱女，正倚短红墙。

木芙蓉

不奈西风伴，那堪角落中。荒垣霜浥绿，旧藓雨催红。
啼鸟巫山路，秋波玉貌宫。只应从春去，相忆不相同。

子夜送归

柳色新来后，送君蹭蹭迟。凌波将动处，庭苑半开时。
凉夜归多梦，东风递一枝。春意正飘荡，不与白云辞。

秋　意

长桥红翠少，短浦几轮休。算却陶园处，新霜压菊头。
云宵已三徙，岁月尚频讴。不信风波恶，天凉好个秋。

菊花诗

疏篱黄菊织秋思，新绣从来不入时。百草已慵三更地，唯伊偏侧五云坻。
孤行因会金风语，莹静休分冷露嗤。归去来兮迟重禄，儿童堪笑配萸枝。

游运河风光带

为寻新绿作闲游，且下长河弄扁舟。立水小桥都入画，吟风杨柳不禁柔。
开颜遗爱通波道，回首争看清浦楼。我欲停桡图一醉，桃花却上美人头。

陋室吟和“篱畔种菊”

屋外春宫屋里玄，柴门时合听风言。一床山月催乡梦，两架葡萄挂岭烟。
客至常常泉作酒，意来蠢蠢我如仙。是非援碎伴无识，点点寒鸦空与喧。

秋　声

庭芜暗淡露凝收，料想家山几分秋。自此衰残平野北，一时胜概蓼滩头。
虽将片叶当阳绾，未见长亭有伴游。四面离歌谁更赋，菊花枫叶白沙鸥。

春日闲游

幽径初成一翠缘，数花犹可醉缠绵。河边小草愁春浪，陌上斜阳恋柳烟。
紫燕出关逢绿叶，夭桃傍水约婵娟。暖风是处堪闲坐，余与游人不用钱。

聚饮步韵“武昌余”

窗虚共是酒成空，自作陈王自作雄。行令不知四和十，传杯犹觉耳如聋。
半竿夕照从欢谑，满屋炉烟了事穷。客醉坐中已鼾态，倩谁传语画楼风？

乡师戏题步韵“武昌余”

争忍贤愚一字差，古今通读百千家。淫书始觉前人圣，沥血方教后辈娃。
骚客倾心多鬓白，寒生失意少温奢。纵然未得鲲鹏志，九万风云饮向茶。

暑假杂兴

七月溪流清且长，溪流乔木两苍苍。横烟翠果擎枝重，照水圆荷舞叶张。
四面人家日头迴，一壶风月岁华忘。繁花再盛今空地，落下窗帘入梦乡。

嵌字“琴棋书画诗酒花茶”

琴台鹤语说麻姑，棋苑知非旦听呼。书破金门消越女，画裁百态费云图。
诗成一首分虚实，酒过三巡问有无。花老方叹岁华去，茶痕旧迹已模糊。

题图《松壑观泉》依韵“西园墨痕”

画里层峦真绝胜，墨痕邀我一寻闲。目依山色岚光上，情入高台牛斗间。
风壑飞烟烟缭乱，云泉流玉玉潺湲。自惭尘俗非仙侣，且带云霞满袖还。

题“西园墨痕”《绝壁垂红》

高峰隐隐入云中，雾卷霞开万里红。松得棉锦自安室，石谋良图亦留瞳。
九霄路上丹垂壁，四皓轩边丛转宫。遥思鸾台旧溪月，常常夜过石桥东。

感淮安软件园

工业园林十里过，却观此境足吟哦。画家笔底才思少，骚客胸中感触多。
盘点乾坤逸科技，随行鬓影醉秋波。由来得势新奇广，恐是九天难释阿。

晚　秋

花折芦烟断，西风两岸楼。语亭空对柳，天地一河秋。

秋　兴

波动离人远，全凭雨作东。小舟无处觅，明月打秋风。

秋　望

秋水一时碧，清风几树香。此中何惬意，含笑问渔郎。

登清江浦楼

清江浦上一登楼，多少风流事已休。六百年来漕运史，淮安处处写春秋。

无　题

时去时来晓复昏，个中不解忆前尘。今宵酒醒杨柳岸，芳草又青无故人。

雨后初秋

一湾苍水动风凉，水动风凉闻雁忙。忙雁闻凉归故里，凉归故里一湾苍。

题同学聚会

人生近半白毛侵，看取寥寥几许春。二十六年重聚首，未教篱落到黄昏。

游第一山步韵朱德慈教授

其　一

登高才觉四山低，深浅林荫处处迷。千里淮河怎由去，摩崖石刻未留题。

其　二

巧立都梁淮水边，风坡岭上听潺潺。秋风未上龙山寺，香草白云留我看。

寄新年

一三耕耘一四春，旧符换了换精神。新妆不假东风到，不比梅花比那人。

诗　痴

清新小月向风赊，更有幽音入我家。匹马尘中留慧眼，任由霜雪发诗芽。

无　题

西风动地树梢头，报与霜埋一半秋。但觉长江数千里，绵绵不绝去幽幽。

秋　声

上林秋色老朱丘，风展黄花一点流。飞雁声声来客耳，婵娟好在有帘钩。

无　题

红花易落寄垂萝，又是南来鸟迹多。月半因无乡井念，乘风好去问山河。

外一首

总被霜风逼芰荷，欲妆笔底少春波。分明记得严陵处，此去东南十里过。

和《勿忘我》

秋来愁目遍涯天，柳外轻寒误作妍。纵使人间物华挫，心中自有三分田。

暑假杂兴

临屏怎比竹方床，恁地抛书蝶梦长。七月奈何流火急，至今下调不成章。

和《小楼》

一山一水一阳残，又引黄昏落夜阑。纵是满川皆锦濯，枉将颜色半天烟。

今日之日

已爱严陵身处闲，流年心了俗无关。一程风月问桃李，只道从来未下山。

题图诗

云槛长穿峭壁开，林光静入望仙台。逡巡已觉人间远，莫道蓬莱我未来。

寻梅得寄友人

轻轻玉叠韵何知，接水红云落照迟。不事铅华香暗渡，数枝倩影一园诗。

2016年岁末感悟

三山未悟怎无尘，半额梅妆寄却春。长路惊风先逼岁，夜寒料峭尚欺人。

散步书怀

纤云四卷月无波，折柳才知两边河。如是今宵声影绝，秋虫当歇不当歌。

2015年岁末

不觉匆匆又一年，假装日子挺清闲。什么成败和荣辱，不过人间几缕烟。

无 题

烟笼冷月半过墙，扑手短诗片片霜。曾作欢期无限思，如今却道断人肠。

秋 浦

人约黄昏月约幽，草边小径试浮游。望中一片长河静，不说天凉好个秋。

无 题

拂墙树叶自纷纷，谁倩征鸿懒未闻。欲向冰轮入朱户，误翻残酒湿衣裙。

和友人

一点春光一点冬，一墙浮玉一墙松。一枝梅蕊一枝放，一袖清香一袖风。

枯 荷

肯住荒芜不著名，繁华宠辱勿相惊。一朝沦落西风客，独为苍生骨自清。

冬 枝

叶减衰年不似春，风头料峭尚妨人。枯容何待穷荒地，因守东君故未新。

小城月影

暮折寒云霜折秋，小亭面面锦团游。蟾宫欲度欺诗瘦，且下梅枝也自悠。

题秋日采风

轻霜随分恰秋时，又到寒风作主持。最是残花欺客子，一园撩乱鬓边丝。

王 莉

王莉（1969～ ），女，江苏涟水人。中共党员，本科毕业，淮安市应急管理局干部。中华诗词学会会员。其诗作曾发表于《求是》《中国应急管理》《淮安日报》及多家诗词报刊、网站和微刊。

淮河寒岸听雪有题

淮城隐絮中，岁月去匆匆。旧曲琵琶奏，新正柏酒烘。
纷飘青竹外，香泛腊梅东。雪带潇湘雨，春暄自古同。

冬至留笔

昼短夜长时，晨风细雨丝。淮州同相聚，楚地共新姿。
雅咏邀贤集，闲吟和靖辞。临冬晴欲雪，椽笔赋其谁。

临端阳怀屈原

蓝裙饰艾妆，彩线佩丝香。角黍青芦裹，龙舟碧水扬。
汨罗沉屈子，馋佞误怀王。百岁宏图梦，千年华夏昌。

春韵漫吟

莺啼雀啭喜盈天，百鸟齐鸣贺酒仙。漫步诗林题绮燕，遨游韵海咏风鸢。
醉吟春柳三分绿，雅赋梅花满树旃。璀璨夕阳辉鹤寿，桑榆隐逸乐陶然。

过山间索桥有题

长虹横卧铁山西，古寺枫林翠鸟啼。百树斜根盘藓石，一绳飞渡过云梯。
高桥天影红花发，碧浪湖光水竞流。暇至依栏闲趣觅，烟波浩渺见鱼游。

防震减灾排头兵

抗震防灾破险危，神州坚固共参治。欢歌前行迎盛世，不忘初心定陇坻。
海晏河清中华梦，南湖浪细伴风飔。江山秀美英雄谱，壮丽蓝图展伟姿。

诗词广场漫步闲吟

石柱新词翰砚香，映花雕塑屹中央。东南第一人文萃，文化回廊茉莉芳。
绿荫丛中名士像，钦工镇里泛诗光。广场闲步穿人海，抚落尘心韵远扬。

淮安市万人自行车骑行活动感赋

轻骑沾露指微凉，姹紫嫣红茉莉香。坡陡路长含笑过，天蓝云淡曲声扬。
几双白蝶如花舞，一队红衣似箭翔。向上文明身倍健，江淮崛起好风光。

新年大拜师感怀

雏鹰展翅志将酬，学海无涯待从头。勤奋栽培长硕果，精心计算管征收。
年轮暗数堆双鬓，岁月光辉创茂猷。税务兴邦号角吹，辛劳浇灌建神州。

二河即景

河清拂面白云收，碧水微风荡竹舟。高堰大堤连峡内，清黄交汇到沙头

咏菩提叶

楚客常游处，淮河水碧微。树边一日梦，菩叶百年飞。

刘文韬

刘文韬（1969～ ），笔名叶言，江苏淮安人。江苏省清江中学教师，文学硕士，中学高级教师。在《华中师范大学学报》《河北理工学院学报》《中国文学报》等学术期刊发表诗歌论文及诗作多篇（首），曾获全国“金象杯”诗歌大赛优胜奖。

新年感怀

岁末来音信，丹心驱雪寒。小楼怀浩气，大漠梦巨澜。
淮上蛟龙困，金陵骏马缠。何当明月夜，把酒共君欢。

微信与同窗交流感怀

一别藐影踪，微信喜相逢。未睹同窗面，言谈亦从容。
金陵沉旧梦，淮水涌洪波。记取扬州路，春风十里同。

诗城淮安感赋

淮安自古属诗乡，九赋枚乘惊楚疆。雅韵遥思明远客，清音慢向倚楼郎。
一湖春水动轻舸，几度秋风踏冷霜。星火燎原呈大器，不污李杜散荷香。

参观金象减速机有限公司有感

一尊金象楚天昂，卅载淮乡舞凤凰。数缕和风迎翠柏，几多冷雨傲丁香。
历经坎坷征途迴，共越难关血脉长。更有豪情挥巨笔，情牵桑梓谱华章。

贺淮楚诗词网运行

运筹帷幄众贤怡，畅语西楼月影迟。跨海扬帆寻圣火，过川射虎觅真知。
雄鹰展翅春风里，骏马扬蹄秋雨时。元气有根结硕果，低枝佳木共生机。

欢庆中国共产党成立90周年

南湖圣火照金瓯，九秩华年伟业谋。烈士丹心匡社稷，英豪碧血著春秋。
祥云白屋千枝秀，旭日苍山万木遒。椽笔宏图惊海内，无边春色入神州。

咏台儿庄古城

林立楼台市井悠，云集商贾远吴钩。漕粮北上千年水，信使南回万里舟。
岸柳河桥分皓月，桨声灯影让轻鸥。古城御笔英豪气，壮美风光唤骥骝。

礼赞建国65周年

一语城楼动四方，披荆斩棘铸辉煌。援朝春雨甘泉涌，创业秋阳丹桂香。
浩气长存连广宇，清风徐送度边疆。山欢水笑神州醉，砥砺前行乐未央。

参观盐城新四军纪念馆感怀

独上高楼接大荒，八年抗战不寻常。铁军义勇黎民护，儒将宏谋日寇丧。
驰骋江淮迎冷雨，挥鞭鄂豫傲秋霜。中流砥柱应须记，沙场功勋耀四方。

观看中秋晚会感怀

丹桂飘香盛事连，江南塞北共婵娟。兰亭列坐流觞萃，盘谷徜徉秣马闲。
瑞气和风惊玉兔，佳音美曲动银蟾。平生难得如斯度，心有灵犀不羡仙。

恭贺孔祥田先生光荣退休

少小离乡志不逾，慈祥恬静一鸿儒。执鞭湖畔闲云舞，信步淮上冷雨驱。
记取金陵留旧梦，应思清江有明珠。春风沂水东篱意，花甲逍遥羡众徒。

酉鸡元宵节感怀

漫行淮上步街衢，节至元宵草木苏。万象峥嵘游客醉，千灯璀璨知音呼。
河腾细浪扁舟启，柳绽新颜逸兴铺。乍暖还寒伏枥志，清江做伴展宏图。

题古淮楼

沧桑淮角展红颜，登顶鸣钟盛世缘。遥想三楼同携手，千秋风雨脉相连。

注：三楼，指古淮楼、镇淮楼、清江浦楼。

题清晏园

风雨楼台三百年,乾隆御笔润心田。常闻书院传佳讯,海晏河清散紫烟。

题柳树湾风景区

阡陌芳林染绿颜,满园春色水云闲。城西遣兴绝佳处,毕竟风扶柳树湾。

春游桃花坞

桃园百亩芳菲艳,淮水悠悠旭日柔。笑对几家垂钓客,不闻杨柳唤春愁。

与友人洪泽湖春行

翠柳长堤百草芳,一湖春水弄朝阳。渔舟把盏青山对,笑看风云共举觞。

赴涟水机场采风有感

涟水晴空弃雾纱,数条航线至天涯。晨时京海堂前客,午入淮安百姓家。

咏中国《西游记》博物馆

征途漫漫斗妖魔,劫难重重正果修。一部《西游》中外赞,淮安布衣傲王侯。

夜游周庄

吴门春水绕周庄,古巷无声气韵芳。独立双桥明月夜,风吹杨柳入故乡。

游无锡鼋头渚风景区

春风送暖水含山,踏浪闻涛气度闲。最是蠡湖容醉客,渔舟唱晚远云帆。

游醉翁亭感怀

胜景琅琊翠云烟,名亭风韵越千年。欧文苏笔巢许志,山水清音醉圣贤。

中国旅游日感怀

巍巍中华多锦绣,天南海北任君游。气清渐觉山川近,心远方知宇宙宽。

保卫钓鱼岛

汗青历历岂容销,旧恨新仇烈火烧。十四亿人齐上阵,金瓯永固声如潮。

题梅兰芳公园

海陵胜处梨园脉,旧时亭台铮鼓鸣。几许梅兰芳万古,一潭碧水载深情。

咏江苏国信淮安燃气发电有限责任公司

扎根淮上不言愁,几度春风眷楚州。环保节能雏凤志,过洋跨海著鸿猷。

咏淮安软件园

千亩园区碧玉藏,运河南岸显奇芳。创新软件豪情在,骏马奔腾傲楚疆。

参观江苏康乃馨织造有限公司感怀

莫道夕阳斜,枯藤老树鸦。廿年芳草绿,温暖万千家。

参观刘老庄八十二烈士陵园感怀

烽火淮阴草木深,重创倭寇暗黄昏。丹心一片江河诵,放眼青山浩气存。

许芳红

许芳红(1971～),江苏淮安人。文学博士,教授,硕士生导师,主要研究中国古代文学。已在《文学遗产》等刊物发表论文三十余篇,出版专著6部,主持各类社科基金项目10余项。为江苏省“333”工程中青年科技带头人、省“青蓝工程”中青年学术带头人、淮阴师范学院“教学名师”。

新正雅集拈“芳”字

新春夜梦长,晨起感肌凉。漫览床边画,忽惊牖外光。
推窗田野白,延雪画堂香。坐赏瑶琪树,冰心共早芳。

中秋雅集得“诗”字

斗转星移莫问时,鼎新革故谱新诗。尘寰睥睨谁称首?击楫中流任我驰。

尽日枯坐读书有感

日日笙歌黄卷里,年年起舞落花前。本为枯木无源水,偷得春光一片田。

侯荣荣

侯荣荣(1981～),女,江苏淮阴人,南京大学古典文献学博士。现任教于淮阴师范学院文学院。著有《琅嬛琐记》等文史著作多种。淮安市诗词协会常务理事。淮安市“十杰”巾帼诗人、“十杰”校园诗人。

过汉高祖斩蛇处歌

苍龙星黯紫微死,赤帝子杀白帝子。四海如汤民沸时,阿房基殿血凝紫。役客失期渔阳道,不愿身躯随百草。秦失其鹿天下逐,豪杰宁向干戈老。刘季子,隆准公。三尺鹿卢睥睨雄。初时未得扶摇势,芒砀苍茫隐蒿丛。漠漠云气不能隐,黄旗华盖一相逢。至今野老能传说,石上灵光幻影踪。帝业雄图有时尽,未有千秋万岁功。长乐殿上乌哑哑,北邙白杨多悲风。

洪泽湖大堤歌

我来八月湖水白,淼淼澄映乡泽国。一碧烟波千万顷,远衔青山眉黛色。白鸥数点翩欲下,风涛无际寄空阔。老鱼动鬣激雪沫,喷来堤前没人踝。我立长堤兀兀久,胸中缤纷诸臆来。金乌玉兔走相逐,此堤宛然数千载。始建东汉建安时,魏巍遥对铜雀台。自古长淮多水患,无支祁锁镇未开。浊流奔腾夺故道,遍野编民泣哀鸿。朱明万历重鸠工,青石鳞次映日红。垂至康乾再三筑,一夫邪许百夫同。千杵万杵合民力,一朝功成万世益。自此水静琉璃平,狂蛟恶鼋遁无迹。堤头铁牛卧斜阳,儿童攀角争跨脊。不见水痕添绣藓,悠然反刍如麦陌。长愿此堤健且安,不教岁月起汍澜。堤上春草年年绿,留与游人含笑看。

咏友人家小狸奴

明月怀中堕,裹盐买细鱼。东床悠坦腹,北户卧晏如。
未解花间戏,能掣架上书。向前抚瘦骨,妩媚一轩渠。

戊戌元宵分韵得锁字

人海何能穷?摩肩吾丧我。歌吹溢巷街,馥郁杂灯火。
笑语过盈盈,倾心牵可可。归来夜漏迟,明月临窗锁。

行野田中见马泡忆丱时常拾以为戏有作

瓜细如珠缀,绵绵引蔓长。香清常绕指,纹浅不知霜。

雁字云影碧，蛩声豆叶黄。重行田埂路，谁与说苍茫。

淮安市第二届田园诗人大赛以“暮春远望”为题虽未入场亦试一首

和风催麦气，村柳已藏莺。远道随林没，清渠向眼明。
诗盟邀旧雨，鸠妇唤新晴。惭愧城中客，平生未解耕。

十月五日过高堰高粱酒厂并看诸公书画有作

主人能爱客，中圣各陶然。百亩丹霞赤，一樽碧液鲜。
诗思风雨疾，笔势龙蛇颠。不待楼头月，清光泛醴泉。

腿抽筋戏作

夜半惊呼起，蠕蠕痛失声。垂杨生鹤胫，羯鼓伐愁城。
此恨何人说？新寒无那生。东方太白烂，抱膝坐天明。

除　夕

羲和走马踏飞尘，过隙白驹认未真。好梦寻如澌尽雪，残年去若绝情人。
扶头惯病留薄酒，袖手如前赖厚茵。也问楼前梅花信，待它花事一番春。

淮阴诗词协会友采风归来即呈诸先辈

最是秋兴胜秋阴，且待长吟更短吟。向晚夕阳红更好，解箨嫩竹翠成林。
怀瑜握瑾相逢笑，旧雨新知畅论音。陌上归来花满眼，还寻素纸绘诗心。

6月5日夜风雨大作寒甚

小屋如舟一海轻，隔帘消息似邮亭。一年花事随波惯，中岁心情赖酒听。
催雨楼头偏飒飒，寄萍池上几星星。暗生苔绿寒生被，孤对书灯照壁青。

丁酉清明过扬州史可法祠

谢尽棠梨草乍青，半城春水一城阴。徒将只手回天地，空说孤魂吊古今。
百二关河啼鴂梦，三千风雨故琴心。游人笑语隔墙去，花落廊前苔已侵。

空调礼赞

轻阴未肯护高楼，谢此清凉一室秋。中坂服盐同汗马，隔窗喘月笑吴牛。
桃笙簟滑捐团扇，海榴帘轻漾碧钩。午倦抛书云影过，蝉声逐梦入西洲。

戊戌端午分韵得浆字

招楚魂兮杜若堂，云烟卷卷奠椒浆。门悬艾虎千年事，天问劳生九死肠。
薜荔帷开思远客，芙蓉露冷涉秋塘。人间不识怀沙恨，儿女嬉嬉角黍香。

得人赠羊肉剁不动骨头戏作

花糕肥羜走飞轮，寄到萧斋脂雪新。抽刃踌躇犹四顾，停刀沮丧更三嗔。
菜园踏破期姜桂，果腹摩挲待夕晨。却笑惠州苏学士，薄盐渍酒说津津。

戊戌早秋书怀即和荀会长韵

谁逐云端雁字斜？红菱绿橘是清嘉。犹浓槐影书能检，老去荷香酒待赊。
濩落心情阶外草，繁华世事镜中花。新凉夜半留人久，闻说蓬莱海上槎。

闻金庸逝世有作

南国波谲望旧京，射雕云暮作龙吟。卌年磨尽英雄志，四海空传壮士心。
世态纷纷能画骨，劳生兀兀好焚琴。素车白马浙江路，故国莺花唤古今。

访南越王墓博物馆二绝

其　一

粤南王气自堂堂，空耗鲸膏灭烛光。玉碗金鱼何处是？柜中深锁数琳琅。

其　二

胭脂齐染侍君王，笑说徐妃半面妆。蠹粉花黄零落尽，柔魂细骨亡膏香。

注：主墓穴侧为夫人墓室，随葬四夫人棺，棺中遗骨如粉而黝黑，不可辨。

秋瑾故居

巷陌愔愔问故家，乌扉静掩曲廊斜。我来又是秋风疾，俯首倾城碧血花。

龙泉镇买砚滴

砚田漠漠水粼粼，墨光渐涩驻笔听。买得龙泉瓷滴子，宛然如对越山青。

苎罗山西施故里亦有响屧廊

湿云断藓似灵岩，响屧廊空杏子衫。闻道五湖烟水盛，桃花落尽一轻帆。

过垓下有感

美人宛转楚腰肢,自古艰难向死时。却把头颅赠客去,犹能羞煞会稽儿。

木兰祠遥想

百战兜鍪血沥干,关河梦冷大刀环。毡城孤倚听刁斗,一夜梨花满故山。

寓京中仁和轩酒店庭有花木之盛即感

琼花院落雨沉沉,楼外残莺楼上听。落尽榆钱飞尽絮,迢遥一望凤城青。

过蒋坝湖堤

堤上花开缓缓归,云光波影湿春衣。我来未许江湖志,犹向洲头问钓矶。

题蒋坝民俗村

老屋谁家几度春?花栏豆架一时新。梁间燕子归来晚,却识游人似故人。

今岁水仙叶茂而不花俨然葱蒜一盆戏咏之

杠汲清泉买白沙,蓬头乱叶纵情斜。担头新韭畦头蒜,同领春风不愿花。

观陈教授绘牡丹

其　一

染纸斟量造化工,渐开笔底浅深红。数枝借得纱窗绿,一幅春光识好风。

其　二

谋局从来笔意先,胸中已见诸鲜妍。杨妃醉却腮边色,泼上荀公雪浪笺。

读《千首唐人绝句》口占

其　一

诗当快意读,酒可破愁城。一卷西窗下,芙蓉秋月清。

其　二

佳句甘乳滑,丽日啭春莺。试较宋人句,清从涩底生。

看陈教授写红梅

竹外疏更好,虬枝着意斜。苍苔有雪色,不上胭脂花。

葛志伟

葛志伟(1985～),江苏淮安人。中国古典文学博士,受聘于淮阴师范学院文学院,讲授“魏晋南北朝文学史”“中国古代文学作品选”等课程。淮安市第二届“十杰”青年诗人。

桂花魂

愁识香君花影重,莫怪秋风太匆匆。漫天飞舞谁人晓,一丝香魂入梦中。几日窗前涕如雨,为何零落不辞从。逢人皆夸君之好,也曾因爱破溟蒙。斜日对酒思悠悠,愁情已逐暮云空。亲亲佳人今何在,唯有罗衣记相逢。

岁暮游紫金山

天下英雄皆有缘,故人犹梦紫金颠。晨起懒睡浑无影,笑语匆匆此山行。陌上相逢多少年,乐心起灭悲红颜。红颜易逝人易老,我辈立身苦不早。山间路险行人多,喜乐哀愁谁人晓。举目但寻长乐花,物外只有服霜草。天地原本应无路,登山何需通天桥。枯枝怪石天公巧,山神冥默伴我行。身登百丈壮士营,脚踏千年帝王州。布衣霸业今何在,紫金王气空悠悠。把酒迎风三人语,玄武鸡鸣阶下囚。王生歌来刘子啸,唯有小丑独痴笑。他人惊叹真狂颠,却不道皇天后土妒英豪。誓愿重立天地心,丈夫从来不知命。三尺书生何所有,但将性命付冥冥。酒罢人去山依旧,修竹万株要人留。人留迷梦我留愁,一片黄叶祭清秋。今夜冷月应照楼,楼中公子已无忧。鲁酒邀月当痛饮,窗外尚有商虫鸣。寄言天下孤寒子,书山有路万莫停。万莫停,日月行,自古英雄太多情。君不见,明朝异人异榻异相思,唯有同年同窗同月明。

咏多勤楼

浮生眷恋旧芳华,横锦联珠日影斜。曾盼黄屋劳梦想,今随大化轻烟霞。
南窗自乐双飞燕,北里清音醉暮鸦。却恨悲风冉冉起,多勤楼下看黄花。

忆临安女弟

西风萧瑟窗前冷,料得临安岁已寒。空有相思闲作草,却无鸿雁到江南。
五更酒醒蝴蝶梦,夜半悲歌残月天。旧径独寻花解语,故人今在西湖边。

赠恩师张公

拜师初在秣陵东,往事悠悠一梦中。心远斋前闻大道,梅花山上沐春风。

质如驽马勤十驾，会到青天第几重？纵使形神俱泯灭，平原兄弟谢张公。

重游桃花坞

水上浮萍天上鸿，我随流水君随风。见说芳草天涯绿，不解桃花寂寞红。
千里行人千里梦，三更渔火三更钟。今生不道穷愁苦，笑问风云天几重。

梦醒抒怀

枯桐一梦风吹去，泉水山行未染尘。往事悠悠辗转意，相思淡淡了无痕。
庾郎年少春袍美，颜驷老来白发真。满目星河冷月里，英雄多半出柴门。

醉酒抒怀

青丝难负梦自寒，曲惊陌尘声碎蝉。抛却落花伤逝水，拈来旧韵望流川。
悄扶月影佐淡酒，莫问青天何处山。饮罢悲欢和诺渡，贪嗔消长蓦烽烟。

丙申国庆有感

书生醉罢看吴钩，八代文章几度秋。正则悲歌酬上座，易安低唱诉心愁。
千山有梦书当枕，三径犹荒水自流。今夜同听安乐曲，再无明月怨高楼。

登盱眙管鲍分金亭有感

沧桑风物千年幻，几处莺鹂传好音。行乐高歌须纵酒，举杯吟啸满山林。
暂临管鲍分金地，犹见衣冠济世心。吴越风云终属楚，运河集萃化甘霖。

端　午

年年重五忆前贤，艾叶菖蒲傍旧檐。飞絮尘花粘彩袖，新衣浊酒半身闲。
残阳偏与黄昏近，冷月犹怜碧水寒。多少龙蛇真堪恨，夜阑清泪锁朱弦。

侍父杂咏

其　一

老境堪垂泪，凄凉鬓已秋。风竹敲月色，消得几多愁。

其　二

本是寒家子，经年塞外行。可怜明月夜，空忆儿姓名。

其　三

魏王大瓠种，满载江南春。行迹日迟迟，闲愁客里身。

初春喜雨

寒香春夜绿,微雨洒青衣。小院开朱扉,欢心难自持。

夜读《史记·孔子世家》有感

鸿鹄志不遂,陋巷岂为贫。孔圣平生事,幽兰寄古琴。

悼念徐宗文先生

雨润钟山麓,三余功业长。风行淮上久,自道少年狂。

画梦录

边草年年惹旧情,将军白发落簪缨。思乡最是黄昏后,粗笔题诗月自明。

自勉诗

又梦长安旧酒垆,淮河水冷月如初。知君有意青云上,暂寄豪情铈字书。

戏赠吾妻

华年已是经风雨,半世浮沉犹忆君。君梦春来双燕语,南风有意亦倾心。

扬州游

瘦西湖畔水空流,落日楼头悲远游。二十四桥仍似我,为君守候千年秋。

苏秦咏叹

追思季子旧风流,白发青灯五更头。丹桂不知桃李恨,飞花尽处是离愁。

自伤离别

娟娟柔月玲珑影,云度星河天欲明。忽忆明朝杨柳色,几重离恨落淮城。

雨中劝客

午梦轻舟花底香,水晶宫殿奏霓裳。劝君重义轻名利,莫负余生近老庄。

卷六　开发区卷

高士魁

高士魁(1791～1866),字映斗,号紫峰,清淮安府山阳县南马厂(今淮安经济技术开发区马厂)人。嘉庆十四年(1809)贡生,道光元年(1821)举人,道光九年(1829)进士,历任四川丹棱知县、蓬州知州,后辞官归里,主讲奎文书院,徐嘉、段朝端皆得其衣钵。著有《丹棱县志》《虚静斋诗草》《虚静斋文集》等。《淮安府志》有传。

盆　松

青青盆中松,花工善缚束。折左更转右,捽首或翘足。截长补其短,揉直使为曲。贼性戕生机,求悦贵人目。如招天下才,缧绁加桎梏。屈体庭阶前,心闲身窘辱。吾为解其缚,魂苏免局促。春雨深宵滋,新枝放缥绿。参天虽有时,扬眉已迅速。碎盆植园中,生遂性可复。

南城芦苇歌

晨兴出门气骚屑,城中八月即飞雪。细看乃是芦苇花,白点蒙绒洒城阙。城阙荒凉野绒月,居人迁徙为飘蓬。生涯艰苦室庐少,银铸不复称豪雄。城中老人记前事,此城旧是繁华地。前朝倭寇犯南都,城守精严屯大帅。北城门北走黄河,行舟估舶常经过。往来人多觉门狭,增筑一门西北阿。西门近接转漕水,堤畔阛通作闹市。屯船坞直南门南,勋旧输粮竞豪侈。东连射阳商贾阛,海物唯错城中趋。六通四辟尽孔道,小城阛咽为大都。城里弦歌自朝暮,算缗富贵沿街住。常看紫陌起芳尘,不少青楼临广路。临淮将军开府时,高楼茂苑横参差。　民间搜刮不少贷,城中万户犹能支。黄河北上船屯徙,尔后规模非昔比。二水肠回已半淤,十桥虹采嗟多圮。岁逢甲午黄河冲,满城化作鼋鼍宫。居人为鱼灶为窟,坐见楼阁归鸿蒙。渔舟唱晚蓼花紫,残柳衰蒲镇披靡。日中市上不见人,城头牧马城边垒。地运由来陂复平,殷阗阅尽见凋零。只今谁作安居者,半是穷儒半老兵。近水居人瞰地利,种苇栽蒲占官地。官道公然擅改移,南城一带孤芦蔽。余生也晚所见稀,余闻此语增嘘唏。盛衰形势何大异,无乃前说皆非非。旧时第宅尽荒土,椽瓦精良唯梵宇。愿把蓬心尽扫除,园明院内听晨鼓。

题李莘樵《煮茗谈诗图》

其　一

天地日多故，吾徒身易安。诗题秃兔管，茶熟小龙团。
朋好闲中契，烟云静里看。与君同皓首，越蜀道皆难。

其　二

尘外乐无事，画中人不殊。山河自蛮触，俯仰即黄虞。
水活香盈椀，诗成唾咳珠。披图一神王，许我入林无。

木假山

朽质分形似，奇峰错化功。不材宜老寿，有窍必玲珑。
丘壑情堪托，风云径欲通。谢家诗可赠，远岫列窗中。

五丁峡

剑阁峥嵘外，危途又五丁。雾埋千嶂黑，天漏一痕青。
径狭偏多雨，风回忽起扃。谁通秦蜀界，我欲问山灵。

野　眺

早春犹有薄寒存，曳杖柴扉野色昏。疏雨微风沽酒路，新花嫩柳打渔村。
筠篮女伴归墟落，灌木禽言杂笑声。莫道此村非太古，农桑本俗尽能敦。

秋　晓

老木环成列画屏，香粳颠倒拄郊坰。云遮塔影龙潭黑，露洗岚光鹄岭青。
瘦竹经风偏强项，幽禽临水自梳翎。泉清最有煎茶好，笑问山僧索净瓶。

宵坐有忆

电影泡痕旧讲堂，论文徒侣各分张。十年阔隔凭神往，万里奔驰为口忙。
岂有穷黎歌五绔，漫将新律约三章。宵深浊酒淋漓饮，无解衰翁两鬓霜。

江头咏所见

江云欲落江雨飞，红树如霞明翠微。向晚渔舟不肯住，网得一双时鳜肥。
隔岸渔歌出苇丛，鱼灯一点映江红。春山春水风光好，领略渔舟浅醉中。

乙未蜀闱福介五同年以蓝笔为步香南绘菊罗苏溪题其上香南和韵示余爰用其韵得诗六章

其 一

蓝本翻新样,黄花忆旧诗。量才兼读画,正值桂香时。

其 二

星使春明出,红蕖定有诗。珊瑚方入网,已是晚香时。

其 三

兰荪阶下满,如读长公诗。未觉秋容澹,群英萃此时。

其 四

洛城红杏闹,同咏大罗诗。独走风尘里,都忘采菊时。

其 五

万里云泥别,虚吟旧雨时。盍簪从益都,不负菊花时。

其 六

五色多迷目,深惭玉局诗。所期分菊水,洗眼夜灯时。

梅 花

遍山桃李待春风,浅绿深红态尽工。谁识一枝犯霜雪,独回天意岁寒中。

署中购得上水石数块其一最佳玲珑剔透高仅一尺背上松生七寸是吾宝也海介必为左香雨取之去惝怅久之爰割赠焉而系以诗云

其 一

未别先愁别不堪,瓣香手热再和南。江乡恨有元章在,不爱琼瑶爱碧岚。

其 二

自怜拙宦囊无金,与尔同归拟郁林。舍我径从江左去,故人谁赏岁寒心。

其 三

断峰剩有案头环,品格都非姑射颜。遥想冰姿辉两岸,巫夔羞倒万重山。

其 四

自古奇才耻自媒,况君瑰异轶蓬莱。山人相见应惊喜,蜀国烟云万里来。

孙太初

孙太初(1807~1893),字古斋,清淮安府山阳县南马厂(今淮安经济技术开发区马厂)人。曾任福建按察使裴荫森幕僚,为文坛名笔。任职多年,告老还乡,筑草屋三间,以诗词、书法自娱。著有《六随诗草》《南游笔记》等。

闲 看

清晨皆净面,响晦自澡身。究竟细眼看,几个干净人。好事对人言,丑事怕人见。有此一点心,尚知顾体面。动辄说人非,自身皆是贤。若个学禹汤,平日常罪己。暖衣不号寒,饱食不啼饥。身本在福中,多半不自知。人当做正人,正人能为神。不可学善人,善人专求神。

上慈亲孝妇匾光绪十四年草堂上慈亲孝妇匾

父载县志义侠传,母入县城节孝祠。父称义侠真实录,母旌孝妇无虚词。褒嘉踏实能当此,皇恩高厚逮严慈。家堂今悬孝妇匾,尚在吾弟未忘时。未来新居同拜叩,实因病卧力不支。喜者显亲拜北阙,痛哉哭弟竟西驰。恨我不与弟同游,未见双亲我心悲。

做天歌

做天莫做水乡天,水乡苦海信无边。男子短衣妇赤脚,以舟为家水为田。大人小孩同作苦,衣衣食食不周全。一年四季苦苦做,两个爆竹便过年。做天莫做王港天,王港苦艮更难填。三十六湖连为一,中有一岗设台捐。妪衰无力行乞去,还要自撑船儿行。无衣无食苦苦去,也应念她实可怜。做天莫做无眼天,世上人有万万千。富户仓集千钟粟,穷汉家无半亩田。乐善好施偏短寿,行凶作恶享天年。天公睁眼不睁眼,无怪人说没眼天。做天当做有眼天,公公道道毫不偏。春风无雨摧花落,夜无蚊虫让人眠。秋无阴天好打稻,冬无冰冻好行船。天公睁眼不闭眼,人才说是有眼天。

如何歌

如何如何复如何,如何不平事偏多。如何美地长恶木,如何薄田长佳禾。如何好山有丑石,如何浊流入清波。如何顽父生好子,如何蠢妇产娇娥。如何夫妻成仇敌,如何兄弟动干戈。如何恶人享福寿,如何善人受折磨。如何我见这些事,如何不作如何歌。

舟过苏城见山

毗山孤绝入云间,行过苏州又见山。野岸寒光生积雪,船舱远景列屃颜。钟声未听枫桥寺,镇市尤名浒墅关。蓑笠是谁岸边钓,我归心急彼何闲。浒墅关前晚泊舟,坚冰融化水东流。洋轮船小穿桥过,河网绳长对岸收。雪色北连山外寺,灯光红照市中楼。苏常地界相连接,两府由来号两州。

常州东门

常州东门外，尚未热闹场。人家傍岸住，也有杂货行。
常州多石桥，石桥大而高。桥上人扰扰，桥下水滔滔。

过焦山

焦仙曾住此，山故以焦名。水面长江阔，潮头大海边。
楼台分寺院，树木杂云烟。吾友读书处，相看最有情。

赠山阳书生李子吉投笔从戎

其 一

戴破儒巾者，寒酸众笑讪。都遭文字困，空叹鬓毛斑。
几个能投笔，如君肯出关。书生知报国，相对喜开颜。

其 二

壮志喜从戎，三城独树公。干戈换笔墨，庠序显英雄。
马踏边关月，人歌大漠风。凯旋今作宰，余事付诗筒。

东岳看庙会(在淮安)

东岳胜会市门开，人海人山卷地来。旗伞满街喧鼓乐，秋千几架拂楼台。
运堤火树河边映，山阳宫灯夜半回。不识出巡銮驾后，鱼架何故锁婴孩。

光绪七年八月中秋

一度中秋又一年，他乡八见月轮圆。闱中儿食天家饼，窗下人书海国笺。
估客帆樯停局外，儿孙瓜果拜庭前。迟眠可否成归梦，蟋蟀声声到枕边。

过无锡城

初封泰伯号蛮荆，范蠡平吴始筑城。池有卧冰传子孝，山因无锡息刀兵。
县分本属毗邻界，泉好因称第二名。今向碧苏庵畔过，祝英台有读书声。

福建马尾港中法战争

其 一

法夷碟子大儿天，不过飘来几只船。敢在谅山背和议，竟来闽省索赔钱。
吠同蜀犬寻郊外，技等黔驴闹海边。可恨申江多坏蛋，帮他恫吓费周旋。

其　二

但图无事息干戈，大势其如辱国何。况彼本为蛇豕类，无端索费万千多。
主张拿定都由我，恫吓连番莫睬倭。识得普天同发指，一于主战勿言和。

马尾江开仗

先手宜从下手争，如何禁止水师营。门庭已许从容入，战斗尤叫揖让行。
霹雳飞来云气黑，虫沙飞去海潮平。不容出力全军没，定共胥涛作恨声。

注：甲申年七月初三日午后大使力和，可恨。

马江败迹

闽省京官重梓乡，合词处实告君王。匿期遣使祈宽缓，御乱无谋致败亡。
先自逃身潜远地，何曾督战立高冈。情形鬼蜮人人见，尤谗诬词上奏章。

注：张佩纶、何如章谗词上奏。

吊马江战士忠魂

炮响舟沉未及争，水师全没几人存。纵余马革无尸裹，都饱鱼肠带骨吞。
山后路遥逃主帅，江边浪涌泣冤魂。恤银不入管官囊，死后方蒙圣主恩。

出姑宽告示

一味求和忘国耻，太平宰相古今同。今番真被千夫指，大众何能怨尔躬。
老脸甘涂鼻上粉，恶声都当耳边风。大员海量为斯大，总在忍耐包容中。

注：既往不咎，今后再犯绝不姑宽。

八月中秋

寄云轩异酿和斋，向晚频将老眼开。但爱今宵好节客，岂因法鬼减情怀。
人当夜静尤忘寝，月有灰云亦觉谐。那向海防尚气紧，旌旗城上密安排。

注：法鬼尚未撤走，人心不安。

赠鸦片战争林文忠则徐公

其　一

在我生无也晚悲，后先入市也同时。无如天上鸾凤好，未许林间燕雀窥。
谪去盛衰关气数，招回声望震华夷。补天本是回天手，那不心香敬奉之。

其　二

榕城省会属边疆，说道侯官齿额香。安乐窝寻邵康节，通仁里仿郭汾阳。

居能比屋邻人福，家有传书后代光。我想入门亲九席，司阍幸引我登堂.

其 三

仗用金绘事可哀，国威不肯震春雷。庙模专重缉边僚，和议甘于废将才。
内地豕蛇容杂处，海疆门户许全开。当年不倒擎天柱，外族何敢接踵来。

奉复船政大臣裴越岑（荫森）

怕了残棋局早收，布衣补好出门游。青蚨易去常空手，白发蒙绕未上头。
日暮似疑前途近，心闲那为此身谋。伯牙琴曲听真好，山自高高水自流。

四弟文森由袁江来淮送余赴沪

夭桃含笑柳初眠，同步何干别绪牵。隔岸亭高留御笔，环城堞暗带朝烟。
莺花好景逢三月，雁影分飞各一天。弟送兄兮兄别弟，依依相恋惜衰年。

寄四弟文森

其 一

儿更书筐与琴囊，五十年未返故乡。门户尽随邻舍改，郊游多叹故人亡。
因思往事都如梦，虚掷韶华为底忙。所幸精神尚矍铄，依然两鬓未成霜。

其 二

半身踪迹类萍飘，纵不如人亦自骄。才得旧书随手展，又将重担上肩挑。
八年衙内虚名远，三战文闱壮志消。今日董狐操执笔，束装仍复事征召。

其 三

鸰原谊重隔天涯，十载南游不在家。晚嫁自羞年齿老，改辕也觉路途差。
清流荡漾随风转，暮景迷离夕照斜。庭树回看枝叶茂，紫荆我处正开花。

我不如弟

易箦遗言和泪书，居丧事禁用浮屠。讣闻不散休从俗，鼓吹无华戒务虚。
方便一生今了处，张煌两字悉删除。诔言祭帐先悬我，对弟书名我不如。
原注：见四弟文森自作挽联而题，亲手提笔大书四字“我不如弟”。

哭四弟文森

同胞骨肉自连环，七十余年转瞬间。弟赴黄泉先弃世，兄如红日未归山。
幼年细事谁重述，老去浮情各自删。最是难忘心目里，临终酷似父容颜。

再哭四弟文森

前见家函老姐亡，蓉城哭断老肝肠。今才归看池塘草，忽又哀歌薤露章。
病语究难听一句，泪流怎不滴双行。只存老弟飘然去，也算同胞这一场。

清明节哭弟

新居筑就未东来，哭墓闻知抱恙回。今日我酌家祭酒，清明尔扬化钱灰。
门庭山阜难同处，手足阴阳永隔开。不识见兄何漫许，几年以后赴泉台。

冬至节哭四弟文森事迹

异居十载始成家，耳已双沉眼亦花。橐笔我归嗟赤手，吹箎尔去掩黄沙。
祭筵如见英灵至，欠岁难叫品物佳。一载南柯无一梦，岂真百里亦天涯。

祝文森弟60生辰

江南孤影落飞鸿，史赋鸰原感客中。自长五龄怜弱弟，也惊六十号衰翁。
小心谨慎师诸葛，晒腹当年效郝隆。记得母怀吾让汝，难忘相勺作儿童。

光绪七年辛巳中秋

一度中秋又一年，他乡三见月轮圆。闱中儿食天家饼，窗下几书海国笺。
估客帆樯停局外，儿孙瓜果拜亭前。迟眠可否成归梦，蟋蟀声声到枕边。

见西岸小山

其　一

熟韵无多费所思，铜炉烘暖砚台池。在途幸少催租吏，写景工求幼妇词。
四面云山四面水，一船风雪一船诗。往来客商多如蚁，料得人皆不我知。

其　二

晚烟初起暮云生，牵扯云绳岸上行。前途船来知未冻，此间山小谅无名。
寒侵远渚鸥间立，高过寥空雁有声。妄想东南风可借，也如赤壁昔鏖兵。

其　三

北风坐定打头船，日日如何不暂休。两袖寒深难出手，一轮明月又当头。
行旌来至毗陵驿，归客仍登泲水州。不识明朝如料否，常州过去是奔牛。

其　四

帆樯来去密如林，南北东西各有心。原在异乡年下近，自将乐境路中寻。
邻船并走皆如伴，老妪能知即赏音。到处留题诗几句，伊谁似我日耽吟。

回家见院落初成

异乡常寄客中身，喜见柴门位置新。屋筑三椽开院落，墙成百堵辟荆榛。
流莺迁来当初夜，社燕成巢值上春。他日归来乐吾乐，栽花养鸟见经纶。

六十自寿随手写来以志兴趣

其　一

二十年前此诞辰，釜甑拂去范舟尘。维时相贺称强步，此日重来少故人。
搔首自知无白发，放怀尤忍值青春。期颐自谓囊中物，翻笑当筵盛馔成。

其　二

生辰四次客中度，此日情光醒梦婆。本解苦中寻乐意，更于老去养天和。
琴书剑佩随身好，花鸟虫鱼适性多。谁为寒儒多逼仄，牙关解放日呵呵。

夜　作

船舱盘坐然吟髭，翻喜闲中好赋诗。茹素经旬忘肉味，骂关往事转怀思。
挑灯静听钟三点，呵冻仍拈笔一支。总为客途多阻滞，夜长难眠卧常迟。

晚泊奔牛入市归舟作

其　一

桥畔人声杂犬庞，月光流影入船舱。塞鸿踏雪当三九，水鸟冲坡起一双。
北客对谈学侉语，南方渐远少蛮腔。计程明月风如顺，到晚才能泊镇江。

其　二

江潮涌入孟河流，晚泊云绳岸上收。今日医生称弗马，此间市镇是奔牛。
街宽一丈全铺石，户列千家不起楼。幸甚乡亲此地过，依依情话暂勾留。

注：弗、马二医曾治愈慈禧太后之病，故而闻名。

过云阳铎

东吴大帝是孙权，陵墓云深近水边。昔号紫须成一国，今留白骨已千年。
平湖野鹜飞残照，绕树蛮鸦噪暮烟。我是同宗住江北，金阊门外昔时迁。

见土地祠

江南寺院极辉煌，渺小如无土地堂。庙貌陋如回也巷，旗杆卑似赐之墙。
贫穷乞丐都难宿，福德神灵哪有光。倘遇偷儿来窃去，横杠当着女儿箱。

晚携灯入新丰镇

水落河低岸太高，扁舟到此晚停桡。来城知离云阳近，去路尤嫌京口遥。
店面红光灯影照，街心白色酒旗飘。此地火腿驰名远，囊内无钱首自搔。

晚泊瓜州

吴水南来道阻长，曾无一日走帆樯。涛声入耳堤边闸，驿路惊心岸上霜。
旧梦几番来枕上，睡容无意看山光。来时若把轮船坐，何至于今在异乡。

渡江作

其　一

离丹徒镇到江边，万里长江浪滔天。吴水远来长似线，焦山遥望大如拳。
雪堆瓜埠银光映，城到京江铁瓮坚。风向西来舟向北，今番出口幸安然。

其　二

观于海者水难为，再看长江未足奇。究竟有边人可望，如云无底我总疑。
东流入海何时止，北渡回家此日迟。阜境黄河今远去，唯斯千古不迁移。

其　三

船头北转夕阳晴，江面空明似掌平。不遇风涛真可喜，缓摇桨棹又何惊。
渡江当残腊冬尽，诗赋中流七律成。反笑幼安思已过，科头安起太分明。

闻高邮水冻未开作

其　一

渡过长江不作诗，近乡情怯自家知。漫思风向南方起，好把船从北路吹。
料得亲邻属望久，门庭妻子说归迟。但闻前路河又冻，舟楫难通我又疑。

其　二

第云好梦醒黄粱，轻视功名富贵场。阔气究非学问语，清风才得姓名香。
能崇节俭成高品，不是奢华温宝光。我怪父兄训子弟，清淡道德重文章。

游归总记

三载南游岁又终，回来那得说空空。好山好水看无限，宜古宜今兴未穷。
浮海远离中国界，观夷尽识外洋风。但凭足迹经过处，一一收归老眼中。

光绪九年八月夜归作

底事长途寄此身，匆匆南北往来频。心忙旋反村前路，步健疑飞陌上尘。

一片秋虫鸣旷野,半轮斜日照劳人。街头灯火明还灭,夜气迷离望不真。

中秋归家赏月

其 一

去年此日庆莺迁,转瞬风光又一年。月在故乡看更好,人于今日喜忘眠。
杯盎罗列堆瓜果,香烛辉煌照几筵。为博萱帷欢乐意,呼儿重叠拜庭前。

其 二

岁岁中秋说月华,严亲笑语记非差。迟眠每任儿孙戏,晚食常夸饼饵佳。
蛮语至今传老客,衰容终在掩黄沙。伤心未洒坟前泪,为慰慈帷故在家。

入阊门

晨起入阊门,光景犹如似。抬头望门楣,上少二金字。

太字码头

太字码头高,碑上镌官埤。午餐既已毕,船尤比间弥。

惠泉山

山以惠泉名,今番四过此。四面积雪多,不见山中寺。

锡山铎

离苏八十五,无锡县城窝。舟至北门外,便是锡山铎。

惠泉酒

无锡出美酒,美酒名惠泉。此酒味堪醇,尝尝信果然。

皋 桥

野外高桥有,石盘高且大。过桥不达江,此去港名下。

丹徒闲话

其 一

晨兴望船窗,便将舟妇问。石桥连石闸,便是丹徒镇。

其 二

潮落水留痕,岸上见驴走。北风幸不大,里余到江口。

其　三

此镇究如何,街为高堤障。两岸泥滑滑,未得登岸上。

枕上夜作

其　一

归客至姑苏,城外夜停棹。古寺近寒山,未听钟声到。

其　二

夜半推窗望,云开月有光。严寒最可怕,雪上定加霜。

光绪三年十二月十五日由苏州回家冻笔吟舟入中玄妙观

三清殿上独徘徊,宫观参差势壮哉。妙一统无门外匾,道场山客细看来。

午膳时舟过无锡城

两县城墙靠水边,东来一带起窑烟。扁舟今日轻摇过,不暇登山上惠泉。

河心文昌阁

花花绿绿文昌阁,四面栏杆在水中。我欲登临不可得,惠泉山下路难通。

见常州东门外城墙根下比蓬而居作

参差楼阁斗奢华,富户争将宅第夸。试看蓬栖城脚者,两张芦席也为家。

有官船由北向南后农民粪船顺行

一船粪土一船官,粪土官儿本两船。究竟官难轻粪土,农夫无此垭田难。

过寒山寺

不是乌啼月落天,我来又复对愁眠。寒山古寺扬帆过,未听钟声到耳边。

打辕门

大员内眷改男装,深夜离城出走忙。恼怒满城蛮百姓,辕门打坏闹公堂。

烧督署

巍巍总督衙门大,谁敢公然纵火焚。总为制军顾妻子,付之一炬亦新闻。

栽 菊

亲植难辞灌溉劳，相看无事首频搔。此间纵异陶家圃，风韵人都识汝高。

过丹阳东门

东门城外有高桥，桥与城墙一样高。船过此桥绕走去，人家两岸甚寥寥。

丹 徒

何问人声闹江口，新丰解缆桨摇双。前行便出丹徒口，神符烧过好渡江。

望金山作

其 一

开山昔日有头陀，裴姓相传谅不讹。但以金名何处取，据云于此得金多。

其 二

白白栏杆绕四面，层层楼阁靠水边。山中最好清凉水，天下称为第一泉。

渡扬子江

风虽不顺晚潮生，船向金山脚下行。行过金山仍西去，渡江好趁夕阳明。

如瓜洲口

长江渡过好归回，此后江南可复来。自问自思还自笑，自家亦自弗疑猜。

光绪九年八月夜归作

夜行复遇雨滂沱，弱体难堪此折磨。子弟有言能慰我，湿衣换去转高歌。

感 时

皇王帝伯一蒲团，落尽松尼不下坛。不是江山制夫子，依然夫子制江山。

孙太雍

孙太雍(1818～1888)，字文森，太初胞弟，清淮安府山阳县南马厂(今淮安经济技术开发区马厂)人。贡生。赠文林郎，授正五品衔。光绪年间入祀淮安府孝子祠。与裴荫森交谊最笃，唱和诗最多。著有《烬余诗草》《明怀笔馆》等。

古　风

蔽衣取御寒，粗粮能充腹。安用习奢华，得足且知足。撤蟹与焚裘，贤君俭食福。苏黄两学士，茹者甘淡泊。况我是庶人，安能姿所欲。有时思无时，莫待饥寒迫。但愿我子孙，始终按俭朴。昨步园林间，园林多花木。花木有落时，那及青青柏。

原注：以此为题教育子孙。

嫁女辞

家女嫁出门，爷娘谢一债。亲泪满衣衫，朔风吹北陌。早日照皇皇，与夫待门旁。卓午转斜日，家女尤在房。家人奔走若流水，阿爷无语步空堂。早行一步好一步，日苦短兮路苦长。今日正逢好天气，南山雪消暖洋洋。替儿拭泪劝儿装。莫嫌车马香奁少，偏逢儿嫁值年荒。儿不闻，古人布衣钗裙各自芳，娇儿且着布衣裳。看爷身上衣，草履矮如霜。看爷眼中泪，如丝如绵长。亲丧逾一载，怎不过期祥。今逢送女嫁，能不痛哀肠？今日儒嫁女，明日田家娘。莫嫌女婿秃，莫嫌家不祥。千秋齐眉有孟光，愿儿此去儿贤良。

题《松下鸡》

麒麟不吠守，凤凰不司晨。鸡声咯咯叫，昂首松下蹲。五更鸣降啧，三唱开乾坤。岂以家禽微，有长皆足论。人生于斯世，学历为根本。而可无一长，三才列并尊。寒夜坐荒废，不如鸡一豚。

南北送

懒赋鸰原问酒家，庆城门外水如沙。东风底事忙如许，吹送南车又北车。弹指休歌食有余，不言何日赋旧与。此行莫惮家千里，姜被能长覆有余。锁锁家书略不禁，还水卯角说趋庭。从前事事都推廓，唯有童年梦不醒。

注：光绪三年春三月，南送哥哥福建上任，北送魁儿（孙步魁）赴京殿试。

袁安卧雪

床小唯容膝，袁公性独安。雪封门数尺，卧到日三竿。
顾我蒙头易，求人实足难。悲哉穷汉苦，府县有谁怜？

喜逵儿进学翌年由秀才入贡

闭户我无福，攻书仗两儿。残冬能几日，旷学许多时。
难得兄同弟，还将父作师。明年春试早，花发望连枝。

无 题

穷途已尽橐囊金，风鹤犹闻泪有音。事到仓皇相顾少，人逢患难见交深。
满腔热血英雄泪，一段真情有爱心。恼恨衔环无觅处，几回空奏伯牙琴。

注：咸丰年间捻军过境，兵荒马乱，逃难在外。正处穷途末路之际，遇一同难之友安徽黄君，赠钱南渡，得再保一家平安。后觅此人报答，无处可寻，特作此诗感谢。

灯下草吟（秋夜）

秋窗最怕风雨侵，况有虫声入夜沉。时序才过七月节，焦劳未了一年心。
维歌喜唱关山曲，检卷愁看游子吟。何时欲归归不得，他乡负却好光阴。

白芍药

别有根株别样开，别饶风致孕仙胎。腰肢纵未围金带，骨相偏宜近玉台。
香国传名固本色，药笼贮料亦良材。主人为爱殊凡卉，特向扬州买得来。

赞林文忠公

岂真气数使之然，早令公为上界仙。空对中流思砥柱，伊谁大力再回天。
外洋毒害流中国，大使提防重海边。记得龙门书院语，谕人身带病延年。

有感关忠节公天培夜袭英军

城市萧条我倦游，逆夷究不碍中秋。梓乡远隔忘千里，桂魄高悬照九州。
佳节又从粤省过，称兵那与英人休。饱餐饼饵横磨剑，再出虎门斩鬼头。

题史公墓

天宁门外史公祠，来此梅开十月时。前代孤忠同景仰，当年残局苦支持。
墓中殡殓衣冠在，岭上芬芳妇孺知。家国两书光日月，令人读罢不胜悲。

和钟发（为其复画并题诗）

座批欲祝仰高风，如见苍天海曙红。妙手真夸吴道子，法书不让米兰宫。
官声似水清淮北，尊令如山镇淮东。青眼感深劳下顾，辉生满壁壮茅蓬。

春 荒

人说春日荒，我爱春日长。高粱虽云缺，藜藿可充肠。

矮　屋

矮屋桑麻护，空庭蝙蝠飞。南林好月色，多少倦鸦栖。

题扇画（指杏花村）

卖酒家何处，郊野问牧童。鞭丝遥指点，知在杏花中。

咏　菊

曾闻陶靖节，酷爱汝常栽。留取东篱下，年年为我开。

咏兰花

空山吐月影，兰亦寒相映。写景复写神，秋风出贞性。

咏竹诗

老竹干无多，新枝叶可数。清风日往来，天炎不知暑。

哭荣儿

慈母恸于秋，儿伤夏时疸。哭亲既哭儿，何不去亲后。

病

瘦弱怕开镜，离床顾影怜。病痊不敢卧，扶起在亲前。

注：丙寅年秋，余患痢多日，瘦弱不堪，蒙盐城高君小楼，赠药相救，方逐步好转，勉强起床。

赞韩梁败金

鼓罩黄天荡，波涛吼战场。舟中人战栗，低首拜韩王。

注：韩世忠、梁红玉大败金兵于黄天荡。

读　书

仁智勇为三达德，放空一字不成才。夜读吾家书映雪，岂能没字竖成碑。

游周门道士破庵

三间草殿四檐空，脊破垣颓漏雨风。残缺许多泥像在，为神也有这般穷。

姊 妹

都受爷娘养育恩，桃花千朵总同根。莫将姊妹来轻薄，十指连心个个疼。

春荒乡况

其 一

大麦连皮带水磨，娇儿且莫泪如沙。吾家尚能自糊口，邻里炊烟断已多。

其 二

春雨荒田长富秧，勤劳十指缺来艰。溪边湿草烧难着，挂取挡风满屋梁。

其 三

每天每日谋一餐，欲拿升斗向谁干。可怜谷是荒年玉，得谷还玉得玉难。

咏鼠诗

甑瓮粮空鼠齿书，床头纷扰奈难除。思量不必烦猫捕，待尔嫌贫自去余。

咏 菊

其 一

苦雨凄风动容差，柴门寂寞几枝斜。由他自恃孤芳老，春日融和不肯花。

其 二

春来淑气暖烘烘，万紫千红一望中。老菊着花当晚节，因之篱下遇西风。

其 三

安于隐逸叶风骚，举世同尊品格高。假如开从二三月，也殊浓李与夭桃。

其 四

三春红紫斗芳菲，处处园林锦绣围。老菊独花神犹在，寸心何以报春晖。

咏兰花

其 一

晴和天气爱山家，几箭幽兰正吐花。我欲被襟当早起，自分香露自煎茶。

其 二

春兰未了夏兰开，世上之人莫要呆。幸得荣枯皆此草，几回拔去几回栽。

其 三

山中兰蕙乱如蓬，叶暖花甜气味融。香谷送香飞不远，那能送到俗尘中。

其 四

幽花艳说是仙胎，隐隐香生入梦来。欲买黄磁新样斗，好花全仗自己栽。

咏竹诗

其　一

种得修篁玉不如,森森长护楚人居。近来暑气消除尽,坐对清风读道书。

其　二

敢云画竹竟无师,亦有开蒙上学时。画到大机深露处,无今无古寸心知。

其　三

画竹当年万首诗,老来浑忘亦无词。而今把笔难成句,洒洒西风任所之。

奸　巧

越奸越巧越贫穷,奸巧原来天不容。富贵若从奸巧得,世间呆汉喝西风。

作客外地归家省亲

客居那及家居好,旅地归来乐有余。亲颇笑颜孙绕膝,冯君何必叹无鱼。

花　垛

片帆斜挂夕阳非,依旧空明水四围。卅载年光成一梦,买舟那得供亲归。

遥　送

几番强把儿行逐,每到儿行望眼遥。扶杖西风斜日下,空庭归步晚萧萧。

注:记余客益林,每归省,吾母必送,送必遥望。儿或转来,母料百年难,又从而催促之。北圩桥首,不胜伤心。

中秋思母

团圆节近月光辉,料得双亲望子归。百种骚扰眠北得,寸心先祝雁南飞。

客地归来见父母食瓜

瓜一盎兮菜一盂,归来每见供粗蔬。因人寄到微滋味,尚说吾儿浪费多。

卖　牛

圩破仓皇出走时,抚牛几度嘱儿辞。如何甘卖屠人手,遗恨千年悔已迟。

注:道光年间,洪水上涨,暴雨数日,地成泽国,吾家老牛不得不出售糊口。临行吾母再三嘱咐,切莫卖与屠人。五日无售主,又无草饲,虽瞒避吾母,得钱五贯,卖与屠矣。至今回首遗恨无穷。

重 哀

咸丰同治两元年，八五哀哀八八严。十二又过年二十，每逢此日哭终天。

注：父亲亡于咸丰元年，母亲亡于同治元年。

喜 雨

久旱休嫌雨力微，春风万物感枯萎。南陌不喜春苗好，润我亲坟土不飞。

食 蟹

家住虾螺鱼蟹乡，不将美食供亲尝。秋风十度肥时节，空负橙黄菊又黄。

注：吾母喜食虾蟹，将活蟹放入坛中，以泥封口，投入盐、酒、香料等物，数日开坛，见螃蟹拥抱坛中，口中吐沫，吾母见之，从此戒食螃蟹，亦不准以此送人。

雷

迁淮始祖庙湾来，游垫黄河失夜台。幸得建祠逢旧址，青天平地忽闻雷。

竹

院成栽竹莫蹉跎，万叶千枝不碍多。欲遣纵横循节义，不经笼络不成科。

树

一枝东向一枝西，零落青葱势不齐。安得栽培根不固，春来花发总成蹊。

蝉

高处鼓翼午风晴，宠辱无关听不惊。但得有声清似水，不妨多作鸣不平。

雁

霜天月白雁嗷嗷，云际声清远影抛。漫道能传千里信，数行书不到同胞。

菊

六月辞家十月归，秋冬寒暑予时催。耐寒只有黄花好，待我嘻嘻放满篱。

高毓烈

高毓烈(1812～1892)，字承谟，号星桥，清淮安府山阳县南马厂(今淮安经济技术开发区马厂)人。晚清诗人、医生,高美鹤曾祖父。五品保荐,赠武德骑尉。著有医案集验,诗集若干卷藏于家,惜皆毁于战乱。存《养心斋诗草》手稿1卷。

秋老告归歌

银汉横天兮,四野飞霜;西风瑟瑟兮,北雁南翔;草木摇落兮,叶铺三径;万籁声激兮,韵合清商;前日黄花兮,过时谁羡;今当肃杀兮,景色苍苍;愁病衰年兮,徒悲物老;回思念载兮,身寄他乡;感遇良知兮,深恩浅报;多为他人兮,作嫁衣裳;忆昔枭境兮,黄梅市起;红巾抹额兮,扰动封疆;铜马嘶风兮,烟尘匝地;烽火连天兮,人尽凄惶;父携子号兮,流离失所;焚毁庐舍兮,谁不断肠;筑砦招来兮,推诚固守;遐迩依附兮,庇拟康庄;贼近迫圩兮,秋毫无损;贼退耕作兮,何异寻常;磐石之安兮,坚于城郭;人以类聚兮,雄占一方;郡伯示谕兮,帮筑河堵;天兵云集兮,剿灭鸱张。幸即批林兮,南山牧马;贼梳官篦兮,吏胜虎狼;矫饰筹边兮,抽厘助饷;攀援纾难兮,直抗宪章;讼接兵连兮,时方静息;令下政置兮,不畜牛羊;耒耜高悬兮,弃而勿用;而今而后兮,盈缩分当;上书陈情兮,忠言见忌;谗人近侧兮,舌巧如簧;当时韩彭兮,功成怨结;鸟飞追尽兮,弧矢应藏;佞口交讧兮,市中有虎;残年引疾兮,皓首还乡;夫妇完聚兮,合门称庆;课孙教子兮,仍习两行;躬耕南亩兮,衣食攸赖;博今通史兮,名头显扬;境之不足兮,富贵有命;志在安分兮,冻馁何妨;恕人责己兮,勤耕方寸;去短存长兮,何用不臧;包涵宇宙兮,天人足乐;诵我诗书兮,发其古香。

老病苦热

方病无病容,已觉腰膝软。意行咫尺地,终有千里远。研墨欲临书,热蒸气先喘。退息倚胡床,闲看碧苔藓。延绵归外榻,瑟缩蚕里茧。微风吹帘帏,时见晴丝卷。妙哉造化心,与我共流转。谁遗招凉珠,故书还复展。

病后不饮

我昔无所好,但愁酒盃空。引觞倾四座,豪醉压春风。年来病经体,绩优复相攻。举觞不能咽,若有物梗胸。强饮即颓然,酡颜映灯红。壮岁尚难支,况今成衰翁。斯未禹所恶,摄生笑无功。从此便可止,赋诗继陶公。

秋夜病感

素壁留残影,虚窗叹孤寂。形消血未凝,沉痛千钧骨。忧煎只自知,清泪暗中滴。鱼目凛秋水,鹤梦惊秋夕。生乎何所恋,死矣何足惜。强坐觉衣单,假寐凉生席。鼯鼠冷嘘风,屋梁空堕月。

离乱叹

木落霜天我正病，未离枕席过夏令。掩门不见故人来，寸步需人始知命。曾忆山庄寓午嚣，花灯赛鼓贺元宵。鸡豚宴客家家有，人值承平岁自饶。赏灯宴会令无比，欢宴未散边尘到。邑尊催令练乡团，免教播迁离故里。偏传警信众惊猜，将信将疑谁肯来。共谓家贫无石食，妖氛难以我为灾。云山隐隐风沙现，铁骑纵横若奔电。霎时烽火满尘埃，至是方知世界变。辗转迟疑欲避藏，妻儿冲散各一方。人人有泪皆成血，处处无声不断肠。断肠人似丧家狗，不退不遂何处走。愚心刻刻望官兵，咫尺官兵难料救。鼙鼓初停化劫灰，我曾避乱淮南回。余烬烟村人事改，壮丁无主空徘徊。招来重复申前义，众问谁登拜将台。慷慨激昂怀义愤，呼集丁男排成阵。拣选健儿作领旗，黄巾抹额众易认。鸣金擂鼓张军声，农器胜似戈矛劲。聊以乡农充甲兵，军垒愁无细柳营。御水濠墉加半堵，九仞高山一匮成。数里濠城一夕功，烽烟遥指西方红。晴天日色黄尘暗，昏夜千家走祝融。尘沙气比风云高，亿万居民望影逃。不独仰天常发恸，风声鹤唳皆呼号。避难逃生愁掳掠，拖男携女投城郭。此去不知何地安，聊借圩濠暂歇脚。未晓先闻画角鸣，腾空杀气鬼神惊。野外人户归尘劫，听来无处不悲声。惨闻塞外悲声苦，传令丁夫守墙堵。南壕礴石北持戈，西门鸣金东击鼓。许多文士脱儒冠，也自操戈学讲武。贼退人归若等闲，未遭蹂躏数年间。合乡齐唱普天乐，始知圩寨如泰山。太平宴席引壶觞，犒劳斗酒飨猪羊。宾客填门复满座，片言出口舌生香。前年谢病还乡里，穷巷苔生少知己。秋风落尽旧时槐，昔日论交今何有。陈事纷纷逝水波，不如作酒且高歌。贺相无权客不至，翟公门庭雀可罗。自古世情类如山，我老风尘阅历多。

注：咸丰十年（1860）正月，捻军肆扰，警报迭上，大帅尚同僚佐演剧宴会勿也。俄大帅夜奔，袁浦失守，人民流离，死以万计，故特纪之。

感怀（并序）

连年痼疾渐深，曩日壮怀何在？胸中万卷，徒存四面之墙，囊底一钱，难蓄三年之艾。跛足空占出门交友愁心，只觉内顾增忧。菜根虽美，难供病叟之粮。敝袄不温，犹作御寒之服。昔日何人盟申东笠，今时弃我，势隔云泥，聊咏短章以抒悲感。

久历风霜两鬓凋，昔年亲故尽萧条。愁语少精灵气隔，寒瘦尤同儿女娇。补就寒衣绵尚薄，多亏药债券谁烧。老妻戒我沽村酒，何物犹能破寂寥。卅载功劳费苦辛，为无健体自生嗔。杏林叶密难医病，芦荻荒多感欠薪。空羡箪瓢颜子乐，休言老叟贾生贫。无聊那效穷途哭，自古诗书不负人。

秋　蝉

音入清商抱远枝，密藏深树敢忘危。汉仪采佩严官饰，斋俗化同儿女悲。饱露空林胜膏乳，绝胜浊淖喧蛙鼓。无情碧树带斜阳，静掩双扉暗暮雨。托身委脱戒清霜，高隐曦光忘炎凉。无鬓白头同一世，何问夭寿齐彭殇。

叹秋燕

燕识春风语音交，衔泥归飞梁栋抛。旧痕寻处留陈迹，为多儿孙新结巢。巢中抚育雏离壳，尔自飞飞雏喔喔。辛勤求食何处来，哺向群儿供饱嘱。往还千百无停时，嘴爪已敝心忘疲。儿渐肥时母渐瘦，呢喃犹恐儿腹饥。养成羽翼难留住，双双飞向花荫去。花影迷离故垒荒，转入秋风无觅处。春风欢乐怨秋风，可比人生一世中。几场劳苦儿分散，高堂谁复怜衰翁。

古歌行

杨花入户春风颠，病乡度日如度年。囊琴束书了不御，茶铛药鼎互烹煎。煎药医病难医俗，雅俗从来不并肩。君去游吴为谋雅，我多俗韵懒裁剪。青鸟衔得鱼书至，焚香拜读南华篇。一挂锦帆离梦郡，微风吹送吴江边。直上层峦千重翠，横飞白练万里悬。远眺维扬浮玉墦，波澜遥接海潮连。铁瓮孙吴始建鼎，祚移典午在南迁。齐梁化作黄粱事，唯有清时一梦牵。人物千古随波逝，六朝旧山尚依然。山形依旧朝市改，六朝轶事问坡仙。星使过江汲归饮，浪波中流识冷泉。水府集焦祠碑版，瘗鹤奇文高士镌。牛首双峰峙天阙，尺五若兰讲法莲。夜坐楼阁更清绝，明月却挂山之巅。相对山窗写幽竹，挥毫落纸生云烟。江树山花两岸绿，春夏之间最鲜妍。羡君游遍神山窟，始知尘世别有天。志和逸兴陶岘癖，苏家章句米家船。想我梦魂飞不到，一山一水俱无缘。步履艰难身偃蹇，春蚕自缚倩谁怜。览君辞括诸胜境，云水江山驻目前。开旷胸襟广见识，多年垢滓霎时蠲。沉痼病中惊坐起，操握筠管披蒲编。赝本拟作南游记，搜寻史据为君传。

示雍儿

阅尽繁华不解颜，清风明月足承欢。焚香讲易天心复，剪烛裁诗午夜寒。且喜膏腴供菽水，共怜身世属艰难。虽然未遂宫墙愿，任事无常莫减餐。盈窗卷牍对陈编，几度纾膏尽复燃。尝胆辛勤过丙夜，立身勋业在丁年。文参两汉金归冶，诗颂三唐玉在研。望尔笔花成五色，好风吹上大罗天。

中秋感怀

其　一

去年霜后病，不觉又中秋。犹有汉书在，难将大白浮。
寂寥窗外月，辜负酒家楼。永断杯中物，休言万古愁。

其 二

近日闲情少，都缘愁病多。赏心唯瀚墨，乐意在吟哦。
露滴苔犹润，风轻蝶屡过。悠然清新远，移步傍庭柯。

新秋病感

其 一

宿病如春草，经秋哪断根。绵绵愁远日，寂寂闭闲门。
空自翻医案，向谁拭泪痕。此身遭磨蝎，何必暗惊魂。

其 二

药已床头集，书还枕上看。酒人多病肺，风疾独伤肝。
木老经霜肃，花残劫露溥。新诗不医疾，聊遣此心安。

秋 月

其 一

蟋蟀吟今夕，繁音听处幽。空庭高唱月，古辟乱号秋。
唤醒几人梦，频添一夜愁。凄凉多少恨，助我叹无休。

其 二

奇峰俱敛尽，月朗破秋烟。色界疑无地，光明别有天。
辉腾千里外，影落小斋前。老病都忘却，相看应共怜。

和孙文森春酒

春风初添见，如识旧相知。酣对流连酒，吟成绝妙词。
鲤庭传桂籍，石室炼丹时。想结商山伴，颜童饵秀芝。

题孙文森别业书塾

其 一

新并双藤馆，相同庾信屯。禽啼修竹坞，客话种花村。
笑入春风座，谁题凡鸟门。生徒吟绛帐，不愧布衣尊。

其 二

邻与二王近，居当廉让交。陶庐秋有菊，幽馆昼于茅。
绿藓庭中织，狂花屋角包。此君吾所爱，新放两三梢。

和文森招饮祠堂即事

屡会糟糠市，亲仁是富饶。因缘三纪异，契合两相招。

阿堵悬鸠杖，珠玑纳咏瓢。报章惭笔拙，短机遇浮嚣。

无　题

天狗星狂大地愁，贼来警信起徐州。红尘散骑奔云急，白浪浮尸压水稠。
淮泗人民归浩劫，漕河僚佐尚悠游。新春剧演升平曲，唱到沿街碧血流。

二月初三日匪马遍地剽掠民不聊生弃家携眷于姚家荡避之

四郊贼马横驰驱，烽火凌空血泪孤。燕雀寻巢何处有，鸡豚穿屋主人无。
妻儿今始为身累，帷幄谁能奋远谋。急难翻思如狡兔，经营三窟是良图。

赠孙文森

遁迹商阳四皓风，此心期与古人同。非关阔别经时久，只要音尘两处通。
柳眼初开凝浅绿，花须才放吐鲜红。对君共乐晴和气，会拟香山在洛中。

老怀有感

行藏哪似少年初，寂寞萧斋似客居。冷雨不滋闲草木，清风唯展旧图书。
昼长多睡原非病，计拙依人未免疏。临水不张三面网，归来哪复叹无鱼。

除　夕

其　一

旱涝何堪两并行，纵逢除夕觉愁生。年丰尚且繁华戒，岁欠尤宜用度轻。
肴肉已成荒岁宝，酒浆难成老人情。莫言元旦无佳宴，更有饥民乏菜羹。

其　二

床头但有一壶酒，又饯残年又贺春。闲里岁时皆足乐，老来故友亦相亲。
烟云过眼忘前事，妻子环看胜旅人。解得在家贫亦好，可怜离散被灾民。

秋　柳

深秋衰柳最堪怜，犹带风流绕暮烟。枚宅不堪空旖旎，章台已别尚缠绵。
汉家苑废伤今日，隋帝堤荒怅昔年。陶宅门前行桃列，西风袅袅亦依然。

秋　夜

零落秋光冷翠丛，萧然环堵耐西风。夜长油尽眠难稳，病久身闲虑亦空。
盘树鸦栖时聚散，经霜蠹叶半玲珑。更残寂寂荒村晓，起立中庭数断鸿。

览堂弟旧居(并序)

秋高气爽,信步西园,见览堂弟毓照废基故址,瓦砾无遗,不觉心中伤悼。因忆弟襁褓失怙,赖嫡母抚成,及嫡母去世,依其养母,养母性本悍骄,言尤悖乱。弟遂习惯成风,养成顽劣,视骨肉情同陌路,处邻里势若炭火。后乃迷惑洋烟,遗产荡尽,至无立锥之地。母子流落不知所往。触目生感,因赋短章以志之。

怅望西园事可怜,桑田沧海变中迁。一枪吹断荒庭月,两手沾空老屋烟。
影落江湖辞塞雁,声含凄咽别枝蝉。甘心忍弃先人业,馁鬼长号哭九泉。

无题(并序)

前悬俞北溟兄所绘花鸟同春图,故笔淋漓。回思昔日同游,不觉悲酸之至。随即珍而收藏,故悼之。

一幅莺笺写丽春,残图虽旧墨如新。空添满目凄凉事,不见当时绘画人。
风雅只今留笔迹,高怀终古见情真。昔年义气归何处,使我频看泪湿巾。

示雍嘉两儿勉学

流光驹隙似抛梭,克己功夫在自磨。昼永尔宜勤诵读,夜深我亦爱吟哦。
临场握管才益浅,做事心虚识便多。男子平生须立志,圣朝经学重儒科。

卧病(并序)

余以上年患痢,前年病湿,去烁中风,今渐转成痹症。身未离枕席,步未出户庭。倏近年余,自知不起,特示儿孙备办身后之具。

扶杖支颐话可怜,始因风湿病相连。气冲五脏神先乱,热过三更梦不眠。
落叶打窗风似雨,残灯背壁夜如年。寒虫唱罢鸡声唱,切切凄凄到晓天。

病多知药性

其 一

病减愁添睡起迟,心神如醉复如痴。架头蛛网新书帙,几上尘封旧酒卮。
瘦影羞从明镜见,病形谁解炼丹医。只因素喜岐黄术,检遍青囊只自知。

其 二

欹倚胡床秋复春,浑同悟道学修真。避人只合书遮眼,懒事翻思病养生。
漫谈《黄庭》堪役鬼,须知《素问》可通神。折肱累次能全美,治己功成始治人。

春暮与孙文森会集家祠遇雨

其　一

惠而好我寄诗情，绝世才华在送迎。玉趾敢攀家庙会，春风却称佩韦轻。
愧无鲑菜延佳客，剩有琴书洽旧盟。相对骤然甘泽降，泥途晚出趁新晴。

其　二

雨过池塘草剪齐，留春不住晓莺啼。絮飞天上飘成雪，花落人间践作泥。
艳景渐消诗句里，轻烟淡抹酒旗低。繁华一代都休息，往事而今再莫提。

和孙文森春酒

其　一

每逢长者必同筵，相得良因相等年。赏景既能心意合，吟诗更觉精神全。
幽间会饮遗三老，自在豪年像七贤。倚马高才今始见，骚坛独步占人先。

其　二

追忆莫厌往来频，白发当筵有几旬。联句每怀忠厚事，停杯多说古今人。
徘徊玩柳心犹健，老大看花意更新。双鬓不嫌诗酒兴，狂歌一曲对芳春。

三月初旬至石桥庄约众团练筑圩

棘围濠岩势岧尧，韩范旌旗特建标。三顾深恩惭未报，一身是胆气难消。
烽烟不阻家乡信，梦寐犹防兕虎骄。一片雄心松柏敬，敢如群木岁寒凋。

圩寨草创贼又复至四方男女仓皇而进悲啼可惨

突锋逃难满濠边，触目心伤最惨然。范老胸襟谁有甲，杞人感愤独忧天。
群行险境愁风鹤，鸟入深林亟野鹯。翘首四郊遥望处，村村十户九烽烟。

守　圩

传闻警信辍耕耘，弃却农功习治军。月落霜天人露宿，风喧古木鹤惊群。
门横陷阱防通马，夜设烽烟护冷云。守望扶持亘古事，幸无废业莫论熏。

贼平告退

夙昔襟期志已酬，有怀范子泛轻舟。晓烟仍锁荒寒垒，残月虚涵丈八沟。
梦断陈云思渺渺，事随流水去悠悠。多情唯有濠边柳，舞尽西风黄叶秋。

和陈卜庵白燕

不向乌衣国里传，霜毛雪翼得天然。栖从玉宇形如练，飞绕梨花色映烟。
帘外无梭惊素影，宫中有筐忆前缘。当年入梦呈先poly，瑞应唐家产俊贤。

和曹琴川纸鸢

细竹裁成纸作鸢，凌空小住影翩翩。冲天劲翮乘风展，掉尾精神向日悬。
上界疑传青鸟使，人间有信赤绳牵。春光岁岁添新景，再拟复腾仅隔年。

清明寄清河王豫鸣

门掩微寒独生时，东风滋味病中知。黎云未冷三春梦，杏雨争催二月诗。
愁怕花魂轻欲堕，恨消蝶影瘦难支。不知今日江城柳，留得青青第几枝。

再叠原韵和文森

其 一

鲤庭桂籍赏琼筵，养德君当接引年。每况襟怀同豁达，比将婚媾各完全。
搜神得句惊时俗，触景高吟类古贤。处世立言垂不朽，彝伦攸叙歇推先。

其 二

喜接青光笑语频，相陪晏席几经旬。花催羯鼓非真乐，酒漉罗巾是雅人。
结绶须防平处险，弹冠已去旧痕新。又闻古调歌声至，复唱阳和有脚春。

归后遣怀

其 一

二十年来滞异乡，残书千卷一空囊。临归两袖清风在，免得他人话短长。

其 二

先业粗安有旧庐，课孙教子乐何如。闲中性带前人癖，生死书虫是蠹鱼。

其 三

乐事天伦萃满堂，红灯绿酒茗芽香。合家齐作团圆会，喜把新诗咏几行。

其 四

歌声未歇笑声连，乞枣争梨满膝前。偏是老人多积习，爱孙心比爱儿坚。

其 五

无论阴晴不出门，且将诗酒度晨昏。衰年自笑还多庆，我抱孙儿儿抱孙。

其 六

老来博弈岂忘箴，饱食终嫌不用心。藉免网从憧扰甚，胜他午枕梦沉沉。

绝 句

其 一

玉在昆冈石里藏，不经磨琢不生光。鱼龙会合风云际，擢破天荒与地荒。

其 二

偶向舟中作小忙，新知旧学互商量。更同儿辈谈因果，方便医家第一方。

其 三

积善培根切认真，过庭莫负语谆谆。友虽至挚言须慎，损者当疏益者亲。

看子上画像哭挽二绝

其 一

怅望诸孤素服新，不禁老泪哭斯人。画图再现春风面，怎奈遗容失本真。

其 二

能将著作达天阊，颁诏新题见宠章。今自为君申一恸，空留翰墨在缥缃。

览文森南游诸胜境诗不觉神兴俱往聊咏十绝以当神游

三吴总会水云间，云脚低平水面还。癖性好游乘画舫，过江阅遍云朝山。

云朝山

缠腰跨鹤过扬州，遍醉邗江十二楼。诗到情深怀杜牧，十年如梦也风流。

扬州梦

江都芍药锦成堆，瑞应臣名次第开。一棹南游春未了，可曾留蕊待君来。

四望亭

妙高台上月轮圆，亭畔留云驻紫烟。客到山门何所系，苏家玉带米家船。

金山寺

北固山头大寺中，江舍云影近天红。登楼绝句由君咏，徙倚栏杆四望通。

甘露寺

华阳俊逸道清真，遁世风流迥绝伦。瘗鹤碑文存数字，欲摩小样傍江滨。

焦光祠

昔日秦淮月夜中,酒旗轻舞落花风。徕笺莫去题江总,绮阁尘埋王树空。

秦淮河

三山门外莫愁湖,衬得烟波入画图。游赏胸中添绘本,挥毫再不费功夫。

莫愁湖

长干里下讲经台,台上遗花长绿苔。君若留题休扫去,为传心法白天来。

雨花台

天成盛迹赏心亭,湖色山光面面青。谁画高人图上雪,江南士女罢谈经。

咏洋马齿苋

烂景堆成满院春,栽培断不费精神。不同群卉争颜色,造化功夫自本真。

团练防御

其　一

尽瘁涟西二十秋,身无安乐事多忧。催科未了忙壕堑,群丑消除雪满头。

其　二

训练乡兵费苦辛,贼氛劫火几经春。积储不散酬劳绩,安得桃园好游秦。

注:匪后余粮,散给诸佃。

其　三

月落乌啼霜满天,更深野宿枕戈眠。数声画角烽烟起,人报红巾过寨前。

其　四

贼退频传警信稀,忽惊鼙鼓各魂飞。距河人误迂回计,一夜棍枪复耀辉。

注:乡人守六塘河,贼不得渡。伪退去。守河人散,贼夜突至,遂渡。

和文森送春

其　一

赏花无酒作诗难,尤坐沉吟近夜阑。九十春光留不住,虽逢朱夏当春看。

其　二

桃花轻薄柳无狂,菜釜尘生意味长。置闰归余禾苗秀,鸟啼枝上唤修仓。

其　三

浴沂舞雩咏歌长，乐道安贫守素常。麦浪畴翻新雨后，夕阳风景胜朝阳。

其　四

太息春归彻锦帏，此身无计共花飞。东皇有信如初约，来岁和风布满扉。

和文森

其　一

赏对春光且自宽，兴来豪放接君欢。絮飘晴雪歌难和，欲报琼瑶欠笔端。

其　二

文翁化俗施恩波，克己功夫费琢磨。但使闾阎能孝友，大贤从此入朝歌。

其　三

陋巷幽居未是贫，破书筒里长精神。残年憾抱冉耕疾，不伴渔樵作散人。

其　四

李杜诗坛作海洋，风流才调播遐方。清词盖世谁能敌，笔走鸾笺贵洛阳。

和文森招饮祠堂即事

钟期去后少知音，又见先生苦用心。唯我与君能结习，惹他人笑白头吟。

谢文森赠查饧

屡蒙厚贶耀荣光，殊域查糕锦篚装。昨日当筵晏宾客，至今犹说口头香。

文森见访未遇留赠格言

其　一

寻春春暮出无车，出值春风幸敝庐。向晚方知君见访，馈贻忠孝两行书。

其　二

坐谈因果本虚无，仍是诗书是坦途。不遇圣贤亲口决，世人误下苦功夫。

答文森兼遣怀

其　一

当将心事比波澜，盈得萧萧两鬓斑。二老豪怀输健笔，新诗留取少年看。

其　二

昼日联情不说贫，寻思离乱转伤神。而今屈指从头数，契合残年有几人。

其　三

一代韶华似去波，同时亲友俱消磨。明年次日知谁健，相对春风发浩歌。

其 四

圣朝才望重渔洋，教训儿孙立义方。拟比凤凰生九子，晚晴颜色胜朝阳。

高延第

高延第(1823～1886)，号征君，字子上，高士魁次子。清淮安府山阳县南马厂(今淮安经济技术开发区马厂)人。清同治、光绪年间史志学家、文学家，遗诗四卷。

与同人游湖心寺夜归

晓行背轻晖，夕归踏华月。循林步幽境，落叶听萧瑟。微茫烟水中，嗄嗄舻声出。停桡不及渡，恐与清景失。人生困胶扰，即事多汩没。此景何地无，触目失仓卒。顾语共游子，同保清净质。屈指昔年游，岁月过箭疾。招邀莫辞频，西风摧鬓发。

渡河谣

日出渡河去，日落渡河来。昔年苦风浪，今日飞黄埃。黄埃覆人面，隔河见乡县。壮哉万家邑，自昔豪华擅。豪华能几时，四野多旌麾。可惜锁钥地，付此纨绔儿。纨绔好嬉戏，群儿争妩媚。欢言燕春宵，何用问烽燧。烽燧照夜明，醉眼醒还惊。翻身上佳马，去若飞鸿轻。鸿飞本自急，岂有追兵逼。一身得投止，万姓尽僵踣。万姓何足言，官室多金钱。临行尽抛弃，反得傲贪泉。抛弃君莫惜，有官金又积。掠饱贼当去，三好注勋格。勋大格当封，客来梁伯松。据案目草奏，书名窜葛龚。葛龚计良得，主者独凄恻。本觊收复劳，失意遭按劾。按劾未及去，还向河干驻。万家化为灰，群儿无食处。

送孙海岑太守赴金陵

古昔选贤良，本以资抚字。搴帷厉风采，飞以亦得意。使君学道人，悃愊西汉吏。下车甫逾年，治理起百废。处脂不自润，尽职皇辞瘁。未登上考书，翻诣后曹对。板舆父老情，投绂烈士志。一官吾何有，要不愧清议。澹澹寒淮流，凛凛朔风利。一乘折辕车，行道增叹喟。仕途多险恶，得失浮云驶。但令去思存，何羡金紫佩。讼尊虽未敢，借寇行当遂。会看竹马儿，郊原讶归骑。

段笏林梁天监井阑残字

当道置甘井，其事等荫碣。用给奔泉求，庶免临渴掘。苟能推此心，行将万物活，奈何晚节谬，杀机一朝发。浮山溃巨防，生民饱鱼鳖。事过堙井暴，索蜜终颠蹶。文武道既尽，遗迹齐断碣。犹胜贞逸铭，推求继岁月。擘窠表大字，石勒字未灭。

观嘉陵江涨

幽居长闭门，苦被城郭束。揭为郊外游，聊寓川上目。时值秋水涨，势若海波蹴。混混万象涵，悠悠千古速。遥观失崖涘，俯挹荡尘俗。轻烟沙际起，归鸟时相逐。何当拏扁舟，长伴鸥鹭宿。

诵野望怀蜀

清秋登高原，落日覆人面。西南千万峰，云浮渺难见。缅怀山中人，极望目为眩。忆昔同读书，桐阴转深院。更逐曾轩凉，空庭曳月练。放言杯酒间，沈冥不知倦。一朝隔山岳，中原困攻战。倏忽十年中，人事日千变。旧好那能忘，触绪增缱绻。蛟螭塞江湖，豺狼满郊甸。空有后来期，余生逐奔电。言方醉欲寐，旁观空叹吁。

过王子乔祠

其　一

古来学仙人，老死如蒿莱。琼楼与玉宇，极望令心哀。一朝时数至，鸡犬皆仙才。子乔何为者，千载留丹台。

其　二

丹台今已夷，玉棺亦尘埃。嗟我与仙人，变化似飞灰。安能抱空想，坐看白白颓。沉酣且适意，真仙安在哉？

祀龙歌

群龙斗洧渊，子产不为视。岂唯远神奸，所以定民志。矧矣岱渎列，地只百辟卿。士人神类自古报，赛有常祀变化胡。为等魑魅人情习，欺诈达官多童蒙。误奏青雀作灵凤，竟以蜥蜴充神龙。去冬神龙来，兼旬酣歌钟。今春来益早，累月惊盲聋。有如祀爰居，亟拜起敬恭。果饵登于俎，百戏晨其宫。奸僧解延致委蛇，蜿蜒来无穷。减值尚以百钱售，草泽掇摭颠儿童。盂覆纸裹畏逃遁，悲忧眩视盘盎中。若遇臣朔定大笑，跂跂脉脉安能雄？侯王粘壁将军槁，夜半弃掷蒿与蓬。犹向众中诧神异，倏忽来去同雨风。噫嘻哉，昔日河神何桀骜，沉玉宣防烦诏诰。都水欢颜河吏喜，销纳金钱入堤扫。今日河神何局促，蚓结蝇僵毋乃恧。俳优歌舞卒吏呼，仅以醉饱邀神福。呜呼，君不见北宋击蛇孔道辅，呵斥奸愚绝欺侮。同僚惮服人吏惊，他日犹能折强虏。

李北海娑罗树碑残字

江夏文章称大家，碑版杂沓罗烟霞。宗儒故吏籍光彩，龙宫塔庙摛精华。森然才名动四裔，干谒跋涉纷交加。娑罗古树出淮甸，枝叶映蔚垂髟髿。灵根流传自西域，曼陀吉贝交杈丫。护持舟楫验丰歉,瞻敬祷赛同僧伽。牧令乡望共珍重,拜求撰述昭幽遐。追琢清词洒妙墨,篆刻贞石生角牙。高文奇树相照耀,千秋直立淮之涯。经历五季到两宋,郡县割裂如乱麻。淮黄侵夺几奔溃,至宝颠仆沉潦洼。当时拓本少传播,金石集录空分拿。沔阳太守得旧本,钩抚镌刻留官衙。全体备具无缺画,锥凿那免毫发差。至今墨客坐惆怅,临池把玩发叹嗟。清河王君夙好古,裒集金石分瑜瑕。偶从肆上得此本,百五十字扬天葩。朝来探怀出示我,郑重指画颜色夸。参考云是宋人搨,水后剥落沾泥沙。忆昔公当武后际,抗词殿陛诃奸邪。韩公行状六公咏,文士交推群口哗。书宗大令媲褚薛,铦锋俊气难要遮。东坡子昂皆法嗣,探源曾泛昆仑查。才高望重负冤谤,青州洒血摧莫邪。杜陵作诗寄哀挽,比方服鸟悲日斜。摆落多藏力昭恤,间执谗口挥黾蛙。古刻传世日稀少,云麾岳麓勤搜爬。此于淮乡附文献,唐柱古鼎同见嘉。试将油素为梧印,有如明月笼轻纱,枣木传刻存笔法,犹胜草圣夸惊蛇。镵镌若嗣宝翰刻,观摩定走鸿都车。神物在处有呵护,会看净土抽萌芽。挥毫敢继石鼓作,墨痕错落胜荒鸦。

风灾纪异己卯别墅大树皆拔去

天公号令何烜赫,陆走龙蛇飞霹雳。盲风怪雨战中宵,仿佛昆阳摧钜敌。须臾席卷数百里,万姓哀呼死墙壁。村落荡析列树拔,行人归来惊莫识。兵燹灾荒二十秋,久矣闾阎气萧索。今者风伯实重祸,扇虐凭威恣陵踏。吾闻风为天地之使者,巡行天下扫阴慝。今之使者遽如许,太息神奸逞胸臆。既不能去除酷暑沛甘泽,又不能奉扬和气驱疾疫。徒令狐狸嗥怒鳅鳝舞,盗窃天威肆狼藉。神奸窃柄亦有因,朋附城社繄近亲。天门趺宕多浮云,呼籥九关天不闻。穷黎疾痛安得陈,穷黎愁苦诚足吁。天公如此非良图,不见丛神以神假恶少,三日不归丛为枯。

唐韦南康郡王纪功碑

天宝失御隳乾纲,四海摇荡无完疆。西南门户恃巴蜀,吐蕃些蛮长称强。绳桥西山几挞伐,泸戎邛笮烦边防。南康秉钺布威信,臣服南诏降西羌。官军深入维保路,婴笼执缚同驱羊。烽火衰息振彫敝,置渠修堰勤耕桑。当时功名推第一,赐以异数称勋王。至尊亲为染宸翰,纪功勒石词辉煌。此邦自昔号难治,错杂夷夏参伧荒。年来盗贼起闾里,跳刀走戟纷螟蝗。贯穿城郭谒长吏,牙纛避道人走藏。幺髍鼠子已如此,洪流忽溃焉能当。摩挲此碑重叹息,救时之才亦难得。豺狼塞道狐夜嗥,未暇作诗歌乐职。

蕲州晓起书所见

扁舟西来傍山宿,山云横江压船腹。晓来忽失江上山,浮空一握青孱颜。云移波动山失据,白云载山欲俱去。山云变灭岂有常,白羽片片随风扬。推篷回望忽无迹,青峰飞堕船之旁。我叹山色佳,还为山作计。峰蹲岳峙好自立,无为出云以自蔽。

雨后过田家

清风送归云，遥山出曾碧。斜阳淡淡开，余光透林隙。
雨过土脉润，驱牛去前陌。农家无闲嬉，催耕理轻策。

郭外春游

清风引游骑，出没翠崖间。老树欹仍直，幽禽语自闲。
寻溪初得路，停策再看山。却背斜阳去，严城欲上关。

晚过广福寺

处处青林晚噪鸦，扁舟放出夕阳斜。荒塘水漫初过南，幽寺人来正落花。
哀乐中天增慷慨，流年尊酒足生涯。钟声不用催归去，云敛诸天看月华。

登雨花台

百里清溪没草莱，劫灰飞尽剩高台。江山销钥空形胜，歌舞繁华实盗媒。
匝地莺花连轲去，失群鸿雁触寒来。千年王气消除尽，激撞涛声夜撼雷。

别墅筑围砦毕漫赋

版筑方停又践更，中宵登望气纵横。百年墟落成营堑，半死疲氓杂战耕。
秋潦渐消河涨灭，夕烽遥起海云明。买刀买犊皆良计，缚绔吾思作骑兵。

庚申纪乱二首

其　一

幕府春灯事最奢，啁啾歌管杂鸣茄。羽书旁午方增戍，军国平安尚报衙。
白昼霾沙天雨泣，青磷争路鬼移家。漫言休咎非人事，可恨檀公一著差。

其　二

漕挽黄淮古奥区，军兴筹策岂全无。建牙旧属河堤使，置府新招定霸都。
十载金缯倾左藏，一朝猿鹤散中衢。极天烽火兼冰雪，多少遗黎泣路余。

秋雨遣兴寄怀稼轩

冷雨疏疏逼暮天，林园萧瑟淡秋烟。愁时对酒怀良友，老去耽书悔少年。
苍莽风尘谁作计，崎岖身世且随缘。灌畦筑罄吾徒事，肮脏悲歌恐未然。

韩侯钓台

鱼竿焉得滞斯人，龙虎吞屠气早振。豪杰本无终隐志，功名竟换不訾身。
只今父老犹哀怨，如此侯王孰假真。莫向大风怀猛士，可知河曲有垂纶。

过湖心寺

浩渺西湖水一方，百年俄顷见沧桑。翻风云树迎秋气，绕郭帆樯送夕阳。
萧寺暂来人世远，兵戈初定戍楼荒。归舟湮月浑如画，指点颓垣话辟疆。
原注：泊舟荻庄听王玉杭话其外家程氏事。

住马道闻雁

萧条旅舍欲三更，残月初开屋角明。一夕霜碪催客梦，千山风树动秋声。
飞腾宝气看长剑，枨触吟怀对短檠。关塞迢遥惊岁晚，南来群雁正纵横。

渔人二首

其 一

渔人晨理棹，摇破一江烟。薄暮负竿出，斜阳在钓船。

其 二

渔歌何处采，烟水相马永。簌簌蒲菰间，时见蓑笠影。

续小娘歌

其 一

黄河再决水浮天，竹楗长茭总弃捐。河伯也知关国计，争叫大泽变桑田。

其 二

金甲矛旗付杳茫，骑猪南窜太荒唐。繁华过眼皆成梦，始信官场是剧场。

注：镇军龚耀伦出师运河西，遍掠鹅鸭而返，时有“不打长毛打扁毛”之谣。其诗形象地刻画出清军官兵借“破贼”为名，行掠抢之实的丑恶行径。

邱履平《山窗绩读图》

其 一

万卷翻残更论兵，如君已不负平生。唯愁断纾人将老，杖触从来壮士情。

其 二

苍茫云海欲腾烟，陆地飞轮水战船。我欲结茅图画里，聊将诗酒送流年。

村居杂咏七首

李　径

当日花开忘省录，怪君惨惨意难量。哪知却得求金术，纵使垂街也不妨。

竹　圃

莽莽荒原震断蓬，断杆且喜翠摇空。酒酣忽掷金樽去，要看枯梢战晚风。

韭　畦

莫嫌市远无兼味，菜把充厨未是难。一夜小园新雨足，催将剪取荐春盘。

枣　林

青林寂历照人老，小坐清荫叶叶凉。好似泰安山下路，晓风吹送枣花香。

柳　塘

万里归来岁月深，关河萧瑟倦登临。年来渐识幽居味，哀看方塘十亩荫。

鸡　栅

科头孺子解驱鸡，草栅泥栖不厌低。野老只今忧战伐，莫叫频向二更啼。

牧　场

掉尾阿池总自如，几声风笛晚凉初。幽闲镇日田间趣，辛苦何劳读《汉书》。

宾华招饮小沧洲

秋风瑟瑟水曾波，把酒临风感慨多。咫尺黄垆空怅望，酒徒零落不重过。

高延宗

高延宗(1832～?)，字敬甫，号海秋，清淮安府山阳县南马厂(今淮安经济技术开发区马厂)人，高士魁侄，高延第堂弟。咸丰四年(1854)诸生，廪贡。参与续纂《山阳高氏族谱》人员之一。

送徐宾华应京兆试

乔岳无闲云，大河无细流。溟鹏养健翮，万里翔清秋。长风假毛羽，下瞰扶桑洲。晴霄初日红，照我宴花楼。楼边送行客，锦带双吴钩。出门笑西向，安知离别愁。箧中济时策，睥睨游皇州。弃繻谢关吏，请缨赴同仇。归来承亲欢，坐待鸣前驺。书生有壮志，及壮当封侯。岂因槐花黄，高唱少年游。

乱后和宾华《相忆》韵

软红回首隔前程，斫地高歌倍有神。老屋濒湖余一卷，疏尊醉月又三春。

粮无隔宿贪留客，诗到忧时怕示人。雨后林花相对应，不知垂泪是谁真。

孙步逵

孙步逵(1839～1919)，号达九，孙太雍长子，清淮安府山阳县南马厂(今淮安经济技术开发区马厂)人。咸丰年间由秀才补廪入贡，同治十二年(1873)举人。曾为教谕、县令，徐海十三当典出官(在海州)，入淮扬道台谢元福幕。民国初出任江苏省参议员、六县总董等职。著有《赴京笔记》《百花吟》《海州社会观》《淮城见闻录》等。

寄内诗

都为糟糠累，身惭孝养亏。九年回一首，今日始扬眉。

孙为垣

孙为垣(1887～1971)，字耀黄，号紫庭，又号雨渟，江苏淮安马厂(今淮安经济技术开发区马厂)人。父步熙，祖太雍。清末曾应试两次，1911年，毕业于两江法政大学。民国初年分配为睢宁县法官，未赴任。中华人民共和国成立后，淮安县人民政府聘其为县政协委员。

戒子孙

处事持家年复年，必须虑后更思前。有钱当想无钱日，莫待无钱想有钱。

朱崇元

朱崇元(1900～1993)，号象乾。江苏淮安马厂(今淮安经济技术开发区马厂)人。抗日军兴，曾任鲁苏战区民运处督导员、鲁皖豫党政军工作队淮安大队长等职。1942年淮安县民主政府聘其为县参议员。1980年，淮安县委聘其为淮安县政协委员。

镇江焦山用柏梁体

一拳山峙中流柱，万里狂涛浮不去。梵宇森严高且巨，璇馆琳台如簇聚。扶筇直上烟云路，回首金山与北固。三山此山海门户，汉末焦先栖隐处。此山得名始有据，周鼎梁碑古雅富。碧洞丹石有法度，鹤鸣凤台化云雾。狮岭象峰游兴寓，碧桃湾口吟眸注。唐宋遗墨喜见遇，山僧沉静无俗虑。探幽寻奇满兴趣，竹房松院赏无数。攀萝扪葛抚云树，缘崖过阔洄原渡，归途高唱新诗句。

和朱应远

迎春须吟咏,对酒更情深。座上琴音韵,窗前月魄临。
笑谈河洛数,乐究阴阳心。今日已亲见,高才著士林。

注:先生对河图洛书等地理颇有研究。

马厂韩二先生天禄迁淮阴水渡口构造落成

构筑居幽处,袁江坝口东。花街风月近,水渡气华融。
橘井香流远,鼎炉火焰隆。轩窗无俗韵,雅洁与谁同。

清明节悼念抗日阵亡志士

中国原来本富强,无端丑虏出东方。汉奸卖国同骚扰,国土保乡入战场。
拼掷头颅昭日月,争存忠义显荣光。那堪敌叠血痕在,白叟黄童齐感伤。

倭寇入侵

其　一

痛哉国难又饥荒,描写灾情几断肠。如许脑肝涂战壤,几多祸患起萧墙。
那堪鹤唳连天疾,不禁哀鸿遍地伤。唯愿慈家诸善者,早施义粟体苍苍。

其　二

殃民祸国乱家邦,入室操戈若病狂。义胆忠肝难坐视,披坚执锐誓锄奸。
搴旗斩将贼胆寒,撄敌冲锋妖气伤。落日挥戈争胜利,保持国土国无亡。

其　三

局变时迁一瞬中,堪嗟家境似飘蓬。念儿万里风尘隔,望眼重山涕泪冲。
疾病来侵多患痞,灾殃降及入牢笼。他年团聚归来日,乐叙天伦喜气融。

家　居

放歌博弈作生涯,深锁柴门远市哗。每日案头黄卷伴,逐年壶内青梅夸。
已将富贵浮云视,只把尘凡世事嗟。童子执经时问难,闲来种竹与浇花。

咏淮剧名旦杨素琴(藏头诗)

杨柳枝条台上装,素为迷信好堂皇。琴声依著学声和,小戏得叫小戏强。
调韵悠扬藏曲折,做工精练显周详。作为杰出梨园客,好与同人存细量。

江南寻子巧遇

人生勤俭却为先，第一功名莫爱钱。报国尽忠是本分，待人诚实便安全。
服从上级心舒泰，信任下层气爽然。节省若能无浪费，自然和顺乐无边。

注：次日至金山游览。

抗战胜利后民儿到徐

民儿家报在徐州，消息初闻涕泪流。五易岁华淹阔别，两番磨折苦营求。
艰辛漫道非荣幸，福利都从多难磨。指顾泰来亨吉见，寻儿我自乐优游。

杭　州

田禾满眼着黄花，路出京杭感岁华。西子湖滨喜托足，南高峰下惯停车。
愁中每欲吟新句，醉里忘形语旧哗。北望乡关归未得，余杭久住似同家。

在余杭仓前镇青年军次柏儿处与丁君临别以诗留念

浪迹湖山两阅月，深承爱戴念心中。谈今说古成知己，笑月吟风意洽同。
行役萦怀牵别恨，乡关怅惘感离衷。流亡有价也当售，不愿逍遥学放翁。

西　湖

湖上光芒夜色饶，银花火树胜元宵。山岩月映浮霜影，桃杏霞翻映绛霄。
绿柳清荫夹道覆，红荷白水两情调。陇中苏小春犹在，游舫归来过六桥。

咏朱氏故居

祖居淮城西北角勺湖东南刘鄂故居前身。有宅第楼平房二百余间，似王侯府邸，备极壮丽。《朱氏宗谱》上举清同治年间诗人李钟骏字遹之的勺湖泛舟时咏老宅诗：诗人殇咏处，鹅湖鹿洞间。广厦初落成，寒士多欢颜。

其　一

公毕归鞍咏岁华，谁知宅属老残家。楼高远眺饶心趣，湖阔怡情望眼赊。
气壮东南丛户荫，水环西北倚城斜。原为吾氏一高第，未获祖迁运觉差。

注：老残家，即刘鹗故居，刘鹗著有《老残游记》，故曰。

其　二

故居三百余年华，宅主犹能记旧家。数仞高堂依样在，满园香卉失芳赊。
廊回折折情堪羡，院落层层势已斜。簇立巍峨甲一邑，壑深岭峻实无差。

其　三

构筑金刚社丽华，于今已识是吾家。莲宫桂寓楚香净，璇馆琳台题笔赊。
持戒芝房淳雅洁，诵经文室渐攲斜。太君喜读金刚卷，建社由来传未差。

其　四

邻翁刘老叙年华，旧燕已知王谢家。沧海桑田几变异，经文纬武两情赊。
那堪艺苑留名节，太息辕门隐照斜。借问宗人谁继绪，家声振述再无差。

注：据云在清咸丰年间，此宅刘氏原受业于缪氏，缪氏受业于朱氏。最早明末清初时即为朱宅。1949年楼房拆除，改为糖坊，地下、墙中发现黄金、乌金若干，不知为谁家遗金。后才又改为刘鹗故居。

镇淮楼

其　一

巍峨特立一高楼，西傍洪湖古泗州。今日登临思往事，顿时感念泪难收。
镇淮除患图安逸，列玉排珍供览游。极目钓台与竹巷，泰山重价永流传。

其　二

飞惊盘郁镇淮楼，峙立城中说楚州。西有洪湖成福地，东环瀛海众流收。
南临邗水千帆过，北接钵池万客游。毓秀六城人杰地，五河绕抱胜清流。

注：六城，新、旧、夹3城之外，旧城南门外6里有射阳城，运河西韩信城，盐河北河北城；五河，运河、泗河、盐河、涧河和城东原有旧黄河影迹。

江心寺

烟云缥缈江心寺，万古温州名胜传。两塔超高云影接，双峰更捧月光圆。
断崖宋跸留风雅，孤屿巴僧说法禅。到此尘消愁顿失，狂吟沉醉有今天。

和友人江心寺

宋室忠诚江海流，狂涛巨浪永无收。传言古刹多风雅，说法老僧无俗愁。
世事茫茫如去雁，人情历历似浮鸥。山林钟鼎幻如梦，一是浮云一水沤。

和友人60述怀

翩翩雅度自超然，豁达风姿陆地仙。堪羡色颜如少壮，恨惭病态入残年。
诗推玉案吟新句，鹤算锦堂用旧毡。今日花开一甲子，齐眉绕膝福绵绵。

鹤顶格——嵌名诗

黄石传来未见亲，人皆以此有关神。超然早达蓬莱岛，兄系阳回大地春。

是识玉函能寿世，吾知星象不经纶。诗推贺监湖边老，友若天空月一轮。

和友人

其　一

旧雨重逢十一年，佳章得唱有前缘。且将唐句重吟咏，直把阳春乐此天。
诗卷难教春色老，桂花香郁月光圆。窗前日暖池墨戏，笔扫冬云弄玉笺。

其　二

妙友喜君屡得亲，赏吟白雪益精神。杏林早著活人技，橘井常回济世春。
河洛有惭明奥义，璇玑自愧对经纶。天涯若遇知音客，无异圯桥说本真。

在瑞见子耕作

瑞蔼春华人倚楼，青山红树眼中收。携经劳作勤耕野，遇客闲言故里秋。
旧业未抛绵世泽，新诗喜唱去闲愁。缘何屡破乡关梦，风扑纱窗响玉钩。

垄上归

高山峻岭目前横，飞阁危楼紫气升。涧水莹回情绕抱，春风荡漾隐潮声。
朝阳花木欣荣早，积善门楣价重城。极目人间多少事，忠忱廉洁有名声。

挽席桥友人

闻说归真泪湿巾，席桥河畔哭知音。钞时博弈嗟无作，讲艺勤耕实可钦。
爱友曾开三径宜，借书未计一瓻心。临风泪眼东南望，恸再过门无处寻。

儿思故乡

一别乡关四十秋，山河远隔感离愁。亲朋不得相摩面，两地常悬旧念头。
不见乡关秋复是，那堪惆怅日增稠。高堂未获晨昏省，难释劬劳恩念头。

注：柏儿1941年离开家乡，数十年消息隔阂，忽于1979年2月5日晚餐后，我已解衣就寝，邮递员托邻人带来一封由台转美寄来的信。上写“淮安县第十二区（中华人民共和国成立前的区划）朱象乾收”！原来是住台柏儿长女珠手书，由台北市经美国转寄来。真是如其名珠宝从天而降，不胜之喜。

参　政

政协会开势壮雄，发言踊跃气何雄。家齐国治安天下，物阜年丰大地中。
喜我神州腾异彩，爱为民主更和融。要知统一人心望，勤奋能明四化功。

纽约华埠选美蕾孙女荣膺第一公主

八秩苍颜霜鬓丝，时乖运蹇感伤悲。诗词未获重翻印，谱牒重修只恨迟。
两子远游离膝下，全家安乐去愁思。一朝相见归来日，家祭祖先团聚时。

勉四五孙女薇蕾书法宜正

字体原来说有家，须当重视莫轻呀。写时间架宜周正，下笔均匀勿乱斜。
直似枯藤真可羡，横如硬弩实难夸。钩圆竖直方为妙，点撇有神更不差。
注：先生所纂《朱氏宗谱》全系用魏碑体书法传世。

次韵邑人王生

谁谓淮壖少隽秀，阳春曲奏杏花天。斗山得仰无期遇，文字相交有夙缘。
硗瘠瓦砖尘眼底，清新玉珠佩胸前。苍茫大地知音少，意识荆州恨晚年。

清明节悼念抗日阵亡志士

奋勇斩妖魔，牺牲战绩多。美风争日月，浩气壮山河。

民国28年正月日寇坦克到马厂

其　一

国家不幸遭倭寇，事变卢桥妖孽生。衅起边疆烽火炽，腥膻遍地惹纷争。

其　二

恨彼倭奴毒炬长，动员御侮战旗张。炎黄圣胄性犹在，跃马挥戈齐救亡。

受训中央军校及中央训练团

其　一

儿曹无念故园心，一在金陵一瑞金。纬武悉心韬略究，采模韩范志情深。

其　二

信得两儿均结业，狂吟彻夜未曾眠。青年义勇倭奴抗，歼敌请缨任铁肩。

祭楚甸抗日烈士

其　一

岛夷肆虐是豺狼，烧杀奸淫毒异常。幻想神州与并合，亚东称霸又逞强。

其　二

尺土不容日并吞，赤心卫国决心存。疆场血战惊天地，率使倭奴溃败奔。

其　三

京沪当时弃不守，皖徐防撤若冰山。艰危苏北如孤岛，拥据雄师备战间。

其　四

形孤势逼处淮中，藩卫梓乡气壮雄。激战突驰无退缩，那堪铁血贯精忠。

其　五

尊夏攘夷护祖国，艰危支柱建奇功。泰山重价垂千古，戎马江淮一代雄。

其　六

血染江淮泗水流，精忠一片说千秋。八年苦战卫苏皖，英勇精神永不休。

其　七

气吞敌伪保疆土，赤胆忠心誓肃清。鏖战楚郊留壮绩，黄沙埋骨不埋名。

其　八

生为国死死为殇，杀敌成仁愿已偿。留得功名光夏宇，淮堧战骨永流芳。

其　九

抗战声威中外扬，英风相并海天长。只唯国耻要湔雪，恢复河山争国光。

家　居

稚子也知学种瓜，长男勤俭善持家。二三青勇军征远，余课生徒未足夸。

清明节悼念抗日阵亡志士

赤心为国痛牺牲，浩气凌云苦战争。今日清明来祭扫，滂沱涕泗哭忠魂。

明时倭寇乱华

其　一

马厂东南一地方，由明称曰埋倭乡。状元沈氏名坤者，率领人民杀几场。

其　二

杀死倭奴万万千，泗阳韩遂亦英贤。恨倭虏杀焚烧事，督率民兵战几年。

其　三

溯源倭寇本同种，底事操戈偏乱华。况系中原民族一，存心侵略理念差。

其　四

人家相处尚和平，邦国也须讲义情。寄语东方须侧耳，水源本木要分清。

怀戏楼

其　一

戏楼陈迹感沧桑，每见遗砖几断肠。岂意玲珑歌舞地，空余衰柳对斜阳。

其　二

池畔楼砖轶事留，宗人传说未曾休。诒谋轩冕高风在，绿水门前空自流。

其　三

祖先豪兴寄俳优，易俗移风筑戏楼。表演忠奸陶景化，芳踪烟锁使人愁。

其　四

先人将戏作真传，演古绳今史剧编。遗迹霜飞野岸静，冷烟黄叶绕村前。

其　五

剩得残砖横目前，追思毋任感当年。合宜继创承先绪，绳武光宗世泽绵。

注：戏楼，马厂朱庄原有东西五宅楼平房，人称朱楼。常招伶演戏。漕运总督朱大典及朱国盛，喜观剧，来时必演戏数出，表演忠奸义士、孝子贤孙，借以感化乡人。

江南寻子巧遇

其　一

千里寻儿别故乡，扁舟一叶阻风忙。不停桨棹程难计，宿雨侵窗洒面凉。

其　二

阴霾密布看江村，触引愁思带泪痕。往事不堪回首问，悠悠羁旅踯吟魂。

其　三

流亡离乱古今同，寄宿江滨一寺中。得遇柏男喜望外，妙高台上话穷通。

其　四

骨肉流离阵线中，民儿今又喜相逢。天伦乐叙心伤感，百战余生未信通。

其　五

备尝艰苦有谁知，父子参军在一时。拯溺救亡歼日寇，妖氛净扫力支持。

金　山

其　一

塔高寺古镇江边，水阔烟深气浩然。玄奘圣僧成佛教，金山名胜至今传。

其　二

金鳌峰顶乐登攀，洞说朝阳是从山。中冷泉传亦在是，江天寺落翠微间。

焦　山

其　一

焦山浑似一青螺，杰阁琼楼建筑多。遗迹芳踪难悉数，花前月下尽春和。

其　二

四顾景情相互印，浪涛狂巨水连天。焦公昔爱此山隐，竟作蓬莱岛上仙。

西　湖

其　一

身入西湖气爽然，烟深水阔乐无边。活人心目疑无地，到得杭州别有天。

其　二

西湖影色镜涵空，一点孤山映水中。浓李艳桃浑似笑，断桥亭衬夕阳红。

其　三

一镜平湖望眼遥，浪花风叶晚萧萧。回环点翠万松岭，剩得弦声艳曲调。

其　四

游乘轻便小航船，四顾云山分外妍。百顷澄波翻玉浪，琼楼杰阁胜当年。

中央训练团第八总队(驻无锡)

其　一

学兄昨与惠山游，乐饮清泉百虑休。今又梅园同玩赏，太湖景象眼中收。

其　二

蠡园继赏去沿湖，深感当年范大夫。遁迹湖山忘岁月，辟园王子有规模。

其　三

项王殿上片时留，堪叹英名傍水流。叱咤喑哑威似在，万年香火永无休。

其　四

乘舟共赴鼋头渚，濯足洗心除宿忧。明媚湖光牵客念，烟波远阔胜杭州。

筑公路

其　一

康庄大道人心悦，险恶羊肠厌不平。试看淮淮沙瘠路，汽车阴雨碍难行。

其　二

鞍马匆匆到各区，摧工运石器材输。宝清路与淮涟路，商旅定教乐步趋。

其　三

自卫保安卸肩行，决心筑路已三年。喜其凸凹成平坦，浑似河流得畅然。

答友人

其　一

羡君落落大方家，文采风流敬爱赊。北固识荆犹恨晚，瞻依鸿鹄听鸣鸦。

其　二

遨游负笈未携家，江上怡情望眼赊。明媚山光留客驻，烟波远阔有飞鸦。

其　三

滚滚江涛何处家，妻奴底事不书赊。要知黄鸟亦知止，飞倦知还有暮鸦。

寻　子

其　一

一别民儿十五年，吴山楚水两情牵。愁衷离绪言难尽，郁结胸怀抵足眠。

其　二

送别临歧到武康，杭温辗转瑞汀乡。孙儿相见难通语，贤媳殷勤是孝娘。

其　三

迢遥疆域三千里，异地情疏意感伤。不是舒丹流火日，那堪留恋悦心肠。

其　四

一言至大至刚正，咐与儿孙仔细听。运转有机归故里，毋忘白鹿旧门庭。

二到瑞汀

其　一

旧地重游十一年，汀田气象胜从前。礼仪来去多丰厚，壮丽高楼逐渐添。

其　二

细草微风鸟语柔，穿云绿树植村头。闲行与客裁唐句，鲈脍诗人赵氏囚。

其　三

松声竹韵柳枝柔，一朵鲜花供案头。良友来时春满座，南冠曲奏邑人囚。

赠中央训练团同学

闲步长堤气养高，英姿无异武陵豪。复原得遂凌云志，鼓浪龙门腰横刀。

不为迟

曾孙同我一生期，下马生同却是奇。七十生辰偏赶到，喜来庆祝不为迟。

与友人唱和

其　一

玉肤明眸娇媚余，生香笑语步移初。扬州三月桥前过，风韵当年亦不如。

其　二

蕙质纤腰雅素余，暮云春树绿荫初。灯明不熄扬州夜，曩昔何曾有一如。

其　三

志在清莹玉映余，兰馨弄粉朝晴初。美其散朗风姿格，人以瑶台亦客如。

其　四

美质冰肌花馥如，素无忧郁本原初。爱吟尤喜唐音韵，人谓才华无一如。

无　题

一卷诗书能醉我，畅怀涤虑拭如何。非因俗冗琴棋罢，心地欲求似静波。

垄上归

夕阳西下离日畴，听得渔歌语气柔。绿树楼台相掩映，丰收在望有何愁。

信步所之

闲来信步水云乡，诗兴酒怀感异常。山上樵歌声律动，风和日暖野花香。

儿(二儿寿柏)思故乡

其　一

信如宝珠降天空，亲族欢娱感慨同。两地相思愁顿失，朱珠巾帼一英雄。

其　二

三十年来信息通，而今怀放解愁容。吾儿得遂经纶愿，辉扩门庭显祖宗。

覆留美五孙女蕾就读纽约圣若望大学研究所硕士班

笑傲寒冬八一回，爱吟不觉鬓毛衰。继承遗志儿孙辈，光耀门楣喜到来。

勉台逵孙考入淡江大学轮机系

登峰造极上云霄，游目骋怀在此朝。红杏日边今得见，银河两岸路非遥。

游五凤楼

1982年5月1日，浙江温州。因珠、娟、玲、薇、蕾五个孙女均为大学生，其中两个留美，三个在台。故转谕勉之。

久欲来登五凤楼，缘悭俗累等浮鸥。于今已遂生平愿，极目欢娱一渚头。

和友人

其　一

寒夜客来茶当酒，牵衣促膝话愁衷。漫将齐治伤无道，得展经纶运即通。

其　二

逸气雄才斗牛冲，竹炉汤沸火初红。香生七碗沁肠胃，诗梦醒时漏已终。

其　三

直立亭亭一古松，傲时劲节小楼东。寻常一样窗前月，光映苍苍魄更融。

其　四

寒气萧萧凛冽风，霎时碎玉满庭中。琼楼银舍新移住，才有梅花便不同。

变柳絮

满架残书变柳絮，一瓶清水供梅花。生平淡泊成佳趣，茅屋纸窗是吾家。

慰病人

其　一

一年易过又三春，气掩凌云一病人。桃李芬芳满故里，问谁班马属芳邻。

其　二

沙鸥对对恋清波，蹀躞浮沉却为何。曲自安神静养气，痊时也去步烟波。

其　三

清歌来听上林莺，杖履婆娑趁日晴。一曲阳春喜唱和，不知衰朽鬓霜生。

其　四

绿阳影乱尽成丝，诗债愁偿勉措词。蕴藉微吟曾入梦，扬雄吐凤不知期。

其　五

园蝶寻芳麦未黄，知春欲去更添忙。诗人亦解春回意，吟得新诗句句香。

马厂银行

其　一

银行设立快人心，经济转移有处寻。借贷能教事有就，储存获利喜吟吟。

其　二

一元存款至千元，存取随人听自言。方便存储能踊跃，利民利国利渊源。

教书与训练壮丁

教文训伍廿余年，桃李园中约数千。服务城乡行处有，朝朝相见喜连绵。

吃　烟

好烟有飞马、大运河、前门等，孬烟有洪泽湖、丰收等。友人问，何故吃丰收？答曰：

飞马多年已不骑，前门紧闭亦相宜。运河不住住洪泽，屡值丰收愉快时。

孙干敏

孙干敏(1919～2004),淮安经济技术开发区南马厂人。自幼遍览家藏之书。高中毕业传承祖传中医,旋去涟水随岳父学西医。晚年主编《孙氏百年史》。书法颇有造诣。

感病友

患病无方去省京,相逢萍水遇知音。难中相识存知己,一片深情友爱心。

题《孙氏百年史》

前人忠孝垂千古,后代相传直至今。更望后来仍似此,依然映雪照门庭。

高美鹤

高美鹤(1920～1994),号曲泉,淮安经济技术开发区马厂人。社会老中医,高毓烈嫡曾孙。因瘫痪拜师学艺,专攻岐黄,悬壶济世,饮誉乡里。酷爱古典诗词文学,且书法、绘画、音乐都曾冠绝一时。著有《高美鹤诗词拾遗》。

幸逢陈兄吉人兴吟

往昔垂青眼,相看两白头。东门车送客,南国叶惊秋。
退逸莺花醉,飘零岁月稠。安宜逢盛饯,不作天涯游。

和朱秉炎原韵《咏梅》

老干苍癯互屈生,林头已见数枝春。烟轻邓尉游香海,月淡苍山问碧神。
既使横斜影印水,或从堆乱雪留人。冰肌本自硗芳洁,不染篱边半点尘。

注:朱秉炎为北京女二中教师,诗友。

读《钦定词谱》有感

词运兴衰感不禁,碧山漱玉费揣吟。倚声唯会仄平句,选调竟差尺工音。
五四文潮新攘旧,两千牌曲佚难寻。诗人不解林宗理,徒抱残书对管琴。

勉侄孙

归艺田园心趣高,课终常涌业农潮。身同书伴迎纲产,年献春华应党召。

放眼纵观村械化，题功总尚社家饶。生逢盛世须捐用，改建庄颜必我曹。

春　暮

小筑堤南作我家，柴门掩断市声哗。苍苔贴地遮幽径，柔柳垂丝扫落花。
三月风光经眼过，一村烟雨断肠嗟。送春又怕春归去，心绪纷纷乱似麻。

村居杂咏四律

夏 午

赤日行空昼景长，家家园午晒巾裳。蝉声响乱噪槐杪，树荫浓娑覆道旁。
紧趁田余堆野菜，暂消暑酷剖鲜瓤。小姑不怕炎沤苦，满载苹筐作豕粮。

艺 蔬

家膳咨尝不许沽，小篱亲艺莫荒芜。累累紫荐茄枝重，郁郁青撑豆架粗。
瓜芋能超市选味，姜茴常具品盈厨。春耘菠蒜夏浇果，换取鳞虾炙笋蒲。

渔邻早事

或刈篮藤或结蓑，罟鱼原不误农禾。钩留老妪穿呢线，竹待童孙镂细梭。
几日船归仓满后，一村网补雨晴过。朝来提向街头去，沽得糕醅乐尔何！

雨后赏钓

沿堤莎草绿差差，积雨初添水半池。藻叶层封鱼惯隐，芦边深浅钓全知。
不因虾聚沉香饵，便仿竿长系素丝。假日流连忘去返，悠悠垂到日斜时。

遣　怀

回首前尘万事空，平生心迹化烟鸿。灯窗孽债何时了，花月姻缘半世终。
且借琴樽消块垒，拼将业果付秋风。青山有点皆成泪，底事诗人恨不同？

和人笺候诗

匆匆流水惜华年，陵谷沧桑几变迁。已愧残躯生盛世，更无余力靖边烟。
千金马骨留君赏，一榻琴书和泪旋。旧雨不来新雨断，独留残卷守风檐。

无　题

地坼冰封万木残，离情最是梦中潜。一生黄卷风盈袖，半世青囊业岂安？
叶落归根存谚幻，岁寒思友顾形单。暗暗剪烛西窗下，旧雨应怜我只孱。

芹　荐

为农无计识荆州，奖掖还求君攸筹。植杏疑稀尧自薄，编壶屡剩业云休。

书筒几日成新雨，病骨经年谢旧俦。一怅虞翻悲老况，桑榆我亦暮难收。

辍 医

鹪鸟巢林愿一枝，扁仓末技售何时？修方字贱宜桑里，抱病年深染俗医。
欲览岐经篇已蠹，久沉叶法术依靡。身残留得书千卷，聊待青毡业晚为。

敬挽毛泽东主席

噩耗传来举世惊，谁人能抑哀伤情。缅怀伟绩千年计，瞻仰遗容百感生。
浩气弥弥存宇宙，丰功巍巍留勋名。光辉遗志如红日，照得全球万世明。

收 麦

五月南风垄麦黄，乡村热节最人忙。天晴抢刈千畦熟，场集齐看百力强。
队组同心事倏竣，机员引碡夜无闲。一朝梅雨遵期至，草进堆头粒进仓。

好形势

社言产播市言工，学寨争模事事隆。诸业刊文标喜讯，多材厂矿出奇功。
河渠网错沤秧埂，道路车烦运物充。土沃频臻仓计足，为农终岁乐享丰。

与一医者

潦倒窗檐数十秋，医林咄咄宿名流。识荆久负清流望，访戴难乘剡水舟。
烧得桐音期蔡遇，掖扬声艺即曹丘。世人浪说才匆选，伯乐能空儿冀骝？

勉侄孙报考高校

其 一

昔年苦战学淮中，卒业还乡且务农。温故却遭四蠢患，砥研只具一心红。
书林今冀拔新萃，笔阵连曾向险攻。或谓文科多戏境，功凝终自拾高峰。

其 二

党提十一大堪怀，教考门从正路开。四害堙人徒幻梦，一声喜讯破春雷。
急迎祖国揭真智，多恪明灯起素材。往日纵因邪荏苒，重争朝夕夺回来。

其 三

千锤百炼探科研，大辟“张姚”诮白专。本叶亟成新四化，吾侪首应荷双肩。
登高岂惧山崎峻，苦诣何辞路沛颠？大器唯今能擢著，侵沉先进得薪传。

原注：1977年国家恢复高考，律诗三首勉侄孙高从训。

步韵董老《九十初度》

其　一

高迹遐龄世罕过，心红岂惮路艰跎。一生计业成疆佐，卒岁光阴尽党磨。
为国征治除旧政，导民修建创新河。酒筵不废题骚志，慷慨长留韵伐柯。

其　二

衍祝耆华胜会过，功成偶亦溯蹉跎。从知否泰豪英转，便感沉浮杰主磨。
格己规人沿马列，争天斗地壮山河。彤彤革命旗纲举，好促来曹悟厥柯。

其　三

国既升隆岁既过，开疆创业事无砣。红旗征寿莹新彩，碧海崇觞靖浪磨。
万里晶霞天晋悦，千城焰鼓乐覃河。德园久厚民宗仰，普颂南山不老柯。

再与炳炎

少小无为老大悲，茕茕只影岁云迟。且惆屈子因兰喻，何憾江郎梦笔时。
旧雨未忘苍葭意，新俦谁属系鸿词。炎凉领惯村邻态，栉沐还须自护持。

祝贺中共十一届三中全会决议

其　一

一传喜示出京城，满地倾听爆竹声。海宇即兹消瘴雾，云霓终沛望民情。
经扬大业蹇犹固，续挽狂澜挫亦平。今日神州无孽患，百花重放百家鸣。

其　二

人海旗山贺不休，街场热祝势洪流。亿民心挚朝荣党，四海灾除入逝波。
京国堂堂基永定，科才济济学繁求。从今百业旋蒸起，一往无前争上游。

其　三

景日高华气象隆，无边鼓乐奏烘烘。人群结队游街涌，画幅升墙构意宏。
满目山河皆锦绣，一时歌议尽欢融。心心热爱明真主，治国抓纲万代红。

庆祝中美建交

其　一

忽传中美约初成，举世联翩悦友声。岛陆分鸿终必合，亚非染指战狼惊。
一封盟史攸寰泰，万里萍综奏鹿鸣。天水茫茫相捭阖，管他牛耳执谁成。

其　二

一衣情水带瀛东，续结西涯美利朋。巴以风云民堕劫，越棉兵火伥潜踪。
和平已切众霓望，旅贸无偏万市隆。统立神畿成四化，识时依务是炎宗。

朱老象乾索句

偶逢杖履话檐幽，促膝频征手迹由。诗竟耆年归厚素，书承碑拓柸苍遒。
瓣香深忆婆心热，私淑能忘耳面谟。点尽前尘酬咏事，襟边未得一题留。
注：时马厂耄耋老人朱从元，号象乾。

步韵答宋振东

一纸寒暄乐有余，幸逢青眼带鸿疏。江淹笔废无佳赋，倪瓒渲皴淡简图。
已附吟坛镌半枣，更期文协荫残夫。宾朋唱和逢非晚，愧我才疏隐别庐。

淮安近貌

运水汤汤抱楚城，浮屠高峙角分明。衢宽难点千车辆，文盛常留百士名。
厂突摩天科进速，楼层涂彩艺研精。五风十雨田禾熟，岁物连年庆满城。

农村风光

万瓦粼粼院宅新，红墙碧柱丽成邻。荷塘暑过叶犹翠，场谷秋临车运频。
十里长渠浮鸭阵，数声牧笛唤牛群。为众只解勤和富，从贾从工又事耕。

和高沛雨老《咏梅》四律

其　一

腊破春回节自芳，冰肌铁骨傲南窗。月斜西苑留疏影，雪压东篱送暗香。
庾岭千年芳更艳，林仙一鹤瘦非狂。已知老干浑无用，为供诗人弄笔章。

其　二

茅屋窗隅护一株，枝横影乱密而疏。林端吐艳生妩媚，湖面漂寒展画图。
未许尘埃因俗染，可叹素质惭苍癯。倚篱哪怕风雷动，翠竹青松友不孤。

其　三

历尽霜摧与雪欺，年年识惯此芳姿。水边照月怜千藓，岁暮怀人寄一枝。
莫理江坡吹玉笛，且吟杖老赋梅诗。粉红未褪檀心在，自有幽人咏赏时。

其　四

寻芳已不觉寒威，春入园林处处菲。嫩绿轻匀知萼破，片红休扫待人归。
冰溪晚看枝移鹤，品德高宜汝作妃。深恨孱躯未买棹，欲登邓尉愿常违。
按：高沛雨，南马厂人，作者本家。

七十述怀奉呈宋王二诗翁

人生七十自龙钟，齿豁颜苍岂昔同？老大无能书祭獭，文章未著价雕虫。
词探宋苑腔安定，诗展奚囊句欠工。萍水未逢知恨晚，依依唯识一焦桐。

注：指勺湖诗社宋振东、王化霖二老。

赠《孤芳集》主人二律

其　一

山阴访戴夜还船，独辑吟章我未安。月下推敲僧作客，梦中虚忆蝶为仙。
桃源洞阻忧难谒，处士才疏志亦坚。知否洛阳纸顿贵，孤芳傲俗是诗贤。

其　二

诗坛何处觅知音？未得知音且碎琴。空谷香浓宜自喻，西昆韵贴耐人吟。
文因出萃名安稳，友必齐才慕始深。莫谓阳春无和作，晨星数点著如林。

和施占山诸作

投桃报李俱动听，诗人兴会最钟情。西昆酬咏宜今古，皮陆联欢合旧新。
只愧江郎笔久废，那堪屈子泽行吟。红牙歌板词家事，不唱阳关唱社平。

和宋振东答安宜诸友一律

一滞安宜一楚城，重杨又绿两家春。莺啼小苑留佳客，燕识雕梁住冷尘。
苦坐书床多惹梦，广批大作亦精神。为农但喜年甘雨，我爱诗香侬爱晴。

和邵侣樵原韵

海频倏即建新庄，无际硗原今尽秧。整日机鸣千有队，沿渠树种万成行。
山前梯块分高下，陆上沤畦化正方。品物丰输秋岁后，熙熙人唱谷登场。

和高沛雨

萱堂鹤算养年颐，百岁筵开今盛时。家世忧寒今异昔，汤茶殷奉盏连卮。
蟠登条轴仙齐寿，话及兵锋纪似诗。且看杖翁耄耋后，再开母笑着彩衣。

淮安新貌

一街紧邻一街傍，半取中型半仿洋。电线交丛网密织，商衢集散货堆藏。
滔滔息灌流归海，远远长途运达扬。影剧多名赏不绝，游人衣佩腊梅香。

和杨少伯

宝邑吟风素昆名，骚坛践约识诸君。萍飘水面踪难聚，露湿花头珠可凝。
奖掖无门双袖冷，推敲得句四筵欣。吾生阅惯炎凉态，半领青衫看晚晴。

和樊心如漂母祠

运水滔滔国士穷，一竿隐钓定豪雄。街头仗剑留兵策，胯下怜才进母饔。
漂食但期功后报，高勋应在水前崇。淮阴一饭千秋重，不比晨炊感吝容。

灯下课孙

古灯挑尽不曾眠，起共侄孙理旧篇。身老益知局律细，时裁短雨属谁诠？

即　句

时值黄梅季节，侄孙索句，因戏作。

雨后蛙噪天未晴，柳槐荫处暮烟生。宾留半日无他选，随掇新词韵险成。

闲居吟

士林诗话易颓波，老迹风檐岁几何？腐册休言关底用，留资题景与酬歌。

题自作画《远浦归帆》

空谷烟桥泻短泉，疏疏竹傍野亭边。峰迴帆渡云沙阔，数点鸦还晚寺天。

秋夜闻蟋蟀

月落三更病未眠，银河耿耿横霜天。虫声鸣动凄凉泪，篱外残阳亦自怜。

圃余作画

圃庖颠倒太无聊，品绿笺红事事消。为捡当年老画体，涂成银样托朋僚。

和邵侣樵原韵

其　一

苍苍葭野又西风，鸿雁来宾序节同。米熟羔肥称社阜，优游哪复问通穷？

其　二

书情颐老在儿孙，酒食充储笔满门。海泊兼年归市住，歌吟戏舞俱天真。

其　三

暂留别舍忆家乡，友阔亲疏未忍忘。江上秋风鲈脍美，思来总是断人肠。

其　四

僻巷迁居院简平，身瘽常拄杖藜行。梦中医遇苏仙试，井橘能痊久嗽声。

其　五

委顿床炉数十年，多情杖履亦沉绵。何时赏激归帆画？杯酒同餐蟹肉鲜。

劝学一绝示侄孙

为山九仞志良高，渔猎相呼万业抛。逆水操舟停则退，莫教老大唱徒劳。

答谢白田诗翁二绝

其　一

春风袅袅柳垂丝，疑是兰亭修禊时。淮宝风骚应约至，谁人不爱读君诗。

其　二

汪伦送客又逢春，潭水桃花皆故人。筒去筒来诗上和，就中最是白田情。

和何龙飞

别时惆怅聚时难，同是颓唐白发颜。风雅素推淮宝地，东南半壁一骚坛。

高端元

高端元(1921～1991)，淮安经济技术开发区马厂人。中共党员，抗日老战士。中华人民共和国成立后曾任淮安县多种经营局局长、文教局局长等职。1981年离休。

离休有感

其　一

接力更需志气坚，投身四化搞科研。人征宇宙时非远，电脑用途事必先。
美著欧成堪实践，陶分禹寸惜华年。吟哦久废心尤健，勉力挥毫赋几篇。

其　二

忆昔思今虽不同，总须教育启愚蒙。文章修饰翻新样，科技尖端创大功。
自顾老残无上策，因遗桃李未全工。青年甘愿齐飞跃，争上蟾宫战太空。

王赤民

王赤民(1922～2016),原名玉殿,淮安经济技术开发区马厂人,中共党员,抗日老战士,离休干部。

创业南湖七十春

创业南湖七十春,东征西讨历艰辛。神州到处红旗展,全有先驱血染成。

王士义

王士义(1923～1995),淮安经济技术开发区马厂人。中共党员,抗日老战士。曾任常熟市副市长、淮安县外贸局局长、政协副主席等职。

怒 伐

官爷倒把太荒唐,财阀经商是虎狼。物价哄抬牟暴利,通膨币贬引忧伤。
勾连内外阴风起,囤积居奇小黑帮。血吮人民偷国税,专谋对策乱纲章。

周恩来纪念馆落成典礼

馆建淮安道义绵,精神世界胜春天。千枝大树归根本,万里长江有起源。
共慕勤廉悬镜洁,同遵理想执鞭坚。光辉典范耀寰宇,引导人民破浪前。

张金丽

张金丽(1924～2012),淮安经济技术开发区徐杨乡人。中共党员,抗日老战士。曾任区党委书记、县委委员,淮阴地区工贸系统政治部副主任,淮阴地区农贸公司书记、经理。

离休十年

离职退休临十秋,养花种地两悠悠。淮安处处添花色,故地人人争上游。
到户分田搞改革,丰衣足食不言愁。欣逢盛世腾飞日,俯首甘为孺子牛。

游西湖

形胜东南诗岂酬,惠风和畅到杭州。钱塘潮急传千古,美景西湖一望收。

与吴晏清战友相聚

江左绍兴景色优，小桥流水浪连波。老朋相聚倾情诉，同唱当年抗日歌。

注：吴晏清，淮阴五里庄人，曾任绍兴军分区政委。

陈平超

陈平超（1930～2013），淮安经济技术开发区马厂人。农民。淮安市经济技术开发区诗词协会会员。

拆迁有感

客居他处亦相宜，四世同堂何乐兮。一日三餐两遍酒，管他南北与东西。

邵侣樵

邵侣樵，淮安经济技术开发区南马厂乡村民，高美鹤诗友。

和高美鹤村居杂咏

其　一

久坐浓荫话日常，闻谈仙咏曲霓裳。暖催游燕归巢去，暑逼行人喘路旁。
我自轻摇扇白纸，儿童笑剖瓜红瓤。治家勤俭青年妇，远摘野蔬助食粮。

其　二

邻渔出入不披蓑，一路狭斜处处禾。负网归家奔似箭，携鱼登垄疾如梭。
卖钱沽酒寻常事，尽力勤躬日夜过。街市水涯随童乐，风流孰得及君何？

其　三

横溪老柳影参差，半日雨添水半池。安步坦堤寻钓迹，转投深苇赏人知。
新调曲蚓加精食，喜得巨鱼换白丝。留恋清凉风雅境，忘归直到夕阳时。

严承满

严承满（1932～　），江苏淮安人。淮安经济技术开发区诗词协会会员。

新农村

其 一

畜禽满圈鱼盈塘,受惠农民喜气扬。种地免交农业税,减轻农负助康庄。

其 二

农家学子沐春阳,学杂诸金全免光。从此读书无后顾,专心学习振家邦。

其 三

孤独寡鳏住大房,鸡鱼肉蛋轮番尝。衣新食美睡舒坦,问药求医合作帮。

其 四

打工农户有依仗,法律维权心亮堂。每月挣钱流水势,过年存款取回乡。

其 五

低保人群沐党光,国家补助不心慌。工资人调他随长,哪像从前被淡忘。

严成喜

严成喜(1935～),淮安经济技术开发区徐杨乡人。爱好诗词、文艺,善奏月琴。淮安经济技术开发区诗词协会会员。

往日严赵村

过去老严赵,人多劳力强。国家未改革,致富却无方。粮产难温饱,春依救济粮。穿衣旧又破,常住草危房。道路多弯曲,雨天难出庄。运销谈不上,闭塞守穷乡。一旦发洪水,洼低遭大秧。饥荒随水至,百姓结愁肠。

今日严赵村

今日严庄模样变,打工儿女走四方。财源广进腰包满,还欲回乡建厂房。和谐社会治安好,邻里帮扶共富强。孤独寡鳏多照顾,老尊幼爱世风扬。引用粮棉新品种,年年产值有提高。产销供售一条龙,信息灵通网上标。林茂渠通路更畅,工商反哺撑农腰。国家减免农耕税,严赵新村渐富饶。薄弱财经严赵村,盼来能干带头人。筹谋规划寻资路,领导齐心找窍门。穷困面聆老干部,富余情系众乡亲。力求发展干群起,黄土变金康道奔。

话改革

其 一

改革花开遍地红,党颁政策支三农。种田免税农耕乐,仓满万家颂党公。

其　二

近平指导方针明，求职儿孙出满勤。工日结清账目算，财源广进暖人心。

其　三

纵深改革财源广，种地农民稻谷香。讲究科研强国力，腾飞经济五洲扬。

国　庆

数十年来一瞬间，千行百业换新颜。中华昌盛鲲鹏举，凝聚人心破万难。

高德庆

高德庆（1936～　），淮安经济技术开发区马厂人。曾任中小学语文教师，小学语文高级教师，南马厂乡教育办专职教研员。著有《大小姐》《六十年代那些事》等。淮安经济技术开发区诗词协会常务理事。

舟曲山洪泥石流灾害感言

甘肃忽生泥石流，山洪巨石酿灾由。千余生命遭残害，无数民房成废丘。
总理及时临实地，指挥抢险作良谋。八方伸手齐援救，舟曲明天更上楼。

庞友军

庞友军（1936～　），淮安经济技术开发区人。退休教师，曾任中、小学校长，爱好诗词。

赞南京长江大桥

其　一

巍巍钟山独自骄，足边飞起大天桥。墩头百舸千帆过，尖顶游人逛碧霄。

其　二

巍峨雄壮世无双，九足跨分千米江。腹进千皮专列货，背驮万客入云长。

赞插秧机械化

面对烂泥背顶天，弯腰曲背几千年。而今丢掉老一套，机器换来进水田。

清明节即景

清明节后草芳华，村老仍忙种豆瓜。半百人生多苦辣，何妨偷空看桃花。

张毓运

张毓运（1937～ ），淮安经济技术开发区徐杨乡人。淮安市诗词协会会员、淮安经济技术开发区诗协会员，原马厂粮站护粮组工人。

昔日故道黄河堆

雨淋冲塌老河堆，沿岸人民吃尽亏。每夏总防堤坝倒，连年防汛上高堆。

如今黄河堆

树阴迷漫鸟纷飞，流水香花春色辉。说爱谈情留客处，游人到此不思归。

承包老堆树

树干围圆逾两抱，意杨疯长戳天高。良田几亩儿孙种，老汉上堆把树包。

路

土路难行鞋袜脏，机车运货活遭殃。而今坦道平宽直，车往人来乐贾商。

改革变化大

创新开放振中华，带富乡村多少娃。商贸工农齐发展，轿车面的到农家。

李志田

李志田（1937～ ），淮安经济技术开发区徐杨乡人。退休教师，曾任南马厂砖井、小堆等小学校长，淮安经济技术开发区诗词协会会员。

合作医疗

农民怕病魔，患疾为钱愁。合作医疗好，储资济困谋。

三农新政好

种田纳税数千年，华夏于今免赋捐。辅助农耕重百姓，中央新政史无前。

助　学

政府免除学杂费，读书上进不踌躇。乡村边远困难户，一样公平育子孺。

李步文

李步文(1939～),淮安经济技术开发区马厂人。退休教师,曾任南马厂中、小学校长,江苏省楹联研究会会员、淮安市诗词协会会员,淮安经济技术开发区诗词协会常务理事。

黄河赞

黄河两岸好风光,碧水蓝天树上行。绿草茵茵白鹭飞,牛羊阵阵红枫翔。观光生态绘蓝图,发展科学领好航。民富国强迈大步,家乡明日更辉煌。

丰　碑

中华大地响惊雷,国策计生功绩辉。人口优生提素质,国强民富建丰碑。

高端省

高端省(1939～),淮安经济技术开发区马厂人。教师,从席桥中学教导主任任上退休。淮安市诗词协会会员、淮安经济技术开发区诗词协会常务理事、淮安市书法家协会会员。

回乡乐

外出务工三载归,家乡旧貌尽灰吹。昔年老屋再难见,别墅如林丽且威。

曹步银

曹步银(1940～),淮安经济技术开发区人。中共党员,中学高级教师。历任中学教研组长、班主任、教导副主任、副校长、校长。

抗汶川地震

汶川地震兮,毁我家园。数万同胞兮,命丧黄泉。举国同悲兮,意志弥坚。炎黄子孙兮,团聚更粘。紧跟中央兮,迎难而进。巴山蜀水兮,宏图已孕。

回眸2008

二零零八年,中国苦而甜。雪害刚弥痛,震灾又犯难。军民齐奋斗,骨肉共温寒。遍地祥云火,满天飘五环。华人行太宇,神七问天安。欧亚金融会,京城主讲坛。神州昂首笑，世界咋舌看。今日炎黄族，挺胸天地间。

回首教书

一卷薄衾几本书，伴余跨上育人途。普中教诲勤摸索，职教田园苦撤锄。解惑应视能大小，诲人不分谊亲疏。爱生施教终身乐，共事同研古大儒。家访周行三百里，转粮年有一千斛。戎装举手恭敬礼，细看原来是小朱。

闻县长辞官

惊闻县长挂冠去，亦有卖牛争少府。不论他人何所议，有评未到盖棺时。履端方可走正道，心善才能济万民。诸君牢记党宗旨，积德树恩在生前。

晨　练

闻鸡慢起身，晨练出家门。甩臂轻轻摆，弓腰扭扭伸。
按摩轻重适，吐纳浊清沉。漫步香花下，增精长气神。

欢呼十八大

山林披日彩，心悦体轻松。鸟唱湖边树，人吹和煦风。
神州开放朗，百姓玉浆浓。翘首璇玑斗，时时梦周公。

李应龙

李应龙(1940～)，淮安经济技术开发区徐杨乡人。淮安经济技术开发区诗词协会会员。

淮安常务副市长驻村视察

农民想见大官面，历史由来难上难。领导忽来访百姓，村民喜聚面相谈。
先言建设农村景，又将蓝图规划摊。政府惠农新策好，小康佳境到淮安。

路

农村老土路，行走苦何堪。政府为民众，路通人展颜。

桥

高张7组处西干渠桥因年久失修，已成危桥。2007年，由清河区政府出资重建，切实为民办实事。

干渠桥老已残危，车辆几乎绝往来。欲问为民办何事，新桥飞架干渠台。

严建宇

严建宇（1942～ ），淮安经济技术开发区徐杨乡人。淮安市书法家协会会员、淮安经济技术开发区诗词协会常务理事，农民业余画家。

轿车到农家

红梅阵阵飘幽香，装点盛世更风光。农家门前腾笑语，迎来轿车新时尚。却似新人飘然至，老农一家心花放。烟花朵朵放异彩，爆竹声声闪红光。爷爷车身轻摩挲，孙孙驾座慢转向。

奶奶堂上布水陆，媳妇厨下搬酒浆。亲朋故旧齐称赞，左邻右舍同夸奖。飞觞醉月颂盛世，觥筹交错迎春光。老人回想往年事，不尽思绪似长江。五十年前合作社，楼电轿车是理想。

“三年灾害”人饥饿，十载动乱鬼歌唱。希望一线成泡影，理想三桩实渺茫。扫荡妖魔叶华功，改革开放邓公襄。鼎力惠农农家富，励精治国国兴旺。电灯电话先享受，楼上楼下继风光。轿车到家应谶语，半纪奋斗臻理想。农家喜事道不尽，展望明天更辉煌。

颂辉煌

山明水秀碧天空，市井田园渐相同。低保补贴日月美，耄耋有养夕阳红。空调彩电寻常事，电脑轿车新宠风。佳境小康指日待，桃园百卉绽花容。

张兆学

张兆学（1944～ ），淮安经济技术开发区徐杨乡人，农民。

忆　昔

从前进我庄，到处见芜荒。救济年年复，民还吃菜糠。家住草危房，进门无点光。三餐挨不上，缺粮少羹汤。

抚　今

政策明方向，发展为总纲。架桥铺大路，加快建康庄。普有电瓶骑，更开宝马驰。厨房电饭煲，煤气烩烧鸡。楼上太阳能，浴身不费神。儿们外务去，爷奶带孙孙。干群贴心肠，同建好村庄。合力齐拼干，和谐达小康。

杨继春

杨继春(1944～),淮安经济技术开发区徐杨乡人。当过多年生产大、小队会计。

京沪高速穿村过

高速穿村头,不停日夜流。沟通八面地,拉动我神州。

孙家麟

孙家麟(1944～),淮安经济技术开发区马厂人。孙干敏之子,社会老中医,炼制祖传膏药,独家多种配方,几代临床,独创外治疗法,专治外科疑难杂症。

寒 风

气候乍临阴转冷,浑身哆嗦脚冰凉。昔年问暖嘘寒到,今日苦酸由己尝。

朱达远

朱达远(1945～),淮安经济技术开发区马厂人。淮安市诗词协会会员、淮安经济技术开发区诗词协会理事。

庆祝建国60周年

昔日农村茅草房,如今楼阁亮堂堂。国家免去农田税,今日耕夫志更昂。

高尚陶

高尚陶(1945～),淮安经济技术开发区马厂人,淮安市诗词协会会员、淮安经济技术开发区诗词协会常务理事、书法家协会常务理事。

无 题

正值深秋九月中,曙光初照半天空。宏儿来电喜传报,孙子临盆福降童。惠媳怀胎十月苦,娘亲分娩一朝痛。为人父母恩难报,但愿不忘孝与忠。

严建戈

严建戈(1945~)。淮安经济技术开发区徐杨乡人,中共党员,退休教师,曾任南马厂中心小学副校长等职。淮安经济技术开发区诗词协会会员。

淮安新貌

电灯照耀,夜与昼同。水泥路面,城乡皆通。低矮平房,无影无踪。小区别墅,成排成栋。百姓通讯,手机灵通。家庭邻里,和睦融融。工厂林立,机声隆隆。绿树成荫,水渠纵横。耕牛犁地,平透蓬松。万顷良田,郁郁葱葱。淮安新貌,赛如天宫。

感　遇

盛世农民志气昂,家家户户住楼房。青年外出打工去,老者携孙种植忙。

颜朝发

颜朝发(1945~),淮安经济技术开发区马厂人,中共党员,花木个体户。

俯瞰黄河故道

独立高桥,俯瞰故道。凭栏处,阵阵和风吹碧波,缓缓东去。忆往昔,七十年代,您供水生活养育吾,可谓母亲河。缺财力,成天堑,交通梗阻,寥寥渡口供往来,难免生忧虑。现如今,搞开发,数十座桥梁似彩虹。情系两岸于一体,交通便捷民欢融,其乐无穷。大型水厂位河东,您供水不断,惠及万民,可歌可颂,伟哉其功。湿地公园数十里,芳草茜,景色美,令人流连萌动。生态园中,南北风光,台湾风情,令人动容。西游乐园,如诗如虹,妙幻神奇,有静有动。母亲河,您将青春永驻,光彩夺目。变废为宝,"废"字永除。大放异彩,将让世界瞩目。

村村铺设水泥路

其　一

昔日出门泥烂流,雨停泥水过膝头。出行收割苦难尽,急病误时人命丢。

其　二

如今寨寨水泥道,大卡小车日夜跑。办事挣钱随处行,交通便捷民欢笑。

赞反腐倡廉

倡廉反腐特英明，治国安邦处处赢。只要为官得众心，何愁天下不昌平。

农民生活比蜜甜

天天都像过新年，食足衣丰包有钱。干活农机住别墅，农民生活比蜜甜。

高端善

高端善（1945～　），淮安经济技术开发区徐杨乡人，淮安经济技术开发区诗词协会会员。

奔小康

盛世农民干劲强，家家住上新楼房。青年进厂上班去，老者带孙和地忙。
三菜一汤调菜味，四时八节换时装。架桥铺路新村建，致富脱贫奔小康。

免农税

党助三农政策明，农民种地不征银。国家还将多资助，亿万黎民喜气盈。

免学费

儿童上学不收费，打破千年老定规。青壮他乡谋事业，孩提自有媪翁陪。

赵鹤泰

赵鹤泰（1946～　），淮安经济技术开发区徐杨乡人。曾任南马厂小堆小学校长、成人学校校长，在南马厂教育办工作十多年。

新农村颂

如今百姓似神仙，别墅建于阡陌边。三转一响成旧物，四行八套不新鲜。无绳电话家家备，有线荧屏户户全。不是国家政策好，哪来坦路绕村旋。

高从训

高从训(1948～　),淮安经济技术开发区人。南京师范大学中文系毕业,中共党员,曾任中学教导主任,成人学校教导主任、完小副校长等职。中华诗词学会会员、中国毛泽东诗词研究会会员、市诗词协会副会长、市《校园诗花》副主编、《新区诗花》主编,《高美鹤诗词拾遗》主编。

农村早晨

晨起野霜浓,人醒忙大棚。茄圆排阵紫,椒辣举旗红。
乐鹭沾诗味,喧花挤画丛。金风撩客醉,淡雾隐苍松。

忆鹤叔祖

凄风苦雨几多痕,炭尽泥炉守漏更。岂料寒塘渡鹤影,那堪冷月葬诗魂。
琴书一榻韵涵重,马骨千金市价腾。空谷短泉鸣镝响,杏坛梅柳渡江春。

湖畔棹歌(金湖)

水上长城剑倚天,安宜古堡水中潜。得机祖逖遗佳趣,谢世龟蒙葬水眠。
叶叶扁舟飘碧荡,纷纷珠玉嵌青盘。棹歌破晓穿迷雾,劈浪乘风着祖鞭。

古邑安东

古邑安东史韵悠,煮盐沧海浦民留。人文叠翠米公赞,宝塔重光轶事流。
红日照明涟福地,鲜花开遍茂原丘。恢宏气魄今超昔,椽笔绘描新艳秋。

抗日英雄赞依周桂峰吟长原韵

当年孽债刻春秋,滴血阴霾遍亚洲。兄弟阋墙情永在,沙疆御寇海横流。
劫波度尽慷抛隙,利益沾均凯对仇。值此海天混沌日,会当含笑看吴钩。

自题肖像

开河信口是言川,指点江山走险峦。激浊扬清应势上,但求无过便心宽。

步韵丁芒老师

其　一

长天一壁柱中流,百卉争芳润五洲。导向常逢风浪险,育桃岂惮道沉浮。

其 二

道启两栖开众扉，主流雅韵岂能危。佳肴若适万民口，酒宴常新沐日晖。

其 三

吟起万方不夜天，和风惠雨廿来年。树旌正辟韵新路，代代男儿续控弦。

其 四

盛世精英立大潮，鸣锣开道逐《离骚》。江南塞北和声遍，且看来昆挥彩毫。

日月洲

故道黄河生态园，翩翩鸥鹭集群贤。琴音一滴坠潭水，洲畔月光映二泉。

依戴家才老校长原玉奉和

其 一

浪本风生必信风，潮由日月引生功。同居一室根原异，风力何如引力雄？

其 二

潮由引力非由风，浪乃风推岂自雄。双子看如孪手足，两山一水种何同？

勉 孙

其 一

喜讯首闻难入寐，强爷胜祖有施为。莘莘学子领何易，下达上传当善维。

其 二

比学赶帮超一群，纠纷调解我兼听。唯精术业方根本，品学兼优率众行。

其 三

精诚团结树威信，吃苦耐劳吾笃行。除困解忧援后进，方成大器步青云。

杨兆元

杨兆元（1948～ ），淮安经济技术开发区东湖办退休教师。

新中国成立60周年感赋

黎民恨腐败，百姓盼清廉。法制须完善，严惩出重拳。

张士诚

张士诚（1948～ ），淮安经济技术开发区徐杨乡人。

居 住

家家早已住楼房，衣柜冰箱摆满堂。彩电液晶房吊顶，室中还搞景观墙。

农家新事

送孙去学电瓶开，儿子上班掌轿车。磁电微波液化气，做餐再没点尘灰。

严建安

严建安（1949～ ），淮安经济技术开发区徐杨乡人。原南马厂供销社主任，江苏省楹联研究会会员、淮安市诗词协会会员、淮安经济技术开发区诗词协会常务理事。

生态园

南北中心在楚关，地灵人杰胜从前。如椽画笔又挥洒，描出千红万紫篇。

开发区新貌·飞机场

故道黄河入画卷，新区开发绘新篇。南船北马交界处，银燕而今飞九天。

张文虎

张文虎（1951～ ），淮安经济技术开发区人。

今日乡村车马多

公铁长途插境过，运输日夜竞穿梭。桥梁闸坝均配套，今日乡村车马多。

张彦举

张彦举（1959～ ），淮安经济技术开发区人。大专学历，先后在江苏省糖业烟酒公司淮阴分公司、淮安市农产资料总公司汽车分公司、南京东方空运有限公司任职。开发区书协常务理事、淮阴中学弘毅印社顾问。

回故土徐杨张庄村

春来紫燕住农家，小镇乡村披晚霞。四月东风吹麦浪，一回春雨浴黄花。

蛙声阵阵传歌古，淮调悠悠乐醉暇。欣遇丰年如沐露，举头大地尽奇葩。

游北固山

今生有幸此来游，信步登临北固楼。浩荡长江三万里，缤纷红叶一城秋。
渔舟几只浪尖涌，芦影两边水上留。吴越江南佳丽地，谁人不识古名丘。

登阅江楼

恢宏气势阅江楼，远眺长江两岸秋。白帝波涛连大海，巫山云雨到前头。
六朝故国山环绕，千载皇城水乱流。秀色金陵人共醉，三村两语恐难酬。

月

站岗归来月挂空，三更半夜有惊鸿。狂涛雪浪连天外，小岛咸多海上风。

游马厂黄河故道

故道黄河浪弄沙，春风处处落桃花。一川碧水东流去，飞燕归来绿柳斜。

春　感

小园幽静蝶粘花，细雨春风吹柳斜。闲读唐诗三百首，朦胧醉意乱涂鸦。

高一峰

高一峰（1962～ ），淮安经济技术开发区人。英语本科学历，市诗词协会会员，开发区诗、楹协会常务理事，曾任南马厂中学英语老师、希望幼儿园园长。曾从高美鹤学习中医十余年。

村边即景

十里关杨参碧霄，翻飞百鸟叫枝梢。牛羊鸡鸭成群队，也助农村致富饶。

忆伯祖

诗人乘鹤入天途，玉帝堂前论四书。留下后生多努力，图强发奋勿荒疏。

高从锋

高从锋(1963～　),淮安经济技术开发区人。江苏省楹联研究会会员、淮安市诗协会员、淮安经济技术开发区诗词协会理事。北京光明中医药大学毕业,早年师从伯祖高美鹤。

忆先师

无限相思苦,垂帘坐小窗。惺忪人不见,中夜泪汪汪。

马厂西瓜注册商标

马厂西瓜注册商,农家正月大棚忙。好瓜还得种瓜早,入梦甜心誉万方。

范月楼

范月楼(1963～　),淮安经济技术开发区人。范尉曾之侄曾孙。

游子暮何之

携手上河西,游子暮何之。徘徊蹊路侧,恨恨不能辞。行人难久待,各言长相思。安知非日月,弦望自有时。努力崇明德,皓首以为期。

无　题

嘉会难再遇,三载为千秋。临河濯长缨,念子怅悠悠。远望悲风至,对酒不能酬。行人怀往路,何以慰我愁。独有盈觞酒,与子结绸缪。

失地农民

建筑工程缩了水,城市建设声露尾。失地农民多失业,不知何处苦薪水。五十多岁人健康,手中没活闲得慌。本地找活实在难,心情沉重无主张。只恨自己没文化,命中注定盖楼厦。寒来暑往流血汗,薪酬年底才回家。建筑工人命最苦,起早贪黑汗水渚。外地打工常思念,妻儿父母人何如?

断绝情思

给我一杯情忘水,让心不再被情围。从今思念烧灰过,叫俺轻松活一回。

网 聊

网上聊天一阵烟，不知对面哪方仙。乐哀喜怒如何辨？千万远离井与圈。

人生感悟

豪宅再多眠席地，腰缠万贯食三餐。仅唯陋室逍遥最，笑看星云乐几番。

杨济青

杨济青(1963～)，淮安经济技术开发区徐杨乡人。中共党员，在职教师。原砖井小学校长。淮安经济技术开发区诗词协会理事。

村 树

落地生根身挺拔，挡风护土美家园。不求索取唯施惠，奉献一生乐守田。

冯从芳

冯从芳(1963～)，女，淮安经济技术开发区人，幼儿园教师。淮安经济技术开发区诗词协会会员。

铺 路

二月桃花别样红，传来铺路响声隆。铁公大道穿村过，偏僻农村四海通。

于文年

于文年(1967～)，淮安经济技术开发区人。大专学历，淮安市诗词协会理事。现任太平洋建设第一集团文化中心总经理，主编《太平洋建设第一集团报》。著有长篇小说《新生》《秋季桃花》，诗歌集《金色漂流瓶》《草根解读〈诗经〉》。

田园人家

塘岸小农家，屋檐枝柳斜。门前呈绿野，窗口映红霞。
渔网置池面，钓竿戗树丫。水边邀客坐，一起品新茶。

书写人生精彩

花开芳世界，桃李竞扶疏。哲理万千卷，真情一本书。
诗词有管道，歌赋无正渠。天下美文者，由心不务虚。

抒　怀

时到中秋春在前，不知不觉就一年。南方仍在飘香季，北地面临赏雪天。
忙里偷闲喝盏酒，苦中作乐点支烟。游山玩水激情在，作赋吟诗暗比莲。

悟在漓江

胜境怡人无尽头，赏心悦目竞风流。云藏碧水底层走，船在青山顶上游。
见缝插针千舸荡，相机行事百筏悠。侗乡故里忆三姐，苦乐人生哪有愁？

松

铁骨铮铮傲雪中，一年四季笑从容！风骚不屑与花比，天下谁人境界同。

游沈阳故宫随感

故宫名胜久闻名，大殿行营蒙古情。游赏旗人发迹地，更知成败靠拼赢！

鹅湖书院

书院鹅湖人敬仰，致知格物各芬芳。古今中外多峰会，争论不休是短长！

华林书院

华林书院享声名，文化拔尖诗作凭。探访先贤遗迹地，学风重塑应还行！

漓江行

灵山秀水使神清，一伞同撑情满盈。携手漓江游仙境，吟诗作赋未虚行。

乘机回家度中秋

三江四海度中秋，赏月吟诗伴泪流。风景漓江无限好，岂如窗外白云悠！

高茂月

高茂月（1968～　），淮安经济技术开发区徐杨乡人。包工老板。

农村机械化

农民舒服在今朝,不用肩扛不用刀。先进农机威力大,小康生活少辛劳。

农民老板

城市农村不易分,农民老板岂新闻?商场叱咤随余意,脱却泥巴会用人。

苗玉荣

苗玉荣(1971～),女,淮安经济技术开发区人。中共党员,中小学高级教师,区骨干教师,淮安市小学语文学科带头人,现就职于淮安市深圳路小学。

咏母爱

细语叮咛池畔柳,霓虹喧闹异乡人。频思白发长颙望,羁绊常萦反哺恩。

高 琴

高琴(1973～),女,淮安经济技术开发区马厂人。任南马厂乡通讯报道员至今,在国家、省、市及新闻媒体发表新闻作品千余篇。

农家乐

其 一

儿女上班孙上学,持家老者做家常。闲来跳跳广场舞,不逊华城乐小康。

其 二

羊肠茅屋羞无踪,红瓦琉璃别墅雄。宝马助游玩笔记,农民今日胜高工。

回乡随感

携车举室驭春风,小筑堤南觅旧踪。经贸农工生态美,步移景换梦难同。

包丽霞

包丽霞(1977～),女,淮安经济技术开发区徐杨乡人。工人,喜读书。

农村合作医疗好

因贫致病更加贫，自古农民多苦辛。合作医疗有保障，统筹治病众安心。

有感免征农业税

千年旧赋一朝休，乐得耕农有劲头。大政惠农民奋进，赶超欧美谱春秋。

殷定芳

殷定芳(1979～)，女，小学高级教师，淮安市优秀教师，市小学语文学科带头人。现就职于淮安市深圳路小学。

中国梦

两会新风孕，龙腾盛世昌。九州同一梦，强国立东方。

戴莉莉

戴莉莉(1979～)，女，小学高级教师，淮安市小学语文学科带头人，淮安市优秀少先队辅导员，现就职于淮安市深圳路小学。

母　忧

儿作异乡客，母慈夙夜忧。疑为晨宿露，却是泪双流。